허클베리 핀의 모험

ADVENTURES OF HUCKLEBERRY FINN

마크 트웨인 지음
박중서 옮김

현대문학

경고

이 이야기에서 어떤 동기를 찾으려는 사람은 고발
당할 것이다. 여기서 어떤 교훈을 찾으려는 사람은 추방당할 것이다.
여기서 어떤 줄거리를 찾으려는 사람은 총살당할 것이다.

군수부장 G. G.를 대신하여,

저자 씀

일러두기

이 책에는 다양한 사투리가 사용되었다. 즉 미주리 혹인 사투리, 극단적인 형태의 남서부 오지 사투리, 일반적인 '파이크 카운티' 사투리, 그리고 마지막 것을 적절히 변형시킨 것 네 가지가 있다. 각각의 미세한 차이는 그냥 아무렇게나, 또는 대강 추측해서 만들어낸 것이 아니다. 그건 고생스러운 작업이었으며, 믿을 만한 도움과 그런 몇 가지 말에 개인적으로 익숙하다는 사실 덕분에 가능했다.

굳이 이렇게 일러두는 까닭은, 그렇지 않을 경우 여기 나오는 등장인물들은 다들 엇비슷하게 말하려 애썼지만 성공하진 못했다고 넘겨짚을 독자들이 많을 것 같아서다.

저자

제1장

여러분은 내가 누군지 모를 것이다. 만약 『톰 소여의 모험』이라는 책을 읽지 않았다면 말이다. 그래도 뭐 상관은 없다. 그 책을 쓴 사람은 마크 트웨인이란 양반인데, 그 양반이 한 말은 대개는 사실이다. 좀 늘여 뻗친 것도 있긴 하지만, 대개는 사실대로 말했다. 그 정도야 아무것도 아니다. 지금껏 살면서 경우에 따라 거짓말 안 하는 사람은 한 번도 본 적이 없으니까. 물론 폴리 이모나 과부댁, 어쩌면 메리 정도는 예외일 거다. 폴리 이모—그러니까 톰의 이모인 폴리 아줌마—하고 메리, 더글러스 과부댁에 대한 이야기도 바로 그 책—대개는 사실대로이고, 아까 말했던 것처럼 좀 늘여 뻗친 부분도 있는—에 다 나와 있다.

그 책이 어떻게 끝을 맺었느냐 하면, 대강 이러했다. 톰과 나는 도둑놈들이 동굴 속에 감춰둔 돈을 발견해서 부자가 되었다. 우리는 각자 6천 달러씩을, 그것도 모두 금화로 얻었다. 전부 쌓아놓으니 그야말로 어마어마한 광경이었다. 하여간 새처 판사, 그 양반이 그 돈을 가져다가 이자놀이를 했고, 덕분에 우리는 각자 하루에 1달러씩을, 그것도 1년 내내 벌게 되었다. 그걸 갖고 도대체 뭘 해야 할지 모를 정도로 많은 금액이었다. 더글러스 과부댁은 나를 자기 아들로 삼았고, 나를 문미영인[문명인](본문 중 [ ]안의 설명은 역자가 덧붙인 것임—편집자주)으로 만들기로 허락을 받았다. 하지만 항상 그 집에서 살자니 무척 힘들었던 게, 과부댁은 무슨 일을 하건 간에 더럽게도 재미없게 규칙과 예법을 따졌기 때문이다. 그걸 더 이상 견딜 수 없었던 나는 도망쳐버렸다. 다시 누더기를 걸치고, 설탕 나무통 속으로 기어들어갔더니 정말 자유롭고도 만족스러웠다. 하지만 톰 소여, 그 녀석은 내 뒤를 따라와서는 자기가 강도단을 조직할 거라며, 만약 과부댁에게 돌아가서 얌전하게만 굴면 나도 한패로 넣어줄 거라고 했다.

과부댁은 나를 붙들고 울면서, 불쌍한 길 잃은 양이라고 불렀다. 그러면서 또 이런저런 이름을 잔뜩 갖다붙이기도 했는데, 물론 나쁜 뜻으로 한 말은 아니었다. 그 양반이 나한테 다시 새 옷을 입히는 바람에, 나는 땀이 삐질삐질 났고 완전 답답해 미칠 것만 같았다. 아, 그러고 났더니 예전과 똑같은 일이 또다시 벌어졌다. 과부댁이 저녁 식사 종을 울리면, 우리는 정확히 맞춰 나타나야만 했다. 식탁 앞에 앉는다고 해서 곧바로 식사를 하느냐 하면 그것도 아니었다. 과부댁이 머리를 푹 수그리고는 음식을 놓고 뭐라고 중얼중얼할 때까지 기다려야만 했다. 물론 음식에는 사실 별로 문제가 없었다. 굳이 문제를 찾자면, 모든 음식이 따로따로 요리되었다는 것뿐이었다. 통에 다 넣어

이것저것 뒤섞이면 맛도 달랐다. 음식들이 뒤섞이고, 그 국물이 서로 어우러지며, 맛이 더 나아지는 것이었다.

저녁을 먹고 나면 과부댁은 책을 꺼내 나한테 모세와 갈대에 관해 가르쳤다. 나는 그 양반에 대해 배우느라 땀깨나 뺐다. 그런데 나중에 과부댁이 하는 말로는 그 모세란 양반이 아주 오래전에 죽었다지 않은가. 그래서 그때부터 나는 더 이상 그 양반에 대해 신경 쓰지 않기로 했다. 나야 죽은 사람은 절대로 믿지 않을 테니까.

얼마 지나지 않아 나는 담배를 피우고 싶어져서, 과부댁더러 그래도 되느냐고 물었다. 하지만 과부댁은 못 하게 했다. 그 양반 말로는 그거야말로 저급하고도 지저분한 습관이니, 나도 이제부터는 그렇게 하지 말아야 한다는 것이었다. 하긴 세상에는 이런 사람들도 있다. 자기네들이 전혀 아는 바가 없는 것에 대해서는 무조건 나쁘다고 한다. 지금 과부댁은 모세한테는, 그러니까 자기랑은 무슨 친척도 아니고, 사실 아무 짝에도 쓸데없고, 이미 죽은 사람인 그 양반한테는 엄청 신경을 쓰면서, 진짜, 나야 뭔가 좋은 게 있으니까 하는 일을 갖고도 잘못이라고 따지는 거였다. 그런데 과부댁도 코담배는 했다. 물론 그거야 괜찮다고 했다. 자기 자신이 하는 거니까 말이다.

과부댁의 동생인 왓슨 양은 비쩍 마른 노처녀로 보안경을 썼는데, 자기 언니 집에 와서 살면서, 이제는 나를 앉혀놓고 철자 책을 가르쳤다. 이 양반은 한 시간 동안이나 나를 엄청나게 닦달했고, 그런 뒤에 과부댁이 휴식시간을 주었다. 나로선 더 이상 견딜 수가 없었다. 그러다가 또 한 시간 동안은 죽도록 재미가 없어서, 나는 안달복달했다. 왓

Miss Watson

슨 양은 이렇게 말하곤 했다. "거기 발 올려 놓지 마라, 허클베리." 그리고 "그렇게 삐딱하게 앉지 마라, 허클베리. 똑바로 앉아." 그러고 나면 또 이러는 거였다. "그렇게 입 벌리거나 기지개 켜지 마라, 허클베리. 왜 좀 똑바로 처신하려고 하질 않니?" 그러면서 그 양반이 나쁜 곳에 대해 갖가지 이야기를 해주기에, 나는 그런 데 한 번 가봤으면 소원이 없겠다고 했다. 그랬더니 이 양반이 펄펄 뛰었는데, 사실 내가 뭐 나쁜 뜻으로 한 말은 아니었다. 나야 그저 어디로든 가버렸으면 할 따름이었다. 나야 그저 변화를 원했을 따름이었다. 다른 이유가 아니었다. 그 양반은 나처럼 이야기하는 건 못된 짓이라고 했다. 자기는 절대로 그런 말을 안 할 거라고 했다. '자기는' 그렇게 살았기 때문에 좋은 곳에 갈 거라고 했다. 글쎄, 나야 그 양반이 간다는 데에 가서 무슨 득이 있을지 알 수가 없었으니, 나는 아예 시도하지도 말자고 작정했다. 물론 그렇다고 대놓고 말하진 않았으니, 그랬다간 말썽만 생기고 좋을 게 없을 것이기 때문이다.

이제 그 양반은 발동이 걸려서, 계속해서 나한테 그 좋은 곳에 관한 갖가지 이야기를 해주는 것이었다. 그 양반 말로는 거기서 사람들이 하는 일이란 하루 종일 하프를 갖고 노래를 부르는 것뿐인데, 그걸 영원히 계속한단다. 내 생각엔 별로 좋지도 않은 것 같았다. 물론 그렇다고 대놓고 말하진 않았지만. 나는 그 양반한테 혹시 톰 소여도 거기 갈 수 있을 것 같으냐고 물었는데, 그랬더니, 그 양반 말은, 그럴 가능성이 많을 것 같진 않다는 거였다. 그 이야길 들으니 나야 좋았던 것이, 왜냐하면 나는 녀석과 같이 붙어 있고 싶었기 때문이다.

왓슨 양은 계속해서 나를 쪼았고, 나는 점점 지루하고 서러워졌다. 나중에 두 양반은 깜둥이들을 불러들여서 기도를 시키고, 그런 다음에 모두들 잠자리에 들었다. 나는 촛불을 들고 내 방으로 올라가 탁자 위에 올려두었다. 그러고 나서 창가의 의자에 앉아 뭔가 좀 신나는 일을 생각해보려 했지만, 그것도 아무 소용이 없었다. 어찌나 서러운지 딱 죽었으면 좋겠다는 생각이 들었다. 밤하늘엔 별들이 빛나고, 숲 속의 나뭇잎들이 유난히 요란하게 바스락거렸다. 올빼미가 멀리서, 마치 누가 죽기라도 한 듯 훅훅 울어댔고, 쏙독새와 개도 마치 누가 곧 죽기라도 할 듯 울어댔다. 바람은 마치 내게 뭔가를 속삭여주려는 듯 했는데, 나로선 그게 도대체 뭔지 알 수 없었고, 그저 차가운 전율을 느꼈을 뿐이었다. 그때 숲 너머에서 어떤 소리, 그러니까 어떤 유령이 자기 마음속 뭔가를 말하려고 하지만 그 뜻을 전할 수가 없기 때문에, 그 무덤에서 편히 쉬지 못하고 밤마다 서러워할 때에 내는 소리 같은 것이 들려왔다. 곧이어 거미(저녁에 거미를 보는 것은 평화를 상징하지만, 그놈을 죽이는 것은 나쁜 징조임—옮긴이) 한 마리가 내 어깨로 기어올라오기에 얼른 털어버렸더니, 그놈이 촛불에 떨어지는 거였다. 내가 꼼짝도 하기 전에 그놈은 완전히 오그라들어버렸다. 누가 말해주지 않아도, 그거야말로 끔찍하리만치 나쁜 징조였고, 내게 뭔가 불운이 다가오리라는 것이었기 때문에, 나는 어찌나 겁에 질렸던지 옷이 다 벗겨져나갈 만큼 덜덜 떨었다. 나는 일어나서 방 안을 세 바퀴 빙글빙글 돌면서 계속 가슴에 십자를 그었고, 마녀를 쫓기 위해 내 머리카락을 조금 실로 묶었다. 하지만 나로선 안심할 수가 없었다. 이 방법은 가령 내가 편자를 하나 주웠는데, 그걸 문 바로 위에 못박아두지 않아서 잃어버린 경우에 쓰는 액막이였고, 누가 이번처럼 거미를 한 마리 죽였을 경우에 생길 불운을 물리치기 위해 쓴 적이 있다는 이야기는 한 번도 들어본 적이 없었다.

나는 다시 의자에 앉아 온몸을 덜덜 떨면서 담배나 한 대 피우려고 파이프를 꺼냈다. 이제 집은 쥐 죽은 듯 조용했기 때문에 지금이면 과부댁도 알 턱이 없을 것이었다. 하여간, 시간이 한참 흐른 뒤에 멀리 읍내에 있는 시계가 땡, 땡, 땡, 열두 번을 치더니 사방이 다시 조용해졌다. 그 어느 때보다도 더. 곧이어 잔가지 부러지는 소리가 저 아래 나무 사이 어둠 속에서 들려왔다. 뭔가가 움직이고 있었다. 나는 꼼짝 않은 채 귀를 기울였다. 저 아래에서 들리는 것이라고는 희미한 "야옹! 야옹!" 소리뿐이었다. 좋았어! 나는 "야옹! 야옹!" 하고 최대한 간드러지게 소리 낸 다음, 촛불을 끄고 창문으로 기어나와 헛간 위로 올라갔다. 거기서 땅으로 내려와 나무 사이로 기어가보았더니, 당연한 말씀이지만 거기에는 톰 소여가 나를 기다리고 있었다.

제2장

　　머리에 나뭇가지가 스치지 않게끔 고개를 쑥 움츠리고, 우리는 나무 사이로 해서 과부댁의 마당 끝까지 난 길을 따라 살금살금 걸어갔다. 부엌 옆을 지나갈 때 내가 나무뿌리에 발이 걸려 넘어지며 소리가 났다. 우리는 얼른 숭크리고〔웅크리고〕 앉아 꼼짝하지 않았다. 왓슨 양의 큰 깜둥이, 그러니까 짐이 부엌문 옆에 앉아 있었다. 우리가 녀석의 모습을 또렷이 볼 수 있었던 것은, 녀석이 빛을 등지고 있었기 때문이었다. 녀석은 자리에서 일어나더니 한참 동안 목을 긁으며 또 무슨 소리가 나나 귀를 기울였다. 그러더니 그가 말했다.

　　"거기 누구야?"

　　녀석은 좀 더 귀를 기울였다. 그러더니 살금살금 걸어와서는 우리 둘 사이에 딱 서는 것이었다. 우리가 손을 뻗으면 닿을 것 같았다, 거의. 하여간, 그렇게 찍 소리도 하지 않은 채 몇 분이 흐르도록 우리 셋은 그렇게 가까이 붙어 있었다. 발목의 어느 부분이 슬슬 가려워졌지만, 나는 안 긁었다. 그러더니 이번에는 귀가 가려워지기 시작했다. 그다음에는 내 등이, 그러니까 양쪽 어깨 사이 한가운데가 가려워지기 시작했다. 긁고 싶어 죽을 것만 같았다. 사실 나는 그때 이후로도 꽤 여러 번 이런 일을 겪었다. 가령 내가 만약 어디 점잖은 자리에 있다거나, 무슨 장례식에 갔거나, 아니면 별로 졸리지도 않은데 자려고 애쓸 때라고 치자. 하여간 절대로 몸을 긁어서는 안 되는 자리에만 가면, 도대체 어째서인지 내 몸의 오만 군데가 다 가려워지는 것이었다. 곧이어 짐이 말했다.

"아, 누구인 거야? 어디서 그러는 거야? 내가 무슨 소리를 듣지도 않고 괜히 이러는 거면, 내가 개놈의 고양이다. 아, 그럼 어쩔 수 없지. 고놈의 소리가 또 날 때까지 내 여기 앉아 있을 거니까."

그러면서 녀석은 나와 톰 사이의 땅 위에 주저앉았다. 등을 나무에 탁 기대고, 다리를 쭉 뻗어서 하마터면 내 다리 중 하나와 거의 맞닿을 뻔하게 하고 말이다. 코가 가려워졌다. 어찌나 가려운지 눈물이 다 날 정도였다. 하지만 나는 긁지 않았다. 그러더니 이번에는 안쪽이 가려워졌다. 그다음에는 아래쪽이 가려워졌다. 나도 내가 어떻게 꼼짝 않고 있을 수 있었는지 모르겠다. 그런 괴로운 상황이 아마 6, 7분은 계속되었을 거다. 아니, 실제로는 그보다 훨씬 더 길게 느껴졌다. 이제는 몸에 가려운 부분이 열한 군데나 되었다. 더 이상은 1분도 못 참을 것 같았지만, 나는 이를 악물고 제발 1분만 더 참자고 다짐했다. 바로 그때 짐이 깊은 숨을 내쉬더니 코를 골기 시작했다. 그리고 나역시 순식간에 가려움증이 사라졌다.

톰이 내게 신호를 보냈고—입으로 작게 소리를 내는 식으로—우리
는 엉금엉금 기어서 그 자리를 벗어났다. 10피트쯤 갔을까, 톰은 장난
삼아 짐을 나무에 묶어놓자고 내게 귓속말을 했다. 나는 싫다고 했다.
그러다가 짐이 깨기라도 하면 소란을 피울 테고, 그러면 식구들도 내
가 방에 없다는 사실을 알아낼 테니까. 그러자 톰은 양초를 넉넉히 가
져오지 못했다면서 부엌에 몰래 들어가 몇 개 더 가져오겠다고 했다.
나로선 그러지 말았으면 하는 생각이었다. 나는 그러다 짐이 깨서 이
쪽으로 오면 어쩌냐고 물었다. 하지만 톰은 막무가내였다. 그래서 우
리는 안으로 몰래 들어가 양초를 세 개 꺼냈고 톰은 그 값으로 5센트
를 식탁에 올려놓았다. 그런 뒤에 우리는 밖으로 나왔고, 나는 걱정스
러워서 얼른 가자고 했다. 하지만 톰은 무슨 일이 있어도 짐이 있는 곳
까지 엉금엉금 기어가서는, 뭔가 장난을 치고 오겠다고 고집했다. 나
는 뒤에 남아 기다렸는데, 시간이 상당히 걸리는 것 같았고 주위는 너
무 조용하고도 쓸쓸했다.

　톰이 돌아오자마자 우리는 오솔길을 따라가서 정원 담장을 뛰어넘
고 그 집의 반대편 언덕의 깎아지른 꼭대기까지 어찌어찌해서 올라갔
다. 톰은 짐의 모자를 벗겨서 머리 위에 있는 나뭇가지에 걸어놓았는
데, 짐은 몸을 약간 움찔했지만 잠에서 깨어나진 않았다고 했다. 나중
에 짐은 마녀들이 자기한테 마법을 걸어가지고 혼수상태에 빠트린
뒤, 자기 등에 올라타고 우리 주州 전역을 돌아다녔으며, 그런 뒤에
자기를 그 나무 밑에 앉혀놓고 모자를 벗겨 나뭇가지에 걸어놓아 누
가 그런 짓을 했는지 보여주었다고 말했다. 다음에 이야기를 하면서

는 마녀들이 자기를 끌고 뉴올리언스까지 다녀왔다고 하더니, 그다음
부터는 이야기할 때마다 점점 더 다녀온 범위를 넓히기 시작해서, 나
중에는 어찌어찌하여 전 세계를 돌아다니는 바람
에 힘들어서 죽는 줄 알았으며, 자기 등에는 온
통 안장 자국이 났다고 주장했다. 짐은 그
사실을 무지막지하게 자랑스러워했고, 그
래서 다른 깜둥이들을 거의 안중에도 두지
않게 되었다. 심지어 몇 마일 밖에 사는 깜
둥이들까지 그 이야기를 들으러 짐을 찾아
왔고, 결국 이 근방에 사는 어느 깜둥이들
보다도 우러름을 받는 존재가 되었다. 처음
보는 깜둥이들은 입을 헤벌리고는 짐을 바
라보았다. 마치 짐 자체가 놀라운 구경거리라도 된다는 듯 말이다. 깜
둥이들은 밤이면 부엌 아궁이 옆에 모여 앉아 마녀 이야기를 했다. 하
지만 이후로는 누군가가 그런 이야기에 대해서 이야기를 꺼내며 자기
지식을 과시할라치면, 짐이 끼어들어서는 이렇게 말하는 것이었다.
"허! 니들이 마녀에 대해 뭘 안다고 그러는 거야?" 그러면 먼저 말을
꺼낸 깜둥이는 머쓱해하면서 찌그러질 수밖에 없었다. 짐은 항상 자
기 목에 5센트 동전 하나를 끈에 매달아 걸고 다니면서, 그것은 악마
가 자기에게 직접 건네준 부적으로, 그것만 있으면 누구든지 병을 낫
게 해줄 수도 있고, 원하기만 하면 마녀를 잡을 수도 있다고 설명해주
었다고 주장했다. 그렇게 하려면 단지 그 부적에 대고 주문을 외우면

되는데, 정작 그 주문이 뭔지는 말해주지 않았다. 근처에서 모여든 깜 둥이들은 자기들이 갖고 있는 물건을 순순히 내놓고라도 그 5센트짜 리를 한 번 구경이라도 하려고 야단이었다. 하지만 악마가 손으로 만 졌던 물건이므로 깜둥이들은 차마 제 손으로 만지려들지는 않았다. 짐은 결국 하인으로서는 무척 못쓰게 되었는데, 자기가 악마를 봤고 마녀에게 끌려다니기까지 했다는 이야기에 온 정신을 팔고 있었던 까 닭이다.

그나저나 톰과 내가 언덕 꼭대기의 절벽에 도달해서 마을 쪽을 내 려다보니까 아직 마을에는 서너 개의 불빛이 깜박이고 있었는데, 아 마 환자가 있는 집이었을 것이다. 하늘에는 별들이 언제나처럼 밝게 빛나고 있었고, 마을 아래쪽으로는 강이, 1마일(약 1.6킬로미터) 정 도나 넓고 무척이나 잔잔하고 웅장한 강이 펼쳐져 있었다. 언덕을 내 려가자 조 하퍼와 벤 로저스, 그리고 다른 두세 명의 아이들이 문 닫 은 무두공장에 숨어 있었다. 우리는 거기서 보트를 풀어 띄우고, 2마 일 반(약 4킬로미터)쯤 떨어진 언덕 옆구리의 큰 상처까지 가서 육지 에 올라섰다.

우리는 어느 잡목 덤불로 들어갔고, 톰은 모두에게 비밀을 지키라 고 맹세시키고는 언덕에 난 동굴 구멍을 보여주었는데, 무성한 덤불 이 입구를 가리고 있었다. 우리는 촛불을 켜고 엉금엉금 기어서 그 안 으로 들어갔다. 대략 200야드(약 180미터)쯤 가자, 동굴의 천장이 높 아졌다. 톰은 통로 여기저기를 찔러본 다음, 어느 벽 밑으로 기어들어 갔는데, 얼핏 보기에는 그 밑에 그런 구멍이 있으리라고는 아무도 생각 못 할 것 같았다. 그렇게 해서 좁은 통로를 통과하자, 이제는 일종의 방 같은 곳이 나왔다. 습기 차고 물이 흐르는 서늘한 곳이었다. 우리는 그곳에 멈춰 섰다. 톰이 말했다.

"자, 지금부터는 강도단을 조직하는 거야. 이름은 바로 톰 소여 갱단이지. 여기 들어오고 싶은 사람은 반드시 서약을 하고, 자기 이름을 피로 써야 해."

모두가 들어가겠다고 나섰다. 그래서 톰은 미리 서약을 적어온 종이를 꺼내서, 어떤 내용인지 읽어주었다. 단원은 조직에 충성을 맹세해야 하며, 어느 누구에게도 비밀을 발설해서는 안 된다고 했다. 만약 누군가가 우리 단원에게 무슨 짓을 저질렀을 경우, 그 누군가와 그 가족을 죽이라는 명령을 받으면 우리는 반드시 그 일을 수행해야만 했고, 그들 모두를 죽이고 그들의 가슴에 십자가를 칼로 새기기 전까지는 뭘 먹거나 잠을 자서도 안 된다고 했다. 여기서 십자가란 우리 갱단의 상징이라고 했다. 우리 갱단에 속하지 않은 사람은 결코 그 표식을 사용할 수 없었으며, 만약 그럴 경우에는 고발을 당하고, 또다시 그럴 경우에는 살해될 것이었다. 우리 조직에 속한 어느 누군가가 비밀을 발설하는 경우, 배신자는 목을 베이고, 그의 시체는 불태워진 다음에 재를 사방팔방에 흩어버리고, 명단에 적힌 이름은 피로 완전히 지워져버리고 결코 다시 언급되지 않으며, 그 위에는 저주가 내려지고 영원히 잊힐 것이었다.

우리 모두는 진짜 멋진 서약이라고 말하면서, 그게 정말 니 머리에서 다 나온 거냐고 톰에게 물었다. 그러자 톰은 일부는 그렇지만 나머지는 해적 책이며 강도 책에서 나온 것으로, 어디든지 고상한 갱단에는 그런 게 있다고 말했다.

어떤 녀석들은 아예 비밀을 발설하는 녀석의 '가족'까지 죽여버리는 게 좋겠다고 생각했다. 톰은 그것도 좋은 생각이라며, 연필을 꺼내 새로 적어넣었다. 그때 벤 로저스가 말했다.

"근데 여기 헉 핀도 있잖아. 얘는 가족이 전혀 없어. 이럴 경우에는 어떻게 해야 하는 거지?"

"왜, 개네 아빠 있잖아?" 톰 소여가 말했다.

"아, 물론 있긴 있지. 근데 요즘은 어디 박혔는지 코빼기도 안 비치잖아. 전에는 술만 먹었다 하면 여기 무두공장 빈 통 속에서 자빠져 자더니, 이 근처에서도 안 보인 지가 1년은 넘었으니 말이야."

녀석들은 한참 이야기를 주고받더니, 나를 조직에서 빼버리기로 했다. 왜냐하면 서약에는 단원 모두가 가족, 또는 죽일 만한 누군가를 두고 있어야 한다고 되어 있었기 때문이다. 그렇지 않은 경우에는 다른 단원 모두에게 공평하고 올바르지가 못하다는 거였다. 글쎄, 어느 누구도 이런 경우에는 어떻게 해야 할지 몰랐다. 다들 난처해하다가 그냥 잠잠해졌다. 나는 울고 싶은 심정이었다. 하지만 그때 갑자기 한 가지 방법이 떠올랐다. 나는 왓슨 양이면 어떠냐고 물어보았다. 그 여자를 죽이면 되지 않느냐고 말이다. 그러자 다들 이렇게 말했다.

"아, 그러면 되겠네, 그러면 되겠어. 좋아, 헉. 너도 이젠 들어와도 돼."

녀석들은 각자 손가락을 핀으로 찔러서 피를 낸 다음에, 그걸로 서명을 했다. 나 역시 종이에 서명을 했다.

"그런데 말이야." 벤 로저스가 말했다. "우리 갱단은 앞으로 무슨 일을 하는 거야?"

"그야 당연히 강도랑 살인이지." 톰 소여가 말했다.

"그러면 뭘 터는 강도짓을 할 건데? 집? 가축? 아니면……."

"무슨 잠꼬대야! 가축 따윌 훔치는 건 강도라고 할 수 없어. 그건 절도지." 톰 소여가 말했다. "우리는 절도범이 아니야. 그건 멋대가리가 없다구. 우리는 노상강도를 하는 거야. 길에서 역마차나 수레를 멈춰 세우는 거야. 복면을 쓰고. 거기 탄 사람들을 죽이고, 시계랑 돈을 뺏는 거지."

"근데 꼭 사람을 죽여야 해?"

"아, 그야 당연하지. 그게 최고야. 물론 전문가들 중에는 다른 의견을 내놓는 사람도 있지만, 대개는 죽이는 게 제일 낫다고들 보고 있으니까. 다만 일부는 여기 동굴까지 끌고 와서, 몸값을 치를 때까지 붙들어둘 수 있는 거지."

"몸값이라구? 그건 또 뭐야?"

"그건 나도 잘 모르겠어. 하여간 그렇게들 한대. 책에 그렇게 나오더라구. 그러니 우리도 당연히 그렇게 해야 되는 거구."

"아니, 그게 뭔지도 모른다면서 어떻게 해?"

"아, 망할, 그냥 해야 되는 거라니까. 내가 말 안 했어? 책에 있는 거라니까! 책에 나온 대로 해야지, 안 그러면 일이 제대로 될 리 없잖아?"

"아, 말은 잘하네, 톰 소여. 그런다고 해야, 되어질('뒈지다'의 완곡어—옮긴이), 뭘 어떻게 하는 건지 우리도 모르면서 잡힌 놈들한테 어떻게 몸값을 치르라고 시킨다는 거야? 내가 알고 싶은 거는 그거라니까. 네가 보기에는 그 몸값 치른다는 게 도대체 뭐 같은데?"

"글쎄, 나도 모르겠어. 그래도 잡힌 놈들을 몸값 치를 때까지 붙들어야 한다는 걸 보면, 결국 그놈들이 죽을 때까지 여기 붙들어놔야 한다는 뜻 아닐까 싶은데."

"아, 그러니까 좀 알아듣겠네. 그게 아마 맞을 거야. 그럼 진즉에 좀 그렇게 말하든가, 응? 그러니까 결국 그놈들이 몸값 치러 죽도록 붙들어놓는다 이거지. 근데 그럼 무지 귀찮아질 것 같은데. 먹기도 많이 먹을 거고, 여차하면 도망갈 수도 있잖아."

"무슨 소리야, 벤 로저스. 어떻게 도망가겠어. 보초가 지키고 있다가 꼼짝이라도 하면 그냥 총으로 쏴버릴 텐데?"

"보초? 아, 그건 좋아. 그러면 누군가가 밤새 지키고 절대 잠을 자서는 안 된다는 거잖아. 그놈들을 감시하기 위해서 말이야. 근데 내 생각에 그건 좀 바보 같거든. 그러느니 차라리 여기 끌고 오자마자 몽둥이로 패서 곧바로 몸값 치르게 만드는 게 낫지 않을까?"

"아, 책에는 그렇게 안 나와 있다니까. 이유는 그거야. 야, 벤 로저스. 넌 일을 정석대로 하고 싶은 거냐, 아닌 거냐? 원칙이 그거라니까. 네가 생각하기에는 그런 책을 쓰는 사람들이 우리보다 더 정확히 알 것 같지 않냐? 네가 생각하기에는 그런 책에서 배울 게 전혀 없는 것 같아? 어림 반푼어치도 없는 소리! 절대 아니야, 아저씨. 그러니 거기 나온 것처럼 정식으로 몸값 치르게 시키는 거야."

"알았어. 맘대로 해. 하지만 내가 보기에 바보 같은 짓은 바보 같은 짓이야. 그나저나, 여자들도 죽여야 되나, 응?"

"글쎄, 벤 로저스. 네가 아무리 무식한 녀석이라도, 그런 게 안 된다는 것쯤은 알아야지. 여자를 죽인다구? 아니. 이 세상에 그런 내용을 담고 있는 책은 하나도 없어. 여자가 있으면 일단 동굴까지 끌고 오는데, 그 대신 항상 파이마냥 아주 공손하게 대해줘야 돼. 그러면 결국 여자들은 우리랑 사랑에 빠지고, 나중에는 집에 가라고 해도 안 가게 되는 거야."

"글쎄, 원칙이 그렇다면야 따르는 수밖에 없겠지. 하지만 내가 보기엔 그것도 믿을 수가 없는걸. 만약 이 동굴에다가 여자들을 잔뜩 데려다놓고, 그 옆에는 딴 놈들이 몸값 치르고 있으면, 도대체 우리 강도들은 어디에 들어가 있으라는 거야. 뭐, 일단 그냥 넘어가자. 더 이상은 할 말도 없으니까."

꼬맹이 토미 반스는 어느새 잠들어 있다가, 우리가 깨우니까 소스라치더니 징징대며 울었다. 엄마 보러 집에 가겠다고, 그리고 강도 같은 건 이제 하기 싫다고 말이다.

그래서 우리는 모두 녀석을 놀려먹었다. 찔찔이 새끼라고 말이다.

그랬더니 그 자식도 골이 나서는, 당장 가서 지금까지 있었던 비밀을 모조리 일러바치겠다고 하는 거다. 톰은 입을 다무는 대가로 녀석에게 5센트를 줬다. 그러면서 일단 모두 집으로 돌아갔다가, 다음 주에 다시 만나서 누군가를 상대로 강도질을 하고, 사람도 몇 명 죽이자고 했다.

벤 로저스는 밖에 놀러 나올 시간이 별로 없다면서, 그래도 일요일은 괜찮으니까 다음 주 일요일부터 시작하자고 했다. 하지만 다른 녀석들은 주일에 그런 짓을 하는 건 나쁘다고 대들었고, 그 문제는 그걸로 끝이었다. 우리는 최대한 빠른 시일 내에 다시 모여서 날짜를 정하기로 했고, 톰 소여를 우리 갱단의 초대 두목으로, 조 하퍼를 부두목으로 정하고 나서 집으로 향했다.

동이 트기 직전, 나는 헛간 지붕 위로 기어올라 내 방 창문으로 들어갔다. 새 옷이 온통 양초 수지와 흙 투성이였고, 나는 완전히 녹초가 되어 있었다.

제3장

아침에 나는 한소리 단단히 들어야 했다. 왓슨 양으로부터 내 옷 때문에 말이다. 하지만 과부댁 본인은 야단치기는커녕 그저 양초 수지와 진흙 묻은 옷을 빨고 무척이나 슬픈 표정을 짓고 있어서, 나는 가능하다면 당분간만이라도 착하게 굴어야지 하고 생각했다. 왓슨 양은 나를 자기 골방으로 데리고 가더니 기도를 했는데, 물론 그런다고 아무것도 달라지진 않았다. 그 양반은 나더러 매일 기도하기만 하면 내가 원하는 것은 뭐든지 이룰 수 있다고 말했다. 하지만 사실이 아니었다. 내가 직접 해봤으니까. 한번은 낚싯줄은 하나 생겼는데 낚싯바늘이 없었다. 나는 낚싯바늘이 생기게 해달라고 서너 번쯤 기도했지만 어째서인지 도무지 이루어지게 할 수는 없었다. 그러다가 어느 날 왓슨 양에게 나 대신 한 번 기도를 해달라고 했는데, 그랬더니 왓슨 양은 나보고 바보라는 거다. 왜 그런지는 설명도 해주지 않아서, 나로선 도무지 알 길이 없었다.

Adventures of Huckleberry Finn

한번은 내가 숲 속에 앉아서 한참 동안 왜 그런지 생각을 해보았다. 나 자신에게 이렇게 물어본 거다. 만약 우리가 기도한 것은 뭐든지 얻을 수 있다고 치면, 왜 교회 집사 윈 씨는 돼지고기 때문에 잃은 돈을 돌려받지 못하는 것일까? 왜 과부댁은 누가 훔쳐가버린 은색 코담배 갑을 돌려받지 못하는 것일까? 왜 왓슨 양은 살이 찌지 못하는 것일까? 아니라고 난 생각했다. 기도란 것은 아무 소용이 없다고 말이다. 과부댁에게 가서 그런 이야기를 했더니, 우리가 기도를 해서 얻을 수 있는 것은 "영적 은사"라고 하는 거였다. 나로선 이해하기가 힘든 말이었지만, 과부댁은 그게 무슨 뜻인지 찬찬히 설명해주었다. 그러니까 내가 먼저 다른 사람들을 돕고, 다른 사람들을 위해 할 수 있는 일을 전부 하고, 그 사람들을 항상 돌봐주고, 나 자신에 대해서는 절대로 생각하지 말아야 한다는 거였다. 내가 이해한 바로는 왓슨 양도 그 다른 사람들에 포함되는 것 같았다. 하지만 또다시 숲에 가서 한참 동안 머릿속으로 궁리를 해보아도, 나로선 그렇게 해서 무슨 이득이 있는지 이해가 되지 않았다. 기껏해야 다른 사람만 이익 아닌가! 그래서 나는 결국 더 이상 그 문제에 대해서는 고민하지 말고 그냥 내버려두자고 생각했다. 가끔은 과부댁이 나를 따로 불러서는 '섭리'에 관해서 아주 그럴싸하게 이야기를 늘어놓기도 했다. 하지만 바로 그다음 날 왓슨 양의 차례라도 되었다 하면, 이번에는 또 전혀 다른 이야기가 나오는 거였다. 나는 결국 이 세상에는 두 가지 섭리가 있나보다 싶었는데, 가난한 사람의 경우라면 과부댁의 섭리 쪽이 상당히 유리했겠지만, 만약 왓슨 양 쪽한테 걸렸다 하면 그야말로 뼈도 못 추릴 것만 같았다. 나는 이 문제를 곰곰이 생각해본 끝에, 차라리 과부댁 쪽으로 가는 편이 낫겠다고 생각했다. 물론 그 '섭리'란 양반이 혹시나 나를 원한다면 말이다. 솔직히 나로선 그런다 해서 그 양반에게 전보다 좋을 게 뭔지 알 수가 없었다. 나는 정말이지 무식하고, 정말이지 천하고 고약한 녀석이니 말이다.

아빠는 벌써 1년 넘게 코빼기도 보이지 않았다. 나야 나쁠 것 없었다. 솔직히 제발 아빠를 다시 만나는 일이 없었으면 싶었다. 맨정신이기만 하면 아빠는 매번 나를 때리거나 쫓아와 덜미를 낚아채곤 했다. 아빠가 근처에 있을 때면 내가 십중팔구는 숲으로 들어가 숨어 있었는데도 말이다. 마침 그 즈음, 아빠가 어느 강변에서 물에 빠져 죽은 채로 발견되었다. 그러니까 우리 마을에서 한 12마일(약 19킬로미터)쯤 위쪽이라고 사람들이 그랬다. 사람들은 그게 우리 아빠가 맞다고 했다. 죽은 사람이 덩치도 비슷하고, 옷도 누더기에다, 머리가 유난히 길었기 때문이었다. 듣고 보니 진짜 아빠 모습하고 같았다. 하지만 사람들은 얼굴을 확실히 알아보지는 못했다. 물속에 하도 오래 있다보니 이제 얼굴이라 할 수 없을 정도가 되었기 때문이다. 사람들 말로는 반듯이 누운 채로 물에 떠 있었다고 한다. 그래서 시체를 물에서 건져다 강둑에 묻어주었다고 말이다. 하지만 나는 이후로도 오랫동안 마음이 편치 못했다. 왜냐하면 내 생각은 좀 달랐기 때문이었다. 물에 빠져 죽은 남자는 반듯이 누운 채로 떠 있는 것이 아니라, 오히려 엎어진 채로 떠 있는 법이니까. 그래서 나는 그 죽은 사람이 우리 아빠가 아니라, 그저 남자 옷을 입은 여자였다는 것을 알고 있었다. 그래서 나는 또다시 마음이 편치 못했다. 이러다가 결국 아빠가 다시 나타나리라는 생각이 들었다. 물론 나야 제발 그러지 말았으면 좋겠다고 생각했지만.

강도단 놀이를 시작한 지 한 달쯤 되었을 때, 나는 그 짓을 그만두고 말았다. 사실은 우리 모두가 그만두고 말았다. 누구 하나 털지도 못했고, 누구 하나 죽이지도 못했으며, 다만 그러는 척했던 것뿐이었다. 우리는 그저 숲에서 달려나와, 돼지몰이꾼이나 야채를 팔러 수레 몰고 시장 가는 아낙네들을 쫓아다녔을 뿐이고, 누구 하나 털어본 적이 없었다. 톰 소여는 돼지들을 가리켜 "금괴"라고, 순무와 이런저런 물건들을 가리켜 "보스억〔보석〕"이라고 했고, 우리는 동굴에 모여서는 이야기를 떠들어댔다. 우리가 턴 물건이 얼마고, 우리가 죽이거나 표시를 새긴 사람이 얼마고 하면서 말이다. 하지만 나로선 그렇게 해봤자 무슨 소용이 있는지 알 수가 없었다. 한번은 톰이 어떤 녀석을 시켜서 불붙은 막대기를 들고 마을 곳곳을 뛰어다니게 했는데, 그 막대기를 가리켜 슬로건이라고 했다.(결국 그 막대기는 우리 갱단을 소집하는 신호라는 거다.) 그렇게 해서 한자리에 모였더니, 톰은 자기가 스파이한테서 들은 비밀 정보인데, 내일 스페인 상인들하고 돈 많은 아라빈〔아랍인〕들 무리가 케이브 할로 근처에서 야영을 할 거라고 했다. 코끼리 2백 마리랑, 낙타 6백 마리랑, "복마卜馬" 노새가 천 마리도 넘는데, 거기에는 온통 다이아몬드가 실려 있고 그걸 지키는 경비병은 겨우 4백 명뿐이라고 했다. 그러니 우리가, 뭐라던가, 매복을 해야 한다고 했다. 그놈들을 죽이고 물건을 약탈한다고 말이다. 톰은 우리더러 칼과 총을 닦아서 윤을 내고, 준비를 하라고 했다. 실제로는 순무 신고 가는 수레조차 한 번 쫓아가본 적이 없었건만, 입으로는 공격에 대비해서 칼과 총을 얼마나 손질하고 또 했는지 모른다. 물론 칼이며 총이란 것은 그저 나뭇가지랑 빗자루에 불과했으니, 아무리 죽어라 손질을 하더라도 애초의 모습에서 달라지는 것이라고는 털끝만큼도 없었는데 말이다. 내 생각에는 우리가 그렇게 많은 스페인인과 아라빈들인가 뭔가를 이길 수 있을 것 같진 않았지만 한편으로는 낙타랑 코끼리를 보고 싶은 마음도 없지 않아서, 나 역시 다음 날인 토요일에 매복 공격인가 뭔가에 참가하게 되었다. 공격 신호가 떨어지자마자 우리는 숲에서 나와 언덕 아래로 달려갔다. 하지만 스페인인이고 아라빈이고는 온데간데없고, 낙타나 코끼리조차 온데간데없었다. 기껏해야 주일 성경공부반, 그것도 초급반 녀석들뿐이었다. 우리는 녀석들을 박살내고 동굴 있는 데까지 쫓아갔다. 하지만 얻은 것이라고는 고작해야 도넛 몇 개와 잼뿐이었다. 아, 물론 벤 로저스는 너덜너덜한 인형 하나, 조 하퍼는 찬송가랑 소책자도 하나씩 건졌지만. 그나마 선생이 쫓아오는 바람에 우리는 손에 든 것을 내던지고 내빼야 했다. 아무리 봐도 다이아몬드는 없었기 때문에, 나는 톰 소여에게 왜 그런지 물었다. 그러자 녀석 말로는 아니라는, 다이아몬드가 정말로 산더미처럼 있었다는 거다. 게다가 아라빈들은 물론이고 코끼리니 뭐니 하는 것들도 다 있었다는 거였다. 내가 물었다. 아니, 그럼 내 눈에는 왜 안 보인 건데? 녀석 말로는 내가 너무 무식한 게 탈이라고 했다. 내가, 뭐라더라, 『돈키호테』인가 하는 책만 읽었더라면 그런 건 물어볼 필요 없이 단박에 알았을 거라고 말이다. 녀석 말로는 전부가 마법으로 되어 있어서 그렇다는 거였다. 거기엔 수백 명이나 되는 병사들이랑 코끼리랑 보물이랑 별의별 것들이 정말로 있었지만, 우리가 상대하는 적들 중에는 마법사라는 놈들이 있어서, 그 모든 것들을 주일학교 꼬맹이들의 모습으로 바꿔놓았다는 거다. 일부러 말이다. 그래서 나는 이렇게 말했다. 좋다고, 그럼 다음부터는 일단 그 마법사인지 뭔지 하는 놈들부터 때려잡으면 되겠다고. 그러자 톰 소여는 나보고 꼴통이라고 했다.

"왜 그런 줄 알아?" 녀석이 말했다. "마법사는 요정들을 잔뜩 불러낼 수 있단 말이야. 그러면 네가 잭 로빈슨이라고 말하기도 전에 산산조각을 내버릴걸. 그놈들은 키가 웬만한 나무 높이는 되고, 덩치는 웬만한 교회 정도는 된단 말이야."

"그래?" 내가 말했다. "그럼 우리도 그 요정인가 뭔가를 불러내면 될 것 아냐. 그래서 우릴 도와달라고 하면, 그러면 우리도 딴 놈들이랑 싸워 이길 수 있는 거 아냐?"

"네가 어떻게 그 녀석들을 불러내?"

"그야 나도 모르지. 그 녀석들은 원래 어떻게 해야 나오는 건데?"

"원래 요정이란 놈들은 오래된 양철 램프나 쇠가락지를 막 문지르면 거기서 나타나는 거야. 천둥번개가 쾅 하고 번쩍거리고, 연기가 확

하고 일어나면서 말이지. 요정들은 우리가 시키는 일은 뭐든지 해주는 거지. 가령 높은 탄환 제조탑을 뿌리째 쓱 뽑아버려서, 그놈의 주일학교 선생, 아니면 어느 누구의 머리 위에 턱 내려놓아 박살내는 것쯤은 요정들한테야 아무것도 아니거든."

"그럼 그 녀석들을 불러낼 수 있는 사람은 누군데?"

"누구긴. 램프나 가락지를 문지른 사람이면 아무나지. 요정이란 놈들은 램프나 가락지를 문지른 사람을 주인으로 섬기고, 주인이 하는 말이라면 뭐든지 해야 하는 거야. 가령 길이는 40마일(약 65킬로미터)쯤 되고 온통 다이아몬드로 된 성을 지으라고. 그리고 그 안에다가 껌을 잔뜩 넣어두라고 하는 거지. 아니면 뭐든지 네가 하고 싶은 걸로 말이야. 가령 중국 황제의 딸을 데려와서 결혼하게 해달라고 하더라도, 그놈들은 우리가 시킨 대로 해야 하는 거야. 그리고 일단 시킨 일은 내일 아침 해가 뜨기 전까지 해야 하지. 그뿐만이 아니야. 그 녀석들은 그 궁전을 번쩍 들어서 우리가 가고 싶은 곳이면 어디로든 옮겨놓을 수가 있어. 이젠 좀 알겠냐?"

"근데 말이야." 내가 말했다. "그럼 그 녀석들은 진짜 바보들이다. 그런 궁전이 있으면 지들이 들어가 살면 되지, 뭐 하러 그 고생을 해가며 이리저리 들고 다닐까. 그뿐만이 아니지. 내가 만약 그런 녀석들 중 하나라면, 진짜 여리고('지옥Hell'의 완곡어. 구약성서 사무엘하 10장 1-5절에서 비롯된 것임—옮긴이) 사람 보는 것 같겠다. 그걸 문지르기만 하면, 한참 딴 일 하느라 바쁘다가도 냅다 팽개치고 달려와야 된다니까 말이야."

"무슨 소리야, 헉 핀. 야, 네가 요정이면 주인이 문지르기만 하면 반드시 나타나야 되는 거야. 네가 오고 싶든 안 오고 싶든 상관없이 말이야."

"그리고, 뭐? 키가 무슨 나무만큼 높고, 덩치가 무슨 교회만큼 크다구? 좋아, 그럼 부르면 오긴 오지, 뭐. 대신 그 주인이란 녀석을 이 고장에서 제일 높은 나무 위에다가 턱 올려놔버리고 어쩌나 보게 말이야."

"아, 젠장, 너랑은 뭔 얘기를 해야 소용이 없어, 헉 핀. 어쩌면 그렇게 아는 게 없어, 응? 진짜 물렁대가리라니까."

나는 이삼 일 동안 곰곰이 생각해본 끝에, 그 말이 진짠지 아닌지 직접 한 번 해봐야겠다고 생각했다. 나는 오래된 램프 하나랑 쇠고락지〔고리〕하나를 구해서 숲으로 들고 갔다. 그걸 서로 문지르고 또 문지르다보니, 나중엔 인전〔인디언〕마냥 땀이 뻘뻘 났다. 혹시 궁전이라도 생기면 딴 데 팔아버리자고 생각하면서 말이다. 하지만 그래 봤자 아

무 소용이 없었고, 요정이라곤 한 놈도 나타나지 않았다. 그래서 나는 그 모든 이야기가 결국 톰 소여의 거짓말 가운데 하나에 불과하다고 결론 내렸다. 녀석은 아라빈〔아랍인〕이니 코끼리니 하는 걸 정말로 믿는 모양이었다. 하지만 내 생각은 전혀 달랐다. 그건 어딜 보더라도 주일학교의 흔적을 고스란히 지니고 있었기 때문이다.

제4장

이윽고 서너 달이 지나 이제는 한겨울이 되었다. 그동안 나는 대개 학교에 다녔고, 이제는 철자법이나 읽기나 쓰기도 조금은 할 수 있게 되었다. 게다가 이제는 6 곱하기 7이 35라는 것 정도는 알 만큼 구구단도 외웠지만, 실력이 그 이상 나아질 것 같지는 않았다. 물론 죽지 않고 영원히 살아서 공부만 한다면 또 모르지만. 어쨌건 나는 수학 따위는 믿지도 않았으니까.

처음에는 학교가 싫었지만, 어찌어찌해서 그럭저럭 버틸 수 있게 되었다. 참을 수 없이 지겨워지면 매번 수업을 땡땡이쳤고, 다음 날 두들겨 맞고 나면 오히려 기분이 좋고 활력이 생겼다. 그래서 학교를 오래 다니면 다닐수록 나로선 점점 더 쉬워졌다. 과부댁의 방식에도 어느 정도 익숙해져서, 이제는 두 양반도 나한테 그렇게 딱딱대진 않았다. 집 안에서 살고 침대에서 자는 것도 대개는 너무 갑갑해서, 날씨가 추워지기 전에는 가끔 숲으로 몰래 가서 혼자 자고 들어오기도

했고 그게 내겐 일종의 휴식이나 마찬가지였다. 나는 옛날처럼 사는 방식이 최고라고 생각했지만, 어느 정도 익숙해지자 새로운 방식도 쬐금은 좋아지게 되었다. 과부댁은 내가 좀 느리긴 하지만 확실히 잘 따라오고 있으며, 자기로선 매우 만족스럽다고 말했다. 그러면서 이젠 나 때문에 얼굴 붉히지 않게 되었다고 했다.

그러던 어느 날, 나는 아침 식탁에서 실수로 소금그릇을 엎질러버렸다. 나는 최대한 빨리 소금 쪽으로 손을 뻗었다. 그럴 때에는 소금을 조금 집어서 왼쪽 어깨 너머로 던져버려야 악운이 찾아오지 않는 법이었으니까. 하지만 왓슨 양이 한 발 앞서 내 행동을 막았다. 이렇게 말하면서 말이다. "손 치우지 못 하겠니, 허클베리! 도대체 무슨 짓을 하려고 그러는 거야?" 과부댁이 괜찮다며 좋은 말로 타일러주긴 했지만, 그것만 가지고는 악운을 방지할 수가 없다는 것은 뻔했다. 아침을 먹고 나자 나는 걱정스럽고도 불안해졌고, 과연 어디서부터 일이 시작될지, 과연 무슨 일이 벌어질지 걱정하게 되었다. 물론 악운을 피하는 방법이 몇 가지 있긴 했지만, 하필 이런 경우에 해당하는 방법은 없었다. 그래서 나는 차마 다른 방법을 써볼 엄두도 못 내고, 기운이 쭉 빠진 채 연신 경계하며 여기저기 어슬렁거렸다.

나는 앞뜰을 따라 걸어가서 계단문을 지나, 높은 판자 담 바깥으로 나갔다. 땅에는 새로 내린 눈이 쌓여 있었는데, 거기 누군가의 발자국이 찍혀 있는 거였다. 채석장 쪽에서 나타난 발자국은 계단문 근처에서 멈춰 섰다가, 다시 마당 담장 주위를 따라 찍혀 있었다. 그렇게 오랫동안 서 있었으면서도 담장 안으로는 들어오지 않았다니, 오히려 신기할 지경이었다. 나로선 도무지 이해할 수가 없었다. 하지만 어쨌거나 매우 호기심이 동하긴 했다. 나는 그 발자국을 따라가 보기로 했지만, 우선은 자세히 살펴보기 위해 몸을 굽혔다. 처음에는 별다른 것이 눈에 띄지 않았지만, 갑자기 뭔가가 보였다. 왼쪽 신발 굽에 커다란 못으로 만들어진 십자가 자국이 찍혀 있었다. 악마를 쫓아내기 위한 부적이었다.

나는 얼른 벌떡 일어나 언덕 아래로 걸음아 날 살려라 하고 달렸다. 나는 계속해서 어깨 너머로 뒤를 돌아보았지만, 사람의 모습은 보이지 않았다. 나는 최대한 빨리 새처 판사 댁으로 갔다. 그 양반이 말했다.

"아니, 애, 왜 그렇게 숨이 찬 게냐. 이자 받으러 온 거지?"

"아뇨, 선생님." 내가 말했다. "근데 제가 받을 게 있긴 한가요?"

"아, 그럼. 반년치가 들어왔단다. 바로 어젯밤에 말이야. 100하고도 50달러지. 너한테는 아마 적지 않은 돈일 거다. 그러니 차라리 내가 이전의 6천이랑 같이 어디 투자하는 걸로 하자, 응? 그렇잖고 네가 갖고 있으면 몽땅 써버릴지도 모르니까."

"아뇨, 선생님." 내가 말했다. "전 그거 써버리고 싶지가 않아요. 사실은 그거 갖고 싶지가 않아요. 그 6천인가 하는 것두요, 절대루요. 차라리 선생님이 가지세요. 제가 드릴게요. 그 6천인가 하고 나머지까지 전부요."

그 양반은 놀란 것 같았다. 무슨 말인지 도무지 이해하지 못한 것 같았다. 그 양반이 말했다.

"아니, 지금 그게 무슨 말이니, 얘?"

내가 말했다. "그거에 대해서는 저한테 아무 말도 묻지 마세요, 제발요. 그냥 가져가세요. 안 되나요?"

그 양반이 말했다.

"아니, 그게, 나도 좀 당황스럽구나. 혹시 무슨 일이라도 있니?"

"그냥 가져가세요." 내가 말했다. "저한테 아무것도 안 물어보시면, 저도 거짓말을 해야 할 필요까진 없을 거거든요."

그 양반은 나를 잠시 바라보더니 이렇게 말했다.

"아, 아, 이제 무슨 말인지 알겠다. 그러니까 네가 가진 재산을 전부 나한테 '팔고' 싶다 이 말이지? 주고 싶다는 게 아니라. 그래, 그게 아마 맞는 것 같구나."

그러더니 그 양반은 종이 위에 뭐라뭐라 적어가지고는, 그걸 읽어본 뒤에 이렇게 말했다.

"자, 여기 있다. 여기 '대가로서'라고 나와 있지? 이게 무슨 뜻이냐면, 내가 너한테서 이걸 돈 주고 샀다는 뜻 이란다. 자, 여기 1달러 있다. 이 제 여기 서명만 하면 돼."

그래서 나는 거기다 서명하고 밖으로 나왔다.

왓슨 양의 깜둥이인 짐은 털 뭉 치를 하나 갖고 있었는데, 크기가 웬만한 사람 주먹만 했다. 어느 황소의 네 번째 위에서 발견한 물건이라고 했는데, 짐은 그걸 가지고 마술을 부릴 줄 알았다. 그의 말로는 그 털 뭉치 안에 무슨 정령이 살고 있는데, 모르는 게 없다고 했다. 그래서 나는 그날 밤에 짐을 찾아가서 혹시 우리 아빠가 여기 다시 나타날지 아닐지를 물어보았다. 왜냐하면 오늘 아침에 눈 위에 찍혀 있던 발자국이 바로 우리 아빠 발자국이었기 때문이다. 내가 궁금한 건 뭐였냐면, 아빠가 앞으로 어떻게 할 건가였다. 계속 이 근처에 머무를 건가? 짐은 털 뭉치를 꺼내더니 거기에 대고 뭐라고 중얼중얼한 다음, 손에 들고 있다가 마룻바닥에 툭 떨어트렸다. 털 뭉치는 둔탁한 소리를 내며 떨어지더니 한 1인치쯤 굴러가고는 멈췄다. 짐은 다시 한 번, 또다시 한 번 떨어트렸는데, 그때마다 먼저와 똑같이 움직였다. 짐은 마룻바닥에 무릎을 꿇고 자기 귀를 털 뭉치에 갖다대고 귀를 기울였다. 하지만 그래 봤자 아무 소용이 없었다. 짐의 말로는 털 뭉치가 아무 말이 없다고 했다. 가끔은 돈을 주지 않으면 이렇게 말을 안 할 때가 있다는 것이었다. 나는 지금 가진 것이라고는 낡아빠진 25센트짜리 위조주화뿐인데, 은도금이 약간 벗겨져 구리가 드러나 보이기 때문에 별로 쓸모가 없을 거라고 했다. 하긴 구리가 드러나 보이지 않아도 별 쓸모는 없을 거였다. 애초에 워낙 번쩍번쩍하게 만들어놓았기 때문에 오히려 좀 수상하게 보였고, 그래서인지 누구나 딱 보면 가짜인 줄 알 수 있었기 때문이었다.(나는 그날 판사한테서 받은 1달러에 대해서는 굳이 이야기를 꺼내지 않는 것이 낫겠다고 생각했다.) 나는 그 동전이 후지긴 후지다고 말하면서도, 그 털 뭉치한테야 별 상관없지 않겠느냐고 말했다. 왜냐하면 털 뭉치야 그게 진짜인지 가짜인지 알 턱이 없을 테니까 말이다. 짐은 그 가짜 동전을 냄새 맡아보고, 이로 깨물어보고, 쓱쓱 문질러보더니, 이 정도면 털 뭉치가 진짜라고 믿고 넘어가게끔 해볼 수 있겠다고 말했다. 자기 말로는 아일랜드 감자 날것을 하나 꺼내 칼집을 낸 다음, 거기다가 그 동전을 쿡 박아넣고 밤새 내버려두면, 다음 날 아침에는 구리가 드러난 부분이 전혀 보이지 않을 것이라고 했다. 뿐만 아니라 가짜처럼 보이지도 않을 테니까, 털 뭉치는 물론이고 동네 사는 사람들도 감쪽같이 속아 넘어갈 것이라고 했다. 그러고 보니 나도 감자로 그렇게 할 수 있다는 이야기는 들은 적이 있었는데, 그만 까먹어버렸다는 생각이 들었다.

짐은 그 털 뭉치 밑에 동전을 깔아놓은 다음, 다시 몸을 굽히고 귀를 기울였다. 그러면서 이번에는 털 뭉치가 제대로 작동한다고 했다. 혹시 원한다면, 앞으로 내가 겪을 운명을 모두 이야기해줄 수도 있다고 했다. 나는 어디 그렇게 해보라고 말했다. 그러자 털 뭉치는 짐에게 이야기를 했고, 짐은 자기가 들은 이야기를 내게 다시 들려주었다. 내용인즉 이러했다.

"너의 아버지는 말이야. 아직, 어째야 할지 모른다는 거야. 어쩔 때는 가버린다 그러고, 또 어쩔 때는 근처에 있겠다 그런다지. 젤 좋은 방법은 그냥 맘 편히 먹고, 그 양반더러는 알아서 하라고 내버려두는 거래. 그 양반 머리 위에는 천사가 두 마리 맴돌고 있다는 거야. 그중한 놈은 허옇고 번쩍번쩍하고, 또 한 놈은 시꺼멓다는데. 그 허연 놈은, 그러니까 조금이라도 말이지, 너네 아버지를 좋은 길로 이끌고,

그 까만 놈은 거기서 완전히 비뚤어지게 만드는 거야. 그래도 아직은
알 수가 없다는 거야. 결국 너네 아버지가 어떤 길로 갈지는 말이야.
그래도 너는 괜찮다네. 앞으로 살다보면 힘든 일도 제법 있을 것이고,
좋은 일도 적잖이 있을 거란다. 어쩔 때는 다치기도 하고, 어쩔 때는
아프기도 하고. 그래도 나중에는 다 낫는다는 거야. 너의 인생에는 여
자가 두 명이나 날아다닌다고 하네. 하나는 피부가 희고, 또 하나는
시꺼멓다는 거야. 하나는 부자고, 또 하나는 가난하고. 너는 처음에
가난한 쪽이랑 결혼하는데, 나중에는 결국 부자인 쪽이랑 또 결혼한
대. 물 있는 데에는 웬만하면 가까이 가질 말아야 하고, 위험하다 싶
은 일은 절대로 하지 말아야 할 것이, 그러다가는 계산서를 다 적는
셈이 되어서 (운명이 미리 정해진다는 뜻―옮긴이)네가 목매달려 죽
는다는 공고가 붙을 것이기 때문이라는 거야.”

　그날 밤, 촛불을 켜들고 방으로 올라가 보니, 방 안에 아빠가 앉아
있었다. 진짜로!

제5장

나는 문을 닫았다. 그러고 나서 뒤로 돌아서자 아빠가 있었다. 나는 아빠를 볼 때마다 겁이 덜컥 났다. 하도 두들겨 패 댔으니까. 지금도 마찬가지로 겁이 덜컥 났다고만 여겼다. 하지만 잠시 후에 보니, 내가 잘못 생각한 것이었다. 무슨 뜻이냐면, 물론 처음에는 어찌나 깜짝 놀랐는지 숨이 턱 막힐 것 같기는 했다. 왜냐하면 아빠가 여기 있으리라곤 전혀 예상치 못했으니까. 하지만 곧이어 나는 아빠가 겁나기보다는 그저 귀찮은 정도임을 깨달았다.

아빠는 나이가 50쯤 되었고, 외모도 그렇게 보였다. 머리는 길고 뒤엉키고 기름때가 번질거렸고, 아래로 축 늘어져 있어서, 그 뒤에서 번뜩이는 눈을 보면 마치 덤불 속에서 숨어 노려보는 것만 같았다. 머리카락은 검은색이었고 아직 흰 머리는 없었다. 길고 뒤엉킨 턱수염도 마찬가지였다. 얼굴에는, 그러니까 밖으로 드러난 부분에는 핏기라고는 하나도 없었다. 그냥 허옇기만 했다. 일반적인 사람의 허연 피부라기보다는 오히려 보는 사람의 속이 울렁거릴 것 같은 허연색, 보는 사람의 소름이 돋을 것 같은 허연색이었다. 어쩌면 청개구리의 허연색이라거나, 물고기 배의 허연색이라고 해도 될 것 같았다. 옷은 그야말로 넝마가 전부였다. 아빠는 한쪽 발목을 반대편 무릎에 얹어놓고 앉아 있었고, 구두가 터져서 밖으로 삐져나온 발가락 두 개를 가끔씩 까딱거렸다. 모자는 마룻바닥에 놓여 있었다. 낡고 시커먼 챙 윗부분이 마치 뚜껑마냥 안으로 움푹 들어가 있었다.

나는 선 채로 아빠를 바라보았다. 아빠는 의자를 뒤로 약간 기우뚱하게 해서 앉은 채로 나를 바라보았고, 방 창문이 위로 열려져 있었다. 헛간 지붕을 통해 올라온 모양이었다. 아빠는 내 모습을 위아래로 샅샅이 살펴보았다. 그러더니 이렇게 말했다.

"풀 먹인 옷이다 이거지. 그것도 아주 빳빳하게. 그래, 이젠 네깟 놈이 무슨 대물이라도 되셨다 이거냐, 응?"

"그럴 수도 있고, 아닐 수도 있고." 내가 말했다.

"이놈 자식, 어따 대고 말대꾸야." 아빠가 말했다. "내가 없는 사이에 아주 주름잡식을 걸치고 계셨구만. 네 녀석을 손봐주기 전에, 일단 콧대를 딱 꺾어주마. 남들 말이, 이제 학교도 다닌다던데. 읽고 쓸 줄도 안다고 말이야. 그래서 이놈 자식, 니가 니 애비보다 더 잘났다 이거냐, 응? 넌 할 줄 아는데, 난 할 줄 몰라서? 이놈 자식, 아주 정신이 확 나게 해주마. 어떤 놈이 너더러 그런 말도 안 되는 헛짓을 껄떡대라고 하든, 응? 어떤 놈이 그러라고 해?"

"과부댁. 그 여자가 시켰어."

"과부댁이 그랬다, 이거냐? 그러면 그놈의 과부댁보고 제 것도 아닌 남의 거에다 삽을 박아도 된다고 한 놈은 또 어떤 놈이냐?"

"그런 사람 없어."

"그래? 그럼 내가 진짜로 껄떡거리는 게 뭔지, 어디 한 번 과부댁한테 본때를 보여주마. 그리고 너, 이놈 자식. 그 학교인지 뭔지 당장 때려쳐! 알았어? 지 애비 머리 꼭대기에 올라서려는 애새끼, 지 애비보다도 잘난 척하는 애새끼를 키운 놈들한테 어디 한 번 본때를 보여줄 테니까. 다시 한 번 그놈의 학교 근처에만 얼씬거리다가 잡혀만 봐라, 알아들었어? 니 에미도 읽을 줄은 몰랐어. 쓸 줄도 몰랐구, 당연히. 죽을 때까지 말이야. 니 집안 사람들 중에 아무도 그건 못했다구. 다들 죽을 때까지 말이야. 나두 마찬가지구. 근데 이놈 자식, 너는 그렇게 할 수 있다고 잘난 척하는 거냐? 내가 그런 꼴을 멀뚱히 보고 있을 것 같아? 똑바로 듣고 있어? 이놈 자식, 어디 글 한번 읽어봐."

나는 책을 꺼내서 워싱턴 장군과 독립전쟁에 대한 내용을 읽었다.

그렇게 한 지 30초쯤 지났을까, 아빠는 내 책을 탁 잡아채더니 저편 벽에다 패대기쳤다. 아빠가 말했다.

"정말 그러시구만. 정말로 할 수 있다 이거지. 말하는 것만 듣고는 긴가민가했었지. 자, 똑바로 들어. 그 시건방진 짓거리 당장 때려치우지 못해? 그 꼴은 못 보니까. 어디,

내가 기다릴 거야, 이 잘난 척하는 놈의 자식아. 다시 한 번 학교 근처에서 얼쩡거리다가 붙잡히기만 하면 내 아주 늘씬하게 패줄 테니까. 아는 게 많아지니 이제는 아예 종교도 갖겠구만, 응? 세상에 그런 놈의 아들이 어디 있냐?"

아빠는 소와 소년이 그려져 있는 작은 푸른색과 노란색 그림을 집어 들었다. 그러고는 물었다.

"이건 또 뭐냐?"

"수업 시간에 좋게 했다고 학교에서 준 거야."

아빠는 그걸 짝짝 찢어버린 다음, 이렇게 말했다.

"내가 이것보다 훨씬 더 좋은 걸 줄 테니 걱정 마라. 쇠가죽을 줄 테니까 말이야."

아빠는 그러고 나서도 한참 뭔가를 중얼거리고 투덜거리며 앉아 있더니, 갑자기 이렇게 물었다.

"그래, 이놈 자식, 네가 이제는 향수냄새 풀풀 나는 멋쟁이가 되었다 이거냐, 응? 침대에다가, 침구에다가. 어라, 거울도 있고. 바닥에는 카펫이 깔려 있다 이거지? 니 친애비는 무두공장에 있는 나무통 속에 기어들어가 자는데 말이야. 세상에 이런 놈의 아들이 어디 있냐? 오늘 네 녀석을 손봐주기 전에, 이놈 자식, 그 시건방진 놈의 나부랭이를 싹 날려버릴 테니까, 그리 알아. 도대체 뭣 땜에 그렇게 끝도 없이 잘난 척만 하는 거냐? 아, 남들이 다들 부자라고 떠받들어주니 그런가. 이놈! 그 돈이 도대체 얼마냐?"

"다 거짓말이야. 진짜 거짓말이라구."

"어라, 이놈 자식, 말하는 것 좀 보게? 나도 이제 참을 만큼 참았어. 어따 대고 말대꾸야? 내가 이틀 동안 마을에 있으며 무슨 소릴 들은 줄 알아? 다들 네놈 자식 부자 된 이야기만 하고들 자빠졌더라! 저기 강 아래쪽에서도 소문이 짜하던데, 뭐! 그 소리 안 들었으면 내가 여기까지 뭐 하러 왔게? 그러니 내일 당장 그 돈 전부 내놔. 네놈 애비가 쓸 일이 있어서 그러니까."

"나 돈 안 갖고 있다니까."

"거짓말하지 마, 이놈. 새처인가 뭔가 하는 놈이 갖고 있잖아. 결국 그게 다 네놈 거고. 그러니 가져오지 못해?"

"나 돈 안 갖고 있다니까. 진짜라구. 새처 판사한테 가서 물어봐. 그 양반도 똑같은 얘길 할 테니까."

"좋아. 그럼 내가 직접 가서 얘기하지. 돈 꺼내라고 말이야. 싫다면 왜 그런지 이유를 대보라고 하지. 그나저나, 너 지금 주머니에 얼마 있냐? 있는 거 전부 내놔."

"1달러짜리 하나밖에 없어. 근데 나도 이 돈이 필요……."

"네놈 자식이 필요하건 뭐건 나랑 무슨 상관이야. 얼른 내놓지 못해?"

아빠는 돈을 받아들더니, 진짜인지 아닌지 한참 들여다보고 나서, 그걸로 위스키나 사 마시러 마을에 가야겠다고 했다. 오늘은 하루 종일 한 잔도 못 마셨다면서 말이다. 아빠는 헛간 지붕 위로 기어나가더니만, 금세 도로 창문에 머리를 들이밀고는 내가 시건방을 떨었다는 둥, 지 애비 머리 꼭대기에 올라서려고 한다는 둥 잔뜩 악담을 퍼부었다. 그러다가 이번에는 정말 가버렸겠지 생각하는 찰나에, 또다시 돌아와서 창문에 머리를 들이밀고는 아까 학교에 대해서 말한 것 똑바로 기억하라고, 당장에 학교를 때려치우지 않으면 언제 한 번 붙잡아서 늘씬하게 패주겠다고 했다.

다음 날 아빠는 술에 취한 채 새처 판사한테 찾아가서는 그 양반을 들볶으며 돈을 몽땅 긁어내려고 했다. 하지만 뜻대로 되지 않자 이번에는 법으로 해결하겠다며 난리를 쳤다.

판사와 과부댁 역시 나를 아빠에게서 떼어놓고 자기네 중 한 사람이 내 보호자가 될 수 있도록 소송에 들어갔다. 하지만 그 사건을 맡은 판사는 우리 동네에 처음 온 사람이라서, 우리 아빠가 어떤 인간인지 알 턱이 없었다. 그래서 신임 판사는 이 사건에 법이 개입해서는 안 되며, 무슨 일이 있더라도 가족을 갈라놓아서는 안 된다고 했다. 자식을 그 아버지에게서 떼어놓고 싶지는 않다고 말이다. 결국 새처와 과부댁은 소송을 취하할 수밖에 없었다.

아빠는 이 사실을 알고는 신이 나서 날뛰었다. 그러면서 나더러 돈을 가져오지 않으면 아주 푸르죽죽해질 때까지 쇠가죽 채찍으로 패주겠다고 을러댔다. 나는 새처 판사한테서 3달러를 꿔왔고, 아빠는 그걸 갖고 술을 퍼마시고는 사방팔방 돌아다니며 욕을 하고, 소리를 지르기를 계속했다. 나중에는 양철 냄비를 어디서 하나 가져와서는 두들겨대는 바람에 온 마을 사람들이 한밤중까지도 잠을 못 이루고 말았다. 결국 사람들은 아빠를 붙잡아 감옥에 넣었고, 다음 날 곧바로 재판에 회부해 일주일 동안 또다시 감옥에서 지내게 했다. 그러자 아빠는 '자기'는 만족한다고 말했다. 자기는 아들을 꽉 잡고 있으니까, 조만간 '그 녀석'을 혼쭐내주겠다고 했다.

아빠가 감옥에서 나오자, 신임 판사는 아빠를 제구실 하는 사람으로 만들겠다고 작정했다. 그래서 판사는 아빠를 자기네 집으로 데려가서는, 깨끗하고 멋진 옷으로 갈아입히고, 아침 점심 저녁을 자기네 식구들과 함께 먹게 하면서, 말하자면 아빠한테 파이처럼 굴었다. 저녁을 먹고 나서 판사는 금주며 이런저런 것들에 관해 이야기했고, 아빠는 펑펑 눈물을 쏟으면서 자기는 바보였다고, 평생 바보처럼 살았다고 뉘우쳤다. 하지만 이제는 정말 새 잎사귀 같은 사람이 되어, 누구 앞에서도 부끄럽지 않은 사람이 될 것이니, 판사 양반께서도 도와주시고 자기를 무시하지 말아주시기를 간곡히 부탁했다. 판사는 그런 말만 들어도 자기는 대만족이라고 대답했다. 결국 판사도 울었고, 그의 아내 역시 몇 번이나 울었다. 아빠는 자기가 늘 남들에게 오해만 받으며 살았다고 했으며, 판사는 자기도 그렇게 생각한다고 대답했다. 아빠는 자기처럼 정말 밑바닥으로 떨어진 사람에게 필요한 것이 무엇이겠느냐고, 그건 바로 동정이 아니겠느냐고 말했다. 그러자 판사도 그 말이 맞다고 했다. 그래서 세 사람은 또다시 눈물바람이 났다. 잠잘 시간이 되자 우리 아빠는 자리에서 일어나 자기 손을 내밀며 이렇게 말했다.

"이 손을 좀 보십쇼, 판사님. 사모님께서두요. 이 손을 잡아주십쇼. 만져주십쇼. 이건 사람의 손이 아니라 돼지의 발이었습니다. 하지만 이제는 그렇지 않습니다. 이제는 새로운 삶을 시작한 사람의 손이란

말입니다. 앞으로 제가 죽어 사라지기 전까지, 그 옛 사람이 다시 돌아오는 일은 결코 없을 겁니다. 괜히 드리는 말씀이 아닙니다. 제가 말씀드리는 걸 잊지 마시기 바랍니다. 이제 이 손은 깨끗한 손입니다. 제발 이 손을 잡아주십쇼. 두려워하시지 말구요."

그래서 판사 부부는 번갈아가며 아빠의 손을 잡아주었고, 모두들 돌아가며 펑펑 울었다. 판사의 부인은 심지어 아빠의 손에다 키스까지 했다. 그런 뒤에 아빠는 각서를 작성했다. 그리고 서명 대신 표시까지 했다. 판사는 지금이야말로 그 어느 때보다도 더 거룩한 시간이라고 했다던가, 뭐 하여간 그런 소리를 늘어놓았다. 그런 뒤에 두 사람은 아빠를 손님용으로 비워둔 빈 침실로 데려다주었는데, 그날 밤에 아빠는 어찌나 목이 말랐던지 창문을 열고 현관 지붕 위로 나와 기둥을 타고 내려온 다음, 새로 얻어 입은 코트를 벗어주고 사십 로드(forty-rod, 값싸고 저질인 위스키로, 워낙 독하기 때문에 40로드 밖에 있는 사람이 인사불성이 되거나 심지어 죽을 수도 있다고 했다—옮긴이) 한 병과 맞바꾸었다. 그런 뒤에 아빠는 다시 방으로 기어들어가 신나게 술을 퍼마셨다. 동틀 무렵이 되자 또다시 창문 밖으로 빠져나 갔는데, 완전히 곤드레만드레가 된 까닭에, 현관 지붕에서 떨어지며 왼팔이 두 군데나 부러지고, 다음 날 해가 뜨고서야 거의 얼어죽을 지 경이 된 상태로 사람들에게 발견되었다. 그것도 모르는 판사 부부는 아침에 손님을 깨우러 빈 방에 들어갔다가, 〔어찌나 난장판인지〕 운 항에 앞서서 측심을 해야만(조심스럽게 전진한다는 의미―옮긴이) 했다.

판사는 그야말로 심한 배신감을 느꼈다. 그러면서 저따위 인간을 교화시키는 방법은 엽총뿐이라고, 그것밖에는 다른 방법이 없을 거라 고 말했다.

제6장

     아빠는 금방 다시 나타나 여기저기 얼쩡거리기 시작했다. 재판소에 있는 새처 판사를 찾아가서는 돈을 내놓으라고 하는가 하면, 나를 쫓아와서는 왜 학교 다니지 말라는데 말 안 듣고 계속 다니느냐고 호통을 쳤다. 두어 번쯤 아빠한테 붙잡혀서 매를 맞기도 했지만 나는 평소와 마찬가지로 계속 학교에 다녔고, 대개는 아빠를 피하거나 또는 따돌리고 도망치곤 했다. 그전까지만 해도 학교에 가고 싶은 생각은 별로 없었지만, 이제는 아빠 때문에라도 가야겠다는 생각이 들었다. 법적 소송은 원래부터 그렇게 느려터진 건지. 이건 도무지 시작될 기미조차도 없어 보였다. 그래서 나는 계속해서 판사를 찾아가 2, 3달러씩 빌려다가 아빠한테 건네주었다. 쇠가죽 채찍으로 맞지 않으려면 어쩔 수 없었다. 돈을 받았다 하면 아빠는 술을 퍼마셨다. 술을 마셨다 하면 아빠는 생난리를 피웠다. 생난리를 피웠다 하면 아빠는 감옥에 들어갔다. 차라리 아빠한테는 그게 나았다. 그거야말로 아빠의 성미에 딱 맞아떨어졌다.

아빠가 과부댁네 근처에 어찌나 자주 얼씬거렸는지, 나중에는 과부댁이 아빠한테 가서 거기 근처 이용하기를 그만두지 않으면 가만 있지 않겠다고 엄포를 놓았다. 하지만 우리 아빠가 어디 '멀쩡한' 사람인가? 아빠는 누가 헉 핀의 진짜 부모인지 보여주겠다고 장담했다. 그래서 아빠는 어느 봄날 멀찍이서 감시하고 있다가, 나를 붙들어서는 보트에 태우고 강을 따라 상류로 3마일(약 5킬로미터)쯤 되는 곳으로 가서는, 일리노이 쪽 강변으로 건너갔다. 인가라곤 전혀 없고 오래된 오두막 하나뿐이었는데, 숲에 나무가 어찌나 빽빽한지 거기 그런 집이 있는 걸 모르는 사람이라면 결코 쉽게 찾지 못할 것 같았다.

아빠는 나를 항상 자기 곁에 두었기 때문에, 내겐 도망칠 기회조차 없었다. 우리는 그 오래된 오두막에서 살았고, 아빠는 항상 문을 잠가두고 밤이면 베개 밑에다가 열쇠를 넣어두었다. 아빠는 총도 하나 갖고 있었는데 내 생각에는 아마 훔친 것 같았고, 우리는 낚시를 하고 사냥을 해서 그럭저럭 먹고 살았다. 가끔 한번씩 아빠는 나를 집 안에 가둬두고, 거기서 3마일(약 5킬로미터)쯤 떨어진 선착장에 있는 잡화점에 가서는 생선이랑 사냥감을 위스키랑 맞바꾼 다음 그걸 집으로 가져와서 신나게 퍼마시고는, 취해서 기분이 좋으면 날 두들겨패곤 했다. 내가 어디 있는지를 알아낸 과부댁은 사람을 보내 나를 데려오려고 했지만, 아빠는 총으로 그 사람을 위협해 쫓아버렸다. 머지않아 나는 예전과 같은 이런 생활에 다시 익숙해졌고, 이젠 오히려 좋아하게끔 되었다. 물론 그 쇠가죽 채찍질만큼은 빼고.

그런 생활도 한가하고 유쾌하긴 했다. 온종일 편안히 누워 있고, 담배를 피우거나 낚시를 하고, 책도 공부도 없었으니까. 그렇게 한 두어 달쯤 지나자 내가 입은 옷도 모두 누더기가 되고 더러워졌다. 그러자 예전에 과부댁에서 했던 것처럼 깔끔한 상태를 내가 어떻게 좋아할 수 있었는지 도무지 이해가 안 되었다. 그 집에서는 몸을 씻어야 했고, 음식을 접시 위에 담아 먹어야 했고, 빗질을 해야 했으며, 매일 정한 시간에 잠을 자고 일어나야 했으며, 항상 책 때문에 골치를 썩거나 노처녀 왓슨 양의 잔소리에 시달려야만 했다. 이젠 나도 예전으로 돌아가고 싶지 않았다. 거기선 욕도 할 수 없었다. 과부댁이 듣기 싫어했기 때문이다. 하지만 여기서는 다시 욕을 하게 되었는데, 아빠는 그런 거에 대해 전혀 뭐라고 하는 법이 없었기 때문이다. 결국 이것저것 다 따져보면, 거기 숲 속에서의 생활도 제법 괜찮은 시간이었다.

하지만 시간이 갈수록 아빠가 히코리(히코리나무 회초리—옮긴이) 다루는 솜씨가 늘었고, 결국에는 나도 더 이상 견딜 수가 없었다. 내 몸은 온통 채찍 자국이었다. 아빠가 나만 두고 멀리 가버리는 일도 점점 많아졌다. 한번은 나만 두고 무려 사흘이나 돌아오지 않았다. 어찌나 쓸쓸했는지 모른다. 그러다가 문득 아빠가 혹시 물에 빠져 죽은 것은 아닌지, 결국 나는 더 이상 바깥세상을 볼 수 없는 것은 아닌지 하는 생각이 들었다. 나는 너무 겁이 났다. 그래서 그곳을 빠져나갈 방법을 마련하기로 작정했다. 나는 오두막에서 빠져나가려고 여러 번 시도했지만, 방법을 찾을 수가 없었다. 오두막에는 창문도 몇 개 있었지만, 하나같이 개 한 마리나 간신히 통과할 수 있을 정도로 작았다. 굴뚝으로 빠져나가볼까 했더니만, 너무 좁았다. 문은 두껍고 단단한 참나무 판자로 되어 있었다. 아빠는 약삭빠르게도 자기가 멀리 갈 때에는 오두막 안에 칼이나 뭐 비슷한 물건을 두고 가지 않았다. 내 생각에는 오두막 곳곳을 아마 백 번도 넘게 뒤져보았을 거다. 거의 항상 그렇게 했는데, 하긴 혼자 있으려면 시간 때울 수 있는 방법은 그거 하나밖에 없었기 때문이다. 하지만 이번에는 정말 뭔가를 찾아냈다. 손잡이 없는 녹슬어빠진 톱을 하나 찾아낸 것이다. 그 물건은 서까래랑 천장 미늘판 사이에 놓여 있었다. 나는 톱에다가 기름칠을 한 다음, 그걸로 작업을 시작했다. 오두막의 한쪽 끝, 그러니까 식탁 뒤쪽 통나무 벽에는 낡은 말 〔안장 밑에 까는〕 이불이 하나 매달려 있었다. 벽 틈새로 바람이 새어 들어와 촛불을 꺼트리지 않게끔 거기다 못박아놓은 것이었다. 나는 식탁 밑으로 기어들어가 이불을 들추고 맨 밑바닥의 커다란 통나무를 내가 거뜬히 통과할 수 있을 만큼 썰어내기 시작했다. 상당히 긴 톱이긴 했지만, 거의 마무리할 무렵에 저 멀리 숲 속에서 아빠의 총 소리가 들렸다. 지금까지 일한 흔적을 모두 없애고, 이불을 도로 덮고 톱을 감춰놓기가 무섭게 아빠가 문을 열고 들어왔다.

아빠는 심술이 잔뜩 나 있었다. 물론 아빠 자체가 원래 그런 성격이긴 했지만. 아빠 말로는 오늘 마을에 내려갔던 일은 하나부터 열까지 모두 엉망진창이었다고 한다. 변호사의 말로는 이 소송에서는 이길 게 분명하고, 결국 돈을 받을 게 확실하다고 했다. 일단 재판만 시작된다면 말이다. 하지만 문제는 재판을 뒤로 미루고 미루는 방법에는 여러 가지가 있다는 점이었고, 새처 판사야말로 그런 방법에는 통달한 양반이었다는 거다. 그리고 아빠 말에 따르면, 사람들 생각으로는 조만간 나를 아빠에게서 떼어놓고 과부댁을 내 보호자로 삼기 위한 또 다른 재판이 벌어질 것이며, 그러면 이번에는 그쪽이 이길 거라고 여긴다는 거였다. 그 이야기를 듣자 나는 상당히 충격을 받았다. 왜냐하면 나는 더 이상 과부댁에게로 돌아간다거나, 그토록 속박을 당하면서까지 문미영인[문명인]인지 나발인지가 되고 싶지는 않았기 때문이다. 아빠는 욕을 하기 시작했다. 세상 모든 것에 대해서는 물론이고, 세상 모든 사람에 대해서도 생각나는 대로 족족 욕을 했다. 나중에는 혹시 빠진 놈이 하나라도 있을까 싶었는지 처음부터 다시 한번 짚어가며 욕을 했고, 결국에는 주위의 모두를 겨냥해서 그야말로 총체적인 욕을 퍼부었다. 그중 상당한 꾸러미의 사람들은 아빠가 미처 이름도 모르는 작자들이어서, 머릿속에 떠오르면 그놈 이름이 뭐더라, 뭐더라 하다가 그냥 욕설을 퍼붓는 식이었다.

아빠는 과부댁이 나를 도로 데려갈지도 모른다고 말했다. 그러면서 앞으로 상황을 봐서, 혹시 그 작자들이 무슨 허튼 수작이라도 부릴 것 같다 치면, 여기서 6, 7마일(약 10킬로미터)쯤 떨어진 곳에 있는 어느 장소를 알고 있으니, 나를 거기다 데려다놓으면, 그 작자들이 찾아나선다 해도 지들 발만 아프지 절대로 찾지 못할 거라고 했다. 그러자 나는 잠시나마 또다시 불편한 기분이 들었다. 아빠가 그렇게 할 때까지 옆에 머물러 있어서는 안 되겠다는 생각이 든 것이다.

아빠는 나보고 보트에 가서 거기 실린 물건들을 가져오라고 했다. 옥수수가루 50파운드(약 23킬로그램)짜리가 한 자루 있었고, 베이컨 한 덩어리랑 총알, 그리고 4갤런(약 15리터)들이 위스키 통이 하나 있었고, 충전재로 사용할 헌책 한 권이랑 신문 두 장, 그리고 삼줄(아마나 삼 실로 만든 밧줄ー옮긴이)이 한 꾸러미 있었다. 나는 물건들을 나른 다음, 다시 보트 있는 데로 와서 뱃머리에 걸터앉아 잠시 쉬었다. 나는 곰곰이 생각해본 끝에, 총이랑 줄 몇 개만 들고 숲으로 들어가 내빼야겠다고 생각했다. 한 곳에 머물러서는 안 될 것 같았고, 차라리 방방곡곡을 여기저기 떠돌아다니되 그것도 주로 밤에만 다니고 사냥과 낚시로 끼니를 유지하며, 아빠나 과부댁이 결코 다시는 찾아내지 못할 곳으로 멀리멀리 가버려야 할 것 같았다. 나는 오늘 밤, 그러니까 아빠가 술에 취하고 나면 톱질을 마무리한 뒤에 내빼버리자고 작정했다. 보아하니 오늘 밤엔 아빠가 그러고도 남을 것 같았다. 시간이 가는 줄도 모르고 거기 앉아서 골똘히 생각에 사로잡혀 있노라니, 아빠가 나더러 자빠져 자느냐, 아니

면 물에 빠져 뒈졌느냐, 뭘 하고 있느냐고 멀리서 고래고래 소리를 지르는 거였다.

나머지 물건들을 모두 오두막으로 들여놓자 곧바로 날이 저물었다. 내가 저녁을 짓는 동안, 아빠는 벌써부터 술을 한두 잔 마시고 취기가 오르는 모양인지, 또다시 욕을 퍼붓기 시작했다. 이번에 마을에 갔을 때에도 술을 퍼마시고는 밤새 시궁창에 자빠져 잠을 자는 바람에 그야말로 구경거리가 되었다고 했다. 누가 봐도 아담이 따로 없는 모습이었다. 머리부터 발끝까지 온통 흙이었으니까. 술기운이 본격적으로 오르기 시작하면 아빠는 십중팔구 정부 욕을 하곤 했다. 이번에는 이렇게 말하는 거였다.

"이런 망할 게 무슨 정부냐! 어디, 이놈의 망할 게 돌아가는 꼬락서닐 좀 보라니까. 멀쩡한 자식새끼를 지 애비한테서 빼앗아가는 놈의 법률이 세상에 어디 있어. 친자식새끼를 말이야. 지금까지 온갖 고생을 해가며, 온갖 걱정을 해가며, 기껏 돈 들여가며 키워놨더니 말이야. 그래, 그 애비란 놈이 기껏 자식새끼를 멀쩡히 키워놓았더니, 그리고 기껏 돈 벌어다가 이것저것 해주고 잠잘 곳까지 마련해주었더니, 뭐? 그까짓 놈의 법으로 자식새끼를 데려가겠다고? 그따위 놈의 게 무슨 정부야! 그게 다가 아니지, 암만. 그 망할 새처 판사 영감태기도 다 그놈의 법에다가 기대가지고서는, 내 재산을 내가 갖지 못하게 하고 있겠다. 이놈의 법이라는 게 하는 꼬락서니 좀 보라지. 기껏 한다는 짓이 6천 달러도 넘게 가진 나 같은 사람을 이따위 거지 같은 오두막 속에서 꼼짝도 못하게 하고, 어디 돼지새끼한테도 어울리지 않을 거지 옷을 입고 자빠져 있게 만든다 이거지. 에이, 이까짓 놈의 게 무슨 정부야! 아니, 그놈의 정부에서 말하는 국민의 권리라는 게 겨우 이따위 건가? 에이, 내가 더러워서라도 이놈의 나라를 떠나서 영영 안 돌아오고 말지. 그래, 내가 그놈들한테도 분명히 그랬지. 그 새처 영감태기 낯짝에다가 대고 말이야. 그때 옆에 다른 놈들도 제법 있었으니, 아마 내가 한 말 똑똑히 들었을걸. 내가 뭐랬는고 하니, 단 돈 2센트만 있으면 내가 이 망할 놈의 나라를 떠나서 다시는 결코 근 처에도 안 오겠다고 했겠다. 바로 그렇게 말했지. 내가 그랬다니까. 내 모자를 좀 보라고. 그러니까 이걸 모자라고 할 수가 있다면 말이 야. 뚜껑만 위에 있지, 나머지는 턱 있는 데까지 다 내려온 걸 보란 말 이야. 이건 무슨 모자는커녕 내 대가리가 무슨 놈의 난로 연통 이엄매 [이음매]에 끼어 있는 꼴이 아니냐고 말이야. 이것 좀 보라고 내가 그 랬지. 내가 이따위 모자를 쓰고 다닌다 이거야. 내 권리만 제대로 찾 는다면, 이 마을에서 제일 부자인 사람 중 하나가 말이야.

아, 그래, 참으로 잘나빠진 정부이기도 하지, 아주 잘나빠졌어. 왜 냐구? 아, 이것 좀 보라니까. 오하이오에서 왔다는 자유 깜둥이가 한 놈 있더구만. 물라터[물라토]라서 아주 백인마냥 허여멀건 하데. 내 지금껏 살면서 처음 보는 아주 새하얀 셔츠를 입고, 아주 번쩍번쩍하 는 모자까지 썼더구만. 우리 마을에 사는 놈들 중에도 아마 그 깜둥이 마냥 좋은 옷을 입은 놈은 없을걸. 아, 게다가 줄 달린 금시계는 물론 이고, 은 손잡이 달린 지팡이까지 있더라니까. 아주 우리 주州에서는 제일 끝내주는 머리 허연 유지시더라니까. 근데 뭐라는지 알아? 아,

그놈이 어디 대학 교수에다가, 몇 나라 말을 할 줄 알고, 아주 뭐, 모르는 게 없다는 거야. 그것뿐이면 내가 말 다 했지. 아, 그놈이 사는 곳에서는 그놈이 투표도 할 수 있다는 거야. 어휴, 내가 그 소릴 듣자마자 기절하는 줄 알았다니까. 내가 생각했지. 도대체 이놈의 나라가 어떻게 돌아가는 건가? 투표하는 날이 되면, 나도 직접 가서 투표를 할 수 있지. 아, 물론 술에 취해서 거기까지 못 가지만 않으면 말이야. 그런데 뭐? 이 나라에 깜둥이한테도 투표를 하게 하는 놈의 주가 있다구? 그야말로 기절초풍하겠네. 내가 그랬지. 내가 두 번 다시 투표라는 놈의 걸 하나 보라구. 내가 딱 그랬다니까. 다들 들었을 거야. 내가 보니까 이놈의 나라가 아주 망하려고 작정을 했다구. 그러니 나는 죽을 때까지 절대 투표 안 할 거라고 했지. 그 깜둥이 번지르르한 꼬라지를 보니까 말이야. 그래, 밀어내지 않으면 아예 나한테 길도 내주지 않는다 이거지. 그래서 내가 거기 있는 사람들한테 그랬지. 아니, 왜 이놈의 깜둥이를 잡아다가 경매에 붙여서 팔아버리지 그냥 멀거니 보고만 서 있느냐고 말이야. 그랬더니만, 아, 글쎄, 그렇게 주인 없는 깜둥이는 이 주州에 6개월 이상 있지 않는 한 팔 수가 없게 되어 있다네? 근데 하필이면 그놈의 깜둥이가 아직 그 정도로 오래 있진 않았다는 거야. 이거 보라구, 이거. 이게 바로 그 증거라니까. 주인 없는 깜둥이를 팔려고 해도, 이 주에서 6개월 넘게 살지 않으면 못 판다? 아, 이런 놈의 게 바로 정부라니까! 보라구, 여기 어떤 놈의 정부가 저 스스로를 정부라면서, 그리고 계속 정부 노릇을 한다면서, 그리고 저 스스로가 정부라고 생각한다면서, 아, 그럼에도 불구하고 저까짓 놈의 떠돌이에 도둑질이나 하고, 사람 분통 터지게 하고, 허여멀건한 셔츠 차림에 주인도 없는 깜둥이 하나 붙잡아 파는 데 6개월씩이나 기다리라고 한단 말이야? 그것뿐이 아니라……."

아빠는 이런 식으로 계속 떠들었고, 그 와중에 자기도 어디로 가는지 모르고 이리저리 돌아다니다가 결국 소금에 절인 돼지고기가 든 나무통에 걸려 나자빠지는 바람에 양쪽 정강이 껍질이 까졌다. 그리하여 아빠의 이후 연설은 그야말로 낯 뜨거운 말투성이가 되어버렸다. 대부분은 그 깜둥이랑 정부를 겨냥한 것이었고, 가끔 한두 번씩은 그 나무통을 겨냥하기도 했다. 아빠는 오두막 안 곳곳을 이리저리 동동대고 뛰어다녔다. 처음에는 한쪽 발로 동동거리더니, 그다음에는 다른 쪽 발로 동동거리면서, 발목을 번갈아가며 붙들고 끙끙거렸다. 나중에는 갑자기 자기 왼발로 나무통을 세게 콱 걸어찼다. 하지만 그건 별로 좋은 생각이 아니었던 게, 아빠의 신발에는 이미 구멍이 뚫려 있어서 발가락 두 개가 삐죽 튀어나와 있었기 때문이다. 그리하여 이제 아빠는 듣는 사람의 머리카락이 곤두설 만큼 날카로운 비명을 지르더니, 발가락을 부여잡은 채 흙바닥에 자빠져서 데굴데굴 구르기 시작했다. 그때 아빠가 한 욕이란, 그야말로 이전까지 했던 모든 욕을 능가하는 것이었다. 아빠 본인도 나중에 그렇다고

시인했다. 그런 욕을 할 수 있는 사람은 팔팔하던 시절의 소베리 헤이
건 영감태기 정도일 뿐이라고 했다. 그 양반 욕에 비하면 아빠 욕은
아무것도 아니라고 말이다. 하지만 내 생각에는 아빠가 괜히 부풀려
하는 말 같았다.

저녁을 먹고 나서 아빠는 술병을 집어 들더니, 술꾼 둘에 섬망증
(delirium tremens. 과도한 음주로 근육 조절이 상실되어 나타나는 환
각 증상—옮긴이)—아빠는 항상 그런 말을 했다— 하나는 너끈할 정
도로 위스키가 충분하다고 말했다. 나는 아빠가 앞으로 한 시간 뒤에
는 완전히 술에 취해 나가떨어질 거라고 예상했다. 그때가 되면 열쇠
를 훔치든가 톱질을 하든가, 하여간 둘 중 한 방법으로 도망칠 수 있
을 거라고 말이다. 아빠는 계속 술을 마시고 마시더니, 결국에 가서는
이불 위에 털썩 쓰러졌다. 하지만 나로선 지독하게도 운이 없었다. 아
빠는 세상 모르게 잠든 것이 아니라, 선잠이 들었던 것이다. 그래서
한참 동안 계속 중얼대고 끙끙대고, 몸부림을 치는 거였다. 나중에는
나도 어찌나 졸리던지 차마 눈을 뜨고 있을 수가 없었다. 그래서 내가
뭘 하는지도 깨닫기 전에 그만 잠들고 말았고, 촛불은 여전히 타고 있
었다.

얼마나 오래 잠들어 있었는지 모르겠지만, 갑자기 끔찍한 비명 소
리가 들리는 바람에 나는 잠에서 깨고 말았다. 아빠였다. 마치 미친
사람처럼 사방팔방으로 펄쩍펄쩍 뛰면서 뱀이라고 소리소리 지르고
있었다. 뱀이 자기 다리로 기어 올라왔다고 했다. 그러면서 펄쩍펄쩍
뛰며 소리소리 질러댔다. 그러더니 이번에는 한 마리가 자기 뺨을 물

었다고 했다. 하지만 내 눈에는 뱀이라곤 한 마리도 안 보였다. 아빠는 오두막 안을 빙글빙글 돌기 시작했고, 계속 이렇게 소리 질렀다. "이것 좀 떼! 이것 좀 떼라구! 내 목을 물고 늘어졌단 말이야!" 나는 지금껏 살면서 그렇게 눈빛이 무서운 사람은 본 적이 없었다. 곧이어 아빠는 완전히 지쳤는지, 헐떡이면서 자리에 쓰러졌다. 그러더니 계속해서 이리저리 구르기 시작했다. 어찌나 빠르던지 몸에 닿는 것은 모조리 발로 차 넘겼고, 손을 뻗어 공중을 치고 붙잡으며 허우적거렸고 비명을 질렀다. 그러면서 악마들이 자기를 붙잡으러 왔다고 말했다. 시간이 지나자 아빠도 지친 듯 가만히 누운 채 끙끙거렸다. 그러다가 더 조용해지더니 이젠 아무 소리도 내지 않았다. 숲 속 멀리서 올빼미랑 늑대 우는 소리가 들렸고, 곧이어 섬뜩할 정도로 주위가 조용해졌다. 아빠는 한쪽 구석에 누워 있었다. 그러더니 한참 뒤에는 자리에서 일어나 비틀대며 걸어가더니, 머리를 한쪽으로 축 늘어트리고 뭔가에 귀를 기울였다. 아빠는 매우 낮은 목소리로 말했다.

"저벅, 저벅, 저벅. 귀신들이야. 저벅, 저벅, 저벅. 귀신들이 날 쫓아오는 거야. 난 안 갈 거야. 으악, 그놈들이 왔어! 저리 가지 못해! 저리! 손 치워! 차가운 손을! 내버려둬! 이 불쌍한 놈을 그냥 내버려두라구!"

그러더니 아빠는 바닥에 납작 엎드려서는, 제발 좀 내버려두고 얼른 가버리라고 빌며 이리저리 기어다니기 시작했다. 그러더니 이번에는 이불 속에 들어가 둘둘 말고는, 낡아빠진 소나무 탁자 밑에 들어가, 여전히 빌고 또 빌었다. 그러더니 막 울기 시작했다. 아빠가 우는 소리가 이불 너머까지 다 들렸다.

그러더니 나중에는 이불에서 굴러 나오더니, 미친 사람처럼 펄쩍펄쩍 뛰다가 나를 보고는 쫓아오는 거였다. 아빠는 접는 칼을 들고는 나를 쫓아 오두막 안을 빙빙 돌았다. 나더러 죽음의 천사라고 하면서, 나를 잡아 죽여야만 더 이상 찾아오지 않을 게 아니냐고 했다. 아니라고, 나는 그냥 헉이라고 하소연했지만, 아빠는 날카롭게 웃으면서 소리소리 지르고 욕을 해대면서 나를 계속 쫓아왔다. 그러다 한번은 내가 얼른 뒤로 돌아 아빠의 팔 밑으로 빠져나오려고 했다. 그러자 아빠는 내 양쪽 어깨 사이 겉옷 뒷덜미를 꽉 붙잡았고, 나는 이제 끝인가 하는 생각이 들었다. 하지만 나는 그야말로 번개처럼 겉옷을 벗어버렸고, 덕분에 목숨을 구했다. 잠시 후에 아빠는 완전히 힘이 빠졌고, 오두막 문에 등을 기댄 채 주저앉았다. 그러면서 잠시만 쉬었다가 다시 날 죽여 없애버릴 거라고 했다. 아빠는 칼을 엉덩이 밑에 깔고 앉아서는, 잠시 눈을 붙이고 기운을 차리면, 그때 다시 가서 누가 이기나 어디 한번 해보자는 거였다.

곧이어 아빠는 꾸벅꾸벅 졸았다. 나중에 나는 낡아빠진 갈라진 바닥 의자를 가져와서, 소리를 내지 않으려 최대한 조심스럽게 그 위로 올라서서 총을 꺼냈다. 나는 꽂을대를 집어넣고 장전이 되어 있는지 확인해보았고, 그런 뒤에 총을 순무가 든 나무통 옆에다 걸쳐놓아서, 아빠를 겨냥하게 하고, 그 뒤에서 아빠가 혹시 꿈쩍이라도 하지 않는지 기다리고 있었다. 그날따라 시간은 어찌나 더디게 흘러갔는지 모른다.

Adventures of Huckleberry Finn

제7장

"얼른 인나! 뭐하고 있는 거야!"

나는 눈을 뜨고 주위를 둘러보았다. 여기가 어딘가 기억을 더듬으면서. 이미 해가 떠 있었고, 나는 깜박 잠들었던 모양이었다. 아빠가 내 앞에 서 있었는데, 뭔가 언짢은, 그리고 불편한 표정이었다. 아빠가 말했다.

"여기서 총 가지고 뭐하는 거야?"

아빠는 어제 있었던 일에 대해서는 아무것도 기억하지 못하는 눈치였다. 그래서 나는 이렇게 둘러댔다.

"누가 들어오려고 하잖아. 그래서 그놈을 겨냥하고 있었지."

"그럼 날 깨웠어야지?"

"그러잖아도 깨우려고 했는데 안 일어나던걸. 내 힘으로는 꼼짝도 안 하더라구."

"그래? 알았어. 하루 종일 조잘거리고 서 있을 거야? 얼른 나가서 낚싯줄에 고기 걸린 거 있나 봐봐. 그걸로 아침 먹게. 나도 금방 따라 갈 거니까."

아빠가 잠긴 문을 열자, 나는 밖으로 나가 강둑 위로 향했다. 통나무니 뭐니 하는 것들 몇 개와, 나무껍질 쪼가리 등등이 떠내려오고 있었다. 나는 강물이 불어나고 있음을 알았다. 지금 마을에만 있었어도 상당히 재미있었을 텐데 하는 생각이 문득 들었다. 유월 물오름에 나는 늘 한몫을 잡곤 했다. 물이 불어나기 시작하면 코드장작이 떠내려오거나, 통나무 뗏목 가운데 일부, 또는 한 번에 열댓 개의 통나무가 떠내려오곤 했기 때문이었다. 그걸 건져다가 목재소나 제재소에 갖다 팔면 그만이었다.

나는 강둑을 따라 걸어가는 내내 한눈으로는 아빠 쪽을 살펴보고, 다른 눈으로는 강물에 뭐가 떠내려오나 살펴보았다. 그때 문득 카누가 한 척 떠내려오는 게 보였다. 아주 멋진 놈이었고, 길이는 13 아니면 14피트쯤(약 4미터) 되었으며, 오리마냥 가볍게 떠 있었다. 나는 강둑에서 강물 속으로 머리부터 뛰어들었다. 마치 개구리마냥, 옷이고 뭐고 고스란히 입은 채로 카누를 향해 헤엄쳐갔다. 어쩌면 그 안에 누군가가 누워 있을지도 몰랐다. 왜냐하면 멍청한 사람들을 놀려주려고 가끔 누가 그렇게 배 안에 숨어 있다가, 상대방이 배에 다다르는 순간 벌떡 일어나 깜짝 놀라게 하기도 해서였다. 하지만 이번에는 그렇지 않았다. 그냥 주인 없는 카누가 분명해서, 나는 그 위로 기어올라가 강변으로 노를 저었다. 아빠한테 보여주면 무척 좋아할 것 같다는 생각이 들었다. 돈으로 치면 10달러도 더 받을 테니까. 하지만 강변에 도착해보니 아빠는 아직 나오지 않고 있었다. 배를 저어 그 옆의 도랑처럼 생긴, 온통 덩굴과 버드나무가 우거진 작은 시내로 거슬러 올라가면서, 문득 또 다른 생각이 떠올랐다. 차라리 이 배를 숨겨놓자고, 그래서 숲을 따라 도망가는 대신에 이 배를 타고 50마일(약 80킬로미터)쯤 밑으로 내려가서 야영을 하자고 말이다. 그러면 공연히 힘들게 걸을 필요도 없었다.

오두막에서 가까운 곳이었기 때문에, 내내 아빠가 오는 소리가 들리는 것만 같아 조마조마했다. 하지만 나는 결국 카누를 숨겼다. 그런 뒤에 밖으로 나와 버드나무가 빽빽한 주위를 둘러보니, 아빠가 총을 들고 새를 향해 가늠쇠를 겨누고 있었다. 결국 아빠는 아무것도 못 봤다는 거였다.

아빠가 그러고 있는 동안, 나는 '주낙'을 열심히 끌어올렸다. 아빠는 왜 그렇게 늦었느냐며 또 욕을 퍼부었고, 나는 그만 강에 빠지는 바람에 그리 되었다고 둘러댔다. 내 몸이 젖은 걸 보면 분명히 아빠가 물어볼 것이 뻔했기 때문이다. 우리는 낚싯줄에 걸린 메기 다섯 마리를 건져 오두막으로 가져갔다.

아침을 먹고 한숨 자려고 누웠다. 우리 모두는 지친 상태였으니까. 나는 아빠랑 과부댁이 내 뒤를 따라올 생각조차 할 수 없게 만들 방법

이 없을까 궁리했다. 이들이 나를 또다시 찾아나서기 전에 멀리멀리 가버리면 된다고, 그렇게 운에만 의지하는 것보다는 뭔가 더 확실한 조치를 해놓는 것이 나을 것 같았다. 한동안은 아무런 생각도 나지 않았다. 그러다가 아빠가 자리에서 일어나더니 물을 한 잔 마시고 나서 이렇게 말했다.

"다음번에 어떤 놈이 이 근처에 돌아다니걸랑 곧바로 나를 깨워야 해, 알았냐? 괜히 이 먼 곳까지 와서 돌아다닐 놈은 없을 테니까. 그런 놈은 쏴 죽여야 해. 하여간 다음번에는 꼭 깨워야 해, 알았어?"

그러더니 아빠는 다시 자리에 누워 자기 시작했다. 그런데 아빠 말을 듣고 나니 내가 알고 싶었던 바로 그 방법이 떠오르는 거였다. 나는 속으로 이렇게 말했다. 이제는 어느 누구도 감히 날 따라올 생각조차 못하게 할 방법을 알아냈다고 말이다.

열두 시쯤 되자 우리는 밖에 나가서 강둑을 따라 걸었다. 강물이 아주 빨리 불어나고 있었고, 물 위에는 상당히 많은 부목이 떠내려왔다. 나중에는 통나무 뗏목의 일부도 떠내려왔다. 모두 합쳐 아홉 개나 되는 통나무였다. 우리는 보트를 타고 나가서 그걸 강가로 끌어왔다. 그런 뒤에 점심을 먹었다. 아빠 말고 다른 사람이었다면 아마 해가 떨어질 때까지 거기서 더 기다리며 지켜보다가 뭐라도 좀 더 건져내려 했을 것이다. 하지만 우리 아빠 스타일은 그게 아니었다. 한 번에 통나무 아홉 개면 충분하다는 거였다. 일단은 그걸 마을로 끌고 가서 팔아야 했다. 그래서 아빠는 나를 오두막 안에 가둬놓고, 보트를 저어 뗏목을 끌고 갔는데, 그때가 오후 세 시 반쯤이었다. 나는 아빠가 오늘 밤에는 돌아오지 않으리라 생각했다. 나는 아빠가 이미 출발했으리라 생각되는 시간까지 기다렸다가, 톱을 꺼내 통나무 써는 작업에 돌입했다. 아빠가 강 건너편에 도착하기도 전에 나는 구멍을 통해 밖으로 빠져나왔다. 이제 아빠의 보트와 뗏목은 저 멀리 강 위에 한 점으로밖에 안 보였다.

나는 옥수수가루 자루를 꺼내 카누가 숨겨진 곳까지 들고 간 다음, 덩굴과 나뭇가지를 헤치고 배 안에 집어넣었다. 그다음에는 베이컨 덩이를, 그리고 위스키 병을 그렇게 했다. 나는 거기 있던 커피와 설탕도, 총알까지 모조리 가져왔다. 충전재도 가져왔다. 양동이와 물통도 가져왔고, 국자랑 양철 컵도, 그 낡은 톱과 이불 두 채, 프라이팬과 커피주전자도 가져왔다. 낚싯줄과 성냥, 다른 것들도 가져왔다. 조금이라도 쓸모가 있겠다 싶은 건 모조리 챙겼다. 오두막집 안을 싹 비워버렸다. 도끼가 하나 있었으면 좋겠다 싶었지만 하나도 없었다. 아니, 장작 쌓아놓은 곳에 하나 있긴 있었는데, 그걸 굳이 남겨놓는 데는 다 이유가 있었다. 나는 총을 꺼냈고, 이것으로 일단 준비는 완료된 셈이었다.

나는 땅바닥을 제법 많이 헤쳐놓았는데, 그 구멍으로 연신 들락날락하며 갖가지 물건들을 끌어냈기 때문이었다. 그래서 그걸 최대한 원래대로 해놓기 위해, 바깥에서 흙을 퍼다가 땅이 맨질맨질해진 곳이랑 톱밥이 있는 곳 위에 덮었다. 잘라낸 나무토막을 다시 제자리에 끼워넣은 다음, 돌 두 개를 그 밑에 받치고, 다시 돌 하나를 그 옆에 기대놓아 움직이지 않게 했다. 그 자리는 위로 구부러지는 부분이라서, 땅에 거의 닿지도 않았기 때문이다. 톱질이 되어 있다는 걸 모르는 사람이 4, 5피트쯤 떨어져서 바라보면, 전혀 눈치를 채지 못할 터였다. 게다가 통나무집에서도 뒤편이었기 때문에, 누가 굳이 여기까지 살펴볼 것 같지는 않았다.

카누 있는 데까지는 온통 풀밭이었다. 그래서 내 발자국이 남지도 않았다. 나는 주위를 돌아다니며 살펴보았다. 강둑 위에 서서 강 저편을 바라보았다. 이상 없었다. 그래서 나는 총을 꺼내 숲 속으로 들어가서 새를 몇 마리 잡았는데, 그때 들돼지가 나타났다. 원래 집돼지였던 놈들이 평원의 농장에서 도망쳐 나와, 이런 저지대에서 제멋대로 살아가는 것이었다. 나는 그놈을 총으로 쏴 잡아가지고는 오두막으로 끌고 왔다.

나는 도끼를 집어 들고 문짝을 박살냈다. 작정한 듯 부수고 찍고 하며, 아주 산산조각을 내버렸다. 돼지를 안으로 끌고 들어가 식탁 근처에 눕혀놓고 도끼로 목을 찍어버렸다. 그런 다음, 피를 흘리도록 땅에 내버려두었다. 왜 '땅'이라고 부르느냐면, 오두막 안은 정말 그냥 '땅'이었기 때문이다. 단단히 다져진 맨땅이었고 마룻바닥은 없었다. 다음으로 나는 낡은 자루에 큰 돌멩이를 잔뜩 집어넣었다. 간신히 들어올릴 수 있을 정도로 무겁게 말이다. 그런 다음, 그 자루를 돼지 있는 곳에서부터 질질 끌기 시작해서 문간을 지나고 숲을 지나서 강까지 간 다음, 강물 속에 휙 던져넣었다. 자루는 물에 빠지자마자 곧장 가라앉아 보이지 않게 되었다. 이젠 누가 보더라도 뭔가 무거운 물건이 땅위를 질질 끌려갔다는 게 분명해 보였다. 이럴 때 톰 소여가 있었어야 했는데. 녀석이라면 이런 일을 하는 데 무척이나 관심을 보이는 것은 물론, 아주 근사한 장식을 더했을 테니 말이다. 그런 일이라면 어느 누구도 톰 소여 앞에서 감히 자신을 펼칠 수는 없었을 테니까.

이제 마지막으로 나는 머리카락을 몇 올 떼어냈다. 그리고 도끼에다가 돼지 피를 잔뜩 묻힌 다음, 그 뒤쪽에다가 머리카락을 딱 붙이고, 도끼를 구석에 휙 던져두었다. 그런 뒤에 나는 돼지를 겉옷에 싸서(그놈의 피가 바닥에 안 떨어지도록) 가슴팍에 끌어안은 다음, 오두막에서 아래로 한참 떨어진 데까지 들고 가서 역시 강물에 던져버렸다. 이제 다른 생각을 떠올렸다. 그래서 나는 다시 카누 있는 데 가서는 옥수수가루가 든 자루랑 낡은 톱을 꺼낸 다음, 오두막으로 들고 왔다. 나는 자루를 원래 있던 곳에 내려놓고, 톱으로 자루 바닥에 구멍을 하나 뚫었다. 마침 칼이나 포크가 없었으니 어쩔 수가 없었다. 칼을 써야 하는 일이 있으면 아빠가 가진 접는 칼로 모두 했기 때문이었다. 심지어 요리까지도 말이다. 그런 다음에 나는 그 자루를 들고 풀밭을 건너, 오두막 동쪽 버드나무 있는 데를 지나, 얕은 호수로 향했는데, 거기는 폭이 5마일(약 8킬로미터)쯤 되고 온통 골풀투성이였다. 아, 물론 때가 되면 오리도 상당히 많은 편이긴 했지만 말이다. 거기에는 도랑이랄지 또는 시내가 하나 있어 다른 쪽으로 몇 마일가량이나 흘러갔는데, 정확히 어디로 가는지는 몰라도 하여간 강으로 가지 않는 건 분명했다. 자루에서 조금씩 흘러나오는 가루는 호수까지 오는 동안 작은 흔적을 남겼다. 나는 아빠의 숫돌을 거기다 떨어트려 놓았다. 마치 우연히 그렇게 떨어진 것처럼 보이게 말이다. 그런 뒤에 자루의 구멍을 실로 묶어서 더 이상 흐르지 않게 한 다음, 그거랑 내 톱을 들고 다시 카누로 향했다.

이제는 날이 어두워진 다음이었다. 그래서 나는 강둑에 우거진 버드나무 그늘 밑에 카누를 세워둔 다음, 달이 뜨기만을 기다렸다. 나는 배를 버드나무에 꽉 붙들어 맸다. 그런 뒤에 뭘 좀 먹고, 나중에는 카누에 누워서 파이프 담배를 피우며 앞으로의 계획을 세웠다. 나는 속으로 이렇게 말했다. 사람들은 돌멩이 넣은 자루가 남긴 흔적을 따라 강가까지 갈 테고, 날 찾으려고 강바닥을 샅샅이 긁어대겠지. 그리고 옥수수가루 흔적을 따라 호수까지 가서는, 나를 죽이고 물건을 훔쳐간 강도를 찾아내기 위해 거기서 흘러나가는 시내를 따라가며 수색을 개시하겠지. 하지만 사람들은 오로지 내 시체 찾는 데만 골몰할걸. 그러다 보면 사람들도 지쳐서 더 이상은 날 괴롭히지 않겠지. 좋아. 그럼 이제는 어디든 가고 싶은 데로 가면 돼. 잭슨 섬이면 충분하겠지. 나야 그 섬을 워낙 잘 알고 있는 데다가, 아무도 안 오는 곳이니까. 밤이면 마을까지 몰래 카누를 타고 와서는, 여기저기 돌아다니며 필요한 게 있으면 슬쩍하면 되겠지. 그래, 잭슨 섬이 딱이야.

나는 너무 지쳐 있어서, 다른 무엇보다 일단 잠을 자기로 했다. 잠에서 깨고 나니, 지금 여기가 어딘지 몰라 잠시 어리둥절했다. 나는 일어나 앉아서 주위를 둘러보았다. 그제야 비로소 생각이 났다. 강은 몇 마일이나 널찍이 펼쳐진 듯했다. 달빛이 어찌나 환한지, 강가에서 수백 야드쯤 떨어진 물 위를 시커멓고 조용히 떠내려가는 부목의 숫자조차 셀 수 있을 정도였다. 주위는 쥐 죽은 듯 고요했고, 눈으로 보나 냄새로나 밤이 깊은 것 같았다. 왜 그런 것 있지 않나. 어떻게 설명해야 할지는 모르겠지만 말이다.

늘어지게 하품을 하고 기지개를 켠 다음, 밧줄을 풀고 떠나려고 하는데 강 저편에서 무슨 소리가 들렸다. 나는 귀를 기울였다. 곧이어 그게 무슨 소리인지 깨달았다. 둔탁하기는 했지만, 조용한 한밤에 노걸이에 노를 걸고 저을 때 나는 규칙적인 소리가 분명했다. 버드나무 가지 사이로 밖을 엿보았더니, 배가 나타났다. 저만치 강 위에 보트가 한 대 오고 있었다. 몇 사람이나 타고 있는지는 알 수 없었다. 계속 이쪽으로 다가오고 있었다. 내 옆을 지나갈 때 보니 거기에는 단 한 사람밖에는 타고 있지 않았다. 나는 생각했다. 어쩌면 아빠일지 모른다고. 물론 아빠가 벌써 돌아올 줄은 몰랐다. 내가 있는 곳을 지나치자마자 아빠는 물살이 센 곳에서 벗어나 흔들거리면서 쉬운 물 쪽으로 다가왔다. 어찌나 가까이 지나가던지, 총을 내밀면 아빠의 몸에 닿고도 남았을 정도였다. 그랬다. 아빠였다. 정말로. 게다가 정신도 멀쩡했다. 노 젓는 소리로 보아 하건대 말이다.

나로선 꾸물거릴 시간이 없었다. 다음 순간, 나는 강둑의 그늘을 따라서 조용하지만 재빠르게 하류를 향해 내려가고 있었다. 그렇게 2마일 반(약 4킬로미터)쯤을 내려간 다음, 이번에는 강 한가운데로 가서 4분의 1마일(약 400미터)쯤을 더 갔다. 선착장 옆을 지나가게 되면 혹시 사람들이 나를 보고 아는 척할지도 몰라서였다. 나는 부목들 사이로 끼어들어간 뒤, 카누 바닥에 벌렁 누워 배가 알아서 흘러가게 내버려두었다. 그렇게 누워 편히 쉬고, 파이프 담배를 피우면서 하늘을 바라보니 구름 한 점 없었다. 달 밝은 밤에 누워서 하늘을 올려다보면 무척이나 그윽해 보이게 마련이다. 이전까지는 나도 몰랐던 사실이었

다. 그런 밤에 물 위에 있으니 정말 멀리 떨어진 곳의 소리까지도 다 들리는 거였다! 선착장에 있는 사람들이 이야기하는 소리가 들렸다. 그 사람들이 하는 말이 한 마디 한 마디 또렷하게 들렸다. 어떤 사람은 이제 낮이 길어지고 밤이 짧아지게 되었다고 말했다. 그때 다른 사람이 오늘 밤은 별로 짧지 않은 것 같다고 말했다. 그 말에 다들 웃었다. 그 사람이 또 같은 말을 하자, 또 다들 웃었다. 이들은 아직 자던 다른 동료를 깨워서는 방금 있었던 이야기를 해주며 웃었지만 깬 사람은 웃지 않았다. 그는 뭔가 톡 쏘아붙이더니, 귀찮게 하지 말라고 했다. 맨 첫 사람은 이 이야기를 자기 여편네에게 가서 해줘야겠다고 말했다. 여편네가 들으면 재미있어할 거라면서. 하지만 자기가 한참 팔팔할 때 들은 얘기에 비하면 아무것도 아니라고 했다. 어떤 사람이 이제 세 시가 다 됐다고 말하더니, 앞으로 한 일주일쯤은 해가 뜨지 않고 이대로 밤이 계속되었으면 좋겠다고 했다. 그 후에도 사람들은 이야기를 계속 주고받았지만 무슨 말인지는 더 이상 들리지 않았고 그저 중얼거리는 걸로만 들릴 뿐이었다. 간간이 웃음소리도 들렸지만 이제는 멀게만 느껴졌다.

이제는 선착장을 멀리 지나온 셈이었다. 자리에서 일어나 앉으니 잭슨 섬이 보였다. 그곳은 선착장에서 2마일 반(약 4킬로미터)쯤 하류에 있는, 나무가 울창하고 강 한가운데 불쑥 튀어나와 있는 섬으로, 크고 컴컴하고 우람한 것이, 마치 불을 켜지 않은 증기선처럼 생겼다. 섬 대가리 쪽에 있는 모래톱은 흔적도 보이지 않았다. 지금은 물속에 잠겨버린 것이다.

머지않아 나는 그 섬에 도착했다. 대가리 쪽은 째는 속도로 지나쳐버리고 말았다. 물살이 너무 셌기 때문이다. 그러다가 죽은 물에 들어서서, 일리노이 쪽 섬 기슭에 상륙했다. 나는 카누를 예전에 봐둔 강둑의 깊은 구덩이 안으로 밀어넣었다. 버드나무 가지를 헤쳐야만 간신히 들어갈 수 있는 곳이었다. 결국 바깥에서는 카누의 모습이 전혀 보이지 않을 거였다.

나는 위로 올라가 섬의 꼭대기에 위치한 어느 통나무 위에 앉아서, 거대한 강과 그 위에 떠 있는 시커먼 부목들, 여기서 3마일(약 5킬로미터)쯤 떨어진 마을을 바라보았다. 마을에는 아직 서너 개의 불빛이 깜빡이고 있었다. 집채만큼 커다란 판자 뗏목이 1마일(약 1.6킬로미터)쯤 상류에서 이쪽으로 내려오고 있었고, 그 한가운데에는 램프가 커져 있었다. 나는 그 뗏목이 천천히 흘러 내려오는 것을 지켜보았다. 뗏목이 내가 서 있는 곳 근처를 지나갈 때, 어떤 사람이 하는 말이 들렸다. "노 꽉 붙잡아, 거기! 선두 우히연[우현]으로 돌려!" 마치 내 옆에서 하는 말처럼 똑똑히 들렸다.

하늘은 약간 회색빛으로 변했다. 나는 숲으로 들어가 누웠다. 아침 먹기 전에 한숨 자두려고 말이다.

제8장

     잠에서 깨어보니 해는 벌써 높이 솟아 있었고, 아마 여덟 시는 넘은 것 같았다. 나는 풀밭 시원한 그늘에 누워 이런저런 일들을 생각하면서, 느긋하고 비교적 편안하고 만족스러운 기분을 느꼈다. 나뭇잎 사이의 틈새 한두 군데에서 햇빛이 새어 들어오긴 했지만, 주위에는 온통 큰 나무들뿐이었기 때문에 그 한가운데는 어둑어둑하기만 했다. 나뭇잎 사이를 뚫고 내려온 햇빛이 땅 위에 닿는 자리가 드문드문 보였으며, 그 자리가 거의 움직이지 않는 것으로 보아 저 위쪽에는 바람이 거의 불지 않는다는 것도 알 수 있었다. 다람쥐 한 쌍이 나뭇가지 위에 앉아서 나를 향해 뭔가 친한 척 조잘거리고 있었다.

     어찌나 느긋하고도 편안했는지 모른다. 일어나서 아침 챙겨 먹기도 싫을 정도로 말이다. 그래서 나는 또다시 잠이 들었는데, 그때 강 상류 쪽 어디선가 "쾅!" 하는 묵직한 소리가 들려오는 거였다. 정신이 퍼뜩 들어서, 팔꿈치로 몸을 받친 채 누워서 귀를 기울여보았다. 잠시 후에 그 소리가 또 들렸다. 나는 벌떡 일어나 걸어가서 나뭇잎 사이 틈새로 바깥을 내다보았다. 저 멀리 강 위에 연기 덩어리가 퍼지는 게 보였다. 선착장 근처에 말이다. 사람들이 가득 찬 연락선이 아래쪽으로 내려오고 있었다. 이제는 무슨 일인지 알 수 있었다. "쾅!" 나는 연락선의 옆구리에서 퍼져나오는 흰 연기를 볼 수 있었다. 물 위에 대포를 쏘고 있는 것이었다. 내 시체가 떠오르라고 말이다.

　배가 상당히 고팠지만, 나로선 불을 피울 수가 없었다. 어쩌면 저 사람들이 연기를 볼 수도 있었으니까. 그래서 나는 거기 선 채로 대포 연기를 구경하고 쾅 하는 소리를 들었다. 그쪽의 강은 폭이 1마일이나 되었고, 이런 여름날 아침에는 무척이나 멋져 보였다. 그러니 사람들이 내 시체를 찾아 헤매는 걸 구경하기에는 딱 좋은 시간이었다. 배만 고프지 않다면 말이다. 문득 이럴 때면 빵 덩어리 여러 개에 수은을 집어넣고 물 위에 띄운다는 게 생각났다. 그렇게 하면 빵 덩어리가 물에 빠져 죽은 시체가 있는 곳으로 떠가서, 거기 딱 멈춰 선다고들 했기 때문이다. 나는 속으로 말했다. 어디 그게 진짜인지 한번 보자고. 그런 빵 가운데 하나라도 나 있는 곳으로 떠내려온다면, 그걸 제대로 써먹어보자고 말이다. 나는 섬의 일리노이 쪽 기슭으로 자리를 바꿔 과연 어떻게 되는지 지켜보았는데, 결과는 전혀 실망스럽지 않았다. 보통의 두 배는 되는 큰 빵 덩어리가 하나 떠내려오기에, 나는 긴 작대기로 그걸 거의 붙잡았는데, 그때 그만 발이 미끄러지는 바람에 빵 덩어리가 멀리 떠내려가고 말았다. 물론 내가 서 있던 자리는 강변과 물살의 거리가 가장 가까운 곳이었다. 그 정도면 충분했다. 얼마 있으니 빵 덩어리가 또 하나 떠내려왔는데, 이번에는 내가 이겼다. 나는 마개를 잡아 뽑은 뒤, 그 안에 들어 있는 작은 수은 덩어리를 털어낸 다음, 빵을 한 입 깨물었다. '빵집 빵'이었다. 상당히 맛있었다. 맛대가리 없는 옥수수 빵에 비할 바가 아니었다.

낙엽 사이에 좋은 자리를 찾아낸 다음, 거기 있는 통나무 위에 걸터앉아 빵을 우적우적 먹으면서 연락선을 구경하니 무척이나 만족스러웠다. 그때 갑자기 그런 생각이 들었다. 과부댁이나 목사나 다른 누군가가 이 빵에다가 나를 찾아내라고 기도했고, 정말로 이 빵이 이리 흘러와서 나를 찾아낸 것이라는 생각이 든 거다. 그러니 이렇게 하는 것도 나름대로 효력이 있음은 의심할 나위가 없었다. 무슨 뜻이냐면 과부댁이나 목사 같은 양반들이 기도를 하면 뭔가가 있다는 거였다. 내가 하면 그렇지 않았던 걸로 봐서, 어쩌면 똑바로 된 사람들이나 그렇게 할 수 있는 게 아닌가 싶었다.

나는 파이프에 불을 붙여 연기를 한 입 가득 빨아들인 뒤, 계속 그 광경을 구경했다. 연락선은 물살을 따라 떠내려오고 있었고, 배가 지나갈 때 나는 거기 누가 있는지를 볼 수 있었다. 아까 빵이 그랬던 것처럼 배도 섬 옆을 아주 가까이 지나갔기 때문이다. 배가 내 쪽으로 충분히 가까이 다가오자, 나는 파이프를 끄고 아까 내가 빵을 건져 올린 곳으로 향해, 강둑에서도 훤히 뚫린 자리에 놓인 어느 통나무 뒤에 엎드렸다. 통나무의 갈라진 틈새로 엿보려는 것이었다.

잠시 후에 배가 지나갔는데, 어찌나 가까이 지나가는지 승강대에서 펄쩍 뛰면 강변을 밟을 수 있을 정도였다. 거의 모든 사람이 배 위에 있었다. 아빠, 새처 판사, 베시 새처, 조 하퍼, 톰 소여, 폴리 이모, 시드, 메리, 그밖에도 무척 많았다. 모두들 그 살인 사건에 대해 이야기하는데, 선장이 갑자기 끼어들며 말했다.

"지금부터 잘 살펴보세요. 물살이 육지에서 제일 가까운 곳이 바로 여기거든요. 그러니 혹시 그 아이가 여기 강변으로 떠밀려오거나, 물가에 있는 덤불 같은 데 걸렸을 수도 있으니까요. 제발 그랬으면 좋겠습니다만."

물론 내 생각엔 그랬으면 좋을 것 같지 같았다. 사람들은 모두 북적거리며 난간 너머로 몸을 굽혔고, 그리하여 거의 나랑 얼굴을 마주보는 지경이 되어 다들 숨을 죽이고 최대한 유심히 바깥을 살펴보았다. 나는 모두의 얼굴을 제대로 볼 수 있었지만 저쪽은 전혀 날 보지 못했다. 그때 선장이 소리쳤다.

"물러들 서세요!" 그러더니 대포가 내 코앞에서 쾅 하고 터지는 바람에, 나는 그 소리 때문에 귀머거리가 되고, 그 연기 때문에 거의 장님이 되어서, 아이구, 이젠 죽었구나 싶었다. 그 안에 정말로 탄환이라도 몇 개 들어 있었다면 사람들은 그토록 애타게 찾던 시체를 얻을 수 있었을 것이다. 하지만 다행히 나는 운 좋게도 다친 곳이 없었다.

배는 계속 떠가더니 섬의 어깨[마냥 툭 튀어나온] 부분 너머로 사라
져버렸다. 대포 쏘는 소리가 간간히 들리더니 점점 더 멀어졌고, 그렇
게 한 시간쯤 지나고 나니 더 이상 아무 소리도 들리지 않았다. 섬은
길이가 3마일(약 5킬로미터)쯤 되었다. 내 생각에는 섬 꼬랑지까지
갔다가, 결국 포기한 듯싶었다. 하지만 그들은 당분간은 포기하지 않
았고, 섬 꼬랑지를 돌아서 이번에는 엔진을 켜고 미주리 쪽 수로를 거
슬러 올라오면서, 지나가는 동안 간혹 한 번씩 대포를 쐈다. 나는 그
쪽으로 자리를 옮겨 이번에도 그 모습을 지켜보았다. 섬의 대가리 옆
을 지나갈 즈음, 배는 드디어 대포 쏘기를 멈추고 다시 미주리 쪽 강
변으로 건너가더니 마을로 돌아가버렸다.

　이제는 안전한 것 같았다. 어느 누구도 나를 뒤쫓지 않을 것이었
다. 나는 내 세간을 카누에서 내려, 빽빽한 숲 속에 멋진 야영지를 만
들었다. 이불로 일종의 텐트를 만든 다음, 비가 내려도 젖지 않게끔
물건들을 그 밑에 넣어두었다. 나는 메기를 잡아서 톱으로 배를 썰었
고, 해질녘이 되자 모닥불을 피우고 저녁을 먹었다. 그러고 나서 내일
아침에 먹을 물고기를 잡으러 낚싯줄을 드리워놓았다.

　날이 어두워지자 나는 모닥불 옆에 앉아 담배를 피웠고, 무척이나
만족스러운 기분이었다. 하지만 나중에는 어딘가 좀 쓸쓸한 기분이어
서 자리에서 일어나 강둑으로 가서 물살 흐르는 소리에 귀를 기울이
며 하늘의 별이며 물 위에 떠가는 부목이며 상류에서 내려오는 뗏목
의 숫자를 세어보았고, 그러다가 돌아와서 잠자리에 들었다. 뭔가 쓸
쓸하다고 느껴질 때 시간 때우는 방법으로는 그게 최고였다. 그러다

보면 계속 그렇게 있을 수가 없고, 금세 잊어버리게 되었다.

그렇게 해서 사흘 밤낮이 지나갔다. 별다른 것은 없었다. 매일매일
이 똑같았다. 하지만 그다음 날, 내가 섬을 한 바퀴 돌아볼 때의 일이
었다. 나는 그 섬의 주인이나 마찬가지였다. 말하자면 그곳은 내 것이
었으니 나는 그 섬을 속속들이 알고 싶었던 거다. 아, 물론 주목적은
시간을 때우기 위해서였지만 말이다. 산딸기는 익은 것이건 덜 익은
것이건 무척이나 많았다. 초록색 여름포도며, 덜 익은 라즈베리도 있
었다. 덜 익은 블랙베리도 하나둘씩 보이기 시작했다. 나중에는 따서
먹을 수 있을 것 같다는 생각이 들었다.

나는 숲 속으로 제법 깊이 들어갔다. 아마 섬의 꼬랑지에 다 와 간
다 싶을 정도까지 말이다. 총을 갖고 가긴 했지만 아무것도 잡진 않았
다. 그건 호신용이었다. 물론 야영지에서 가까운 데 사냥감이 있으
면 잡았겠지만 말이다. 그때쯤 하마터면 제법

큰 뱀을 밟을 뻔했고 그놈이 얼른 풀이랑 꽃
사이로 도망가는 거였다. 나는 그놈을
쫓아가면서 총으로 쏘려고 했다. 그렇
게 달리다가, 갑자기 어느 모닥불 한
가운데의 재를 밟고 말았다. 거기서
는 아직 연기가 모락모락 피어오르고
있었다.

순간 내 심장은 양쪽 폐 사이로 철
렁 하고 떨어졌다. 나는 더 주위를 돌

아볼 새도 없이, 총의 안전장치를 풀고 최대한 빨리 살금살금 뒤로 물러났다. 그런 와중에도 나는 종종 동작을 멈추고 빽빽한 나뭇잎 사이에서 귀를 기울였다. 하지만 내 숨소리가 어찌나 거칠던지 거의 아무 소리도 들을 수 없었다. 나는 또 한참을 살금살금 걸은 뒤 또다시 귀를 기울였다. 그리고 또, 그리고 또. 그루터기를 보고 사람인 줄로 착각하기도 했다. 나뭇가지를 밟아 부러트린 순간 나는 숨이 막혔다. 누군가가 내가 쉬는 숨을 둘로 나눠 절반을 가져가버린 듯했고, 내가 가진 것이라고는 그중에서도 절반, 그것도 무척이나 짧은 절반 같았다.

야영지로 돌아왔을 즈음에는 그다지 놀라 있지는 않았다. 내 모이주머니에는 모래가 그리 많지 않았다. 하지만 더 이상은 여기서 우물거릴 시간이 없다는 생각이 들었다. 그래서 나는 세간을 도로 전부 카누에 실어 보이지 않는 곳에 잘 숨겨두고, 불을 끈 뒤에 재를 여기저기 흩어놓아서 마치 작년에 누군가가 피워놓은 것처럼 해둔 다음, 나무 위로 기어올라갔다.

나무에 올라간 지 두 시간은 된 것 같았다. 하지만 아무것도 보이지 않았다. 아무것도 들리지 않았다. 물론 뭔가를 듣거나 본 것 같다는 '생각'은 천 번도 넘게 들었지만. 하지만 그렇게 계속 있을 수는 없다는 생각에, 나는 결국 땅으로 내려왔다. 하지만 계속해서 빽빽한 숲에 숨어서 주위를 살펴보았다. 그사이에는 베리 종류랑 아까 먹다 남은 아침만 먹었다.

밤이 되었을 무렵에는 무척이나 배가 고팠다. 그래서 밤이 이슥해지고 어두워지자, 나는 달이 떠오르기 전에 카누를 타고 나와서 일리노이 쪽 강변으로 향했다. 한 4분의 1마일(약 400미터)은 되는 것 같았다. 나는 숲 속으로 들어가서 저녁을 준비했다. 밤새 거기 있어야겠다고 작정했을 무렵, 어디선가 따각따각, 따각따각 하는 소리가 나기에, 나는 말이 이리로 달려오나보다 하고 생각했다. 그때 사람 목소리가 들렸다. 나는 최대한 빨리 짐을 카누에 도로 실었고, 무슨 일인지알아보기 위해 숲 속으로 살금살금 기어들어갔다. 멀리 가지도 않았는데 어떤 남자의 목소리가 들렸다.

"여기서 야영하는 게 좋겠어. 적당한 자리만 있으면 말이야. 말들이 너무 지쳤잖아. 이 근처를 찾아보자구."

나는 우물쭈물하지 않고, 곧바로 카누를 띄우고 노를 저었다. 다시섬으로 돌아가 먼젓번 자리에 카누를 묶어두고, 그 안에서 잠이 들었던 모양이다.

잠을 많이 자진 않았다. 아니, 그럴 수 없었다. 이런저런 생각 때문에 말이다. 매번 잠이 깰 때마다 누군가가 내 목을 조르고 있다는 착각이 들었다. 그러니 잠을 자도 잔 게 아니었다. 결국 이렇게는 더 이상 버틸 수 없겠다는 생각이 들었다. 도대체 이 섬에 나 말고 누가 또있는지 알아야만 했다. 무슨 일이 있어도 알아야만 했다. 그렇게 생각하고 나니 곧바로 기분이 더 나아졌다.

그래서 나는 노를 집어 들고, 강변에서 한두 걸음 정도밖에 떨어지지 않은 채로 배를 저어가서 그늘진 곳 사이로 카누를 몰고 갔다. 달빛이 밝아서 그늘진 곳 바깥은 마치 낮처럼 환했다. 나는 한 시간은족히 배를 저었지만, 만물은 돌덩어리마냥 고요했고 깊이 잠들어 있었다. 그때쯤 되자 나는 섬의 꼬랑지에 거의 도달해 있었다. 잔물결이 일면서 시원한 바람이 불기 시작해서, 이제 밤이 곧 끝날 것임을 알려 주고 있었다. 나는 노를 저어 카누를 돌린 다음, 뱃머리를 강변으로 향하게 했다. 그런 뒤에 총을 들고 배에서 내려 숲 가장자리로 들어갔 다. 나는 그곳의 통나무 위에 앉아 나뭇잎 사이로 주위를 살폈다. 달 이 사라지면서 강 위에는 어둠이 덮이기 시작했다. 하지만 잠시 후에 나무 꼭대기 너머로 희미한 광선이 보이자, 나는 날이 새고 있음을 알 았다. 나는 총을 쥐고 먼저 모닥불을 본 장소로 향하면서, 계속해서 걸음을 멈추고 귀를 기울였다. 하지만 아마 운이 없었던 모양이다. 그 장소가 어딘지 찾지 못할 것 같았다. 하지만 결국 다행히도 멀리 나무 사이로 불빛을 발견했다. 나는 천천히, 그리고 조심스럽게 그쪽으로 향했다. 뭐가 보일 정도로 가까이 다가가 보니, 땅 위에 사람이 하나 누워 있었다. 근심걱정이 들었다. 머리에는 이불을 뒤집어썼고, 그 머 리를 모닥불 가까이에 대고 있었다. 나는 어느 덤불 뒤에 자리를 잡았 고, 거기서 한 6피트(약 1.8미터)쯤 떨어진 그에게서 눈길을 떼지 않 았다. 이제는 희끄무레하게 동이 트고 있었다. 잠시 후에 그가 움직이 더니, 몸을 죽 펴고 이불을 걷어치우는 걸 보니, 바로 왓슨 양의 짐이 었다! 그를 보니 어찌나 반갑던지 나는 이렇게 말했다.

"어이, 짐!" 그러면서 나는 뛰어나갔다.

녀석은 펄쩍 뛰다시피 일어나서는 겁에 질린 눈으로 나를 바라보 았다. 그러더니 땅에 무릎을 털썩 꿇고는 두 손 모아 이렇게 말했다.

"해코지하지 마! 제발! 난 이제껏 귀신한테 뭐 잘못한 거 없단 말

이야. 난 죽은 사람들 싫어한 적도 없고, 해줄 수 있는 건 다 해줬단 말이야. 그러니 도로 강물에 들어가 있으라고. 거기가 너의 원래 자리니까. 그리고 이 짐 영감한테는 아무 짓도 하면 안 되는 거야. 나야 이제껏 네 친구였으니까!"

머지않아 나는 녀석에게 내가 죽은 게 아니라는 사실을 납득시켰다. 나는 짐을 만나게 되어 반가웠다. 덕분에 이젠 쓸쓸하지 않게 되었으니까. 나는 짐한테 혹시나 사람들한테 내가 어디 있는지 얘기하지는 않겠지, 하고 말했다. 내가 줄줄이 이야기하는 동안, 녀석은 그냥 거기 앉아서 나를 빤히 바라볼 뿐이었다. 한마디도 없었다. 곧이어 내가 말했다.

"이제 날이 제법 밝았네. 아침이나 먹자. 불 좀 잘 피워봐."

"불은 피워서 뭐 하겠다는 거야, 기껏해야 베리랑 뭐 그런 현물밖에는 없는데 말이야? 아하, 너 총 있구나, 안 그래? 그럼 저놈의 베리 말고 딴 걸 좀 먹을 수 있겠는데."

"베리랑 뭐 그런 것들." 내가 말했다. "지금까지 그것만 먹고 지낸 거야?"

"그것밖엔 없었으니 어쩔 수 있나." 그가 말했다.

"아니, 근데 이 섬에 온 지는 얼마나 됐어, 짐?"

"네가 죽은 바로 다음 날 여기 왔지."

"뭐? 그럼 그때부터 죽 있었던 거야?"

"그래, 그랬던 거야."

"그런데 지금까지 겨우 그딴 쓰레찌꺼기만 먹고 살았단 말이야?"

"그래, 그렇지, 그것밖엔 없었으니 어쩔 거야."

"그럼 지금 엄청 배고프겠네, 그치?"

"아, 말 한 마리라도 몽땅 잡아먹고 말겠어. 진짜 그러고도 남을 거야. 그나저나 네가 이 섬에 온 지는 얼마나 된 거야?"

"내가 죽은 바로 그 날부터지."

"뭐라고! 아니, 그럼 이제껏 뭘 먹고 산 거야? 총은 있다 해도 말이야. 아, 그렇지, 총이 있구나. 그거면 되겠네. 네가 그걸로 뭘 잡아 오구, 내가 불을 피우면 되겠어."

그래서 우리는 카누가 있는 곳으로 향했다. 그가 공터 풀밭에서 불을 피우는 동안, 나는 옥수수가루랑 베이컨이랑 커피랑 주전자랑 프라이팬이랑 설탕이랑 양철 컵이랑을 꺼내왔다. 그러자 이 깜둥이는 깜짝 놀라 뒤로 자빠질 뻔했는데, 내가 무슨 마술이라도 써서 그런 물건들을 갑자기 만들어낸 줄로 생각했기 때문이다. 나는 커다란 메기도 한 마리 잡았고, 짐은 자기 칼로 그걸 잘 다듬어서 불에 구웠다.

아침 식사가 준비되자, 우리는 풀밭 위에 죽치고 앉아 그 더운 음식을 먹었다. 짐은 볼이 터져라 음식을 쑤셔넣었다. 하긴 거의 굶어죽을 지경이었으니 그럴 만도 했다. 그런 뒤에 제법 배가 불러오자 우리는 땅에 누워서 좀 쉬었다.

얼마 뒤에 짐이 말했다.

"근데 말이야, 헉, 그럼 그 오두막집서 죽은 사람은 누구였던 거야, 네가 아니었던 거야?"

자초지종을 이야기해주자 그는 나더러 똑똑하다고 했다. 제 아무리 톰 소여라도 나만큼 기발한 계획은 세우지 못했을 거라고 말이다. 내가 말했다.

"근데 도대체 어쩌다가 여기까지 온 거야, 짐? 그리고 도대체 어떻게 여기까지 온 거야?"

그는 어딘가 불편한 표정이 되더니, 한동안 아무 말도 하지 않았다. 그러더니 비로소 입을 열었다.

"차라리 말 않는 게 나을 거야."

"왜 그러는데, 짐?"

"아, 이유가 있어 그런 거야. 대신 내가 너한테 해주는 얘기를 어디 가서 하면 안 돼. 알아들었지, 헉?"

"아, 알았어. 안 할게, 짐."

"그럼 내가 믿고서 말해줄게, 헉. 사실 나…… 나 도망쳤어."

"짐!"

"절대로 잊어서는 안 돼. 어디 가서 말 안 한다고 했지. 그러니 아무한테도 말하면 안 되는 거라구, 헉."

"그래, 그랬지. 안 한다고 했으니 안 해야지. 정직한 인전(인디언), 안 할게. 사람들이 나보고 피에지론자((노예)폐지론자)라고 손가락질하고, 입을 다물었다고 헐뜯는 한이 있어도 말이야. 하지만 그거야 뭐 상관도 없지! 얘기 안 할게. 어차피 거기로 돌아갈 것도 아니니까. 그러니 도대체 어떻게 된 건지 얘기나 좀 해봐."

"그게, 왜 있잖아, 이렇게 된 거야. 우리 주인 아가씨 있잖아. 왓슨 양 말이야. 그 양반이야 늘 나한테 잔소리를 하고, 뭣같이 대하기는 했어도, 나를 저 아래 올리언스에 내다 팔진 않을 거라고 입버릇처럼 말해왔단 말이지. 근데 때마침 깜둥이 장사군이 자주 마을에 와서 돌아다니니까, 내가 맘이 편치 않았다 이 말이야. 그러다 어느 날은 내가 한밤중에 문간에 살금살금 가본 거야. 아주 늦은 시간인데, 문이 꽉 닫혀 있지는 않았거든. 우리 주인 아가씨가 과부댁한테 하는 말씀이 뭐냐 허면, 나를 올리언스에다 팔 거라는 거야. 자기도 그러고 싶지는 않지만 그래도 나를 팔면은 8백 달러는 너끈히 받을 거고, 그 정도로 큰 돈이면 아가씨도 아주 마다하진 못할 거라고 말이야. 과부댁은 그러면 못 쓴다고 아가씨한테 말하려는 것 같았는데, 나는 나머지 이야기가 끝나기도 전에 내뺐지. 이왕 내빼려면 빨랑 가야 되니까, 안 그래.

나는 언덕 아래 부두로 내려가서 보트를 하나 훔쳐서 강가를 따라 마을 위쪽 어디루나 가버리려구 했지. 근데 거기 사람이 많이 오가는 거야. 그래서 강둑에 있는 다 무너진 예전 통메장이네 가게(나무통을 만드는 곳ー옮긴이)에 숨어서 다들 가버릴 때를 기다렸지. 근데 결국 밤새 기다리게 된 거야. 항상 누가 꼭 거기 있고, 안 가는 거야. 아침 여섯 시나 되었을라나, 보트들이 오가기 시작하더니, 여섯 시나 아홉 시쯤 되니까는 오가는 배마다 너네 아버지가 마을에 와서 너 죽었단 말을 하고 다닌 얘기를 하는 거야. 이 마지막 보트에는 그 장소를 보러 가는 사람들이 하나 가득 올라탄 거야. 그 사람들이 더 가기 전에 강가에 올라와서 좀 쉬고 하는 바람에, 나도 그 사람들 얘기를 듣고 네가 죽었단 걸 알았던 거야. 네가 죽었다니 정말 딱한 맘이 들지 뭐야. 헉. 아, 지금은 괜찮지만.

나는 대팻밥 밑에 하루 종일 엎드려 있었지. 배도 고프고 한데 겁은 안 나더라구. 주인 아가씨랑 과부댁은 아침 먹고 나서 하루 종일 천막집회에 갔다온다고 했고, 그 양반들이야 내가 낮 동안에는 짐승들 몰고 나갔을 거라고 생각할 터이니 내가 없어도 별 상관하지 않을 거고, 저녁에 날이 지고 나야 나가 없다는 걸 알아차릴 거였으니 말이야. 다른 젊은 하인놈들도 나를 찾지는 않을 것이, 그놈들이야 나같이 늙은 놈이 없으면야 저들 멋대로 나가 놀 수 있으니까 말이야.

날이 어두워져서 나는 강변길을 따라 올라간 거야. 그렇게 2마일 (약 3킬로미터)쯤인가 가니까 이제는 집도 하나 없는 곳이 나오더라구. 나는 어떻게 할 건지 이미 마음을 정해두고 있었어. 왜 그렇게 계속 걸어가려고 했냐면, 개들이 뒤따라 올 것을 알고 그런 거야. 내가 만약 보트를 하나 훔쳐서 강을 건너면, 사람들이 그 보트가 없어진 걸 당장 알 것 아니야. 그래서 내가 강 반대편 어디에 내렸는지를 알아내서, 내 뒤를 다시 쫓아올 것 아니냐구. 그래서 생각했지. 뗏목이 더 낫다고 말이야. 그러면 흔적도 안 남을 거니까 말이야.

그때 곳 있는 데에서 불빛이 비치는 거야. 어찌어찌해서 물에 뛰어들어 내 앞에 떠내려오는 통나무를 하나 붙잡은 거야. 그리고 강을 절반쯤은 헤엄쳐 간 거지. 그러고는 부목 사이에 끼어든 거야. 그러고 머리를 납작 엎드리고 뗏목이 나타날 때까지 말하자면 물살을 타고 헤엄을 친 거야. 그런 뒤에 헤엄을 쳐서 그 뗏목 꼬랑지로 가서는 붙든 거고. 하늘에 구름이 끼어서 한동안은 껌껌하더라구. 그래서 나는 위로 올라가서 널판 위에 엎드려 있었어. 사람들은 다들 가운데, 그러니까 램프가 있는 데 모여 있더라구. 강물이 불어나니까 그 사람들한테는 물살이 좋았던 거야. 그래서 내 생각에는 아침이 되기 전까지 25마일(약 40킬로미터)은 강을 따라 내려갈 것 같더라구. 그러고 나면 슬쩍 빠져나와서, 그러니까 동 트기 직전에, 나무를 붙들고선 일리노이주 쪽으로 건너가려고 그랬던 거야.

근데 내가 운이 나빴던 거지. 이 섬 대가리 근처쯤 왔을 때, 어떤 사람이 램프를 들고 고물로 오는 거야. 아, 더 있어서는 안 되겠다 싶어서 내가 널판에서 얼른 내려와서 이 섬으로 건너왔던 거야. 아, 나는 어디든지 올라올 수 있다고 생각했지만, 그게 잘 안 되더라구. 강둑이 어찌나 가팔랐던지 말이야. 꼬랑지 부분까지 거의 왔을 때에야 그나마 쓸 만한 자리를 찾을 수 있더라구. 숲으로 들어가서는 내가 두 번 다시 그놈의 뗏목을 타나보자고 했지. 특히 램프를 들고 순찰을 하는 뗏목은 말이야. 그래도 파이프랑, 개다리 담배 한 덩어리랑, 모자에 성냥 몇 개는 있었는데, 젖지는 않았기에 다행이었던 거지."

"그럼 지금까지 고기나 빵은 전혀 못 먹은 거야? 그럼 차라리 민물
거북이라도 잡아먹지?"

"아, 너 같으면 뭔 수로 그놈을 잡을 거야? 그냥 걸어가다 발에 채
이면 얼씨구나 하고 주울 거야? 아님 돌멩이로 때려서 잡을 거야?
아, 그것도 한밤중에 그러고 있을 거야? 나야 낮에는 사람 눈이 무서
워서 강둑에 나가지도 못하는데 말이야?"

"음, 그것도 그러네. 계속 여기 숲 속에 숨어 있어야 했을 테니까.
근데 그 대포 쏘는 소리 들었어?"

"아, 그럼. 사람들이 널 찾는 거는 나도 알았더랬지. 여기도 지나가
고 했으니까. 덤불 너머로 내가 바라본 거지."

새 새끼 몇 마리가 우리 쪽으로 왔다. 한 번에 1, 2야드쯤 날다가
내려앉았다. 짐은 그게 곧 비가 내릴 징조라고 했다. 닭 새끼가 그런
식으로 날면 딱 그런 징조이니, 이제 새 새끼가 그래도 마찬가지 아니
겠느냐는 거였다. 나는 그놈들을 잡으려고 했지만 짐이 못하게 말렸
다. 그랬다가는 사람이 죽는다는 것이었다. 짐의 말로는 자기 아빠가
한번은 큰 병이 나서 드러누운 적이 있었는데, 식구들 중 몇 사람이
새를 잡았다고 했다. 그러자 할머니는 짐의 아빠가 죽게 될 거라고 했
는데, 정말 짐의 아빠는 죽었다는 거였다.

그리고 짐은 저녁을 준비할 때 쓸 재료의 숫자를 세면 안 된다고
했는데, 그렇게 하면 불운이 닥쳐오기 때문이라고 했다. 해가 진 뒤에
식탁보를 터는 것도 마찬가지였다. 그리고 벌통을 갖고 있는 사람이
죽으면 다음 날 아침에 해가 떠오르기 전에 벌들에게 그 사실을 알려

주어야지, 그러지 않았다가는 벌들이 약해지면서 일도 못하다가 결국 죽게 된다는 거였다. 바보는 절대 벌한테 안 쏘인다고 했다. 하지만 나는 믿지 않았다. 지금껏 몇 번이나 실험해봤지만, 나 역시 벌한테는 절대 안 쏘였기 때문이다.

예전에도 그런 이야기 몇 가지를 들은 적은 있었지만, 전부 들은 적은 없었다. 짐은 갖가지 징조를 훤히 꿰고 있었다. 자기가 거의 모든 걸 다 안다고 했다. 나는 그런 징조란 것들이 거의 대부분 악운에 대한 것 같다고 말했고, 혹시 그거 말고 행운에 대한 징조는 없느냐고 물었다. 그러자 녀석이 말했다.

"몇 가지 있긴 있을 거야. 근데 사람한테야 그런 것이 아무 소용도 없지. 행운이 올지를 미리 알아서 뭔 소용이 있다는 거야? 피하기라도 하겠다는 거야?" 그리고 그가 말했다. "만약에 네가 팔에도 털이 많고 가슴에도 털이 많으면, 그건 네가 부자가 될 거라는 징조야. 아, 물론 그런 징조 같은 게 그래도 소용이 있긴 한 것이, 정말 그렇게 되려면 아주 오래 있어야 하기 때문인 거야. 뭔 뜻인가 하면, 그보다 앞서 한참 동안은 가난하게 살아야 하는데, 혹시 중간에라도 포기하고 자살이라도 하면 안 되니까 언젠가는 부자가 될 거라는 징조를 알면 좋다는 거지."

"그럼 넌 팔이랑 가슴에 털이 있어, 없어, 짐?"

"아, 그건 뭐 하러 묻는 거야? 여기 이렇게 딱 보고도 모른다는 거야?"

"아니, 그럼 짐은 왜 부자가 아닌데?"

"아, 지금은 아니라도 예전엔 부자였던 거야. 그리고 나중에 또 부자가 될 거고 말이야. 나도 한때는 14달러나 갖고 있었는데, 그것을 트기[투기] 하다가 결국 날려버린 거야."

"그걸 갖고 뭘 어떻게 투기를 했는데, 짐?"

"아, 우선 주식stock을 조금 샀지."

"무슨 주식?"

"아, 왜, 산 주식live stock[가축] 있잖아. 소 말이야, 소. 10달러를 주고 소를 한 마리 산 거야. 하지만 더 이상은 그 주식 사는 데에다 돈을 안 쓰기로 했지. 아, 뭔 놈의 소가 사자마자 죽어버리고 말았거든."

"그렇게 해서 10달러 날린 거네."

"아니지, 다 날린 것은 또 아니야. 그중 9달러나 날렸을라나. 그놈 가죽이랑 스지[수지]랑은 1달러 10센트 받고 팔았으니까 말이야."

"그럼 이제 5달러하고 10센트가 남은 거네. 그래서 투기는 계속했어?"

"아, 그럼. 왜 그 외다리 깜둥이 있잖아? 브래디시 영감 나리 댁에 말이야. 아, 그놈이 은행을 차렸다는 거야. 그러면서 모두들 거기다가 1달러씩 넣어두면, 올해 말에 가서는 4달러씩을 받게 될 거라고 하는 거야. 아, 온 동네 깜둥이들이 다 몰려들었는데, 그만큼 돈이 있는 놈이 어디가 있어야 말이지. 돈 있는 놈이라고는 나 하나밖에 없었던 거야. 그래서 내가 그중에 4달러를 넣어두면서, 아, 내가 나중에 돈을 못 받으면, 그때는 내가 직접 은행을 하면 되것다 싶었던 거야. 아, 물론 그리 되면 그놈의 깜둥이가 나를 그 장사 못하게 하긴 할 것이, 아,

그놈 말로는 이 동네에 은행이 두 군데 있을 정도로 장사가 잘되는 건 아니라는 거야. 그러면서 나보고 5달러를 모조리 넣어두면, 올 연말에 가서는 35달러를 주겠다는 거야.

그래서 내가 정말로 그렇게 한 거야. 그래 놓고는 이제 그 35달러를 또 어따 투기를 하고 해서 계속 굴릴 생각을 한 거야. 아, 왜 밥이라고 하는 깜둥이가 있지 않아. 그놈이 예전에 나무배를 하나 건진 적이 있었는데, 아, 그 주인은 몰랐던 거야. 그래서 내가 그 배를 사기로 하고, 그놈한테는 연말에 나올 35달러를 나 대신에 가지라고 한 거야. 그런데, 아, 하필 그날 밤에 어떤 놈이 그 나무배를 훔쳐가서는, 그다음 날에는 그 외다리 깜둥이가 하는 말이, 은행이 망했다는 거야. 그래서 우리 중에 어느 누구도 돈을 못 받게 된 거야."

"그럼 나머지 10센트는 어떻게 했어, 짐?"

"아, 그건 내가 써버릴 작정이었던 거야. 근데 마침 꿈을 하나 꾼 거야. 꿈에서 뭐라고 했는가 하니, 아, 그 돈을 발럼이라는 깜둥이한테 주라고 하는 거야. 아, 왜 다들 발럼〔발람〕의 나귀라고 부르는 놈 있잖아. 그 얼간이 같은 놈 중에 하나 말이야. 아, 그래도 다들 그놈은 운이 좋다고들 하는데, 나는 암만 봐도 운이 안 좋은 거야. 나가 꾼 꿈에서 뭐라 했는고 하니, 그 10센트를 발럼한테 줘서 투기하게 하면, 아, 그놈이 나를 위해 그걸 불려줄 거라고 하는 거야. 아, 발럼 그놈은 넙죽 돈을 받아갔는데, 마침 그놈이 교회에 갔더니마는 거기 전도사가 하는 말이, 누구든지 주님께 헌금을 바치면, 아 나중에 백 배로 더 받을 거라고 했다는 거야. 그래서 발럼이 그 10센트를 헌금으로 내고서는,

어디 거기서 뭐가 나오는지 기다려보자고 한 거야."

"그래서 뭐가 나왔는데, 짐?"

"암것도 나오지 않는 거야. 암만 해도 그 돈을 돌려받을 수가 없었다지. 발럼, 그놈도 못하는 거야. 앞으로는 안전하다 싶지가 않으면 돈을 굴리지 않기로 한 거야. 그 전도사가 돈을 백 배로 더 받을 거라고 해서 그것만 믿었는데 말이지! 그놈의 10센트라도 돌려받을 수야 있으면 셈이 끝난 걸로 치고 좋아할 텐데."

"아, 그야 어쨌건 상관없잖아, 짐. 어차피 나중에는 다시 부자가 될 거라면서."

"그래, 그리고 나야 지금도 부자인 거야. 아, 보라니까. 나한테는 지금 내가 있잖아. 내가 이래 봬도 8백 달러나 나가는 몸이란 거야. 돈이 있었으면 싶기는 해도, 그렇다고 이거 이상으로 더 갖고 싶은 생각은 없는 거야."

제9장

　　나는 섬 한가운데 근처, 그러니까 먼저 탐험하면서 발견한 장소에 가서 둘러보고 싶었다. 우리는 출발하자마자 곧 그 장소에 도착했는데, 하긴 그 섬은 고작 길이가 3마일(약 5킬로미터)에 폭이 4분의 1마일(약 400미터)이었기 때문이다.

　　이곳은 제법 길고 가파른 언덕 또는 산등성이로, 높이는 약 40피트(약 12미터)쯤 되었다. 꼭대기까지 올라가는 데에는 꽤 시간이 걸렸는데, 양쪽 옆이 워낙 가파르고 덤불이 무성해서였다. 우리는 이리저리 걷고 기어오르고 한 끝에, 마침내 일리노이 쪽 산꼭대기 근처에서 바위틈에 난 커다란 동굴을 하나 발견했다. 그 동굴은 방 두세 개를 하나로 합쳐놓은 것만큼 컸고, 짐도 그 안에서 똑바로 서서 돌아다닐 수 있을 정도였다. 동굴 안은 시원했다. 짐은 우리 물건을 곧장 거기 갖다두자고 했지만, 나는 그렇게 하면 매번 여기까지 오르내려야 하기 때문에 싫다고 했다.

짐은 우리가 카누만 어디 잘 숨겨놓고 물건을 모두 동굴 안에 갖다
놓으면, 혹시 누가 섬에 와도 우리가 그리로 달려가 숨으면 개를 풀지
않는 한 결코 찾을 수 없을 거라고 했다. 게다가 짐의 말로는 아까 그
새 새끼들이 곧 비가 올 거라고 말해주었다고 하니, 이러다가 우리 물
건이 쫄딱 비에 젖으면 안 되지 않겠는가?

그래서 우리는 다시 아래로 내려가 카누를 동굴 아래쪽에다 갖다
대고 물건을 모조리 동굴로 들어 날랐다. 그런 뒤에 거기서 가까운 장
소, 그러니까 울창한 버드나무 사이에 카누를 숨겨둘 만한 장소를 하
나 찾아냈다. 우리는 낚싯줄에 걸린 물고기를 몇 마리 빼내고 다시 낚
싯줄을 드리운 다음, 저녁 먹을 준비를 시작했다.

동굴 입구는 커다란 나무통을 굴리고 들어갈 수 있을 만큼 널찍했
고, 입구 한쪽 바닥은 땅에서 약간 튀어나오고 평평해서 그 위에 불을
피우기 그만이었다. 그래서 우리는 거기다 모닥불을 지피고 저녁을
만들었다.

우리는 동굴 안에 이불을 카펫 삼아 펼치고 그 위에서 저녁을 먹었
다. 다른 물건들은 동굴 뒤편에 쓰기 좋게 놓아두었다. 곧 주위가 어
두워지더니 천둥번개가 시작되었다. 결국 그 새들이 맞았던 것이다.
곧바로 비가 내리기 시작했는데 어찌나 무섭게 내리던지, 또 바람이
그렇게 부는 건 처음 보는 것 같았다. 곧잘 있는 여름 폭풍 가운데 하
나였다. 밤이 이슥해지자 바깥은 온통 새파랗고 시커멓게만 보였고,
꽤 멋있었다. 빗방울이 어찌나 굵은지 조금 떨어진 데 있는 나무도 흐
릿하게, 마치 거미줄 너머로 보이듯 했다. 그러다가 바람이 한번 휙

불면 나무가 아래로 확 휘어지면서, 나뭇잎 아래의 연한 부분을 바깥으로 드러내곤 했다. 그러다가 완전 찢어발길 듯한 돌풍이 불면 나뭇가지들이 마치 미친 듯이 팔을 흔들어댔다. 그러고 나서는 바깥이 아주 새파랗고 시커먼 와중에 '번쩍!' 마치 후광처럼 밝은 빛에, 흔들리는 나무 꼭대기들 모습이 순간적으로, 폭풍 속 저 멀리, 그러니까 평소에 볼 수 있었던 것보다도 수백 미터는 더 멀리까지 보였다. 우리의 죄처럼 시커먼 어둠이 곧바로 다시 덮이자, 이번에는 천둥이 무시무시하게 터지는 소리와 함께 으르렁대는, 크르렁대는, 와르르하는 소리를 하늘 아래, 그러니까 이 아래쪽 세상을 향해 퍼부었다. 마치 텅 빈 나무통을 계단 밑으로 굴리는데, 그 계단이 어찌나 긴지 그 나무통이 한참 이리저리 쿵쾅대고 부딪치는 것과 비슷했다.

"짐, 여기 정말 좋은데." 내가 말했다. "이젠 여기 말고 딴 데 가 있으라면 못 있을 것 같아. 거기 고기랑 옥수수 빵 좀 조금씩만 더 줘봐."

"그것 봐, 넌 여기 오지 못했을 거야. 이 짐이 아니었다면 말이야. 저 아래 숲 속에 있으면서 저녁도 못 먹고, 거의 물에 빠진 생쥐가 되었을 거야. 진짜 그랬을 거라구, 허니. 닭들도 비가 내릴 걸 미리 알거든. 그러니 새들도 마찬가지인 거라구, 애."

이후 열흘인지 열이틀인지 강물은 계속 불어나고 또 불어나서, 나중에는 강둑 너머가 모두 물에 뒤덮였다. 섬의 낮은 곳, 일리노이 쪽 저지대에는 3, 4피트(약 1미터) 깊이로 물이 차 있었다. 그쪽 강폭은 이제 몇 마일이나 될 정도로 넓어졌다. 하지만 미주리 쪽 강폭은 예전과 마찬가지로 반 마일(약 800미터)쯤이었다. 미주리 쪽 강변은 양편이 높은 절벽이었기 때문이다.

낮이면 우리는 카누를 타고 섬 이곳저곳을 돌아다녔다. 태양이 불타는 듯 내리쬐는 상황에서도 깊은 숲 속으로 들어가면 무척 시원하고 그늘이 져 있었다. 우리는 나무 사이로 이리저리 돌아다녔다. 때로는 덩굴이 빽빽하게 엉켜 있는 바람에 배를 뒤로 빼서 다른 길을 찾아보아야만 했다. 오래되어 쓰러진 나무마다 토끼며 뱀이며 그런 것들이 물을 피해 올라가 있었다. 물이 온 섬을 뒤덮은 지 하루이틀쯤 지나자, 배가 고팠기 때문인지 그놈들도 무척이나 순해져서, 배를 그 옆에 가까이 대고 손을 뻗어 붙잡기만 하면 될 정도였다. 하지만 뱀이나 거북이는 그럴 수 없었다. 그놈들이야 그냥 물속으로 미끄러져 도망 갔으니까. 우리 동굴이 있는 산등성이에는 이제 그놈들이 한가득이었다. 마음만 먹었더라면 애완동물을 얼마든지 키울 수 있었을 것이다.

어느 날 밤, 우리는 판자 뗏목의 작은 일부분을 건져 올렸다. 좋은 소나무 널판으로 된 것이었다. 폭은 12피트(약 3.6미터)에 길이는 15 내지 16피트(약 4.5~5미터)쯤 되었고, 바닥은 물에서 6 내지 7인치(약 15~18센티미터)쯤 위에 있었고, 무척이나 튼튼했다. 낮에는 가끔 원목이 떠내려가는 걸 봐도 그냥 내버려두었다. 낮에 남들 눈에 띄고 싶지 않아서였다.

어느 날 밤, 우리는 섬의 대가리 쪽으로 배를 타고 올라가고 있었다. 새벽이 오기 직전이었는데, 판잣집 하나가 서쪽으로 떠내려오는 거였다. 2층짜리였는데, 옆으로 상당히 기울어져 있었다. 우리는 노를 저어 카누를 그 옆에 댔다. 그리고 위층 창문으로 넘어들어가 보았다. 하지만 너무 어두워서 안이 잘 보이지 않았고, 우리는 카누를 거기 딱 붙여두고 날이 밝을 때까지 배에서 기다렸다.

날이 밝아지기 시작했을 무렵, 우리는 섬의 꼬랑지에 도달해 있었다. 우리는 창문 안을 들여다보았다. 침대 하나, 탁자 하나, 낡은 의자 두 개, 바닥에는 이런저런 물건들이 흩어져 있었다. 벽에는 옷들이 걸려 있었다. 저 멀리 구석에는 뭔가가 누워 있었는데, 마치 사람처럼 보였다. 짐이 말했다.

"어이, 이봐요!"

하지만 움직임은 없었다. 내가 다시 외치자, 짐이 이렇게 말했다.

"저 사람은 자는 게 아니야. 죽은 거야. 꽉 붙잡고 있어봐. 내가 가서 보고 올 테니까."

그는 가까이 다가가 허리를 굽혀 보고 나서는 말했다.

"죽은 사람이야. 그래, 정말로. 홀딱 벗었네. 뒤에서 총을 맞았어.

아마 죽은 지 이틀이나 사흘은 된 것 같은데. 들어와, 헉, 대신 이 사람 얼굴은 보지 마. 너무 지독베었으니까."

나는 시체 쪽은 쳐다보지도 않았다. 짐은 누더기를 갖다 그 위에 덮어버렸지만, 뭐 굳이 그렇게 할 필요까진 없었다. 나야 그걸 굳이 들여다보고 싶은 생각은 없었으니까. 바닥에는 기름투성이 카드가 사방에 흩어져 있었다. 오래된 위스키 병들, 검정 천으로 만든 복면 두어 개도 눈에 띄었다. 벽에는 정말이지 무척이나 실례되는 종류의 글과 그림들이 목탄으로 줄줄이 적혀 있었다. 낡고 지저분한 사라사 드레스 두 벌, 차양모자 하나, 여자 속옷도 몇 벌 벽에 걸려 있었고, 남자 옷도 몇 벌 있었다. 우리는 이런저런 물건을 카누에 실었다. 제법 쏠쏠했다. 남자애들이 쓰는 낡고 얼룩덜룩한 밀짚모자도 바닥에 있기에 그것도 주워 넣었다. 우유가 들어 있었던 병도 있었는데, 아이에게 물릴 것이었는지 천 뚜껑이 달려 있었다. 병이라도 가져가려고 했더니, 깨져 있었다. 아주 낡은 나무상자 하나랑, 낡은 털가죽 트렁크도 하나 있었는데 경첩이 부서져 있었다. 열린 채 놓여 있었는데, 그 안에 쓸 만한 것은 아무것도 남아 있지 않았다. 물건들이 여기저기 흩어져 있는 걸로 보아서는, 거기 있던 사람들이 서둘러서 나가느라 자기 물건들조차 제대로 챙겨가지 못한 것 같았다.

우리는 낡은 양철 램프 하나, 손잡이 없는 정육점 칼 하나, 발로 칼새것 하나가 있었는데 어느 가게를 가든지 두어 푼은 줘야 살 수 있을 만한 물건이었고, 수지양초 여러 개, 양철 촛대 하나, 조롱박 통 하나, 양철 컵 하나, 침대에 있던 낡고 남루한 이불, 손가방 하나—바늘이랑

핀이랑 밀랍이랑 단추랑 실이랑 기타 등등이 들어 있는—그리고 손도
끼 하나랑 못 여러 개, 내 손가락마냥 굵은 낚싯줄 하나랑 거기 매달
린 큼지막한 낚싯바늘, 사슴가죽 한 두루마리, 가죽으로 된 개 목걸이
하나, 말굽 편자 하나, 어디에 쓰는 건지는 적혀 있지가 않은 알약 몇
개도 챙겼다. 그곳에서 나올 무렵, 나는 제법 쓸 만한 말빗 하나를, 짐
은 남루하고 낡은 바이올린 활 하나랑 목발 하나를 찾아냈다. 가죽 끈
이 끊어져 있긴 해도 그것만 빼면 아직 충분히 쓸 만했지만, 아쉽게도
나한테는 너무 길고 짐한테는 너무 짧았으며, 아무리 주위를 뒤져봐
도 나머지 한 짝은 찾을 수가 없었다.

그렇게 해서, 이것저것 다 따져보면 우리는 제법 좋은 소득을 얻은
셈이었다. 카누를 몰고 출발하려 했을 무렵, 우리는 섬에서 4분의 1마
일은 더 내려와 있었고, 날은 이미 훤히 밝아 있었다. 그래서 나는 짐
보고 카누 바닥에 누워서 이불을 덮고 있으라고 했다. 혹시 배에 앉
아 있으면 그가 깜둥이라는 걸 사람들이 멀리서도 보고 알 수 있을
테니까. 나는 혼자 노를 저어 카누를 일리노이 쪽 강변으로 몰았고,
그렇게 하는 와중에 결국 반 마일가량 하류로 떠내려온 셈이 되었다.
강둑 아래의 죽은 물에 들어설 때까지, 아무런 사고도 없었고 누구와
마주치지도 않았다. 그렇게 우리는 집까지 무사히 돌아왔다.

제10장

        아침을 먹고 나서, 나는 아까 본 그 죽은 사람에 관해, 그러니까 그 사람이 어쩌다가 죽게 되었을지 이야기를 꺼내려고 했지만, 짐은 그러고 싶어 하지 않았다. 녀석의 말로는 그렇게 하다간 불운이 따라오게 된다는 거였다. 뿐만 아니라, 죽은 사람이 이리 와서 우리한테 나타날 수도 있다고 했다. 녀석의 말로는 그렇게 땅에 묻히지 못한 사람은 잘 매장되어 편히 쉬는 사람에 비해 여기저기 나타나는 경우가 더 잦다고 했다. 듣고 보니 제법 그럴듯했기 때문에, 나는 더 이상 그 이야길 꺼내지 않았다. 하지만 나로선 그 문제를 곰곰이 생각하지 않을 수 없었고, 과연 누가 그 사람을 쏴 죽였는지, 무엇 때문에 그랬는지를 알아내고 싶었다.

    우리는 그 집에서 가져온 옷들을 뒤져보다가, 담요 외투의 안감에 넣고 꿰맨 은화를 8달러어치나 찾아냈다. 짐은 자기 생각에는 그 집에 살던 사람들이 아마 그 코트를 훔쳤을 거라고 했다. 만약 그 사람들이 이 돈이 거기 들어 있는 줄 알았다면, 왜 그냥 남겨놓고 갔겠느냐는 거였다. 내 생각에는 그 사람들이 총을 쏴서 그 사람을 죽였을 것 같다고 했다. 하지만 짐은 그 얘기를 전혀 하고 싶어 하지 않았다. 내가 말했다.

"네가 생각하기에는 그게 불운 같다 이거지. 하지만 그저께만 해도 내가 산꼭대기에서 뱀 껍데기 주워왔을 때는 뭐라고 그랬어? 손으로 뱀 껍데기를 만지는 거야말로 이 세상에서 제일 지독한 불운이라고 했었잖아. 자, 그럼 이게 네가 말한 불운이네! 이 갖가지 물건들은 물론이고 8달러까지 덤으로 얻은 게 말이야. 이런 식이라면 차라리 매일매일 불운이 닥쳤으면 좋겠는걸, 짐."

"그런 소리 하는 법이 아니야, 애, 그런 소리 하는 법이 아니라구. 너무 방재한[방자한] 척해도 안 되는 법이야. 아마 오고 있는 중일 거야. 내 분명히 말하지만, 지금 아마 오고 있는 중일 거라구."

정말로 불운이 오기는 왔다. 그 이야기를 한 건 화요일이었다. 그러다가 금요일에 저녁을 먹은 뒤, 우리는 산등성이의 맨 끄트머리 풀밭에 누웠는데, 마침 담배가 떨어진 거였다. 담배를 가지러 동굴에 가보니, 그 안에 방울뱀이 한 마리 들어와 있었다. 나는 그놈을 죽여서 둘둘 감은 다음 짐의 이불 발치에 넣어두고는, 그냥 아무렇지도 않게, 짐이 그걸 보고 놀라는 걸 보면 재미있겠다고만 생각했다. 그러다 저녁이 되자 나는 뱀에 대해서는 까맣게 잊어버리고 있었는데, 내가 불을 켜는 사이에 짐이 이불 속에 들어가자, 아까 죽은 뱀의 짝이 또 한 마리 거기 숨어 있다가 짐을 꽉 물어버린 거였다.

짐은 펄쩍 뛰어오르며 소리를 질렀고, 그 해로운 짐승이 똬리를 틀고 또 한 번 덤벼들 준비를 하는 모습이 불빛에 훤히 드러났다. 나는 얼른 막대기로 그놈을 때려잡았고, 짐은 아빠의 위스키 병을 움켜쥐고는 꿀꺽꿀꺽 들이키기 시작했다.

짐은 맨발이었고, 뱀은 짐의 발뒤꿈치를 정확히 물었다. 이게 모두 내가 멍청한 탓에 벌어진 일이었다. 죽은 뱀을 한 마리 놓아두면 그 짝이란 놈이 항상 거기 찾아와서 똬리를 튼다는 당연한 사실을 잊어버리다니 말이다. 짐은 나더러 뱀 대가리를 칼로 잘라 멀리 던져버리고, 그 몸통은 껍데기를 벗긴 다음에 한 토막만 구워달라고 했다. 내가 그렇게 하자, 짐은 그걸 먹은 다음, 그 덕분에 이제는 낫는 데 도움이 될 거라고 했다. 짐은 나더러 뱀 꼬리의 방울을 잘라내 자기 손목에 묶어달라고도 했

다. 녀석의 말로는 그렇게 하면 낫는다는 것이었다. 나는 조용히 나가서 죽은 뱀들을 저 멀리 덤불 사이에 던져버렸다. 이게 모두 내 잘못이라는 걸 짐에게 알리지 않을 작정이었다. 정말 불가피한 경우가 아니라면 말이다.

짐은 술병을 빨고 또 빨아댔고, 가끔 한 번씩은 정신이 나간 듯, 팔다리를 허우적대며 소리를 질렀다. 하지만 매번 제정신을 차리고 또

다시 위스키 병을 빨아댔다. 그의 발은 엄청 크게 부어올랐고 다리도 마찬가지였다. 하지만 나중에는 취기가 오르기 시작했고, 나는 이제 그가 괜찮아졌을 거라고 생각했다. 하지만 내 생각에는 아빠의 위스키를 마시는 것보다는 오히려 그 뱀한테 물리는 게 나을 것 같았다.

짐은 나흘 밤낮을 자리에 누워 있었다. 그러고 나서야 부은 것도 모두 가라앉고 짐도 자리에서 일어날 수 있었다. 나는 두 번 다시 뱀 껍데기를 손으로 만지지 않겠다고 작정했는데, 이제는 그 결과가 어떻게 나타나는지를 똑똑히 본 까닭이었다. 짐의 말로는, 다음부터 자기 말이라면 철석같이 믿어야 한다는 거였다. 그러면서 뱀 껍데기를 만지는 것은 무지막지한 불운이기 때문에, 어쩌면 이것 말고도 아직 뭔가가 더 남았을지 모르겠다고 했다. 녀석의 말로는 차라리 자기 왼쪽 어깨 너머로 새로운 달이 뜬 걸 수천 번도 넘게 바라보는 편이 낫지, 절대로 뱀 껍데기를 손으로 집어 들지는 않을 거라고 했다. 나 역시 그렇게 생각하게 되었다. 물론 평소에만 해도 나는 자기 왼쪽 어깨 너머로 새로운 달이 뜬 걸 본다는 것이야말로 이 세상에서 사람이 할 수 있는 일 중에서도 제일 부주의하고 멍청한 짓이라고 생각해왔지만 말이다. 행크 벙커 영감이 예전에 한 번 그런 짓을 했다며 자랑을 한 적이 있었다. 그런데 그로부터 2년도 채 되기 전에, 그 영감은 술을 먹고 탄환 제조탑에서 떨어져서는, 말 그대로 납작하게 빈대떡이 되고 말았던 것이다. 결국 사람들은 관 대신 헛간 문 두 짝을 떼어가지고는 그 사이에 이 영감을 넣고 가장자리를 막아서 땅에 묻었다고들 얘기하는데, 물론 나야 직접 보진 못했다. 아빠 말로는 그랬다. 하여간 그 일도 정말 바보같이 달을 그런 식으로 바라보았기 때문에 생긴 거였다.

하여간 이후 며칠이 더 지나자, 강물도 줄어들어 다시 강둑 사이로 내려갔다. 우리가 맨 처음 한 일은 커다란 낚싯바늘에 가죽 벗긴 토끼를 매달아 낚시를 놓은 것이었는데, 덕분에 길이 6피트 2인치(약 188센티미터)에 무게는 200파운드(약 90킬로그램)도 넘는, 진짜 사람만 한 크기의 메기를 한 마리 낚았다. 물론 우리 힘으로는 감히 어쩔 수가 없었다. 여차 하면 그놈이 우리 둘 다 일리노이까지 내던질 기세였으니까. 우리는 강가에 앉아 그놈이 날뛰고 흔들다가 결국 뻗어버릴 때까지 지켜보았다. 그놈의 배를 갈라보니 밥통에서 구리 단추 하나, 둥근 공같이 생긴 것 하나, 이런저런 쓰레기가 나왔다. 우리가 손도끼로 그 공같이 생긴 것을 쪼개보았더니, 그 안에는 실 꾸러미가 들어 있었다. 짐은 그놈이 이걸 하도 오랫동안 뱃속에 넣어두고 있다보니, 그 위에 뭐가 덮이고 또 덮이고 해서 결국 이렇게 공 모양이 된 거라고 했다. 이거야말로 미시시피 강에서 지금껏 잡힌 물고기 중에 제일로 큰 놈인 것 같다고 나는 생각했다. 짐의 말로는, 자기도 이만큼 큰 놈을 본 적은 없다는 거였다. 마을에서야 이런 놈이 잡히면 제법 돈이 되었을 거라고 했다. 거기 있는 가겟집에서는 이런 물고기가 잡히면 파운드 단위로 썰어 판다는 거였다. 사람들은 너도나도 그걸 사갔다. 이놈의 살은 눈처럼 하얗기 때문에 튀기면 아주 맛있기 때문이었다.

다음 날 아침, 나는 이렇게 지내는 것도 지루하고 따분하다고, 그러니 뭔가 좀 기분전환할 방법을 찾아야겠다고 말했다. 나는 강 건너로 가서 지금 상황이 어떻게 돌아가고 있는지 알아봐야겠다고 했다. 짐도 내 계획을 마음에 들어 했다. 하지만 반드시 밤에 가야 하고, 조심해야 한다고 말했다. 그러더니 나를 유심히 바라보다가, 나더러 이렇게 물었다. 그 낡은 옷 중에서 몇 개를 골라 입고 여자애처럼 분장하면 안 될까? 내 생각에도 좋은 생각 같았다. 그래서 우리는 사라사드레스 가운데 하나를 짧게 줄인 다음, 내 바짓단을 무릎까지 접어올린 뒤, 그 드레스를 걸쳤다. 짐이 낚싯바늘로 옷 뒤쪽에서 시침질을 해주자 아주 딱 맞았다. 나는 차양모자를 쓰고 턱 밑에서 끈을 묶어서, 누가 차양 안을 들여다보며 내 얼굴을 확인하려 해도 마치 난로 연통의 이음매를 찾아보는 것처럼 부질없는 짓이 되게 만들었다. 짐은 어느 누구도 나를 못 알아볼 거라고, 심지어 낮에도 전혀 모를 거라고 했다. 나는 그 옷 입고 있는 법을 하루 온종일 연습했고 결국 나중에는 그 옷에 제법 익숙해지게 되었는데, 다만 짐은 내가 걷는 모습

이 여자애 같지 않다고 지적했다. 그리고 나보고 드레스 들어올리고 반바지 주머니에 손 넣는 버릇을 반드시 고쳐야 할 거라고 했다. 나는 그 지적을 염두에 두었고, 덕분에 이젠 좀 더 잘하게 되었다.

밤이 되자마자 나는 카누에 올라타고 일리노이 쪽 강변으로 출발했다.

선착장에서 약간 아래쪽에 있는 장소를 목표 삼아 마을 쪽을 향해 강을 건너기 시작했는데, 물살 때문에 오히려 마을 맨 가장자리 쪽에 도착하고 말았다. 오랫동안 사람이 살지 않았던 어느 오두막집에 불빛이 반짝이는 걸 보자, 나는 과연 누가 거기 들어와 살게 된 건지 궁금했다. 나는 살금살금 다가가 그 집 창문 안을 들여다보았다. 마흔쯤 되어 보이는 여자 하나가 소나무 탁자 위에 촛불을 하나 켜놓은 채 뜨개질을 하고 있었다. 나로선 처음 보는 얼굴이었다. 아마 외지에서 온 사람 같았다. 누구도 이 마을에서 내가 모르는 얼굴을 처음 선보일 수는 없었으니까. 지금은 오히려 운이 좋은 셈이었던 것이, 나는 슬슬 걱정이 되었기 때문이다. 나는 무슨 일이 벌어질지 몰라 불안해하고 있었다. 사람들이 내 목소리를 알아채고는 내가 누군지 딱 알아낼 것 같았다. 하지만 이 마을이야 이틀만 머물러도 돌아가는 상황을 속속들이 알 수 있을 만큼 작았으니, 이 여자를 통해서도 내가 알고 싶은 일은 모조리 들을 수 있을 것 같았다. 그래서 나는 그 집 문을 똑똑 두들겼다. 내가 여자애라는 사실을 절대 잊어서는 안 된다고 다짐하면서 말이다.

제11장

"들어오세요." 그 여자가 말했다. 나는 그 말대로 했다. 그러자 그 여자가 또 말했다.

"의자에 앉아라."

나는 역시 그 말대로 했다. 그 여자는 작고 반짝이는 눈으로 나를 위아래로 훑어보더니, 이렇게 말했다.

"너 이름이 어떻게 되니?"

"새러 윌리엄스요."

"너 어디 사는 애니? 이 근처에 사니?"

"아뇨, 아줌마. 사는 데는 후커빌이에요. 아래로 7마일(약 11킬로미터)쯤 떨어진 데에요. 거기서부터 계속 걸어오느라 힘이 다 빠졌지 뭐예요."

"그럼 배가 고프겠구나, 응? 내가 뭐라도 먹을 걸 좀 내오마."

"아뇨, 아줌마. 배는 안 고파요. 하도 배가 고프길래, 오다가 여기서 한 2마일(약 3킬로미터)쯤 되는 어느 농장에 잠깐 들렀거든요. 우리 엄마가 무척 편찮으세요. 근데 돈이고 뭐고 다 떨어졌지 뭐예요. 그래서 애브너 무어 아저씨한테 얘기하러 가던 중이에요. 여기 마을 제일 위쪽에 살고 계신다거든요, 엄마 말로는요. 근데 여기는 아직 한 번도 와본 적이 없어서요. 혹시 우리 아저씨 아세요?"

"아니, 난 아직 이 마을 사람을 다는 모르거든. 여기 와서 산 지가 기껏해야 두 주도 안 되니까. 마을 위쪽이라니 제법 오래 가야겠구나. 차라리 오늘 밤은 여기서 자면 어떠니. 일단 그 모자나 좀 벗구."

"아뇨." 내가 말했다. "잠깐 앉아서 쉬다가, 또 일어나서 가봐야죠. 어두운 것 정도는 하나도 안 무서우니까요."

그 여자는 나 혼자 가게 놔둘 수는 없다면서 좀 이따가, 그러니까 한 시간 반쯤 있으면 자기 남편이 올 테니 그 양반한테 나를 데려다주게 하겠다고 했다. 그러더니 그 여자는 자기 남편에 대해서, 상류에 사는 자기 친척에 대해서, 하류에 사는 자기 친척에 대해서 이야기했고, 여기 오기 전까지만 해도 자기네 살림이 더 나았다고, 그냥 가만히나 있을걸 그랬지 공연히 이 마을로 이사를 와서 이 지경이라고, 이런저런 이야기를 쏟아냈다. 그러다 보니 나로선 마을 돌아가는 상황을 듣기 위해 이 여자의 집을 찾아온 것이 오히려 실수가 아니었나 하는 생각이 덜컥 들었다. 하지만 곧이어 이 여자는 우리 아빠랑 살인사건 이야기를 꺼냈고, 그러자 나도 이 여자가 계속 재잘대는 것을 기꺼이 참고 들을 마음이 생겼다. 그 여자는 나랑 톰 소여가 6천 달러를 찾아낸 것(이 여자는 1만 달러라고 알고 있었다)이며, 우리 아빠가 얼마나 꼴통인지, 내가 얼마나 꼴통인지 이야기한 다음, 내가 살해당한 이야기로 넘어갔다. 내가 물었다.

"누가 그랬을까요? 우리도 그게 어떻게 돌아간 건지 이런저런 이야기를 듣긴 했거든요. 그러니까 후커빌에서두요. 그런데 과연 누가 그 헉 핀이란 애를 죽였는지는 모르겠더라구요."

"그게, 내가 보니까 '여기' 사는 올바로 똑똑한 만큼의 사람들도 과연 누가 그 애를 죽인 건지 궁금해하는 것 같더라. 어떤 사람은 그 애비인 핀이란 작자가 그랬다고들 해."

"아니, 정말 그럴까요?"

"처음에는 대부분 그럴 거라고 생각했지. 그래서 여차 하면 그 작자를 끌어다가 린치라도 가할 기세였어. 하지만 그날 저녁도 되기 전에 사람들은 생각을 바꿔서, 그건 다름 아닌 짐인가 하는 이름의 도망친 깜둥이의 짓이라고 결론을 내리게 됐지."

"어, 그 녀석은……."

나는 말을 멈추었다. 이 상황에서는 가만히 있는 게 상책일 것 같았다. 그 여자는 계속 말을 했고, 내가 잠시 끼어들었다는 것은 눈치채지 못했다.

"그 깜둥이는 바로 헉 핀이 죽던 그날 밤에 도망쳤거든. 그래서 현상금이 붙어버렸지. 3백 달러가 말이야. 그 애비인 핀이란 작자한테도 현상금이 붙었어. 그쪽은 2백 달러라지. 뭐냐면, 그 작자는 살인이 있고 나서 마을에 와서 그 이야기를 하고, 사람들하고 같이 연락선을 타고 수색에 나섰다가 그 직후에 어디론가 떠나버렸거든. 그날 저녁

이전까지만 해도 사람들은 그 작자를 린치하려고 했지만, 그 작자가 먼저 어디론가 내빼버렸지 뭐니. 아, 그런데 바로 다음 날 그 깜둥이가 도망친 게 밝혀진 거야. 사람들 말에 따르면 살인이 벌어지던 날 밤 열 시 이후로는 그 깜둥이를 본 사람이 없다지 뭐니. 그래서 사람들이 이 사건을 그 깜둥이 탓으로 돌리는데, 아, 글쎄, 그 애비인 핀이란 작자가 다시 나타나서는, 새처 판사를 찾아가서 돈을 내놓으라고 징징거렸다지 뭐니. 그 돈을 가지고 일리노이 주 전체를 이 잡듯 뒤져서라도 그 깜둥이를 찾아내겠다고 말이야. 그래서 판사가 돈을 얼마 줬더니, 아, 그날 저녁에 그 작자는 술을 퍼마시고, 자정쯤 넘어서는 뭔가 인상이 더러운 남자 둘하고 어울리더니 그 사람들이랑 같이 어디론가 가버렸다지 뭐니. 그 작자는 이후 다시 나타나지 않았고, 사람들은 이 사건이 좀 잠잠해지고 나서야 다시 그 작자를 찾아보게 된 거야. 사람들은 이제야 그 작자가 제 자식을 죽이고 일을 꾸며서 사람들로 하여금 강도가 그랬을 거라고 믿게 만들고, 오랜 시간 소송에 매달릴 것 없이 쉽게 돈을 받아내려고 그랬을 거라고 생각하니까. 물론 사람들은 그렇게 해봤자 그 작자한테도 별로 이득될 것은 없다고들 하지. 하지만 내 생각에 그 작자는 정말 약아빠졌어. 이렇게 해서 앞으로 한 1년 동안은 나타나지 않고 어디 숨어 있으면 그 작자도 무사할 테니까. 그 작자가 뭘 했는지 아무것도 증명할 수 없으니, 왜. 그때쯤이면 만사가 조용해졌을 테고, 그러면 그 작자는 헉의 돈을 그냥 거저 먹을 수 있게 되는 거지."

"예, 제 생각에도 그런 것 같네요, 아줌마. 앞을 가로막는 게 하나도 없는 셈이니까요. 그럼 이제는 그 깜둥이가 일을 저질렀다고 믿는 사람은 아무도 없겠네요?"

"어, 아니, 아무도까지는 아니지. 아직 상당히 많은 사람들이 그 깜둥이의 짓이라고 생각하거든. 이제 조만간 사람들이 그 깜둥이를 잡아내면, 아마 깜둥이를 족쳐서 자백을 받아내겠지."

"아니, 그러면 사람들이 여전히 깜둥이를 쫓고 있나요?"

"아유, 넌 뭘 몰라도 한참 모르는구나, 응? 아니, 그 깜둥이 목에 걸린 3백 달러가 어디서 그냥 주울 수 있는 푼돈인 것 같니? 어떤 사람들은 그 깜둥이가 아직 이 근처에서 멀리 벗어나진 못했을 거라고 생각하고 있어. 나 역시 그런 사람 중 하나지. 아직 다른 사람들한테 말은 안 했지만 말이야. 며칠 전에 우리 집 옆의 통나무 오두막에 사는 나이 많은 부부랑 얘기를 하는데 말이야, 그 사람들이 문득 그러는 거야. 왜 사람들이 저쪽에 있는 섬, 그러니까 잭슨 섬이라고 하는 데는 왜 아무도 안 가보려고 하는지 모르겠다고 말이야. 그래서 내가 물어봤지, 거기 누가 살아요? 그랬더니, 아니, 아무도 안 산다고 그러는 거야. 그래서 나도 더 이상 말은 안 했지만, 그때부터 가만 생각을 해본 거야. 거기서, 그러니까 그 섬의 꼭대기 근처에서, 그때부터 하루이틀 전에 연기가 나는 걸 본 게 거의 확실한 것 같았거든. 그래서 내가 속으로 생각했지, 혹시 저기가 그 깜둥이가 숨어 있는 곳은 아닐까 하고 말이야. 어쨌거나 굳이 힘을 들여서라도 저기를 한번 살펴볼 만한 가치는 있겠다고 말이야. 그런데 또 한동안은 연기가 안 보이기에, 아, 이젠 그놈이 딴 데로 내뺐나보다 생각했지. 아, 물론 그게 그놈이었다면 말이야. 하여간에 우리 남편이 가서 살펴보기로 했어. 우리 남편이랑 딴 양반하고 같이 말이야. 우리 남편이 상류에 갔다가 오늘 돌아오자마자 내가 그 이야길 했거든. 그러니까 두 시간쯤 전인가보다."

나는 어찌나 마음이 불안한지, 그냥 가만히 앉아 있을 수가 없었다. 손을 내버려둘 수가 없어 뭐라도 해야 할 것 같았다. 그래서 나는 탁자 위에서 바늘을 하나 집어 들어서 거기다 실을 꿰기 시작했다. 손이 떨렸기 때문에 실이 잘 꿰어지지 않았다. 문득 그 여자가 말을 그친 것을 알고 나는 고개를 들었다. 그 여자는 뭔가 요상하다는 표정으로 날 바라보면서, 얼굴에 슬쩍 미소를 짓고 있었다. 나는 바늘과 실을 내려놓고 짐짓 그 이야기에 관심이 있는 척했다. 물론 실제로도 관심이 있었고 말이다. 나는 말했다.

"3백 달러면 진짜 엄청이네요. 우리 엄마 같은 사람한테 떨어지면 딱인데. 그럼 아줌마네 아저씨가 오늘 밤에 거기 다녀오시려는 거예요?"

"아, 그럼. 아까 내가 말했던 그 다른 양반하고 같이 일단 마을로 갔단다. 보트를 하나 빌리고, 총도 혹시 하나 빌릴 수 있을까 해서 말이야. 이따 자정 넘어서 곧바로 출발할 거야."

"그보다는 차라리 낮이 될 때까지 기다려야 뭘 더 잘 볼 수 있지 않을까요?"

"꼭도 그렇겠다. 그러면 그 깜둥이도 이 양반들을 더 잘 볼 수 있을 텐데 말이야? 자정이 넘으면 아마 깜둥이도 잠들어 있을 거고, 그럼 이 양반들이 숲을 돌아다니다보면 그 깜둥이가 피워놓은 모닥불이 눈에 띄겠지. 있기만 하다면야, 어두운 데서는 더 잘 보일 테니까."

"아, 정말, 그 생각은 못했네요."

그 여자가 계속해서 뭔가 요상하다는 표정으로 나를 바라보았기 때문에, 나는 전혀 편안하지가 않았다. 곧이어 그 여자가 말했다.

"근데, 너 이름이 뭐라고 했더라, 애?"

"메…… 메리 윌리엄스요."

문득 아까는 '메리'라고 말하지 않았던 것 같다는 생각이 들어서, 나는 그 여자의 얼굴을 감히 쳐다보지 못했다. 그러고 보니 아까는 '새러'라고 한 것 같았다. 이건 완전히 궁지에 몰린 기분이었고, 혹시 저 여자한테도 내가 그런 모습으로 비춰지는 것일까 싶어 겁이 났다. 그 여자가 차라리 뭔가 다른 말이라도 했으면 싶었다. 그 여자가 가만히 있으면 있을수록 나 역시 점점 불편해졌으니까. 그때 그 여자가 말했다.

"애, 근데 아까 처음에 얘기할 때에는 새러라고 했던 것 같은데?"

"아, 예, 아줌마. 그랬죠. 원래 이름은 새러 메리 윌리엄스거든요. 새러가 앞에 나와서요. 그래서 어떤 사람들은 새러, 어떤 사람들은 메리라고들 해요."

"아, 그렇게 되는 거니?"

"예, 아줌마."

이젠 좀 기분이 나아졌다. 하지만 거기서 빠져나가고 싶었다. 그러고 나는 여전히 그 여자를 똑바로 쳐다보지 못하고 있었다.

그 여자는 요즘 경기가 무척이나 안 좋다는 둥, 살림살이가 빠듯하다는 둥, 쥐새끼들은 어찌나 많은지 마치 집주인 행세를 하고 있다는 둥 이런저런 이야기를 늘어놓았고, 그러자 나 역시 아까보단 기분이 편해졌다. 쥐새끼 어쩌구는 그 여자 말이 맞았다. 한쪽 구석에 난 쥐구멍에서 한 마리가 주둥이를 밖으로 내미는 모습이 종종 보이곤 했으니까. 그 여자 말로는 자기 혼자 있을 때는 뭐든지 던질 만한 것을 가까이 두고 있어야지, 안 그러면 쥐새끼들이 도무지 자기를 그냥 내버려두질 않는다는 거였다. 그 여자는 둥글게 매듭지어진 모양의 납 막대기를 하나 보여주면서, 예전에는 이걸 가지고 제법 잘 맞췄는데, 마침 하루이틀 전에 팔을 삐는 바람에 이제는 이걸 제대로 던질 수 있을지나 모르겠다고 했다. 그때 기회가 생기자 그 여자는 곧바로 생쥐를 향해 던졌지만, 명중은커녕 크게 빗나갔고, 그것 때문에 팔이 아픈지 "아이쿠!" 하고 소리를 질렀다. 그러더니 그 여자는 다음번에는 나더러 한 번 던져보라고 했다. 나는 그 여자 남편이 돌아오기 전에 거기서 나오고 싶었지만, 물론 그런 티는 내지 않았다. 나는 막대기를 집어 들고는 쥐구멍에서 어떤 놈이 주둥이를 내밀자마자 던졌고, 그 놈이 원래 있던 자리에 계속 서 있기만 했더라면 그대로 뻗어버렸을 것이었다. 그 여자는 나더러 최고라고 하면서, 내가 다음 한 마리는 털 수 있을 거라고 했다. 그 여자는 자리에서 납을 도로 집어오더니, 이번에는 털실 꾸러미를 하나 꺼내서는 나보고 좀 도와달라는 거였다. 나는 양손을 치켜올렸고, 그 여자는 실타래를 내 양손에 걸쳐놓고는, 계속해서 자기랑 자기 남편 이야기를 늘어놓는 거였다. 그때 그 여자가 불쑥 이렇게 말했다.

"저 쥐새끼들 나오는지 계속 보고 있어. 아니, 차라리 납을 네 무릎 위에다가 올려놓고 있는 게 더 낫겠구나, 잡기 좋게 말이야."

그러면서 그 여자가 덩어리 몇 개를 내 무릎에 던져서, 바로 그 순간 나는 얼른 다리를 오므려서 그걸 받았으며, 그 여자는 계속해서 이야기를 해나갔다. 그렇게 1분쯤 지났을 거다. 갑자기 그 여자가 실 꾸러미를 내려놓고는, 내 얼굴을 똑바로 바라보더니 뭔가 재미있다는 표정으로 이렇게 말하는 거였다.

"애, 됐어. 너 진짜 이름이 뭐니?"

"뭐, 뭐라구요, 아줌마?"

"너 진짜 이름이 뭐니? 무슨 빌, 아니면 톰, 아니면 밥? 아니면 도대체 이름이 어떻게 되니?"

나는 아마 바람에 흔들리는 잎사귀마냥 발발 떨었나보다. 어떻게 해야 할지 알 수가 없었다. 나는 이렇게 말했다.

"왜 저 같은 불쌍한 여자애를 놀리시는 거예요, 아줌마. 제가 방해가 되었다면, 자요, 나가면 되지……."

"아니, 나갈 것 없어. 그냥 원래대로 자리에 앉아 있어. 너한테 무슨 해코지할 생각은 없고, 너에 대해서 남들한테 이야기할 생각도 없어. 그러니 비밀이 뭔지 솔직하게만 털어놓고, 날 믿기만 하면 돼. 비밀은 지킬 테니까. 그리고 내가 도울 수 있으면 도와줄 거고. 우리 남편도 마찬가지야. 네가 필요하다고만 하면 말이야. 절대로 무슨 해코지하진 않을 테니까. 그러니까, 뭐니, 너는 어디서 누구 밑에 도제로 있다가 달아난 거구나. 바로 그거야. 그건 뭐, 아무것도 아니지. 그렇게 말한다고 해서 해될 건 없지. 넌 학대를 받은 거고, 그래서 결국 도망치기로 작정한 거지. 아이구, 얘, 걱정 마. 남들한테는 얘기 안 할테니까. 그러니 이젠 사실대로 털어놔봐. 그래야 착한 아이지."

그래서 나는 이렇게 말했다. 이제는 더 이상 아닌 척해도 소용이 없을 것 같으니, 깨끗한 마음으로 모두 이야기하겠다고, 대신 아줌마도 방금 말했던 약속을 꼭 지켜줘야 한다고 말이다. 내가 한 말은 이러했다. 우리 아빠랑 엄마가 돌아가신 뒤에, 나는 법 때문에 어느 야비하고 늙은 농부의 밑에 들어가, 강 하류로 한 30마일(약 48킬로미터)쯤 내려간 시골에서 지내게 되었는데, 주인이 어찌나 나를 학대했는지 더 이상은 견딜 수가 없었다고 말이다. 마침 주인이 이틀쯤 어디 멀리 가버린 사이, 나는 기회를 놓치지 않고 그의 딸이 입던 헌 옷을 훔쳐 입고 내빼버렸다고, 그렇게 해서 사흘 밤에 걸쳐서 30마일을 걸어 여기까지 오게 되었다고 말이다. 나는 주로 밤에만 걸었고 낮에는 숨어서 잠을 잤으며, 그 사이에는 농장에서 들고 나온 빵과 고기를 먹으며 지냈는데, 그게 제법 많았다고 말이다. 나는 이제 우리 애브너 무어 아저씨가 나를 돌봐줄 거라고 생각했고, 그래서 이 고센이라는 마을에 발을 들여놓게 되었다고 했다.

"고센이라고 했니, 얘? 여긴 고센이 아니야. 세인트피터스버그라구. 고센은 여기서 상류로 10마일(약 16킬로미터)은 더 가야 있어. 여기가 고센이라고 누가 그러디?"

"어, 오늘 아침 동틀 녘에, 그러니까 잠자러 숲으로 들어가기 직전에 어떤 아저씨를 만났는데, 그 아저씨가 그러더라구요. 좀 더 가면

갈래길이 나오는데, 거기서 오른손 방향으로 가야 된다구요. 그렇게 5마일쯤 더 가면 고센이 나온다고 하더라구요."

"뭐하는 작자인지 술이라도 퍼마신 모양이구나. 완전히 잘못 가르쳐준 거네."

"어, 그렇잖아도 좀 술에 취한 것 같긴 하더라구요. 그래도 뭐, 이젠 어쩔 수 없는 일이네요. 그럼 전 얼른 가봐야겠어요. 날이 밝기 전에 고센까지 가려면요."

"애, 잠깐만 기다려봐라. 그럼 내가 너 먹을 것 좀 싸줄게. 가다보면 아마 필요할 거다."

그래서 그 여자는 먹을 것을 싸주면서, 이렇게 말했다.

"애, 소가 땅에 누워 있을 땐 말이야, 어느 쪽부터 일어서는지 아니? 바로 대답해봐, 얼른. 답이 뭔지 궁리할 생각 말고 말이야. 자, 어느 쪽이 먼저 일어서게?"

"뒤쪽부터요, 아줌마."

"좋아, 그럼, 말은?"

"앞쪽부터요, 아줌마."

"나무에서 이끼가 주로 끼는 쪽은 어느 쪽이게?"

"북쪽이요."

"언덕에 소가 열다섯 마리 있으면, 그중에서 똑같은 방향을 바라보고 풀을 뜯는 놈은 몇 마리게?"

"열다섯 마리 전부요, 아줌마."

"그래, 너 대답하는 걸 보니 '정말로' 시골에서 산 게 맞는 모양이구나. 어쩌면 네가 또 한 번 나를 속여먹으려고 하는 건지도 모르겠다 싶어서 말이야. 자, 그럼 너 진짜 이름은 도대체 뭐니?"

"조지 피터스요, 아줌마."

"그래, 그럼 그 이름을 잘 기억해둬, 조지. 혹시라도 까먹고서는 여길 나가기도 전에 이름이 엘릭잰더라고 잘못 말하거나, 내가 그걸 지적하면 사실 조지 엘릭잰더라고 둘러대면 안 돼. 그리고 저 오래된 사라사 옷 입고 여자들 있는 데는 절대 가지 마라. 넌 계집애 흉내 내는 건 완전히 서툴더라. 그래도 남자 정도면 속일 수 있을 거야, 어쩌면 말이야. 아이구, 애, 바늘에 실을 꿰려고 할 때는 말이야, 실을 꼭 붙잡고서 바늘을 갖다 꿰는 법이 아니야. 반대로 바늘을 꼭 붙잡고서 실을 갖다 꿰어야지. 여자라면 십중팔구 그렇게 하는 거야. 남자들은 늘 반대로 하지. 그리고 쥐새끼나 뭐에 대고서 뭘 집어던지려고 할 때는 일단 조심조심 치맛자락을 치켜올리고, 팔은 최대한 어색하게 머리 위로 쭉 들어올린 다음에, 쥐새끼가 있는 자리에서 6, 7피트(약 2미터)는 떨어진 엉뚱한 데를 맞춰야지. 어깨 위로 팔을 뻣뻣이 뻗어가지고, 마치 무슨 회전축이라도 있어서 돌려야 되는 척하는 거야. 그래야 계집애처럼 보이지. 그렇지 않고 손목이랑 팔꿈치를 쓰고 팔을 한쪽으로 쭉 뻗으면 영락없는 사내녀석 아니니. 그리고 말이야, 여자애가 자기 무릎에 뭔가 물건을 받을 때는 무릎을 쫙 벌리는 거야. 절대로 무릎을 확 모으진 않는다구. 아까 네가 납 막대기를 받을 때 했던 것처럼은 안 한단 말이야. 안 그래도 네가 바늘에다 실을 꿴다고 붙들고 앉아 있을 때부터 내가 딱 알아봤지 뭐니. 그런 다음에는 진짜인지 아닌지 보려고 일부러 딴 것도 시켜본 거구. 그러니 이제 너네 아저씨한테 가 봐라, 새러 메리 윌리엄스 조지 엘릭잰더 피터스인지 뭔지 하는 애야. 그리고 혹시 중간에 무슨 문제가 생기면 주디스 로프터스 아줌마한테 연락해라. 그게 바로 나거든? 내가 도와줄 수 있는 일이면 최대한 도와줄 테니까. 강가에 난 길을 따라 쭉 가면 된다. 그리고 나중에라도 이렇게 혼자 도망 다닐 거면 신발이랑 양말은 꼭 챙겨. 강가 길은 워낙 돌이 많아서 고센까지 가려면 발병깨나 날 거다, 아마 그럴 거야."

나는 강둑을 따라 50야드(약 46미터)쯤 걸어 올라간 뒤, 지금까지 온 길을 돌아가서 카누를 숨겨둔 곳으로 향했다. 아까 그 집에서 아래쪽으로 제법 떨어진 곳이었다. 나는 카누에 올라타서 서둘러 출발했다. 우선 섬 대가리 있는 데까지 최대한 상류로 저어 올라갔고, 그런 뒤에 강을 가로지르기 시작했다. 차양모자는 벗어버렸다. 곁눈가리개는 원치 않았으니까. 강 한가운데쯤 왔을 무렵, 마을 시계 종소리가 들리기 시작했다. 나는 가만 멈추고 그 소리에 귀를 기울였다. 강 너머에서 희미하지만 분명하게 들려왔다. 열한 번 치는 종소리가. 섬 대가리에 도착했을 무렵, 숨이 턱까지 받쳐오긴 했지만 나는 숨 돌릴 틈조차 없이, 예전에 야영을 했던 통나무 있는 데까지 달려가서, 거기서도 높고 잘 마른 땅 위에 모닥불을 하나 활활 피워놓았다.

그런 뒤에 다시 카누에 올라타고 섬 아래 1마일 반쯤에 있는 우리 거처까지 죽을힘을 다해 배를 저었다. 땅에 올라서자마자 통나무 사이를 뛰고 산등성이를 올라 동굴까지 달려갔다. 짐은 바닥에 누워 곤히 잠들어 있었다. 나는 그를 깨우며 말했다.

"얼른 일어나, 정신 차려, 짐! 꾸물거릴 시간이 없어! 사람들이 쫓아온다니까!"

짐은 질문이라곤 하나 하지 않았고, 말조차도 한마디 하지 않았다. 하지만 이후 30분 동안 그가 한 행동은 얼마나 겁에 질려 있는지를 잘 보여주었다. 그렇게 해서 우리는 갖고 있던 모든 물건을 뗏목에다 실었고, 이제 그 뗏목은 지금까지 감춰져 있었던 버드나무 사이 후미에서 출발할 준비가 되었다. 우리는 제일 먼저 동굴에 피워놓은 모닥불을 꺼버렸고, 그 뒤부터는 촛불 하나 켜지 않았다.

나는 카누를 타고 강을 따라 조금 나와서 주위를 살펴보았지만, 혹시나 근처에 다른 보트가 있어도 볼 수는 없었을 것이, 그날따라 별이며 그림자가 그리 썩 잘 보이진 않았기 때문이다. 그러고 나서 우리는 뗏목을 띄웠고, 섬 그늘을 따라 흘러가서, 곧이어 쥐 죽은 듯한 섬의 꼬랑지를 지났다. 한마디 말도 없이.

제12장

　　우리가 결국 섬 아래쪽으로 나왔을 때는 분명 한 시가 가까웠을 것이다. 뗏목은 진짜 어마어마하게 느린 것 같았다. 혹시 어디서 배라도 한 대 다가온다면, 우리는 카누에 올라타고 잠시 일리노이 쪽 강변으로 피해 있을 참이었다. 배가 나타나지 않은 건 천만다행한 일이었다. 우리는 총을 카누에 넣어둘 생각도, 낚싯줄이나 다른 먹을 것을 넣어둘 생각도 못했기 때문이다. 너무 걱정에 잠겨 있었던 까닭에 여러 가지를 미처 생각지 못했다. 물건을 '모두' 뗏목에 실어두는 것은 좋은 판단이 아니었다.

　　만약 사람들이 그 섬에 왔다면, 내가 피워놓은 모닥불을 발견하고 밤새도록 거기서 짐이 오기만을 기다렸으면 하는 생각이었다. 어쨌거나 그 사람들은 우리에게서 멀리 떨어져 있었고, 내가 피워놓은 모닥불이 그 사람들을 속여넘기지 못했더라도 그게 내 잘못은 아니었다. 나야 나름대로 그 사람들을 속여넘기려고 최선을 다한 거였으니까.

낮의 첫 빛줄기가 보이기 시작하자, 우리는 뗏목을 일리노이 쪽 강변의 큰 굽이에 있는 모래머리에 잡아맸고, 사시나무 가지를 손도끼로 잘라 뗏목에 뒤덮어서 마치 그곳 강둑에 난 동굴이라도 되는 것처럼 해놓았다. 모래머리란 모래톱 위에 사시나무가 마치 써레날마냥 촘촘하니 자라는 곳을 말한다.

미주리 쪽 강변에는 산이 있었고 일리노이 쪽 강변에는 큰 나무들이 있었으며, 그곳에서 뱃길은 미주리 쪽 강변을 지나고 있었으므로, 혹시 누가 우리 옆을 지나가지 않을까 하는 걱정은 하지 않았다. 우리는 낮 동안 내내 거기 누워서 미주리 쪽 강변을 오가는 뗏목과 증기선을, 그 커다란 강 한가운데로 올라오는 상류행 증기선을 지켜보았다. 그때쯤 되어 나는 그 여자랑 수다 떤 것에 대해 짐에게 모두 이야기해 주었다. 짐은 그 여자가 똑똑하다고, 만약 그 여자가 직접 우리를 쫓아온다면, '그 여자'는 결코 그 모닥불 옆에 주저앉아 감시하지 않을 거라고 했다. 아니, 그게 아니라, 그 여자라면 개를 데려오고도 남았을 거라고 말이다. 아니, 그러면, 왜 그 여자는 자기 남편한테 개를 데려가라는 이야기를 안 했을까? 내가 이렇게 묻자, 짐은 아마 남자들이 떠날 채비를 마쳤을 무렵에는 그 여자도 그 생각을 했을 것이고, 남자는 개를 데려오기 위해 마을에 다녀오느라 결국 시간을 몽땅 허비했던 것이 분명하며 그렇게 지체되지 않았더라면 우리는 마을에서 16 내지 17마일쯤 떨어진 모래머리에 이렇게 와 있지 못했을 거라고 했다. 아니, 진짜로, 우린 지금쯤 그 옛날 마을로 다시 돌아가 있었을 거라고 했다. 그래서 나는 그 이유가 뭔지는 상관없다고 했다. 어쨌거나 그 사람들은 우리를 붙잡지 못했으니까.

어둠이 깔리기 시작하자 우리는 사시나무 가지 너머로 고개를 내밀고 강 위편을, 아래편을, 그리고 건너편을 살펴보았다. 아무것도 보이지 않았다. 그래서 짐은 뗏목의 널판 가운데 몇 개를 뜯어서는, 뜨겁거나 비 오는 날씨에는 들어가 있을 수 있는, 그리고 물건을 안 젖게 넣어둘 수 있는 아늑한 움막을 뗏목 위에 하나 만들었다. 짐은 움막 바닥을 만들면서 그 높이를 뗏목 높이보다 1피트(약 30센티미터)쯤 높여 두었기 때문에, 이제는 증기선이 지나가면서 큰 물결이 밀려와도 이불이랑 다른 물건들은 안 젖고 멀쩡할 수 있었다. 움막 한가운데에는 5, 6인치 높이로 흙을 깔고, 흩어지지 않도록 그 가장자리에 나무로 테를 둘렀다. 여기는 습기 차거나 추운 날씨에 불을 피우기 위한 곳이었다. 불을 피워도 움막 때문에 밖에서 보이진 않을 것이었다. 우리는 조타용 노를 하나 더 만들었는데, 혹시나 잠긴 나무나 다른 것에 걸려 노가 부러질 때를 대비해서였다. 짧고 갈라진 나뭇가지도 하나 세워놓았는데, 거기다가는 낡은 랜턴을 걸 거였다. 혹시 물살을 따라 내려오는 증기선이 보이면 우리는 항상 랜턴을 켜야만 했고 그래야 부딪치는 걸 막을 수 있기 때문이었다. 하지만 물살을 거슬러 가는 배의 경우, 그 사람들 말마따나 "건널목"인 곳을 제외하면 꼭 켜야 하는 것은 아니었다. 강물 높이가 아직 제법 높아서, 아주 낮은 강둑도 여전히 약간은 물에 잠겨 있었기 때문이다. 그래서 상류행 보트도 항상 뱃길로만 다니는 게 아니라 쉬운 물로 다녔기 때문이었다.

이 두 번째 날 밤, 우리는 일고여덟 시간을 강 위에 있었는데, 물살의 속도는 시속 4마일(약 6.5킬로미터)이 넘는 것 같았다. 우리는 낚시를 하고 이야기를 나누었으며, 가끔 졸음을 쫓기 위해 헤엄을 쳤다. 뭔가 엄숙한 느낌이었다. 그 커다랗고 잔잔한 강을 타고 내려가면서, 뗏목에 누워 하늘의 별을 바라보는 것은 말이다. 우리는 큰 소리로 이야기를 나누지도 않았고, 자주 웃은 적도 없었으며, 그저 낮은 목소리로 킥킥거렸을 뿐이었다. 날씨는 대부분 어마어마하게 좋았고, 그날 밤도, 그다음 날 밤도, 그다음 날 밤도, 우리에겐 전혀 아무 일도 생기지 않았다.

매일 밤마다 우리는 이런저런 마을을 지나갔다. 어떤 마을은 저 어두컴컴한 언덕 위에 있었고, 단 한 개의 불빛만 반짝일 뿐 집의 모습은 하나도 보이지 않았다. 다섯 번째 날 밤, 우리는 세인트루이스를 지나갔는데, 거기는 온 세상이 불을 밝혀놓은 것 같았다. 세인트피터스버그에서 사람들이 하는 말로는 세인트루이스에는 사람 수만 2만인지 3만인지 된다고들 했는데, 솔직히 그날 새벽 두 시에 그곳에 쫙 퍼져 있는 멋진 불빛을 보기 전까지만 해도 나는 그런 말을 전혀 믿지 않고 있었던 거다. 그곳에는 아무 소리도 없었다. 모두가 잠든 모양이었다.

이제 매일 밤마다 나는 강변으로 올라갔다. 밤 열 시쯤 되어, 어디 작은 마을로 올라가서 10센트에서 15센트어치 음식이나 베이컨이나 다른 먹을 것을 사오는 것이었다. 그리고 가끔은 닭장에서 제대로 횃대에 앉아 있지 않은 닭을 하나 슬쩍해 가져오기도 했다. 아빠가 항상 하는 말에 따르면, 닭이란 놈은 기회 있을 때마다 슬쩍해야 하는데,

내가 꼭 필요하지 않더라도 일단 갖고 있으면 다른 필요한 사람이 나타날 수도 있고, 그렇게 남에게 선행을 베풀면 언젠간 보답을 받게 마련이기 때문이라는 거였다. 물론 아빠야 닭을 슬쩍했다 하면 본인이 꼭 필요하지 않을 때가 한 번도 없었지만, 하여간 말은 항상 그렇게 했다.

아침이면, 그러니까 동 트기 직전이면 나는 옥수수 밭에 들어가서 수박이라든지, 머스멜론[머스크멜론]이라든지, 호우박[호박]이라든지, 아니면 새 옥수수라든지 그런 것들을 빌려오곤 했다. 또다시 아빠 말에 따르면 남에게 뭔가를 빌려오는 건 잘못이 아닌데, 그건 그 사람에게 대가를 지불하겠다는 뜻이기 때문이라는 거였다. 물론 당장은 아니지만 말이다. 하지만 과부댁의 말에 따르면, 그건 단지 훔치는 것을 에둘러 말한 것에 불과하므로, 버젓한 사람은 절대 그런 짓을 해서는 안 된다는 거였다. 짐의 말에 따르면, 자기 생각에는 과부댁의 말도 한편으로는 맞고, 아빠의 말도 한편으로는 맞다는 거였다. 그러니 우리로서는 필요한 물건들의 목록에서 두세 가지를 골라낸 다음, 그것들은 절대로 더 이상 빌려오지 않기로 맹세하는 것이 상책이라는 거였다. 물론 그 두세 가지를 뺀 나머지는 계속 빌려와도 문제없다는 것이 녀석의 생각이었다. 그래서 우리는 어느 날 밤, 강을 따라 내려가는 내내 그 이야기를 하면서, 가령 수박을 뺄지, 아니면 캔털로프멜론을 뺄지, 아니면 머스멜론을 뺄지, 아니면 뭘 뺄지 결정하기 위해 노력했다. 하지만 날이 밝을 무렵, 우리는 모든 문제를 만족스럽게 해결하게 되었으며, 결국 꽃사과와 그암[감]을 빼기로 했다. 그전까지만 해도 우리는 뭔가 옳지 않은 일을 한다고 찜찜해 했는데, 이제는 마음이 모두 편해졌다. 나 역시 그런 결론이 나오게 되어 기뻤는데, 왜냐하면 꽃사과는 전혀 맛이 좋지가 않았던 데다가, 그암이 익으려면 앞으로 두세 달은 더 기다려야 했기 때문이다.

우리는 가끔 물새도 총으로 쏴서 잡았다. 아침에 너무 일찍 일어난 놈들이거나, 저녁에 일찍 잠자리에 들지 않은 놈들로 말이다. 이럭저럭 따져보면, 우리는 제법 괜찮게 지냈다.

세인트루이스를 떠난 지 다섯 번째 날 밤, 자정이 지나자 큰 폭풍이 불었다. 요란한 천둥과 번개는 물론이고, 비가 정말이지 억수같이 쏟아졌다. 우리는 움막 안에 들어가, 뗏목이 제 알아서 가게끔 내버려두었다. 번개가 번쩍일 때마다 우리 앞에 쭉 펼쳐져 있는 강은 물론이고, 양쪽 강변에 있는 높은 바위절벽의 모습이 훤히 드러났다. 잠시 후에 나는 말했다. "어이, 짐, 저것 좀 봐!" 바위에 부딪쳐 파손된 증기선이었다. 우리는 그 배를 향해 곧장 떠내려가고 있었다. 그 배는 기울어져 있었고 상갑판의 한쪽이 물 위로 비쭉 솟아오른 상태로, 번개가 칠 때마다 작은 굴떡 버팀줄 하나하나 전부, 큰 종 옆에 있는 의자며 그 뒤에 걸려 있는 챙 늘어진 중절모까지도 분명하고 똑똑히 보였다.

글쎄, 밤이 깊은 데다가 폭풍이 몰아치고, 모든 것이 마치 수수께 끼 같은 상황에서, 그토록 불쌍하고도 외롭게 강 한가운데 난파되어 누워 있는 배를 보는 순간, 다른 어떤 소년이라도 그럴 만한 생각이 들었다. 바로 그 배에 올라가서 잠깐 둘러보자고, 거기 뭐가 있는지 살펴보자고 말이다. 그래서 나는 말했다.

"저기 한번 올라가보자, 짐."

하지만 짐은 그 이야기를 듣자마자 죽어라 반대했다. 녀석이 말했다.

"난 더 이상 난파선 근처에는 얼쩡대고 싶지가 않아. 우린 지금껏 겁나게 잘해왔고, 아, 게다가 남 일에 겁나게 끼어들지 말란 말도 있지 않아, 왜 선한 말씀 책에도 나오듯이 말이야. 어쩌면 저 난파선에 야경꾼이 남아 있을지도 몰라."

"야경꾼 좋아하시네." 내가 말했다. "아니, 저기에 지킬 게 뭐가 있다고 그래. 끽해야 텍사스실(고급 선원의 숙소-옮긴이)이랑 조타실뿐인데. 그리고 어떤 놈이 이런 한밤중에 텍사스실이랑 조타실 지키겠다고 목숨 걸고 저기 올라가 있겠어? 여차하다간 완전히 박살나서 강물에 쓸려 내려갈 상황인데 말이야." 짐은 이 말에 대해 아무런 대꾸도 할 수가 없었는지, 끝내 입을 다물고 말았다. "그리고 또 있어." 내가 말했다. "혹시 뭐라도 값나가는 걸 빌려올 수도 있을 거야. 선장의 주이름실(여객용 증기선에 있는 개인용 선실. 연방의 각 주 이름을 따서 붙여놓음-옮긴이) 같은 데서 말이야. 가령 시가 같은 거. 진짜야. 아마 한 대에 5센트씩은 나갈걸. 그리고 현금도. 증기선 선장들이야 원래 돈이 많은 사람들이고, 월급이 60달러나 된다잖아. 그러니 그 사람들이야 1센트짜리밖에 안 되는 물건은 신경도 안 쓸 거라구. 안 그래? 자기가 당장 필요한 게 아닌 이상은 말이야. 그러니 얼른 주머니에 양초 챙겨. 난 저기 한번 샅샅이 뒤져보기 전에는 잠이 안 올 것 같아, 짐. 네 생각에는 톰 소여가 이런 기회를 잡았으면 그냥 모른 척하고 넘어갔을 것 같아? 파이에 걸고 절대 아니지. 절대로 안 그랬을 걸. 녀석이라면 이걸 '모험'이라고 불렀을 거야. 그래, 정말로 그렇게 불렀을 거야. 그러고 나서는 마치 이게 자기의 마지막 위업이라도 되는 양 저 난파선에 올라갈걸. 녀석은 아주 멋지게 해치울 거야. 그러고 나면 녀석이 으스대지는 않을 것 같아? 아니, 누가 보면 천국이라도 발견한 크리스토퍼 콜로무버스[콜럼버스]인 줄로 알 정도로 으스댈걸. 아, 차라리 톰 소여라도 '지금' 여기 있었으면 딱 좋았을 텐데."

짐은 뭐라고 투덜거리더니, 결국 항복했다. 그는 이제부터는 어쩔 수 없는 상황이 아닌 한 말을 아껴야 한다고, 말을 하더라도 최대한 조용히 해야 한다고 말했다. 때마침 번개가 번쩍 하면서 그 난파선을 다시 보여주었고, 우리는 우현 기중기에 도달해서, 거기다 배를 잡아맸다.

여기서는 갑판이 높았다. 우리는 갑판의 경사면을 따라 내려가 좌히연[좌현]에 닿았고, 어두컴컴한 속에서 텍사스실로 향하느라 발을 천천히 움직이며 여기저기 디뎌보았고, 손을 이리저리 휘저으며 당김 밧줄이 와닿지 않게 했는데, 너무 어두워서 눈으로는 볼 수가 없었기 때문이었다. 곧이어 우리는 채광창의 앞쪽 끝부분에 도달했다. 이제

다음으로 열려 있는 선장실 앞까지 걸어갔는데, 아이구야, 지미니 맙
소사, 갑자기 텍사스실 홀 너머에서 불빛이 비쳐오는 게 아닌가! 동
시에, 그 너머에서 누군가의 낮은 목소리가 들려오는 거였다!

짐이 속삭였다. 가슴이 울렁울렁한다고, 그러면서 나더러 얼른 가
자고 했다. 나도 말했다. 그러자고. 우리는 뗏목 쪽으로 가려고 했다.
그런데 바로 그때, 누군가 울먹이며 말하는 소리가 들려왔다.

"아, 제발 그러지 마, 야. 아무한테도 말 안 하면 되잖아!"

또 다른 목소리가 들렸는데, 아주 쩌렁쩌렁했다.

"거짓말하지 마, 짐 터너. 너 예전에도 이따위로 했었잖아. 넌 항상
네가 받을 몫보다 더 많이 달라고 했었지? 항상 그렇게 받았고 말이
야. 그렇게 안 해주면 가서 말할 거라고 하면서 말이야. 하지만 이번
에는 너무 지나쳤다 이 말이지. 너는 이 나라에서 제일로 야비하고 남
배반하기 잘하는 개새끼야."

이때쯤 짐은 뗏목 쪽으로 가고 있었다. 하지만 나는 끄러오르듯[끓
어오르듯] 호기심이 생겼다. 그래서 속으로 말했다. 그래, 톰 소여 같
았으면 이 상황에서 곧장 물러나진 않았을 거니까, 나도 안 그럴 거라
고 말이다. 난 오히려 안에서 무슨 일이 벌어지나 보려고 더 가까이
갈 생각이었다. 그래서 나는 네 발로 엎드려서, 짧은 길이나마 어둠
속에서 고물 쪽으로 기어갔다. 이제 텍사스실의 크로스 홀과 내가 있
는 곳 사이에는 주이름실 하나밖에 없었다. 그때, 그 안에서 한 남자
가 손발이 묶인 채 바닥에 누워 있고 두 남자가 거기 서 있는 모습이,
둘 중에 한 사람은 손에 희미한 랜턴을 들고 있고, 또 한 사람은 권총

을 들고 있는 게 보였다. 이 나중 사람은 권총을 바닥에 누운 사람의 머리에 겨냥하며 말했다.

"기꺼이 해주마! 당연히 할 거고 말이야, 이 야비한 스컹크 자식!"

바닥에 누운 사람은 온몸이 오그라들 듯하며, 이렇게 말했다. "아, 제발 그러지 마, 빌. 정말 아무한테도 애기 안 할 거라니까."

그가 이렇게 말할 때마다 랜턴을 든 남자는 막 웃으면서 말했다.

"당연히 아무한테도 애기 안 하겠지! 이거야말로 네놈이 한 말 중에 제일로 진실한 말이니까, 안 그래?" 또 한번은 이렇게 말했다. "이 놈이 애걸하는 것 좀 봐! 우리가 이놈을 제압해서 이렇게 꽁꽁 묶어 놓지 않았더라면, 이놈은 우릴 모두 죽이고도 남았을 거야. 도대체 '무엇' 때문에? 아무 이유도 없잖아. 그냥 우리가 우리 '권리'를 지키려고, 그냥 그 때문이라구. 하지만 이제는 내가 널 더 이상 아무도 협박하지 못하게 해주지, 짐 터너. 그 권총 치워, 빌."

빌이 말했다.

"싫어, 안 치울래, 제이크 패커드. 난 이 자식 죽이고 말 거야. 솔직히 이 자식이 해트필드 영감을 죽일 때도 똑같이 하지 않았어? 그리고 이 자식은 그렇게 당해야 마땅할 것 같지 않아?"

"하지만 난 이 자식이 죽도록 내버려두고 '싶지는' 않아. 그리고 그럴 만한 이유도 있고."

"그렇게 말해주니 정말 고마워, 제이크 패커드! 네가 한 말 절대 안 잊을게, 죽는 날까지 말이야!" 바닥에 누운 남자가 아예 엉엉 울기라도 할 듯이 말했다.

패커드는 그쪽은 전혀 쳐다보지도 않은 채 자기가 들었던 랜턴을 벽의 못에 걸더니, 내가 있는 쪽으로, 즉 어두운 데로 와서, 빌에게 이리 오라는 몸짓을 해보였다. 나는 최대한 빨리 한 2야드(약 2미터)쯤은 가재걸음을 했지만 배가 워낙 경사지게 놓여 있었던 까닭에 그렇게 재빨리 움직이진 못했다. 그래서 그 남자와 맞닥트려 붙잡히지 않으려고 나는 그 위쪽의 주이름실로 기어들어갔다. 그 남자는 어둠 속에서 더듬더듬하면서 왔고, 패커드는 내가 있던 주이름실로 다가오더니 이렇게 말했다.

"여기야. 이리 와."

그러면서 그가 안으로 들어왔고, 빌이 그를 따라왔다. 하지만 그들이 들어오기 전에 나는 위층 침대에 올라가 있었기 때문에, 궁지에 몰린 격이 되어 하필 이리로 들어온 것을 후회하고 있었다. 두 사람은 그 옆에 서서 각자 손으로 침대 모서리를 짚고 이야기를 나누었다. 나야 그들을 눈으로 볼 수는 없었지만 그들이 어디 있는지 알 수 있었던 것이, 다름 아닌 두 사람이 마신 위스키 냄새 때문이었다. 문득 내가 위스키를 마시지 않아 다행이라는 생각이 들었다. 물론 내가 위스키를 마셨다 한들 별 차이는 없을 것이었고, 그들도 나를 나무까지 쫓지는('구석에 몰지는'이라는 뜻—옮긴이) 못했을 것이었다. 나야 말 그대로 숨도 못 쉴 지경이었으니까. 어찌나 겁이 났는지 모른다. 게다가 그런 무시무시한 이야기를 듣는 와중에 어찌 '감히' 숨을 쉴 수 있었겠는가. 두 사람은 매우 낮고 진지한 목소리로 말했다. 빌은 터너를 죽이고 싶어 했다. 그가 말했다.

"저놈이야, 말하겠다면 정말로 말할 놈이야. '지금' 와서 우리 몫을 모두 저놈한테 준다고 해도 이렇게 난리가 난 다음에야, 게다가 우리가 녀석을 이렇게 대해놓고 나서야 별 차이가 없을 거라구. 이 강변은 네가 태어난 곳이잖아, 저놈은 정부 측 증인으로 돌아설 거라구. 그러니 '내가' 하자는 대로 해. 난 저놈이 아예 말썽을 못 일으키게 해버리고 싶어."

"나도 그렇긴 해." 패커드가 아주 나지막이 말했다.

"망할! 나는 또 자네가 다른 생각을 하기 시작했나 싶었지. 자, 그럼 이걸로 된 거야. 얼른 가서 해치우자구."

"잠깐만 기다려봐. 내 말 아직 안 끝났어. 좀 들어보라구. 쏴 죽이는 건 좋아. 하지만 일을 처리하려면 훨씬 더 조용하게 끝내는 방법도 있다구. 내가 하고 싶은 말이 뭐냐면, 바로 이런 거야. 굳이 밧줄을 불러들일('목매달릴 일을 감수할'이란 뜻—옮긴이) 짓을 하는 것은 별로 좋은 생각이 아니란 거지. 쏴 죽이는 것만큼이나 확실한 데다가, 우리한테는 아무런 위험도 끼치지 않을 다른 방법을 쓸 수 있는 상황에서는 더욱이 말이야. 안 그래?"

"그야 당연히 그렇지. 그러면 지금 이 상황에서 어떻게 하자는 거야?"

"그러니까 내 생각은 이런 거야. 일단 여길 샅샅이 뒤져서 주이름실에서 우리가 미처 못 챙긴 것들을 전부 챙기는 거지. 그런 다음에 강변으로 가서 거기다 현물을 숨겨두는 거야. 그러고 나서 기다리는 거지. 내가 장담하는데, 이 난파선은 아마 두 시간쯤 지나면 아마 박살이 나서 강물에 싹 떠내려갈걸. 안 그래? 그러면 저놈도 물에 빠져죽을 테고, 그러면 누구 탓도 아니고 그저 제 탓인 셈이지. 내 생각에는 우리가 저놈을 직접 죽이는 것보다는 이게 훨씬 좋은 생각 같거든. 이렇게 다른 방법이 있는데도 굳이 사람을 죽이는 것에는 솔직히 난 반대야. 이치로 따져서도 아니고, 도덕으로 따져서도 아니라구. 내 말이 틀려?"

"그래, 네 말이 맞는 것 같아. 하지만 이 배가 부서져서 떠내려가지 '않으면' 어쩌지?"

"아, 일단 두 시간만 기다리면서 어떻게 되는지 보자구. 그것도 안 되겠어?"

"알았어, 그럼. 자, 가자구."

그리하여 두 사람은 밖으로 나갔다. 나는 식은땀으로 온통 범벅이 된 채 침대에서 내려와 앞으로 무작정 기어갔다. 정말이지 칠흑만큼이나 어두컴컴한 곳이었다. 나는 굵은 속삭임으로 말했다. "짐!" 그러자 녀석은 내 팔꿈치 있는 데서, 마치 신음소리마냥 대답했다. 내가 말했다.

"얼른, 짐. 여기서 어물쩍거리고 신음할 시간이 없어. 저기 살인자 놈들이 한 패거리 있단 말이야. 우리가 저놈들의 보트를 찾아내서 강에 떠내려 보내야만 저놈들이 이 난파선에서 빠져나갈 수가 없지. 그 중에 한 놈은 꽁꽁 묶여 있어. 하지만 우리가 저놈들 보트를 찾아내면 저놈들 '모두'를 꽁꽁 묶어놓는 셈이지. 보안관이 잡으러 올 때까지 말이야. 얼른! 서둘러! 난 좌히연[좌현] 쪽을 찾아볼 테니까, 넌 우히연[우현] 쪽을 찾아봐. 일단 너는 뗏목으로 가서, 거기서……."

"아이구, 이런 세상에, 세상에! 뗏목? 이제는 여기 뗏목이라곤 하나도 없어. 묶어놓은 끈이 풀어지는 바람에 떠내려갔단 말이야! 우리만 여기 남겨두고!"

허클베리 핀의 모험

제13장

　　그 순간, 나는 숨이 턱 막히며 거의 기절할 뻔했다. 저런 악당들과 함께 난파선에 갇히는 신세가 되다니! 하지만 감상 〔에〕 빠질 시간이 없었다. 이제 우리는 악당들의 보트를 '반드시' 찾아야만 했다. 그걸 찾아서 우리가 타고 가야만 했다. 그래서 우리는 몸을 부들부들 떨면서 우히연 쪽으로 내려갔다. 물론 아주 천천히 움직였다. 그래서 고물에 도달했을 때에는 무려 시간이 일주일은 족히 지난 것처럼 느껴졌다. 거기엔 보트의 흔적이 없었다. 짐은 더 이상 못 갈 것만 같다고 말했다. 어찌나 겁이 나는지 몸에 힘이 하나도 없다고 녀석은 말했다. 하지만 나는 정신 차리라고 했다. 이 난파선에 남아 있을 수밖에 없으면, 그야말로 오도 가도 못하게 되는 셈이라고. 우리는 텍사스실의 고물 쪽으로 향했고, 거기 도착하자 이번에는 채광창 쪽을 향해 팔을 휘저어가며 전진했는데, 채광창의 가장자리는 물속에 처박혀 있었기 때문에 우리는 사이사이의 덧문에 매달리곤 했다. 크로스 홀 문에 가까웠을 무렵, 거기 보트가 보였다, 정말로! 나는 간신히 그걸 알아보았다. 어찌나 감사한 마음이었는지 모른다. 여차하면 다음 순간에 나는 보트 위에 올라앉아 있었을 것이다. 그런데 바로 그때 문이 열렸다. 악당 중 하나가 머리를 밖으로 내밀었는데, 나랑은 기껏해야 2, 3피트밖에 떨어지지 않은 곳이어서 나는 이제 죽었구나 생각하고 있었다. 하지만 그는 고개를 안쪽으로 돌리더니 말했다.

"아, 그 망할 놈의 랜턴 좀 안 보이게 돌려봐, 빌!"

그는 가방 속에 든 뭔가를 보트 안으로 던져넣었고, 곧이어 보트에 올라타 앉았다. 패커드였다. 그러자 이번에는 빌 '본인'이 밖으로 나와 보트에 올라탔다. 패커드가 나지막한 목소리로 말했다.

"좋아, 출발이다!"

나는 덧문에 매달려 있을 힘조차 없었다. 맥이 쭉 빠졌다. 그때 빌이 말했다.

"잠깐만. 너 그놈 주머니도 뒤져봤어?"

"아니. 네가 안 했어?"

"안 했다니까. 그럼 아직 그놈한테 제 몫의 현금이 남아 있겠네."

"그래, 그럼 얼른 나와. 현물만 챙겨놓고 현금을 남겨두면 아무 소용이 없으니까."

"잠깐. 우리가 어떻게 할 건지 그 녀석이 미리 눈치채지 않았을까?"

"아마 아닐 거야. 어쨌거나 우리가 갖게 될 건데, 뭐. 얼른 와봐."

그래서 두 사람은 보트에서 나와 다시 난파선 안으로 들어갔다.

문이 알아서 쾅 하고 닫혔다. 배가 마침 그쪽으로 기울어져 있었기 때문이다. 30초도 지나지 않아서 나는 보트 안에 올라 있었고, 짐 역시 내 뒤로 구르듯 달려왔다. 나는 칼을 꺼내 밧줄을 잘랐고, 우리는 보트를 탄 채 떠내려가기 시작했다.

우리는 차마 노에는 손도 대지 않았고, 차마 찍 소리도 내지 못했으며, 차마 숨도 제대로 쉬지 못했다. 우리는 외륜덮개 끄트머리를 지나 배 고물을 지났다. 그렇게 1, 2분이 지나고 나자, 우리는 난파선에서 100야드(약 90미터)는 떨어진 곳에 와 있었다. 난파선은 어둠 속에, 마지막 하나의 흔적까지도 그 속에 빨려 들어가 있었다. 우리는 이제 안전했고 이제야 그 사실이 실감났다.

그렇게 300 내지 400야드쯤 하류에 도달했을 때, 우리는 텍사스실 문에서 랜턴이 작은 불꽃처럼 잠시 어른거리는 것을 보았다. 이제 그 악당들은 자신들의 보트가 사라졌음을, 그리고 자신들 역시 이제는 짐 터너와 마찬가지로 큰일을 당하게 되었음을 깨닫기 시작했으리란 생각이 들었다.

짐이 노를 저었고, 우리는 먼저 떠내려간 우리 뗏목을 뒤쫓아갔다. 그제야 처음으로 나는 난파선에 남은 두 사람이 걱정되기 시작했다. 내 생각에는 그 이전까지만 해도 걱정을 할 시간 여유가 없었던 것 같다. 얼마나 끔찍한 일인지 모른다는 생각이 들었다. 아무리 살인자들이라도 그런 곳에 오도 가도 못하고 갇힌다는 것은 말이다. 나는 속으로 이렇게 생각했다. 이 사실을 알리지 않는다면 나 역시 살인자가 되는 셈이라고 말이다. 그러니 나로선 그게 좋을 리 있었겠는가? 그래서 나는 짐에게 말했다.

"앞에 불빛이 나타나면 말이야, 그 위아래로 100야드쯤 되는 데 내리자. 너랑 이 보트랑 잘 숨겨놓을 수 있는 데 말이야. 그럼 내가 거기가서 얘기를 좀 꾸며내든지 해서, 누가 그 난파선 있는 데 가서 악당들을 곤경에서 구해주도록 해야겠어. 그래야 나중에 때가 되면 그놈들도 교수형을 당할 수 있을 테니까."

하지만 이 계획은 실패하고 말았다. 곧이어 다시 폭풍이 불기 시작했고, 이번에는 그 어느 때보다도 더 심했기 때문이다. 비가 억수같이 퍼부었고 불빛이라곤 하나도 안 보였다. 내 생각엔 모두 잠자리에 들었나 싶었다. 우리는 내내 윙윙거리며 강을 따라 내려갔고, 불빛이 있나 두리번거리는 한편 우리 뗏목이 있나 두리번거렸다. 한참 뒤에 비가 그쳤지만 구름은 여전히 머물어 있었고 번갯불이 계속 희번득거렸으며, 그러다가 번개가 번쩍 하는 순간 앞에 시커먼 게 떠가는 게 보여 우리는 그쪽을 향해 다가갔다.

우리 뗏목이었다. 그 위에 다시 올라탈 수 있게 되어 어찌나 감사한지 몰랐다. 이제는 아래 오른쪽 강변에 불빛도 하나 보였다. 그래서 나는 혼자서 가보겠다고 말했다. 보트 안에는 그 악당들이 난파선에서 훔쳐온 갖가지 물건들이 절반쯤 들어차 있었다. 우리는 그 물건을 뗏목 위에 무더기로 쌓아두었다. 나는 짐에게 일단 계속 하류로 내려가다가 한 2마일쯤 갔다 싶으면 불을 피워놓으라고, 그렇게 내가 올 때까지 계속 피워놓으라고 했다. 그런 뒤에 나는 노를 저어 불빛 있는

데로 향했다. 가까이 가보니 불빛은 서너 개가 더 있었으며 모두 언덕 위였다. 어느 마을이었던 거다. 나는 강변의 불빛 쪽으로 가서, 노를 걷어놓고 천천히 떠내려갔다. 지나가면서 보니 어느 이중선채 연락선의 잭 막대기에 랜턴이 하나 걸려 있었다. 나는 그 근처를 돌아보면서 야경꾼을, 그 사람이 어디서 잠을 자고 있는지를 찾아보았다. 잠시 후에 나는 야경꾼이 계주繫柱에 걸터앉아, 머리를 무릎 사이에 파묻고 고꾸라진 자세로 자고 있는 걸 발견했다. 나는 그의 어깨를 두세 번 툭툭 친 다음에 우는 소리를 냈다.

그는 어딘가 깜짝 놀란 듯 몸을 일으켰다. 하지만 나 혼자뿐이라는 걸 알자, 입이 찢어지게 하품을 하고 기지개를 켠 다음, 이렇게 물었다.

"그래, 무슨 일이냐? 울지 말고, 아가. 무슨 일이 있냐?"

내가 말했다.

"아빠랑, 그리고 엄마랑, 그리고 누나랑, 그리고……"

나는 말을 더 잇지 못하고 꺼이꺼이 울었다. 그가 말했다.

"이런 젠장, 애, 너무 그러지 마라. 우리도 누구나 어려운 일을 겪게 마련이고 결국에는 다 괜찮아지게 마련인 거니까. 그나저나 너네 식구들이 어떻게 됐는데?"

"우리 식구들이…… 식구들이…… 근데 아저씨가 배

야경꾼 맞아요?"

"그래." 그가 말했다. 뭔가 무척이나 만족스럽다는 투로 말이다. "내가 바로 선장이자, 선주이자, 항해사이자, 조타수이자, 야경꾼이자, 일등선원이지. 가끔은 내가 곧 화물이자 승객이고. 물론 나야 짐 혼배크만큼 부자는 아니고, 역시 그 양반만큼 이런저런 어중이떠중이들한테까지 더럽게 잘해주지는 못한 데다가, 그 양반만큼 여기저기 돈을 펑펑 쓰고 돌아다니지는 못했지만 말이야. 그래도 내가 그 양반한테는 종종 뭐라고 했는고 하니, 지금 내 자리랑 당신 자리를 맞바꾸자고 해도 마다할 거라고 했지. 왜냐하면, 내가 뭐라고 했는고 하니, 나한테는 뱃사람 생활이 아주 딱이다. 그러니 나는 죽어도 이 마을에서 2마일 밖으로 벗어나서 살지는 않을 거다, 그런 데에서야 아무 일도 일어나지를 않으니까 했거든. 그 양반이 가진 노다지 전부에다가 그 위에 뭐를 더 많이 얹어준다고 해도 싫다고 말이야. 그래서 내가 뭐라고 했는고 하니……."

나는 얼른 말을 가로막으며 말했다.

"지금 그래서 다들 큰일 났어요, 그래서……."

"잠깐, 누가?"

"저기요, 우리 아빠랑, 엄마랑, 누나랑, 후커 아줌마랑요. 그러니 증기선을 띄우셔서 저 위로 올라가 보시면……."

"저 위 어디? 그 양반들이 어디 있는데?"

"난파선에요."

"난파선? 무슨 난파선?"

"아, 왜, 저 위에 그거 있잖아요."

"뭐? 너 설마 그 '월터 스콧' 호 얘기하는 거냐?"

"맞아요."

"아이구, 맙소사! 아니, 도대체 그 양반들은 거기서 뭘 하고 있었던 거냐? 이런 세상에!"

"일부러 작정하고 간 건 아니었어요."

"당연히 그랬겠지! 아이구, 이런 세상에. 거기서 얼른 안 나오면 정말 큰일 나고 말 거야! 아니, 도대체 왜 그 양반들은 그런 궁지로 기어 들어갈 생각을 한 거니?"

"그럴 만도 했어요. 후커 아줌마가 거기 다녀가시던 중이었거든요. 그 위 마을에……."

"그래, 부스 랜딩 말이지? 그래서?"

"아줌마가 거기 다녀가시던 중이었거든요, 그러니까 부스 랜딩에요. 그런데 저녁 직전에, 아줌마는 깜둥이 여자랑 마차연락선을 타고서 그날 밤은 친구 집에서 잔다고 출발하셨죠. 친구 이름이 뭐 아무개 아줌마라고 하던데, 정확히는 기억이 안 나요. 근데 중간에 배가 그만 조타용 노를 잃어버리는 바람에, 거꾸로 돌아서 떠내려가기 시작했어요. 고물을 앞으로 해서 2마일쯤 가다보니까 그 난파선이랑 딱 안장 주머니가 되어버렸는데(난파선에 걸려서 안장주머니처럼 포개져버렸다는 뜻—옮긴이), 그 와중에 연락선 선원이랑, 깜둥이 여자랑, 말들은 모두 물에 빠져 사라지고, 후커 아줌마 혼자만 간신히 그 난파선 위에 올라가게 된 거예요. 그게 어두워지고서 한 시간쯤 뒤의 일이었는데, 우리 식구는 장삿배를 타고 강을 내려오는 중이었거든요. 근데 너무 어두워서 우리는 난파선을 못 보고 있다가 그만 거기 부딪치고만 거예요. 그래서 우리도 그 난파선에 안장주머니가 된 거예요. 우리 식구는 모두 살았는데 빌 휘플은…… 흐흑, 진짜 좋은 녀석이었는데! 차라리 내가 죽고 그 녀석이 살았어야 했는데, 그랬어야 했는데!"

"조지님, 맙소사! 이거야말로 내가 듣던 중에 가장 황당한 얘기구나. 아니, 그래서 어떻게 했니?"

"우리는 소리소리 지르며 애를 태웠죠. 하지만 워낙 강폭이 넓어서인지 아무도 듣는 사람이 없었어요. 그래서 우리 아빠는 누가 강변까지 가서 사람을 불러와야 되겠다고 하셨어요. 근데 거기서 헤엄을 칠 줄 아는 사람은 저 혼자였기 때문에 제가 가기로 했죠. 그랬더니 후커 아줌마란 분이 하는 말이, 도와줄 사람을 얼른 찾지 못한다면, 저더러 이리로 와서 자기네 아저씨를 찾아가면, 그 아저씨란 분이 다 알아서 해주실 거라고 했어요. 저는 거기서 1마일쯤 떨어진 강변까지 헤엄쳐 와서 그때부터 여기저기 돌아다니며 사람들더러 좀 도와달라고 하고 있었어요. 근데 다들 그러기만 하는 거예요. '뭐, 이런 한밤중에, 게다가 그렇게 물살이 센 데 말이냐? 말도 안 되는 소리 마라. 차라리 증기연락선 있는 데나 가봐라.' 그러니 혹시 아저씨라도 하실 수 있으시면, 제발 좀……."

"잭슨님, 맙소사! 당연히 해야지. 내가 못 들었으면 또 모를까, 들은 이상은 당연히 해야지. 그나저나 이 일을 하면 돈이 들 텐데, 과연 누가 돈을 낼 수 있으려나? 혹시 너네 아버지가……."

"아, 그건 걱정 마시랬어요. 후커 아줌마란 분이 알아서 하신다구요. 그러니까 아줌마네 아저씨인 혼배크 씨란 분이 알아서 하신다고……"

"아이구, 세상에! 그럼 혼배크가 그 여자 아저씨란 말이냐? 저기 봐라. 저 길 너머에 불빛 있는 데까지 가서, 거기서 딱 서쪽으로 돌아서 그렇게 한 4분의 1마일(약 400미터)만 가면 술집이 하나 나올 거다. 거기 있는 사람들한테 짐 혼배크네 집까지 쏴달라고 그 양반이 계산을 해줄 거라고 해라. 그리고 다른 데는 더 돌아다니지 말고, 왜냐하면 그 양반이 아마 그 소식을 제일 먼저 들어야 할 거니까. 그 양반한테 이렇게 전해라. 아마 그 양반이 마을로 내려오기 전에 내가 그 조카딸이란 양반을 무사히 여기까지 모셔올 테니 걱정 붙들어 매시라고 말이야. 자, 이제 얼른 가봐라, 당장. 난 얼른 저 모퉁이를 돌아 가봐야겠다. 기관사 녀석을 얼른 깨워야지."

나는 불빛 있는 쪽을 향해 뛰기 시작했지만, 그 양반이 모퉁이를 돌아가자 곧바로 돌아와서 내 보트에 올라타고 거기서 한 600야드(약 550미터)쯤 떨어진 쉬운 물로 간 다음, 거기 있는 목제 보트 사이에 슬쩍 끼어들었다. 진짜로 연락선이 출발하는 모습을 보기 전에는 마음이 편해지지 않을 것 같아서였다. 그래도 그 악당들을 위해 이런 모든 고생을 감수한다는 것에 대해서는 약간 마음이 편안했던 것이, 사실 그렇게까지 하는 사람은 많지 않을 것이기 때문이었다. 나는 이 사실을 과부댁에게 말해줄 수만 있으면 얼마나 좋을까 싶었다. 그러면 아마 과부댁도 내가 그 악인들을 도와주었다는 사실을 자랑스럽게 생각했을 거였다. 악인들과 게으름뱅이들이야말로 과부댁이나 다른 착한 사람들이 무척이나 관심을 가지는 대상이기 때문이었다.

그런데, 잠시 후에 그 난파선이 어둑하고 어스레한 모습으로 슬슬 떠내려오는 거였다! 순간 온몸에 차가운 소름이 돋았고 나는 그 배를 향해 보트를 저어갔다. 물에 깊이 잠겨 있었기 때문에 그걸 보는 순간 배 안에 누가 살아 있을 가능성은 많지 않겠다는 생각이 들었다. 나는 그 주위를 돌면서 약간 소리를 질러봤지만 아무도 대답하지 않았다. 쥐 죽은 듯 고요하기만 했다. 그 악당들을 생각하니 문득 약간은 마음이 무거웠지만, 아주 무겁지는 않았다. 〔사람의 죽음 앞에서도〕 그들이 멀쩡할 수 있었다면, 나 역시 멀쩡할 수 있다는 생각이 들었기 때문이다.

연락선이 그쪽으로 오고 있었다. 그래서 나는 하류를 향해 긴 사선

을 그리며 강 한가운데로 접어들었다. 이제 충분히 시야에서 멀어졌다는 생각이 들자, 나는 노를 걷고 뒤를 돌아보았다. 연락선은 난파선에 다가가 그 주위를 돌며 후커 아줌마의 유품이라도 건지기 위해 애쓰는 모습이었는데, 아까 그 선장은 혼배크 아저씨한테 그거라도 가져다주면 좋아할 거라고 생각했던 모양이다. 곧이어 연락선은 그 일을 포기하고 다시 강변으로 돌아갔고, 나는 다시 내 일로 돌아가 강을 따라 내려갔다.

　짐이 피워놓은 불빛이 나타나기까지 정말이지 엄청나게 오랜 시간이 지난 것만 같았다. 그리고 그 불빛이 나타나자 이번에는 여기서 천마일은 넘게 떨어져 있는 것 같았다. 내가 거기 도착했을 즈음에는 동쪽 하늘이 약간 회색으로 물들기 시작하고 있었다. 그래서 우리는 거기 있는 섬으로 향했고, 뗏목을 숨겨두고 보트를 가라앉힌 다음, 마치 죽은 듯 잠들어버렸다.

제14장

        나중에 잠에서 깬 우리는 악당들이 난파선에서 훔친 물건들을 뒤져 장화, 이불, 옷, 그리고 갖가지 물건들을 찾아냈다. 그것 말고도 여러 권의 책, 쌍안경, 시가 세 상자도 있었다. 우리는 지금까지 이렇게 부자가 되어본 적이 없었다. 둘 중 누구도 말이다. 시가는 최고급 제품이었다. 우리는 오후 내내 숲에 누워 이런저런 이야기를 나누었고, 나는 책을 읽었으며, 대체적으로 즐거운 시간을 보냈다. 나는 난파선에서, 그리고 선착장에서 있었던 일을 짐에게 모조리 이야기해주었다. 나는 이런 종류의 일이 바로 모험이라고 말해주었다. 하지만 녀석은 더 이상은 모험하기가 싫다고 했다. 내가 텍사스실로 들어가고 자기는 살금살금 도로 기어서 뗏목 있는 데까지 가보았더니, 아, 그만 뗏목이 떠내려가버렸다는 사실을 알았을 때는 정말 숨이 멎을 것 같더라는 거였다. 그는 이제 '자기'는 완전히 끝났다고, 어쨌거나 갇히기는 마찬가지라고 생각했기 때문이다. 거기서 구출되지

허클베리 핀의 모험   145

못하면 결국 물에 빠져 죽을 것이고, 만약 구출된다 치면 누구든 자기를 구출한 사람이 현상금을 받기 위해 고향으로 돌려보낼 테니 그러면 왓슨 양이 자기를 남쪽에다 팔았을 게 분명했기 때문이었다. 하긴, 녀석의 말이 맞았다. 녀석의 말은 거의 항상 맞았다. 깜둥이치고는 흔치 않은 수준의 머리를 지녔기 때문이었다.

나는 짐에게 왕이니 공작이니 백작이니 등등에 관한 이야기를 상당히 많이 읽어주었다. 그들이 얼마나 번지르르하게 차려입는지, 얼마나 점잔빼는지는 물론, 서로를 아무개 씨라고 부르는 대신에 전하니 나으리니 하고 부른다는 이야기까지 말이다. 그러자 짐은 눈이 휘둥그레지며, 무척이나 관심을 가졌다. 녀석이 말했다.

"그런 사람들이 이 세상에 그렇게 많은 줄은 몰랐네. 이제껏 그 사람들에 대해서는 들어본 적이 없으니까, 거의. 기껏해야 솔러문〔솔로몬〕 왕인가 하는 영감, 그리고 그 카드 한 벌에 들어 있는 왕들까지 세지 않으면 말이야. 그나저나 왕이 되면 돈을 얼마나 받는 거야?"

"받는다구?" 내가 말했다. "무슨, 왕은 자기가 원하기만 하면 한 달에 천 달러라도 가질 수가 있는 거야. 왕은 자기가 원한다면 뭐든지 실컷 가질 수 있어. 모든 게 그 사람들 거니까."

"와, 그거 좋겠네? 그럼 그 사람들은 그걸 갖고 뭘 하는데, 헉?"

"왕이 하긴 뭘 해! 왜 그런 말을 하는 거야. 왕은 그냥 앉아 있기만 하는 거야."

"에이…… 정말 그런 거야?"

"당연히 그렇지. 왕은 그냥 앉아 있는 거야. 물론 전쟁이 있을 때는 아니지만. 그때는 전쟁에 나가야 해. 하지만 그렇지 않을 때면 그냥 빈둥거리면서 지내는 거야. 아니면 누가 매사냥을 가래든가. 그러니까 가래든……. 쉬잇! 방금 저 소리 들었어?"

우리는 얼른 몸을 숨기고 밖을 내다보았다. 하지만 그건 증기선의 회전바퀴가 퍼덕이며 돌아가는 소리로, 저 멀리 갑 너머에서 들려오고 있었다. 그래서 우리는 원래 자리로 돌아가 앉았다.

"그런 거야." 내가 말했다. "그리고 다른 때에는, 그러니까 심심하다 싶으면 으회〔의회〕랑 입씨름도 하고 그러는 거야. 그리고 모두가 자기 말을 안 듣는다 싶으면, 모가지를 뎅강 날려버리는 거지. 하지만 왕은 대부분 하렘에서 죽치고 살지."

"어디서 죽치고 산다구?"

"하렘."

"하렘이 뭔데?"

"왕이 자기 마누라들을 두는 데야. 하렘이 뭔지 모른다는 거야? 솔로몬도 그런 걸 하나 뒀을 거야. 그 양반은 마누라가 백만 명이나 된다고 하거든."

"아, 맞아, 정말 그렇다더라. 까, 깜박 잊었지 뭐야. 하렘은 그러니까 일종의 기수욱사〔기숙사〕다 이거지, 내 생각에. 그럼 거기 애들 방은 엄청 시끌시끌하겠구만. 내 생각에 그 마누라들은 상당히 많이 싸울 것 같아. 그러니까 그렇게 시끌시끌 늘어나는 거지. 그나저나 사람들 말로는 솔러문 왕이 이제껏 살았던 사람 중에 가장 똑똑하다고 하던데. 근데 사실 나는 그 말을 못 믿겠거든. 왜 그런가 하면 이렇지.

그렇게 똑똑한 사람이라면 하루 종일 미주알고주알하는 데서 살고 싶겠어? 아니지. 절대 그럴 리는 없을 거라. 똑똑한 사람이면 차라리 보이라 공쟁〔보일러 공장〕을 하나 만들 거야. 쉬고 싶을 때는 그 보이라 공쟁 문을 닫아놓으며는 되니까."

"글쎄, 그래도 그 사람은 '정말' 똑똑한 사람이랬어, 하여간에 말이야. 과부댁이 나한테 직접 그랬으니까."

"과부댁이 뭐라 했는지는 내 알 바 아니지만, 하여간 그 양반은 '전혀' 똑똑한 사람이 아니야, 아무렴. 그 양반 수작이야말로 내가 이제껏 본 중에 제일로 망할 놈의 짓 가운데 하나를 했지. 너도 알지? 왜 그 양반이 어떤 애 하나를 갖다가 둘로 썰어버리려고 했던 거."

"그래, 과부댁이 얘기해준 적 있었어."

"그래, 그렇다니까! 그거야말로 이 세상에서 제일로 황당한 생각 아니야? 어디 가만히 한번 생각해보란 말이야. 그거가 바로 그루터기라니까, 그거가. 저게 두 여자 중에 하나라고 치자구. 여기는 너. 네가 또 다른 여자라고 치고. 내가 솔러문이라고 치자구. 그리고 여기 지금 1달러짜리 종이돈이 그 애라고 치자구. 그런데 너네 두 여자가 서로 자기 거라고 한다 이거지. 그런데 내가 어떻게 하는 거야? 내가 이웃집을 돌아다니면서, 이 돈이 '정말' 누구의 것인지를 알아내고, 그래서 올바른 주인한테 돌려줘서, 모두가 안전하고 건전하게, 요령 있는 사람이라면 누구나 당연히 그렇게 할 만한 식으로 했다는 거야? 아니지. 그 종이돈을 '둘'로 쭉 찢어서는, 그걸 반반씩 준 거야, 한 여자한테 반쪽씩 말이야. 솔러문 왕이 그 애를 가지고 하려던 일이 바로 그거였다구. 그럼 어디 내가 한번 물어보자. 너 같으면 종이돈 반쪽을 갖다 뭐에다 쓸래? 그걸로는 아무것도 못 사잖아. 마찬가지로 애반쪽을 갖다 뭐에다 쓸래? 그런 애는 백만 명이 있어도 아무 소용이 없어."

"아, 목매달 놈의 것, 짐, 너 말은 그 얘기의 요점에서 완전히 벗어났잖아. 망할 것 같으니, 그건 그 얘기의 요점에서 한참 벗어난 말이라구."

"누가? 내가? 그럼 어디 해봐. 네가 생각하는 요점은 뭔지 어디 '나한테' 한번 말해보라구. 내 생각에, 뭐가 이치에 닿는지 아닌지는 내가 딱 보면 안다구. 그런데 그런 행동은 전혀 이치에 닿지 않는다 이 말씀이야. 그 다툼은 애 절반에 관한 게 아니고, 분명히 온전한 애 하나에 대한 거라 이 말이지. 그런데 그 양반은 자기가 온전한 애 하나에 대한 다툼을 애 반쪽으로 해결할 수 있을 거라 생각했다 이 말이

야. 그렇게 해놓으면 나중에 가서는 뭐가 어떻게 될는지도 모르고 말이야. 솔러문 왕에 대해서라면 암말도 말어, 헉, 그 양반에 대해서라면 내가 뒷면까지도 알고 있으니까."

"그래도 넌 그 얘기의 요점에서 벗어났다고 내가 말하잖아."

"요점은 무슨 망할 놈의 요점! 내 생각엔, 내가 아니까 안다고 하는 것 아냐. 그리고 네가 몰라서 그러는데, 여기서의 '진짜' 요점은 더 밑에 있다구. 아주 저만치 밑에 말이야. 그건 솔러문 왕이 어떻게 자라났는지 하는 데 있는 거라구. 가령 어떤 사람이 자식을 하나나 둘만 가졌다고 치자구. 그러면 그 사람이 그 애들을 아무렇게나 키울까? 아니, 그렇지 않을 거야. 절대 그럴 수가 없다구. 그런 사람이라면 그 애들이 얼마나 소중한지 알 테니까. 하지만 집에 애가 무려 5백만 명이나 바글바글한 사람이라면, 그건 또 전혀 다르겠지. 그런 사람이라면 애를 갖다가 무슨 고양이마냥 싹 두 동강을 내고도 남을 거야. 애라면 얼마든지 있으니까. 기껏해야 애 하나둘 정도는 솔러문한테는 전혀 중요하지도 않다구. 망할 놈의 작자 같으니!"

이런 깜둥이는 내 생전 처음이었다. 일단 머리에 어떤 생각이 하나 들어박히면, 결코 그걸 다시 밖으로 꺼내놓으려 하지 않는 거다. 내가 지금껏 본 깜둥이들 중에서도 솔로몬을 이렇게 우습게 보는 녀석은 또 처음이었다. 그래서 나는 다른 왕들에 대해 이야기하고, 솔로몬은 그냥 옆으로 젖혀두었다. 나는 옛날 옛적에 프랑스에서 머리가 잘려 죽은 루이 16세에 대해 이야기해주었다. 그리고 그의 어린 아들이었던 돌핀에 대해서도 말이다. 그 꼬마는 원래 왕이 되었어야 했지만,

사람들은 그 꼬마를 데려다가 감옥에 가두었고, 어떤 사람 말로는 거기서 죽었다고들 했다.

"불쌍한 꼬맹일세."

"근데 어떤 사람들 말에 의하면 그 꼬마가 거기서 나와 도망쳤다고, 그래서 미국으로 건너왔다고도 해."

"그럼 다행이네! 그래도 그 애는 겁나게 외로울 건데. 이 나라에는 왕이 없잖아, 안 그래, 헉?"

"없지."

"그럼 그 애는 한 자리 해먹진 못하겠네. 그럼 뭘 해야 할까?"

"글쎄, 나도 모르지. 그런 중에는 경찰에 들어가는 사람도 있고, 이 나라 사람들한테 프랑스말 가르치는 사람도 있으니까."

"뭐, 헉? 그럼 프랑스 사람들은 우리가 말하는 거랑은 다르게 말을 한단 말이야?"

"그래, 짐. 넌 아마 그 사람들 말을 전혀 못 알아들을 거야. 한마디도 말이야."

"어, 그럼, 되게 헛갈리는데! 어떻게 그럴 수가 있지?"

"그건 나도 모르지. 하지만 사실은 사실이야. 예전에 어떤 책에서 그 사람들이 떠드는 걸 읽은 적이 있거든. 가령 어떤 사람이 너한테 와서는 '폴리 부 프란치' 그런다고 쳐봐. 네가 생각하기엔 무슨 말 같아?"

"나야 아무 생각도 안 나지. 차라리 그놈 머리통을 한 대 갈겨주고 말지. 아, 물론, 그놈이 백인이 아니라면 말이지. 기껏해야 깜둥이 놈이 나를 그딴 식으로 부르는 것을 도무지 참을 수가 없으니까."

"젠장, 그건 너한테 욕하는 게 아니야. 그냥 네가 프랑스말을 할 줄 아느냐고 물어보는 거였다구."

"아, 그럼 왜 진작 '그렇게' 말하지 않구서?"

"이런, 그 사람이 '그렇게' 말한 거잖아. 프랑스 사람들은 '원래' 그런 식으로 말을 한다니까."

"아, 그거야말로 더럽게도 웃기는 식이로구만. 나 같으면 그런 말은 전혀 듣고 싶지가 않네. 내가 보기엔 하나도 이치에 안 맞으니까 말이야."

"이렇게 생각해봐, 짐. 고양이가 우리 사람 말을 하냐?"

"아니, 고양이는 못 그러지."

"그래, 그럼 소는?"

"아니, 소도 못 그러지, 전혀."

"그럼 고양이는 소 말을 하거나, 아니면 소는 고양이 말을 하냐?"

"아니, 전혀 못 그러지."

"그럼 그놈들 각자가 서로 다른 말을 하는 건 자연스럽고도 당연한 것 아니야?"

"그렇지."

"그럼 고양이나 소가 우리 사람하고는 또 다른 말을 하는 것도 자연스럽고도 당연한 것 아니야?"

"아무렴, 그야 당연히 그렇지."

"자, 그럼. '프랑스 사람'이 우리랑 또 다른 말을 하는 것도 자연스럽고도 당연한 것 아니야? 어디 한번 대답해봐."

"그럼 고양이가 사람이야, 헉?"

"그건 아니지."

"그래, 그럼, 고양이가 사람 말을 하는 건 이치에 닿지 않는 거네. 그럼 소는 사람이야, 헉? 아니면 소가 고양이든가?"

"아니, 소는 양쪽 다 아닌 거지."

"그래, 그럼, 소는 그중 하나라든지, 아님 그 둘 다의 말을 하는 것과는 아무 상관이 없다는 거네. 그럼 프랑스 사람은 사람인가?"

"그야 사람이지."

"그래, 그럼! 아, 망할 놈의 것! 사람이 왜 '사람처럼' 말을 못한다는 거야? 어디 한번 대답해보라니까!"

나는 더 이상 입 아프게 떠들지 않기로 했다. 깜둥이한테는 논쟁하는 법을 가르칠 수가 없는 법이니까. 그래서 난 포기했다.

제15장

    우리는 사흘 밤은 더 지나야 케이로까지 갈 수 있으리라 판단했다. 그곳은 일리노이 주에서 맨 아래쪽, 그러니까 오하이오 강이 합쳐지는 곳에 있었고, 우리의 목적지이기도 했다. 우리는 뗏목을 팔고 증기선에 올라 오하이오 강을 거슬러 자유주들 사이로 들어감으로써 문제에서 벗어나기로 했다.

    그런데 두 번째 날 밤에 안개가 밀려들기 시작해서 우리는 뗏목을 묶어둘 모래머리로 향했는데, 안개 속에서 계속 갈 엄두가 나지 않기 때문이다. 하지만 내가 카누에 타고 노를 저으며 뗏목을 잡아맬 밧줄을 끌고 가 보니, 어린 나무 말고는 아무것도 묶을 만한 데가 없었다. 나는 밧줄을 잘린 강둑 가장자리에 있는 어린 나무 중 하나에 묶었지만, 그곳은 제법 물살이 셌기 때문에 뗏목이 갑자기 거세게 물살에 밀려가더니 나무를 뿌리째 잡아 뽑아버리고는 멀리 떠내려가버렸다. 안개가 주위를 뒤덮었고, 나는 어찌나 가슴이 철렁하고 겁이 나던지 아마 한 30초쯤은 꼼짝도 할 수 없었다. 그 뒤에도 뗏목은 보이지 않았다. 겨우 20야드(약 18미터) 앞도 내다볼 수 없었다. 나는 다시 카누에 올라타고 고물로 가서 노를 잡고 배를 저어 뒤쪽으로 뺐다. 하지만 배는 움직이지 않았다. 어찌나 서둘렀는지 미처 밧줄도 풀지 않았던 것이다. 나는 자리에서 일어나 밧줄을 풀려고 했지만, 너무나도 흥분해서 손이 떨린 까닭에 제대로 되지가 않았다.

출발하자마자 나는 뗏목을 따라, 맹렬히, 모래머리 아래쪽으로 향했다. 한동안은 아무 문제가 없었지만, 그 모래머리는 60야드가 채 되지 못했는데, 내가 그 끄트머리에 도달했을 무렵에는 짙은 흰색 안개 속에 갇혀버리는 바람에, 내가 지금 어느 방향으로 가는지 도무지 알 턱이 없었다.

노를 저어서 될 일이 아니라고 나는 생각했다. 그러다간 강둑이나 모래머리나 그런 데 부딪치기가 십상일 듯했다. 나는 카누 안에 가만히 앉아서 떠내려가기로 했는데, 그런 상황에서 손을 떨지 않고 가만히 있으려니 무척이나 조마조마했다. 나는 어이 고함소리를 내고 귀를 기울여보았다. 저 아래 어디선가 작게나마 어이 하는 소리가 들리기에, 기운이 솟았다. 나는 그 소리를 뒤따라가면서, 다시 들리는지 귀를 쫑긋 세웠다. 다음번에 그 소리가 들렸을 때, 나는 그쪽으로 곧바로 향하는 것이 아니라 오히려 그쪽에서 오른쪽으로 멀어지고 있음을 깨달았다. 또 그다음 번에는 그쪽에서 왼쪽으로 멀어지고 있음을 알았다. 하지만 한 번도 그쪽에 그리 가까이 다가가진 못했으니, 내가 이쪽이나 저쪽이나 또 다른 쪽으로 빙글빙글 도는 내내, 그 소리는 계속해서 내 바로 앞에서 들려왔기 때문이다.

나는 저 바보가 양철 프라이팬이라도 좀 두들길 생각을 하면 좋겠다고, 그리고 계속 그렇게 두들기고 있었으면 좋겠다고 생각했지만, 녀석은 결코 그런 생각을 하지 못했다. 그 어이 소리와 소리 사이의 조용한 부분이 내겐 골칫거리가 되었다. 나는 죽어라 앞으로 나아갔다. 그러자 이번에는 바로 내 '뒤'에서 소리가 나는 거였다. 이제 나는 완전히 혼란에 빠져버렸다. 그건 다른 누군가의 어이 소리였다. 그렇지 않으면 내가 방향을 바꾸었든가 말이다.

나는 노를 집어던졌다. 그때 어이 소리가 또 들렸다. 아직 내 뒤에서 들리고 있었지만 아까하고는 또 다른 위치였다. 그 소리는 계속 들려왔으며, 계속해서 위치가 바뀌었고 나는 계속해서 응답했다. 그러다 보니 나중에 가서 그 소리는 또다시 내 바로 앞에서 들리게 되었고, 물살이 마침 카누의 머리 부분을 하류로 끌어가고 있었으므로, 만약 그 소리가 다른 어떤 뗏목사공이 낸 소리가 아니라 바로 짐이라면 나로선 다행이었다. 안개 속에서 들리는 소리는 도무지 분간할 수가 없었던 것이, 안개 속에서는 그 어떤 모습이나 소리도 자연스럽게 보이거나 들리진 않았기 때문이다.

어이 소리는 계속되었고, 그렇게 1분쯤 지나자 나는 커다란 나무들이 마치 연기를 내뿜는 귀신처럼 돋아난 어느 잘린 강둑에 도착하게 되었다. 거기서 나는 물살에 떠밀려 왼쪽으로, 그러니까 잠긴 나무가 무수히 으르렁거리는 곳으로 떠내려갔는데, 물살은 무척이나 빠른 속도로 그 사이를 흐르고 있었다.

불과 1, 2초 사이에 주위는 짙고 새하얀 안개로 뒤덮였으며 다시 조용해졌다. 가만히 앉아 있다 보니, 내 심장이 뛰는 소리까지도 들릴 정도였는데, 내 생각에는 심장이 백 번쯤은 뛰고 나서야 숨을 한 번쯤 쉬는 것 같았다.

나는 완전히 포기해버렸다. 그리고 나서야 뭐가 문제인지를 깨달았다. 그 잘린 강둑은 사실 섬이었고, 짐은 그 섬의 다른 편에 가 있었던 거다. 그것은 불과 10분이면 배로 지나칠 수 있는 모래머리가 전혀 아니었다. 그곳에 있는 굵은 나무는 보통 섬에서 볼 수 있는 것들이었다. 아마 길이가 5, 6마일쯤 되고, 너비가 반 마일이 좀 넘는 곳이었을 거다.

나는 조용히 있으면서 귀를 쫑긋 세웠고, 그렇게 15분 정도 기다린 것 같았다. 물론 나는 계속해서 시속 4, 5마일의 속도로 떠내려갔다. 하지만 그렇다는 사실은 꿈에도 생각지 못하고 있었다. 정말이다. 누구라도 자기가 물 위에 가만히 떠 있다고 '느꼈을' 것이다. 바

허클베리 핀의 모험

로 곁을 스쳐 지나가는 잠긴 나무의 모습을 흘낏 바라본다 치더라도, 자기가 얼마나 빨리 움직이고 있는지는 미처 생각지 못하고, 그저 숨을 죽이면서 어휴! 저 잠긴 나무 떠내려가는 것 좀 보게, 하고 생각하고 마는 것이었다. 한밤중에 혼자서만 안개 속에서 그런 식으로 갇혀 있는 기분이 얼마나 섬뜩하고도 쓸쓸한지 믿기지 않는 사람이라면, 어디 한번 직접 해보시라. 그러면 내 말이 무슨 뜻인지 알게 될 거다.

이후 반 시간 동안, 나는 가끔씩 어이 소리를 냈다. 나중에는 꽤 멀리 떨어진 곳에서 답변이 들렸고, 나는 그걸 따라가려고 했지만 그럴 수가 없었다. 곧바로 나는 모래머리들이 늘어선 한가운데에 들어왔음을 알게 되었는데, 내 양쪽 옆에 그놈들의 모습이 약간 어렴풋이 나타났기 때문이었고, 때로는 그 사이에 좁은 물길밖에는 없었기 때문이다. 그리고 뭔가 내 눈에는 보이지 않는 것들이 있었는데, 그게 거기 있다는 걸 안 것은 물살이 강둑에 매달려 있는 오래된 죽은 나무뿌리를 쓸고 지나가는 소리가 들렸기 때문이다. 얼마 지나지 않아 다시 어이 소리를 따라 모래머리 사이를 지나 내려왔다. 나는 그저 조금만 더 그 소리를 뒤쫓다 말려고 했는데, 그것이 도깨비불 잭을 뒤쫓는 것보다 더 끔찍했기 때문이다. 어떤 소리가 그렇게 여기저기로 도망다닌다는 것은, 그리고 그렇게 빠르고도 빈번하게 자리를 바꾼다는 것은 상상도 못할 일이었다.

나는 너덧 번이나 아주 열심히 노를 저어 강둑에서 멀찍이 떨어졌는데, 그래야만 강에서 벗어나 섬에 부딪치는 일이 없기 때문이었다. 그래서 나는 뗏목이 계속 여기저기 강둑에 부딪혔을 것이 분명하다고, 그렇지 않았으면 계속 떠내려가서 소리도 들리지 않았을 것이라고 판단했다. 뗏목은 나보다도 약간 빠르게 떠내려가고 있었다.

어찌어찌해서, 나는 다시 탁 트인 강물로 나오게 되었지만, 이젠 어이 하는 소리의 흔적을 어디서도 들을 수 없었다. 어쩌면 짐이 어느 잠긴 나무에 부딪치는 바람에 아주 끝장이 나버린 것이 아닌가 하고 생각했다. 나는 너무나도 지쳐서, 카누 위에 드러누워 더 이상은 애먹지 말자고 혼잣말을 했다. 물론 잠을 잘 생각은 없었다. 하지만 어찌나 졸리던지 참을 수가 없었다. 그래서 잠시나마 선잠이 들었던 것 같다.

하지만 아주 선잠은 아니었던 모양인지, 잠에서 깨어났을 때에는 하늘에 별이 밝게 빛나고 안개는 걷혔으며, 카누는 고물을 앞으로 해서 큰 강굽이를 따라 돌아 내려가고 있었다. 처음에는 여기가 어딘가 싶었다. 꿈을 꾸는 줄만 알았다. 그제야 아까 있었던 일이 떠올랐는데, 마치 지난주에 있었던 일인 것마냥 아득하기만 했다.

이곳의 강은 어마어마하게 컸고 양쪽 강둑에는 이제껏 본 것 중에 가장 크고 가장 굵은 나무들이 서 있었다. 별빛에 비친 모습으로 보아 강둑은 마치 단단한 벽 같아 보였다. 나는 하류 쪽을 바라보다가 강물 위에 검은 점을 하나 발견했다. 나는 그 뒤를 따라갔다. 하지만 막상 도착해보니 원목 두 개를 서로 꽉 잡아 묶은 것에 불과했다. 그때 또다른 점이 보여서 이번에는 그쪽을 따라갔다. 역시 허탕을 치고 또 다른 점을 따라갔는데, 이번에는 제대로 맞췄다. 바로 우리 뗏목이었던 거다.

내가 도착해보니 짐은 앉아서 무릎에 머리를 파묻은 채 잠들어 있었
고, 오른팔은 조타용 노 위에 걸쳐져 있었다. 다른 쪽 노는 부러져 있
었고, 뗏목 위는 온통 나뭇잎과 나뭇가지와 흙투성이었다. 결국 뗏목
역시 험한 꼴을 겪었다는 이야기였다.

나는 카누를 뗏목에 묶어두고 짐의 바로 옆 바닥에 누운 다음, 하
품을 하기 시작하며 짐 쪽으로 팔을 쭉 뻗은 뒤 이렇게 말했다.

"어이, 짐. 내가 잠이 들었나봐? 왜 안 깨웠어?"

"아이구머니나 이런, 너냐, 헉? 죽은 게 아니었구나! 물에 빠진 것
도 아니었고! 다시 돌아온 거지? 정말 믿어지지가 않는구나, 얘, 정
말 믿어지지가 않아. 어디 정말 한번 보자, 얘, 어디 한번 만져보자구.
죽은 게 아니었어! 다시 돌아온 거야. 안 다치고 멀쩡하니 예전의 그
헉 그대로네, 예전의 그 헉 그대로야. 아이구, 어찌나 감사한지!"

"아니, 갑자기 왜 그래, 짐? 술이라도 취한 거야?"

"취해? 내가 술이라도 취했느냐고? 아니, 내가 언제 술에 취할 시

간이라도 있었나?"

"아니, 그럼, 왜 그렇게 황당한 말을 하는 건데?"

"내가 뭘 황당한 말을 했길래?"

"뭘 했느냐고? 왜, 나보고 돌아왔다느니 뭐니 했잖아? 내가 정말 어디라도 다녀온 사람처럼 말이야."

"헉…… 이봐, 헉 핀. 너 날 똑바로 좀 봐봐. 날 똑바로 좀 봐보란 말이야. 네가 어디 가버렸었지, 그럼 '안' 그랬단 말이야?"

"가버렸었다구? 아니, 도대체 그게 무슨 소리야? 난 아무 데도 안 갔었다니까. 가긴 내가 어딜 가겠어?"

"그래? 어디 보자구, 이 양반아. 그럼 뭔가가 틀린 거네, 틀린 거야. 내가 그런 거야, 아니면 다른 누가 그런 거야? 내가 여기 있었던 거야, 아니면 다른 누가 있었던 거야? 자, 내가 알고 싶은 건 이거라니까."

"글쎄, 내 생각에는 네가 여기 있었던 것 같아, 그건 분명해. 하지만 너는 머리가 돈 멍청한 영감이니까, 짐."

"내가…… 내가 그렇다구? 자, 그럼 어디 한번 대답해보시지. 네가 밧줄을 들고 카누를 타고 나가지 않았어? 우리 뗏목을 모래머리에다가 묶겠다고?"

"아니, 그런 적 없어. 무슨 모래머리 말이야? 모래머리라곤 본 적이 없는데."

"모래머리를 본 적이 없다구? 있잖아, 그러니까 그 밧줄이 풀리면서 뗏목이 강을 따라 떠내려간 게 아니냐 이거야. 그리고 너는 카누를 탄 채로 안개 속에 혼자 남지 않았냐 말이야."

"무슨 안개?"

"왜, 그 안개 있잖아. 밤새 끼어 있었던 그놈의 안개 말이야. 그리고 네가 어이 하고, 나도 어이 하고, 그 섬들 있는 데서 헤매게 돼서, 우리 중 하나가 없어지고, 또 하나도 없어진 거나 마찬가지가 되었는데, 지금 자기가 어디 있는 건지 알 수 없어서 그랬던 것 아니었어? 그리고 내가 또다시 그 섬들 중 여러 개에 부딪치고, 끔찍하게 고생하며, 거의 죽을 뻔했던 것 아니었어? 안 그러냐구, 이 녀석아. 안 그래? 어디 한번 대답해보라니까."

"아, 나로선 도무지 알아먹기 힘들어, 짐. 내가 본 바로는 안개도 없었고, 섬들도 없었고, 문제도 없었고, 아무것도 없었어. 나는 밤새 너랑 여기 앉아서 같이 이야기를 했는데, 불과 10분쯤 전에 네가 그냥 잠들어버리기에 나 역시 똑같이 하자고 생각한 것뿐이야. 네가 그 사이에 술을 마시고 취할 수는 없었을 테니까, 그럼 당연히 네가 꿈을 꾼 걸 거야."

"망할 놈의 것. 그 10분 사이에 내가 어떻게 꿈을 꿨겠어?"

"아, 목매달 놈의 것, 네가 꿈꾼 게 맞다니까. 그런 일 중 어떤 것도 실제로 일어나진 않았으니까."

"하지만 헉, 내가 보기엔 어찌나 생생하던지 마치……."

"아무리 생생하다고 해봤자 달라지는 건 없고, 그 안에는 아무것도 없어. 난 알아. 왜냐하면 나는 쭉 여기 있었으니까."

짐은 이후 5분 정도 아무 말도 없이, 이 문제를 곰곰이 생각해보았다. 그러더니 이렇게 말했다.

"그래, 그러면 내가 정말 꿈을 꾼 것 같긴 해, 헉. 하지만 개놈의 고양이 같은, 그거야말로 내가 지금껏 꾼 것 중에서 제일로 센 꿈이었다구. 그리고 지금까지 꾼 어떤 꿈도 이번 것처럼 피곤해진 적 없었다구."

"아, 그래, 알았어. 하긴 꿈도 다른 모든 것과 마찬가지로, 사람을 정말로 피곤하게 만들 수 있는 법이니까. 가끔은 말이야. 하지만 이번 것은 정말로 엄청난 꿈이었나보네. 어디 어떤 거였는지 말 좀 해줘봐, 짐."

그래서 짐은 이야기를 시작했고 지금까지 있었던 이야기를 줄줄 늘어놓았는데, 상당 부분 덧칠을 했다는 걸 빼면 그래도 실제로 일어난 일 그대로였다. 그러더니 그는 이야기를 다시 시작하며 "애석[해석]"해야 한다고, 왜냐하면 그것은 일종의 경고로 나타난 것이기 때문이라고 했다. 가령 첫 번째 모래머리는 우리에게 뭔가 좋은 일을 해주려는 사람을 나타내고, 물살은 우리를 그 사람에게서 멀리 데려가는 또 다른 사람을 나타낸다고 했다. 훅훅 소리는 계속해서 우리에게 오는 경고였으며, 우리가 그 뜻을 이해하려고 간곡히 노력하지 않는다면, 그것은 우리를 불운에서 지켜주기는커녕 도리어 불운으로 이끌어갈 것이었다. 수많은 모래머리들은 우리가 싸우기 좋아하는 사람들과 갖가지 야비한 작자들과 얽혀들며 겪게 될 문제들이지만, 우리가 자신의 일에만 신경 쓰고 그들에게 말대꾸를 하거나 그들을 화나게 하지 않는다면, 우리는 그곳을 헤치고, 안개를 벗어나, 크고 맑은 강으로, 다시 말해 자유주로 갈 수 있을 것이며, 더 이상 아무 문제도 없을 것이라고 했다.

내가 뗏목 위에 올라섰을 때만 해도 하늘엔 구름이 끼어 있었지만, 지금은 완전히 맑아져 있었다.

"아, 그래, 지금까지는 그럭저럭 전부 잘 해석한 것 같아." 내가 말했다. "그러면 여기 '이것들'은 뭘 나타내는 거야?"

바로 뗏목 위의 나뭇잎과 쓰레기, 그리고 부러진 노를 가리켜 한 말이었다. 이제는 그 물건들의 모습이 똑똑히 보였다.

짐은 그 쓰레기를 바라보았다가, 나를 바라보았다가, 또다시 쓰레기를 바라보았다. 그는 이미 꿈 이야기를 머릿속에 단단히 붙들어 맸기 때문에, 이제 와서 곧바로 그걸 떨쳐버리고 사실을 본래의 자리로 되돌려놓을 수가 없었다. 하지만 일단 상황을 다시 한 번 제대로 정리하고 나자, 그는 나를 빤히 쳐다보기만 했고, 웃음기라고는 전혀 없는 얼굴로 이렇게 말했다.

"이것이 무엇을 나타내느냐고? 내가 말해주고말고. 내가 애써 노를 젓느라고, 그리고 너를 찾느라고 힘이 들어서 잠이 들었을 때만 해도 내 가슴은 아주 찢어지는 것 같았는데, 그건 네가 죽었다고 생각했기 때문이었지. 더 이상 내가, 그리고 이 뗏목이 어떻게 될지 도무지 몰랐으니까. 근데 내가 잠에서 깨어나보니 네가 돌아와 있고, 그것도 안 다치고 멀쩡하니 어찌나 감사한지 눈물이 다 날 정도였고, 여차하면 무릎 꿇고 너의 발에다가 입이라도 맞추고도 남을 마음이었지. 근데 네가 기껏 생각한 거는 어떻게 하면 거짓말로 이 짐 영감을 놀려먹을

까 하는 궁리였다 이거지. 여기 위에 있는 건 '쓰레기'야. 뭐가 쓰레기
인고 하니, 자기 친구의 머리에다가 흙을 끼얹어서 친구를 창피하게
만드는 놈들이 쓰레기란 말이야."

그러더니 그는 자리에서 천천히 일어나더니 움막 쪽으로 걸어가서
는 그 안으로 들어갔다. 방금 한 말을 빼고는 한마디도 더 안 하고 말
이다. 하지만 그것만으로도 충분했다. 나는 어찌나 민망한 마음이던
지, 그를 도로 데려올 수만 있다면 그의 발에다가 입이라도 맞출 수
있을 것 같았다.

그렇게 15분쯤 지나고 나서야, 나는 비로소 자리에서 일어나 움막
으로 가서 깜둥이에게 몸을 낮추었다. 나는 정말 그렇게 했고, 나중에
도 그렇게 한 사실을 창피하게 여기지는 않았다. 결코 말이다. 내가
그에게 한 짓은 무척이나 야비한 거짓말이었고, 그렇게 그의 기분을
상하게 할 줄 미리 알았더라면 결코 하지 않았을 일이었기 때문이다.

제16장

우리는 낮 동안 거의 내내 잠을 자고 밤이 되어서
야 출발했다. 우리 앞에는 어마어마하게 긴 뗏목이 하나 가고 있었는
데, 어찌나 긴지 무슨 행진을 하는 것 같았다. 양쪽 끄트머리에 긴 노
가 네 개나 있었기 때문에, 우리는 그 위에 최소한 서른 명 이상이 타
고 있지 않나 판단했다. 그 위에는 커다란 움막이 다섯 개나 멀찍멀찍
떨어져 있었고, 한가운데에는 터놓고 모닥불을 피워놓았으며, 양쪽
끄트머리에는 높은 깃대가 하나씩 서 있었다. 그 뗏목에는 웅장함이
있었다. 그와 같은 배의 뗏목사공이 된다는 것은 상당히 대단한 일이
었다.

우리는 큰 굽이를 따라 떠내려갔고, 밤하늘엔 구름이 많고 날씨가
더웠다. 강은 아주 넓었고 양쪽 강변에는 굵은 나무들이 벽을 이루고
있었다. 어찌나 빽빽한지 그 사이로 불빛 하나 비치지 않을 정도였다.
우리는 케이로에 대해 이야기를 나누며, 과연 우리가 거기 도착하면

거기가 어딘지 알 수 있을지 궁금해했다. 나는 우리가 거기 도착해도 모를 가능성이 있다고 말했는데, 언젠가 그곳에는 집이 겨우 열댓 채밖에 없다는 이야기를 들었기 때문이었다. 그러니 만약 그 집들 가운데 어느 곳도 불을 켜놓지 않는다면 우리가 그 마을을 지나치고 있는지 아닌지 어떻게 알 수 있겠는가? 짐은 그 근처에서 두 개의 큰 강이 합쳐지면 거기가 바로 거기라고 했다. 하지만 나는 어쩌면 우리가 그냥 어떤 섬의 꼬랑지를 지나고 있다고 생각할 수도, 따라서 강물이 갈라지는 곳을 보아도 그 강물이 그 강물이라고 생각할 수도 있을 거라고 말했다. 그러자 짐은 불안해했다. 나 역시 마찬가지였다. 결국 문제는 '어떻게 할 것이냐?'였다. 나는 이렇게 말했다. 맨 처음 불빛이 보이면 일단 강변으로 노를 저어 가서, 거기 있는 사람들한테 우리 아빠가 뒤에, 그러니까 장삿배를 타고 뒤따라오실 건데, 이 양반이 장사에는 생짜라서 여기서 케이로까지 가려면 얼마나 더 가야 되는지 물어보라고 했다고 말하자고 말이다. 짐은 그거 좋은 생각이라고 했고, 우리는 그러기로 하고 일단 기다렸다.

　이제는 그 마을이 나타나기를, 그리고 그걸 미처 못 보고 지나치는 일이 없기를 바라며 눈을 크게 뜨고 지켜보는 것밖에는 방법이 없었다. 짐은 자기가 그 마을을 반드시 보고야 말 거라고 했는데, 그걸 보는 바로 그 순간부터 자기는 자유로운 인간이지만, 그걸 놓쳐버리면 자기는 또다시 노예주에 있게 될 것이고, 더 이상은 볼일이 없을 것이기 때문이었다. 녀석은 종종 자리에서 벌떡 일어나 이렇게 말했다.

　"저기 있어!"

하지만 아니었다. 도깨비불이거나 번갯불 벌레였다. 그러면 그는 다시 자리에 앉아, 먼저와 마찬가지로 계속 지켜보았다. 짐은 이렇게 자유에 가까워지고 보니 온통 몸이 떨리고 열이 날 지경이라고 했다. 그 이야기를 들으니 나 역시 몸이 떨리고 열이 날 지경이었던 것이, 나는 이제 머릿속으로는 그가 '정말' 거의 자유로운 상태라고 생각하기 시작했기 때문이었다. 그렇다면 이것은 누구의 잘못일까? 바로 '나'였다. 나는 도무지 그 생각을 내 양심 밖으로 몰아낼 수 없었다. 어떻게 할지, 방법이 없었다. 그 문제가 너무 고민스러워서, 나는 안절부절못하게 되었다. 한자리에 가만히 있을 수가 없었다. 이전까지만 해도 그런 생각을 나는 전혀 이해하지 못했다. 이게 과연 어떤 일인지, 지금 내가 무엇을 하고 있는지 말이다. 하지만 이제는 이해가 되었다. 그리고 그 사실은 내 곁에 머물면서, 점점 더 나를 야단쳤다. 나는 결코 '나'의 탓은 아니라고 스스로를 납득시키려 했다. '나' 때문에 짐이 제 주인에게서 도망치게 된 것은 아니니까. 하지만 그래 봤자 아무 소용이 없어서, 내 양심은 항상 들고 일어나 이렇게 말하는 것이었다. "하지만 너는 그가 자유를 찾아 도망치고 있다는 걸 알았고, 그러니 강변으로 배를 저어 가서 누군가에게 말해줄 수도 있었다구." 그렇기는 했다. 그 사실만큼은 결코 피해갈 수가 없었다. 나를 괴롭히는 대목도 바로 그거였다. 양심은 내게 이렇게 말했다. "그 딱한 왓슨 양이 지금껏 너한테 해준 일을 생각해봐. 그런데도 그 양반의 깜둥이가 네 눈앞에서 도망치는 걸 빤히 보면서도 뭐라고 한마디도 안 할 참이야? 그 딱한 아주머니가 나한테 해준 일을 생각해보면, 도대체 어

떻게 그 양반한테 그렇게 야비하게 굴 수가 있어? 왜, 그 양반이 너한
테 책 읽는 법을 배우게 해주고, 너한테 예절을 배우게 해주고, 자기
가 아는 모든 방식을 동원해서 너한테 잘해주려고 했는데 말이야. 정
말 그러지 않았느냐 이 말이야."

　나는 무척이나 야비한 놈이 된 기분이었고, 너무 처참한 나머지 차
라리 내가 콱 죽어버리기라도 했으면 싶었다. 나는 뗏목 위에서 이리
저리 오락가락하면서 나 자신을 탓하고 또 탓했으며, 짐은 또 저 나름
대로 이리저리 오락가락하며 내 곁을 스쳐갔다. 우리 중 누구도 가만
히 앉아 있을 수가 없었다. 매번 녀석은 덩실덩실 춤을 추며 이렇게
말했다. "저기 케이로야!" 그 말을 들을 때마다 나는 마치 총에 맞는
듯한 기분이었고, 저기가 정말 케이로라면 나는 차라리 처참한 기분
을 못 이기고 죽어버릴 것 같다는 생각이 들었다.

　내가 마음속으로만 이런저런 말을 한 반면, 짐은 내내 큰 소리로 떠
들어댔다. 그러면서 자기가 자유주에 도착하면 맨 먼저 할 일이 뭔지
아느냐고 말했다. 돈을 모으기 시작해서 1센트도 안 쓰고 아낄 거라
고, 그렇게 해서 돈이 충분해지면 마누라를 사올 거라고 했다. 녀석
의 마누라는 왓슨 양의 집 근처에 있는 어느 농장의 소유였다. 그런
다음에는 둘이 같이 열심히 일해서 제 자식 둘을 모두 사올 거라고
했다. 만약 주인이 제 자식들을 팔지 않겠다고 하면, 그때는 피에지
론자[노예폐지론자]들하고 같이 가서 훔쳐오기라도 하겠다고 했다.

　그런 이야기를 듣자 나로선 등골이 서늘했다. 이전까지만 해도 녀
석은 평생 그런 말을 감히 입밖에 꺼낼 수도 없었을 것이다. 이제 곧

자유롭게 될 것이라고 생각한 바로 그 순간, 녀석이 마음속부터 어떻게 달라졌는지를 좀 보라. 정말 옛 속담 그대로였다. '깜둥이한테 한 치를 주면, 나중에는 한 자를 달라고 한다.' 나는 이렇게 생각했다. 일이 이렇게까지 된 것은 내가 너무 생각 없이 군 탓이라고. 여기 있는 깜둥이는, 내가 기껏 잘해줘서 도망치게 도와주었더니만 이제는 아주 뻔뻔하게 굴면서 제 자식들을 훔쳐올 거라고 말했다. 나야 짐의 자식들을 소유한 사람이 누구인지 전혀 알지도 못했다. 그리고 그 사람은 이제껏 나한테 아무 해도 끼친 적이 없었다.

나는 짐이 그런 말을 하는 걸 보자 실망스러웠고, 스스로를 타락시키는 행동이라고 생각했다. 내 양심은 그 어느 때보다도 더 나를 몰아댔고 결국 나는 이렇게 말하고 싶었다. "나한테 맡겨둬. 아직 너무 늦은 건 아니야. 맨 처음 불빛이 보이자마자 내가 강변으로 카누를 타고 가서, 모조리 말해버릴 테니까." 그러자 내 마음은 곧바로 편안하고 가벼우며, 또 깃털처럼 가벼워졌다. 내 모든 걱정이 사라져버렸다. 나는 불빛이 나타날 때까지 계속해서 지켜보면서, 속으로 이 다짐을 되새겼다. 어찌어찌해서 불빛이 하나 나타났다. 짐이 소리를 질렀다.

"우린 살았어, 헉, 우린 살았다구! 아, 얼른 후딱 일어나보라니까. 저기가 바로 꿈에도 그리던 케이로라구. 내 이럴 줄 알았다니까!"

내가 말했다.

"그럼 내가 카누 타고 가서 확인해볼게, 짐. 하지만 아닐 수도 있을 거야."

녀석은 벌떡 일어나더니 얼른 카누를 준비하고는, 자기의 낡은 외투를 바닥에 깔아서 나더러 그 위에 앉으라고 하고, 노를 건네주었다. 배가 출발하자 녀석은 이렇게 말했다.

"조만간 나도 기쁨에 겨워 소리소리 지를 수 있을 거야. 그럼 이렇게 말해야지. 이게 모두 헉 덕분이라고 말이야. 나는 자유인이라고, 그리고 바로 헉이 아니었다면 나는 결코 자유롭게 되지 못했을 거라고. 헉이 해낸 거라고. 짐은 절대로 네 은혜를 잊지 못할 거야, 헉. 너야말로 짐이 지금까지 만난 친구 중에서도 최고니까. 그리고 너야말로 지금 이 짐 영감한테는 하나밖에 없는 친구고 말이야."

노를 저어가면서, 나는 녀석에 관해 이야기할 생각에 온통 초조하기만 했다. 하지만 녀석의 말을 듣고보니, 내 몸에서는 힘이 쭉 빠져버리는 것 같았다. 그래서 나는 노를 천천히 저었고, 과연 내가 출발할 때에는 기뻐하고 있었는지 그렇지 않았는지조차 도무지 확신할 수가 없었다. 내가 한 50야드쯤 저어갔을 때, 짐이 말했다.

"그래, 가, 착하고 진실한 헉. 너야말로 이 짐 영감한테 약속을 지킨 유일한 백인 나리니까 말이야."

아, 그 순간 나는 정말 속이 울렁거렸다. 하지만 속으로 말했다. '반드시' 말해야 한다. 나로선 피할 수 없는 일이었다. 바로 그때, 저 너머에서 총을 가진 두 남자가 탄 보트가 오고 있었다. 그 사람들이 배를 세우자 나도 배를 세웠다. 그중 한 사람이 말했다.

"저기 있는 건 뭐냐?"

"뗏목이에요." 내가 말했다.

"너네 거냐?"

"예, 아저씨."

"혹시 남자가 더 있니?"

"저 말고 한 사람밖에 없어요, 아저씨."

"그래? 오늘 밤에 깜둥이들이 다섯이나 도망을 쳤어. 저 강굽이 끄트머리 너머로 말이야. 너 말고 그 한 사람은 백인이냐, 흑인이냐?"

나는 곧바로 대답하지 않았다. 대답하려고 했지만, 차마 말이 나오지 않았다. 하려고는 했다. 1, 2초 동안 그 말을 꺼내 뱉으려고 했지만, 나는 아직 용기가 부족했다. 용기라곤 토끼만큼도 없었다. 나는 약해지고 있음을 알았고, 그래서 그냥 포기하고 이렇게 말했다.

"백인이에요."

"그럼 우리가 가서 직접 확인해봐야겠구나."

"그렇게 해주시면 좋죠." 내가 말했다. "왜냐하면 저희 아빠가 계시거든요. 불빛이 있는 강변으로 뗏목을 끌어다 놓게 도와주시면 좋을 것 같아요. 아빠가 편찮으시거든요. 엄마랑 메리 앤도 그렇구요."

"아, 이런 마귀가 잡아갈 것 같으니! 우린 지금 바쁜 사람들이란다, 꼬마야. 하지만 하긴 해줘야겠구나. 가자. 얼른 노에 달라붙어라. 얼른 가보자구."

나는 노에 달라붙었고, 그 사람들은 자기들 노를 저었다. 한두 번 노를 저은 다음, 내가 말했다.

"저희 아버지가 무척 고마워하실 거예요, 진짜루요. 다른 사람들한테도 뗏목을 강변까지 끌어다 놓게 도와달라고 했는데, 다들 그냥 가버리더라구요. 그래서 저 혼자서는 못했던 거예요."

"그래? 아주 못된 놈들이군. 또 좀 이상한걸. 근데, 꼬마야, 너네 아버지는 어디가 어떠신 건데?"

"그게…… 어…… 저…… 그러니까, 뭐, 별것 아니에요."

그 사람들은 갑자기 노 젓기를 멈췄다. 이제 뗏목과의 거리는 정말 조금밖에 안 남은 상황이었다. 그중 한 사람이 말했다.

"꼬마야, 너 지금 거짓말하는 거지? 도대체 너네 아빠란 양반이 어디가 어떠신 거냐? 똑바로 대답하지 못해, 얼른. 안 그러면 혼날 줄 알아."

"알았어요, 아저씨, 알았다구요. 솔직히 말씀드릴게요. 그러니 우리만 두고 가지 마세요, 제발요. 그…… 그냥…… 아저씨들, 그냥 앞에서 배 저어 가시고, 제가 뱃머리 밧줄만 연결하게 해주시면 안 돼요? 그럼 여기 뗏목 근처로 안 오셔도 되는데. 그러면 안 돼요? 예?"

"배 뒤로 빼, 존, 배 뒤로 빼라구!" 한 사람이 말했다. 두 사람은 물에서 뒤로 갔다. "멀찍이 떨어져, 이놈 자식. 바람 간 쪽에 있으란 말이야! 이런 젠장, 하마터면 그게 바람에 실려 우리한테 날아올 뻔했잖아. 얘, 너네 아빠는 지금 천연두에 걸린 거야. 너도 그걸 분명히 잘 알고 있고. 그럼 왜 애초에 나와서 그렇게 얘길 안 했니? 그걸 사방팔방 다 퍼트리고 다닐 셈이냐?"

"그게 아니라요." 나는 울먹거리면서 말했다. "사실은 전에도 사람들한테 얘기를 했더니, 다들 우리만 놔두고 가버렸단 말이에요."

"불쌍한 마귀놈의 자식, 뭔가 또 사연이 있나보구만. 하여간 우리도 딱하게는 생각한다만, 우리는…… 아니, 젠장, 우리도 천연두는 딱 질색이다. 무슨 소린지 알지? 여기 봐라, 얘. 어떻게 하면 되는지 내가 알려줄 테니까. 여기서 너 혼자 육지에 갔다댈 생각은 꿈도 꾸지마라. 만약에 그랬다간 완전히 다 박살이 날 테니까 말이야. 대신 여기서 한 20마일쯤 밑으로 내려가면 강의 왼손 쪽에 마을이 하나 나올 거야. 아마 해 뜨고 나서도 한참 뒤에나 도착할 텐데, 그럼 거기로 가서 도와달라고 해라. 대신 거기 사람들한테는 너네 식구들이 그냥 감기몸살이라고만 해야 해. 또다시 멍청하게 이실직고하지 말고, 궁금하면 거기 사람들더러 뭐가 문젠지 직접 알아내라고 해. 이게 다 우리가 너한테 잘해주려고 하는 말이야. 그러니까 얼른 저기 20마일 밑으로 가봐라. 그래, 착하지. 가다가 불빛이 보인다고 해서 육지에 올라와야 아무 소용없을 거다. 그냥 목재소밖에는 없으니까. 얘, 아마 너네 아버지란 양반은 가난한 모양이구나. 그리고 미안한 말이지만 운도 지지리 없고 말이야. 자. 내가 여기 판자때기 위에다가 20달러짜리 금화 하나 던져놓을 테니까, 그게 너 있는 쪽으로 지나가면 얼른 건져 올려라. 너만 두고 가자니 정말 미안하긴 한데, 이런, 젠장! 천연두 따위랑은 헛짓을 해봐야 소용이 없으니까. 안 그러냐?"

"잠깐만, 파커." 다른 사람이 말했다. "여기, 20달러, 내 것도 판자때기 위에 놓아주게. 잘 가라, 꼬마야. 파커 아저씨가 말한 대로 하는 거야, 알았지? 그럼 다 잘될 거다."

"그래, 맞아, 꼬마야. 잘 가라, 잘 가. 혹시 가다가 도망친 깜둥이들 보면, 사람들 불러서 잡아가게 해라. 그럼 아마 돈도 좀 나올 거야."

"안녕히 계세요, 아저씨." 내가 말했다. "도망친 깜둥이들 있으면 절대 그냥 안 보낼게요."

그들이 가버리자, 나는 뗏목 위로 올라왔다. 기분이 나쁘고도 우울했다. 내가 잘못을 저질렀다는 사실을 알고 있었고, 나 같은 놈은 올바른 일을 하려고 해도 아무 소용이 없다는 사실을 알게 되었기 때문이었다. 사람은 어려서부터 착한 일 하는 '버릇'을 들이지 못하면, 결코 행동에 옮길 수 없는 법이다. 그러면 위급한 상황이 와도 어느 누구도 그를 도와주거나 그가 자기 일을 하게끔 내버려두지 않아, 결국 그는 손해를 보고 마는 것이었다. 그래서 나는 잠시 생각해보다가 속으로 이렇게 말했다. 잠깐 기다려봐. 내가 만약 올바른 일을 해서 짐을 넘겨주었다고 치자. 그러면 지금보다 기분이 더 나아졌을까? 아니, 내가 말했다. 기분이 나빴을 거야. 지금 내가 느끼는 것과 똑같은 기분이었을 거야. 그래? 내가 말했다. 그렇다면 올바른 일을 하는 법을 배웠다고 해서 무슨 소용이 있어? 뭔가 올바른 일을 하면 골치가 아프고, 뭔가 잘못된 일을 하면 오히려 아무 문제가 없는 데다가, 그 두 가지로 인한 응보가 똑같다고 친다면? 나는 꿀 먹은 벙어리가 되었다. 그 문제에 대해서는 답변을 할 수가 없었다. 그래서 나는 이 문제에 대해서는 더 이상 골치를 썩지 않기로 했다. 대신 앞으로는 항상 무엇이든 간에 그때그때 적절한 행동을 하기로 했다.

나는 움막으로 다가갔다. 짐은 거기 없었다. 주위를 모두 살펴보았다. 짐은 어디에도 없었다. 내가 말했다.

"짐!"

"나 여기 있어, 헉. 저 사람들, 이제 안 보이는 데까지 갔어? 목소리 좀 낮춰."

녀석은 강물 속에 들어가 있었다. 고물의 노 밑에, 거의 코만 바깥에 내놓은 지경으로 말이다. 사람들이 이제 안 보이는 데까지 갔다니까 그제야 위로 올라왔다. 녀석이 말했다.

"거기서 하는 얘기 다 들었어. 그래서 강으로 들어가 있다가 그 사람들이 뗏목에 올라오면 강변까지 헤엄쳐 가려고 했지. 그러다가 그 사람들이 가고 나면 다시 뗏목까지 헤엄쳐 오려고 말이야. 근데 너, 진짜 그 사람들 멋지게 속여넘기더라, 헉! 그거야말로 '증말로[정말로]' 제일 끝내주는 꾀였어! 진짜야, 애. 그 꾀가 이 짐 영감을 살린 거야. 이 짐 영감은 절대 그 은혜를 잊지 않을 거야, 허니."

그런 뒤에 우리는 돈 이야기를 했다. 수입이 제법 짭짤했다. 각자 20달러씩 갖게 되었으니까. 짐은 이제 증기선 하갑판 승선을 할 수 있게 되었다고, 이 돈이면 자유주로 갈 때까지 충분히 버틸 수 있다고 했다. 그는 뗏목을 타고 20마일쯤 더 가는 건 그리 멀지 않다고 말했지만, 마음속으로는 벌써 거기에 도착했으면 하는 바람이었다.

날이 밝을 즈음에 우리는 뗏목을 묶었고, 짐은 이 뗏목을 영영 숨겨버리자며 어찌나 유난을 떠는지 몰랐다. 녀석은 하루 종일 물건을 꾸러미에 싸고, 이제 뗏목 여행을 그만둘 준비를 마쳤다.

밤 열 시쯤 되자 우리는 저 멀리 왼손 쪽 굽이에 있는 마을의 불빛 쪽을 향해 출발했다.

나는 거기가 어딘지 알아보기 위해 카누를 타고 떠났다. 곧이어 나는 보트를 타고 주낙을 설치하는 어떤 남자를 발견했다. 나는 배를 나란히 대고 말했다.

"아저씨, 이 마을이 케이로예요?"

"케이로? 무슨! 너 바보로구나."

"그럼 여기가 무슨 마을인데요, 아저씨?"

"그걸 알고 싶으면, 이놈아, 네가 직접 가서 알아봐라. 계속 그렇게 여기 어물쩍거리면서 귀찮게 하면, 아주 그냥 험한 꼴을 보게 될 테니까 말이야."

나는 노를 저어 다시 뗏목으로 돌아왔다. 짐은 무척이나 실망했지만, 나는 걱정 말라고 했다. 어쩌면 이 다음에 나오는 마을이 케이로일지도 모른다고 생각했던 거다.

동이 트기 전에 우리는 또 다른 마을을 지나쳤고, 나는 또다시 카누를 타고 나갔다. 하지만 땅이 어찌나 높던지, 차마 마을까지는 올라가지 못하고 말았다. 케이로에는 땅이 높은 곳이 없다고 짐이 말했다. 나도 그걸 깜빡 잊고 있었다. 낮 동안 우리는 왼손 쪽 강둑 제법 가까운 모래머리에 뗏목을 대놓고 쉬었다. 나는 뭔가 의심이 들기 시작했다. 짐도 마찬가지였다. 내가 말했다.

"어쩌면 우리가 그날 밤에 케이로를 그냥 지나온 건지도 몰라."

녀석이 말했다.

"그런 말은 하지도 마, 헉. 불쌍한 깜둥이가 운까지도 지지리 없을 수는 없는 거야. 내 생각에는 아마 그 방울뱀 껍데기를 만진 불운이 아직도 안 끝난 것 아닌가 싶어."

"내가 차라리 그 방울뱀 껍데기를 못 봤으면 괜찮았을 텐데, 짐. 차라리 내가 그걸 쳐다보지도 말았어야 했는데 말이야."

"아니, 너의 잘못은 아니야, 헉. 너야 몰라서 그런걸, 뭐. 그러니 공연히 너 탓이라고 생각하지는 마."

동이 트고 보니, 이쪽 강변에는 오하이오 강의 것이 틀림없는 맑은 물이, 그리고 그 바깥쪽은 늘 똑같은 흙탕물이 흐르고 있었다! 결국 케이로에 가는 것은 끝장이 난 셈이었다.

우리는 계속 이야기를 나누었다. 육지로 올라가는 것은 안 될 일이었다. 뗏목을 몰고 강을 거슬러 올라가는 것도 역시 불가능했다. 일단은 어두워질 때까지 기다렸다가, 카누에 올라타 거슬러 올라가면서 기회를 엿보는 수밖에 없었다. 그래서 우리는 낮 동안 사시나무 덤불로 들어가 잠을 잤다. 그래야 다시 힘을 차려 일을 할 수 있을 테니까. 그런데 뗏목 있는 데로 돌아와보니 카누가 없어진 거였다!

Adventures of Huckleberry Finn

우리는 한참 동안 아무 말도 할 수가 없었다. 아니, 할 말이 없었다. 우리는 이것 역시 그 방울뱀 껍데기가 한 짓이라는 것을 잘 알고 있었다. 그러니 이제 와서 말해봤자 무슨 소용이 있겠는가? 그건 오히려 우리가 말썽을 찾아다니는 것이나 마찬가지일 것이고, 결국에는 더 많은 불운을 자아낼 가능성이 컸다. 그리고 아예 가만히 있는 게 상책임을 깨닫기 전까지는, 역시 계속해서 불운을 자아낼 것이었다.

어찌어찌해서 우리는 이제 어떻게 해야 좋을지 이야기를 했다. 결론은 뗏목을 타고 계속 강을 따라 내려가자는 거였다. 적어도 강을 다시 거슬러 올라갈 수 있는 카누를 살 수 있을 때까지만이라도 말이다. 주위에 사람이 아무도 없다고 해도, 우리는 아빠가 했던 것처럼 그걸 빌릴 생각은 없었다. 그랬다간 곧바로 사람들이 뒤쫓아올 테니까.

그래서 우리는 날이 어두워진 뒤에 뗏목을 타고 출발했다.

뱀 껍데기를 손으로 만지는 것이 얼마나 어리석은 일인지, 그걸 아직 믿지 않는 사람이 있다면, 그놈의 뱀 껍데기 때문에 우리가 겪은 일을 통해 이제는 분명히 믿게 될 것이다. 그놈의 뱀 껍데기가 우리에게 과연 또 무슨 짓을 했는지, 지금부터 나오는 이야기를 읽어보면 더더욱 말이다.

카누를 살 수 있는 장소란, 대개는 운항하지 않고 물가에 정박해 있는 뗏목이게 마련이었다. 근데 마침 정박해 있는 뗏목이라곤 전혀 하나도 안 보이는 거다. 그래서 우리는 세 시간 이상을 더 갔다. 그날 밤은 하늘도 흐리고, 유난히 컴컴했으며, 그다음으로는 안개란 놈이 말썽이었다. 강이 어떻게 생겨먹었는지도 알 수 없고, 거리도 알 수 없는 지경이었다. 밤이 아주 깊어 조용하던 차에, 갑자기 상류로 거슬러 올라가는 증기선이 나타났다. 우리는 랜턴을 켰고, 증기선이 그걸 봤으리라 판단했다. 상류행 배들은 보통 우리 쪽으로 오지 않았다. 그런 배들이야 모래톱을 따라가고, 사주 밑에 있는 쉬운 물을 찾아다녔으니까. 하지만 그런 어두운 밤에는 이런 배들도 강 한가운데 있는 수로를 똑바로 거슬러 올라오는 모양이었다.

우리는 배가 쿵쿵거리는 소리를 듣긴 했지만, 배의 모습을 본 것은 가까이 다가온 다음이었다. 그 배는 곧바로 우리를 향하고 있었다. 물론 가끔은 배들이 그렇게 하면서 부딪치지 않고 얼마나 가까이 스쳐 지나갈 수 있는지를 시험해보곤 했다. 가끔은 회전바퀴에 노가 끼어 박살나기도 했고, 그러면 증기선 조타수가 고개를 쑥 내밀고 낄낄거리며 잘난 척을 하기도 했다. 그래서 우리는 증기선이 다가오는 걸 보면서도 우리를 깎듯이 스치고 말겠지 싶었다. 하지만 그 배는 조금도 비켜설 생각을 하지 않는 것 같았다. 상당히 큰 배였고 게다가 속도도 무척이나 빨라서 마치 주위에 개똥벌레를 줄줄이 달아맨 먹구름처럼 보였다. 그러다 갑자기 배가 우리 앞으로 불쑥 튀어나왔다. 크고도 무시무시한 모습이었고, 길게 늘어선 채 활짝 열려 있는 아궁이 뚜껑은 마치 새빨갛게 달아오른 이빨 같았으며, 그 어마어마한 뱃머리와 안전장치가 우리 머리 위에 나타났다. 우리를 향해 외치는 고함소리, 엔진을 멈추라는 땡땡 종소리, 누군가 내뱉은 욕설 소리, 증기 빠지는 쉿 소리가 요란했다. 짐은 뗏목 위 저편으로, 그리고 나는 이편으로 각각 비켜섰고, 배는 우리 뗏목의 한가운데를 곧장 부수고 지나갔다.

Adventures of Huckleberry Finn

나는 물속으로 뛰어들었다. 그리고 최대한 강바닥까지 잠수하려고 했다. 무려 30피트나 되는 회전바퀴가 위를 지나갈 참이니, 최대한 공간을 만들어놓고 싶었던 것이다. 나는 평소에도 물속에 1분 정도는 잠수할 수가 있었다. 하지만 이번에는 내 생각에 1분하고도 30초는 더 버틴 것 같다. 그러고 나서 얼른 수면으로 올라왔다. 거의 숨통이 터질 것 같아서였다. 나는 팔을 번쩍 들어올린 채 수면으로 나와 코에서 물을 쿵쿵 뿜어내고 숨을 들이마셨다. 거센 물살이 밀려왔다. 당연한 일이지만, 증기선은 엔진을 끈 지 불과 10초도 안 되어 다시 가동시켰다. 증기선은 뗏목사공들을 별로 신경 쓰지 않았기 때문이다. 그래서 이제는 또다시 엔진을 돌리며 상류로 향했고, 소리는 여전히 들렸지만, 그 모습은 곧 짙은 안개 속으로 사라져버리고 말았다.

나는 열댓 번쯤 짐을 목놓아 불렀지만 아무런 대꾸도 없었다. 그래서 나는 마침 날 건드리는 판자를 부여잡은 채, 그걸 몸 앞쪽으로 내밀고, "개헤엄"을 쳐서, 물가로 향했다. 하지만 물살에 떠밀린 물건들이 왼손 쪽 강변으로 향하는 것을 보니, 그건 결국 내가 건널목에 있다는 뜻이었다. 그래서 나는 방향을 바꿔 그쪽으로 향했다.

그곳은 길고도 비스듬하고도 길이가 2마일이나 되는 건널목들 가운데 하나였다. 그래서 나는 거길 건

너느라 상당히 많은 시간을 잡아먹었다. 나는 안전하게 육지에 도달해 강둑을 기어올랐다. 한 치 앞밖에는 보이지 않았지만, 울퉁불퉁한 바닥을 더듬더듬해가며 4분의 1마일쯤, 아니, 어쩌면 그 이상을 걸었다. 그러다 보니 나도 모르는 새에 아주 크고 오래된 통나무 이중집에 와닿고 말았다. 나는 그곳을 지나쳐 가버릴 생각이었지만, 여러 마리의 개가 뛰어나와 나를 향해 울고 짖어대고 했기 때문에, 차라리 그냥 꼼짝 않는 것이 상책이라는 생각이 들었다.

제17장

         그로부터 30초쯤 지났을까, 누군가가 창문 너머로 이렇게 소리를 질렀다. 물론 머리는 밖으로 내밀지 않은 채 말이다.

"조용히 해, 이놈들아! 거기 누구야?"

내가 말했다.

"전데요."

"저가 누구야?"

"조지 잭슨인데요, 아저씨."

"뭐 하러 온 녀석이냐?"

"아무것도 안 하러 왔는데요, 아저씨. 그냥 지나가려고 했는데, 개들이 달려드는 바람에요."

"이 한밤중에 여기는 뭐 하러 와서 얼쩡거리는 거야, 이 녀석아?"

"얼쩡거린 거 아니에요, 아저씨. 증기선 타고 가다가 갑판에서 떨어지는 바람에 그런 거라구요."

"아, 그래? 그랬단 말이야? 여기 불 좀 비춰봐, 누가 좀. 얘, 너 이름이 뭐라고 했지?"

"조지 잭슨이에요, 아저씨. 그냥 남자애예요."

"여기 봐라. 네가 사실대로만 말하면 겁낼 필요는 없어. 아무도 널 해치진 않을 거니까. 하지만 움직일 생각은 마라. 지금 서 있는 자리에 꼼짝 말고 서 있어. 가서 깨워, 밥이랑 톰이랑, 누가 좀. 그리고 총 가지고 와. 조지 잭슨! 지금 거기 너 말고 다른 사람도 있냐?"

"아뇨, 아저씨, 아무도 없어요."

집 안에서 사람들이 부산스레 움직이는 소리가 들리더니, 곧이어 불빛이 하나 보였다. 아까 그 사람이 소리 질렀다.

"불 저리로 치우지 못해, 베치, 이 바보야. 생각이 있는 거냐? 현관문 뒤 바닥에 놔두라니까. 밥, 너랑 톰이랑 준비됐으면 제자리로 가라."

"준비됐어요."

"자, 조지 잭슨! 너 셰퍼드슨 놈들이랑 아는 사이냐?"

"아뇨, 아저씨. 누군지 들어본 적도 없는데요."

"그래? 그럴 수도 있지, 어쩌면 아닐 수도 있고. 자, 준비 됐다. 앞으로 걸어와라, 조지 잭슨. 절대 서두르지 말고. 아주 천천히 와라. 옆에 누가 같이 있으면, 그 사람더러 뒤로 물러서라고 해라. 우리 눈에 띄기만 하면 총 맞을 줄 알라고 해. 이쪽으로 와라, 자, 천천히 와. 문을 밀어서 여는 거야, 네가 직접. 활짝 말고 간신히 통과할 수 있을 정도만, 알았지?"

나는 서두르지 않았다. 하고 싶었어도 아마 못했을 것이다. 나는
한 번에 한 걸음씩 천천히 걸었고, 주위에서는 아무 소리도 들리지 않
아서, 내 심장이 쿵쿵 뛰는 소리만 들리는 것 같았다. 개들은 마치 사
람처럼 조용히 입을 다문 채, 내 뒤를 약간 떨어져 졸졸 따라왔다. 통
나무로 된 세 개짜리 현관 계단에 도착하자, 현관문의 자물쇠를 열고
빗장을 벗기고 걸쇠를 푸는 소리가 들렸다. 나는 문에 손을 얹고 약
간, 또 약간 더 밀었다. 그때 누가 말했다. "그만, 그 정도면 됐어. 고
개를 안으로 집어넣어." 나는 그렇게 했다. 하지만 혹시 저 사람들이
내 목을 따버리는 건 아닐까 싶었다.

마룻바닥에는 촛불이 놓여 있었고, 모두들 한데 모여 있었다. 그
사람들은 나를, 나는 그 사람들을 빤히 바라보았는데, 그게 아마 한
15초쯤 되었을 거다. 세 명의 덩치 큰 남자가 총을 내게 겨누고 있어
서, 솔직히 나는 움찔했다. 그중 제일 나이가 많은 사람은 머리가 반
백인 60대가량이었고, 나머지 둘은 30대나 그보다 좀 더 든 것 같았
다. 세 남자 모두 멀끔하고 잘생긴 얼굴이었다. 그리고 역시 머리가
반백이고 친절해 보이는 나이 많은 부인 한 사람이 있고, 그 등 뒤에
는 젊은 여자 둘이 있었지만 잘 보이지는 않았다. 나이 많은 신사가
말했다.

"됐어. 이젠 괜찮은 것 같다. 들어와라."

내가 안으로 들어서자마자 그 나이 많은 신사는 손수 문에 자물쇠
를 잠그고 빗장을 걸고 걸쇠를 끼웠다. 그러더니 젊은이들에게 총을
들고 들어오라고 했고, 모두 함께 큰 거실로 갔는데, 그곳 바닥에는

새로 만든 누비카펫이 깔려 있었다. 이들은 전면 창문에서 멀찍이 떨어진 구석에 가서 앉았다. 거실의 다른 쪽에는 창문이 전혀 없었다. 그들은 촛불을 들고 나를 한참 비춰보고 나서는 입을 모았다. "그러네, '얘'는 셰퍼드슨네 녀석이 아니야. 그래, 셰퍼드슨네를 닮은 구석은 없는걸." 그러더니 나이 많은 남자가 말하길, 무기가 있는지 수색해볼 테니까 너무 언짢아하지는 말라고, 해를 끼칠 생각은 없다고 했다. 다만 확실하게 해두고 싶어서 그럴 뿐이라고 말이다. 그는 내 주머니까지 뒤져보진 않았고, 다만 바깥에서 주머니를 손으로 만져보고 나서, 이상 없다고 했다. 그는 나더러 긴장을 풀고 편히 있으라고, 그런 뒤에 나에 대해 모두 이야기해보라고 했다. 하지만 나이 많은 부인이 말했다.

"아이구, 제발이지 좀, 솔. 이 불쌍한 애가 아주 물에 젖은 생쥐 꼴인 것 좀 보세요. 배도 고프고 할 것 같은데, 안 그래요?"

"당신 말이 맞아, 레이첼. 내가 깜박했군."

그러자 나이 많은 부인이 말했다.

"베치(깜둥이 여자의 이름이었다), 얼른 가서 애가 먹을 만한 것 좀 가져와. 최대한 빨리 말이야. 딱한 것 같으니. 여자애들 중에 누가 가서 버크를 좀 깨워서 얘기를 해줘라. 아, 벌써 일어나서 나오는구나. 버크, 이 꼬마 손님 좀 모시고 가서, 젖은 옷 벗어놓고 네 마른 옷으로 갈아입으라고 해라."

버크는 아마 내 또래인 듯했다. 열셋이나 열넷이나 뭐 그 정도 말이다. 물론 덩치는 나보다 좀 더 큰 것 같았지만. 옷이라고는 달랑 셔

츠 하나를 걸쳤을 뿐이고, 머리는 지저분하게 헝클어져 있었다. 녀석은 연신 하품을 하면서 한쪽 주먹으로는 눈을 비볐고, 다른 쪽 손에는 총을 하나 붙잡은 채 바닥에 질질 끌면서 안으로 들어왔다. 녀석이 말했다.

"셰퍼드슨 놈들 아니었어?"

모두들 아니라고, 잘못된 경보였다고 말했다.

"이런." 녀석이 말했다. "진짜 그놈들이었으면, 내가 하나쯤 처치했을 텐데."

이 말에 모두 웃음을 터트렸고, 밥이 말했다.

"이런, 버크. 그럼 우리 모두 여차하면 그놈들한테 머리가죽이 벗겨질 뻔했구나. 네가 이렇게 늦게야 나타났으니 말이야."

"아, 그거야 아무도 날 안 찾았으니까 그렇지. 너무 불공평하잖아. 항상 나만 빼놓고 말이야. 그러니 기회가 어디 전혀 있었어야지."

"걱정 마라, 버크, 우리 아들." 나이 많은 남자가 말했다. "그럴 기회는 이제 충분히 갖게 될 거니까. 그것도 아주 좋은 기회에 말이야. 그러니 그걸 갖고 너무 안달하진 마라. 이제 얼른 가서, 어머니가 시키는 대로 하렴."

위층에 있는 그 애의 방으로 올라가자, 그 애는 자기 옷 중에서 올이 성긴 셔츠와 짧은 웃옷과 바지를 내게 건네주었고, 나는 그걸 입었다. 옷을 입는 동안 그 애는 내 이름이 뭐냐고 물었다. 내가 미처 대답도 하기 전에, 그 애는 마침 그저께 자기가 숲에서 어치랑 토끼를 한 마리씩 잡았다고 말하더니, 이번에는 대뜸 촛불이 꺼졌을 때 모세가 어디 있었는지 아느냐고 물었다. 나는 모른다고 대답했다. 그런 이야기는 한 번도 들어본 적이 없었으니, 알 턱이 없었다.

"어디 맞혀보라니까." 그가 말했다.

"내가 그걸 무슨 수로 맞혀?" 내가 말했다. "전에 한 번도 들어본 적이 없는 걸 말이야."

"그래도 한번 맞혀보려고 할 수는 있잖아. 그것도 못하냐? 진짜 쉬운 건데."

"근데 '무슨' 촛불 말하는 거야?"

"뭐, 아무 촛불이나."

"모르겠는걸, 과연 어디 있었는지." 내가 말했다. "도대체 어디 있었던 건데?"

"어딘 어디야 바로 '어둠' 속이지! 바로 거기 있었던 거야!"

"아, 어디 있었는지 알면서, 그럼 뭐하러 나한테 물어보고 그랬어?"

"아, 젠장. 그러니까 수수께끼지. 뭔 말인지 모르겠냐? 아, 그나저나 넌 언제까지 여기 있을 건데? 어디 가지 말고 계속 있어. 그럼 아마 시간 때우기는 좋을 거야. 지금은 전혀 학교도 안 가니까. 야, 너네 집에는 개 있어? 우리 집엔 개 있어. 막대기를 물에 던지면 강물 속에까지 들어가서 물어오고 그래. 야, 너는 머리 빗는 거 좋아? 일요일이라든지, 왜 다른 바보 같은 짓 할 때 말이야, 응? 아, 난 진짜 싫어. 근데 엄마가 막 억지로 시켜. 에이, 망할 놈의 바지 같으니. 입는 게 나을 것 같기는 한데, 난 입기 싫어. 너무 덥단 말이야. 다 입은 거야? 좋아. 가자. 마루 녀석아."

식은 옥수수 빵, 식은 콘비프, 버터랑 버터밀크. 아래층에 내려가 보니 사람들이 나 먹으라고 이렇게 음식을 차려놓았는데, 그때 이후 지금까지 그보다 더 맛있는 건 먹어본 적이 없다. 버크와 그의 엄마, 다른 모든 사람들은 옥수수 파이프를 피웠다. 물론 어디론가 나가버린 깜둥이 여자랑, 거기 있는 두 젊은 여자는 빼고 말이다. 사람들은 모두 담배를 피우며 이야기를 했고, 나는 음식을 먹으며 이야기를 했다. 두 젊은 여자는 옆에 퀼트 일거리를 두고 있었고, 머리카락은 등 뒤로 늘어뜨린 채였다. 그들은 모두 내게 질문을 던졌고, 나는 이렇게 대답했다. 아빠랑 나랑 우리 온 가족은 아칸소 주 아래쪽에 있는 작은 농장에 살고 있었는데, 누나인 메리 앤이 가출해서 결혼을 한 뒤로 아예 연락이 끊겨버려서, 빌이 누나를 찾으러 갔는데 역시 연락이 끊겨 버렸고, 톰과 모트도 죽어버리는 바람에, 결국 나랑 아빠만 남게 되었는데, 아빠 역시 그 온갖 문제로 인해 완전 진이 다 빠져버리고 말았다고 말이다. 그래서 아빠가 돌아가시자, 농장이 원래 우리 것은 아니었기 때문에, 나는 남은 물건을 챙겨서 하갑판 승선으로 강을 거슬러 올라가다가, 재수 없게도 배에서 떨어졌다고 했다. 그렇게 해서 여기까지 오게 된 거라고 말이다. 그러자 그 사람들은 있고 싶으면 언제까지라도 거기 있으라고 했다. 거의 날이 샐 때가 되자 모두들 자러 갔고, 나는 버크와 한 침대를 쓰게 되었다. 그런데 아침에 일어나보니, 아, 망할, 어제 내 이름이 뭐라고 했는지 까먹어버린 거다. 그래서 나는 한 시간쯤 생각을 해내려고 끙끙대다가, 마침 버크가 일어났기에 이렇게 말했다.

"너 글 쓸 줄 알아, 버크?"

"그럼." 그가 말했다.

"그래도 내 이름은 못 쓸 것 같은데." 내가 말했다.

"그래도 네 이름은 충분히 쓸 수 있을걸." 그가 말했다.

"그럼 좋아. 어디 한번 써봐."

"ㅈ—ㅛ—ㅈ—ㅣ—ㅈ—ㅔ—ㅋ—ㅆ—ㅡ—ㄴ, 자, 어때?"

"우와." 내가 말했다. "진짜네. 난 네가 못 쓸 줄 알았어. 모자챙은 아닌걸. 생각도 안 해보고 바로 쓰는 걸 보니 말이야."

나는 남몰래 그걸 적어두었는데, 어쩌면 나중에 누가 '나더러' 이름을 적어보라고 할지도 몰랐기 때문이었다. 그래서 평소에도 익숙해 있었던 것처럼 능숙하게 통달하고 싶었다.

그들은 무척이나 좋은 식구들이었고, 그들이 사는 곳도 무척이나 좋은 집이었다. 그렇게 좋고 그렇게 멋진 집은 내 생전에 처음 봤다. 현관문에는 쇠 빗장이나 사슴가죽 끈이 달린 나무 빗장 대신 놋쇠 손잡이가 달려서, 마치 시내의 집들이랑 똑같이 그걸 돌려 여는 식이었다. 거실에는 침대가 없었고, 아예 침대 흔적조차 없었다. 시내에 있는 집들은 거실에 침대를 놓은 곳이 허다했지만 말이다. 거실에 있는 벽난로의 바닥에는 벽돌을 깔아두었는데, 그 벽돌 위에 물을 붓고 다른 벽돌로 비벼서 항상 깨끗하고 붉은 색으로 유지했다. 가끔은 스페인 갈색이라고 불리는 붉은색 페인트를 그 위에 뿌리기도 했는데, 이것 역시 시내에서 하는 그대로였다. 놋쇠로 만든 커다란 장작받침은 원목을 얹어놔도 될 정도였다. 벽난로 선반의 한가운데에는 시계가 있었는데, 그 전면 유리 아래쪽 절반에는 마을 그림이 그려져 있었고, 가운데 해 모양으로 둥근 부분은 시계 판이었으며, 그 뒤에서 시계추가 흔들렸다. 시계가 똑딱거리는 소리는 무척 멋있었다. 가끔 행상인 한 사람이 찾아와서는 시계를 닦고 손을 보고 나면, 일단 한 번 움직이기 시작해서 지칠 때까지 150번은 종을 쳤다. 그 식구들은 아무리 많은 돈을 줘도 이 시계를 팔지 않을 것이다.

시계 양 옆에는 커다란 이국풍의 앵무새가 한 마리씩 있었는데, 아마 무슨 분필 같은 걸로 만든 모양이었고, 알록달록한 색깔로 칠해져 있었다. 앵무새 가운데 한 놈 옆에는 도자기로 만든 고양이가 한 마리, 또 딴 놈 옆에는 도자기로 만든 개가 한 마리 있었다. 그놈들을 손으로 꾹 누르면 꽥꽥 소리를 질러댔는데, 입을 벌리지도 않았고 별다른 움직임도 없어서 전혀 재미가 없었다. 꽥꽥 소리는 아래쪽에서 났다. 그 물건들 뒤에는 커다란 야생칠면조 날개 한 쌍이 활짝 펼쳐져 있었다. 방 한가운데 탁자 위에는 도자기로 만든 예쁜 바구니에 사과며 오렌지며 복숭아며 포도가 잔뜩 쌓여 있었는데, 실물보다도 훨씬 더 새빨갛고 샛노랗고 먹음직스러운 그 과일들은 진짜가 아니었다. 서로서로 달라붙어 있는 과일 사이 간혹 떨어진 부분을 보면 그 밑의 분필인지 뭔지가 드러나 보였다.

이 탁자에는 예쁜 유포로 만든 덮개가 깔려 있었는데, 그 위에는 날개를 활짝 편 독수리 그림이 빨갛고 파랗게 막 그려져 있었고, 주위에는 온통 테가 둘러졌다. 그 사람들 말로는 저 멀리 필라델피아에서 온 물건이라고 했다. 책도 몇 권 있었는데, 탁자의 네 귀퉁이마다 그야말로 가지런하게 쌓여 있었다. 그중 한 권은 커다란 가정용 성경으로, 그림이 무척 많이 들어 있었다. 또 하나는 『천로역정』으로, 집 나간 어떤 남자의 이야기이긴 한데, 왜 나갔는지는 설명이 없었다. 나는 종종 그 책을 매우 열심히 읽었다. 내용은 재미있었지만, 좀 어려웠다. 또 다른 책은 『우정의 선물』로, 예쁜 장식과 시가 가득했다. 하지만 나는 시를 읽진 않았다. 또 한 권은 『헨리 클레이 연설집』이었고, 또 한 권은 『건 박사의 가정의학』으로 누가 아프거나 죽으면 무엇을 해야 하는지를 자세히 설명한 책이다. 찬송가도 있고, 다른 책들도 많았다. 갈라진 바닥 의자도 좋은 것들이었고, 그야말로 튼튼했다. 마치 오래된 바구니마냥 가운데가 늘어지고 터진 것은 전혀 아니었다.

벽에는 그림들이 걸려 있었다. 주로 워싱턴, 라파예트, 전투 그림, 하일랜드 메리, 선언서 서명 같은 것이었다. 크레용 그림이라고 부르는 것들도 있었는데, 그건 이 집의 죽은 딸이 겨우 열다섯 살 때 직접 그린 거라고 했다. 그 그림들이야말로 내가 이제껏 본 어떤 그림하고도 달랐다. 대개는 웬만한 것보다 더 시커맸다. 그중 하나는 날씬한 검은 드레스를 입은 여자를 그렸는데, 겨드랑이 밑에서 끈을 졸라매서 소매의 한가운데는 양배추마냥 부풀어올랐고, 머리에는 커다랗고 시커멓고 부삽처럼 둥글게 파인 차양모자에 검은 베일을 썼고, 가느다란 발목에는 검은 띠를 둘렀으며, 마치 끌처럼 아주 작은 검정 신발을 신었다. 그 여자는 생각에 잠긴 채 어느 묘비에 오른쪽 팔꿈치를 짚고 기대어 섰는데, 그 위에는 버들가지가 늘어져 있고, 그 여자가 늘어트린 다른 손에는 흰 손수건과 손가방이 들려 있었으며, 그 그림 밑에는 이렇게 적혀 있었다. "나 이제 더 이상 그대를 볼 수 없으리, 아아." 또 다른 그림에는 젊은 여자가 머리카락을 빗어서 정수리에 올려두고, 마치 의자 등처럼 생긴 빗 앞에서 매듭을 지어놓았는데, 한 손에는 손수건을 들어 눈물을 찍어내고, 또 다른 손 위에는 다리를 하늘로 향하고 누운 채 죽은 새 한 마리가 놓여 있었는데, 그 그림 밑에는 이렇게 적혀 있었다. "나 이제 더 이상 그대의 아름다운 지저귐을 들을 수 없으리, 아아." 또 어떤 그림은 젊은 여자가 창가에서 달을 바라보고 있는데, 뺨에는 눈물이 흐르는 모습이었다. 그 여자는 한 손에 뜯은 편지를 쥐고 있었는데, 그 봉투의 한쪽 가장자리에는 검은 봉랍이 보이고, 그 여자는 사슬이 매달린 로켓을 자기 입에 갖다 짓이기며, 그 밑에는 이렇게 적혀 있었다. "그렇게 당신은 가셨나요. 예, 당신은 가셨군요. 아아." 내 생각에는 하나같이 멋진 그림 같았지만, 나라면 그런 그림은 갖고 싶지 않을 것이, 약간이라도 기분이 울적해 있으면, 그런 그림들이 나를 더욱 고통스럽게 할 것이기 때문이었다. 이 딸이 죽자 모두들 안타까워했는데, 그 여자애는 이런 그림들을 더 많이 그리려고 준비했기 때문이었다. 이미 완성한 그림을 보면 미처 완성하지 못한 그림도 어떤 것일지 짐작이 갔다. 하지만 내 생각에는, 그 여자애의 성격으로 보건대 여기보다는 차라리 묘지에서 보내는 시간이 더 즐거울 것 같았다. 병에 걸렸을 무렵 그 여자애는 식구들이 최고의 작품이라고 입을 모으는 작품을 한창 그리고 있었는데, 자기가 그 그림을 완성할 때까지만 살게 해달라고 밤낮으로 기도했지만 결국 뜻을 이루지 못하고 말았다. 그 그림은 어떤 젊은 여자가 긴 흰색 가운을 입고, 어느 다리의 난간 위에 서서 여차하면 뛰어내릴 기세인데, 머리는 등 뒤로 모두 빗어 넘겼고, 눈은 달을 바라보고 있었으며, 얼굴에는 눈물이 줄줄 흘러내리고, 팔 두 개는 가슴에 포개져 있고, 팔 두 개는 앞으로 뻗었으며, 팔 두 개는 달쪽을 향해 치켜올렸다. 애초의 의도는 이 가운데 어떤 팔이 가장 멋져 보이는지 봐서, 나머지 팔들은 모두 지워버릴 참이었다. 하지만 내가 말한 것처럼 소녀는 그걸 결정하기도 전에 죽었기 때문에, 지금 식구들은 그 그림을 소녀의 방 침대 머리맡 위에 걸어두고, 매년 생일이 되면 그 위에 꽃을 매달아두었다. 그때를 제외하면 이 그림 앞에는 작은 커튼을 매달아 가려두었다. 그 그림에 나온 젊은 여자는 제법 얼굴이 예쁘게 생겼지만, 팔이 너무 많이 달려서 내가 보기에는 무슨 거미 같아 보였다.

그 여자애는 살았을 때 스크랩북도 하나 갖고 있었는데, 《장로교 신문》에 나오는 갖가지 사망, 사고, 질병으로 고생하는 환자에 관한 기사를 오려 붙였고, 그 각각에다가 자기 머리에서 나온 시를 적어두었다. 상당히 좋은 시였다. 그중에서 우물에 빠져 죽었다는 스티븐 다울링 보츠라는 소년에 관해 쓴 시를 소개하자면 이렇다.

고故 스티븐 다울링 보츠에게 바치는 송시

그리하여 젊은 스티븐은 병이 났으며,
　그리하여 젊은 스티븐은 사망했던가?
그리하여 슬픈 마음은 두터워졌으며,
　그리하여 문상객들은 울었던가?

아니, 젊은 스티븐 다울링 보츠의
　운명은 그렇지 않았느니라.
그를 둘러싼 슬픈 마음은 두터워졌어도,
　병의 공격으로 인함은 아니었어라.

백일해도 그의 몸을 말리지 못했고,
　반점이 생기는 지독한 홍역도,
그 어떤 것도 스티븐 다울링 보츠의
　고귀한 이름을 손상시키지 못했어라.

외면당한 사랑의 비탄이
　그 곱슬곱슬한 머리를 내려친 것도,
위장 문제가 쓰러트린 것도 아니어라,
　젊은 스티븐 다울링 보츠를.

아니, 아니. 눈물지으며 들어보라,
　내가 그의 운명을 말해볼 테니.
그의 영혼은 이 차가운 세상에서 날아갔나니,
　바로 우물에 빠져서였느니라.

사람들이 그를 건져 물을 뱉게 하였으나,
　아아, 너무 늦었느니라.
그의 영혼은 높은 곳에 노닐러 갔느니라,
　좋고도 훌륭한 곳에서 말이니라.

　에멀린 그레인저포드가 열네 살도 되기 전에 그런 시를 쓸 수 있었다면, 나중에 가서는 과연 무엇을 할 수 있었을지는 굳이 말하지 않아도 알 수 있으리라. 버크는 자기 누나가 시를 정말 손쉽게 써냈다고 했다. 무슨 내용을 생각하고 자시고 할 것도 없이 말이다. 그의 말에 따르면, 자기 누나는 일단 한 줄을 쓱 적은 다음, 거기에 운율을 맞출 만한 문장이 생각나지 않으면, 그걸 그냥 벅벅 지워버린 다음에 다른 문장을 쓰고, 그런 식으로 해나갔다. 특별히 까다롭지도 않아서, 누가 무슨 주제를 골라 건네주더라도 척척 시를 써냈다. 물론 하나같이 슬픈 내용으로 말이다. 어떤 남자, 또는 어떤 여자, 또는 어떤 아이가 죽을 때마다, 그의 누나는 고인의 시체가 싸늘히 식기 전에 "찬미시"를 한 편씩 써들고 나타나곤 했다. 본인은 그걸 찬미시라고 불렀다. 동네 사람들은 사람이 죽을 때마다 맨 처음 나타나는 것은 의사요, 그다음

은 에멀린이요, 그다음이 장의사라고들 했다. 그래도 장의사가 소녀
보다 빨리 도착했을 때가 단 한 번 있었으니, 그때 그 여자애는 죽은
사람의 이름에 어울리는 운율을 써내려 고심하다가 발사지연이 되었
는데, 그 죽은 사람의 이름이 휘슬러였기 때문이다. 그 일이 있은 후
로 그 여자애는 예전 같지가 않았다. 그 여자애는 한 번도 불평한 적
이 없었지만, 어딘가 수척해지더니 결국 오래 살지 못했다. 불쌍한 사
람 같으니. 나는 종종 그 여자애가 사용하던 작은 방에 혼자 올라가,
그 여자애가 쓰던 낡은 스크랩북을 꺼내 열심히 읽었다. 그 여자애의
그림이 뭔가 좀 지겨워지고, 그 여자애에게 싫은 감정을 느끼게 될 때
마다 그랬다. 나는 그 집 식구들이라면 죽은 사람이건 산 사람이건 모
두 좋아했기 때문에, 그 어떤 것도 우리 사이에 끼어들지 못하게 했
다. 불쌍한 에멀린은 자기가 살아 있을 때 죽은 사람들 모두에 대해
시를 썼는데, 막상 그 여자애가 죽고 나니까 아무도 그런 걸 쓰지 않
았다는 건 어딘가 공평하지가 않아 보였다. 그래서 나는 직접 한두 편
쯤 써보려고 시도했지만, 어째서인지 결국 해내지는 못하고 말았다.
그 집 식구들은 에멀린의 방을 단정하고도 깨끗하게 유지했고, 모든
물건을 그 여자애가 살아 있을 때와 똑같이 제자리에 두었으며, 어느
누구도 그 방에서 잠을 자진 않았다. 그 집에는 깜둥이가 무척 많았지
만, 그 방만큼은 나이 많은 어머니가 직접 관리했고, 대개는 그곳에
들어앉아서 바느질을 하거나 성경을 읽곤 했다.

그나저나 거실 이야기로 되돌아가자면, 그곳 창문에는 멋진 커튼
이 걸려 있었다. 하얀 천에 그림이 그려져 있었는데, 벽에 온통 덩굴

이 늘어져 있는 어느 성과 물을 마시러 내려오는 소떼의 모습이었다. 작고 오래된 피아노도 있었는데, 내 생각에는 그 안에 마치 양철 프라이팬이라도 들어 있는지 요란한 소리를 냈다. 그래도 젊은 여자들이 〈마지막 고리가 끊겼네〉를 부르거나, 그 피아노로 〈프라하 전투〉를 연주하는 걸 들으면 세상 그 무엇보다도 더 멋있는 것 같았다. 모든 방의 벽은 회반죽 칠이 되어 있었고, 대개는 바닥에 카펫이 깔려 있으며, 집 전체 바깥을 회반죽으로 칠해두었다.

그 집은 이중집이었고, 집과 집 사이의 크고 탁 트인 공간은 지붕을 덮고 마루를 깔아두었으며, 가끔은 대낮에도 식탁이 차려져 있었고, 상당히 시원하며 편안한 집이었다. 정말이지 더할 나위 없는 집이었다. 음식 역시 더할 나위 없긴 마찬가지였고, 그것도 잔뜩 있었으니까.

제18장

　　알다시피 그레인저포드 대령은 신사였다. 그는 속
속들이 신사였다. 그의 가족도 마찬가지였고 말이다. 그는 흔히 하는
말로 집안이 좋은 양반이었는데, 그건 말馬의 경우에도 중요한 만큼
이나 사람에게 있어서도 중요한 것이었다. 더글러스 과부댁도 그런
이야기를 했는데, 과부댁이야말로 우리 마을에서도 첫째가는 귀족이
라는 것을 어느 누구도 부인하진 못했다. 심지어 우리 아빠도 그런 말
을 했다. 물론 아빠 자신의 신분으로 말하자면 기껏해야 진흙메기보
다 더 나을 것도 없는 처지였지만 말이다. 그레인저포드 대령은 아주
키가 크고 아주 말랐으며, 거무스름하고도 창백한 안색은 그 어디서
도 붉은빛을 찾아볼 수 없을 지경이었다. 그 양반은 매일 아침 깨끗하
게 면도를 했는데, 그 얼굴은 무척이나 갸름했고, 그 입술 두께는 내
가 본 것 중에 가장 얇았으며, 콧구멍조차도 무척이나 좁았다. 코는
높고, 눈썹은 짙었으며, 눈동자는 아주 시커맸고, 눈은 어찌나 움푹

들어갔는지, 말하자면 마치 어디 동굴 너머에서 밖을 내다보는 느낌을 주었다. 그의 이마는 툭 튀어나왔고, 머리카락은 검고 곧았으며, 어깨에 닿을 정도로 길었다. 손은 길고도 가느다랬으며, 평생 매일같이 깨끗한 셔츠를 입고 머리부터 발끝까지 리넨으로 만든 정장을 챙겨 입었는데, 어찌나 새하얀 색이던지 그냥 한 번 쳐다보기만 해도 눈이 아플 정도였다. 일요일이면 놋쇠 단추가 달린 푸른색 연미복을 입었다. 은제 손잡이가 달린 마호가니 지팡이도 갖고 다녔다. 그 양반에게는 경박함이라고는 전혀, 한 톨도 없었으며, 한 번 언성을 높이는 적도 없었다. 자기 나름대로는 친절한 성품이었다. 왜 있지 않은가. 일단 한 번 그렇게 느끼고 나면 신뢰가 가는 사람 말이다. 가끔 미소를 지으면 제법 보기 좋았다. 하지만 리버티 폴마냥 몸을 곧추세우고, 그 눈에서 번갯불이 번뜩이기 시작하는 걸 보면, 누구든지 뭐가 문제인지는 나중에 따지기로 하고, 일단은 나무 위로 기어올라 도망치느라 바쁠 것이었다. 그 양반은 어느 누구에게도 행동거지를 조심하라고 타이를 필요가 없었다. 어느 누구든지 그 양반 앞에서는 항상 행동거지를 조심했으니 말이다. 어느 누구든지 그 양반과 함께 있는 것을 좋아하기도 했고 말이다. 그 양반은 거의 항상 기분이 화창한 편이었다. 말 그대로 좋은 날씨와도 같았다는 뜻이다. 그 양반이 일단 구름층으로 변했다 치면, 한 30초쯤 아주 어두컴컴해졌다가 그걸로 땡이었다. 이후 일주일 정도는 아무 일도 없이 지나가곤 했다.

그 양반하고 나이 많은 부인하고 아침에 내려오면, 온 식구가 자리에서 일어나 인사를 건넸고, 두 양반이 자리에 앉기 전까지는 누구도 다시 앉지 않았다. 그런 뒤에 톰과 밥이 디캔터가 있는 찬장으로 가서, 비터스(칵테일에 섞어 쓴 맛을 내는 술—옮긴이)를 한 잔 섞어서 그 양반에게 건네주면, 그 양반은 그걸 손에 든 채로 톰과 밥이 각자 제 것을 섞어 만들 때까지 기다렸다. 그런 뒤에 두 젊은이가 고개를 숙이며 이렇게 말한다. "효성을 다하겠습니다, 아버지, 어머니." 그러면 이번에는 '부모' 쪽이 거의 보일까말까 한 정도로만 고개를 숙이며 고맙다고 말하고는, 술을 마시는 거다. 세 사람 모두 말이다. 그런 뒤에 밥과 톰이 큰 컵에다가 설탕물 한 숟갈, 위스키나 사과 브랜디 약간을 넣어 버크랑 나한테 건네주면, 우리 역시 두 노인을 향해 똑같이 하고 마시는 거였다.

형제 중에서는 밥이 제일 위고 톰이 그다음이었다. 둘 다 키가 크고 잘생겼으며, 어깨가 아주 떡 벌어지고 얼굴은 갈색이었으며, 길고 검은 머리카락에 새까만 눈동자를 지니고 있었다. 두 사람 모두 자기 아버지마냥 머리부터 발끝까지 새하얀 리넨 옷을 입고, 널찍한 파나마모자를 썼다.

딸인 샬러트 양은 스물다섯에 키가 크고 도도하고 당당한 성격이었지만, 누가 성미만 건드리지 않는다면 얼마든지 좋은 성격을 유지할 수 있었다. 하지만 일단 성미만 건드렸다 하면, 누구라도 순간적으로 움찔하지 않을 수 없을 정도의 표정을 지었다. 그건 꼭 자기 아빠랑 닮았다. 그래도 샬러트 양은 미인이었다.

그 동생인 소피아 양 역시 미인이긴 마찬가지였지만, 약간은 종류가 달랐다. 이 사람은 마치 비둘기처럼 점잖고도 착했으며, 이제 겨우 스무 살이었다.

그 집 식구들은 각자 깜둥이를 하나씩 부리고 있었다. 버크도 마찬가지였다. 나한테도 한 녀석이 배당되긴 했는데, 아마 그놈은 지내기가 겁나게 수월했을 거다. 나야 다른 누군가가 내게 무언가를 해주는 일에 영 익숙하지가 않았기 때문이다. 하지만 버크의 깜둥이만 해도 거의 항상 이리 뛰고 저리 뛰어야 하는 판이었다.

당시 그 집 식구들은 이렇게가 전부였다. 하지만 원래는 더 많았다. 아들 중에 셋은 살해되고 말았다. 에멀린은 병에 걸려 죽었고 말이다.

이 나이 많은 신사는 농장도 여럿이었고, 깜둥이도 백여 명이나 두고 있었다. 가끔은 사람들이 한 떼나 말을 타고 몰려왔는데, 근처 10내지 15마일 안에 사는 사람들로, 여기 대엿새 동안 머물면서, 낮이면 이 근처는 물론이고 강에서도 야유회를 열고, 숲 속에 가서 춤을 추고 소풍을 즐겼으며, 밤이면 집 안에서 무도회를 열었다. 이 사람들은 대부분 이 가족의 친척들이었다. 남자들은 각자 총을 들고 왔다. 딱 봐도, 신분이 상당한 사람들이었다.

그 인근에는 또 다른 귀족 집안이 대여섯 군데 더 있었는데, 그 대부분은 셰퍼드슨이란 이름이었다. 이들 역시 그레인저포드 쪽 사람들 못지않게 멋쟁이에, 잘생기고, 부자인 데다가 고상하기까지 했다. 마침 우리 그레인저포드 집안 사람들은 집에서 2마일쯤 상류에 있는 똑같은 증기선 선착장을 이용했는데, 거기에는 셰퍼드슨 쪽 사람들도 오곤 했다. 그래서 우리 식구들과 함께 가끔 거기 갈 때면 셰퍼드슨 쪽 사람들을 많이 볼 수 있었는데, 다들 좋은 말을 타고 있었다.

하루는 버크하고 내가 멀리 숲을 돌아다니며 사냥을 하는데, 어디선가 말 달려오는 소리가 들렸다. 우리는 마침 길을 건너고 있던 참이었다. 버크가 말했다. "빨리! 숲 속으로 숨어!"

우리는 그렇게 했고, 숲 속에 숨은 채 나뭇잎 사이로 아래쪽을 내려다보았다. 곧이어 아주 젊은 청년이 말을 타고 달려오는데, 말 위에 편안하게 앉아 있어서 마치 군인처럼 보였다. 안장 앞부분에는 총을 가로질러 놓아두고 있었다. 나는 예전에도 그를 본 적이 있었다. 하니 셰퍼드슨이라는 젊은이였다. 그때 갑자기 버크의 총이 내 귓전에서 쾅 발사되더니, 그만 하니의 모자가 머리에서 벗겨져 날아가고 말았다. 그는 자기 총을 쥐더니 우리가 숨어 있는 곳으로 곧장 말을 달려 쫓아왔다. 하지만 우리도 가만히 있진

않았다. 우리는 숲 속으로 도망쳤다. 나무가 빽빽하게 들어찬 숲은 아니었기 때문에, 나는 총알을 피하기 위해 종종 어깨 너머로 뒤를 돌아보았으며, 두 번이나 하니가 자기 총으로 버크를 겨냥하는 모습을 봤다. 하지만 잠시 후 그는 자기가 왔던 곳으로 돌아가버렸다. 내 생각엔 아마

모자를 주우러 간 게 아닐까 싶다. 뭐, 내가 직접 본 건 아니지만. 우리는 쉬지 않고 달려서 곧장 집까지 갔다. [이야기를 듣자마자] 노신사의 눈에서는 순간 번쩍 하고 빛이 났다. 내 생각에는 아마 기분이 좋아서 그랬던 것 같다. 그러더니 그 양반의 얼굴 표정이 어딘가 누그러지면서, 약간 부드럽게 이렇게 말했다.

"덤불 뒤에 숨어서 총을 쏘는 건 맘에 들지 않는구나. 왜 차라리 길에 나가서 쏘지 않았니, 얘야?"

"셰퍼드슨 놈들도 그렇게는 안 해요, 아버지. 그놈들은 항상 수를 쓴단 말이에요."

샬러트 양은 버크가 이야기를 들려주는 동안 마치 여왕이라도 된 듯 고개를 빳빳이 치켜들고는, 콧구멍을 벌름거리고 눈을 반짝였다. 두 형은 어두운 표정이었지만 아무 말도 하지 않았다. 소피아 양은 순간 얼굴이 창백해졌지만, 그 남자가 다치지 않았다는 이야기를 듣자 곧바로 원래 얼굴색으로 돌아왔다.

옥수수 창고 옆에서 버크를 따라잡은 다음, 나무그늘 밑에 우리 둘이만 있게 되자 나는 이렇게 말했다.

"너 정말 그 사람을 죽일 작정이었어, 버크?"

"그래, 당연하지."

"그 사람이 도대체 무슨 짓을 했길래?"

"그놈? 아, 그놈이야 물론 나한테 아무 짓도 한 게 없지."

"그래? 그러면 도대체 왜 굳이 그 사람을 죽이려고 한 건데?"

"왜는 뭐가 왜야. 바로 숙원 때문이지."

"숙원이 뭔데?"

"야, 넌 도대체 어디서 자랐냐? 숙원이 뭔지도 모른단 말이야?"

"난 처음 듣는 말이야. 그러니까 뭔지 설명 좀 해봐."

"그러니까." 버크가 말했다. "숙원이란 이런 거야. 어떤 사람이 다른 사람하고 싸우다가, 그 사람을 죽이는 거지. 그러면 그 죽은 사람의 동생이 '먼젓 사람'을 죽이는 거야. 그러면 양쪽 편에서 또 다른 형제가 나서고 해서, 하나씩 서로 죽이는 거지. 그러면 이제는 '사촌들'이 끼어드는 거야. 그래서 결국 모두 죽어 없어져야만, 숙원이란 것도 끝나는 거라구. 하지만 [그 과정이] 하도 느리기 때문에, 시간이 오래 걸리지."

"그럼 지금 이 숙원도 오래전부터 있었던 거야, 버크?"

"그게, 어디 '계산'을 좀 해볼까? 그러니까 시작은 지금으로부터 30년 전인가, 뭐 그쯤 될 거야. 뭣 때문에 말썽이 좀 생겨서, 그걸 해결하려고 소송이 일어났어. 결국 소송에서 어느 한 쪽이 졌는데, 그러자 진 사람이 이긴 사람을 총으로 쏴 죽인 거야. 물론 그럴 만도 했지. 누구라도 그랬을 거야."

"그 말썽이란 게 뭐였는데, 버크? 땅이었어?"

"아마 그럴걸. 사실은 나도 잘 몰라."

"그럼 총은 누가 쏜 거였어? 그레인저포드 사람이었어, 아니면 셰퍼드슨 사람이었어?"

"어휴! 그걸 내가 '어떻게' 아냐? 아주 옛날이었는데."

"그럼 아무도 모르는 거야?"

"어, 맞아. 아빠는 아실 거야. 아마, 나이 많은 어른들도 아실 거고. 하지만 그분들도 지금은 맨 처음에 도대체 무슨 일로 싸우게 되었는지는 모르실걸."

"그래서 사람들이 많이 죽은 거야, 버크?"

"어. 툭하면 장례식이 벌어지곤 했으니까. 하지만 총을 맞는다고 다 죽은 건 아니야. 우리 아빠만 해도 몸에 총알이 몇 개는 박혀 있으니까. 하지만 아빠는 신경도 안 쓰셔. 어차피 〔총알이야〕 무게도 얼마 안 되니까 말이야. 밥 형은 보위 칼에 맞아 난 상처도 몇 군데 있고, 톰 형도 한두 번쯤 다친 적이 있었어."

"그럼 올해도 누구 죽은 사람 있었어, 버크?"

"어, 우리 쪽에 한 사람, 그쪽에 한 사람 있었지. 그러니까 석 달쯤 전인데, 내 사촌 중에 버드라고 있었어. 열네 살이었는데, 강 저편 숲 속에서 말을 타는데, 멍청하게도 무기를 안 가지고 갔지 뭐야. 한적한 데까지 가니까 뒤에서 누가 말을 타고 따라오길래 뒤를 보니까 그 볼디 셰퍼드슨 늙은이가 손에는 총을 들고 흰 머리가 바람에 휘날리도록 그 녀석 뒤를 밟아오더라는 거야. 그럴 때면 얼른 말에서 뛰어내려서 덤불 속으로 기어들어가야 되는데, 버드 녀석은 말을 타고 도망칠 수 있겠다 싶었나봐. 그래서 아슬아슬하니 거기서부터 5마일인가 몇 마일인가를 달려갔는데, 아, 이놈의 늙은이가 죽자고 계속 따라붙더라는 거야. 결국 버드도 그래봐야 소용이 없겠구나 싶어서, 말을 멈추고 뒤로 돌아섰다는 거야. 뭐냐면, 이왕 총을 맞을 거면 앞에서 맞겠다 이거였지. 그랬더니 그 늙은이가 말을 타고 달려와서 그 녀석을 쏴버린 거야. 하지만 그 늙은이도 희희낙락하긴 글러버렸지. 일주일도 안 지나서 우리 쪽에서 '그 늙은이'를 없애버렸으니까."

"듣고 보니 그 늙은이는 되게 겁쟁이였을 것 같다, 버크."

"아니, 겁쟁이는 '아니었을' 거야. 전혀 안 그래. 셰퍼드슨 놈들 중에는 겁쟁이가 아무도 없으니까. 한 놈도 말이야. 물론 그레인저포드 쪽에도 겁쟁이는 아무도 없고. 왜, 그 늙은이만 해도 언제 한번은 우리 쪽하고 싸움이 붙었는데, 무려 한 시간 반 동안이나 그레인저포드 쪽 세 명하고 붙어가지고는 결국 이겼다는 거야. 그때 아마 모두들 말을 타고 있었나봐. 그 늙은이는 얼른 자기 말에서 내려가지고는, 조그만 장작더미를 뒤에 놓더니, 자기 말을 앞에다 세워놓고 총알받이로 쓴 거야. 근데 그레인저포드 쪽 사람들은 그냥 말 위에 올라타서 그 노인네 주위를 뛰어다니면서 총을 쏘고, 그 노인네도 총을 쏜 거야. 결국 그 노인네랑 말은 총에 맞아 절뚝거리며 집까지 걸어갔지만, 그 레인저포드 쪽 사람들은 집까지 '실려'와야 했다니까. 한 사람은 벌써 죽었고, 또 한 사람은 다음 날 죽었어. 그것 봐, 안 그렇다니까. 겁쟁이 따위나 잡으러 돌아다니는 사람이라면 절대로 셰퍼드슨 놈들은 못 건드릴 것이, 그놈들은 원체 '겁쟁이 따위' 하고는 거리가 멀기 때문이라 이거지."

다음 일요일에 우리는 모두 말을 타고, 3마일쯤 떨어진 교회에 갔다. 남자들은 총을 들었고, 버크도 마찬가지여서, 무릎 사이에 끼고 있거나, 아니면 손닿는 곳 벽에 세워두었다. 셰퍼드슨 쪽 사람들도 똑같이 했다. 설교는 정말이지 한심하기 짝이 없었다. 말끝마다 형제 사랑이니 뭐니, 따분한 이야기뿐이었다. 하지만 모두들 훌륭한 설교라고 입을 모았고, 집에 가는 내내 그 이야기를 하고 또 하면서 신앙이며, 선행이며, 값없이 얻는 은혜며, 예정운명구원설에 대해 열심히들 이야기를 했는데, 나야 그게 뭔 소리인지 전혀 알 길이 없어서, 그날 이야말로 내가 지금껏 겪은 일요일 중에서도 가장 힘든 하루인 것만 같았다.

저녁을 먹고 나자 모두들 여기저기서, 그러니까 누구는 의자에서, 누구는 방 안에서 꾸벅꾸벅 졸기 시작해서, 무척이나 따분해지는 거였다. 버크는 개를 데리고 마당에 나가 햇볕 아래서 곤히 잠들어 있었다. 나는 우리 방에 올라가서는, 낮잠이나 한숨 자둬야지 생각하고 있었다. 그런데 예쁜 소피아 양이 자기 방문 앞에 서 있는 거였다. 소피아 양의 방은 우리 방 바로 옆이었는데, 나를 자기 방으로 데리고 들어가더니만 방문을 아주 조용히 닫고, 나더러 자기가 좋으냐고 물어보기에 나는 그렇다고 했다. 그랬더니 나더러 자기를 위해 뭐 한 가지만 해달라면서 대신 아무한테도 얘기하지는 말라기에, 나는 알았다고 했다. 그랬더니 소피아 양은 자기가 성경책을 깜박 잊어버리고 예배석 위에 다른 책 두 권하고 놓고 왔다면서, 나더러 조용히 나가서 교회에 가 그걸 좀 자기한테 갖다주는데, 절대 아무한테도 얘기하지는 말라는 거였다. 난 알았다고 했다. 그래서 나는 집 밖으로 나가 길을 따라갔는데, 교회에는 아무도 없고 기껏해야 돼지나 한두 마리 있겠지 싶었던 것이, 문에는 자물쇠가 없었던 데다가, 돼지란 놈은 널바닥을 유난히 좋아하는 것이, 더운 여름날에는 거기가 시원하기 때문이었다. 다들 아시다시피, 대부분의 사람은 꼭 가야 할 때만 어쩔 수 없이 교회에 가지만, 돼지란 놈이야 원래 사람하곤 다르니까.

나는 무슨 일이 있나보다고 생각했다. 여자들이 그까짓 성경책 하나 때문에 발을 동동 구르는 일은 흔치 않았기 때문이다. 그래서 책을 흔들어보았더니 그 안에서 작은 종이가 떨어졌는데, 거기에는 "두 시 반"이라고 연필로 적혀 있었다. 나는 책 안을 샅샅이 뒤져보았지만 그것 말고 다른 건 없었다. 나로선 그게 도대체 무슨 뜻인지 알 수가 없어서 그 종이를 도로 집어넣었는데, 집에 도착해보니 계단 위에는 소피아 양이 자기 방문 앞에 선 채로 날 기다리고 있었다. 소피아 양은 나를 다시 방 안으로 데리고 들어가서는 방문을 닫았다. 그러더니 성경책을 한참 뒤적여 그 종이를 찾아내고는, 거기 적힌 걸 읽더니 기쁜 표정을 지었다. 생각할 찰나도 없이, 소피아 양은 나를 붙들더니 꼭 안아주면서, 나더러 이 세상에서 제일 착한 애라면서, 절대 아무한테도 얘기하지 말라고 신신당부했다. 잠깐 동안이지만 얼굴이 아주 새빨개지면서 눈이 반짝반짝하는 걸 보니, 정말이지 너무나도 예뻐 보였다. 나는 적잖이 놀랐는데, 내가 정신을 차리고 그 종이는 뭐냐고 물었더니, 소피아 양은 나더러 그걸 읽었느냐고 물었고, 내가 아니라고 했더니 이번에는 나더러 글 읽을 수 있냐고 물어보기에, "아뇨, 굵은 글씨만 읽을 줄 알아요." 했더니, 소피아 양은 그 종이는 그냥 책 갈피로 쓰려고 꽂아둔 거라면서 이제 됐으니 나가서 놀라고 했다.

나는 강 쪽으로 가면서 이 문제를 생각하고 있었는데, 그때 문득 내 시중을 드는 깜둥이가 뒤를 졸졸 따라오는 거였다. 집이 안 보일 정도로 멀리까지 나오자, 녀석은 뒤쪽이며 주변을 두리번거리더니 냅다 쫓아와서는 이렇게 말했다.

"조우지 도련님, 저랑 같이 늪 있는 데 안 가실래요? 물 모카신 뱀 바글거리는 데 보여드릴게요."

듣고 보니 요상하다 싶었다. 녀석은 어제도 그런 소릴 했으니까. 솔직히 멀쩡한 사람이 물 모카신 뱀 따위를 좋다고 보러 다닐 리 없다는 것은 녀석도 모를 리 없었다. 무슨 꿍꿍이를 꾸미는 걸까? 그래서 나는 이렇게 말했다.

"좋아, 어디 앞장서봐."

그렇게 반 마일쯤 갔을까, 녀석은 늪 속으로 들어가더니, 발목까지 차는 물속을 또 반 마일쯤 더 끌고 갔다. 그러다가 약간 평평한 땅, 그러니까 나무와 덤불과 덩굴이 빽빽한 마른 땅 위에 올라서자, 녀석이 말했다.

"곧장 헤치고 들어가시면, 몇 걸음만 가시면 돼요, 조지 도련님. 거기 있을 거예요. 저야 예전에도 봤으니까, 지금은 안 봐도 되겠구만요."

그러더니 녀석은 철벅거리며 걸어가더니 곧이어 나무들 뒤로 사라져버렸다. 나는 그 장소를 따라 살금살금 걸어 침실만 한 크기의 탁트인 풀밭으로 나왔는데, 주위에는 덩굴이 온통 늘어져 있었고 그 한가운데는 사람이 하나 누워 자고 있었다. 그게 누군고 하니, 바로 우리 집 영감이었다!

나는 녀석을 깨웠다. 이제 와서 나를 다시 보게 되면 녀석이 얼마나 깜짝 놀랄까 생각하면서 말이다. 하지만 내 예상은 빗나갔다. 물론 짐은 거의 울 뻔했고 무척이나 기뻐했지만, 그렇다고 놀라지는 않았다. 녀석의 말로는 그날 밤 내 바로 뒤에서 헤엄을 쳤고 내가 소리치는 것도 다 듣고 있었는데, 감히 대답할 수는 없었던 것이, 혹시나 누가 '자기를' 붙잡아 가면 어쩌나, 그래서 다시 노예 노릇을 하게 만들면 어쩌나 싶어서였다고 했다. 그러면서 이렇게 말했다.

"나도 조금 다치기도 해서 헤엄을 빨리 못 치겠기에, 너 있는 데서 상당히 멀리 떨어져 있었지, 끝까지 말이야. 네가 육지에 올라간 다음에, 나도 너한테 소리치지는 말고 육지에 올라가서 널 따라가자 싶었는데, 그 집을 딱 보게 되니까 걸음이 느려지는 거라. 너무 멀리 떨어져 있어서 그 사람들이 너한테 뭐라고 하는지야 못 들었지. 그 개들이 무서워서 말이야. 하지만 금세 주위가 조용해지길래, 네가 그 집 안으로 들어갔구나 싶어서, 숲 속으로 들어가서 날이 밝을 때까지 기다렸지. 아침 일찍이 어디선가 깜둥이들이 나와서는 밭일 하러 가다가, 날 이리루 데려와서 이 장소를 가르쳐주고는, 물을 건너와야 하니까 개들도 못 찾을 거라면서 나한테 먹을 거랑 등등을 매일 밤마다 갖다주고는 네가 잘 있다고 해주더라구."

"그럼 왜 아까 그 잭한테 말해서 날 좀 더 빨리 데려오라고 하지 그랬어, 짐?"

"아, 그거야 널 굳이 방해할 필요가 없어서 그랬지, 헉. 뭔 수가 나기 전에는 말이야. 그래도 이젠 다 괜찮아졌어. 내가 항아리랑 프라이팬이랑 먹을 것도 사놨거든, 기회 있을 때마다. 그리고 뗏목이랑, 밤이 되면, 이제……."

"뗏목이라니, '무슨' 뗏목, 짐?"

"우리가 타던 뗏목 말이야."

"그럼 우리가 타던 그 뗏목이 완전히 산산조각난 게 아니었어?"

"그렇다니까. 물론 꽤 망가지기는 했지. 특히 한쪽 끝이 말이야. 하지만 아주 크게 어떻게 된 건 아니고, 다만 거기 실려 있던 짐만 거의 다 없어졌을 뿐이라구. 그때 우리가 물속으로 깊이 잠수해서 멀찌감치 헤엄쳐 가지만 않았어도, 그리고 그렇게 어둡지만 않았더라도, 그렇게 겁에 질리지만 않았더라도, 흔히 하는 말마따나 그렇게 멍청하지만 않았더라도, 그놈의 뗏목을 똑똑히 볼 수 있었을 거야. 하지만 오히려 그때 못 보고 넘어가길 잘한 것이, 이제는 싹 고쳐가지고 거의 새것처럼 되었고, 물건도 이것저것 새로 사다놓아서 잃어버린 걸 보충하고도 남으니까 말이야."

"우와, 그럼 어떻게 해서 그 뗏목을 다시 찾은 거야, 짐? 네가 직접 찾아낸 거야?"

"내가 그 뗏목을 찾으러 이 숲에서 기어나갔을 것 같아? 천만의 말씀이지. 사실은 몇몇 깜둥이들이 강에 잠긴 나무에 걸린 뗏목을 찾아내어 여기 강굽이 있는 데로 끌고 와서는, 어느 시냇가, 그러니까 버드나무 사이에다 숨겨놓고서는 그놈이 누구 것이 되어야 마땅한지를 놓고 신나게 주둥이들을 까고 있는 거라. 그래서 내가 듣고 있다가, 그 녀석들 입씨름을 중단시키고는 딱 이랬지. 그놈은 네 녀석들 것이 아니라, 너랑 내 것이라고 말이야. 네 녀석들이 감히 젊은 백인 양반의 물건을 훔쳐가지고는 그걸 어따 숨겨두려고 하는 거야? 그래 놓고 그놈들한테 각자 10센트씩 줬더니 다들 무척이나 좋아라 하면서, 아, 담에도 이렇게 또 뗏목이 떠내려와야 지들이 부자가 되겠느니 어쩌니 하더라구. 그놈들, 그러니까 그 깜둥이 녀석들이 나한테 겁나게 잘해 주면서 뭐든지 시키는 대로 제꺽제꺽 해주는데, 두 번 말할 필요도 없더라구, 얘. 특히 그 잭이란 놈, 착한 깜둥이에다가 겁나게 똑똑하더라구."

"그래, 진짜 그렇더라구. 나한테도 네가 여기 있단 말은 안 했으니까. 나더러 그냥 따라오라고, 물 모카신 뱀 많은 데를 보여준다고만 하더라구. 혹시 무슨 일이 생겨도 '절대로' 얽혀들지는 않을 녀석이야. 자기는 우리가 같이 있는 걸 한 번도 본 적이 없다고 둘러댈 텐데, 그것도 사실 맞는 이야기니까."

그다음 날 일어난 일에 관해서는 별로 이야기하고 싶지가 않다. 그러니 최대한 짧게 하겠다. 나는 새벽에 잠에서 깼지만, 다시 돌아누워서 잠을 청했는데, 문득 주위가 너무 조용하다는 생각이 들었다. 아무도 뒤척이는 기색이 없는 것 같았다. 평소와는 달랐다. 그제야 나는 버크가 이미 자리에서 일어나 어디론가 가버렸음을 깨달았다. 나는 자리에서 일어나, 어찌 된 일인지 궁금해하며 아래층으로 내려갔다. 아무도 없었다. 집 안은 쥐 죽은 듯 고요하기만 했다. 바깥도 마찬가지였다. 이게 어떻게 된 노릇일까 의아스러웠다. 장작더미 근처에서 잭과 마주치자, 나는 이렇게 물었다.

"아니, 도대체 어떻게 된 거야?"

녀석이 말했다.

"아직 모르세요, 조우지 도련님?"

"뭐가." 내가 말했다. "무슨 일인데?"

"무슨 일이냐면요, 소피아 양이 도망쳤다지 뭐예요! 진짜루요. 아마 한밤중에 언제 그랬나 본데, 정확히 언젠지는 아무도 모르지만, 하여간 도망쳐가지고는, 아, 왜, 있죠, 그 하니 셰퍼드슨이란 젊은 양반하고 결혼했다나. 뭐 그런 이야기들을 하더라구요. 식구분들은 30분쯤 전인가, 어쩌면 좀 더 먼저인가, 한시도 지체하지 않은 거예요. 정말이지 눈 깜짝 할 새에 총이며 말이며 준비를 하더라니까요! 여자분들은 근처의 친척집으로 가셨구요, 솔 영감 어르신이랑 도련님들은 총을 들고 강변길로 말을 타고 쫓아가시면서, 그 젊은 양반이 소피아양을 데리고 강을 건너기 전에 붙잡아서 죽여버리겠다고 하시더라구요. 제가 보기에는 이번에야말로 아주 큰일이 난 셈이네요."

"버크는 날 깨우지도 않고 가버렸던데."

"아이구, 저도 그럴 줄 알았다니까요! 어르신들은 조지 도련님까지 공연히 끼어들게 하고 싶진 않으셨던 거예요. 버크 도련님도 당신 총을 장전해 갖고 따라가시면서, 오늘 셰퍼드슨 양반을 하나라도 못 잡아오면 성을 갈겠다고 하셨다니까요. 하긴, 오늘은 저쪽 양반들도 무지무지 많이 나와 돌아다닐 터이니, 기회만 있으면 아마 한 양반쯤 잡아 오고도 남겠지요."

강변길을 따라 내가 놓을 수 있는 한 제일 세게 달려갔다. 얼마 지나지 않아 상당히 떨어진 곳에서 총소리가 들려왔다. 증기선 선착장에 위치한 목재소와 장작더미가 눈에 들어오자, 나는 나무 아래로 숨어들어가, 적당한 자리가 나올 때까지 살금살금 기어갔고, 거기서 뻗어나온 사시나무 가지 위에 올라가 상황을 살펴보았다. 그 나무 앞으로 약간 떨어진 곳에는 4피트 높이의 목재더미가 쌓여 있어서, 처음에는 나도 그 뒤에 숨어볼까 생각했다. 하지만 그렇게 안 한 것이 내겐 천만다행이었다.

그 목재더미 앞의 공터에는 너덧 사람이 말을 타고 이리저리 뛰어다니면서 욕을 하고 소리를 질러댔는데, 이들은 증기선 선착장과 나란히 위치한 그 목재더미 뒤에 몸을 숨긴 두 소년에게 다가가려는 것이었다. 하지만 이들의 시도는 성공하지 못했다. 매번 그중 한 사람의 모습이 목재더미의 강가 쪽 옆으로 나타날 때마다, 총알이 날아왔기 때문이다. 두 소년은 목재더미 뒤에서 서로 등을 마주한 채 몸을 숙이고 있어서, 양쪽을 모두 감시할 수 있었다.

그러다가 말을 탄 사람들이 뛰어다니고 소리 지르기를 멈췄다. 그들은 목재소 쪽으로 말을 타고 갔다. 그때 두 소년 가운데 하나가 몸을 일으키더니, 목재더미 너머로 총을 발사해 상대측 가운데 한 사람을 말에서 떨어트렸다. 말에 탄 사람들은 모두 각자의 말에서 뛰어내려 다친 사람을 데리고 목재소로 갔다. 그 순간 두 소년은 달리기 시작했다. 두 소년은 상대측의 눈에 띄지 않은 채, 거기서 내가 있는 나무까지 절반쯤 되는 거리를 달려오는 중이었다. 그때 상대측이 두 소년의 모습을 보고, 말에 올라타 뒤를 쫓았다. 말 탄 사람들은 두 소년을 뒤따랐지만 아무 소용이 없었던 것이, 두 소년의 출발이 훨씬 일렀기 때문이었다. 두 소년은 내가 있는 나무 바로 앞에 놓인 목재더미에 도달해 그 뒤에 숨은 다음, 다시 한 번 말 탄 사람들보다 우세를 갖게 되었다. 두 소년 가운데 한 명은 버크였고, 또 한 명은 열아홉 살쯤 되어 보이는 마른 체구의 청년이었다.

　말 탄 사람들은 잠시 주위에 얼씬거리다가 다시 멀어져갔다. 그들의 모습이 안 보이게 되자마자, 나는 버크의 이름을 부르며 말을 걸었다. 처음에야 내 목소리가 나무 위에서 들려오는 것임을 알 턱이 없었다. 녀석은 깜짝 놀랐다. 그러면서 나더러 눈 크게 뜨고 지켜보다가, 상대측이 다시 나타나면 알려달라고 했다. 뭔가 악독한 짓을 꾸미는 것이 분명하다면서, 그러니 아주 가버리진 않았을 거라고 했다. 나무에서 내려가고 싶었지만 감히 그럴 엄두가 나지 않았다. 버크는 울면서 욕을 퍼부었으며, 그러면서도 자기랑 사촌인 조(그러니까 같이 있는 청년)는 오늘 아주 끝장을 보기로 각오한 참이라고 했다. 자기 아버지랑 두 형은 죽었고, 상대측도 두세 명이 죽었다고 했다. 셰퍼드슨 쪽이 자기네를 매복 공격했다고 했다. 버크는 자기 아버지와 형들이 친척들이 올 때까지 기다렸어야 했다고 말했다. 셰퍼드슨 쪽은 너무 강해서 자기들만의 힘으로는 어림없었기 때문이다. 나는 하니 청년과 소피아 양은 어떻게 되었느냐고 물어보았다. 그는 두 사람이 이미 강을 건넜기 때문에 안전하다고 대답했다. 그 이야기를 들으니 반가웠다. 그러나 그날 하니를 쐈을 때 한 방에 죽여버리지 못했다는 사실에 노발대발하는 버크의 모습이란! 정말이지 이제껏 들도 보도 못한 말들이 마구 쏟아져나왔다.

그때 갑자기 탕! 탕! 탕! 하며 서너 발의 총소리가 쏟아져 나왔다. 아까 그 사람들이 빙 돌아 숲을 지나서, 말도 타지 않고 우리 뒤쪽에서 다가왔던 것이었다! 소년들은 강으로 뛰어들었지만, 이미 모두 부상을 입은 상황이었고, 물살을 따라 헤엄쳐 내려가는 동안에도, 사람들은 강둑을 따라 달려가며 그들을 향해 총을 쏘고 "죽여! 죽여버려!" 하고 소리를 질러댔다. 어찌나 속이 뒤집히던지, 나는 자칫 나무에서 떨어질 뻔했다. 그날 있었던 일은 절대로 '모두' 말하지 않을 작정이다. 정말 그렇게 했다가는 또다시 속이 뒤집히고 말 테니까. 차라리 그날 밤에 강변으로 올라오지 말았더라면 이따위 광경은 보지 않아도 되었을 텐데 하는 생각뿐이었다. 아마 그 일은 평생 닫히지 못할 것이다. 이미 몇 번이나 그때 일이 꿈에 나왔으니까.

나는 어두워질 때까지 나무 위에 숨어 있었고, 차마 내려갈 엄두가 나지 않았다. 가끔 저 멀리 숲 속에서 총소리가 들렸다. 총을 든 사람들 몇 명이 말을 타고 목재소 옆을 달려가는 모습도 보였다. 그래서 아직까지도 싸움이 끝나지 않았구나 하고 생각했다. 나는 그야말로 코가 쑥 빠져버렸다. 다시는 그놈의 집 근처에 얼씬도 말아야지 생각했는데, 어찌 보면 나야말로 화근인 셈이었기 때문이다. 나는 그 쪽지가 결국 소피아 양이 새벽 두 시 반에 어디선가 하니와 만나 함께 도망치기로 했다는 의미였음을 비로소 깨달았다. 차라리 그때 그 쪽지며 소피아 양의 수상쩍은 행동을 버크의 아버지에게 이야기했더라면, 차라리 아버지가 소피아 양을 방 안에 가두어두었을 것이고, 그랬다면 이처럼 끔찍한 일은 결코 벌어지지 않았을 텐데 하고 생각했다.

나무에서 내려왔을 때, 나는 강둑을 따라 조금 달려가서, 물가에 쓰러져 있는 두 구의 시체를 발견해서는, 강변으로 끌어올렸다. 그런 다음 둘의 얼굴을 덮어주고는, 최대한 빨리 거기서 떠났다. 버크의 얼굴을 덮어줄 때에는 조금 울기도 했던 것이, 그 녀석은 나한테 무척 잘해줬기 때문이었다.

이제 날이 막 어두워진 참이었다. 나는 그 집 근처로는 절대 가지 않았고, 숲 속을 지나서 늪으로 향했다. 늪 가운데 풀밭에 짐이 없기에, 서둘러 걸어서 시냇가 쪽으로 향해, 버드나무 사이를 헤치고 들어갔다. 한시바삐 뗏목 위에 올라타고, 이 끔찍한 고장에서 벗어나고 싶었기 때문이다. 그런데 뗏목이 없지 않은가! 아이구, 세상에! 나는 얼마나 겁을 먹었는지 모른다! 정말이지 순간적으로 숨이 턱 막혔을 정도였다. 나는 꽥 소리를 질렀다. 그러자 거기서 한 25피트쯤 떨어진 데서 이런 목소리가 들려왔다.

"아이구머니나! 거기 너냐, 허니? 그렇게 소리 지르지 말어."

짐의 목소리였다. 녀석의 목소리가 그토록 반가웠던 적은 없었다. 나는 강둑을 따라 좀 달려가 얼른 뗏목에 올랐고, 짐은 나를 붙들고는 끌어안았다. 나를 보게 되어 반가운 모양이었다. 녀석이 말했다.

"어찌나 다행인지, 애. 난 네가 또 죽은 줄로 알고 물가로 내려왔지 뭐야. 잭이 아까 여기 와서는, 지 생각엔 네가 아까부터 집에 안 오더라고 하면서, 네가 그만 총에 맞아 죽었을 수도 있다는 거야. 그래서 나는 그 길로 이 뗏목을 여기 시냇가 입구에 갖다 대놓고, 잭이 다시 와서는 네가 '정말로' 죽었다고 말해주는 그 즉시로 떠날 생각이었거든. 아이구, 그래도 네가 다시 돌아와서 얼마나 좋은지 몰라, 허니."

내가 말했다.

"좋아. 그거 잘됐네. 그럼 녀석들은 날 못 찾을 거고, 결국 내가 죽어서 어디 강물에 떠내려가기라도 했다고 생각하겠지. 하긴 그렇게 생각하고도 남을 만한 증거도 저 위에 남아 있으니까. 그러니 시간낭비할 필요 없어, 짐. 얼른 큰물로 나가자. 최대한 빨리 말이야."

거기서 2마일쯤 하류로 내려와 미시시피 강 한가운데에 떠 있게 되어서야 나는 비로소 마음이 좀 가라앉은 것 같았다. 그제야 우리는 랜턴으로 표시등을 매달고, 우리가 이제 다시 한 번 자유롭고 안전해졌다고 생각하게 되었다. 나는 그 전날부터 아무것도 먹지 못한 상태였다. 짐은 딱딱한 옥수수 빵하고 버터우유, 돼지고기랑 양배추랑 푸성귀를 꺼내주었다. 제대로만 요리한다면야, 사실 이 세상에 그보다 더 맛있는 음식은 없을 것이다. 나는 저녁을 먹는 동안 짐과 이야기하면서 즐거운 시간을 보냈다. 나는 그놈의 숙원에서 결국 떠나올 수 있어서 너무나도 기뻤고, 짐은 그놈의 늪지에서 결국 떠나올 수 있어서 마찬가지로 기뻐했다. 우리는 결국 세상에 이 뗏목처럼 아늑한 곳은 없다고 입을 모았다. 딴 장소라면 너무 좁아터져서 숨 막힐 것 같았지만, 뗏목 위만큼은 그렇지 않았다. 여러분도 뗏목에 한 번 올라 보시면 알 것이다. 그곳이 얼마나 자유롭고 느긋하며 편안한 장소인지 말이다.

제19장

　　이틀인가 사흘 밤낮이 지나갔다. 아마 헤엄치듯 흘러갔다고 해야 할 것 같은데, 워낙 조용하고 평탄하며 기분 좋게 지나갔기 때문이다. 우리가 시간을 보내는 방법에는 이런 것들이 있었다. 그곳 하류는 강이 워낙에 넓었다. 때로는 너비가 1마일 반이나 되었다. 우리는 밤에 뗏목을 띄웠고, 낮에는 뗏목을 묶어두고 숨어 있었다. 밤이 거의 다 끝났다 싶으면, 우리는 운행을 멈추고 뗏목을 묶어두었다. 대개 항상 모래머리 아래 있는 죽은 물이 그 장소였다. 그런 뒤에 사시나무와 버드나무의 어린 가지를 꺾어서 뗏목을 덮어 가렸다. 그리고 나서 낚싯줄을 드리워놓았다. 그다음으로 우리는 강에 들어가 헤엄을 쳐서, 기분전환을 하고 땀을 식혔다. 그리고 나서 우리는 물이 무릎 정도밖에 안 차는 그 아래 모래밭에 앉아 동이 터오는 것을 구경했다. 주위에서는 아무 소리도 들려오지 않았다. 완전한 침묵 상태였다. 마치 온 세상이 잠들어버린 것만 같았다. 가끔 어디선가 황소

개구리 우는 소리만 빼면 말이다. 멀리 수면을 바라보고 있자면, 맨 먼저 눈에 들어오는 것은, 일종의 흐릿한 선 같은 것이었다. 그게 바로 저 건너편의 숲이었는데, 그것만 갖고는 도대체 뭔지 알 길이 없었다. 그러다가 하늘에 희끄무레한 곳이 생겨난다. 그 희끄무레함이 주위로 퍼져나간다. 그러고 나면 강은 부드러워지고, 멀어지며, 더 이상은 검게 보이지 않고 이제는 회색으로 보인다. 작고 검은 점들이 여기저기, 저 멀리까지도 떠돌아다니는 모습이 보인다. 장사용 거룻배며, 뭐 그런 것들이다. 길고 검은 줄도 보이는데, 바로 뗏목이다. 삐걱거리며 노 젓는 소리가 가끔 들리기도 한다. 워낙에 조용했기 때문에, 때로는 목소리들이 뒤죽박죽되어 들리거나, 저 멀리에서부터 소리가 들려오기도 했다. 그러다 보면 물 위에 선이 하나 보이는데, 그 선의 모양을 통해 저기 빠른 물살 한가운데 물에 잠긴 나무가 있음을, 즉 물살이 거기서 갈라지면서 저 선을 저렇게 보이게 만듦을 알 수 있다. 안개가 수면에서 물결치며 걷히는 것을 볼 수 있고, 동쪽이 불그스레해지고, 강이 그렇게 되면, 저 멀리 건너편 강둑에 있는 숲 가장자리의 통나무 오두막 모습을 분간할 수 있게 된다. 아마 무슨 목재소로 쓰는 모양인데, 사기를 치려고 어찌나 엉성하게 쌓아놓았는지, 개를 한 마리 풀어놓아도 그 안에서 충분히 돌아다닐 만큼 틈이 많았다. 이제 저 너머에서부터 기분 좋은 바람이 불어 올라와서 우리를 쓸고 지나갔는데, 시원하고도 기분 좋고, 나무와 꽃의 냄새까지도 담고 있어서인지 향긋했다. 하지만 가끔은 상황이 좀 달랐으니, 때로는 근처 어디에 죽은 물고기라든지, 동갈치라든지, 뭐 그런 것들이 있어서 썩은 냄새가 진동했기 때문이다. 그러고 나면 완전히 날이 밝아서, 만물이 햇빛 속에서 미소 짓고, 새들이 노래하기 시작하는 것이다!

이젠 연기를 조금 피워도 눈에 띄지 않을 시간이므로, 우리는 낚싯줄에 걸린 물고기 몇 마리를 가져와 뜨끈뜨끈한 아침 식사를 만들어 먹곤 했다. 그런 뒤 강의 적막함을 바라보며 서서히 늘어지기 시작해서 결국 늘어져 자게 된다. 가끔 잠에서 깨어 무슨 일인가 하고 내다보면, 증기선이 강을 따라 올라가고 있는데, 건너편 쪽으로 하도 멀리 떨어져 있는 까닭에, 그 배가 선미외륜식인지, 그냥 선측외륜식인지 말고는 아무것도 알 수가 없었다. 그런 다음 한 시간쯤 아무런 소리도, 아무런 모습도 없었다. 그저 완전한 적막함뿐이었다. 그러다가 뗏목이 한 채, 저 멀리에서 떠내려오는데, 그 위에는 어느 선머슴이 장작을 패고 있을 수도 있는 것이, 대개는 항상 뗏목 위에서 그렇게 하기 때문이다. 가만 보고 있자면 도끼날이 번쩍이고, 아래로 내려간다. 하지만 아무 소리도 들리지 않는다. 다시 도끼가 위로 올라가서, 그 사람의 머리 위로 치켜진 다음에야, 비로소 소리가 들려온다. '쩍'! 소리가 물 위를 건너 여기까지 오려면 시간이 걸리기 때문이다. 그렇게 우리는 낮 동안 뭍에 올라와 늘어져 있다가, 적막에 귀 기울였다. 한번은 안개가 짙게 끼는 바람에, 주위를 오가는 뗏목이며 배들이 혹시나 증기선과 부딪칠세라 양철 프라이팬을 연신 두들긴 적이 있었다. 거룻배나 뗏목이 우리에게서 가까운 곳을 지나갈 때는 사람들이 말하고 욕하고 웃는 소리까지 들렸다. 아주 똑똑히 들렸다. 하지만 모습은 볼 수가 없었다. 그럴 때면 좀 오싹한 기분이 드는 것이, 마치 유령들이 허공에서 이야기를 하는 것처럼 여겨졌기 때문이었다. 짐은 이 세상에 유령이 분명히 있다고 말했다. 하지만 나는 이렇게 말했다.

"아니지. '이 돼지일〔돼질〕 놈의 안개 같으니'라고 욕하는 유령이 세상에 어디 있냐."

밤이 되자마자 우리는 출발했다. 강 한복판까지 나온 다음부터는, 뗏목이 저 혼자 알아서, 물살이 이끄는 대로 흘러가게 내버려두었다. 그런 뒤에 우리는 파이프를 피우고, 발을 〔뗏목 밖으로 뻗어〕 물 위에 대롱거리면서 갖가지 이야기를 주고받았다. 모기가 극성을 부리지 않을 때면, 우리는 낮이고 밤이고 항상 벌거벗은 채로 있었다. 버크의 식구들이 나한테 맞춰준 옷은 너무 고급이어서 편안한 것과는 거리가 멀었고, 게다가 나야 원체 옷을 전혀 좋아하지 않았으니 말이다.

가끔은 한참 동안이나 강 위에는 오로지 우리뿐인 경우도 있었다. 저 너머, 그러니까 물 건너에는 모래톱이며 섬들이 있었다. 때로는 반짝 하고 불빛이 보였다. 아마 어느 오두막 창문에 누가 촛불을 밝혀놓았기 때문이었을 것이다. 가끔은 물 위에서 불빛이 한두 개쯤 보였다. 뗏목이나 거룻배였을 것이다. 그런 배들 중에 어떤 곳에서는 바이올린이나 노랫소리가 들려오기도 했다. 뗏목 위에서 사는 것은 무척이나 기분 좋았다. 저 위에는 온통 별들이 수놓아진 하늘이 있었고, 우리는 종종 뗏목 위에 바로 누워서 그 별들을 바라보며, 저걸 과연 누가 만든 것일까, 아니면 어쩌다 우연히 그렇게 생겼을까에 대해 이야기를 나누었다. 짐은 그걸 누가 만든 것이라고 생각했지만, 나는 그냥 우연히 생겼다고 믿었다. 그렇게 많이 '만들려면' 너무 오랜 시간이 걸릴 것 같다고 판단했기 때문이었다. 짐은 달이 그놈들을 '낳았을' 수도 있다고 말했는데, 듣고 보니 제법 그럴싸하기에, 나는 아니라고 말하지는 않았는데, 개구리만 해도 알을 그렇게 많이 놓으니, 달도 충분히 그럴 수 있을 것 같아서였다. 우리는 종종 별이 떨어지고, 꼬리를 길게 끄는 것도 봤다. 짐은 그놈들이 못 쓰게 되어서 둥지에서 떨어져 나간 거라고 말했다.

한두 번인가는 밤에 증기선이 어둠 속을 지나가면서, 가끔 한 번씩 굴뚝 밖으로 불꽃을 한가득 토해냈는데, 그 불꽃들이 강 위로 쏟아지는 모습은 그야말로 끔찍하리만치 아름다웠다. 그러다가 증기선이 강 굽이를 돌아가면 불빛도 사라지고, 주술도 끝나며, 강은 다시 조용해졌다. 증기선이 만들어낸 파도가 우리에게 와닿는 것은 그 배가 사라지고 난 지 오랜 뒤의 일로, 그럴 때면 뗏목이 약간 흔들리곤 하지만, 그러고 나면 얼마나 시간이 흘렀는지 알 수 없을 정도로 한참 동안은 개구리나 뭐 그런 것들 빼고는 아무 소리도 안 들렸다.

한밤중이 되면 물가에 사는 사람들도 잠자리에 들고, 그러면 이후 두세 시간 동안은 강변이 어두컴컴해졌다. 더 이상은 오두막 창문에 불빛도 비치지 않았다. 그런 불빛이야말로 우리에겐 시계나 마찬가지였다. 어둠 속에서 맨 처음 떠오르는 불빛이야말로, 우리에겐 아침이 다가온다는 뜻이나 마찬가지여서, 우리는 그 즉시 뗏목을 숨기고 붙들어맬 장소를 찾았다.

하루는 아침 동틀 녘에 카누를 한 척 발견해서, 나는 그걸 타고 급류를 건너 물가로 향했다. 200야드쯤 되는 거리였다. 거기서 나는 삼

나무 숲 사이로 난 시냇물을 따라 1마일쯤 노를 저어 올라갔는데, 혹시 무슨 베리 종류라도 딸 수 있을까 해서였다. 가축들이 지나다니는 길과 시냇물이 만나는 지점을 지나고 있자니, 어디선가 남자 둘이 땅이 꺼져라 길바닥에 확확 발자국을 내면서 달려오고 있었다. 처음에는 이제 죽었구나 하는 생각이 든 것이, 지금 상황에서 누가 누구를 쫓아오고 있다면 그 목표는 다름 아닌 '나'이거나, 아니면 짐일 것이라고 생각했기 때문이었다. 나는 거기서 얼른 빠져나오려고 했는데, 그때쯤 두 사람은 아주 가깝게 다가와 있었고, 제발 목숨 좀 살려달라고 소리를 치고 애원했다. 자기들 말로는 아무 짓도 안 했는데, 누군가가 쫓아오고 있다는 것이었다. 사람들이 개를 풀어서 뒤를 따라오고 있다고 했다. 그러면서 곧장 배 안으로 뛰어들 기세였지만, 나는 이렇게 말했다.

"아니, 그러지 마세요. 아직은 개나 말 소리가 안 들리거든요. 시간은 있으니까 일단 덤불 사이로 들어가서 물가를 따라 좀 더 올라가세요. 그러고 나서 물로 들어온 다음, 저 있는 데까지 오셔서 올라타세요. 그래야 개가 냄새를 놓칠 테니까요."

두 사람은 그렇게 했으며, 나는 그들이 올라타자마자 뗏목이 있는 모래머리로 향했고, 5에서 10분쯤이 지나자 멀리 떨어진 곳에서 개가 짖고 사람이 떠드는 소리가 들렸다. 시냇물 쪽을 향해 다가오는 듯했지만 보이지는 않았다. 아마 한동안 거기서 멈춘 채 주위를 두리번거리고 있는 모양이었다. 그사이에도 우리는 계속 멀어지고 있었으므로, 나중에는 소리도 점점 들리지 않게 되었다. 거기서 1마일쯤 지나 강으로 접어들었을 즈음에는 완전히 조용해졌고, 우리는 노를 저어 모래머리까지 간 다음, 그곳의 사시나무 숲에 숨어 비로소 안전해질 수 있었다.

이 두 양반 가운데 하나는 나이가 한 70대, 또는 그보다 더 먹어 보였고, 대머리에다 짙은 회색 구레나룻이 나 있었다. 머리에는 낡고 헐어빠진 테 모자를 썼고, 위에는 기름기가 흐르는 푸른 모직 셔츠, 아래에는 누더기가 다 된 청반바지 끄트머리를 목이 긴 부츠 속에 집어넣었으며, 수제 멜빵을 하고 있었다. 아니, 멜빵도 그나마 한 짝밖에는 없었다. 반질반질한 놋쇠 단추가 달린 낡아빠진 긴 꼬랑지 청 외투는 벗어서 팔에 걸치고 있었고, 두 사람 모두 크고 두툼하고 낡아빠진 카펫 가방을 하나씩 들었다.

또 다른 양반은 30대쯤으로 보였고, 그야말로 뜨내기 같은 옷차림이었다. 아침을 먹고 난 뒤, 우리는 모두 자리에 앉아 이야기를 나누었는데, 맨 처음 밝혀진 사실은 이 두 양반이 서로 모르는 사이였다는 점이었다.

"그런데 무슨 일로 그런 말썽을 겪은 건가?" 대머리가 다른 양반한테 물었다.

"아, 원래 저는 이에서 치석을 제거해주는 물건을 팔고 있었죠. 치석이 벗겨지는 건 사실입니다. 문제는 그 와중에 법랑질도 벗겨진다는 거지만요. 그런데 원래 떠나야 하는 날짜보다 그만 하루를 더 머물러 있다보니, 몰래 빠져나가려는 중에 마을 이편에서 댁과 딱 마주친 겁니다. 그런데 댁이 다짜고짜 사람들한테 쫓기고 있다면서, 도망치게 좀 도와달라고 애걸복걸했던 거죠. 그래서 저도 지금 말썽이 벌어지기 직전이라고 말하고는 댁하고 '같이' 도망친 거죠. 그렇게 된 거였습니다. 그럼 댁은 무슨 일이 있었습니까?"

"아, 나는 거기서 소규모로 금주 갱생 집회를 한 일주일쯤 열었는데, 노소를 불문하고 여인네들한테 큰 인기를 얻었지 뭔가. 왜냐하면 주정뱅이들을 향해 비난을 퍼부어줬거든. 농담이 아니라, 매일 밤마다 5, 6달러씩은 벌었으니까. 입장료는 한 사람당 10센트씩, 애들이랑 깜둥이들은 공짜였는데도. 정말이지 장사 한번 잘했지. 그러다가 어젯밤에 갑자기 어떻게 해서인지 소문이 퍼진 거라. 내가 남들이 안 보는 곳에서는 몰래 술을 퍼 마신다나 어쨌다나. 오늘 아침에 갑자기 깜둥이 한 녀석이 나를 억지로 깨워서는, 사람들이 몰래 나를 잡으러, 개랑 말을 끌고 오고 있다더군. 금방 있으면 사람들이 와서는 나를 30분쯤 먼저 가게 만든 다음, 내 뒤를 쫓을 거라고 말이야. 그래서 나를 붙잡게 되면 타르며 깃털 세례를 퍼부은 다음에 가로대에 태울 거라고, 암. 그래서 결국 아침도 못 얻어먹고 나왔지. 차마 배도 안 고프더구만."

"노인장." 젊은 양반이 말했다. "그럼 앞으로 우리 이인일조 하면 되겠는데요. 노인장 생각은 어떠십니까?"

"나도 마음이 없진 않네. 그런데 자네는 직업이 뭔가, 주로?"

"날품 인쇄공이 원래 직업이죠. 특별 조제약 쪽에서도 일했구요. 연극배우도 했었죠. 왜, 비극이란 거 있잖습니까. 기회가 된다 싶으면 메스머 최면술하고 골상학 쪽에도 손을 대죠. 기분전환용으로는 학교에서 노래로 배우는 지리학을 가르치기도 했구요. 가끔은 강연도 던집니다. 예, 정말 가지가지 하죠. 뭐든지 그때그때 소용에 닿는 거라면 뭐든 하는 거니까, 딱히 무슨 직업이랄 것도 없죠. 그럼 노인장께서는 무슨 일을 하십니까?"

"나는 젊은 시절에 의료 쪽에서 제법 명성을 얻었다네. 손을 얹어 안수하는 것이 내 전문 분야였고. 가령 암이라든지, 중풍이라든지, 뭐 그런 것들에 대해 말이야. 점치는 솜씨도 제법 되지. 물론 그 전에 누가 내 대신 이런저런 사실들을 좀 알아다주기는 해야 하지만 말이야. 설교도 내 직업이라네. 천막집회 일도 하지. 순회부흥회도 하고."

그런 다음에는 잠시 아무도 입을 열지 않았다. 그러더니 젊은 양반이 문득 한숨을 푹 쉬며 이렇게 말했다.

"아아!"

"아니, 뭣 때문에 갑자기 한숨을 쉬나?" 대머리가 물었다.

"저 자신이 이런 생활을 해나가야 한다는, 이런 사람들과 한 무리가 될 수밖에 없도록 전락했다는 걸 생각해보니 그러네요." 그는 옷자락으로 눈가를 훔쳤다.

"되어질 놈의 소리를 다 듣겠네. 아, 그럼 우리가 자네랑 한 무리가 될 수준이 못된다, 그 말인가?" 대머리는 상당히 오만하고 도도한 투로 말했다.

"아닙니다. 당연히 어울릴 만하죠. 아니, 제겐 오히려 과분합니다. 따지고 보면 제가 그렇게 높은 지위가 있었을 때, 저를 이렇게 낮은 곳까지 끌어내린 사람이 누구겠습니까? 바로 '저 자신'이었으니까요. 그러니 '댁들'을 탓하지는 않겠습니다, 여러분. 전혀요. 누구도 탓하지 않습니다. 모두가 제 책임인걸요. 이 가혹한 세상이 더 이상 어떻게 해도 상관없습니다. 적어도 한 가지는 확실하니까요. 이 세상 어딘가에 제가 들어갈 묏자리 하나는 있을 거란 말입니다. 세상은 항상 그랬듯이 잘만 굴러가겠죠. 제게서 모든 것을, 사랑하는 사람들이며, 재산이며, 모든 것을 앗아가고 나서도 그랬듯이요. 하지만 그 묏자리 하나만큼은 세상도 제게서 뺏을 수 없을 겁니다. 언젠가는 저도 그 안에 누워서 만사를 깨끗이 잊어버리고, 제 미어진 가슴도 마침내 평안을 얻을 날이 올 겁니다." 그는 계속해서 눈물을 닦아냈다.

"미어진 가슴 좋아하고 자빠졌네." 대머리가 말했다. "도대체 자네의 미어진 가슴 이야기를 '우리' 앞에서 뭐 하러 꺼내는 건가? 우리야 그거랑 아무 상관도 없는데."

"예, 댁들이 그거랑 상관없다는 건 저도 잘 압니다. 제가 댁들을 탓하는 게 아닙니다, 여러분. 저 스스로가 전락한 거니까요. 그래요, 저 스스로가 그런 거였으니까요. 그러니 저 같은 놈은 고통을 당해도 쌉니다. 싸고말고요. 그러니 저도 군소리 않고 당할랍니다."

"도대체 어디서 전락했다는 건가? 자네가 예전에 어디 있었기에 그러나?"

"아, 제가 말씀드려도 아마 못 믿으실 겁니다. 세상 누구도 차마 믿지 못하더군요. 그러니 그냥 덮어둡시다. 상관없으니까요. 사실 제 출생의 비밀 같은 거야……."

"출생의 비밀? 그러면 자네가 무슨……."

"여러분." 젊은 남자가 매우 진지한 투로 말했다. "그럼 댁들께만 특별히 알려드리도록 하겠습니다. 다른 사람은 몰라도 댁들께는 어딘가 신뢰가 가니까요. 사실 저는 원래 공작으로 태어났답니다!"

그 이야기를 듣자, 짐의 눈은 튀어나올 듯 휘둥그레졌다. 아마 내 눈도 마찬가지였을 것이다. 그러자 대머리가 말했다. "설마! 아니, 그게 진짜란 말인가?"

"그렇습니다. 제 증조부께서는 브리지워터 공작의 장남으로, 지난 세기 말에 이르러 자유의 맑은 공기를 찾아 이 나라로 피신 오셨던 것입니다. 증조부께서는 여기서 결혼하셔서 아들을 하나 두고 돌아가셨는데, 마침 증조부의 부친이신 공작께서도 비슷한 시기에 돌아가셨던 겁니다. 이후 공작의 작위와 재산은 차남이 물려받게 되었죠. 진짜 공작은 나이가 어린 관계로 무시당하고 말았습니다. 그리고 제가 바로 그 진짜 공작의 직계자손이다 이 말씀입니다. 다시 말해 적법한 브리지워터 공작이라는 거죠. 그런데 지금 제 몰골이란, 보시다시피 버림받고, 제 높은 지위를 박탈당하고, 사람들에게 쫓기고, 가혹한 세상에 의해 경멸당하고, 누더기를 입고, 지치고, 가슴이 미어지고, 결국 이렇게 전락해서 뗏목 위의 무법자들과 한 무리가 되었으니 말입니다!"

짐은 그 양반을 무척이나 딱하게 여겼으며, 사실 나도 마찬가지였다. 우리는 그 양반을 위로해보려고 했지만, 그 양반은 그래 봤자 아무 소용이 없다고, 자기는 결코 위로받을 수가 없는 입장이라고 말했다. 그러면서 자기가 누군지 우리가 알아주기만 한다면야, 자기로서는 더 이상 바랄 것이 없겠노라고 덧붙였다. 그래서 우리는 그렇게 하겠다고, 다만 어떻게 해야 그렇게 할 수 있는지나 알려달라고 했다. 그 양반은 우리더러 자기한테 말을 할 때에는 절을 해야 하고 자기를 "나으리" 또는 "어르신" 또는 "어르신네"라고 불러야 한다고 했다. 이름 대신 그냥 "브리지워터"라고만 불러도 괜찮다고 말했는데, 그것이 자신의 작위이기 때문이라는 거였다. 식사 때는 우리 중 누구 한 사람이 시중을 들어야 하며, 자기가 시키는 것은 아무리 사소한 일도 해줘야 한다고 했다.

글쎄, 듣고 보니 어려운 일도 아니어서, 우리는 그렇게 해주었다. 식사 내내 짐이 서서 왔다갔다하고 그의 시중을 들며 이렇게 말했다. "나으리, 이것 좀 드릴까요, 아니면 저것 좀 드릴까요?" 그런 식으로 해주자, 그는 정말이지 눈에 띄게 좋아하는 눈치였다.

하지만 노인은 시간이 갈수록 점점 조용해졌다. 별로 할 말은 많지 않은 모양이었는데, 그 공작 주위에서 벌어지는 깍듯한 행동을 보면서는 어딘가 영 편치 않은 눈치였다. 그는 뭔가 할 말이 있는 것 같았다. 오후가 되자 결국 그가 입을 열었다.

"이것 보게, 빌지워터(배의 빌지[bilge, 밑바닥 완곡부] 또는 선체에 고이는 더럽고 유독한 물—옮긴이)." 그가 말했다. "내 자네한테는 되어지게 미안하네만은, 그와 비슷한 문제를 지닌 사람은 이 세상에 자네 하나뿐이 아니라네."

"저뿐이 아니라구요?"

"암, 자네뿐이 아니라네. 본래 높은 지위에 있었지만, 졸지에 밑바닥으로 굴러떨어진 사람은 자네 말고도 또 있단 말일세."

"설마요!"

"암, 자기 출생의 비밀을 지닌 사람은 자네 말고도 또 있다는 거지." 이 말과 함께 노인은 놀랍게도 대성통곡을 하기 시작했다.

"왜 이러세요! 무슨 말씀을 하시는 겁니까?"

"빌지워터, 자네가 비밀을 지켜줄 수 있겠나?" 노인은 여전히 울먹이는 것처럼 하면서 말했다.

"아, 그야 머리가 두 동강 나도 지키죠." 그는 노인의 손을 꽉 움켜쥐며 말했다. "도대체 무슨 비밀이 있다는 겁니까? 말해보세요!"

"빌지워터, 사실은 내가 바로 죽었다고 알려진 프랑스의 도핀〔왕세자〕이라네!"

당연한 이야기지만, 이번에는 짐과 내가 서로의 얼굴을 빤히 쳐다볼 수밖에 없었다. 그러자 공작이 말했다.

"노인장께서 누구시라구요?"

"그래, 이 친구야, 차마 사실로 믿어지지가 않겠지. 지금 자네 앞에 서 있는 바로 이 사람이 행방불명되었다고 알려진 프랑스의 도핀, 다시 말해 루이 16세와 마리 앙투아네트의 아들 루이 17세다 이 말일세."

"노인장께서요? 그 연세에? 설마요! 차라리 노인장께서 샤를마뉴라고 하시면 믿겠습니다. 보아하니 아무리 적게 잡아도, 한 6백 내지

7백 년은 사신 것 같으니까요."

"이게 다 고생 탓일세, 빌지워터, 고생 때문에 이렇게 된 게야. 워낙 고생을 하다보니 이렇게 흰 머리가 나고, 너무 일찍 대머리가 되어 버린 거지. 그렇게 된 걸세, 여러분. 지금 여러분 앞에 서 있는 바로 이 사람이야말로 청바지를 입고, 슬픔에 젖은 채, 정처 없이, 망명객이 된, 떠돌이 신세의, 고통받는 적법한 프랑스 왕인 거라네."

그 양반은 어찌나 서럽게 울고 슬퍼하던지, 나랑 짐은 도대체 어찌해야 할지 모를 지경이 되었으며, 그 양반을 무척이나 딱하게 여겼다. 또 한편으로는 우리가 그런 양반과 함께 있게 되어서 무척이나 기쁘고 자랑스러웠다. 그래서 우리는 앞서 공작에게 했던 것과 마찬가지로 격식을 차렸고, 이번에는 그 양반을 위로하려고 했다. 하지만 그 양반은 그래 봤자 아무 소용도 없다고, 이제는 그저 얼른 죽어서 이 모든 고통을 끝내는 것밖에는 바랄 게 없다고 말했다. 하지만 그 고통을 잠시라도 완화시키고 좀 낫게 만들어주는 방법이 없지는 않은데, 그건 사람들이 자기를 그 권리에 알맞게 대해주는 것이라고, 그러니까 자기한테 이야기를 할 때면 한쪽 무릎을 꿇고, 항상 "전하"라고 부르며, 식사 때마다 시중을 들고, 앉으라는 허락이 떨어지기 전까지는 자기 앞에서 앉아서는 안 되고 하는 것이라고 했다. 그래서 짐과 나는 그 양반을 전하라고 부르고, 그 양반이 시키는 일이면 이것저것 해주었으며, 그 양반이 앉으라고 할 때까지 그냥 서 있었다. 이렇게 하자 그 양반은 기분이 좋아졌는지, 아까보다는 더 신나고 편안한 모양이었다. 하지만 공작은 떫은 표정이었고, 일이 돌아가는 상황이 영 마음에 들지 않는 모양이었다. 그래도 왕은 그 양반에게 매우 친근한 태도를 보이면서, '자기' 아버지가 일찍이 공작의 증조부를 비롯한 다른 모든 빌지워터 공작들을 총애했으며, 그래서 자주 궁전에 놀러오도록 허락한 바 있다고 말했다. 하지만 공작은 한참 동안이나 심술 난 듯한 태도를 취해서, 나중에 가서는 왕이 이렇게 말했다.

"좋건 싫건, 이제 우리야 이 좁은 뗏목 위에서 겁나게 오래 머무를 수밖에 없지 않겠나, 빌지워터? 그러니 자네가 그렇게 심술을 부려봐야 무슨 소용이 있겠나? 그래 봤자 서로 더 불편하기만 할 뿐이지. 따지고 보면 내가 공작으로 태어나지 못한 것이나, 자네가 왕으로 태어나지 못한 것이나, 우리의 잘못은 아니지 않겠나. 그러니 고민할 게 뭐 있겠나? 뭐든지 있거들랑 최대한 활용하라. 이게 바로 내 좌우명이라네. 우리가 여기 갇혀서 꼼짝 못하는 것도 나쁠 건 없다네. 먹을 건 충분하고, 생활은 편하니까. 그러지 말고 악수나 하세, 공작. 그리고 서로 친구로 지내는 거야."

공작은 왕의 말을 따랐고, 짐과 나는 두 사람이 그렇게 하는 모습을 보자 기뻤다. 이후로는 모든 불편함이 사라져버렸고, 우리도 기분이 좋았던 것이, 뗏목 위에서 누군가가 서로 적의를 품는다는 것은 그야말로 끔찍한 일이 될 것이 뻔했기 때문이었다. 왜냐하면 뗏목 위에서는 모두가 만족하는 것이, 다른 사람들에 대해 좋게 생각하고 친절하게 대하는 것이 다른 무엇보다도 중요했기 때문이다.

물론 얼마 못 가서 나는 이 두 거짓말쟁이가 왕도 아니고 공작도 아니라는, 다만 닳고 닳은 사기꾼에 협잡꾼이라는 사실을 깨닫게 되었다. 하지만 나는 아무 말도, 아무 내색도 하지 않았다. 그냥 나 혼자만 알고 있었다. 그게 최상이었다. 그래야만 싸울 일도 전혀 없고, 말썽에 휘말릴 일도 없다. 그 작자들이 우리더러 왕이니 공작이니 하고 불러달라고 해도, 그 덕분에 뗏목 위 일가의 평화만 유지할 수 있다면, 나로선 굳이 마다할 이유가 없었다. 게다가 이런 이야기를 짐에게 꺼내봤자 아무 소용이 없었기에, 나는 그에게 아무 말도 하지 않았다. 사실 나야 우리 아빠한테 배운 거라곤 거의 없다시피 했지만, 그나마 내가 배운 게 있다면 바로 이런 작자들의 경우에는 그냥 본인들이 원하는 대로 하게 내버려두는 게 최고라는 것이었기 때문이다.

제20장

그 작자들은 우리한테 상당히 많은 질문을 던졌다. 왜 우리가 그렇게 뗏목을 몰래 숨겨두는지, 왜 대낮에 운행하지 않고 정박해 있는지 등등을 말이다. 짐이란 녀석, 혹시 도망친 노예 아닌가? 나는 이렇게 말했다.

"나, 원! 도망친 노예가 뭣 때문에 '남쪽'으로 도망을 친대요?"

하긴 그렇지. 두 사람도 그건 맞는 말이라고 시인했다. 나로선 이 상황을 뭔가 다른 방식으로 설명해야만 했다. 그래서 이렇게 둘러댔다.

"사실 우리 가족은 미주리 주 파이크 카운티에 살아요. 저도 원래 거기서 태어났는데, 모두가 죽고 저랑 아빠랑 제 동생 아이크밖에는 안 남은 거예요. 아빠는 우릴 두고 저 아래 내려가서 벤 삼촌하고 살기로 '승각〔생각〕'했어요. 우리 삼촌은 올리언스에서 44마일 밑에 있는 강가에 작은 말 한 마리 마을에 살고 있거든요. 우리 아빠는 되게 가난해요. 빚도 좀 있구요. 그래서 그걸 다 정리하고 나니까 남은 거라곤 16달러하고 우리 집 깜둥이 짐밖에 없는 거예요. 그것만 갖고는 1,400마일이나 되는 길을 갈 여비가 안 됐죠. 그런데 강물이 불어났을 때, 우리 아빠가 하루는 운 좋게도 횡재를 한 거예요. 바로 이 뗏목을 '겐진〔건진〕' 거죠. 그래서 우리는 이걸 타고 올리언스까지 내려가기로 한 거예요. 근데 아빠의 운은 오래가지도 않았어요. 어느 날 밤에 증기선이 뗏목 앞대가리를 들이받는 바람에, 우리는 물 속으로 뛰어들어 회전바퀴에 안 닿게끔 깊이 잠수했죠. 짐하고 저는 다시 물 밖으로 나왔는데, 아빠는 술에 취한 데다가 아이크는 겨우 네 살짜리여서, 결국 물 밖으로 못 나오고 만 거예요. 하여간 그 이후로도 하루이틀 정도는 더 고생을 했던 게, 사람들이 계속 보트를 타고 와서는 짐을 저한테서 떼어서 끌고 가려고 하는 거예요. 이 녀석보고 뭐 도망친 노예라나 뭐라나. 그래서 아예 대낮에는 배를 안 띄우기로 했던 거죠. 밤에만 가면 아무도 우릴 괴롭히거나 하진 않았으니까요."

공작이 말했다.

"그럼 어디, 필요하다면 대낮에도 배를 타고 갈 수 있는 방법을 내가 궁리해보마. 이 문제를 한 번 곰곰이 생각해 봐야겠어. 그러면 뭔가 뾰족한 방법이 생길 거다. 일단 오늘은 그냥 이렇게 있자. 지금이야 우리도 저놈의 마을 근처로 지나가고 싶지는 않으니까 말이야. 그래, 지금은 별로 좋은 생각이 아닐 거야."

밤이 가까워지면서 주위가 어두워지기 시작하자, 조만간 비가 내릴 것 같았다. 소리 없는 번개가 번쩍번쩍 하고 하늘에서 내리꽂히며, 나뭇잎이 부르르 떨기 시작했다. 그야말로 한 판 거나하게 쏟아질 참인 것이, 누가 봐도 뻔했다. 그러자 공작과 왕은 우리 움막 속으로 기어들어가, 잠자리가 어떤지 살펴보았다. 내 잠자리는 짚단 돗자리로 되어 있었다.

짐의 돗자리는 옥수수껍질로 만든 것이어서, 내 것보다는 못했다. 그 안에 옥수수속이 섞여 있게 마련이어서, 몸이 찔리고 따갑기 일쑤였다. 그래서 혹시 돌아눕기라도 하면, 마른 껍질 소리가 어찌나 요란한지, 마치 바싹 마른 낙엽 더미 위에서 구르는 것과 비슷한 소리가 들릴 정도였다. 그래서인지 공작은 내 잠자리를 자기가 차지해야겠다고 생각한 모양이었다. 하지만 왕은 그러지 못하게 할 생각이었다. 그가 말했다.

"내 생각에는 우리가 아무래도 지위에 차이가 있으니만큼, 자네한테는 이 옥수수껍질로 만든 잠자리가 더 잘 어울릴 것 같다고 사료되네. 그러니 나으리께서는 얼른 그 자리에 드시도록 하게나."

짐하고 나는 잠시나마 또다시 진땀을 흘린 것이, 이거 이러다가는 저 두 사람 사이에 또다시 무슨 말썽이 생기는 것 아닌가 싶었기 때문이다. 그래서 우리는 공작의 다음과 같은 말을 듣자 무척이나 기뻤다.

"압제의 철권 앞에서 항상 곤경에 처할 수밖에 없는 것이야말로 제 운명이로군요. 과거의 오만한 마음도 불운에 의해 꺾여버렸으니까요. 제가 양보하고, 말씀에 따르겠습니다. 이것이 제 운명인 것이니까요. 저야 이 세상에서도 외톨이 아니겠습니까. 제가 고통을 받겠습니다. 암요, 감수할 수 있습니다."

적당하게 어두워졌다 싶자 우리는 곧바로 출발했다. 왕은 우리더러 반드시 강 한복판까지 가야 한다고, 그리고 그 마을에서 한참 멀어지기 전까지는 절대로 불을 켜면 안 된다고 신신당부했다. 잠시 후 작은 불빛이 점점이 눈에 들어왔다. 바로 마을이었다. 거기서 한 반 마일쯤 지나갈 때까지 아무 일 없었다. 4분의 3마일쯤 가서야 우리는 표시등을 내걸었다. 밤 열 시쯤 되었을 무렵, 비와 바람과 천둥과 번개가 한꺼번에 몰아쳐왔다. 그래서 왕은 우리보고 날씨가 더 좋아질 때까지 망을 보라고 했다. 그러더니 자기랑 공작은 움막 속으로 들어가 밤새 자빠져 잤다. 나는 뗏목 뒤쪽에서 열두 시까지 망을 봤는데, 잠자리가 있었다 한들 나로선 어쨌거나 잠을 잘 수가 없었을 것이다. 그런 폭풍은 일주일 내내 하루하루를 만나듯 〔자주〕 볼 수 있는 것이 아니며, 정말로 그런 것이 아니었기 때문이다. 아이구, 세상에. 그 바람 윙윙거리는 것하고는! 1, 2초가 멀다 하고 하늘이 번쩍일 때마다, 주위 반 마일 정도 둘레의 흰 꼭대기가 훤하게 드러났으며, 빗줄기 사이로 섬들이 희끄무레하게 보였고, 바람에 나무 쓸리는 소리가 요란했다. 그러다가 '화르륵 쾅! 쾅! 콰광쾅쾅쾅! 그러면서 천둥이 으르렁 와르릉대다가 그치는 것이었다. 그러고 나서는 또 다른 섬광과 또 다른 타격이 가해졌다. 간혹 나는 자칫 파도 때문에 뗏목에서 쓸려나갈 뻔했지만, 어차피 옷이라곤 입지 않았으니 별로 신경 쓰지 않았다. 잠긴 나무도 별 문제는 되지 않았다. 번개가 하도 지속적으로 번쩍이며 날아다니다보니, 우리는 잠긴 나무의 위치를 금세 파악하고 그걸 피해서 뗏목의 대가리를 이쪽저쪽으로 조종할 수 있었던 것이다.

왜 흔히들 한밤중 당직이라고 하는 시간이었는데, 그때쯤이 되자 나도 너무나 졸린 바람에, 짐은 자기가 그중 먼저 절반을 나 대신 망보겠다고 했다. 녀석은 항상 그런 식으로 마음씨가 착했다. 짐은 원래 그랬다. 나는 움막 속으로 기어들어갔지만, 왕과 공작이 사방에 다리를 뻗고 있는 바람에 내가 누울 자리가 없었다. 결국 나는 밖에 나가 누웠다. 비가 내려도 따뜻했으니 상관은 없었고, 물결도 아주 높지는 않아서 괜찮았다. 그러나 두 시쯤 되자 또다시 폭풍이 시작되었는데, 짐은 나를 깨우려고 하다가 결국 그러지 않기로 한 것이, 아직은 별다른 해를 끼칠 만큼 물결이 높진 않다고 생각한 까닭이었다. 하지만 녀석의 판단은 착오였던 것이, 그 직후에 갑자기 보통 파도가 밀려오는 바람에, 나는 그만 뗏목에서 쓸려나가고 말았기 때문이었다. 그 광경에 짐은 껄껄대고 웃기 시작했다. 녀석이야말로 정말이지 뭘 보더라도 웃을 수 있는, 이 세상에서 가장 잘 웃는 깜둥이는 아니었을까 싶다.

이제는 내가 망을 보게 되었고, 짐은 자리에 눕자마자 코를 골기 시작했으며, 마침내 폭풍도 완전히 그쳐버리고 말았다. 최초의 오두막 불빛이 보이자, 나는 짐을 억지로 깨워서 뗏목을 그날의 은신처로 끌고 갔다.

아침을 먹은 뒤, 왕은 낡아빠진 카드 한 벌을 꺼내더니 공작과 함께 판돈 5센트짜리 세븐 업을 한동안 했다. 그러더니 이제 그 짓에도 싫증이 났는지, 자기들 말마따나 "출정을 안출하기로" 했다. 공작은 자신의 카펫 가방을 열고 뒤적이더니, 작은 인쇄전단을 한 묶음 꺼내 거기 적힌 내용을 큰 소리로 읽어주었다. 한 전단에는 "저명하신 파리의 아르망 드 몽탈방 박사"의 "골상학 강연"이 어디어디 장소에서, 공공 월 공공 일에 열리는데, 입장료는 10센트이며, "성격 분포도는 장당 25센트에 제공된다"는 내용이 적혀 있었다. 공작은 거기 나와 있는 박사가 바로 '본인'이라고 말했다. 또 다른 전단에는 그가 "세계적으로 저명한 셰익스피어 비극 전문배우, 런던 드루리 레인의 개릭 2세"라고 나와 있었다. 다른 전단들에는 그가 여러 다른 이름들을 지니고 여러 다른 훌륭한 일들을 했다고 나와 있었다. 가령 "점 지팡이"로 물이나 금을 찾아낸다든지, "마법 주문을 퇴치한다"든지 등등 말이다. 그러다가 그가 말했다.

"하지만 그중에서도 가장 좋은 것은 연극의 뮤즈인 셈이지. 혹시 판자를 밟아보신('연기를 해보신' 이라는 뜻─옮긴이) 적이 있으신가요, 전하?"

"아니." 왕이 말했다.

"그러시다면, 연세를 사흘 더 드시기 전에 그렇게 하실 수 있도록 해드리지요, 영락하신 전하." 공작이 말했다. "이제 맨 처음 도착하는 큰 마을에서 공회당을 하나 얻어서, 리처드 3세에 나오는 칼싸움 장면이며, 로미오와 줄리엣에 나오는 발코니 장면을 공연하는 겁니다. 전하께서는 어떻게 생각하십니까?"

"물론 해야지, 바퀴통까지, 돈이 되는 거라면 뭐든지 말일세, 빌지워터. 하지만 자네도 알다시피 나야 연극 연기에 대해서는 아는 게 전혀 없고, 실제로 본 적도 전혀 없다네. 우리 부모님이 계시던 궁궐에서 연극 공연이 벌어지기도 했었지만, 나야 그때 너무 어려서 뭔지도 잘 몰랐으니까. 그러니 혹시 자네가 나한테 한 수 가르쳐줄 수 있겠나?"

"그거야 쉽죠!"

"좋네. 뭔가 새로운 거라니 등골이 다 오싹한걸. 어디 그럼 곧바로 한번 시작해보세나."

그래서 공작은 왕에게 로미오가 누구고 줄리엣이 누군지 모조리 설명해준 다음, 자기는 원래 로미오 역을 맡았으니 왕은 줄리엣 역을 맡으면 된다고 했다.

"하지만 자네 말마따나 줄리엣이 젊은 여자애라면 말일세, 공작. 내 이 벗겨진 머리와 하얀 턱수염이 그런 역할에는 어딘가 좀 안 어울리는 것처럼 보이지 않겠나, 혹시?"

"아닙니다. 걱정하실 필요 없습니다. 솔직히 이 촌놈들이야 그런 거에 대해서는 차마 생각도 못 할 테니까요. 게다가 아시다시피 무대 의상을 갖춰 입고 나면, 전하의 모습도 그야말로 감쪽같이 달라지고 말 테니까요. 줄리엣은 잠자리에 들기 전에 발코니에 나와 달빛을 감상하는 것이기 때문에, 잠옷 바람에 머리에는 주름진 취침모자를 쓰고 있거든요. 그 장면에 사용되는 의상이 바로 이겁니다."

그는 커튼용 사라사로 지은 옷 두어 벌을 꺼내더니, 이게 바로 중세풍 갑옷이니 리처드 3세와 또 다른 놈이 입을 것이고, (또 하나는 줄리엣이 입을) 흰색의 긴 면 잠옷과 주름진 취침모자라고 말했다. 왕은 만족스러워했다. 그리하여 공작은 자기 책을 꺼내 자기 대사를 그야말로 날개 펼친 독수리 풍으로 읽었으며, 어떻게 해야 하는 건지 보여주기 위해 이리저리 뛰어다니고 동시에 연기까지 펼쳐보였다. 그러더니 왕에게 책을 건네주고는, 일단 본인의 대사를 외우라고 했다.

강굽이에서 3마일쯤 밑으로 내려가자 작은 말 한 마리 마을이 하나 나타났고, 저녁을 먹고 나서 공작은 대낮에도 짐을 데리고 아무 위험 없이 운행할 수 있는 방법을 하나 생각해냈다고 말했다. 그래서 그는 자기가 일단 저 마을에 가서 준비를 해와야겠다고 말했다. 왕은 자기도 함께 가겠다고, 혹시 뭐라도 있나 살펴봐야겠다고 했다. 우리도 마침 커피가 떨어졌기 때문에, 짐도 나더러 카누를 타고 두 사람과 함께 가서 사오는 게 낫겠다고 했다.

마을에 도착해보니, 아무도 바삐 돌아다니는 사람이 없었다. 거리는 텅 비었고, 마치 일요일마냥 완전히 고요하고 인기척이 없었다. 마침 어느 집 뒷마당에서 햇볕을 쬐고 앉아 있는 병든 깜둥이가 있기에 물어보니, 이 마을에서 너무 어리거나 너무 아프거나 너무 늙은 사람을 빼고는, 모두들 거기서 숲 속을 따라 2마일쯤 간 곳에서 열리는 천막집회에 갔다는 것이었다. 왕은 그쪽이 어딘지를 알아낸 다음, 자기도 그 천막집회에 가서 열심히 한 번 뛰어보겠다고 하면서, 나더러 같이 가도 된다고 했다.

공작은 인쇄소를 찾아봐야겠다고 했다. 우리는 결국 한 군데를 찾아냈다. 아주 작은 놈의 가게가 목공소 위에 있었다. 목수와 인쇄공도 모두들 집회에 가고 없었지만, 문은 그냥 열린 채였다. 인쇄소 안은 지저분하고 어수선했으며, 온통 잉크 자국을 비롯해서 도망친 노예며 말馬 그림이 들어 있는 전단이 널려 있었다. 공작은 외투를 벗더니, 자기 쪽은 이제 됐다고 했다. 그래서 나는 왕과 함께 그 천막집회 장소를 찾아갔다.

우리는 30분쯤 걸려서야 거기 도착했는데, 마침 겁나게 날씨가 더웠기 때문에 엄청나게 땀을 흘리고 있었다. 거기 모인 사람들은 천여 명 가까이 되었는데, 인근 20마일 내에서 모두 몰려온 거라고 했다. 숲 속에는 수레며 마차가 가득 들어차 있었고, 여기저기 고삐를 매어두었으며, 말들은 마차 여물통에서 뭘 먹거나 말파리를 쫓으려고 발을 탕탕 굴렀다. 기둥을 세우고 나뭇가지로 지붕을 올린 그늘막도 있어서 거기서는 레모네이드와 생강빵을 팔았고, 수박이며 풋옥수수며 하는 야채들도 잔뜩 쌓여 있었다.

설교가 한창인 곳도 이와 비슷한 그늘막이었는데, 다만 더 크고 많은 사람들이 들어가 있다는 점이 다를 뿐이었다. 벤치는 통나무 껍질을 켜낸 평판으로 만들었으니, 가장자리를 둘러가며 구멍을 뚫은 다음, 거기다가 다리를 끼워넣은 식이었다. 따라서 그 의자에는 등받이가 없었다. 전도사는 그늘막 저 끄트머리에 위치한 높은 연단에 올라가 있었다. 여자들은 차양모자를 썼다. 어떤 여자는 혼합천으로 만든 옷, 어떤 여자는 깅엄으로 만든 옷, 젊은 여자 중 일부는 사라사로 만든 옷을 입었다. 젊은 남자 가운데는 맨발도 많았고, 애들 중에는 그저 삼 리넨 셔츠밖에는 걸치지 않은 아이들도 있었다. 나이 많은 부인네들 중에는 뜨개질을 하는 사람도 있고, 젊은이들 중에는 몰래 연애질하는 사람도 있었다.

우리가 첫 번째 그늘막에 도착했을 무렵, 전도사는 찬송가를 선창하고 있었다. 그가 두 소절을 선창하면 모두가 그걸 따라 불렀는데,

듣고 있자니 제법 근사했던 것이, 사람들이 워낙 많은 까닭에 찬송가 소리도 무척이나 우렁찼던 때문이다. 그러더니 전도사는 두 소절을 더 선창하며 다들 따라 부르게 하고, 뭐, 그런 식이었다. 사람들은 점점 더 각성하고, 점점 더 큰 소리로 노래를 불렀다. 막판에 도달하자 어떤 사람은 신음하기 시작하고, 어떤 사람은 소리치기 시작했다. 전도사는 설교를 시작했다. 그것도 아주 본격적으로 말이다. 그러더니 연단 위를 누비고 돌아다니기 시작해서, 처음에는 이쪽으로, 다음에는 반대쪽으로, 그런 다음에는 한가운데에 선 채로 아래를 굽어보면서, 온몸과 팔을 흔들어대면서 한껏 목소리를 높여서 소리를 질러댔다. 그러다가 때때로 자기 성경책을 집어 들고, 활짝 펼친 다음, 마치 이쪽저쪽으로 건네주는 흉내를 내면서 이렇게 외쳤다. "이것이 바로 광야에서 놋쇠로 만든 뱀이라! 이걸 바라보며 살아야 할지니라!" 그러면 사람들은 이렇게 소리를 질렀다. "영광! 아—아—멘!" 그가 이런 식으로 이야기할 때마다, 사람들은 신음하고 울면서 아멘을 읊어댔다.

"오, 애곡자의 자리로 오라! 어서 오라, 죄로 검어진 자들아! (아멘!) 오라, 아프고 다친 자들아! (아멘!) 오라, 다리 절고 눈먼 자들아! (아멘!) 오라, 가난하고 궁핍하고 수치를 당한 자들아! (아멘!) 지치고, 타락하고, 고통받는 자들아, 모두 이리로 오라! 상한 심령으로 나아오라! 회개의 마음으로 나아오라! 너희들의 허물과 죄와 더러움을 갖고 나아오라! 깨끗케 하는 생수가 값없이 베풀어지고, 하늘의 문이 열렸도다! 오, 들어가 영원한 안식을 얻으라! (아-아-멘! 영광,

영광 할렐루야!)

이런 식이었다. 이제는 고함소리와 울음소리 때문에 전도사가 무슨 말을 하는지 더 이상 알아들을 수조차 없을 지경이었다. 군중 가운데 곳곳에서 사람들이 일어서더니, 우격다짐 식으로, 애곡자의 자리를 향해, 얼굴에는 눈물을 줄줄 흘리며 달려나갔다. 맨 앞좌석에 무리 지어 몰려든 애곡자들은 찬송가를 부르고 소리를 질렀으며, 그야말로 미친 듯이 격렬하게 지푸라기 위에 몸을 던졌다.

그때 내가 맨 처음 깨달은 것은, 왕 역시 앞으로 나아갔다는 것이었다. 그 양반의 목소리는 모두를 압도했다. 그런 다음에 그는 연단 위로 올라갔고, 그러자 전도사는 그에게 사람들 앞에서 간증하라고 했으며, 그는 시키는 대로 했다. 그는 자기가 원래 해적이었다고 했다. 무려 30년 동안이나 저 인도양에서 그 짓을 했는데, 지난 봄에 전투를 치르고 나니 자기 동료들의 숫자가 상당히 크게 줄어들어서, 이제 고향으로 돌아와서 새로 몇 명을 뽑아갈 생각이었는데, 하늘의 도움으로 자기가 어젯밤 강도를 당해 땡전 한푼 없이, 그리고 증기선에서 뭍에 내리는 신세가 되었으며, 그래도 자기는 그게 오히려 잘되었다고, 그게 오히려 이제껏 자기에게 벌어진 가장 축복받은 일이었다고 보는 것이, 왜냐하면 이제 자기는 변화된 사람이며, 난생처음으로 행복한 사람이 되었기 때문이라고 했다. 이제 자기는 가난해졌으니, 이 길로 곧바로 인도양으로 돌아가, 남은 평생 동안 해적들을 진리의 길로 이끄는 데 바치겠다고 했다. 자기라면 그런 일을 다른 누구보다도 더 잘할 수 있는 것이, 그 바다에 있는 모든 해적 동료들과 잘 아는 사이이기 때문이라고 했다. 비록 돈이 없기 때문에 자기가 거기 도달하려면 상당히 오랜 시간이 걸릴 것 같지만, 어쨌거나 자기는 반드시 거기 도달할 것이며, 해적을 한 명 회심시킬 때마다 이렇게 말할 거라고 했다. "나한테 감사하지 말고, 내 덕분이라고 하지 말게. 이 모두는 다름 아닌 포크빌의 천막집회에 참석했던 분들, 그 진정한 형제들과 은인들의 덕분이니까 말일세. 그리고 거기 계셨던 전도사님, 이 한 사람의 해적이 지닌 가장 진실한 친구 덕분이니까 말일세!"

그러고 나서 그는 울음을 터뜨렸고, 모든 사람들도 함께 울었다. 누군가가 이렇게 외쳤다. "저 사람을 위해 모금을 합시다, 모금을 하자구요!" 그러자 대여섯 명이 그 일을 맡겠다고 뛰어들었지만, 누군가가 이렇게 외쳤다. "그 사람보고 '직접' 모자를 돌리라고 해요!" 그러자 모두가 그렇게 말했고, 전도사도 그렇게 말했다.

그래서 왕은 모자를 들고 군중 사이를 돌아다녔으며, 내내 눈가를 훔치면서 그렇게 멀리 떨어져 살아가는 딱한 해적들에게 그토록 잘해주는 사람들을 향해 축복과 찬양과 감사를 건넸다. 가는 곳마다 여자애들 중에서도 제일 예쁘게 생긴 애들이, 뺨 위에 눈물을 줄줄 흘리며 일어나서는, 그를 기억하기 위해 입을 맞춰도 되겠느냐고 물었다. 그는 항상 입을 맞추게 허락했다. 그중 몇 명한테는 직접 끌어안고 대여섯 번이나 입을 맞추기도 했다. 게다가 앞으로 일주일 동안 함께 머물자는 요청도 받았다. 모든 사람들이 그를 자기네 집으로 데려가 함께 지내고 싶어 했고, 그걸 오히려 영광으로 삼겠다고 말했다. 하지만 그는 오늘이 천막집회의 마지막 날이기 때문에 그럴 수는 없으며, 게다가 본인은 한시바삐 인도양으로 가서 해적들을 위해 일하려는 생각뿐이라고 했다.

다시 뗏목으로 돌아와서, 그는 돈을 꺼내 세어보더니, 모두 해서 87달러 75센트를 모았다고 했다. 또 그는 3갤런짜리 위스키 병을 하나 가져왔는데, 아까 우리가 숲을 지나 돌아올 무렵 어느 마차 아래에서 발견한 것이었다. 왕의 말로는 이것저것 다 따지고 보면, 지금껏 자기가 전도사업에 끼어들었던 것 중에서도 오늘 수입이 가장 많았다고 했다. 두말할 나위 없이, 천막집회에서 써먹는 구실로는 이교도보다 차라리 전과자라든지, 아니면 해적 쪽이 훨씬 더 낫다는 것이다.

왕이 나타나기 전까지만 해도, 공작은 그날 하루 더 큰 건수를 올린 쪽은 '자기'라고 생각했는데, 이후에는 그런 생각을 버리고 말았다. 그는 인쇄소에서 농부 두 사람에게 작은 일거리─그러니까 말 전단─를 맡아 직접 조판을 하고 인쇄를 해서 4달러나 되는 돈을 챙긴 참이었다. 그는 〔앞으로 나올〕 신문 광고가 10달러짜리라고 운을 뗀 다음, 농부들더러 만약 선금을 내면 단돈 4달러에 내주겠다고 말했다. 그러자 농부들은 기꺼이 그렇게 했다. 또 신문 구독료는 1년에 2달러씩이었는데, 만약 선금을 내면 단돈 반 달러씩에 해주겠다고 말해서 세 명의 정기구독자를 모았다. 평소처럼 농부들은 코드장작이나 양파 등의 현물로 돈을 내려 했지만, 그는 자기가 방금 이 사업을 인수했기 때문에, 일단은 가격을 최대한 낮추려는 것이고, 앞으로는 현금으로만 운영하려는 것이라고 말했다. 그는 자기가 직접, 본인의 머리로 지어낸 짧은 시 한 편도 조판을 했다. 세 줄짜리였다. 일종의 달달하면서도 서글픈 느낌이었다. 그 제목은 "그래, 부수어라, 잔혹한 세상아, 이 내 부서진 가슴을"이었다. 그는 그 모두를 조판해놓고, 종이에 인쇄할 준비까지 갖춰놓았지만, 이에 대해서는 아무 요금도 요구하지 않았다. 그는 9달러 반을 챙기고는, 이 정도면 오늘 하루 일로는 제법 삼삼한 편이라고 했다.

그러더니 그는 역시 자기가 인쇄한 또 다른 작은 일거리를 보여주었는데, 그의 말로는 여기에 대해서도 요금은 물리지 않은 것이, 그건 우리를 위한 일이기 때문이라고 했다. 거기에는 막대기에 보따리를 꿰어 어깨에 걸머지고 도망치는 깜둥이 그림이 그려져 있고, 그 밑에는 "현상금 2백 달러"라고 적혀 있었다. 설명은 모두 짐에 관한 것이었으며, 정말이지 머리카락 하나까지 짐에 관한 묘사였다. 거기

는 짐이 뉴올리언스에서 40마일쯤 밑에 있는 세인트 자크 플랜테이션에서 지난 겨울에 도망쳤으며, 아마도 북쪽으로 간 것 같으니, 그를 잡아서 돌려보내주는 사람에게는 현상금과 비용을 지불하겠다고 나와 있었다.

"이젠 말이지." 공작이 말했다. "오늘 밤 넘어서부터는 필요한 경우라면 낮에도 운행할 수 있지. 누가 오는 게 보이면, 짐의 손과 발을 밧줄로 꽁꽁 묶어놓은 다음에, 움막 안에 넣어두고 이 전단을 그 사람한테 보여주면서, 우리가 이 녀석을 상류에서 잡아 오는 중이라고 하면 되는 거야. 우리가 너무 가난한 나머지 증기선을 타고 올 수가 없어서, 이 작은 뗏목을 친구들한테서 빌려갖고 현상금을 타먹으러 가는 거라면 되지. 물론 짐한테 수갑하고 쇠사슬을 채워놓으면 더 그럴싸하겠지만, 그렇게 되면 우리가 너무 가난하다는 이야기하고는 안 맞을 거니까. 귀금속을 지닌 것마냥 너무 안 어울리겠지. 밧줄이 딱일 거야. 무대 위에서 흔히 하는 말마따나, 반드시 통일성을 유지해야만 해."

우리는 공작이 무척이나 똑똑하다고 입을 모았고, 이젠 더 이상 대낮에 운행하는 데 아무런 문제가 없었다. 우리 생각에, 공작이 그 인쇄소에서 한 일로 인해서 그 마을에서 일어날 것이 뻔한 소동을 피해, 우리는 그날 밤 안으로 몇 마일은 너끈히 더 갈 수 있을 것 같았다. 이제는 굳이 필요하다면 지금이라도 당장 갈 수 있을 것 같았다.

우리는 쥐 죽은 듯 숨어 있다가, 거의 밤 열 시가 다 되어서야 뗏목을 띄웠다. 그런 뒤 마을에서 상당히 멀리 떨어진 데로 물살을 타고 내려갔고, 마을이 완전히 시야에서 사라지고 나서야 표시등을 내걸었다.

새벽 네 시에 짐은 망을 보라고 나를 깨우면서 이렇게 말했다.

"헉, 그나저나 이놈의 여행 중에 혹시 이런 왕들을 더 만나게 될까?"

"아니." 내가 말했다. "그렇진 않을 거야."

"그래." 짐이 말했다. "그럼 다행이네. 솔직히 왕이란 것, 한둘까지는 괜찮아도 그 이상은 곤란하겠더라구. 여기 하나 있는 것만 해도 대단한 주정뱅이라서, 공작 따위야 턱도 없겠는걸."

짐은 먼저 왕에게 어디 프랑스어를 좀 해보시라고, 그게 도대체 어떤 건지 궁금해서 그런다고 말한 적이 있었다. 하지만 왕은 자기가 이 나라에 온 지가 하도 오래되고, 또 고생을 하도 많이 한 까닭에, 그만 프랑스어를 잊어버리고 말았다고 둘러댔다.

제21장

이제 해가 떴지만, 우리는 계속 뗏목을 몰았고, 어디 정박시키거나 하진 않았다. 마침내 왕과 공작이 얼굴을 내밀었는데, 낯빛이 상당히 안 좋았다. 하지만 두 사람은 물속으로 뛰어들어 헤엄을 쳤고, 덕분에 상당히 기분이 좋아진 듯했다. 아침을 먹고 나서 왕은 뗏목의 한쪽 구석에 자리를 잡고 앉아, 자기 부츠를 벗고 반바지를 걷어 올린 다음, 발을 물속에 편안히 담그고, 파이프에 불을 붙인 다음, 자신의 로미오와 줄리엣 대사를 외우기 시작했다. 대사를 잘 외우게 되자, 그와 공작은 함께 연습을 시작했다. 대사 하나하나를 어떻게 말해야 하는지, 공작은 왕에게 거듭거듭 가르쳐주었다. 공작은 왕에게 한숨을 쉬게 했다가, 가슴에 손을 갖다대게 했다가, 나중에 가서는 왕더러 잘하신다고 말했다. "다만 한 가지." 그가 말했다. "그런 식으로, 무슨 황소마냥 '로미오!' 하고 고함치면 안 됩니다. 반드시 부드럽게, 그리고 고통스럽게, 고민스럽게 불러야 합니다. '로-오-오-

미오!' 바로 이렇게요. 줄리엣은 그냥 순진한 여자아이니까요. 왜 있
잖습니까. 그러니까 어디 촌놈처럼 떠들썩하게 말하면 안 되죠."

그러고 나서, 두 사람은 공작이 참나무 가지로 만든 긴 칼을 하나
씩 들고서는 칼싸움 연습을 시작했다. 공작은 자신을 리처드 3세라고
했다. 두 사람이 서로를 공격하며 뗏목 곳곳으로 뛰어다니는 광경은
상당히 근사한 구경거리였다. 그러다가 왕이 발을 헛딛는 바람에 물
에 빠지자, 두 사람은 잠시 휴식을 갖고, 자신들이 이전에 이 강을 따
라 돌아다니며 한 갖가지 모험들에 대해 이야기를 나누었다.

저녁을 먹고 나서 공작이 말했다.

"자, 카페(중세 시대 동안 프랑스를 지배한 왕조의 이름―옮긴이)
어르신, 이제 우리는 이걸 그야말로 일급 공연으로 만드는 겁니다. 아
셨죠? 그러니 여기다가 내용을 좀 더 붙여야 하겠어요. 하기는 어차
피 앙코르 요청 받을 것을 대비해서 뭔가 짧은 것이 하나 있어야 할
테니까요."

"옹코르라니, 그게 뭔가, 빌지워터?"

공작은 왕에게 그게 뭔지 설명해준 다음, 이렇게 말했다.

"그러면 앙코르로는 제가 하일랜드 춤이나, 선원춤을 추도록 하죠.
그리고 어르신께서는…… 어디 보자…… 아, 그게 좋겠네요. 어르신
께서는 햄릿의 독백을 하시는 겁니다."

"햄리스…… 뭐라구?"

"햄릿의 독백이요. 왜 있잖습니까. 셰익스피어 작품 중에서도 제일
유명한 대목 말이에요. 아, 그건 정말로 숭고하죠, 숭고하다구요! 그

것만 나왔다 하면 공연장 전체를 사로잡으니까요. 제가 가진 책에는 안 나오긴 하는데. 지금은 딱 한 권밖에 없어서. 하지만 아마 기억을 더듬어보면 생각이 날 겁니다. 잠깐 서서 좀 왔다갔다하면서, 이 기억의 창고에서 꺼내올 수 있는지 한번 보죠."

그래서 공작은 뗏목을 이리저리 왔다갔다하면서 뭔가를 생각했고, 때때로 끔찍한 표정을 지어댔다. 가끔은 눈썹을 한껏 찡그렸다. 또 한 손으로 이마를 쥐어뜯으며, 비틀거리고 뒷걸음질치면서 일종의 신음 소리를 냈다. 그다음에는 휴 한숨을 쉬었고, 그다음에는 눈물을 다 흘릴 지경이 되었다. 그의 모습을 바라보고 있자니 근사했다. 마침내 그는 생각을 해냈다. 그는 우리에게 잘 보라고 했다. 그러더니 무척이나 우아한 태도를 취해서, 한쪽 다리는 앞으로 내밀고, 양 팔은 위로 쳐들고, 머리는 뒤로 기울여서, 하늘을 바라

보았다. 그는 언성을 높이고 고함을 지르고 이를 갈았다. 그런 다음에는 대사를 하는 내내 악을 쓰고, 팔을 뻗치고, 가슴이 끓어오르고 하면서, 내가 그 이전까지 본 그 어떤 연기도 능가하는 장면을 보여주었다. 그 대사란 다음과 같았다. 그가 왕에게 가르쳐줄 때, 나도 옆에서 얻어든다가 금세 배울 수 있었다.

사느냐, 죽느냐, 그것은 한 자루 단검,

그토록 긴 인생이란 재난을 만들어내는도다.

누가 불운을 짊어질까, 버넘의 숲이 던시네인에 오기 전까지,

그러나 죽음 이후의 어떤 것에 관한 두려움이

무고한 잠을 죽이네,

위대한 자연의 두 번째 길을,

그리고 우리로 하여금 잔인한 운명의 화살을 쏘게 만드네,

우리가 모르는 다른 곳으로 도망치게 하는 대신.

그런 까닭에 우리는 반드시 머뭇거리나니

문을 두들겨 덩컨을 깨우라! 너는 할 수 있으니

누가 시간의 재촉과 경멸을 짊어지게 될 것인가

압제자의 횡포를, 오만한 자의 경멸을,

법의 지연을, 그의 송곳니가 깨물 수 있는 죽음을,

죽음의 낭비와 한밤중에, 교회 묘지가 하품하고,

의례적인 엄숙한 검정의 옷을 입고,

그러나 그 목적지로부터 여행자가 돌아오지 않는 미지의 나라는,

세계 위에 악취를 내뿜어대고,

따라서 결의의 본래 색깔이, 속담에 나오는 불쌍한 고양이마냥,

걱정으로 쇠약하게 되어,

우리의 지붕 위에 드리워진 모든 구름들이,

이런 면에서 그 흐름이 일그러지네,

행동의 명분을 잃어버리고,

이것이야말로 열렬히 바라던 완성이라. 그러나 잠잠하라, 고운 오필리아여,

너의 무거운 대리석 입을 열지 말고,

수녀원으로나 가거라, 가라!

노인네는 이 연설을 좋아했고, 아주 금방 외워서 이제는 일품으로 할 수 있게 되었다. 마치 그 일을 위해 태어난 사람 같았다. 그렇게 익숙해지고 신이 나게 되자, 그가 대사를 외워대면서 뒤에서 이리저리 뛰어다니는 모습은 무척이나 그럴싸해 보였다.

먼저 기회가 있었을 때, 공작은 직접 공연 전단을 인쇄한 바 있었다. 이후 2, 3일 떠내려가는 동안, 우리가 탄 뗏목은 평소와는 달리 무척이나 활기 넘치는 장소였던 것이, 그 위에서는 항상 칼싸움과 리허설—공작이 부르는 말에 따르면—이 있었기 때문이다. 어느 날 아침, 우리는 아칸소 주 아래쪽에 위치한 큰 강굽이에서 작은 마을 한 곳을 발견하게 되었다. 그래서 우리는 거기서 4분의 3마일쯤 되는 위쪽, 삼나무가 우거져 일종의 터널처럼 되어 있어서 잘 안 보이는 개울 입구에 정박하고, 짐을 제외한 모두가 카누를 타고 마을로 내려가, 우리가 공연을 할 만한 장소가 있는지 알아보기로 했다.

우리는 대단히 운이 좋았다. 그날 오후 그 마을에서 서커스 공연이 열릴 예정이어서, 근방에 사는 사람들이 갖가지 모양의 낡아빠진 마차며 말에 올라타고 벌써부터 몰려들기 시작했기 때문이다. 서커스는 밤이 되기 전에 떠날 예정이었으므로, 우리 공연을 위해서는 아주 좋

은 기회였다. 공작은 법원 건물을 빌렸고, 우리는 돌아다니면서 전단을 붙였다. 거기에는 이렇게 나와 있었다.

셰익스피어 재공연!!!
놀라운 인기!
오늘 단 하루 공연!
세계적으로 유명한 비극 배우,
런던 드루리 레인 극장 소속 데이비드 개릭 2세,
그리고
런던 피카딜리, 푸딩 레인, 화이트 채플 소재
로열 헤이마켓 극장과 로열 콘티넨털 극장 소속
에드먼드 킨 1세가 공연하는

장엄한 셰익스피어의 스펙터클,
로미오와 줄리엣의
발코니 장면!!!
로미오 역 ·························· 개릭 씨
줄리엣 역 ·························· 킨 씨

공연진의 모든 역량을 총동원했음!
새로운 의상, 새로운 장면, 새로운 설비!

또한,

리처드 3세의

스릴 넘치고, 탁월하고, 소름 끼치는

넓은검 대결 장면!!!

리처드 3세 역 ······························· 개릭 씨

리치먼드 역 ······························· 킨 씨

또한,

(특별 공연으로 마련한)

햄릿의 그 유명한 독백!!

명배우 킨의 열연!

파리 공연 당시 3백 일 연속 공연!

유럽 순회 예정에 맞춰 불가피하게

오늘 단 하루 공연!

입장료 25센트 / 어린이와 하인 10센트

그런 뒤에 우리는 마을 곳곳을 돌아다니며 시간을 보냈다. 가게며 집들은 거의 모두 낡아빠지고 메마른 외양을 하고 있었고, 한 번도 칠을 한 적이 없는 듯했다. 집들은 땅에 세운 3, 4피트가량의 말뚝 위에 지어져 있었는데, 강이 범람할 경우에도 물에 잠기지 않도록 한 모양이었다. 집들 주위에는 작은 정원이 있었지만, 그곳에 아무것도 키우지는 않는 듯 짐승풀과 해바라기, 잿더미, 낡아빠진 부츠와 신발, 유

리병과 넝마, 안 쓰는 양철제품 같은 것들만 보였다. 담장은 형형색색의 판자들로 되었고, 제각기 다른 시간에 못질을 한 모양이었다. 담장은 하나같이 이리저리 기울어져 있었고, 대문에는 대부분 경첩이 하나, 그것도 가죽으로 된 것뿐이었다. 담장 가운데 어떤 것은 회반죽을 언젠가 칠하긴 칠한 것 같았는데, 공작은 아마도 콜럼버스 시대나 뭐 그쯤에 하지 않았겠느냐고 코웃음 쳤다. 집들 마당에는 대부분 돼지가 들어와 돌아다니다가 사람들에게 내쫓겼다.

가게들은 거리 하나를 따라 늘어서 있었다. 앞에는 흰색이 대부분인 차양을 내걸었고, 인근에서 온 사람들은 그 차양 기둥에 자기네 말고삐를 묶어두었다. 차양 밑에는 텅 빈 포목상자가 놓였고, 놈팡이들이 그 위에 하루 온종일 앉아서, 각자 발로 칼로 거기 뭔가를 새기고 있었다. 이들은 담배를 씹고, 하품을 하며 기지개를 켜댔다. 그야말로 상스러운 작자들이었다. 대다수는 우산만큼 널찍한 노란 밀짚모자를 썼지만, 코트나 조끼는 입지 않았다. 서로서로 빌이니, 버크니, 행크니, 조니, 앤디니 하고 불러대면서, 게으르고도 꾀어내듯이 이야기를 나누었고, 욕설을 상당히 많이 사용했다. 모든 차양 기둥마다 놈팡이들이 하나씩 죽치고 앉아서, 양손은 내내 바지 주머니에 찔러 넣고, 가령 담배 한 닢을 꿔준다든지 제 몸 어딘가를 긁는 경우가 아니면 결코 밖으로 꺼내는 법이 없었다. 그들 가운데 서 있자면, 들리는 소리라고는 이런 것뿐이었다.

"담배 한 닢만 줘봐, 행크."

"안 돼. 나도 지금 한 닢밖에 없거든. 빌한테 달라구 해."

어쩌면 빌이 그에게 한 닢을 줄지도 몰랐다. 어쩌면 빌도 거짓말을 하면서 전혀 없다고 할지도 몰랐다. 그들 중 일부는 그야말로 제 것이라고는 땡전 한푼 없어 보이는, 또는 담배 한 닢 없어 보이는 놈팡이들이었다. 그들이 씹는 담배는 모조리 꾼 것이었다. 가령 친구에게 이렇게 말하는 거다. "나 담배 한 닢만 꿔줘, 잭. 방금 있던 걸 벤 톰슨 녀석한테 다 줘버렸지 뭐야." 이 핑계야 십중팔구 거짓말이다. 외지인이 아닌 이상 어느 누구도 속아넘어가지 않는다. 물론 잭은 외지인이 아니므로 이렇게 대답한다.

"그 녀석한테 '네가' 가진 걸 줬다, 이거냐? 차라리 너네 누나의 고양이의 할머니가 그랬다구 해라. 전에 나한테 꿔간 담배나 갚아, 레이퍼 버크너, 임마. 그럼 내가 거기서 1, 2톤이라도 얼마든지 빌려주고 나서, 갚으라는 소린 절대로 안 할 테니까 말이야."

"아, 왜, 지난번에 '분명히' 한 번 갚았었잖아."

"그래, 갚긴 갚았지. 여섯 닢 정도. 그것도 가겟집 담배로 꿔가서는, 깜둥이 머리 담배로 갚았지."

가겟집 담배는 납작하고 시커먼 덩어리였지만, 이런 작자들이 씹는 건 대개 담뱃잎을 둘둘 만 것이었다. 한 닢만 꾸는 사람은, 대개는 그 덩어리를 칼로 잘라내지 않고, 대신 이로 물고 손으로 잡아당겨 두 조각을 낸다. 그러고 나서 나머지를 돌려주면 가끔은 담배의 원래 주인이 마뜩잖은 표정을 지으며 이렇게 빈정거리곤 했다.

"야, 차라리 그 '한 닢'은 날 주고, 넌 이 '한 덩어리'를 가져라."

길은 그저 진흙탕이었고, 말 그대로 진흙 '밖에는' 아무것도 없었다. 정말이지 타르처럼 시커먼 진흙이었고, 어떤 곳은 거의 1피트 깊이는 되어 보였다. '모든' 거리가 2, 3인치씩은 진흙이 쌓여 있었다. 어디서나 돼지들이 빈둥거리며 꿀꿀거렸다. 진흙투성이 암돼지가 새끼들을 데리고 거리를 따라 오가다가, 아예 길 한복판에 버티고 앉는 바람에, 사람들은 그놈을 비켜 가야만 했고, 그놈이 쭉 뻗어서 눈을 감고 귀를 흔드는 사이에 새끼들이 젖을 먹는 모습은, 그야말로 봉급이라도 받는 사람처럼 흐뭇해 보였다. 그러면 곧바로 어느 놈팡이가 이렇게 외치는 거였다. "야! 가, 임마! 물어, 타이그[타이거]!" 하면 암돼지는 소름 끼치는 비명을 질러대며 달려가고, 그 양쪽 귀에는 개가 한두 마리쯤 매달려 있으며, 그 뒤를 따라 30에서 40마리는 쫓아가는 것이었다. 그러면 놈팡이들이 모조리 자리에서 일어나 그놈이 멀찍이 사라질 때까지 바라보고는, 그 소동이며 소음에 와자지껄하며 즐거워하는 거였다. 그런 뒤에 놈팡이들은 다시 제자리에 앉아, 개싸움이라도 날 때까지 그대로 지키고 있었다. 그 작자들은 개싸움이라면 자다가도 눈을 번쩍 떴다. 개싸움만 있으면 모두들 좋아해 마지않았다. 그에 버금가는 놀이로는 떠돌이 개에게 테레빈유를 끼얹고 불을 붙이는 것이라든지, 꼬리에 양철 프라이팬을 묶어 깜짝 놀란 개가 죽어라 도망치는 모습을 구경하는 것 등이 있었다.

강변 쪽으로는 강둑 위로 집이 몇 채 튀어나와 있었는데, 잔뜩 기울어지고 굽어서 금방이라도 강 속으로 굴러떨어질 것만 같았다. 거기 살던 사람들은 이미 이사를 나왔다. 다른 집들이 놓인 어느 강둑 모퉁이는 아래쪽이 깊이 함몰되어 있어서, 마치 물 위로 툭 튀어나온 형국이었다. 그 집들에는 아직 사람들이 살고 있었지만, 무척이나 위험한 것이, 가끔은 웬만한 집 면적은 되는 땅이 함몰되어버리기도 했기 때문이다. 가끔은 4분의 1마일쯤 되는 길쭉한 땅이 함몰되고 함몰되기 시작해서, 결국 한여름 사이에 모조리 강물 속으로 잠기고 말았다. 그런 마을의 경우는 항상 뒤로 물러나고 또 물러나고 물러날 수밖에 없었던 것이, 강이 항상 마을을 침식하기 때문이었다.

그날 정오가 가까워질수록, 거리에는 마차와 말들이 점점 더 많아졌고 계속해서 늘어났다. 인근에서 온 가족들은 먹을거리를 싸와서 마차에 앉아 먹었다. 여기저기서 위스키를 마시는 사람들이 많았으며, 싸움이 난 것도 세 번이나 봤을 정도였다. 그러다가 누군가가 이렇게 외쳤다.

"보그스 영감이 나타났다! 아, 왜, 매월 인근에서 찾아오는 그 주정뱅이 영감 있잖아! 저기 그 양반이 온다구, 자식들아!"

놈팡이들은 모두 반가워하는 모양이었다. 내 생각에는 보그스 영감을 놀려먹는 데 재미를 붙였기 때문은 아니었을까 싶었다. 그중 한 놈이 이렇게 말했다.

"이번에는 저 영감이 누굴 또 죽여버리겠다고 할지 궁금하구만. 저 양반이 지난 20년간 죽여버리겠다고 장담했던 사람들만 실제로 다 죽여버렸더라면, 지금쯤은 아마 명성이 자자했을걸."

또 누군가가 말했다. "차라리 보그스 영감이 나를 그렇게 좀 위협해줬으면 좋겠네. 그러면 나도 분명히 천 살은 먹도록 잘만 살아갈 테니 말이야."

보그스는 말을 타고 쏜살같이 달려오면서, 마치 인디언마냥 고래고래 소리를 지르며 이렇게 외쳤다.

"썩 물러서지 못해, 이놈들! 이 몸은 출정 중이시란 말이다! 조만간 이 동네 관 값이 제법 올라갈 거다 이 말씀이지!"

그는 술에 취해 있었고, 안장 위에서도 비틀거릴 정도였다. 나이는 50이 넘었고, 얼굴은 아주 새빨갰다. 모두들 그를 향해 소리를 지르고, 비웃음을 던지고, 말대꾸를 했으며, 그러면 그는 사람들을 향해 대꾸하기를, 마음 같아서야 사람들 모두를 상대해 하나하나 돌아가며 때려눕히고 싶지만, 지금 당장은 그러지 않을 것이, 오늘 자기가 이 마을에 온 이유는 셔번 대령을 죽이기 위해서고, 또한 자신의 좌우명은 "고기를 먼저 먹고, 음식은 그 위에다가 없는 법"이기 때문이라는 거였다.

그는 나를 보더니, 말을 타고 다가와서는 말했다.

"넌 어디서 굴러먹다 온 놈이냐, 꼬맹아? 그래, 죽을 준비는 됐냐?"

그러더니 그 말을 타고 가버렸다. 나는 겁이 났다. 하지만 어떤 남자가 말했다.

"얘, 아무것도 아니니까 걱정 마라. 저 사람은 술만 먹었다 하면 매일 저 모양이거든. 이 아칸소 중에서도 제일 순해빠진 늙은이지. 술에 취해서나 깨어서나, 누구 털끝 한 번 건드린 적 없으니까."

보그스는 마을에서도 가장 큰 상점 앞까지 말을 타고 가더니, 차양에 내려진 커튼 밑을 바라보려고 고개를 숙인 다음, 이렇게 외쳤다.

"당장 나오지 못해, 셔번! 당장 나와서 네놈이 사기 친 장본인과 대면하란 말이야! 네놈은 독 안에 든 쥐다! 이젠 꼼짝없이 나한테 붙잡혔다, 이 말이야!"

이런 식으로 그는 셔번 대령에 대해 할 말 못할 말을 모조리 늘어놓았고, 거리에는 사람들이 삼삼오오 모여들어 귀를 기울이고 웃어대며 어쩌구저쩌구하고 있었다. 그러다가 매우 거만해 보이는, 55세 정도의 남자가 가게에서 나왔다. 그 남자는 이 마을에서도 제일 옷을 잘 차려입은 사람이었다. 길에 모인 사람들은 그 남자가 걸어나올 수 있도록 길을 내며 양 옆으로 비켜섰다. 그 남자는 무척이나 차분하고 느린 말투로 보그스에게 말을 건넸다. 이런 내용이었다.

"이젠 나도 못 참겠군. 그래도 앞으로 한 시간은 더 참아주겠네. 그러니까 한 시까지 말이야, 알겠나? 더 이상은 나도 못 참아. 그 시간 이후에 다시 한 번이라도 나에 대해 입이라도 뻥끗하면, 이 세상 어디로 내빼든 간에 반드시 찾아내고 말 테니, 알아서 하게."

그러더니 그는 뒤로 돌아서 가게 안으로 들어갔다. 사람들은 모두들 무척이나 심각한 표정이었다. 아무도 꼼짝하지 않았고, 더 이상 웃는 사람도 없었다. 보그스는 정말이지 고래고래 악을 써가면서 셔번 대령에 대해 악담을 퍼부으며, 말을 타고 거리를 내달렸다. 그러다가 다시 돌아와서 가게 앞에 말을 멈추고, 계속해서 그 짓을 해댔다. 그 주위로 몇몇 남자들이 에워싸고, 그를 입 다물게 하려 했지만, 그는 말을 듣지 않았다. 사람들은 이제 15분 뒤면 한 시가 되니, 이제 '제발' 집에 가라고 말했다. 지금 바로 가라고 말이다. 하지만 그렇게 말해봤자 소용이 없었다. 그는 죽어라고 욕을 퍼부었고, 제 모자를 진흙탕 속에 내던지고 그 위로 말을 달리더니, 다시 한 번 흰 머리를 휘날리며 거리를 달리기 시작했다. 사람들은 기회 있을 때마다 그를 구슬러서 말에서 내려오게끔, 그렇게 해서 그를 어디 가둬두고 술이 깨게 만들려고 했지만, 그것도 아무 소용이 없었다. 그는 또다시 거리 위쪽으로 달려오면서 셔번에 대한 욕을 퍼부어댔다. 결국 누군가가 말했다.

"가서 저 양반 딸을 데려와! 얼른! 그 딸을 데려오라구! 가끔은 자기 딸 말을 들었으니까. 지금 이 상황에서 저 양반을 설득할 사람은 딸밖에 없어!"

그래서 누군가가 어디론가 달려갔다. 나는 거리 아래쪽으로 좀 걸어 내려가, 거기 서 있었다. 5에서 10분쯤 지났을까, 보그스가 또다시 오고 있었다. 이번에는 말도 타지 않은 채였다. 그는 대머리를 드러낸 채, 갈짓자로 거리를 걸어 내 쪽으로 오고 있었고, 그의 양 옆에는 친구인 듯한 사람이 하나씩 그의 팔을 붙들고 걸음을 재촉했다. 그는 입을 다문 채였는데, 무척이나 불만스러운 표정이었다. 전혀 주춤거리지도 않았지만, 어딘가 서두르는 듯한 모양새였다. 그때 누군가가 소리쳤다.

"보그스!"

누가 불렀나 싶어서 소리 난 쪽을 바라보았더니, 그건 바로 셔번 대령이었다. 그는 완전히 꼼짝도 않고, 거리 한가운데 서 있었는데, 오른손에는 권총이 하나 들려 있었다. 어딜 겨냥한 것이 아니라, 총구를 하늘로 향하게 해서 들고 있었다. 그와 동시에 나는 저 멀리서 젊은 여자 한 사람과 두 남자가 막 달려오는 것을 보았다. 보그스와 그를 부축하던 두 남자는 누가 부르나 싶어 뒤로 돌아섰다가, 권총을 든 남자를 보자 황급히 한쪽으로 물러섰다. 공이치기가 당겨져 있었다. 보그스는 양손을 번쩍 들고 말했다. "아이구, 세상에! 쏘지 마!" 탕! 첫 번째 총탄이 발사되자, 보그스는 빈 주먹을 움켜쥐며 뒤로 비틀거렸다. 탕! 두 번째 총탄이 발사되자, 그는 뒤로 넘어지며 묵직하고 둔탁한 소리와 함께 바닥으로 쓰러져 큰대자로 뻗었다. 아까 그 젊은 여자가 비명을 지르며 달려왔고, 자기 아버지에게 몸을 던지며 통곡하듯 소리쳤다. "저 사람이 죽었어! 저 사람이 죽었어!" 사람들은 주위로 가까이 다가와서는, 서로 어깨로 밀치고 모여들면서 고개를 쭉 내밀고 바라보았는데, 그러자 안쪽에 있던 사람들은 구경꾼을 밀쳐내며 소리를 질렀다. "뒤로 물러서! 물러서라구! 숨을 좀 쉬게 해! 숨을 쉬게 하라구!"

셔번 대령은 권총을 땅 위에 던져두고는, 다시 뒤로 돌아 걸어갔다.

사람들은 보그스를 작은 약국으로 데려갔는데 그러는 내내 그 주위에는 사람들이 몰려들었고, 그야말로 마을 전체가 그 뒤를 따랐으며, 나 역시 달려가서 창가에 좋은 자리를 잡고, 그가 있는 곳 가까이에서 안을 들여다보았다. 사람들은 그를 바닥에 눕혀두고, 커다란 성경책 하나를 머리 밑에 베개 삼아 받쳤으며, 또 다른 성경책을 활짝 펼쳐 가슴 위에 놓아두었다. 하지만 그 전에 우선 그의 윗도리를 찢어 펼치자, 총알이 뚫고 들어간 자리가 눈앞에 드러났다. 그는 열댓 번 긴 숨을 몰아쉬었는데, 숨을 들이마실 때에는 가슴의 성경책이 위로 올라갔고, 숨을 내쉴 때에는 밑으로 내려갔다. 그런 뒤에는 꼼짝 않고 누워 있었다. 죽은 것이다. 그러자 사람들은 울고불고 하는 그의 딸을 끌어내더니 어디론가 데려갔다. 딸이라는 여자는 열여섯쯤 되어 보였고, 마음씨가 곱고 착하게 생겼지만, 너무나도 창백하고 겁에 질려 있었다.

곧바로 온 마을 전체가 그곳에 모여 서성거리고 지분거렸으며, 창문 안을 들여다보느라 서로 떠밀고 밀치고 했지만, 이미 좋은 자리를 차지한 사람들은 여간해서 요지부동이어서, 그 뒤에 선 사람들은 계속 이렇게 말했다. "이봐, 이쯤 했으면 충분히 봤잖아, 당신들. 이건 잘못이야, 공평하지 않다구. 왜 당신들만 계속 거기 있으면서 다른 사람은 아무도 못 보게 하는 거야. 다른 사람들도 당신과 마찬가지로 볼 권리가 있는 것 아냐."

점점 언성들이 높아지기에 나는 슬쩍 빠져나왔는데, 이러다가는 분명히 뭔가 문제가 터질 것만 같아서였다. 거리에는 사람들이 가득 차 있었고, 모두들 흥분한 상태였다. 총 쏘는 걸 직접 본 사람들은 어떻게 된 일인지를 설명하느라 다들 여념이 없었고, 그런 사람들 한 명마다 수많은 사람들이 에워싸고 저마다 목을 쭉 빼고는 귀를 기울였다. 키가 크고 홀쭉하며, 머리카락이 길고 뒤통수에는 커다란 흰색 털가죽 실크해트를 썼으며, 손잡이가 구부러진 지팡이를 지닌 남자가 보그스가 서 있었던 자리, 그리고 셔번 대령이 서 있었던 자리를 각각 표시했으며, 사람들은 그 사람이 이리저리 오갈 때마다 그 뒤를 따르며 그가 하는 행동을 모조리 구경하고, 뭔가 알았다는 듯 고개를 까딱거리다가, 잠시 동작을 멈추고 허벅지에 양손을 갖다댄 채, 그 남자가자기 지팡이로 그 자리에 표시하는 것을 지켜보았다. 그러더니 그 남자는 셔번 대령이 서 있었던 자리에 똑바로 서서는 얼굴을 찡그리고, 모자 챙을 눈 바로 위까지 오게 쓰더니, "보그스!" 하고 외치고는, [치켜든] 자기 지팡이를 수평으로 내린 다음, "탕!" 하고는 비틀거리며 뒤로 물러나고, 다시 "탕!" 하고는 땅에 쓰러져 대자로 뻗었다. 실제의 장면을 목격한 사람들은 그가 보여준 모습이 완벽히 그대로라고입을 모았다. 실제로 벌어진 일 아주 그대로라고 말이다. 그러더니 열댓 명의 사람들이 술병을 들고 와서 그에게 대접했다.

나중에 가서는 누군가가 셔번 대령은 린치를 당해도 마땅하다고 말했다. 그러자 불과 1분도 안 되어 모두가 같은 이야기를 하게되었다. 그래서 이들은 씩씩대고 소리를 지르며 걸어가면서, 가까이 있는 빨랫줄이란 빨랫줄은 모조리 움켜쥐었으니, 바로 그걸로 대령을 목매달 심산이었던 것이다.

제22장

사람들은 떼를 지어 거리 위쪽 셔번의 집으로 향했고, 인디언처럼 우우 소리를 내고 고함을 지르며 분노해 마지않았으며, 앞길에 놓인 것은 뭐든지 치워버리거나 밟아버리거나 때려 부수었기 때문에, 그 모습을 보고 있자니 무시무시했다. 아이들은 폭도의 앞에서 소리를 질러대며 거기서 도망치고들 있었다. 길을 따라 난 창문마다 여자들의 머리가 나타났고, 나무마다 깜둥이 아이들이 매달려 있었으며, 담장마다 종놈과 종년이 그 너머로 내다보고 있었다. 그러다가 폭도가 자기네 근처로 다가오면, 모두들 얼른 흩어져서 허둥지둥 멀찌감치 달아났다. 여자들과 여자애들 가운데 상당수는 울거나 애를 태웠으며, 죽도록 무서워하고 있었다.

사람들은 셔번의 집 말뚝울타리 바로 앞까지 최대한 밀집한 채 몰려갔고, 어찌나 시끄럽던지 내 말소리조차 내 귀에 안 들릴 정도였다. 집까지의 거리는 한 20피트 정도 되었다. 누군가가 소리쳤다. "담장을 무너트려버려! 담장을 무너트려버리라구!" 그러자 때리고 부수는 요란한 소리와 함께 담장이 무너져버렸고, 군중의 맨 앞줄부터 마치 파도마냥 앞으로 밀려들어가기 시작했다.

바로 그때, 셔번이 자기 집 현관 지붕 위로 걸어나왔는데, 손에는 쌍발총을 한 자루 든 채, 무척이나 냉정하고 침착한 태도로, 아무 말도 없이 거기 서 있는 거였다. 소음이 딱 멈추더니, 사람들의 물결은 어느새 뒤로 주춤거리며 물러났다.

셔번은 정말 한마디도 안 했다. 그냥 거기 서 있으면서, 아래를 내려다볼 뿐이었다. 적막은 그야말로 섬뜩하고 불편하기 짝이 없었다. 셔번의 눈길은 천천히 군중을 훑어보았다. 그의 눈길이 닿는 곳마다, 사람들은 잠깐이나마 눈싸움에서 그를 압도하려 했지만, 누구도 성공하진 못했다. 다들 눈을 내리깔며 비굴한 태도를 취했다. 그러더니 셔번은 웃음 비슷한 소리를 냈다. 즐거워서 웃는 소리가 아니라, 뭐랄까, 마치 빵 속에 섞인 모래를 씹었을 때 드는 기분 비슷한 느낌을 주는 웃음이었다.

그러더니 그는 천천히, 비아냥거리며 이렇게 말했다.

"그러니까 '네놈들'이 누굴 린치하기로 생각했다 이거지! 정말 놀랍군. 네놈들이 어떤 '사람'을 린치할 정도로 배짱이 있다고 생각했다 이거로군! 가난하고 아는 사람 하나 없이 쫓겨나 이 동네까지 흘러온 여자들한테 타르와 깃털 칠을 할 만큼 네놈들이 용감했으니까, 이제 네놈들 생각에는 '남자'한테도 손을 대도 될 만한 배짱이 생겨났다고 여긴 건가? 웃기네. 네놈들 같은 녀석들이야 만 명이 몰려와도 진짜

'남자'한테는 손 하나 까딱 못 할 거다. 그것도 백주 대낮에, 그것도 정면으로 승부하면 말이야.

네놈들이 어떤지 내가 모르는 줄 아나? 아주 속속들이 알고 있지. 나로 말하자면 남부에서 태어나 자랐고, 한때는 북부에 가서도 살아봤지. 그러니 여기저기 널린 일반적인 인간이 어떤 건지 잘 알지. 일반적인 인간이란 다름 아닌 겁쟁이니까. 북부에서 그런 인간은 누구든지 원하는 대로 자기를 깔아뭉개도록 내버려두고는, 집에 가서는 그걸 감당할 만한 겸손한 마음을 주십사고 기도를 하지. 남부에서 그런 인간은 자기 혼자서, 그것도 벌건 대낮에, 사람들이 가득 찬 역마차를 세워서는, 강도질을 하지. 신문에서 네놈들을 가리켜 용감한 사람들이라고 하도 많이 치켜세워주었더니, 네놈들이 세상 어느 누구보다도 '정말로' 더 용감한 줄 생각하는 거지. 네놈들은 기껏해야 누구 '만큼' 용감한 거지, 결코 누구보다 더 용감할 수는 없을걸. 네놈들의 배심원은 왜 살인자를 목매달아 죽이지 않지? 그야 그 살인자의 친구란 놈들이 나중에 등 뒤에서, 한밤중에 총을 쏠까봐 겁이 나서지. 그거야 실제로도 '그렇게' 하니까 말이야.

그러니 살인자들도 항상 석방되는 거지. 그러다가 한 '사람'이 한밤중에 앞장서서, 백여 명이나 되는 복면을 쓴 겁쟁이들을 뒤에 거느리고, 등 뒤에서 덤벼들어, 그 악당을 린치하는 거지. 오늘 네놈들의 실수는 그렇게 앞장설 한 사람을 미처 데려오지 않았다는 거다. 그게 한 가지 실수고, 또 한 가지 실수는 네놈들이 한밤중에, 복면을 하고 쳐들어오지 않았다는 거지. 네놈들이 데려온 건 한 사람이 아니라 그

'반편'밖에는 안 되는 작자야. 저기 있는 버크 하크니스 말이지. 저놈이 주동하게 내버려두지 않았더라면, 네놈들은 그냥 뿔뿔이 흩어져버렸을 테니까.

네놈들은 사실 여기 오고 싶지 않았겠지. 일반적인 인간은 말썽과 위험을 싫어하게 마련이니까. '네놈들'도 마찬가지로 말썽과 위험을 싫어하지. 하지만 기껏해야 한 사람도 아니고 그 '반편'에 불과한 놈, 그러니까 저기 있는 버크 하크니스 같은 놈이 '저놈을 린치해라! 저놈을 린치해!' 하고 소리를 지르니까, 네놈들도 이젠 뒤로 물러서기가 겁나서, 혹시 그러다가 네놈들의 본모습이, 다름 아닌 '겁쟁이'라는 사실이 들통 나면 어떨까 겁나서, 네놈들도 덩달아 고함을 지르면서, 저 반편밖에 안 되는 놈의 뒤꽁무니에 달라붙어서, 이제 무슨 대단한 일이라도 할 것처럼 호언장담하면서, 여기까지 우르르 몰려왔다 이거지. 이 세상에 가장 꼴사나운 것이 바로 폭도지. 군대라는 것도 다른 게 아니야. 기껏해야 폭도일 뿐이지. 그 안에 무슨 용기가 있어서 싸우는 게 아니라, 자기네 머릿수에서 빌려 온 용기를 갖고 싸우는 거니까. 하지만 폭도라 해도, 그 맨 앞에 어떤 '멀쩡한 사람'이 하나 있지 않으면, 그야말로 꼴사나운 것조차도 '안 되는' 것들이니까. 이제 '네놈들'이 할 일은 당장 꼬랑지를 내리고 각자 집으로 가서 쥐구멍에나 기어들어가는 거다. 혹시 제대로 린치를 하고 싶거들랑, 이따 한밤중이 되어서, 진짜 남부식으로 하는 거다. 올 때에는 복면 가져오는 것 잊지 말고, 이왕이면 '멀쩡한 사람'도 하나쯤 데려오는 거다. 이제 다들 '꺼져!' 저 반편밖에 안 되는 놈도 데려가고." 이 말과 함께 셔번은

총을 자기 왼팔 위에 얹어두고 장전했다.

군중은 순식간에 뒤로 물러났고, 뿔뿔이 흩어져 각자 제 갈 길로 갔으며, 버크 하크니스 역시 다른 사람 뒤를 따라 쫓아가는 모습은, 그야말로 치졸해 보였다. 나야 하고 싶으면야 얼마든지 서 있을 수도 있었지만, 별로 그러고 싶지 않았다.

나는 서커스 하는 데로 가서, 경비원이 지나갈 때까지 뒤쪽에서 얼쩡거리다가, 천막 아래로 파고 들어갔다. 20달러짜리 금붙이며 그밖에도 돈이 좀 있긴 했지만, 그건 차라리 아껴놓는 게 낫겠다고 생각한 게, 조만간 그게 필요하게 될지 어떨지는 아무도 모를 것이, 지금 나야 고향에서 멀리 떠나 낯선 사람들 사이에 있기 때문이었다. 그럴 때면 아무리 조심해도 나쁠 것 없다. 나야 서커스 보는 데 돈 쓰는 걸 아까워하는 건 아니고, 가령 그것 말고는 다른 방법이 없을 경우라면 어쩔 수 없겠지만, 솔직히 그걸 보는 데 돈을 '쓴다고' 해서 무슨 쓸모가 있는 것도 아니다.

그건 정말로 대단한 서커스였다. 지금까지 본 것 중에서도 가장 화

려했는데, 단원들은 모두 말을 타고, 남자 하나와 여자 하나, 이렇게
둘씩 둘씩 짝지어 나왔는데, 남자들은 그냥 속바지와 속셔츠 차림에,
신발이나 등자도 없이, 양손을 양쪽 허벅지에 올려둔 채로, 태연하고
도 편안하게 앉아 있었다. 인원은 스무 명쯤 되었다. 여자들은 하나같
이 예쁜 얼굴에, 정말로 아름답고, 누가 여왕님들 행차라고 해도 믿을
만한 정도였고, 그 옷에는 다이아몬드가 온통 번쩍거리고 있어서, 아
마 값이 수백만 달러는 되어 보였다. 그야말로 멋진 광경이었다. 그렇
게 아름다운 모습은 한 번도 본 적이 없었다. 그러더니 그들은 하나하
나씩 자리에서 일어나 우뚝 서서, 원형무대를 빙글빙글 돌아가는데,
어찌나 부드럽고 물결치고 우아한지 몰랐으며, 남자들은 아까보다도
더 키가 크고 경쾌하고 늘씬해 보여서, 연신 끄떡이고 꺼떡이는 머리
는 저기 천막 지붕 바로 밑까지 솟구친 듯했고, 모든 여자들의 장미꽃
잎 같은 드레스는 엉덩이 둘레에서 부드럽고도 비단결처럼 펄럭여서,
이 세상에서 가장 아름다운 양산이 아닐 수 없었다.

그러더니 그들은 점점 더 빨리 달렸고, 모두가 춤을 췄으며, 처음
에는 한쪽 다리를 공중으로 뻗고, 다음에는 다른 쪽 다리를 뻗었으며,
말들은 점점 더 앞으로 기울어졌고, 단장은 가운데 기둥 주위를 돌면
서, 채찍을 휘두르며 "이랴! 이랴!" 하고 외쳤고, 그 뒤에서는 어릿광
대가 농담을 주워섬겼다. 나중에는 모두가 손에서 고삐를 놓았고, 여
자들은 다 손을 허리에 갖다대고, 남자들은 전부 팔짱을 끼었으며, 말
들은 어찌나 앞으로 기울여 힘차게 달리던지! 그러다가 단원들은 하
나하나 원형무대 안으로 뛰어들어, 내가 지금껏 본 중에 가장 멋진 절

을 하고, 무대 밖으로 달려나갔고, 관객들은 모두가 박수갈채를 보내며 흥분의 도가니에 빠져들었다.

아, 글쎄, 서커스 내내 단원들은 그야말로 놀래 자빠질 만한 재주를 보여주었다. 어릿광대가 하는 짓은 내내 사람들을 배꼽 떨어지게 만들었다. 단장이 어릿광대에게 뭐라고 한마디만 하면, 어릿광대는 정말이지 눈 깜박할 새에 세상에도 둘도 없는 우스운 말로 대꾸를 했다. 그 사람이 도대체 '어떻게' 그런 말들을 그토록 많이, 그토록 갑작스럽고 그토록 능숙하게 생각해낼 수 있는지, 나로선 도무지 알 수 없는 일이었다. 솔직히 나 같으면 1년 내내 생각해도 그러진 못할 것 같았다. 그러다가 나중에는 어느 술 취한 사람이 원형무대에 들어가려고 했다. 자기도 한 번 말을 타보고 싶다면서 말이다. 자기도 방금 나왔던 사람들 못지않게 말을 탈 수 있다는 것이었다. 사람들은 언성을 높이며 그를 무대 밖으로 끌어내려 했지만, 그는 요지부동이어서, 공연 전체가 중단되고 말았다. 그러자 관객들은 그를 향해 소리를 지르며 놀려댔고, 그 사람은 화가 났는지 이리저리 날뛰기 시작했다. 관객들도 격분해서, 남자 여러 사람이 걸상을 아래쪽에 쌓은 다음, 그걸 밟고 무대로 올라오며 "저 자식 때려 눕혀! 때려 눕혀버리라구!" 하고 말했고, 여자 한두 사람이 비명을 지르기 시작했다. 바로 그때, 단장이 짧게 연설을 했는데, 그의 말인즉 공연이 방해를 받아서는 안 될 것이므로, 만약 여기 있는 분이 더 이상 말썽을 부리지 않기로 약속만 한다면, 기꺼이 말을 탈 수 있게 해드리겠다고, 물론 본인이 말 위에 제대로 올라탈 수만 있다고 생각한다면 기꺼이 그렇게 해드리겠다고 말했다. 관객들은 모두 웃으며 좋다고 했고, 남자도 말에 올라탔다. 그가 올라탄 바로 그 순간부터, 말은 이리저리 움직이고 껑충거리며 뛰어서, 말고삐를 잡고 있던 서커스 단원 두 사람이 말을 진정시키려 하는 사이에, 술 취한 사람은 말의 목에 매달리게 되었고, 말이 껑충 거릴 때마다 그의 양 발은 공중에 흔들렸으며, 관객들은 모두들 그 모습을 보고 자리에서 일어나 소리를 지르며, 정말이지 눈물이 줄줄 흘러내릴 때까지 웃어댔다. 그러다가 마침내 서커스 단원들의 노력에도 불구하고, 말은 결국 고삐를 풀고, 되어질 듯 달려나가서, 원형무대를 빙글빙글 돌았으며, 그 주정뱅이는 그 위에 올라앉은 채 말 목에 매달려 있었는데, 처음에는 한쪽 다리가 바닥에 거의 닿을락 말락 하더니, 다음에는 또 다른 쪽 다리가 바닥에 거의 닿을락 말락 하는 바람에, 관객들은 모두 다 환장하듯 웃어댔다. 하지만 나로선 전혀 재미있지가 않았던 게, 그 사람이 처한 위험을 보고 있자니 너무나도 떨렸기 때문이다. 하지만 곧이어 그는 애를 쓴 끝에 제대로 걸터앉아, 고삐를 붙잡고는 이리 비틀 저리 비틀 몸을 움직였다. 그러더니 다음 순간, 그는 자리에서 일어나 고삐를 놓고 우뚝 섰다! 말은 그야말로 부리나케 달려갔다. 그는 거기 멀쩡히 서 있었고, 평생 술이라고는 입에 대지도 않았던 사람마냥 손쉽고도 편안하게 주위를 돌았다. 그러더니 그는 자기 옷을 벗어 던져버렸다. 어찌나 많이 벗어 던지던지, 그야말로 허공을 가릴 정도였으며, 그렇게 그는 열일곱 벌의 옷을 벗어 던졌다. 그러고 나자 그의 모습이 드러났는데, 날씬하고 잘생겼으며, 지금까지 우리가 본 중에서도 가장 번쩍거리고 멋진 옷을 차려 입었고, 이

제는 자기 채찍으로 말을 때려 아주 빨리 달리게 했다. 결국 그는 말에서 내려 관객에게 인사를 하고는 무대 밖으로 달려나가 탈의실로 향했고, 관객들은 모두 즐거움과 놀라움으로 환호성을 질러댔다.

그제야 단장은 자기가 속았다는 사실을 깨달았고, 내 생각에는 이제껏 우리가 본 그 어떤 단장보다도 더 울화통이 치밀어오른 것이 '분명해' 보였다. 하긴, 낯선 주정뱅이라 생각했던 사람이 알고 보니 바로 자기네 단원이었으니까! 그 단원은 이 장난을 직접 생각한 다음, 아무도 모르게 실행에 옮겼던 것이다. 나야 워낙 담이 약하니까 서커스단에는 들어갈 수 없겠지만, 솔직히 누가 천 달러를 준다 한들 단장 자리를 맡을 수는 없을 것 같았다. 나야 잘 모르겠다. 혹시 그것보다도 더 뛰어난 서커스가 이 세상에 또 있을지 모르겠지만, 나야 그런 서커스는 아직 본 적이 없으니까. 어쨌거나 '내가' 보기에는 충분히 좋았다. 혹시 어디서라도 다시 마주치게 된다면, 언제라도 '나의' 애호를 듬뿍 받을 수 있을 것이다.

그리고 그날 밤에 '우리'도 공연을 했다. 하지만 관객은 열두 명밖에 없었다. 그 정도면 간신히 비용을 건질 정도였다. 게다가 관객은 내내 웃어대기만 해서, 공작은 그야말로 열이 올라버렸다. 또 공연이 다 끝나기도 전에 모두가 자리에서 일어나 나가버렸고, 남은 사람이라곤 아예 잠들어버린 청년 한 명뿐이었다. 그래서 공작은 이 아칸소 바보들은 셰익스피어를 이해할 수준에도 못 미친다고 말했다. 기껏 원하는 것이라곤 저질스러운 희극뿐이라고 말이다. 아니, 어쩌면 저질스러운 희극보다도 더한 어떤 걸 원하는지도 모른다고 그는 생각했다. 그는 이 동네 사람들의 수준에 맞춰줄 수 있을 것 같다고 말했다. 그래서 다음 날 공작은 커다란 포장지에다가 검은 페인트로 직접 전단을 그려서는 마을 곳곳에 갖다 붙였다. 그 전단에는 이렇게 적혀 있었다.

법원에서 열리는
딱 사흘간의 공연!
런던 및 콘티넨틸 극장 소속의
전 세계적으로 저명한 비극 배우
데이비드 개릭 2세!
그리고
에드먼드 킨 1세!
스릴 넘치는 비극

왕의 표범낙타

또는

왕실의 걸작!!!

입장료 50센트

그리고 맨 밑에는 다음과 같은 문장이 제일 큰 글씨로 적혀 있었으
니, 내용인즉 이러했다.

여성과 어린이는 입장 불가

"됐다." 그가 말했다. "이 한 줄을 보고 안 넘어갈 아칸소 놈이 있으
면, 내가 손에 장을 지지지!"

제23장

    공작과 왕은 낮 동안 내내 공연 준비를 해서, 무대와 커튼을 설치하고, 각광[풋라이트]으로 사용할 촛불을 죽 늘어놓았다. 그날 공연장은 삽시간에 남자들로 가득 찼다. 더이상 안에 사람을 들일 수 없게 되자, 공작은 출입구 지키기를 중지하고, 뒷길로 돌아 무대에 오른 다음, 커튼 앞에 서서 짧게 연설을 하고, 이 비극을 예찬한 다음, 이것이야말로 그 무엇보다도 더 스릴 있는 작품이라고 말했다. 계속해서 그 비극과 주연을 연기하게 될 에드먼드 킨 1세에 대해 너스레를 떨어놓았다. 마침내 사람들의 기대가 충분히 높아졌다고 생각하자, 그는 커튼을 걷어올렸고, 곧이어 왕이 벌거벗은 채 손발을 땅에 짚고 뛰어 나왔다. 그는 온몸에 페인트칠을 했으며, 갖가지 색깔로 둥글게 줄무늬를 켜켜이 그려, 마치 무지개처럼 휘황찬란했다. 그의 나머지 외양은 말할 것도 없이, 그야말로 황당무계했으나, 끝내주게 웃기기는 했다. 사람들은 거의 죽어라고 웃어댔다. 왕이 한참 껑충대고 뛰어다닌 다음, 이제는 무대 밖으로 뛰어나가자, 사람들은 환호성과 함께 박수를 치고 소리를 지르고 하하 웃어서, 결국 왕은 다시 한 번 무대로 나와 그 짓을 해야 했다. 그러고 나자, 사람들은 왕에게 그 짓을 한 번 더 하게 했다. 그 늙은 바보가 하는 광경을 보면 그야말로 지나가던 소가 다 웃을 지경이었다.

그러더니 공작은 커튼을 내렸고, 관객들에게 절을 하면서, 이 훌륭한 비극은 앞으로 겨우 이틀 동안만 더 공연될 것인데, 런던 공연이 예정되어 있고, 그곳의 드루리 레인 극장의 객석은 이미 매진 사례이기 때문이라는 것이었다. 그러더니 그는 또 한 번 절을 하면서, 본 공연으로 관객 여러분께서 무척이나 즐거우셨고 또 교훈을 얻으셨다면, 다른 친구분들께도 입소문을 내주셔서 모두들 보러 오게 해주시면 대단히 감사하겠다고 했다.

스무 여남은 명이 소리를 질렀다.

"뭐야, 이게 끝이야? 이게 '다'야?"

공작은 그렇다고 말했다. 그러자 난리법석이 일어났다. 모두가 '낚였다'고 소리를 지르며, 화가 나서 벌떡 자리에서 일어났고, 여차하다가는 무대로 뛰어 올라가 비극배우들을 덮칠 기세였다. 하지만 덩치가 크고 잘생긴 남자가 갑자기 걸상 위로 올라가더니, 이렇게 외쳤다.

"잠깐만! 내 한마디만 하겠네, 여러분." 관객들은 동작을 멈추고 그의 말에 귀를 기울였다. "우린 낚였네. 그것도 완전히 낚인 걸세. 하지만 그렇다고 해서 온 동네의 웃음거리가 될 수는 없는 노릇 아닌가. 지금 우리야 이제 남은 평생 내내 이 일에 관해서는 털끝만치도 듣고 싶지 않을 것이고 말일세. '아무럼.' 그러니 우리가 해야 할 일은, 일단 아무 말 말고 여기서 나가서, 이 공연에 대해 좋은 소문을 퍼트려서, 이 마을의 '나머지' 녀석들까지도 아예 걸려들게 하는 걸세! 그러고 나면 우리 모두가 한배를 탄 형국이 될 테니까. 어때, 내 말이 맞지 않겠나?"("예, 맞아요!" "팬사[판사]님 말씀이 옳습니다!" 모두가 소리쳤다.) "좋아, 그러면 이번 낚시에 관해서는 한 마디도 하지 말게. 각자 집으로 돌아가서, 만나는 사람마다 이 비극을 꼭 보라고 신신당부하게나."

다음 날, 마을에는 이날 공연이 얼마나 훌륭했는지 하는 소문만 짠하게 돌았다. 그날 밤도 공연장은 다시 한 번 만원사례가 되었고, 우리는 이날 모인 군중을 마찬가지로 낚아버렸다. 나하고 왕하고 공작은 뗏목으로 돌아가서 저녁을 먹었다. 그러다가 한밤중이 되자, 두 사람은 짐하고 나더러 뗏목을 띄워 일단 강 한가운데까지 몰고 간 다음, 마을에서 2마일쯤 떨어진 곳에다가 정박시켜 놓게 했다.

세 번째 날 저녁, 공연장에는 다시 한 번 사람들이 몰려들었다. 그런데 이번에는 처음 보러 오는 사람들이 아니라, 지난 이틀 동안에 이미 공연을 보고 간 사람들이 다시 왔다. 나는 공작과 함께 문간에 서 있었는데, 들어오는 사람마다 각자 주머니 속에 뭔가를 불룩하게 또는 코트 밑에 뭔가를 싸가지고 들어오는 거였다. 자세히 들여다보지 않아도, 결코 향기롭지 못한 무엇임을 단박에 알 수 있었다. 통에 담긴 곯은 달걀이며, 썩은 양배추며, 뭐 그런 것들이었다. 죽은 고양이에서 풍기는 냄새라고 한다면 내가 모를 리 없었는데, 그런 냄새를 풍

기는 사람도 무려 예순네 명이나 들어갔다. 나는 잠시 거기서 인파에 떠밀리고 있었는데, 너무 오만가지라서 나조차도 차마 견딜 수가 없었다. 더 이상 사람들이 들어갈 수 없을 정도로 공연장 안이 꽉 차자, 공작은 어떤 남자에게 25센트 동전을 건네며, 자기 대신 잠깐만 출입구 좀 지켜달라고 말하고, 옆으로 돌아 무대 출입구로 향했고, 나도 그의 뒤를 따라갔다. 그는 모퉁이를 돌아 어두운 곳으로 들어오자마자, 이렇게 말했다.

"빨리 걸어라, 이제부터는. 집들 있는 데서 최대한 멀찌감치 간 다음에, 무슨 마귀라도 쫓아온다는 듯 뗏목 있는 데까지 죽어라 달리는 거야!"

나는 그렇게 했고, 그 역시 마찬가지였다. 우리는 동시에 뗏목에 도착했고, 그로부터 불과 2초도 지나기 전에 물살을 타고 있었으며, 사방이 어둡고 조용한 가운데, 강 한가운데로 나아갔다. 아무도 입을 열지 않았다. 나는 불쌍한 왕 혼자서만 관객들에게 경을 치고 있으려니 생각했다. 하지만 전혀 그렇지는 않았다. 곧이어 왕이 움막 밑에서 기어나오더니, 이렇게 말했다.

"아, 그래서 그 하던 일은 어떻게 잘 끝났나, 공작?"

그는 마을에 코빼기도 비치지 않았던 것이다.

마을에서 10마일쯤 하류로 내려갈 때까지, 우리는 불빛 하나 비추지 않았다. 그러고 나서야 우리는 불을 켜고 저녁을 먹었으며, 왕과 공작은 자기들이 그 사람들을 낚아버린 일을 놓고 허리가 끊어져라 신나게 웃어댔다. 그러다가 공작이 말했다.

"풋내기들 같으니, 멍청이들 같으니! 난 그 첫날 관객들이 입을 꾹 다물고, 그 마을의 나머지 놈들까지 끌어들일 줄 진즉에 알았다니까. 그리고 그놈들이 셋째 날 저녁을 기다리면서, 이번에는 '자기네' 차례라고 벼르고 있었다는 것도 말이야. 그래, '정말로' 자기네 차례이긴 했는데, 그놈들이 그걸 어떻게 써먹었는지 정말로 궁금하네. 그놈들이 그 기회를 어떻게 이용했는지 '진짜로' 궁금하다니까. 뭐 내킨다면 소풍으로 바꿔도 되겠지. 먹을 것이야 충분히들 가져온 모양이니까."

그 두 악당은 사흘간의 입장료로 4백하고도 65달러를 챙겼다. 수레 한 대 분은 족히 되어 보이는 그런 돈이 한꺼번에 운반되는 광경은 나로서도 처음이었다.

그러다가 두 사람이 잠들어 코를 골기 시작하자, 짐이 말했다.

"저거 보면 참 놀랍지 않아, 저 왕들이 하는 짓 말이야, 헉?"

"아니." 내가 말했다. "뭐 별로."

"아니라구, 헉?"

"글쎄, 하여간 별로야. 저 양반들도 결국 같은 종자니까. 저런 양반들은 모두 하는 짓이 똑같을 거야."

"하지만 헉, 우리랑 있는 저 왕들은 그야말로 천하의 악당놈들이잖아. 원래 겨우 저런 놈들이라구. 천하의 악당놈들이라구."

"글쎄, 그러니까 내가 하는 말이 바로 그거야. 이 세상의 왕이란 것들은 대부분 악당놈들이거든. 내가 아는 한에는 말이야."

"어, 정말 그래?"

"그 양반들에 대한 책을 한번 읽어봐. 그럼 알 수 있을걸. 그 헨리 8세라는 양반만 해도 그래. 거기 비하자면 지금 여기 있는 양반들은 주일학교 선생만도 못하다구. 그리고 찰스 2세, 에드워드 2세, 리처드 3세, 그것 말고도 마흔 명은 더 있어. 또 색슨의 칠두정치라는 것도 예전에 사방을 휘저으며 난리를 피웠대. 세상에, 그 헨리 8세라는 양반이 성년 시절에 접어들면서 도대체 무슨 짓을 했는지 알아? 일단 그 양반이 성년이 되었지. 그때부터는 하루에 한 명씩 새 마누라를 들여놓고, 다음 날 아침이 되면 머리를 싹둑 쳐버리는 거야. 그것도 마치 계란을 주문하는 것처럼 전혀 아무렇지도 않게 그랬다는 거야. '넬 그윈을 대령해라.' 하루는 이렇게 말하는 거지. 그러면 부하들이 그 여자를 대령하는 거야. 다음 날 아침에는 이렇게 말하는 거야. '저년 머리를 쳐라!' 그러면 부하들이 그 여자 머리를 치는 거라. '제인 쇼어를 대령해라.' 또 이렇게 말하는 거지. 그럼 그 여자를 대령하는 거야. 다음 날 아침에 '저년 머리를 쳐라!' 그러면 부하들이 그 여자 머리를 치는 거라. '종을 울려서 페어 로저먼드를 대령해라.' 그러면 종소리를 듣고 페어 로저먼드가 대답하는 거지. 다음 날 아침에는 '저년 머리를 쳐라.' 그러면서 그 양반은 여자들 하나하나에게 매일 하나씩 이야기를 하게 만들었어. 천하고도 한 개의 이야기가 될 때까지 그렇게 하고 나서, 그 이야기를 책 한 권으로 엮어갖고는, 그 제목을 『둠즈데이 북』(『아라비안나이트』 일명 『천일야화』에 대한 오독—옮긴이)이라고 붙인 거라. 제목만 놓고 보면 아주 그럴싸하고, 그 사건을 잘 설명해주지. 너야 왕이란 양반들이 어떤지 잘 모르겠지만, 짐, 나야 잘 아니까. 그러니 지금 우리랑 같이 있는 이 악당들만 해도, 내가 지금껏 역사책에서 마주친 왕 중에서는 제일 깨끗한 편이라니까. 왜, 그 헨리라는 양반만 해도 이 나라에 뭔가 좀 말썽을 일으켜보려는 생각을 품었잖아. 그 양반이 어떻게 했게? 무슨 경고라도 했나? 이 나라에 뭘 보여주기라도 했나? 전혀. 그냥 갑자기 보스턴 항구에 있는 모든 차를 번쩍 들어올려서 배 밖으로 던져버리고, 독립선언서를 내던지고는, 어디 할 테면 해보라고 맞섰지. 그게 바로 '그 양반의' 스타일인 거야. 어느 누구에게도 기회를 안 주는 거지. 그 양반은 자기 아버지, 그러니까 웰링턴 공작조차도 의심했어. 그래서 그 양반이 어떻게 했게? 그 양반더러 출두하라고 요청했던가? 전혀. 그냥 맘지(달고 독한 와인—옮긴이) 통에 처박아서, 고양이 죽이듯 죽여버렸지. 혹시 그 양반 있는 데다가 누가 돈이라도 놔둬봐. 그럼 그 양반이 어쩌겠어? 얼른 달려들겠지. 혹시 그 양반이 누구한테 뭘 해주기로 했다고 쳐봐. 네가 그 양반한테 돈은 미리 쥐놓고, 거기 죽치고 앉아서 어떻게 하나 감시를 안 한 거야. 그럼 그 양반이 어쩌겠어? 만날 딴 짓만 하고 앉아 있을 거라 이 말이지. 혹시 그 양반이 입을 쩍 벌린다. 그럼 그다음에는 어쩌겠어? 그 양반이 얼른 입을 탁 닫아버리지 않는 한, 십중팔구는 거짓말이 줄줄 흘러나온다 이거지. 헨리란 양반이 그렇게 벌레 같은 작자라니까. 그러니 지금 여기에 우리 왕들 말고 그 양반이 있었더라면, 그 양반은 우리 왕들보다 훨씬 더 저 마을을 사기쳐 먹었을 거라. 물론 그렇다고 해서 우리 왕들이 어린 양이라 할 수는 없는 것이, 냉정하게 사실만 따져본다 치면, 이 양반들은 전혀 그건 아니라 이거지. 그래도 '저놈의' 늙은 양에 비하자면 이 양반들은 아무것도 아니라 이거지. 무슨 말을 하고 싶은 거냐면, 왕들은 결국 왕들이라 이거고, 우리로서는 내버려둘 수밖에 없다 이거야. 이것저것 다 따져보면, 왕들은 정말이지 못된 양반들이야. 워낙에 자라기를 그렇게 자랐으니까."

"그런데 여기 있는 양반은 '구린내'가 겁나게 나더라, 헉."

"어, 왕들이 다 그런 거야, 짐. 왕이 구린내가 나는 건 우리로서도 어쩔 수가 없어. 역사조차도 방법을 알려주진 않으니까."

"그리고 저 공작, 그 양반은 그래도 참을 만하다니까, 여러 가지로."

"그래, 공작은 좀 다르지. 하지만 아주 다를 정도는 아니야. 이 양반의 경우에는 공작으로서는 한 중간쯤이나 간다고 해야 할까. 그래도 술만 취했다 하면, 가까이에서 보지 않는 한 이게 왕인지 공작인지 분간이 잘 안 갈걸."

"근데, 하여간에 난 이제 저 두 양반한테는 더 이상 기대를 안 하게 됐어, 헉. 이것도 나한테는 사실 잘 감당이 안 되니까."

"나 역시 마찬가지야, 짐. 하지만 저 양반들을 우리가 이리로 데려 온 거니까, 다만 저 양반들이 어떤 사람인지를 기억하고, 그냥 꾹 참 아야지, 뭐. 가끔은 이 세상에 왕이 없는 놈의 나라가 하나쯤 있었으 면 하는 생각이 든다니까."

하긴, 저 작자들이 사실은 왕도 공작도 아니라는 사실을 짐한테 이 야기해줘봤자 무슨 소용이 있겠는가? 그래 봤자 전혀 좋을 게 없었 다. 게다가 사실은 내가 말한 그대로였다. 저 두 작자야말로 진짜 왕 이며 공작들과 거의 분간이 안 갈 정도였으니까.

나는 잠을 잤는데, 짐은 내 차례가 되어도 나를 깨우지 않았다. 녀 석은 종종 그렇게 했다. 깨어나 보니 바로 동틀녘이었는데, 짐은 무릎 사이에 고개를 처박고 앉아서, 제 신세를 슬퍼하며 한탄하고 있었다. 나는 아는 척하지 않았고, 그렇다는 걸 눈치채지도 않았다. 녀석이 무엇 때문에 그러는지는 알았다. 저기 상류 너머에 있는 자기 마누라 와 아이들을 생각하면서, 기분이 울적하고 향수에 젖은 것이다. 일평 생 자기 고향에서 이토록 멀리 온 적은 없었기 때문이었다. 내 생각에 녀석이 자기 식구를 아끼고 돌본 것은, 백인들이 자기 식구를 그렇게 하는 것이나 마찬가지였다. 자연스러운 일은 아닌 것 같지만, 내 생각 에는 그랬다. 녀석은 밤마다 내가 잠들었다고 생각되면, 종종 그런 식 으로 슬퍼하며 한탄했고, 이렇게 말했다. "불쌍한 내 새끼 엘리자베 스! 불쌍한 내 새끼 자니! 얼마나 힘들까. 이러다 내 평생 이놈들을 다시는 못 보는 건 아닌가, 못 보는 건 아닌가!" 짐은 정말로 착한 깜둥이였다. 진짜 그랬다.

하지만 이번에는 내가 먼저 녀석의 아내며 자식에 대한 이야기를 꺼냈다. 그러자 결국 녀석이 말했다.

"이번에는 뭐가 그렇게 마음이 안 좋으냐 하면 말이지, 저기 강둑 너머에서 누가 뭘 철썩 하고, 아니면 철퍽 하고 때리는 소리가 아까 전에 난 거라. 그 소리를 듣고 나니까 전에 내 새끼 엘리자베스를 내가 그렇게 못되게 대했던 게 생각나는 거야. 기껏해야 네 살밖에는 안 먹은 것이, 게다가 성홍열에 걸려갖고는, 아주 겁나게 끙끙 앓았지. 나중에 낫기야 했지만, 하루는 보니까 멀뚱히 서 있기에, 내가 개한테 그랬지. 이런 거라.

'문 닫아라.'

그런데 이놈 계집애가 말을 해도 안 듣네. 그냥 멀뚱히 서서는, 날 보고 해해 웃는 거라. 그걸 보니까 어찌나 부아가 나던지. 그래서 내가 다시 그랬지, 훨씬 큰 소리로, 이런 거라.

'내 말 안 들려? 아, 문 닫으라니까!'

그래도 이놈 계집애는 계속 멀뚱히만 서서는 그저 해해 웃는 거라. 아주 뚜껑이 확 열리데! 내가 그랬지.

'내 오늘 아주 혼구멍을 내줘야지.'

그러면서 내가 이놈 계집애 귀싸대기를 한 대 갈기니까 나가떨어지더라구. 그러고 나서 내가 다른 방에 갔다가, 한 10분쯤 나갔었지. 그러다가 집에 돌아와 보니까, 아까 그 문이 '여전히' 그냥 열려 있고, 그놈 계집애는 바로 그 앞에 선 채로 땅만 보며 질질 짜는데, 눈물이 줄줄 흘러내리더라 이거지. 아이구, 내 속이 어찌나 뒤집어지던지, 이놈의 계집애를 붙잡으러 가는데, 아, 바로 그때, 그러니까 그 문이 원래 안으로 열리는 문이었는데, 아, 바로 그때, 바람이 불면서 그 애 바로 뒤에서 문이 쾅! 하고 닫힌 거라. 그런데 아이구, 세상에, 이놈의 계집애가 움찔하지도 않는 거야! 내가 숨이 턱 하고 막히더라구. 기분이 어찌나, 어찌나 뭐한지, 나도 이걸 뭐라 해야 할지 모르겠더라구. 나는 살금살금 밖으로 나가서, 아주 몸을 덜덜 떨면서, 저쪽으로 돌아서 그 문을 천천히 열고서는, 내 머리를 이놈의 계집애 뒤에다 갖다대고, 조용히 살금살금, 그러다가 갑자기, 내가 귀청이 떨어지라고 '왁!' 했지. 아, 그런데 이놈 계집애가 꼼짝도 안 하는 거라! 아이구, 헉, 내가 그놈 계집애를 두 팔로 끌어안고서는 어찌나 울었던지. 내가 그랬지 뭐야. '아이구, 이 불쌍한 것아! 아이구, 전지전능하신 하나님요, 이 죽일 놈의 짐 영감을 용서하셔요. 이놈은 죽을 때까지 저가 지은 죄를 결코 용서 못 할 거니까요!' 아이구, 그놈의 계집애가 완전히 귀머거리에 벙어리가 되어버린 거야, 헉, 완전히 귀머거리에 벙어리가. 그것도 모르고 난 그 애한테 그렇게 못되게 굴었다니까!"

제24장

    다음 날 저녁이 다 될 무렵, 우리는 그 한가운데 작은 버드나무가 한 그루 나 있는 모래머리에 뗏목을 정박시켰는데, 그곳에는 양편 강가에 마을이 하나씩 있었으므로, 공작과 왕은 그 두 마을을 털어먹을 계획을 궁리하기 시작했다. 짐은 공작에게 말하길, 자기는 그 일이 제발이지 몇 시간 안에 끝났으면 좋겠다며, 하루 종일 밧줄에 묶여 움막에 누워 있는 것은 정말이지 겁나게 힘들고 지루하기 때문이라고 했다. 당연한 이야기지만, 우리가 짐만 남겨놓고 뗏목을 떠나 있을 때는 반드시 짐을 묶어놓아야만 했는데, 우연히 누군가 짐이 혼자 있는데 묶여 있지 않을 걸 보면, 녀석이 붙잡혀가는 도망노예처럼 보이진 않을 것이기 때문이었다. 그러자 공작은 하루 온종일 밧줄에 묶여 누워 있는 것은 '진짜로' 힘든 일이라면서, 그걸 모면할 방법을 뭔가 궁리하겠다고 했다.
    그 양반, 그러니까 공작은 유난히도 똑똑한 모양인지, 곧바로 방법을 생각해냈다. 그는 짐에게 리어 왕의 의상을 입혔다. 그 의상이란 긴 커튼용 사라사로 만든 가운에 말총으로 만든 흰색 가발과 구레나룻이었다. 그런 뒤 분장용 물감을 꺼내서 짐의 얼굴과 손과 귀와 목을 마치 죽은 사람마냥 푸르죽죽한 색깔로 칠해서, 그야말로 물에 빠졌다가 한 아흐레 후에 발견된 사람마냥 보이게 만들었다. 정말이지 지금까지 내가 본 중에서도 가장 무시무시한 모양새가 아닐 수 없었다. 그러더니 공작은 간판에다가 다음과 같은 경고문을 적어두었다.

병든 아랍인. 정신이 나가지 않았을 때는 무해함.

공작은 그 간판을 장대에다가 못질해 매달고는, 장대를 움막에서 4, 5피트 앞에다가 세워두었다. 짐은 만족해했다. 녀석의 말로는 매일같이 한 2년은 족히 될 것 같이 한참 묶여 자빠져 있으면서, 어디서 무슨 소리라도 나면 온몸을 벌벌 떠는 것보다야 훨씬 낫다는 것이었다. 공작은 짐더러 최대한 자유롭고 편하게 있으라고, 그리고 만약 누가 기웃거리기라도 하면 움막에서 펄쩍 뛰어나와, 앞으로 조금 달려나오고, 한두 번쯤 무슨 야생동물마냥 울부짖어대면, 자기 생각에는 어느 누구라도 짐을 그냥 내버려두고 꽁무니를 뺄 거라고 했다. 그것은 매우 그럴싸한 판단이었다. 하지만 보통 사람이라면, 짐이 울부짖을 때까지 기다릴 것도 없이 내빼기 바쁠 것이었다. 짐은 단지 죽은 사람처럼만 보인 게 아니라, 오히려 그보다도 훨씬 더 심해 보였기 때문이다.

이 악당들은 '걸작'을 또 한 번 시도하려 했는데, 그걸로 상당히 많은 돈을 우려냈기 때문이었다. 하지만 그들은 이게 안전하지 않으리라고 판단했는데, 지금쯤이면 그 소식이 아래쪽까지 전해 내려왔을 것이기 때문이었다. 그들로서도 딱 적당한 계획을 생각해낼 수는 없었다. 그래서 결국 공작이 말하길, 일단 좀 휴식을 취하며 한두 시간쯤 머리를 굴려서, 아칸소 마을에서 공연할 뭔가가 나오지 않나 살펴봐야겠다고 했다. 왕 본인은 다른 마을에 들러볼 건데, 지금 당장은 아무 계획도 없지만, 다만 '하나님의 섭리'가 자신을 수지맞는 길로 이끌어주실 줄 믿는다고 말했다. 그 이야기를 들으니, 나로선 차라리 '악마의 섭리'라고 하지 그러나 싶은 생각이 들었다. 우리는 마지막으로 들른 곳에서 상점에서 파는 옷을 구입했었다. 이제 왕은 자기 것을 입으면서, 나더러도 내 옷을 입으라고 말했다. 나는 물론 그렇게 했다. 왕의 옷은 온통 검정 일색이었고, 그래 놓으니 진짜로 지체 높고 품위 있어 보였다. 옷이 사람을 이렇게 바꿔놓을 수 있다는 사실을 이제껏 몰랐다. 왜, 그전까지만 해도 그는 이 세상에서 가장 비열한 사기꾼 늙은이처럼 보였다. 하지만 이제는 그가 새로 산 흰색 비버모자를 벗고 절을 하며 미소를 지으면, 그 모습이 어찌나 근사하고 멋지고 경건하게 보이던지, 누구나 그를 방금 막 방주에서 걸어나온 사람으로, 또는 그 '레위기'인가 하는 사람으로 착각하고도 남을 정도였다. 짐은 카누를 준비했고, 나는 노를 손에 들고 출발 준비를 했다. 곶 바로 아래쪽, 그러니까 마을에서 한 3마일쯤 상류의 강가에는 커다란 증기선이 한 대 정박해 있었다. 그 배는 거기 두어 시간쯤 머물면서 화물을 실었다. 왕이 말했다.

"옷을 이렇게까지 차려입었으니, 내 생각에는 저 아래 세인트루이스나 신시내티나, 아니면 어디 다른 도시에서 막 도착한 척하는 게 낫겠다. 저 증기선 있는 데로 가자, 허클베리. 저걸 타고 저 마을로 가야겠다."

가서 증기선을 타자니, 나는 두 번 말할 필요도 없이 곧바로 그의 명령을 따랐다. 나는 마을에서 1마일 반쯤 되는 강가에 도착해서, 거기서 깎아지른 강둑을 따라 쉬운 물로 보트를 저어나갔다. 곧이어 우리는 아주 순진해 보이는 젊은 촌사람 하나가 통나무에 앉아 얼굴의 땀을 훔치는 것을 보았는데, 마침 그날은 아주 더운 날씨였기 때문이었다. 그의 옆에는 커다란 카펫 가방이 두 개나 놓여 있었다.

"배를 강가 쪽으로 돌려라." 왕이 말했다. 나는 그렇게 했다. "어디로 가시는 길이오, 젊은 양반?"

"증기선 타러요. 올리언스로 가려구요."

"그럼 여기 타시오." 왕이 말했다. "잠깐만 기다리시오. 가방은 우리 하인이 들어다드리게 할 테니까. 얼른 내려서 저 신사분을 도와드려라, 어덜퍼스." 내 생각엔 나를 가리키는 말 같았다.

나는 그렇게 했고, 그런

뒤 우리 세 사람은 다시 카누를 타고 움직였다. 젊은 남자는 무척이나 고마워했다. 이런 날씨에 그런 짐을 들고 가자니 어찌나 힘든지 몰랐다고 했다. 그는 왕에게 지금 어디로 가는 길이냐고 물었고, 왕은 자기가 상류에서 내려와서 오늘 아침에 다른 쪽 마을에 내렸으며, 지금은 몇 마일 상류에서 농장을 운영하는 옛 친구를 만나러 가는 길이라고 했다.

"처음 뵈었을 때, 저는 속으로 이렇게 생각했죠. '아, 저 양반이 윌크스 씨구나, 맞아. 정말이지 제 시간에 맞춰 이 근처에 나타나진 못한 셈이로구나.' 그러다가 또 이렇게 생각했죠. '아니, 그 양반은 아니겠다. 그 양반 같으면 이렇게 카누를 타고 상류로 거슬러올 리가 없지.' 그러니 노인장께서는 그분이 '아니신' 거죠, 예?"

"그렇소, 내 이름은 블로젯이라고 합니다. 엘릭잰더 블로젯, 정확히 말하자면 엘릭잰더 블로젯 '목사', 하나님의 미천한 종들 가운데 한 사람이죠. 그나저나 나로선 왜 그 윌크스 씨라는 양반이 제시간에 도착하지 못한 것이 안타까워해야 할 일인지, 아울러 그렇게 함으로써 그 양반이 혹시 뭐 손해라도 보게 되는 일인지 도무지 알 도리가 없구려. 누구신지는 몰라도 일이 잘되어야 할 텐데."

"아, 그 양반이야 그래 봤자 재산이 축나는 일은 전혀 없을 겁니다. 모든 권리는 그 양반이 갖게 될 테니까요. 하지만 그 양반은 형님인 피터가 죽은 걸 지켜보지 못한 거죠. 어쩌면 그 양반도 개의치 않을 수 있고, 어느 누구도 딱 꼬집어 말할 수는 없을 겁니다. 하지만 피터라면 자기가 죽기 전에 '형님'을 다시 만나볼 수 있다면 세상 그 무엇이라도 기꺼이 내놓았을 겁니다. 지금까지 3주 동안이나 줄곧 그 이야기밖에는 안 했으니까요. 이들 형제는 어린 시절 이래로 줄곧 떨어져 살았죠. 막내동생 되는 윌리엄이란 양반은 한 번도 못 봤다고 해요. 윌리엄이란 양반은 귀머거리에 벙어리라거든요. 그 양반의 나이는 아마 기껏해야 서른이나 서른다섯을 넘지 않았을 겁니다. 그 양반식구 중에서 이 마을에는 피터하고 조지만 와서 살고 있었죠. 조지만결혼을 했죠. 그런데 그 양반도 마누라와 함께 작년에 죽은 거예요. 그러니 이제는 하비하고 윌리엄만 남은 거죠. 그리고 아까 말씀드린 대로 두 형제는 제 시간에 맞춰 나타나진 못했구요."

"누가 그 양반들에게 소식이라도 전했을 것 아니오?"

"아, 그럼요. 벌써 한두 달은 지났을 걸요. 그러니까 피터가 처음으로 자리에 누웠을 때 말이에요. 피터가 자기는 이번에는 영 자리를 털고 일어날 것 같지 않다고 했기 때문이죠. 그도 그럴 것이, 그 양반은나이가 아주 많은 데다가, 조지의 딸들로 말하자면, 왜, 붉은 머리 메리 제인을 제외하면 아직 나이가 너무 어려서 그 양반의 말상대조차안 되니까요. 게다가 그 양반은 조지와 그 마누라가 죽은 뒤부터는 어찌나 외로움을 타는지, 더 이상 살고 싶은 생각이 없는 것 같더라니까요. 그 양반은 세상 누구보다도 하비를 보고 싶어 했죠. 그 점에서는윌리엄도 마찬가지구요. 왜냐하면 피터야말로 유언장을 작성할 양반은 아니거든요. 그 양반이 하비한테 보내는 편지를 남겨둔다면서, 거기다가 자기 돈을 어디 숨겨두었는지는 물론이고, 나머지 재산을 어떻게 나눠주면 좋겠다는 것도 적어놓았으니, 그걸로 조지의 딸들이 어렵지 않게 살아가게 해주라는 거예요. 조지는 죽을 때 아무것도 남겨준 게 없었거든요. 그 양반이 간신히 쓴 것이라고는 겨우 그 편지 한 장밖에 없었어요."

"그런데 댁의 생각에는 그 하비란 양반이 왜 안 오는 것 같습니까? 도대체 어디 살기에요?"

"아, 그 양반은 영국에 살죠. 셰필드에요. 거기서 설교를 한답니다. 이 나라에는 아직 한 번도 온 적이 없대요. 워낙 바빠서 그런 모양이죠. 어쩌면 그 편지를 전혀 못 받았을 수도 있구요. 왜 그런 일도 있잖습니까."

"안됐네요, 안됐어요. 자기 동생도 미처 못 만나보고 죽게 된다니, 딱한 양반 같으니. 그나저나 댁은 지금 올리언스로 가신다구요, 예?"

"예, 하지만 거기까지만 가면 다가 아니구요. 거기서 배를 탈 겁니다. 다음 주 수요일에, 료 자네로[리오데자네이루]로 가는 배를요. 우리 아저씨가 거기 사시거든요."

"아, 매우 먼 길을 떠나시는 셈이군요. 하지만 멋진 여행이 될 겁니다. 언제 나도 한번 가봤으면 좋겠는데. 그나저나 메리 제인이란 처녀가 제일 맏이인가요? 나머지는 몇 살들이나 먹었죠?"

"메리 제인은 열아홉이고, 수전이 열다섯, 조애너가 아마 열넷쯤 됐을 겁니다. 특히 그 막내는 착한 일을 많이 하는데, 사실은 언청이랍니다."

"딱하기도 하지! 이렇게 냉혹한 세상에 고아가 되어 남다니."

"아, 그래도 그 정도면 오히려 나은 편이죠. 피터 영감한테는 친구

Adventures of Huckleberry Finn

들이 있는데, 그 친구들이 남은 식구를 아무런 해도 입지 않게끔 해줄 거니까요. 우선 침례교 목사인 홉슨이 있고, 집사인 로트 하비, 벤 러커, 애브너 섀클포드, 변호사 리바이 벨, 의사인 로빈슨 선생, 그리고 그 양반들의 마누라들이며, 바틀리 미망인까지 있으니까요. 그런 양반들이 아주 많죠. 피터는 이런 양반들하고 가깝게 지냈고, 집에 편지를 쓸 때마다 종종 이런 양반들에 대해서도 이야기를 하곤 했죠. 그러니 하비는 여기 도착해서도 누구누구한테서 도움을 얻을 수 있는지 곧장 알 수 있을 겁니다."

그 노인네는 이런저런 질문을 계속 던져서 그 젊은 양반한테서 정보란 정보는 탈탈 털어냈다. 그 축복받은 마을의 사람들이며 온갖 것들에 대해 모조리 물어본 것은 물론이고, 윌크스 집안에 대해서도 모조리 알아내었다. 피터는 본래 무두장이라는 사실을 비롯해서 조지는 본래 목수였으며, 하비는 비국교도 목사라는 것까지, 그 외에도 이런저런 것들을 털어냈다. 그리고 나서 노인네는 이렇게 물었다.

"그나저나 왜 증기선을 타러 저 위까지 걸어 올라가시던 거요?"

"저게 올리언스까지 가는 큰 배이기 때문이죠. 혹시 우리 마을에서 안 서면 어쩌나 싶어서요. 깊은 데로 가는 배는 손을 흔들어도 안 세 워주거든요. 신시내티까지 가는 배는 세워주는데, 이건 세인트루이스 까지 가는 거니까요."

"피터 윌크스란 사람이 부자요?"

"아, 그럼요. 아주 큰 부자죠. 집도 여러 채고 땅도 있는 데다가, 그 것 말고도 현금으로 3천인지 4천인지를 어딘가에 숨겨놓았다고 하더 군요."

"아까 그 양반이 언제 죽었다고 했소?"

"어, 말씀드린 적 없는데요. 아마 어젯밤이었을 거예요."

"그럼 장례식은 내일쯤이겠군, 아마도."

"예. 아마 정오쯤일 거예요."

"아, 그야말로 슬픈 일이로구만. 하지만 사람은 언제가 되건 결국 한 번은 떠나야 하니까. 그러니 우리는 누구나 그 때를 준비하며 살아 야 하는 거라오. 그래야만 아무 일 없는 법이지."

"맞습니다, 어르신. 그게 최고죠. 우리 어머니도 항상 그 말씀이셨죠."

증기선에 가까이 다가갔을 무렵, 배는 화물을 거의 다 실은 참이었 고, 곧이어 떠나버렸다. 왕이 배에 타자는 말을 전혀 안 했기 때문에, 결국 나도 기회를 놓치고 말았다. 배가 떠나자 왕은 나더러 거기서 한 1마일쯤 한적한 곳까지 배를 저어가게 했다. 그러더니 강변에 내려서 서 이렇게 말했다.

"자, 이제 곧장 다시 돌아가서, 공작을 이리로 데려오고, 새 천 가방도 잊지 말고 가져와라. 혹시 그 친구가 다른 쪽 마을에 갔걸랑, 거기까지 찾아가서 그 친구를 데려와라. 뭘 하고 있든지 상관없이 이리로 당장 달려오라고 해. 얼른 가라, 당장."

나는 '그 양반'이 무슨 짓을 하려는지 알았다. 하지만 물론 아무 말도 하지 않았다. 공작을 데리고 돌아온 다음, 우리는 카누를 숨겨두고 통나무 위에 걸터앉았고, 왕은 공작에게 지금까지 있었던 모든 이야기를 그 젊은 남자가 해준 그대로 전했다. 한마디도 빼놓지 않고 말이다. 그 이야기를 하는 내내, 그는 영국사람 말투를 흉내 내서 말했고, 정말이지 상당히 그럴싸했다. 나로서도 도무지 따라하기 힘들 정도여서, 감히 엄두조차 내지 못했다. 하지만 그 양반은 정말로 잘했다. 그러더니 그 양반이 말했다.

"그럼 자네가 귀머거리에 벙어리 역할을 맡으면 어떻겠나, 빌지워터?"

공작은 그 일이라면 자기한테 맡겨만 두라고 했다. 그 양반 말로는 연극 무대에서 귀머거리에 벙어리인 사람 역할을 한 적이 있다는 것이다. 그런 다음 두 사람은 증기선이 오기를 기다렸다.

오후도 중간쯤으로 접어들었을 무렵, 작은 배가 두어 척 오기는 했지만 충분히 상류에서 오는 배는 아니었다. 그러다가 결국 큰 배가 왔고, 그러자 두 양반은 그 배를 향해 손을 흔들었다. 증기선은 소형선을 보냈고, 결국 증기선에 올라탔는데, 그 배는 신시내티에서 오는 것이었다. 우리가 기껏해야 4, 5마일만 가려고 배를 세웠다는 사실을 알자, 뱃사람들은 미칠 듯이 화를 내고, 우리한테 욕을 하면서, 목적지에 도착해도 내려주지 않을 거라고 했다. 하지만 왕은 태연자약했다. 그가 말했다.

"만약 어떤 양반들이 한 사람당 1마일에 1달러씩 내면서, 소형선으로 태워주고 내려달라고 하면, 증기선은 당연히 그런 사람들을 태워줘야 하는 것 아니겠소, 안 그렇습니까?"

그러자 뱃사람들은 말투가 누그러져서 그것도 맞는 말이라고 했다. 우리가 그 마을에 도착하자 그들은 우리를 소형선에 태워 강가에 내려주었다. 소형선이 도착하는 걸 보자 20여 명의 사람들이 몰려왔다. 그러자 왕이 말했다.

"혹시 여기 계신 양반들 중에, 피터 윌크스 씨가 사시는 곳이 어디인지 아시는 분이 계십니까?" 사람들은 서로 눈길을 교환하더니, 고개를 끄덕이는 모양새가, 마치 서로 '그것 봐, 내가 뭐랬어?'라고 말하는 듯했다. 그러더니 그중 한 사람이 부드러우면서도 점잖게 말했다.

"죄송합니다, 선생님. 하지만 우리로선 그 양반이 어제 저녁까지 '사셨던' 곳이 어딘지밖에는 말씀드릴 수 없겠군요."

눈 깜박할 사이에, 이 비열한 늙은이는 마치 어딘가를 얻어맞은 듯, 쓰러지듯 그 사람을 부둥켜안고, 그 사람 어깨에 자기 턱을 올려놓고, 그 사람 등짝에 눈물을 줄줄 흘렸다.

"아이구, 아이구, 불쌍한 우리 동생. 갔구나. 우린 이제 영영 동생을 만나긴 틀렸구나. 아, 정말이지 어쩌나, '어쩌나' 원통한지!"

그리고 나서 그는 등을 돌리고는, 통곡하면서, 공작을 향해 자기 손으로 이런저런 엉터리 손짓을 해보인 다음, 그러게 '자기'가 천 가

방만 떨어트리지 않았더라면 하고 원망하면서, 또다시 통곡 소리를 쏟아냈다. 그 두 사기꾼들이야말로 내가 이제껏 본 중에 가장 닳고 닳은 작자들이 아닐 수 없었다.

그러자 사람들이 주위에 몰려들더니, 두 양반을 안쓰럽게 생각한 듯, 갖가지 위로의 말을 하고, 천 가방을 대신 들어 언덕으로 올려다 주고, 자신들을 붙들고 울도록 내버려두면서, 왕에게 그 동생의 마지막 순간에 대해 자세히 이야기해주었고, 왕은 또다시 손짓을 통해 그 내용을 공작에게 알려주었으며, 두 사람은 마치 열두 사도를 모조리 잃어버리기라도 한 것처럼 그 무두장이의 죽음을 슬퍼했다. 정말이지 내가 이전에라도 그런 걸 본 적이 있었더라면, 나는 흰둥이가 아니라 깜둥이였을 거다. 그야말로 누구나 자신이 인간이라는 사실을 부끄럽게 만들 수밖에 없는 장면이었다.

제25장

이 소식은 불과 2분 만에 온 마을에 퍼졌고, 사방 팔방에서 사람들이 쏟아져나오기 시작하는데, 심지어 어떤 사람들은 걸어오면서 외투를 입었다. 곧바로 우리는 군중의 한가운데 있게 되었는데, 사람들의 발소리가 마치 군대의 행진 같았다. 창문이며 앞뜰마다 사람들이 가득했다. 매 순간마다 누군가가 담 너머로 이렇게 말했다.

"저게 '그 양반들'이야?"

그러면 군중을 따라 종종걸음하던 누군가가 곧바로 대답했다.

"아무렴, 그렇고말고."

우리가 그 집에 도착했을 무렵, 그 앞의 거리는 사람들로 가득찼고, 문에는 세 명의 처녀가 나와 서 있었다. 메리 제인은 '정말' 붉은 머리였지만, 그렇다고 해서 별다른 문제는 없었던 것이, 그 여자는 놀라우리만치 아름다웠으며, 얼굴과 눈 모두가 그야말로 환히 빛나는 것만 같았고, 큰아버지와 작은아버지가 도착했다는 사실에 무척이나 기뻐하고 있었다. 왕은 두 팔을 벌렸고, 메리 제인은 그 팔 안에 안겼으며, 언청이는 공작에게 안겼고, 두 인간 역시 처녀들을 끌어안았다! 거의 모든 사람이, 최소한 여인네들은 이들이 결국 다시 만나 즐거운 시간을 나누는 것을 보면서 기쁨의 눈물을 흘렸다.

그러더니 왕은 공작을 팔꿈치로 찔렀다. 슬쩍 찌르긴 했지만, 나는 똑똑히 볼 수 있었다. 왕은 주위를 두리번거리다가, 한쪽 구석에 의자 두 개를 놓고 그 위에 올려둔 관을 봤다. 왕과 공작은 각자 한쪽 손을 서로의 어깨 위에, 다른 쪽 손을 각자의 눈에 갖다댄 채 천천히, 엄숙하게 그쪽으로 걸어갔고, 거기 있던 모두는 두 사람에게 길을 비켜주었으며, 지금까지의 말소리와 소음도 일시 중단되면서, 모두가 "쉿!" 하고 말하고, 남자들은 모두 모자를 벗고 고개를 숙여서, 그야말로 핀 하나가 땅에 떨어지는 소리까지 들릴 정도였다. 두 사람은 그곳에 다다르자마자, 허리를 숙여 관 속을 굽어보고, 한 번 쳐다본 다음, 하다못해 올리언스까지 들릴 정도로 크게 대성통곡을 터뜨렸다. 그러더니 이제는 각자의 팔로 서로의 목을 끌어안고, 각자의 턱을 서로의 어깨에 올려놓았다. 한 3, 4분쯤 그러고들 있었다. 남자 두 사람이 그렇게 우는 모습을 나로선 이제껏 한 번도 본 적이 없었다. 그런데 얼씨구, 다른 사람들도 똑같이 하는 게 아닌가. 이윽고 그곳이야말로 눈물바다가 되었는데, 이 역시 나로선 이제껏 한 번도 본 적이 없었다. 그러다가 둘 중 한 사람이 관의 한쪽에 서고, 다른 사람은 또 다른 쪽에 서더니, 그 자리에 무릎을 꿇고 각자의 이마를 관에 갖다댄 뒤, 각자 알아서 기도를 했다. 하여간 그 대목에 이르자, 군중들조차도 그야말로 한 번도 본 적이 없는 식으로 행동하게 되어, 결국 모든 사람들이 오열하며 대성통곡하기 시작했다. 그 딱한 처녀들도 마찬가지였다. 거의 모든 여자들이 그 처녀들에게 다가가서, 아무 말도 없이, 경건하게, 이마에 입을 맞춰주고, 머리를 손으로 쓰다듬어주고, 눈물이 흘러내리는 채로, 하늘을 한 번 바라본 뒤, 다시 한 번 오열하고, 연신 흐느끼고 눈물을 훔쳐가며, 다음 여자한테 자리를 넘겼다. 정말이지 나로선 그렇게 역겨운 광경은 이제껏 한 번도 본 적이 없었다.

하여간, 그러다가 결국 왕이 자리에서 일어나서 약간 앞으로 걸어 나오더니, 마음을 추스르고 일장 설교를 늘어놓았는데, 연신 눈물범벅이 되어 하는 헛소리인즉, 무려 4,000마일이나 되는 먼 여행 끝에도 불구하고 고인을 잃은 것, 고인을 생전에 볼 기회를 놓친 것은 자신과 불쌍한 동생에게 있어 쓰라린 시련이지만, 여러분의 이 값진 동정과 이 거룩한 눈물 덕분에 완화되고 성스러워진 시련이기도 하며, 따라서 자신은 물론이고 여기 있는 동생도 여러분들께 가슴에서 우러나는 감사를 드리는 바이며, 입에서만 흘러나오는 감사를 드릴 수는 없는 것이, 말로 하자니 너무나도 부족하고 싸늘해 보이기 때문이라는 둥, 그 따위 썩어빠지고 느끼한 온갖 소리를 늘어놓는 바람에, 정말이지 토가 나올 뻔했다. 그러더니 그는 흐느끼면서 경건하고 독실한 척 아멘을 내뱉고는, 다시 아까와 같은 흐트러진 모습으로 돌아가서는, 대성통곡을 터트리기 시작했다.

그의 입에서 말이 다 튀어나오자마자 군중 가운데 누군가가 송영頌詠을 부르기 시작했고, 결국 모두가 큰 소리로 함께 찬송을 하는 바람에, 정말이지 마음이 훈훈해지고 마치 교회에서 나오는 것마냥 좋은 기분이 들었다. 음악이란 '진짜' 좋은 거다. 그 모든 경건버터와 꿀꿀이죽 직후였지만, 나로선 그토록 생기를 돋우는 한편, 그토록 정직하고도 멋진 노래는 들은 적이 없었다.

왕은 다시 한 번 주둥이를 놀리기 시작해서, 자기와 자기 조카딸들로서는 오늘 저녁에 이 집의 가장 가까운 친구분들이 왕림하셔서 함께 식사를 하고, 고인의 시신을 지키도록 도와주시면 좋겠다고 했다. 그러면서 저기 누워 있는 불쌍한 동생이 말을 할 수만 있었어도, 자기가 이제 어떤 분들의 성함을 여쭐지 알았을 거라고 하면서, 그 분들로 말하자면 자기 동생에겐 매우 소중한 분들이어서, 동생이 종종 편지에서 언급했기 때문이라고 했다. 그래서 자기도 마찬가지로 이분들을 청할 것이라고 했다. 홉슨 목사님, 로트 하비 집사님, 벤 러커 씨, 애브너 섀클포드, 리바이 벨, 로빈슨 선생님, 그리고 각각의 마나님들과 바틀리 미망인을 말이다.

홉슨 목사와 로빈슨 선생은 마을 끄트머리에 함께 사냥을 나가고 없었다. 무슨 말이냐면 의사는 아픈 사람을 저세상으로 보내러, 목사는 아픈 사람에게 저세상 가는 길을 알려주러 갔다는 뜻이다. 벨 변호사는 일 때문에 루이스빌에 갔다. 하지만 나머지 사람들은 거기 있었고, 그래서 모두들 나와서 왕에게 손을 내밀어 악수하고, 감사를 표하며, 말을 걸었다. 그런 다음에는 공작과 악수했지만, 이번에는 아무말 없이 그저 미소를 지으며 얼간이 떼마냥 고개를 끄덕였고, 그런 내내 공작은 온갖 손짓을 해가면서, 계속 "어어, 어어어" 하고 말했다. 마치 말 못하는 갓난애마냥 말이다.

왕은 그렇게 청산유수로 지껄이기 시작해서, 그 마을에 사는 거의 모든 사람들이며 심지어 개에 이르기까지 일일이 이름을 거론해가며 이것저것 물어댔고, 그 마을이나 조지의 가족이나 피터에게 벌어진 이런저런 온갖 사소한 일들까지 언급했다. 그는 피터가 항상 그에게 그런 이야기를 적어 보내 훤히 다 안다고 말했지만 그건 거짓말이었고, 아까 우리가 카누로 증기선 있는 데까지 태워다준 젊은 얼간이한테서 캐낸 이야기였다.

그러자 메리 제인은 아버지(편지를 남긴 것은 큰아버지인 피터이나, 이는 저자의 실수로 보임―옮긴이)가 남긴 편지를 가져왔고, 왕은 그걸 큰 목소리로 읽으면서 또다시 엉엉 울었다. 내용인 즉 고인이 살던 집과 금화로 3천 달러는 딸들에게 준다는 것이었다. 그리고 무두공장(제법 장사가 잘되었던)을 비롯해서 다른 집과 토지(약 7천 달러 상당의), 금화 3천 달러는 하비와 윌리엄에게 준다는 이야기와, 나머지 6천 달러의 현금이 지하실 어디에 묻혀 있는지가 적혀 있었다. 그래서 이 두 사기꾼은 자기들이 내려가서 그걸 가져오겠으며, 그런 다음에 일을 정확하고 공평하게 처리하겠다고 했다. 그런 뒤에 나더러 촛불을 들고 따라오라고 했다. 우리는 지하실에 들어서자마자 문을 닫았고, 그들은 주머니를 찾자마자 바닥에 쏟아보았는데, 그야말로 장관으로, 모두가 노란 놈들이었다. 세상에, 왕의 눈깔이 어찌나 번뜩번뜩하던지! 그는 공작의 어깨를 툭 치면서 이렇게 말했다.

"어이쿠, 이건 허풍도 아니고 거짓말도 아니로군! 이런, 세상에, 전혀 아니었어! 이보게, 빌지, 이 정도면 그놈의 '걸작' 따위는 아무것도 아닐세, 안 그런가!"

공작도 정말 그렇다고 시인했다. 두 사람은 노란 놈들을 한 움큼 쥐어든 다음, 손을 벌려 줄줄 떨어뜨려 달그랑 소리가 나게 했다. 그런 뒤에 왕이 말했다.

"두말하면 잔소리지. 돈 많고 죽은 사람의 형제가 되는 것이며, 외국인 상속자의 대리인 역할이야말로 자네와 나한테는 식은 죽 먹기 아닌가, 빌지. 이젠 자네도 섭리라는 것을 믿게 되었을 걸세. 결국에 가서는 이거야말로 가장 좋은 방법이거든. 다른 것들도 내가 모조리 해봤네만, 이만한 것이 정말 없더라구."

그런 돈더미 앞에서야 사실 만족하지 않을 사람이, 또는 믿지 않을 사람이 있을 리 없었다. 하지만 아니, 일단은 돈을 먼저 세어보아야 했다. 두 사람은 돈을 세어보았는데, 결과는 4백하고도 50달러가 모자랐다. 왕이 말했다.

"이런 되어질 놈 같으니. 그 4백하고도 50달러를 갖다가 뭐하는 데 써버린 걸까?"

두 사람은 이 문제를 놓고 잠시 걱정하며 모자란 돈을 찾아 주위를 샅샅이 뒤졌다. 그러다가 공작이 말했다.

"아, 그 양반이야 아주 아픈 사람이랬으니까, 어쩌면 실수를 했을지도 모르죠. 그래요, 제 생각엔 딱 그거 같습니다. 이 문제를 벗어날 방법은 그게 최선이니, 거기에 대해서는 입을 다물면 되죠. 그 정도야 그냥 넘어갈 수 있으니까요."

"이런, 젠장, 그래. 우리야 그냥 '넘어갈' 수 있지. 그거야 어찌 되었든 간에 나도 상관은 없네. 하지만 내가 생각하는 문제는 바로 '계산'이라구. 우리는 지금 겁나게 공정하고, 개방적이며, 솔직한 사람인 척하려는 거 아닌가, 안 그래. 우리는 이 돈을 들고 올라가서 모든 사람들 앞에서 세어봐야 한다구. 그래야만 더 이상 의심받을 게 없을 거야. 하지만 죽은 놈이 6천 달러라고 했으니, 자네도 알다시피, 우리로선 도저히……"

"잠깐만요." 공작이 말했다. "그럼 우리가 나머지를 채우면 되죠." 그는 자기 주머니에서 노란 놈들을 꺼내기 시작했다.

"그거야말로 놀라우리만치 좋은 생각일세, 공작. 정말이지 겁나게 좋은 머리를 달고 계시구만." 왕이 말했다. "그놈의 '걸작'이 우리를 또 한 번 돕는 셈이군." 그러면서 왕도 역시 노란 놈들을 꺼내 쌓아놓았다.

두 사람은 거의 빈털터리가 되었지만, 덕분에 깨끗하고도 확실하게 6천 달러를 만들어놓았다.

"있죠." 공작이 말했다. "또 좋은 생각이 났어요. 위로 올라가서 이 돈을 세어보인 다음에, 그 돈을 '여자애들한테 줘버리는' 겁니다."

"이런 세상에, 공작, 내 자네 한 번만 안아봄세! 그거야말로 인간이 떠올린 생각 중에서도 가장 눈부신 것이로구만. 자네야말로 분명 내가 이제껏 본 중에서 가장 놀라운 머리를 지녔네. 아, 이거야말로 꾀중의 꾀이니, 절대로 안 먹혀들 수가 없을 걸세. 누구든 의심을 해보려면 얼마든지 해보라지. 이 한 방에 모두들 나가떨어질걸."

우리가 위로 올라가자 모두들 탁자 주위로 모여들었고, 왕은 돈을 세어 쌓아올려서, 한 더미당 3백 달러씩을 만들었다. 그렇게 스무 개의 우아하고 작은 돈더미가 생겼다. 모두들 허기진 듯 그 돈을 바라보며, 입술을 핥았다. 두 사람은 그 돈을 도로 주머니에 담았고, 왕이 다시 한 번 자리에서 일어나 연설을 했다.

"친구 여러분, 지금 저 너머에 누워 있는 제 동생은 실피움[슬픔]의 골째기[골짜기]에 남겨진 식구들을 위해 너그러운 일을 했습니다. 동생은 당신이 사랑하고 보호하던, 애비도 없고 어미도 없이 남겨진 이 불쌍하고 어린 양들을 위해 너그러운 일을 했습니다. 예, 동생을 알던 우리 모두는 동생이 이 아이들한테 '훨씬' 더 너그러운 일을 했으리라 믿습니다. 만약 동생이 사랑하는 형제인 윌리엄과 제가 마음 상할까봐 걱정하지만 않았더라도 말입니다. 솔직히 '안 그랬겠습니까? 적어도 '제' 생각에는, 그거야말로 의문의 여지가 없는 사실입니다. 어디, 그렇다면 말입니다. 세상에 형제란 작자들이 어떻게 해서, 이와 같은 때에 고인의 길을 막아설 수 있겠습니까? 세상에 아저씨란 사람들이 어떻게 해서, 이와 같은 때에 고인이 그토록 사랑했던 이처럼 딱하고 귀여운 어린 양들에게서 뭔가를 강탈, 예, 말 그대로 '강탈'할 수 있겠습니까? 제가 알기에는 윌리엄도, 물론 저야 그렇게 안다고 '생각'하고 있습니다만, 제 동생도 마찬가지일 겁니다. 음, 그래도 제가 일단 한번 물어는 보겠습니다." 그는 뒤로 돌아서서 손으로 공작에게 이것저것 신호를 보내기 시작했다. 그러자 공작은 머리가 가죽인 듯한 표정으로 그를 한참 쳐다보더니, 갑자기 그 의미를 알아채기라도 한 듯, 왕에게 펄쩍 뛰어 안기며, 최대한 즐거움을 나타내는 어어 소리를 낸 다음, 거의 열댓 번쯤은 더 끌어안았다가 결국 놓아주었다. 그러자 왕이 말했다. "이럴 줄 알았죠. 방금 '이것'으로 여기 계신 모든 분들도 제 '동생'이 무슨 생각을 하는지 아셨으리라 봅니다. 얘들아, 메리 제인, 수전, 조애너야, 이 돈을 가져라. 이 돈을 '모두' 가져라. 이거야말로 저 너머에 누워 있는 우리 동생이, 비록 몸은 싸늘하지만 기쁜 마음으로 너희들에게 주는 선물이니까."

메리 제인은 그에게 다가갔고, 수전과 언청이는 공작에게 다가갔으며, 그런 뒤에 또다시 끌어안고 입을 맞춰대는데, 정말이지 살다 살다 처음 본다 싶을 정도의 광경이었다. 그러고 나서는 모두들 눈에 눈물이 그렁그렁한 채로 몰려들어, 너도나도 그 사기꾼들과 악수를 나누며 계속 이런 말을 했다.

"정말이지 '훌륭한' 마음씨이십
니다! 너무 '멋지세요'! 어떻게
'그런' 생각을 다!"

아, 그러더니, 곧이어 모든
사람들이 고인에 대한 이야기를
하기 시작했고, 그가 얼마나 착
했는지, 그가 죽어서 얼마나 안
타까운지, 뭐 그런 이야기를 하
기 시작했다. 잠시 후에 덩치가
크고 턱이 네모진 남자가 안으로 들
어오더니, 가만히 서서 오가는 말을 들으며 주위를 둘러보았는데, 그
와중에 아무 말도 하지 않았다. 어느 누구도 그를 향해 아무 말도 하
지 않았는데, 왕이 이야기를 하고 있었기 때문에, 모두들 그의 이야기
를 듣느라 바빴기 때문이다. 왕은 다음과 같은 이야기를 한창 주워섬
기는 중이었다.

"(……) 그분들이 동생의 가장 특별한 친구였기 때문이죠. 그래서
그분들을 오늘 저녁에 초대했던 겁니다. 하지만 내일은 '모든' 분들이
오셨으면 좋겠습니다. 정말 모두가요. 동생은 모두를 존경했고, 모두
를 좋아했으니까요. 그러니 동생의 장례 분탕질은 성대히 치러야 합
니다."

그런 식으로 그는 계속 횡설수설하며, 마치 혼잣말을 하는 것 같았
고, 가끔씩 장례 '분탕질' 어쩌구 하는 소리를 하는 통에, 마침내는 공

작도 더 이상 견디지 못하는 상태가 되었다. 그래서 그는 작은 종잇조각에 "'분탕질orgies'이 아니라 장례 '절차obsequies'지, 이 영감탱이야." 하고 써서 그걸 접은 다음, 어어 하면서 사람들의 머리 너머로 그에게 그걸 전해주었다. 왕은 쪽지를 읽은 다음, 주머니에 집어넣고 이렇게 말했다.

"불쌍한 윌리엄, 비록 불구인 몸이지만, 마음 하나만큼은 기특하지 뭡니까. 저보고 방금 하는 말이, 모든 분들을 장례식에 초대하라는군요. 저보고 모든 분들을 반가이 맞이하라는 겁니다. 하지만 공연한 걱정 같군요. 저야말로 방금 그 이야기를 하려던 참이었으니까요."

그러더니 그는 또다시 이야기를 엮어가기 시작했는데, 완전히 태연했고, 계속해서 가끔 한 번씩 장례 분탕질 어쩌구 하는 이야기를 흘리는 것이, 아까 전과 다를 바가 없었다. 그러다가 세 번째로 그 이야기를 꺼냈을 때, 그는 이렇게 말했다.

"전 분명히 장례 분탕질이라고 말합니다만, 물론 이런 상황에서는 흔히 사용되는 표현은 아니고, 오히려 그 반대죠. 가장 흔한 표현은 장례 절차가 되어야 맞을 겁니다. 하지만 분탕질이야말로 정확한 표현이라고 할 수 있습니다. 장례 절차라는 말은 더 이상 영국에서 안 씁니다. 요즘은요. 아주 없어졌죠. 이제 영국에서는 대신 장례 분탕질이라고들 합니다. 분탕질이 더 나으니까요. 그것은 여러분이 추구하는 것, 보다 정확한 것을 의미하니까요. 본래 그리스어 '오르고orgo'에서 비롯된 말로, '바깥의, 공개된, 해외의' 등의 뜻이었답니다. 히브리어의 '지숨jeesum'이라는 단어는 '심다, 덮다'의 뜻이죠. 따라서 '매장

한다'라는 뜻도 됩니다. 그래서 여러분도 아시겠지만, 장례 분탕질 orgies이야말로 대중 장례식에는 딱 어울리죠."

그 인간이야말로 이제껏 내가 마주친 중 정말 '최악'이었다. 그때 그 턱이 네모진 남자가 그 인간 보는 앞에다 대고 허허 웃는 것이었다. 모두가 충격을 먹었다. 모두들 말했다. "아니, '의사 선생님!'" 그러자 애브너 새클포드가 말했다. "아니, 로빈슨, 자네는 아직도 소식을 모르나? 이 양반이 바로 하비 윌스크 씨일세."

왕은 활짝 웃으면서, 자기 펄럭이('손'을 일컬음—옮긴이)를 내밀면서 이렇게 말했다.

"아, 이분이 '바로' 불쌍한 우리 동생하고 아주 절친한 친구이시며 의사이신? 저는……."

"그 손 저리 치우지 못해!" 의사가 말했다. "당신 무슨 영국 사람처럼 말하는구만. '안' 그런가? 하지만 내가 이제껏 들은 중에서도 가장 어설픈 흉내로군. '당신'이 피터 윌크스의 형이다 이건가. 당신은 사기꾼이야. 그게 당신 본모습이라구!"

세상에, 사람들 반응하고는! 모두들 의사를 에워싸고는 그의 입을 다물게 하려고, 그에게 설명하려고 했고, 하비가 어떻게 자신이 '바로' 하비임을 갖가지 방법으로 보여주었는지, 모두의 이름을 알았는지, 심지어 개들의 이름도 알았는지를 말하면서, 제발, 제발 하비의 마음이며 딱한 여자애들의 마음에 상처를 주지 말라고 간청하고 또 '간청'했다. 하지만 그래도 아무 소용이 없었던 것이, 그는 곧바로 분노를 터트리며, 영국인인 척하려고 하면서도 그 말을 기껏해야 저 정도밖에는 흉내 내지 못하는 작자는 사기꾼에 거짓말쟁이일 수밖에 없다고 말했다. 불쌍한 여자애들은 왕에게 매달려 엉엉 울었다. 그러자 갑자기 의사가 그 '아이들' 쪽으로 다가가 이렇게 말했다.

"난 네 아버지의 친구이며, 너희들의 친구야. 그리고 난 너희에게 친구 '자격'으로, 그것도 너희를 보호하고 해악과 말썽에서 지키려는 정직한 친구 자격으로 경고하는 거다. 제발 그 악당에게서 등을 돌리고, 그 무식한 떠돌이, 제 말마따나 엉터리 그리스어에 히브리어를 주워섬기는 작자하고는 상종도 하지 마라. 이 작자야말로 협잡꾼 중에서도 가장 얄팍한 종류야. 분명히 어디선가 주위들은 이런저런 이름이며 사실들만 갖고 이리로 온 건데, 너희들은 그걸 '증거'로 생각하는 바람에, 뭘 제대로 알지도 못하는 이 딱한 친구들, 이보다는 좀 더 많이 알았어야 할 작자들이 너희를 속여넘기도록 오히려 도와주고 있는 거야. 메리 제인 윌크스, 넌 내가 네 친구라는 걸, 그리고 결코 이기적이지 않은 친구라는 걸 알 거다. 그러니 내 말 들어. 그 천한 악당에게서 떨어져라. '제발' 부탁이니 그렇게 해라. 알겠지?"

메리 제인은 고개를 똑바로 들었는데, 아이구, 무척이나 미인이었다! 그 여자가 말했다.

"그럼 저는 이렇게 '대답'할래요." 그 여자는 돈주머니를 집어 들어 그걸 왕의 손에 쥐여주면서, 이렇게 말했다. "여기 6천 달러를 가져가세요. 그리고 이걸 저랑 제 동생을 위해 원하시는 대로 투자해주세요. 영수증은 굳이 써주실 필요 없어요."

그런 뒤에 그 여자는 한 팔로 왕을 감싼 채 한편에 서 있고, 수전과 언청이는 반대편에서 똑같이 했다. 모두들 박수를 치며 발을 굴러서 그야말로 폭풍이라도 불어오는 듯했고, 그 와중에 왕은 고개를 들고 자랑스러운 듯 웃고 있었다. 의사가 말했다.

"좋아. 그럼 난 이 문제에서 완전히 손을 떼마. 하지만 언젠가는 오늘 일을 생각할 때마다 가슴 아프게 후회할 날이 올 테니, 그렇게 알아라." 그러고 나서 그는 가버렸다.

"좋습니다, 의사 선생." 왕이 상대방을 조롱하며 말했다. "나중에 가슴 아프게 되면 선생께 왕진을 부탁드릴 테니 말입니다." 이 말에 사람들은 모두 웃었고, 그야말로 멋진 응수라고 입을 모았다.

제26장

    사람들이 모두 가버린 다음, 왕은 메리 제인에게 빈 방이 몇 개나 있느냐고 물었고, 그 여자는 집에 빈 방이 하나밖에 없다고, 거기에는 윌리엄 작은아버지가 주무시고, 자기 방은 좀 더 크니 하비 큰아버지가 주무시면 되고, 자기는 동생들 방으로 가서 간이 침대에서 자면 된다고 했다. 그리고 다락방도 골방으로 되어 있고, 그 안에 침상이 놓여 있다고 했다. 왕은 그 다락방이 자기 시중[시종]한 테는 딱이라고 했다. 바로 나 말이다.

    그래서 메리 제인은 우리를 데리고 가서 두 양반의 방을 보여주었는데 소박하지만 상당히 괜찮았다. 그 여자는 혹시 하비 큰아버지께 방해가 되면 자기 방에 있는 옷이며 다른 물건들을 치우겠다고 했지만, 왕은 괜찮다고 말했다. 벽에는 여자 옷들이 걸렸고, 그 위에는 바닥까지 닿는 사라사 천이 늘어져 있었다. 한쪽 구석에는 낡은 털가죽 트렁크가, 또 한쪽 구석에는 기타 상자가 있었다. 그리고 온갖 종류의

자질구레한 장신구며 골통이〔굴퉁이〕가 널려 있는 모습이, 보통 여자애들이 자기 방을 꾸며대는 것과 다르지 않았다. 왕은 그런 물건들이 있는 편이 더욱 아늑하고 기분 좋다면서, 그러니 이것 때문에 신경 쓰지 말라고 했다. 공작의 방은 훨씬 작았지만 충분히 좋은 편이었고, 내 다락방 역시 마찬가지였다.

그날 저녁에는 큰 만찬이 있었고, 동네 사람들이 모두 참석했으며, 나는 왕과 공작의 의자 뒤에 서서 그들의 시중을 들었고, 깜둥이들은 나머지 사람들의 시중을 들었다. 메리 제인은 수전과 나란히 식탁의 상석에 앉아서, 비스킷이 맛이 없어 어쩌냐는 둥, 절임 음식이 어설퍼서 어쩌냐는 둥, 닭튀김이 맛없고 질겨서 어쩌냐는 둥 하는 이야기를 늘어놓았다. 왜, 여자들이 흔히 칭찬을 받아내기 위해 늘 하는 온갖 종류의 허튼소리들을 말이다. 그러면 사람들은 모든 음식이 잘 만들어졌음을 알고는 이렇게 말했다. 가령 "어떻게 '하면' 비스킷이 이렇게 아주 그럴싸한 갈색이 날까?" 그리고 "어디서 '구했기에' 이렇게 맛 좋은 피클을 담글 수 있었을까?" 등등의 시시껄렁한 수다를, 왜 사람들이 늘 어디 저녁에 가서 하듯 말이다. 왜 있지 않나.

그렇게 해서 식사가 모두 끝나고 난 뒤, 나랑 언청이는 남은 음식을 갖고 부엌에서 저녁을 먹었고, 다른 사람들은 깜둥이들이 자리 치우는 걸 도와주었다. 언청이는 나한테 영국에 관한 이야기를 물어보았는데, 가끔은 살얼음판을 딛는 것마냥 아슬아슬하기도 했다. 그 애가 이렇게 물었다.

"너 왕은 본 적 있니?"

"누구? 윌리엄 4세? 아, 그거야 당연하지. 그 양반은 우리랑 같은 교회 다니거든." 나는 그가 벌써 몇 년 전에 죽었음을 알았지만, 시치미를 뚝 떼고 말했다. 내가 그 양반이 우리랑 같은 교회에 다닌다고 했더니, 그 애는 말했다.

"그럼 어떻게, 매주?"

"어, 매주. 그 양반 신도석이 바로 우리 건너편이야. 왜 설교대에서 저쪽으로 있잖아."

"난 그 양반이 런던에 산다고 들었는데, 아닌가?"

"아, 그야 그렇지. 안 그럼 '어디' 살겠어?"

"근데 난 '너'가 셰필드에 산다고 들었거든?"

나는 궁지에 몰렸음을 깨달았다. 마치 닭 뼈가 목에 걸린 척 요란한 기침을 했고, 그사이 어떻게 하면 다시 잘 넘어갈 수 있을지 궁리할 시간을 벌었다.

"내 말은 뭐냐 하면, 그 양반이 셰필드에 있을 때는 우리 교회에 매주 온다는 거야. 물론 여름 한때뿐이긴 하지. 매년 그때가 되면 해수욕을 하러 오거든."

"어, 무슨 말이야. 셰필드는 바닷가도 아니면서."

"아, 내가 언제 바닷가래?"

"방금 그런 거잖아."

"그런 적 '없어.' 전혀."

"그랬잖아!"

"안 그랬다니까."

"그랬잖아."

"그런 이야긴 전혀 한 적 없어."

"그럼 네가 '뭐라고' 했는데, 응?"

"그 양반이 해수 '욕'을 하러 왔다고. 그렇게만 말했지."

"그럼, 봐봐! 거기가 바닷가가 아닌데, 그럼 그 양반은 어디서 해수욕을 한다는 거야?"

"이것 보라구." 내가 말했다. '너 혹시 콩그리스 광천수 본 적 있어?"

"어."

"그래, 그럼 그걸 얻으려고 꼭 콩그리스까지 가야 하나?"

"어, 그건 아니지."

"그래, 마찬가지로 윌리엄 4세란 양반도 해수욕을 하려고 꼭 바닷가로 가야 하는 건 아니라구."

"그럼 그 양반은 해수를 어떻게 얻는데?"

"그거야 이 동네 사람들이 콩그리스 광천수를 얻는 것과 똑같은 식으로 얻지. 셰필드에 있는 궁전에는 아궁이가 있어가지고, 거기서 그 양반이 원하는 만큼 물을 데우는 거야. 하지만 바다에서는 그만큼의 물을 끄릴[끓일] 수가 없거든. 거기에는 그런 시설이 없으니까."

"아, 무슨 말인지 알겠다, 이젠. 그러면 애초부터 그렇다고 말을 했어야지."

그 이야기를 듣고 나서야, 나는 간신히 궁지를 빠져나왔음을 깨달았고, 덕분에 마음이 편하고 기뻤다. 그러고 나자 그 애가 물었다.

"그럼 너도 교회에 가니?"

"어, 매주 가지."

"넌 어디 앉는데?"

"어, 우리 신도석에."

"'누구네' 신도석?"

"아, '우리 꺼' 말이야. 너네 하비 큰아버지말이야."

"우리 큰아버지꺼라구? 우리 큰아버지한테 '왜' 신도석이 필요할까?"

"그야 앉아야 되니까 필요하지. 안 그러면 네 '생각'에는 그 양반이 뭣 때문에 그걸 필요로 하겠어?"

"어, 근데 큰아버지는 설교대에 서 계셔야 되는 거 아닌가."

이런 썩을, 그 양반이 목사라는 사실을 그만 까먹은 거였다. 나는 또 궁지에 몰렸음을 깨닫고, 다시 닭 뼈가 목에 걸린 척하며, 뭔가 둘러댈 거리를 생각해냈다. 그러고는 말했다.

"아, 젠장. 그럼 너는 한 교회에 목사가 그 양반 딱 한 사람뿐인 줄 아는 거야?"

"아니, 그럼 목사가 뭐 하러 여러 명 있어야 하는데?"

"뭐하려긴! 왕 앞에서도 설교를 해야 하는데도? 난 솔직히 너 같은 사람 처음 본다. 우리 교회에서는 아무리 못해도 최소한 목사가 열일곱 명은 된다니까."

"열일곱이나! 아이구, 세상에! 난 그렇게 연이어 예배를 봐야 한다면 도무지 못 버티겠다. 차라리 은혜를 '못' 받는 한이 있어도 말이야. 그 예배 다 보려면 일주일은 족히 걸리겠는걸."

"무슨 소리. 그 양반들이 하루에 '모두' 설교하는 건 아니라구. 그 중에서 '한 사람'만 하는 거야."

"어, 그러면 나머지 사람들은 '뭐' 하러 둔 거야?"

"그거야 어디까지나 '멋' 때문이지. 넌 정말 아무것도 모르는구나?"

"아유, 그런 바보 같은 짓은 별로 '알고' 싶지도 않다, 애. 그럼 영국에서는 하인들 대하는 게 좀 어떠니? 우리가 여기서 깜둥이들한테 하는 것보다 더 낫게 대하니?"

"'전혀!' 하인은 거기서 진짜 뭣도 아니야. 정말 무슨 개보다도 못한 취급을 받는다니까."

"그럼 휴일도 안 주는 거야? 가령 우리가 하듯이, 무슨 크리스마스니 신년 주간이니, 그리고 독립기념일도?"

"아, 모르면 듣기나 해! 너 말 들으면 생전 한 번도 영국 안 갔다온 사람인 줄 '딱' 봐도 알겠다. 있잖아, 언처…… 아니, 조애너, 영국 하인들은 한 해 끝날부터 또 한 해 끝날까지 휴일이라곤 하루도 없어. 서커스고, 극장이고, 깜둥이 공연이고, 그 어디고 간에 전혀 못 가."

"교회도 못 가?"

"교회도 못 가지."

"근데 '너'는 매주 교회에 다닌다며."

아, 나는 또다시 걸려들고 말았다. 내가 그 늙은이의 하인이란 걸 그만 잊어버린 거다. 나는 곧바로 시중[시종]이 보통 하인과는 전혀 다르다는 식으로 일종의 설명을 늘어놓으면서, 시중은 본인이 좋건 싫건 간에 '반드시' 교회에 가야만 하고, 주인집 식구들과 나란히 신도석에 앉아야 한다고 아예 법에 딱 정해져 있다고 둘러댔다. 하지만 나는 아주 그럴싸하게 말을 하진 못해서, 이야기를 끝마치고 나자 그 애가 그다지 납득하는 것 같진 않다는 걸 눈치챘다. 그 애가 말했다.

"정직한 인전, 있지, 너 지금까지 나한테 순 거짓말만 한 거 아니지?"

"정직한 인전."

"진짜 하나도 아니야?"

"진짜 하나도 아니야. 거짓말 하나도 없어."

"그럼 너 손 여기다 올려놓고 다시 한 번 말해봐."

가만 보니까 그건 [성경이 아니라] 사전에 불과하기에, 나는 그 위에 손을 얹고 말했다. 그러고 나자 그 애는 아까보다 좀 더 만족스러워하는 것 같았고, 이렇게 말했다.

"좋아, 그럼, 이제부턴 그 얘기 중에 일부는 진짜라고 믿을게. 하지만 그 나머지 이야기는 여간해서는 믿을 수가 없는걸."

"뭘 믿을 수가 없다는 거야, 조?" 메리 제인이 이렇게 말하면서 부엌으로 들어왔고, 수전이 그 뒤를 따랐다. "애한테 그런 말을 하다니, 그런 건 옳지도 않고 친절하지도 않아. 얘는 손님이고, 지금 자기 집에서 멀리 떠나와 있다구. 너 같으면 누가 너를 그렇게 대했으면 좋겠니?"

"항상 그런 식이더라, 메임 언니. 항상 누가 마음 상하기 전에 그 사람을 도와주러 끼어든다 이 말이야. 난 애한테 아무 짓도 안 했어. 내가 보기엔, 얘가 뭔가 전혀 말도 안 되는 소리를 하니까 그랬지. 그래서 난 그걸 전부 믿을 수가 없다고 말한 거라구. 내가 한 말은 정말이지 그거 말고는 한 톨도 없다구. 내가 보기엔, 얘 정도면 이런 작은 일은 아무렇지도 않게 버틸 수 있을 거야. 안 그럴 것 같애?"

"작은 일이건 큰일이건 간에 나는 상관 안 해. 얘는 지금 우리 집에 있고, 게다가 손님이야. 그러니 네가 그런 말을 하는 건 착한 행동이 아니야. 네가 만약 쟤네 동네에 갔을 때 똑같이 당하면, 너도 솔직히 창피해했을 거 아니야. 그러니 '누군가'를 창피스럽게 할 만한 이야기는 되도록 남한테 해서는 안 되는 법이라구."

"아니, 메임 언니, 쟤가 하는 말이……."

"쟤가 '한 말'이 뭐든지 간에 마찬가지라니까. 그게 중요한 게 아니야. 정말 중요한 거는 네가 쟤한테 '친절하게' 대해야 하고, 쟤로 하여금 지금 자기가 남의 나라에 와 있다는 걸, 남의 나라 사람들 사이에 있다는 걸 떠올리게 할 만한 말은 되도록 안 하는 거라구."

난 속으로 이런 생각이 들었다. 아이구, 저 늙다리 흉물이 '이런' 여자애한테서 돈을 훔쳐내는 걸 내가 가만 보고 있어야 한다니!

그러더니 이번에는 수전이 야단을 쳤다. 믿기지 않겠지만, 마치 무덤 속에서 '들으라'는 듯 하는 거였다!

또 속으로 이런 생각이 들었다. 아이구, 그놈이 '또 이런' 여자애한테서 돈을 훔쳐내는 걸 내가 가만 보고 있어야 한다니!

그러더니 메리 제인이 다시 한 판을 벌이더니, 착하고 친절한 모습으로 돌아왔다. 원래는 항상 그런 모습이었다. 그렇게 되고 나니 그 불쌍한 언청이는 거의 본전도 못 챙기는 꼴이 되고 말았다. 언청이는 화가 나서 투덜거렸다.

"자, 그럼 됐으니까." 다른 두 여자가 말했다. "이제 애한테 미안하다고 사과하도록 해."

언청이는 그렇게 했다. 그것도 아주 간드러지게 그렇게 했다. 어찌나 간드러지게 했는지 정말 듣기가 좋았다. 차라리 그 여자에게 거짓말을 천 가지는 더 해줄 수 있었으면 좋을 것 같았다. 그러면 또 그런 말을 실컷 들을 수 있을 테니까.

난 속으로 이렇게 중얼거렸다. 아이구, 그놈이 '또 이런' 여자애한테서 돈을 훔쳐내는 걸 내가 또 가만 보고 있어야 한다니! 언청이가 사과를 끝내자, 세 자매는 나를 편안한 마음으로 있게 하려고 모두들 애를 썼고, 문득 나는 친구들 사이에 있다는 생각이 들었다. 나 자신이 어찌나 비열하고, 타락하고, 치사한 놈 같던지, 나는 결국 작정하고 속으로 이렇게 말했다. 저 사람들을 위해서 내가 반드시 그 돈을 빼돌리고 말겠어.

그래서 나는 일단 거기서 나왔다. 자러 간다고 말은 했지만, 물론 지금 당장 잘 거라는 뜻은 아니었다. 혼자가 되자, 나는 이 일을 생각하고 또 생각해보았다. 속으로 이렇게 중얼거려보았다. 차라리 몰래 의사한테 찾아가서 저 두 악당들을 박살내버려야 할까? 아니었다. 그렇게 해서 될 일이 아니었다. 의사는 누구한테 그런 이야길 들었는지 이야기할 수도 있었다. 그러면 왕과 공작은 나를 가만 안 둘 거였다. 그럼 차라리 몰래 메리 제인한테 찾아가야 할까? 아니었다. 감히 그럴 수는 없었다. 그 여자의 얼굴 표정을 보면 두 놈이 딱 눈치를 채고도 남을 테니까. 그놈들은 지금 돈을 갖고 있으므로, 곧바로 슬그머니 빠져나가서 들고 내빼면 그만이었다. 그 여자가 도와줄 사람을 데려올 생각이라면, 이 일이 완전히 끝나버리기 전에 좀 복잡하게 만들어 놓아야 할 필요가 있다고 나는 판단했다. 그래, 결국 좋은 방법이라곤 단 한 가지밖에 없었다. 어떻게든 그 돈을 훔치는 것이었다. 그리고 어떻게든 내가 그랬다는 의심을 전혀 사지 않도록 그 돈을 훔치는 것이었다. 두 놈 모두 여기서 횡재를 잡은 셈이었다. 그러니 이 식구들이며 이 마을에서 쓸 만한 것은 모조리 벗겨먹을 때까지는 결코 떠나지 않으려고 할 테고, 그러니 나로선 기회를 얼마든지 엿볼 수 있다. 그걸 훔쳐서 숨겨둘 참이었다. 그러고 나서 강 하류로 한참 내려가고 나면, 편지를 써서 메리 제인에게 돈이 숨겨진 위치를 알려줄 거였다. 하지만 가능하기만 하다면, 일단 오늘 밤에 그걸 빼돌리는 게 더 나을 것 같았는데, 그 의사란 사람이 손을 놓겠다고 비록 말은 했지만, 정말 그러지는 않을 수도 있었기 때문이었다. 자칫하면 두 놈들이 지레 겁을 먹고 얼른 내뺄 수도 있었다.

그래서 난 일단 두 놈들의 방으로 가서 [돈을] 찾아봐야겠다고 생각했다. 위층의 복도는 어두웠지만, 나는 공작의 방을 찾아 들어갔고, 손으로 주위를 더듬기 시작했다. 그러다가 문득 그 돈으로 말하자면

왕이 자기 자신을 제외하고는 어느 누구도 건드리지 못하게 간수하고
도 남았을 거라는 생각이 들었다. 그래서 나는 왕의 방으로 가서, 다
시 주위를 더듬기 시작했다. 그러다가 촛불이 없으면 아무래도 안 될
것 같았지만, 물론 나한테 촛불 같은 것이 있을 리 없었다. 그래서 나
는 다른 방법을 쓰기로 작정했다. 몰래 숨어 있다가, 두 놈의 말을 엿
듣는 거였다. 바로 그 순간, 두 사람의 발자국 소리가 들려왔고, 나는
침대 밑으로 얼른 들어가 숨으려고 했다. 나는 손을 뻗었지만, 어디쯤
있을 거라고 생각한 곳에 침대가 없었다. 대신 메리 제인의 옷들을 가
려둔 커튼에 손이 닿았고, 그래서 그 커튼 뒤로 뛰어 들어가 가운들
사이에 몸을 움츠린 채, 찍 소리 않고 숨을 죽이고 있었다.

　두 사람은 방으로 들어오자마자 문을 닫았다. 그러고는 공작이 우
선 몸을 굽혀 침대 아래를 들여다보았다. 순간 나는 아까 침대를 찾으
려다가 못 찾고 만 것이 오히려 다행이다 싶었다. 물론 남 몰래 무슨
일을 하려면 침대 밑에 숨어들어가는 게 매우 자연스러운 일인 것도

사실이지만 말이다. 두 사람
은 곧이어 자리에 앉
았고, 왕은 이렇게 말
했다.

　"아니, 무슨 일인
가? 가급적 짧게 말하
게. 저놈들이 우리 없
는 사이에 무슨 쑥덕공

론이라도 벌이게 내버려두느니, 차라리 아래층에 내려가서 곡이라도 하고 앉아 있는 게 나으니까."

"그게 바로 이겁니다, 카페 어르신. 제가 편하지가 않습니다. 제가 안심되지가 않는단 이 말입니다. 그 의사란 놈이 계속 마음에 걸려요. 어르신 계획이 뭔지 좀 알아야겠습니다. 저도 한 가지 생각이 있는데, 제법 쓸 만한 것 같거든요."

"그게 뭔데 그러나, 공작?"

"차라리 여기서 슬쩍 빠져나가는 게 더 낫다는 거죠. 내일 새벽 세 시 직전에 말이에요. 그래서 우리가 얻은 걸 들고 강까지 얼른 내빼는 거죠. 특히나, 우리가 얼마나 그걸 쉽게 얻었는지 보시라구요. 그걸 다시 우리한테 '준' 거잖아요. 영감님 말마따나 우리한테 냅다 내던진 거라구요. 그러니 우리가 그걸 다시 훔쳐가도 문제없는 거라구요. 저는 여기서 마무리하고 내빼자는 겁니다."

그 이야기를 듣고 보니 나는 기분이 아주 나빴다. 불과 한두 시간 전까지만 해도 약간 달랐지만, 이제는 나도 기분이 나쁘고 실망스러워졌다. 그러자 왕이 거칠게 말했다.

"뭐라구! 그럼 이 집의 나머지 재산도 안 팔아먹겠다는 건가? 그냥 멍청이 떼마냥 도망치느라고, 무려 8, 9천 달러 가치는 너끈한 재산을 팽개치고 내빼겠다는 거야? 단지 일확천금을 하는 게 싫어서 말이야? 그것도 이렇게 쉽게 팔 수 있는 물건인데도?"

공작은 투덜거렸다. 자기는 그 금화 주머니면 충분하고, 더 이상 깊이 들어가고 싶지는 않다는 거였다. 이런 고아들한테서 가진 걸

'모조리' 빼앗고 싶지는 않다고 했다.

"이런, 이 사람 말하는 것 보게!" 왕이 말했다. "우리는 이 아이들 한테서 아무것도 빼앗은 적이 없네. 뭐, 이 돈 정도는 예외겠지만. 진짜 피해자는 이 재산을 '구입하는' 사람들인 거지. 곧바로 우리가 그 실제 소유주가 아니라는 사실이 밝혀질 테고—그건 우리가 내빼고 나면 금방 드러날 테지—그렇게 되면 그 판매는 법적으로 유효하지가 않으니까, 결국 다시 유족에게 돌아가게 될 걸세. 그러니 이 고아들은 자기 집을 도로 찾게 되는 거고, 그 녀석들한테는 그걸로 충분할 걸세. 아직 젊고 쌩쌩하니까, 지들 먹고사는 거야 알아서 할 수 있겠지. '이 아이들'은 전혀 피해보는 게 없단 말일세. 이런, 생각을 좀 해 보게. 이 아이들만큼도 못 사는 사람들이 수천수만 명은 있는 것 아닌가. 정신 좀 차리게. '이 아이들'은 하나도 불평할 게 없다는 걸세."

하여간 왕이 어찌나 말을 잘 둘러대던지 모른다. 공작도 마침내 굴복해서 좋다고 말했으며, 다만 여기 계속 머무는 것은 정말로 멍청한 짓인 것 같다고 덧붙였다. 의사가 계속해서 주위를 맴돌 것이기 때문이다. 그러나 왕이 말했다.

"그 망할 놈의 의사가 뭐! 왜 우리가 '그놈'을 신경 써야 하지? 이 마을의 나머지 바보들을 전부 우리 편으로 끌어들였으면 그만 아닌가? 그리고 이 정도면 어느 마을에 가서도 충분히 다수라고 할 정도가 아니냔 말이야?"

그리하여 두 사람은 다시 아래층으로 내려가기로 했다. 공작이 말했다.

"그런데 지금 그 돈을 놓아둔 장소가 아무래도 좀 불안하단 말이죠."

그 이야기를 들으니 나는 신이 났다. 이제 드디어 뭔가 도움이 될 만한 힌트를 얻게 될 모양이구나 하는 생각이 들기 시작했다. 왕이 물었다.

"왜?"

"왜냐하면 메리 제인은 거상居喪을 하느라 이 방에는 안 들어올 거란 말이죠. 그리고 분명히 아셔야 할 것은, 혹시나 깜둥이가 이 방을 청소하다가 이 옷들을 잘 정리해놓으라는 명령이라도 받게 되면, 이걸 몽땅 어디 치워놓을 거라는 거죠. 그럼 잘 아시다시피, 돈을 본 깜둥이치고 그걸 슬쩍하지 않는 놈이 어디 있겠습니까?"

"자네 머리도 평균은 되는군, 또다시, 공작." 왕이 말했다. 그러고는 그는 내가 있는 곳에서 2, 3피트 떨어진 커튼을 더듬었다. 나는 벽에 찰싹 달라붙어 그야말로 꼼짝도 않고 있었다. 물론 속으로는 벌벌 떨렸지만 말이다. 그놈들이 나를 붙잡으면 무슨 말을 할까 하는 생각이 들었다. 나는 그놈들한테 붙잡히면 어떻게 하는 게 좋을까 생각을 해보려고 했다. 하지만 내가 그 생각을 채 절반도 하기 전에, 왕이 금화 주머니를 꺼냈는데, 그는 내가 주위에 있다고는 꿈에도 생각지 못했다. 두 사람은 주머니를 갖다가 깃털 담요 밑에 있는 짚단 돗자리 속에다 쑤셔넣었고, 가장자리에서 한가운데 쪽으로 1, 2피트 정도 밀어넣은 다음에야 안전하다고 말했는데, 깜둥이가 들어오더라도 깃털 담요만 갈 것이고, 짚단 돗자리까지 뒤집어보지는 않을 것이, 짚단 돗자리란 본래 1년에 두 번 뒤집어주면 그만이게 마련이므로, 이제 금화를 도둑맞을 염려는 전혀 없다는 것이었다.

하지만 나는 그들보다 한 수 위였다. 나는 그들이 계단을 절반도 채 내려가기 전에 금화 주머니를 꺼냈다. 그러곤 어둠 속을 더듬어 내 방까지 올라와서, 이걸 어떻게 처리할 기회가 생길 때까지 거기 숨겨두었다. 그걸 집 바깥 어딘가에 숨겨놓는 편이 더 나을 거라고 판단했는데, 만약 그걸 잊어버렸다는 사실을 알게 되면 그들은 집 안을 샅샅이 뒤지고 다닐 것이 분명했기 때문이었다. 그건 확실했다. 곧이어 나는 잠자리에 들었다. 그것도 옷을 모두 입은 채로. 하지만 잠이 오지는 않았다. 차라리 잠이라도 들면 좋으련만, 이 일을 끝내기 전까지는 온통 식은땀투성이일 것이다. 머지않아 왕과 공작이 올라오는 소리가 들렸다. 나는 침상에서 일어나 다락방으로 올라오는 사닥다리 맨 위에다 턱을 대고, 혹시 무슨 일이 벌어지는지 보려고 기다렸다. 하지만 아무 일도 없었다.

그래서 나는 늦은 밤의 인기척이 전혀 들리지 않을 때까지 기다렸다가, 이른 아침의 인기척이 아직 들리지 않을 무렵, 살금살금 사다리를 내려왔다.

제27장

　　나는 그들의 방문 앞까지 기어가서 귀를 기울였다. 모두 코를 골고 있었으므로, 발소리를 죽여 가며 계단을 내려갔다. 사방에 인적이라곤 전혀 없었다. 식당 문틈으로 안을 들여다보았더니, 시신을 지키며 밤새움하는 사람들도 모두 의자에 앉은 채로 곤히 잠들어 있었다. 그 문으로 들어가면 거실이 나왔고, 거기에 시신이 안치되어 있었고, 양쪽 방에는 촛불이 하나씩 켜져 있었다. 나는 식당을 지나 거실 문을 열었다. 그 안에는 아무도 없었고, 오로지 피터의 시신뿐이었다. 그래서 나는 안으로 들어갔다. 하지만 현관문이 잠겨 있었다. 바로 그때 누가 내 뒤쪽에서 계단을 내려오는 소리가 들렸다. 나는 거실을 가로질러 달려갔고, 얼른 주위를 돌아보았더니, 숨을 수 있는 곳이라고는 그 관 뒤밖에 없었다. 관 뚜껑이 1피트 정도 옆으로 젖혀져 있어서, 고인의 얼굴을 드러내놓았는데, 얼굴에는 젖은 천을 덮어두었고, 〔몸에는〕 수의를 입힌 채였다. 나는 돈 주머니를 관 뚜껑 밑에, 그러니까 시신의 양손을 모아놓은 곳 아래 쑤셔넣었는데, 나로선 정말이지 오싹한 기분이 들었던 것이, 시신의 양손이 무척이나 차가웠기 때문이었다. 그런 다음 나는 방을 다시 가로질러 문 뒤에 숨었다.

방으로 들어온 사람은 바로 메리 제인이었다. 그 여자는 관 쪽으로 가서, 매우 다소곳하게 무릎을 꿇고 그 안을 들여다보았다. 그러더니 자기 손수건을 꺼내 얼굴을 덮었는데, 내가 보기엔 우는 것이 분명했다. 물론 소리는 들리지 않았고, 등을 내 쪽으로 돌리고 있었지만 말이다. 나는 살짝 빠져나왔고, 식당을 지나오면서는 밤샘하는 사람들이 미처 나를 못 본 것이 분명한지 확실히 해두고 싶었다. 그래서 다시 문틈으로 들여다보았더니, 만사가 제대로 되어 있었다. 이들은 꿈쩍도 하지 않았다.

나는 잠자리에 들었다. 어딘가 우울한 기분이었는데, 내가 그토록 많은 곤란을 겪고, 그 와중에 그처럼 큰 위험을 감수했음에도 불구하고 결과가 이렇게 되었기 때문이었다. 그래도 나는 그 물건이 지금 있는 그 장소에 그대로 있으면 그걸로 충분하다고 생각했다. 이제 강을 따라 100 내지 200마일쯤 내려가고 나면 나는 메리 제인에게 편지를 쓸 것이고, 그러면 그 여자는 돌아가신 큰아버지의 시신을 도로 파내서 돈을 꺼내면 된다. 어쩌면 그런 일이 벌어지지 않을지도 몰랐다. 어쩌면 관 뚜껑에 못을 박을 때쯤 사람들이 돈 주머니를 발견할지도 몰랐다. 그렇게 되면 왕이 그걸 다시 챙길 것이고, 그걸 누가 또다시 그에게서 쌔벼내려면 상당한 시간이 걸릴 테니 말이다. 물론 나는 다시 내려가서 돈 주머니를 거기서 다시 꺼내고 '싶었'지만, 솔직히 감히 엄두가 나지 않았다. 이제는 시시각각 날이 밝아오고 있었고, 곧이어 밤샘하는 사람들 가운데 일부가 몸을 움직일 것이었으니, 여차하다가는 잡히기 딱이기 때문이었다. 그것도 6천 달러를 고스란히 손에 쥔 채 붙잡히면, 어느 누구도 내 말을 들어보려고 하지 않을 것이었다. 솔직히 그런 일에 얽히고 싶지는 않다고 나는 속으로 다짐했다.

아침이 되어 아래층으로 내려가보았더니, 거실 문은 닫혀 있고 밤샘하는 사람들도 가버리고 없었다. 주위에는 아무도 없고, 유가족과 바틀리 미망인과 우리 패거리뿐이었다. 두 사람의 얼굴을 보니 아무 일도 벌어지지 않은 것 같았지만, 그렇다고 해서 장담할 수는 없었다. 정오가 다될 무렵 장의사가 조수와 함께 찾아와서, 방 한가운데 의자 두 개를 놓고 그 위에 관을 올려둔 다음, 나머지 의자를 모두 줄지어 세워놓고, 이웃에서 다른 의자를 더 빌려다가 현관과 거실과 식당까지도 가득 채워두었다. 관 뚜껑은 여전히 먼저처럼 놓여 있었지만, 그렇게 사람들이 많은 데서 감히 다가가 볼 엄두는 나지 않았다.

그러더니 사람들이 모여들기 시작했고, 그 꾼들이며 여자애들이 맨 앞줄에 관을 마주하고 앉았고, 그때부터 반 시간여에 걸쳐 사람들이 천천히 한 줄로 늘어서서 고인의 얼굴을 마지막으로 들여다보았으며, 어떤 사람은 눈물을 보이기도 했는데, 어찌나 조용하고 엄숙한지, 오로지 여자애들과 꾼들만 눈에 손수건을 갖다대고 고개를 숙인 채로 조금 울었을 뿐이다. 마룻바닥을 딛는 발자국 소리며, 코를 푸는 소리—교회를 제외하고는 사람들이 가장 코를 많이 푸는 곳이 바로 장례식장이었기 때문에—외에 다른 소리라곤 들리지 않았다.

사람들이 모두 자리에 앉자, 검은 장갑을 낀 장의사가 부드럽게 위로하는 투로 이리저리 오가더니, 마지막 손질을 가하고, 사람들이며 물건들을 모두 단정하고 편안하게 만들어, 더 이상은 정말 쥐 죽은 듯 고요했다. 그는 정말 한마디도 하지 않았다. 그저 사람들을 이리저리 몰고, 늦게 온 사람들을 내보내고, 지나갈 길을 만들어냈지만, 그 모든 일을 고개를 끄덕이거나 손으로 신호를 보냄으로써 처리해버렸다. 그러더니 벽을 등지고 자기 자리에 앉았다. 그야말로 내가 이제껏 본 사람 중에서 가장 부드럽고, 미끄러지듯 움직이고, 소리없는 사람이었다. 또 그의 얼굴에서 미소란 정말 약에 쓰려고 해도 찾아볼 수 없었다.

　사람들은 어디서 멜로디움도 빌려왔다. 그리 시원치도 않은 물건을 말이다. 모든 준비가 완료되자, 어느 젊은 여자가 앉아서 그걸 연주했는데, 정말이지 찢어지르고 속 뒤집어지는 소리였는데, 모두들 거기 맞춰 노래를 불렀으니, 내 생각에는 그중에서 유일하게 피터만이 [그런 고역을 피하는] 호사를 누리는 사람이었다. 그런 다음에 홉슨 목사가 일어나서 천천히 그리고 엄숙하게 이야기를 시작했다. 하지만 살다 살다 처음 듣는 곧바로 엄청나게 시끄러운 소리가 지하실에서 울려퍼졌다. 겨우 개 한 마리에 불과했지만, 어찌나 시끄럽게 떠들어대고, 쉬지 않고 계속 짖어대는지 몰랐다. 목사는 관 옆의 자리에 우두커니 서서 잠시 기다릴 수밖에 없었다. 내 생각조차도 내 귀에 안 들릴 정도였으니까. 그야말로 당혹스러운 순간이었고, 어느 누구도 뭘 어떻게 해야 할지 모르는 것 같은 상황이었다. 하지만 곧이어 우리는 그 다리 긴 장의사가 목사에게 "걱정 마세요. 저한테 맡기시라니까요." 하듯 손으로 신호 보내는 것을 보았다. 그는 몸을 숙이더니 벽을 따라 재빨리 달리기 시작해서, 그때부터는 사람들의 머리 너머로 그의 어깨밖에는 안 보이게 되었다. 그가 달리는 동안, 멍멍거리고 으르렁거리는 소리는 점점 더 요란해지기만 했다. 그는 두 군데 벽을 지나고 나서, 마침내 지하실로 내려가 사라졌다. 그러고 나서 불과 2초쯤 지났을까, 우리 귀에 철썩 하는 소리가 들리고, 그 개는 정말이지 놀랄 만한 소리로 한두 번 울부짖더니, 곧이어 주위는 쥐 죽은 듯 조용해졌고, 목사는 아까 멈추었던 곳에서부터 다시 엄숙한 설교를 시작했다. 1, 2분쯤 뒤에 장의사의 등과 어깨가 또다시 벽을 따라 달리기 시작했다. 그는 그렇게 세 군데 벽을 지나 달리고, 또 달리더니, 몸을 곧추세우고, 양손을 펼쳐 자기 입가에 갖다대고, 목사를 향해 자기 목을 쭉 빼고는, 목 쉰 속삭임으로 이렇게 말했다. "개가 쥐를 잡았어요!" 그러더니 그는 몸을 숙여 다시 한 번 벽을 지나 자기 자리로 돌

아왔다. 거기 모인 사람들은 크게 만족했으니, 그들 모두 사실은 무슨 영문인지 알고 싶어 했던 까닭이었다. 그런 사소한 일은 사실 돈도 안 들며, 그래도 또한 누구든지 바라보고 좋아할 만큼 사소한 일이었기 때문이다. 그 마을에서 그 장의사보다 더 인기 좋은 사람이 없는 지경 이었다.

장례식 설교는 아주 좋았지만, 죽도록 길고도 지루했다. 설교가 끝 나자 왕이 앞에 나와서는 평소에 하던 쓰레기 같은 소리를 늘어놓았 고, 이로써 행사가 마무리되자 장의사는 한 손에 드라이버를 들고는 관 속을 흘끗흘끗 들여다보기 시작했다. 나는 땀을 줄줄 흘리며, 그의 모습을 유심히 바라보았다. 하지만 그는 관 속에 손을 넣진 않았다. 그저 뚜껑을 조용히 덮고, 나사를 단단히 조였을 따름이었다. 그렇게 되고 말았다! 나로선 그 돈이 아직 거기 있는지 어떤지도 알 수가 없 었다. 그래서 이런 생각이 들었다. 혹시 누가 그 주머니를 몰래 훔쳐 가버린 게 아닐까? 그렇다면 나중에 메리 제인에게 편지를 써서 알려 줘야 할지 말아야 할지 내가 '어떻게' 안단 말인가? 가령 그 여자가 관을 도로 파냈는데, 전혀 아무것도 발견하지 못한다면, 그렇다면 그 여자가 나를 어떻게 생각하겠는가? 빌어먹을! 어쩌면 사람들이 나를 붙잡아 감옥에 넣을지도 모른다고 생각했다. 그러니 그냥 조용히 찌 그러져 있고 편지 따위는 전혀 쓰지 않는 게 나을 것 같았다. 이제 일 은 끔찍하게 꼬여버리고 말았다. 잘 해결하려 하다가, 나는 이걸 백 배는 더 악화시키고 말았고, 차라리 그냥 내버려둘걸 그랬다는 생각 이 들었다. 망할 놈의 것 같으니!

사람들은 관을 묻었고, 우리는 집으로 돌아왔다. 나는 다시 사람들의 얼굴을 살펴보았다. 어쩔 수가 없었다. 마음이 편치 않았다. 하지만 아무런 흔적도 없었다. 사람들의 얼굴에는 아무런 낌새도 드러나지 않았다.

왕은 저녁에 여기저기로 찾아다니며, 사람들에게 감언이설을 퍼부었고, 그 어느 때보다도 더 친근하게 굴었다. 그러면서 영국에 있는 자기 교회 신도들이 걱정하고 있을 테니, 이제는 얼른 서둘러서 재산 문제를 해결하고 돌아가보아야 하겠다고 말했다. 그는 이렇게 서둘러서 정말 유감스럽다고 말했고, 모두들 마찬가지로 유감스럽다고 했다. 사람들은 그가 더 오래 머물렀으면 하고 바랐다. 하지만 어쩔 수 없는 일이니 충분히 이해한다고 말했다. 그는 자기와 윌리엄이 당연히 여자애들을 데리고 함께 영국으로 돌아갈 것이라고 말했다. 이 말에 사람들은 무척이나 기뻐했으니, 그렇게 하면 여자애들도 친척들과 함께 잘 정착할 것이기 때문이었다. 이 소식에 여자애들도 기뻐하긴 마찬가지였다. 어찌나 신이 났던지, 한때 자신들이 이 세상에서 겪은 곤란조차도 깡그리 잊어버릴 수 있었다. 여자애들은 그에게 원하시는 대로 모든 재산을 얼른 처분하시라고, 자신들은 기꺼이 채비가 되었다고 말했다. 그 딱한 여자애들이 그토록 기뻐하고 행복해하는 것을 보니, 그들이 속고 농락당하는 모습을 보는 내 가슴은 무척이나 아팠지만, 나로선 이런 상황에 끼어들어 전반적인 분위기를 바꿔놓을 안전한 방법을 찾지 못하고 있었다.

글쎄, 아니나 다를까 왕은 집과 깜둥이들과 모든 재산을 곧바로 경매에 붙이겠다는 전단광고를 내고 말았다. 장례식 이틀 뒤에 말이다. 하지만 원하는 사람은 이전에라도 개인적으로 구입이 가능하다고 했다.

그리하여 장례식 다음 날 정오가 되자 여자애들의 기쁨도 최초의 충격을 맞이하게 되었다. 깜둥이 상인 두 사람이 찾아오자, 왕은 깜둥이들을 상당한 가격에, 그러니까 자기들 말마따나 사흘짜리 어음을 받고 팔아버렸다. 그리하여 깜둥이들 가운데 아들 둘은 강 위의 멤피스로, 어미는 강 아래의 올리언스로 가게 되었다. 내 생각에는 그 딱한 소녀들이며, 그 깜둥이들 모두 슬픔으로 가슴이 찢어질 것만 같았다. 그들은 서로 에워싸고 통곡했다. 그걸 지켜보는 것이야말로 나로선 그 무엇보다도 불편한 광경이었다. 여자애들은 〔깜둥이의〕 가족이 흩어진다거나, 다른 마을로 팔려갈 줄은 꿈에도 몰랐다고 말했다. 나로선 그때의 모습을 내 기억에서 결코 지워버리지 못할 것이다. 그 딱하고 불쌍한 여자애들과 깜둥이들이 서로의 목을 얼싸안고 울던 광경을 말이다. 그 경매가 사실은 효력이 없으며, 그 깜둥이들도 앞으로 한두 주 뒤면 다시 돌아오게 되리라는 것을 몰랐다면, 나는 더 이상 참지 못하고 그만 뛰어나가서 우리 일당에 관한 이야기를 모두에게 폭로해버렸을 것이다.

이 사실은 마을에서도 큰 소동을 일으켰으며, 많은 사람들이 허겁지겁 달려와서 〔아무리 깜둥이라도〕 그런 식으로 어미와 자식을 갈라놓는 것은 수치스러운 일이라고 말했다. 그로 인해 이 사기꾼들의 평판도 어느 정도 깎인 셈이었다. 하지만 이 늙은 바보는 제 고집대로 밀어붙였고, 공작이 아무리 뭐라고 말하고 손짓을 해도 듣지 않았다. 장담하건대 공작조차도 이 사실에 대해서는 영 불편해하는 것 같았다.

다음 날은 경매가 있을 예정이었다. 아침이 제법 지났을 무렵, 왕과 공작이 다락방에 올라와 나를 깨웠다. 그들의 표정을 보아하니 무슨 문제가 생긴 모양이었다. 왕이 말했다.

"너 혹시 어젯밤에 내 방에 들어왔었냐?"

"아닌데요, 전하." 우리 일당끼리만 있을 때면 나는 항상 그를 이렇게 불렀다.

"그러면 어제께 낮이나 그저께 밤에는?"

"아닌데요, 전하."

"명예를 걸고 맹세하냐, 응? 거짓말 아니고."

"명예를 걸고 맹세하죠, 전하. 사실대로 말씀드리는 거예요. 메리 제인 양이 전하와 공작님을 모셔가서 방 구경을 시켜드린 이후로는

한 번도 전하 방에 들어간 적이 없습니다."

공작이 말했다.

"그럼 혹시 누가 거기 들어가는 것도 못 봤나?"

"아뇨, 나으리. 못 본 것 같습니다. 제 생각엔요."

"잘 생각해봐."

나는 한동안 궁리해보다가, 문득 좋은 생각이 나서 이렇게 말했다.

"그러고 보니 깜둥이들이 몇 번 들락거리는 걸 본 것 같긴 한데요."

두 사람은 펄쩍 뛰다시피 했다. 마치 그 사실을 미처 예상치 못했다는 듯, 〔아니, 어떤 면에서는〕 마치 그 사실을 '이미' 예상했다는 듯 말이다. 곧이어 공작이 물었다.

"그럼, 그놈들 '전부' 말이냐?"

"아뇨. 전부 한꺼번에 들어간 건 아니구요. 그러니까 제 기억에는 그놈들이 전부 한꺼번에 거기서 '나오는' 건 못 본 것 같고, 하나씩 나오는 건 본 것 같네요."

"어이, 그럼 그게 언제냐?"

"그러니까 장례식 하던 날이었어요. 아침에요. 아주 일찍은 아니었구요. 제가 그날 늦잠을 잤으니까요. 사다리를 타고 내려가다가 봤죠."

"그래, 계속 말해봐, '계속' 말해보라구. 그놈들이 뭘 하더냐? 그놈들이 무슨 짓을 하더냐고?"

"아무 일도 안 하던데요. 아무 짓도 안 했구요. 제가 보기에는 별로요. 그냥 살금살금 가버리더라구요. 그래서 저는 당연히 그놈들이 전하 계신 방을 청소하거나 뭐 그렇게 하려고 온 줄 알았죠. 전하께서 벌써 일어나신 줄 알구요. 그런데 [막상 들어가 보니] 전하께서 '아직 안' 일어나신 걸 보고는, 혹시 전하께서 깨시면 혼이라도 날까봐 몰래 살짝 빠져나가는 거라구요. 혹시 전하가 깨실까봐."

"환장하겠군, '이런' 낭패가 있나!" 왕이 말했다. 두 사람 모두 상당히 속이 불편하고, 적잖이 당혹스러운 것 같았다. 두 사람은 거기 선 채로 뭔가를 생각하며 머리를 긁어대더니, 1분쯤 지나자 공작이 키득키득 신경질적인 웃음을 터트리더니, 이렇게 말했다.

"그야말로 최고로군요. 그 깜둥이들의 손 놀리는 솜씨가 말입니다. 그놈들은 이 지역에서 벗어나게 되어 슬픈 '척'했던 거라구요! 난 그놈들이 '정말로' 슬퍼하는 줄 알았죠. 그건 영감님도 그랬고, 다른 모든 사람들도 그랬죠. 그러니 이전 어느 누구도 '감히' 제 앞에서는 깜둥이가 [그런 짓에] 타고난 재능을 지니고 있지 않다고는 말할 수 없을 겁니다. 그놈들이 이 짓을 한 걸 보세요. '모조리' 속여넘겼잖아요. 제 생각에 그놈들 안에는 모두 그런 재능이 들어 있는 겁니다. 제가 재산에다가 극장까지 있었다고 치면, 이보다 더 그럴싸한 공연거리는 없었을 겁니다. 그런데 우린 여기서 홀딱 속아넘어가서는, 그놈들을 정말이지 헐값에 팔아버렸군요. 예, 그것도 차마 값이라고도 말할 수 없는 헐값에 말이에요. 그나저나 그 종이쪼가리는 지금 '어디' 있는 겁니까? 그 어음이요."

"현금으로 바꾸려고 은행에 넣어놨지. 그럼 그게 '어디' 있겠나?"

"아, 그럼 '그건' 됐군요. 그나마 다행입니다."

나는 소심한 척 말했다.

"혹시 뭐가 잘못됐나요?"

왕은 내 쪽을 홱 돌아보면서 거칠게 내뱉었다.

"네 녀석이 상관할 게 아니야! 그러니 신경 끄고, 네 일이나 잘해. 일이나 있으면 말이지. 이 마을을 벗어나기 전까지는 방금 '그' 말 명심하도록 해, 알겠냐?" 그러더니 그는 공작에게 말했다. "그럼 그냥 입 다물고 아무 소리 말아야겠군. 지금 '우리'로서는 입 다무는 게 상책이겠어."

사다리를 타고 내려가기 직전, 공작이 다시 킥킥 웃으며 이렇게 말했다.

"그러게 이익이 적어도 빨리 팔아치워야 하는 법이라니까! 사업은 그래야지, 암."

왕은 그를 향해 으르렁거리며 말했다.

"나도 최대한 잘하려다가 그런 것 아닌가. 그래도 그놈들을 빨리 팔아치우긴 했으니 말이야. 그러다가 이득이 전혀 없다거나, 상당히 빠졌다거나, 아무것도 없게 되었다고 치면, 그건 내 잘못이기만 하고 자네 잘못은 없는 건가?"

"글쎄요, 잘만 했더라면 그놈들은 '아직' 이 집에 있고, 우리는 '이미' 떠나버렸겠죠. 어르신이 제 말만 귀담아들으셨더라면 말입니다."

왕은 반박을 가해서, 더 이상 자기 탓을 못할 정도로 몰아세운 다음, 이번에는 상대를 바꿔서 다시 '나를' 점찍었다. 깜둥이들이 자기네 방에서 나오면서 그런 짓을 했는데 왜 자기한테 달려와서 '말하지' 않았느냐며, 나를 강둑 아래로 내려 보내는 것이었다. 아무리 바보라도 그 정도면 뭔가 일이 있다는 걸 '알아야' 할 것 아니냐면서 말이다. 그러더니 그는 거만하게 야단을 치며 한참을 '자기 혼자' 욕을 주워섬겼다. 그러면서 이게 따지고 보면 그날 아침에 평소처럼 늦게까지 누워 빈둥거리지 않은 까닭이라고 하면서, 두 번 다시는 그렇게 괜히 부지런을 떠나 어디 보라고 맹세하는 것이었다. 그러면서 두 사람은 서로 주둥이를 까며 가버렸다. 나로선 그 일을 모두 그 깜둥이들에게 덮어씌우면서도, 그 깜둥이들에게는 아무런 해도 끼치지 않게 되었다는 사실이 어찌나 기쁜지 몰랐다.

제28장

어찌어찌하여 이제 일어날 시간이 되었다. 나는 사다리를 타고 내려와 아래층으로 향하기 시작했는데, 여자들 방 앞을 지나다가 열린 문 사이로 메리 제인이 낡은 털가죽 트렁크 옆에 앉아서, 트렁크를 열어놓고 이런저런 물건들을 싸넣는 모습을 보게 되었다. 영국으로 갈 준비를 하는 것이었다. 하지만 그 여자는 이제 동작을 멈추고, 무릎에는 개킨 잠옷을 올려놓은 채, 그만 자기 양손에 얼굴을 파묻고 울었다. 그 모습을 보니 마음이 정말 너무 안 좋았다. 하긴 누군들 안 그럴 것인가. 나는 방 안으로 들어가서 말했다.

"메리 제인 양, 당신이 딴 사람의 곤경을 그냥 못 봐 넘기듯이, 저도 그렇게 못하기는 마찬가지거든요. 거의 대부분은요. 그러니 왜 그러시는지 말해보세요."

그러자 그 여자는 말을 했다. 바로 깜둥이들 때문이었다. 나 역시 예상한 바였지만. 그 여자는 영국까지의 멋진 여행이야말로 자기로선 너무나도 바라 마지않는 것이라고 말했다. 하지만 과연 자기가 거기 가서 '어떻게' 행복하게 지낼 수 있겠느냐고 했다. 〔깜둥이들의〕 어미와 자식이 다시는 결코 볼 수 없을 것임을 알면서도 말이다. 그러면서 아까보다도 더 서글픈 울음을 터트리며, 얼굴을 양손에 묻고 이렇게 말했다.

"어쩜, 세상에, 세상에. 그 애들이 '결코' 다시는 서로 얼굴도 볼 수 없을 거라고 생각해봐!"

"하지만 '결국' 다시 보게 될 건데요. 그것도 2주 안에는요. 내가 진짜 '장담' 한다니까요!" 내가 말했다.

아이고, 주이여〔주여〕, 나도 모르게 그 말이 나오고 말았다! 그러자 내가 차마 꼼짝도 하기 전에, 그 여자는 양팔을 내 목에 두르고, 그게 '무슨' 소리냐고, '무슨' 소리냐고, '무슨' 소리냐고 묻고 또 묻는 것이었다!

나로선 너무 갑작스럽게, 너무 많이, 너무 가까이서 떠들어댄 셈이었다. 나는 그 여자에게 1분 동안만 생각할 여유를 달라고 했다. 그 여자는 거기 그대로 앉아 있었다. 매우 애타고 흥분한, 그리고 아름다운 모습이었지만, 마치 앓던 이를 뽑은 사람마냥 어딘가 행복하고 편안한 모습이었다. 그래서 나는 계속해서 이 문제를 고민했다. 난 이런 생각이 들었다. 사람이 진퇴양난에 몰리면, 벌떡 일어나서 사실대로 털어놓는 게 상책이긴 하지만, 그렇게 하기 위해서는 크고도 많은 위험을 감수할 수밖에 없었다. 물론 나야 직접 경험해본 적은 없으니, 정말 그렇다고 단언할 수야 없지만. 하여간 내가 보기에는 그렇게 보였다. 게다가 지금의 상황이야말로 누가 보더라도 거짓말보다는 진실이 더 낫고, 실제로도 '안전한' 경우였으니 말이다. 나는 이 생각을 내 마음속에 놓아두고, 나중에 기회가 있을 때 곰곰이 생각해보려 했는데, 이건 어딘가 낯설고도 유별나 보였기 때문이다. 이런 건 솔직히 한 번도 본 적이 없었다. 결국 나는 이렇게 생각했다. 이 기회를 잡고 말겠다고 말이다. 이번에는 벌떡 일어나서 사실대로 말하겠다고 말이다. 그로 인해 내가 화야구통〔화약통〕에 올라앉은 상태에서 조금만 건드려도 어디론가 흔적도 없이 사라지는 것과 비슷한 상황에 놓인다 하더라도 말이다. 그리하여 나는 말했다.

"메리 제인 양. 혹시 이 마을에서 조금 떨어진 곳에, 당신이 사나흘쯤 가서 머물 만한 곳이 있을까요?"

"그래. 로스롭 씨 댁이면 될 거야. 근데 왜?"

"왜 그런지는 따지지 말구요. 만약에 제가 그 깜둥이들이 다시 만나게 되는 이유를, 그러니까 앞으로 2주 안에, 그것도 바로 이 집에서 만나게 되는 이유를 말해드리고, 제가 그걸 어떻게 아는지를 '증명'해드리면, 그때는 그 로스롭 씨 댁에 가서 앞으로 나흘 동안 머물러 계실 수 있겠어요?"

"나흘 동안이라고!" 그 여자가 말했다. "그렇게만 된다면 1년이라도 있을 수 있지!"

"좋아요." 내가 말했다. "다른 누구도 아닌 '당신'이니까, 그냥 말로만 약속한 것이라 해도 분명히 지켜주시리라 믿을게요. 다른 사람이었다면 난 차러리〔차라리〕 성경에 입을 맞추라고 시키고도 남았을 거예요." 이 말에 그 여자는 미소를 지었고, 아주 귀엽게도 얼굴이 붉어지기까지 했다. 나는 말했다. "괜찮으시면 문을 좀 닫을게요. 빗장도 걸구요."

그러고 나서는 나는 다시 돌아와 자리에 앉아서 말했다.

"큰 소리 내지 마세요. 그냥 가만히 앉은 채로, 대장부처럼 받아들이라구요. 내가 사실을 말할 테니까, 마음 단단히 먹어야 해요, 메리양. 왜냐하면 아주 안 좋은 이야기이고, 어쩌면 받아들이기 힘들지도 모르지만, 이건 나로서도 말하지 않을 도리가 없어요. 뭐냐면, 지금 당신의 큰아버지와 작은아버지는 사실 친척이 전혀 아니에요. 다만 사기꾼들일 뿐이죠. 전형적인 협잡꾼들이요. 가장 나쁜 소식은 바로 거기까지예요. 이제 나머지는 당신도 비교적 쉽게 견딜 수 있겠죠."

이 소식에 그 여자는 엄청난 충격을 받았는데, 그건 당연한 일이었다. 하지만 나는 이제 얕은 물가를 건넌 느낌이었고, 그리하여 계속 이야기를 해나갔다. 그 내내 그 여자의 눈은 점점 더 밝게, 더 밝게 번뜩여갔다. 나는 그 여자에게 이 지저분한 이야기를 모두 해주었다. 처음에 우리가 어떻게 해서 그 증기선을 타러 가는 젊은 바보를 만나게 되었는지부터 시작해서, 그 여자가 현관문에서 왕의 가슴팍에 뛰어들고 왕이 그 여자에게 열여섯 번인지 열일곱 번인지 연이어 입을 맞춰대던 대목까지 말이다. 그러자 그 여자는 자리에서 펄쩍 뛰다시피

Kemble

일어났고, 얼굴은 마치 저녁 해처럼 새빨개진 채로 이렇게 말했다.

"그런 짐승 같은! 가자! 여기서 1분도 허비할 필요 없어. 아니 단 1초도! 당장 그놈들한테 타르하고 깃털 세례를 퍼붓고, 강물에 던져 넣도록 하겠어!"

내가 말했다.

"당연히 그래야죠. 하지만 그건 당신이 로스롭 씨 댁에 가고 난 '다음'에나 그렇게……."

"아." 그 여자가 말했다. "내가 지금 도대체 '무슨' 생각을 하는 거지!" 그 여자는 이렇게 말하면서, 다시 자리에 주저앉았다. "내가 방금 한 말은 안 들은 걸로 해줘. 제발 부탁이야. 그렇게 할 거지, 응, 그렇지?" 그러면서 비단결 같은 자기 손을 내 손 위에 올려놓는데, 그 느낌이 어찌나 좋은지 죽는 한이 있더라도 안 들은 걸로 하겠다고 말하고 싶을 정도였다. "나도 몰랐어, 내가 이렇게 격분할 줄은 말이야." 그 여자가 말했다. "이제 어디 계속해봐. 나도 지금부터는 가만히 있을게. 내가 어떻게 해야 하는지 알려줘. 네가 시키는 대로라면 뭐든지 할 테니까."

"알았어요." 내가 말했다. "그놈들은 아주 막 나가는 놈들이에요. 그 두 사기꾼 말이에요. 그리고 저는 꼼짝없이 그놈들한테 걸려들었기 때문에, 어쩔 수 없이 앞으로도 좀 더 같이 여행을 해야 해요. 제가 원하건 안 원하건 간에 말이에요. 하지만 왜 그런지는 차라리 얘기 안 하는 게 낫겠네요. 하여간 당신이 그놈들을 이 마을에서 혼내준다면, 저는 덕분에 그놈들의 손아귀에서 빠져나오게 되는 거고, 그러면 저야 멀쩡하겠지만, 당신은 누군지 몰라도 그로 인해서 크게 경을 칠 사람이 또 하나 있을 거거든요. 하여간, 우리는 '그 사람'도 구해야 해요. 그렇지 않겠어요? 당연하죠. 어, 그러니까 그놈들을 당장 혼내주어서는 안 돼요."

그 말을 하다보니, 내 머릿속에는 좋은 생각이 하나 떠올랐다. 어쩌면 그 사기꾼들을 나와 짐에게서 떼어놓을 수도 있겠다 싶었다. 그놈들을 여기 있는 감옥에 가두고, 우리는 떠나면 되는 것이었다. 하지만 낮에는 뗏목을 띄우고 싶지 않았다. 나 말고는 누군가의 질문에 대답할 만한 사람이 전혀 없는 한에는 말이다. 그래서 나는 이 계획도 가급적 오늘 밤 저녁 늦게부터 작동하기 시작했으면 하고 바랐다. 나는 말했다.

"메리 제인 양, 우리가 어떻게 해야 하는지 얘기해줄게요. 당신도 로스롭 씨 댁에는 그렇게 오래 머물지 않아도 될 거예요, 진짜루요. 근데 거기까지 얼마나 돼요?"

"아마 4마일까지는 안 될 거야. 교외로 나가면 금방이야, 저 뒤쪽으로."

"아, 그럼 답이 나왔네요. 이제 곧장 그리로 가는 거예요. 그러다가 오늘 밤 아홉 시나, 아니면 아홉 시 반까지 거기 있는 거예요. 그런 다음에 그 작자들을 불러다가 집까지 데려다 달라고 하는 거예요. 뭔가를 생각했다고 하면서 말이죠. 그 작자들이 당신을 여기로 도로 데려온 게 열한 시 이전이면, 여기 창문에다가 촛불을 하나 켜세요. 그리고 제가 나타나지 않으면 열한 시가 '될 때까지' 기다리세요. 열한 시가 '지나서도' 제가 나타나지 않으면, 저는 이미 갔다는, 이미 딴 데로 떠버렸다는, 그러니까 안전하다는 뜻이에요. 그때가 되면 당신이 나서서 이 소식을 사방에 전하고, 그 두 작자를 감방에 넣으면 되는 거예요."

"좋아." 그 여자가 말했다. "그렇게 할게."

"혹시나 일이 잘못되어서 제가 도망가지 못하고, 오히려 그놈들과 함께 붙잡히게 되면, 그때는 당신이 나서서 내가 이 모든 이야기를 미리 해주었다고 말해줘야 해요. 그리고 최대한 내 편을 들어줘야 해요."

"그렇게 할게. 네 편을 들어주고말고. 누구라도 네 머리털 하나라도 건드리지 못하게 할 거야!" 그 여자가 말했다. 이 말을 할 때 그 여자의 콧구멍이 확 커지고, 눈이 번쩍 빛나는 게 뚜렷이 보였다.

"내가 도망치게 되면, 나는 더 이상 여기 있지 않을 거예요." 내가 말했다. "그럼 이 사기꾼 놈들이 당신 친척들이 아니라는 걸 증명할 수도 없겠죠. 하지만 제가 여기 남아 '있어도' 그렇게 못하기는 마찬가지일 거예요. 저야 그 두 놈들이 사기꾼에 부랑자라는 걸 얼마든지 증언할 수야 있지만, 그게 전부거든요. 물론 그것만 해도 충분히 가치는 있겠지만요. 하지만 저 말고도 그런 사실을 더 잘 증언해줄 수 있는 사람들이 있죠. 그런 사람들의 말이라면 제가 하는 말처럼 금세 의심을 사지도 않을 거구요. 그 사람들을 어디 가면 찾을 수 있는지 알려줄게요. 연필하고 종이 좀 주실래요. 여기요. '왕실의 걸작, 브릭스빌.' 이거 갖고 계시고, 절대 잊어버리지 마세요. 이 두 작자에 관해서 법원이 뭔가를 알아내고 싶다면, 브릭스빌에 사람을 보내서 '왕실의 걸작'을 공연했던 두 놈을 잡았다고 하면서, 증인이 필요하다고만 하면 돼요. 그럼 아마 눈 깜짝할 사이에 그 마을 사람 전체가 이리로 몰려올 걸요, 메리 양. 그야말로 끄러오르듯〔끓어오르듯〕 몰려올 거라구요."

이제 나는 이 정도면 만사를 잘 정리해둔 셈이라고 생각했다. 그래서 나는 이렇게 말했다.

"경매를 하는 건 그냥 내버려두세요. 그건 걱정 안 하셔도 돼요. 물건을 산 사람들도 경매가 끝난 다음 날까지는 굳이 돈을 낼 필요가 없을 거예요. 공시 기간이 너무 짧았으니까요. 그놈들은 돈을 받기 전까지는 여기서 떠나려고 하지 않을 거고요. 우리가 계획한 대로라면, 판매 자체가 무효가 될 거니까, 그놈들은 결국 아무 돈도 받지 '못할' 거예요. 깜둥이들의 경우도 마찬가지예요. 판매 자체가 무효가 되니까, 그 깜둥이들도 머지않아 돌아오게 될 거예요. 그놈들은 '깜둥이들' 판 돈도 결국 받지는 못할 거고요. 결국에는 최악의 곤경에 빠져버릴 거라구요, 메리 양."

"그래." 그 여자가 말했다. "그럼 이제는 내려가서 아침을 먹어야겠네. 그런 다음 곧장 로스롭 씨 댁으로 출발할 거야."

"아니, '그건' 적절할 것 같지가 않아요, 메리 제인 양." 내가 말했다. "절대 그렇지가 않아요. 차라리 아침 먹기 '전에' 떠나세요."

"왜?"

"당신 생각에는 왜 내가 굳이 그렇게 하라고 하는 것 같으세요, 메리 양?"

"글쎄, 모르겠는데. 어디 보자, 정말 모르겠어. 왜 그런 건데?"

"왜냐하면 당신으로 말하자면 그다지 가죽얼굴이 아니기 때문이죠. 솔직히 당신 얼굴만큼이나 속내가 잘 들여다보이는 얼굴도 없어요. 누구라도 당신 앞자리에 앉기만 하면, 굵은 인쇄체마냥 당신 얼굴에서 속내를 읽어낼 수 있을 걸요. 당신 생각에는 당신이 가서 저 작자들을 마주할 수 있을 것 같아요? 그 작자들이 다가와서는 잘 잤느냐면서 입이라도 맞춰대면, 그땐 정말……."

"알았어, 알았으니까 이제 그만! 그래. 아침 먹기 전에 얼른 떠나야겠어. 기꺼이 그래야지. 그럼 내 동생들은 그놈들 옆에 그냥 두고 가야 하는 거니?"

"그래요. 하지만 동생들 걱정은 안 해도 돼요. 잠깐 동안만 견디면 될 거니까요. 만약 세 자매 모두가 사라져버리면, 그놈들도 뭔가 수상한 낌새를 챌 거예요. 제 생각에는 당신이 그놈들이나, 동생들이나 또는 이 마을의 어느 누구도 차라리 안 보는 게 나을 것 같아요. 이웃 중에 누가 뜬금없이 큰아버지와 작은아버지 안녕하시냐고 묻기만 해도, 당신 얼굴에는 뭔가가 있다는 표정이 떠오를 테니까요. 그러면 안 되죠. 지금 바로 떠나세요, 메리 제인 양. 그럼 제가 나머지 일은 알아서 할게요. 수전 양한테 말해서 큰아버지와 작은아버지께 대신 말씀드려 달라고 할게요. 메리 제인 양은 좀 쉬면서 기분전환을 하러, 아니면 친구를 만나러 몇 시간 외출할 거라구요. 그리고 오늘 밤이나 어쩌면 내일 아침 일찍 돌아올 거라구요."

"친구를 만나러 간다는 게 딱이겠네. 하지만 그놈들한테 안부 따윈

전하지 않을 거야."

"아, 뭐, 그래도 상관은 없죠." '그 여자'에게라면 그렇게 말해도 그만이었다. 아무 문제 없을 거니까. 그거야 사소한 일에 불과하고, 별 문제 없을 것이었다. 왜 그런 사소한 일이 사람이 가는 길을 편안하게 만들어주는 법이라고들 하지 않는가. 바로 이 아래 세상에서는 말이다. 덕분에 메리 제인의 마음이 편해질 수만 있고, 게다가 무슨 대가를 지불해야 하는 것도 아니니까. 그러고 나서 내가 말했다. "한 가지 더 있어요. 그 돈 주머니요."

"그건 그놈들이 벌써 가져갔잖아. 그놈들이 그걸 '어떻게' 가져갔는지 생각해보면 난 솔직히 너무 멍청했다는 생각밖에 안 들어."

"아니, 그렇지 않아요, 전혀요. 그놈들은 그걸 갖고 있지 않아요."

"뭐? 그럼 누가 갖고 있다는 거야?"

"저도 솔직히 알았으면 좋겠지만, 지금은 모르겠어요. 원래는 '제가' 갖고 있었어요. 그놈들한테서 훔쳤거든요. 그걸 당신한테 주려고 훔쳤던 거였어요. 그걸 어디 숨겼는지는 알아요. 하지만 아마 지금은 거기에 없는 것 같아요. 정말 죄송해요, 메리 제인 양. 정말 어떻게 죄송하다고 해야 할지 모르겠어요. 하지만 저로선 최선을 다한 거였어요. 정말이요, 진짜루요. 하마터면 붙잡힐 뻔한 상황이었기 때문에, 그걸 맨 처음 눈에 띄는 장소에 그냥 쑤셔넣고 내뺐던 거예요. 그런데 그 장소가 그다지 좋은 장소는 아니었어요."

"아, 그렇게 자책할 필요 없어. 자책이란 좋은 일이 아니야. 나도 네가 그러지 말았으면 좋겠고. 너도 사실 어쩔 수 없었던 거잖아. 그

러니 네 탓은 아닌 거야. 그나저나 어디에 숨겨 놓았기에 그러지?"

나는 그 여자가 다시 한 번 자기 문제를 생각하게 만들고 싶지 않
았다. 그리고 시체가 가슴팍에 돈 주머니를 얹은 채 관 속에 누워 있
다는 사실을 들었을 때 그 여자의 모습을 생각하니, 차마 입이 떨어지
지 않았다. 그래서 한동안 나는 아무 말도 하지 않고 있었다. 그러다
가 이렇게 말했다.

"그쪽만 괜찮으시다면, 그걸 어디 넣어두었는지는 차라리 말하지
'않는' 게 낫겠어요, 메리 제인 양. 대신 쪽지에 적어서 건네드릴 테니
까, 읽고 싶으시면 로스롭 씨 댁으로 가는 길에 읽도록 하세요. 그러
면 될 것 같지 않아요?"

"어, 그래."

그래서 나는 쪽지를 썼다. "관 속에 넣어두었어요. 당신이 어젯밤
에 거기서 울고 있을 때도 그 안에 그대로 있었어요. 저는 그때 문 뒤
에 숨어 있었구요. 정말 죄송하게 됐어요, 메리 제인 양."

그 여자가 밤새 거기서 혼자 앉아서 울고 있던 모습을 떠올리자,
그리고 바로 한 지붕 내에 그 악마 같은 놈들이 머무르면서 그 여자에
게 치욕을 안겨주고 돈을 강탈했다는 사실을 떠올리자, 문득 내 눈에

도 눈물이 글썽거렸다. 쪽지를 접어서 그 여자에게 건네주자, 여자의 눈에서도 눈물이 흐르는 모습이 보였다. 그 여자는 내 손을 꽉 붙잡고 악수하면서 이렇게 말했다.

"잘 가. 네가 나한테 시킨 대로 틀림없이 해낼게. 그리고 앞으로 영영 못 보게 되는 한이 있더라도, 나는 절대로 너를 잊지 못할 거야. 아주아주 많이 생각날 거고, 그럴 때마다 널 위해 기도도 할게!" 이 말을 남긴 채, 그 여자는 가버렸다.

나를 위해 기도를 한다고! 내가 어떤 놈인지만 알았더라면, 그 여자는 오히려 자기한테 더 어울리는 일을 했을 것이다. 하지만 장담컨대 그 여자는 자기가 한 말은 정말 실천에 옮겼을 것이다. 그 여자는 딱 그런 종류의 사람이었기 때문이다. 워낙 담이 센 사람이다보니, 마음만 먹는다면 유다를 위해서라도 기도했을 것이다. 그 여자는 결코 뒤로 물러서는 법이 없어 보였다. 남이야 어떻게 볼지 모르겠지만, 내가 보기에 그 여자는 지금껏 내가 만난 어떤 여자보다도 모래[용기]가 있어 보였다. 공연히 치켜세우는 것처럼 들릴지 몰라도, 전혀 치켜세우려고 하는 말이 아니다. 게다가 아름다움에 있어서라면, 선량함도 마찬가지이지만, 그 여자는 누구보다도 더 뛰어났다. 그날 여자가 문을 나선 이래로, 나는 결코 그 여자를 다시 만나지 못했다. 전혀, 그때 이후로 한 번도 본 적이 없었지만, 나는 그 여자의 모습을, 그리고 나를 위해 기도하겠다던 그 여자의 말을 정말 백만 번도 더 넘게 생각하고 또 생각해왔다. 심지어 내가 '그 여자를 위해' 기도한다고 해서 실제로 조그만 이득이라도 있었다고 치면, 망할, 나는 죽기 아니면 까

무러치기로 기도를 올렸을 것이다.

아마 메리 제인은 뒷길로 나간 모양이라는 생각이 들었다. 아무도 그 여자가 떠나는 걸 못 보았기 때문이다. 수전하고 언청이를 딱 맞닥 트리자, 나는 이렇게 말했다.

"너네들이 가끔 모두 함께 가서 만나고 온다는, 강 건너편에 사는 사람들 이름이 뭐였지?"

그들이 말했다.

"그런 사람이 한둘인가. 그래도 프록터 씨네를 자주 가긴 하지."

"아, 바로 그 이름이었어." 내가 말했다. "하마터면 까먹을 뻔했네. 뭐냐면, 메리 제인 양이 너네한테 그렇게 전해주랬거든. 자기는 아주 급히 그 집에 가봐야 한다면서 말이야. 그 집 식구 중에 한 사람이 아프다나."

"식구 중에 누가?"

"나야 모르지. 들었는데 까먹었어. 가만 보자 누구랬더라……."

"이런 세상에, 설마 '해너'는 아니겠지?"

"미안하지만 그런 것 같은데." 내가 말했다. "해너라는 사람이 아프다고 했던 것 같아."

"이런 세상에. 불과 일주일 전에만 해도 무척 건강했는데! 아주 많이 아프대?"

"나쁘다는 말로는 차마 표현이 안 되는 모양이야. 밤새도록 사람들이 곁에서 간호했다고, 메리 제인 양이 그러더라구. 사람들 말로는 그 사람이 오래 버티지는 못할 거라든가."

"생각만 해도 끔찍하네! 도대체 어쩌다가 그렇게 됐다는 거야?"

나로선 더 이상 뭔가 타당한 이야기를, 그 자리에서 곧바로 생각해낼 도리가 없었다. 그래서 나는 이렇게 둘러댔다.

"볼거리래."

"볼거리 같은 소리 하네! 어려서 볼거리를 앓고 난 사람이 또다시 볼거리에 걸리는 법이 어디 있어?"

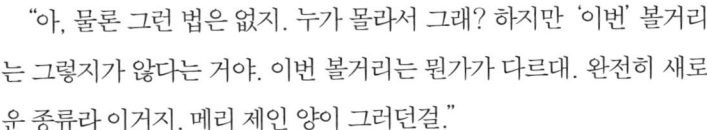

"아, 물론 그런 법은 없지. 누가 몰라서 그래? 하지만 '이번' 볼거리는 그렇지가 않다는 거야. 이번 볼거리는 뭔가가 다르대. 완전히 새로운 종류라 이거지. 메리 제인 양이 그러던걸."

"어떻게 새로운 종류라는 거야?"

"왜냐하면 그건 다른 병하고도 뒤섞였기 때문이라는 거야."

"다른 병이라니, 뭐랑?"

"그러니까 홍역이라든가, 백일해라든가, 당독〔단독〕이라든가, 초췌병이라든가, 황다루〔황달〕라든가, 뇌염이라든가, 그거 말고도 또 많은가봐.

"이런 세상에! 그런데도 그걸 그냥 '볼거리'라고 부른단 말이야?"

"메리 제인 양이 그렇게 부르던걸."

"이런, 도대체 세상에 어떻게 그걸 '볼거리'라고만 부를 수 있지?"

"왜, 그게 '실제로' 볼거리이기 때문이지. 처음에는 그걸로 시작하기 때문인 거라구.”

“아니, 근데 그건 전혀 말이 안 돼. 어떤 사람이 발가락이 돌부리에 걸린 바람에, 피를 억수로 쏟고, 그만 우물에 빠져서, 목이 부러지고, 머리가 터져서 뇌가 쏟아져나온다 하더라도, 어떤 사람이 와서는 도대체 어쩌다가 죽었느냐고 물었을 때, ‘아, “발가락”이 돌부리에 걸려서 그랬죠’라고 말하는 사람은 바보일 거 아냐. 도대체 그게 말이나 돼? ‘아니.’ 네가 한 이야기도 전혀 말도 안 되긴 마찬가지야. 그나저나 옳는 거래?”

“그게 ‘옳는’ 거냐고? 이런, 말하는 것 보라지. 그럼 써레는 옳는 거 아닌가? 어두운 데서? 그놈의 이빨 중 하나에 요행히 걸리지 않더라도, 결국에는 다른 이빨에 걸리는 거 아닌가, 응? 써레 전체가 따라오기 전에는 그 이빨을 빼낼 수가 없는 거지, 그렇지 않겠어? 이 새로운 종류의 볼거리도 그런 써레하고 똑같다고 할 수 있어. 써레처럼 만만한 것도 아니어서, 일단 한 번 옳았다 하면 아주 된통 걸리게 되는 거라니까.”

“어, 되게 무서운 건가보다.” 언청이가 말했다. “그럼 하비 큰아버지한테 가서 얘기를······.”

“아, 그래.” 내가 말했다. “퍽이나 ‘그러고’ 싶으시겠지. 그야 ‘당연히’ 그러고 싶을 거야. 그럼 얼마든지 하고 싶은 대로 해봐.”

“무슨 말이야? 왜 안 된다는 건데?”

“한 번 생각을 해보라구. 그러면 알 수 있을 거니까. 너네 큰아버지께서 지금 최대한 빨리 영국 집으로 돌아가고 싶어 한다는 거 몰라?

하지만 그렇다고 해서 저 두 양반이 너네만 알아서 오라고 하고 자기들만 먼저 훌쩍 떠나버릴 정도로 야비한 사람 같아? 당연히 기다려줄 건 '너가' 봐도 뻔하지. 여기까지는 좋아. 하비 큰아버지는 목사님이지, 안 그래? 좋아, 그러면. 과연 '목사'가 증기선 사무원을 속이려고 할까? 과연 '배의 사무원'을 속이려고 하겠느냐고? 단지 메리 제인 양을 배에 태우기 위해서 말이야. '너희'도 알겠지만, 그분은 절대 그러지 않을 거야. 그러면 그분이 과연 '어떻게' 하느냐, 응? 왜, 아마 이럴걸. '참으로 딱한 일이지만, 우리 교회 일은 최대한 알아서 잘 굴러가도록 내버려둘 수밖에 없겠군. 우리 조카딸이 무시무시한 플루리부스 우눔 볼거리에 걸렸으니, 나로선 어쩔 수 없이 여기 석 달 동안 더 머무르면서 과연 애한테서 그 병이 나타나는지 아닌지를 확인해야 할 의무가 있으니까.' 하지만 괜찮아, 너네가 생각하기에 하비 큰아버지한테 말하는 게 최선이다 싶으면 얼마든지……."

"젠장, 그러면 여기서 어물쩍거리고 있으라는 거잖아? 영국에 가서 모두들 재미있게 지낼 수 있을 시간에, 메리 제인 언니가 병에 걸렸는지 안 걸렸는지 알아내려고 기다리면서! 너 꼭 바보 같은 소리를 하고 있구나."

"왜, 한술 더 떠서, 아예 이웃 사람들한테도 이야기를 해두는 게 낫지 않겠어."

"얘 말하는 것 좀 봐. 타고난 어리석음에 있어서는 너도 누구 못지않구나. 그럼 '그 사람들'이 〔큰아버지한테〕 가서 말할 거라는 걸 '모르겠어'? 그럼 결국 아무한테도 '절대' 얘기 안 하는 방법밖에는 없겠어."

"음, 어쩌면 네 말이 맞는지도. 그래, 내 생각에도 네 말이 '정말' 맞는 것 같아."

"내 생각에는 하비 큰아버지한테 언니가 잠깐 나갔다고만 말하는 게 나을 것 같아. 그래야만 언니 걱정을 안 할 것 아니야?"

"그래, 메리 제인 양도 아마 네가 그렇게 하는 걸 원했던 모양이야. 나한테도 그랬거든. '동생들한테는 하비 큰아버지랑 윌리엄 작은아버지한테 안부와 입맞춤을 전해드리고, 나는 잠깐 강 건너 아무개네…… 아무개…… 너네 피터 큰아버지가 그렇게 자주 생각했더라는 돈 많은 집 이름이 뭐였지? 그러니까 왜 있잖아, 그…….'"

"아, 너 지금 앱소프 씨네 말하는 거지, 그렇지?"

"그래, 맞아. 이름하고는 참, 그런 이름은 도무지 외워지지가 않아, 기껏해야 절반 정도밖에는 생각이 안 난다니까. 그래, 메리 제인 양이 그랬어. 자기는 강 건너 앱소프 씨네 가서 뭐 물어볼 것이 있는데, 뭐냐면 그 양반들한테 경매에서 이 집을 사달라고 할 거라고 그랬어. 자기 생각에는 피터 큰아버지도 다른 누구보다도 그 양반들이 이 집을 가졌으면 하고 바랄 거라면서 말이야. 그러면서 그 사람들이 온다고 말할 때까지 거기 있을 거라고, 그러고 나서 너무 지치지 않으면 다시 집으로 오겠다고 했어. 아마 만약 온다 하더라도 내일 아침은 되어야 할 거라고 했어. 이런 얘기도 했어. 프록터 씨네에 관한 이야기는 절대 하지 말고, 오로지 앱소프 씨네에 관한 이야기만 하라구. 이건 결코 거짓말하는 게 아니야. 메리 제인 양은 '정말로' 거기 가서 집 사는 문제를 이야기할 거니까. 메리 제인 양이 직접 나한테 그렇게 말했거든."

Adventures of Huckleberry Finn

"알았어." 그 애들은 이렇게 대답하고는, 자기네 큰아버지랑 작은 아버지가 머무는 방으로 찾아가서 안부와 입맞춤을 전한 뒤, 그들에게 이 이야기를 해주었다.

여기까지는 만사가 형통이었다. 여자애들은 다른 이야기는 입도 뻥끗 않을 것이, 무엇보다도 영국에 가는 것만 바랐기 때문이었다. 왕과 공작 역시 경매를 하는 동안에는 메리 제인이 차라리 집에 없는 게 더 낫다고 생각했으니, 혹시나 로빈슨 선생과 만날까 걱정스러웠기 때문이었다. 나는 몹시 기분이 좋았다. 정말 일을 깔끔하게 처리했다는 생각이 들었다. 톰 소여라 하더라도 이보다 더 깔끔하게 일을 처리하지는 못했을 거라고 생각했다. 물론 나보다는 좀 더 그럴싸하게 꾸며서 해냈겠지만, 나로선 원래 그렇게 자라지는 않았으므로, 그런 일에 뛰어나지가 않았다.

두 사람은 마을 광장에서 경매를 열었다. 오후 끝 무렵에 시작해 계속해서 이어지고 또 이어졌다. 그 늙은이도 거기 참석해서, 평소와 같이 제일 갱건한[경건한] 태도를 취하고, 경매인 옆에 앉아서, 종종 성경 구절을 인용하고, 뭐라고 듣기 좋은 말을 중얼거렸다. 공작 본인도 능숙하게 뭐라고 웅얼웅얼 동정심을 사기 위해 중얼거리며, 여기저기 돌아다녔다.

마침내 경매도 거의 끝났고, 모든 물건이 팔려버렸다. 이제 남은 것은 묘지에 있는 좁아터진 땅 몇 뙈기뿐이었다. 그런데 이놈들은 '그것'마저도 팔아치우려는 것이었다. 그런 사기꾼은 살다 살다 처음이었다. 그 왕이란 놈은 그야말로 '모든 것'을 다 집어삼키고 싶어 했

다. 그 땅을 한창 경매에 붙이고 있는 사이, 증기선이 한 척 도착했다. 그로부터 2분쯤 지나서 한 떼의 군중이 야유와 함성과 웃음을 지르면서 이쪽으로 몰려왔고, 누군가가 이렇게 외쳤다.

"여기 이의 제기자가 있소! 여기도 피터 윌크스 영감의 상속인 한 쌍이 있으니까! 모두들 돈을 내고 마음에 드는 쪽을 골라보시오!"

제29장

       사람들은 아주 멋있게 생긴 노신사 한 명, 역시 멋있게 생기고 오른팔을 삼각건에 매단 젊은 신사 한 명을 데려왔다. 세상에, 사람들이 어찌나 소리를 지르고 웃고 하던지 모른다. 하지만 나한테는 전혀 우습게 생각되지가 않았고, 공작이나 왕 역시 여간해서는 그렇게 생각하지 않을 것 같았다. 나는 그들의 안색이 하얗게 질렸을 줄 알았다. 하지만 아니었다. 그들은 '전혀' 질리지 않았다. 공작은 마치 자신은 무슨 일이 일어났는지 의심조차 하지 않는 듯, 계속해서 웅얼웅얼하며 행복하고도 만족스러운 듯 돌아다녔다. 마치 버터우유 거품을 쏟아내는 주전자처럼 말이다. 왕으로 말하자면, 그는 새로 온 사람들을 그저 서글픈 표정으로 바라보고 또 바라보기만 했다. 세상에 저런 사기꾼과 협잡꾼이 있다니, 내 가슴 한복판에 지독한 위통이 느껴지는구료 하고 말하듯 말이다. 아, 왕의 연기는 정말이지 기가 막혔다. 이 마을의 주요 인사 가운데 상당수가 왕의 주위에 몰려들어,

자신들이 그의 편을 들고 있음을 보여주었다. 방금 도착한 노신사는 그야말로 어리둥절해 죽겠다는 표정이었다. 곧이어 그가 이야기를 시작하자, 나는 단박에 그가 '진짜' 영국 사람처럼 발음한다는 것을 깨달았다. 왕의 발음과는 전혀 달랐다. 물론 왕도 흉내 내는 것치고는 제법이었지만 말이다. 나는 노신사의 말을 그대로 옮기지는 못하겠고, 심지어 흉내조차 내지 못하겠다. 하지만 그 양반이 그때 사람들을 향해서 한 말은 대략 이런 것이었다.

"그것 참 놀랍군요. 저로선 전혀 예상 밖입니다. 솔직담백하게 시인하자면, 저로선 이런 사건을 겪고 대응할 채비가 제대로 되어 있진 않습니다. 동생과 저는 사고를 당한 바람에, 동생은 한쪽 팔이 부러지고, 우리 짐은 여기서 상류에 있는 다른 마을에 부려졌기 때문이죠. 어제 한밤중에 실수로 말입니다. 저는 피터 윌크스의 형 하비이고, 이쪽은 제 동생 윌리엄입니다만 듣거나 말을 하지는 못합니다. 심지어 수화도 많이는 하지 못하게 되었는데, 성한 팔이 한쪽밖에는 없기 때문입니다. 우리는 방금 말한 바로 그 사람이 분명합니다. 앞으로 하루이틀 뒤, 그러니까 우리 짐을 찾게 되면, 제가 분명히 증명할 수 있을 겁니다. 하지만 그때까지는 더 이상 아무 이야기도 하지 않겠습니다. 그냥 여관에 가서 기다리도록 하죠."

그리하여 그와 새로운 벙어리에 귀머거리는 그 자리를 벗어나려고 했다. 그러자 왕이 껄껄 웃으며 호통을 쳤다.

"팔이 부러졌다고! 그것 참 '자연스러운' 일 아닙니까? 게다가 아주 편리하기도 하죠. 수화를 할 줄 알아야 하지만, 사실은 전혀 배운 적이 없는 사기꾼한테는 말입니다. 짐을 잃어버렸다니! 그것도 '대단히' 훌륭하군요! 정말이지 천재적입니다. 딴 데도 아닌 바로 '지금' 상황에서 말입니다!"

그러더니 왕은 다시 한 번 껄껄 웃어댔다. 그러자 다른 모든 사람들도 모두 웃었다. 서너 명, 아니, 어쩌면 대여섯 명만 빼고 말이다. 웃지 않은 사람들 중에는 그 의사도 있었다. 또 한 사람은 날카로워 보이는 신사로, 진짜 카펫 천으로 만든 구식 카펫 가방을 들고 있었다. 그 신사도 방금 전의 그 증기선에서 내렸고, 이제는 의사와 뭔가 낮은 목소리로 이야기를 나누며, 가끔 왕을 흘끗 쳐다보고는 고개를 끄덕였다. 그 사람이 바로 리바이 벨, 즉 일 때문에 루이스빌에 갔다는 변호사였다. 또 한 사람은 덩치가 큰 장정인데, 이 사람도 거기 와서 그 노신사가 한 말을 듣고 나서는, 이제 왕이 하는 말을 듣고 있었다. 왕의 말이 끝나자, 그 장정이 말했다.

"어이, 이것 보시오. 당신이 하비 윌크스라면, 당신은 이 마을에 언제 왔소?"

"장례식 바로 전날입니다, 선생." 왕이 말했다.

"시간은 언제였소?"

"저녁이었죠. 그러니까 해지기 한두 시간 전쯤에요."

"그럼 '뭘 타고' 오셨소?"

"저희는 '수전 파월' 호를 타고 왔습니다. 신시내티에서부터요."

"아, 그럼 당신은 그날 '아침'에 왜 곶 있는 데 계셨던 거요? 그것도 카누에 타고서?"

"난 그날 아침에 곳에 있었던 적이 없소이다."

"거짓말 마시오!"

그러자 사람들 중 몇 명이 펄쩍 뛰면서, 노인에다가 목사인 양반한테 그런 식으로 말해서는 안 된다고 그를 타일렀다.

"목사는 얼어죽을! 저놈은 사기꾼에 거짓말쟁이요. 그날 아침에 곳에 있었던 게 분명하다니까. 우리 집이 바로 거기잖나, 안 그런가? 그래, 나도 거기 있었고, 저 양반도 거기 있었지. 내가 저 양반을 '분명히' 거기서 봤다니까. 카누를 타고 있더라구. 팀 콜린스하고 어떤 꼬마 하나하구."

의사가 끼어들더니 이렇게 말했다.

"그럼 그 꼬마를 다시 보면 얼굴을 알아볼 수 있겠나, 하인즈?"

"아마 그럴 것 같은데, 장담은 못하겠습니다. 어, 저기 있네요, 저기. 딱 보니 알겠는걸요."

그는 나를 가리켰다. 의사가 말했다.

"주민 여러분. 저로선 지금 새로 나타난 두 사람이 사기꾼인지 아닌지 알 도리가 없습니다. 하지만 만약 '이쪽의' 두 작자가 사기꾼이 아니라고 한다면, 나는 바보 천치임에 분명합니다. 제 생각에는 우리가 이 문제를 면밀히 조사하기 전까지는, 저 두 작자를 절대 여기서 못 빠져나가게 하는 것이 우리의 의무일 것 같습니다. 모두 가십시다, 여러분. 저 두 사람을 여관으로 데려가서 다른 두 사람과 대질시켜봅시다. 그러면 이 문제를 해결할 만한 '뭔가'를 알아낼 수 있을 것 같으니까요."

Adventures of Huckleberry Finn

사람들은 이 제안에 열광했다. 물론 왕을 편드는 사람들은 그렇지 않았겠지만. 그리하여 우리는 모두 출발했다. 때는 해질 무렵이었다. 의사는 내 손을 붙들고 함께 갔는데, 상당히 친절한 태도이긴 했지만, 내 손을 '결코' 놓아주지는 않았다.

우리 모두는 여관의 큰 방에 들어가서, 촛불을 몇 개 켠 다음, 새로 온 두 사람을 나오게 했다. 맨 먼저 의사가 말했다.

"저는 이 두 사람을 너무 윽박지르고 싶지는 않습니다만, '저는' 이 둘이 사기꾼인데, 다만 우리가 전혀 모르는 어떤 공범자를 두고 있으리라고 생각하는 바입니다. 만약 그렇다고 한다면, 그 공범자가 피터 윌크스가 남겨놓은 그 돈 주머니를 갖고 달아날 수도 있지 않겠습니까? 그런 일이 없으리라 장담할 수는 없죠. 그러니 이 두 사람이 사기꾼이 아니라면, 자신들이 진짜라는 사실을 직접 증명할 수 있을 때까지 그 돈을 내놓아서 우리더러 보관하고 있게 하는 데 아무런 이의가 없을 거라고 생각하는 바입니다. 그렇지 않습니까?"

이 제안에 모두들 동의했다. 그래서 나는 이 사람들이 우리 일당을 그야말로 궁지로, 아주 막다른 곳으로 몰아넣었다는 판단이 들었다. 하지만 왕 본인은 그저 서글픈 표정을 지으며, 이렇게 말할 뿐이었다.

"여러분, 저도 기꺼이 돈을 내드렸으면 하는 생각입니다. 이 끔찍한 일에 대한 공정하고도 공개적이고도 철저한 조사를 위해서라면 무슨 일이든지 하려는 의향이 없지 않기 때문입니다. 하지만 아아, 그 돈은 저희에게 없습니다. 원하신다면 얼마든지 사람을 보내 확인해보십시오."

"그럼 어디 있단 말입니까?"

"글쎄요, 제 조카딸이 그걸 제게 주면서 자기 대신 보관해달라고 해서, 저는 그걸 가져다가 제 침대의 짚단 돗자리 아래에다가 숨겨두었습니다. 어차피 여기 며칠 안 머물 터이니 굳이 은행에 넣을 필요는 없다고 생각했고, 침대야말로 안전한 장소라고 생각했던 거죠. 저희는 깜둥이들을 거느리는 데에는 익숙하지가 않았기 때문에, 그놈들이 다들 정직하겠거니 하고 생각했습니다. 영국에서 저희가 쓰는 하인들처럼 말이지요. 그런데 바로 다음 날 아침, 제가 아래층에 내려왔을 때 깜둥이들이 그걸 그만 훔쳐갔지 뭡니까. 그놈들을 팔아치웠을 당시까지만 해도, 저는 돈이 사라졌다는 건 전혀 몰랐기에, 그놈들이 돈을 들고 말끔히 튀어버린 거죠. 여기 제 하인 녀석이 그 문제에 관해서는 여러분께 자세히 말씀드릴 겁니다."

의사와 몇몇 사람들이 "젠장!" 하고 말했다. 내가 보아하니 거기 있는 사람 중 왕의 말을 곧이곧대로 받아들이는 사람은 전혀 없었다. 깜둥이들이 그걸 훔치는 걸 봤느냐고, 어떤 사람이 내게 물어보았다. 나는 아니라고, 하지만 그놈들이 그 방에서 살금살금 나와서 서둘러 물러가는 것을 보았고, 나로선 다른 생각은 전혀 못했고, 다만 그놈들이 우리 주인을 혹시나 깨울까봐, 그래서 우리 주인한테 혼이라도 날까봐 서둘러 물러가려고 하는 줄로만 알았다고 대답했다. 사람들의 질문은 그게 전부였다. 그때 갑자기 의사가 나를 향해 돌아서더니, 이렇게 물었다.

"그럼 '너도' 영국 사람이냐?"

난 그렇다고 했다. 그러자 의사와 다른 몇 사람이 껄껄 웃으며 이렇게 말했다. "웃기는군!"

그 직후부터 사람들은 광범위한 조사를 시작했고, 그때부터 우리는 오르락내리락하며 몇 시간이 지나도록 그 짓을 계속했는데, 그 와중에 어느 누구도 저녁 먹자는 이야기는 입도 뻥끗하지 않았고, 심지어 어느 누구도 그런 생각조차 하지 않는 듯했다. 그들은 계속해서 조사를 하고, 또 조사를 해나갔다. 이것이야말로 정말이지 누구도 구경하지 못한 최악의 난장판이었다. 사람들은 왕에게 이야기를 시켰고, 뒤이어 노신사에게도 이야기를 시켰다. 편견에 사로잡힌 돌대가리를 제외하면 누가 보더라도 그 노신사가 진실을 이야기하고, 다른 한 명이 거짓을 이야기한다는 점이 '명백해' 보이고도 남았으리라. 나중에 가서는 사람들이 나더러도 아는 것을 모조리 이야기하라고 시켰다. 왕은 곁눈질로 왼쪽 눈길을 보냈고, 그래서 나는 이야기를 제대로 하고 있는지를 충분히 알 수 있었다. 그리하여 나는 셰필드에 관해, 그리고 우리가 거기서 어떻게 살았는지에 관해, 영국의 윌크스 집안에 관해 등등을 이야기했다. 하지만 나는 그다지 말을 잘하지는 못했기에, 나중에는 의사가 껄껄 웃기 시작했다. 마침내 변호사인 리바이 벨

이 말했다.

"그만 해라, 꼬마야. 나 같으면 그렇게 무리하면서까진 안 하겠다. 내가 보기에 너는 평소에 거짓말을 많이 안 해본 것 같구나. 그다지 솜씨가 능숙하지는 않으니 말이야. 연습을 더 많이 했어야지. 너무나도 어색하게 들리잖냐."

그의 칭찬 따윈 아무래도 상관이 없었지만, 어쨌거나 더 이상 이야기를 하지 않아도 되어서 나로선 기쁘기 짝이 없었다.

의사가 뭔가 말을 시작하더니만, 돌아서서 이렇게 말했다.

"자네가 애초에 마을에 남아 있었더라면 말일세, 리바이 벨……."

그러자 왕은 갑자기 끼어들면서, 자기 한 손을 내밀고 이렇게 말했다.

"아, 이 양반이 바로 우리 불쌍한 동생의 절친한 친구셨구만. 우리 동생이 그렇게 자주 편지에 언급했던?"

변호사는 왕과 악수를 나누었다. 그런데 변호사는 미소를 지으면서 즐거워 보이는 듯했고, 두 사람이 곧바로 한동안 이야기를 나누었다. 곧이어 두 사람은 한쪽 구석으로 가서 낮은 목소리로 이야기를 주고받았다. 마침내 변호사가 큰 목소리로 이렇게 말했다.

"그러면 결판이 날 겁니다. 제가 명령서를 가져다가 보내드리죠. 선생의 동생분 것도 함께요. 그러면 그쪽에서도 문제없다는 걸 알게 될 겁니다."

그리하여 사람들은 종이와 연필을 가져왔고, 왕은 자리에 앉아서 머리를 한쪽으로 갸우뚱한 채, 혀를 깨물면서 뭔가를 끼적였다. 그런

뒤에 사람들은 공작에게도 펜을 건넸다. 그제야 처음으로 공작의 안색이 창백해졌다. 하지만 그는 펜을 받아들고 뭔가를 적었다. 그러자 변호사는 새로 온 늙은 노인을 돌아보며 이렇게 말했다.

"선생과 이 동생분도 한두 줄 정도 뭐든지 쓰신 뒤에, 본인의 서명을 해주시기 바랍니다."

노신사가 글을 썼지만, 어느 누구도 그걸 읽을 수 없었다. 변호사는 깜짝 놀라면서 이렇게 말했다.

"이런, '나'로서도 당황스럽군." 그러면서 변호사는 자기 주머니에서 여러 장의 오래된 편지를 꺼내 들여다보더니, 이번에는 노신사의 글을 살펴보고, 또 이번에는 '두 작자의' 글을 살펴보았다. 그러더니 그가 말했다. "이 오래된 편지는 바로 하비 윌크스가 예전에 보낸 것들이었습니다. 그리고 '여기' 두 분의 필적은 이런데, 누가 보더라도 '이들' 두 분이 이걸 쓰지 않았음을 똑똑히 알 수 있습니다."(왕과 공작은 그야말로 감쪽같이 속아서 어리벙벙한 표정이었는지 모른다. 변호사가 자신들을 낚아챘음을 그제야 깨달은 것이었다.) "그리고 '여기' 노신사의 필적의 경우, 누가 보더라도 쉽게 알 수 있듯이, 이분도 이 편지를 쓰지는 않았음을 알 수 있습니다. 솔직히 말해서 이분이 끄적인 것은 사실 제대로 된 '글'이라고 하기도 힘들 정도니까요. 자, 여기 있는 편지 몇 장은……."

그러자 새로 온 노신사가 말했다.

"죄송합니다만, 설명을 드리겠습니다. 여기 제 동생을 빼면 아무도 제 글을 읽지 못합니다. 그래서 평소에도 제 동생이 필사를 해주곤 하죠. 거기 적힌 글씨는 제 것이 아니라 '동생의' 것입니다."

"흠!" 변호사가 말했다. "상황이 그렇게 되었단 말씀이군요. 마침 저한테는 윌리엄 본인이 직접 쓴 편지도 있습니다만. 그러니 동생분더러 한 줄만 쓰게 하시면, 우리도 충분히……."

"제 동생은 '왼손'으로는 글씨를 쓰지 못합니다." 노신사가 말했다. "단지 오른손만 쓸 수 있을 뿐이죠. 게다가 보시면 아시겠지만, 제 동생은 자기 편지와 제 편지 모두를 써주었습니다. 두 개를 비교해보십시오. 결국 필적은 똑같을 겁니다."

변호사는 시키는 대로 한 다음, 이렇게 말했다.

"정말 그런 것 같군요. 만약 사실이 아니라 하더라도, 제가 이전에 본 것보다도 훨씬 더 비슷한 필적인 것 같습니다. 이런, 이런, 이런! 뭔가 해기열(해결)의 실마리를 잡은 줄로만 알았더니, 부분적으로는 또다시 풀밭으로 가버린 셈이구만. 하지만 어쨌거나 '한 가지' 사실은 증명된 셈이군요. 즉 이 두 사람도 윌크스는 아니라는 것이지요." 그러면서 그는 왕과 공작 쪽을 향해 고개를 까딱여 보였다.

자, 어땠을 것 같은가? 그 고집스러운 늙다리 바보는 '그 상황에서도' 결코 포기하지 않았다! 정말 그러려고 들지 않았다. 오히려 그 시험 자체가 공정하지 않다고 했다. 자기 동생 윌리엄은 이 세상에서 가장 못된 장난꾼이어서, 아까는 정말로 뭘 쓰려고 '시도'조차 하지 않았다고 했다. '자기가' 보아 하니, 윌리엄은 아까 종이 위에 펜을 갖다댄 순간부터 또 그 못된 장난 가운데 하나를 써먹으려고 작정하고 있었더라고 했다. 그런 식으로 왕은 신이 나서 뭐라고 떠들고 또 떠들어댔으며, 나중에는 자기가 한 말을 '본인조차도' 정말이라고 믿기 시작했다. 하지만 곧이어 새로 온 노신사가 끼어들면서 이렇게 말했다.

"제가 한 가지 생각난 게 있습니다. 혹시 여기 계신 분들 중에 저희 형님을…… 아니, 고 피터 윌크스 씨를 입관할 때 도와주신 분들이 계시지 않습니까?"

"예." 누군가가 말했다. "저하고 애브 터너가 했죠. 저희 둘 다 거기 있었습니다."

그러자 노신사는 왕을 바라보면서 이렇게 말했다.

"그럼 이 신사분께서는 고인의 가슴에 어떤 문신이 새겨져 있었는지를 말씀해주실 수 있겠군요?"

왕이 그야말로 재빨리 정신을 추슬렀기에 망정이지, 그렇지 않았더라면 그는 마치 깎아지른 강둑이 그 아래를 흐르는 강물 속으로 풍덩 빠지듯 뭉그러져 내리고 말았을 것이다. 그에게는 너무 갑작스러운 일이었다. 솔직히 말해서, 그렇게 제대로 한 방을 맞은 사람이라면, '누구라도' 대개는 무너져 내릴 것이라고 생각될 수밖에 없었다. 아무런 예고도 없이 그렇게 당한다면 말이다. 솔직히, 죽은 사람 가슴에 무슨 문신이 있는지를 왕이 '무슨 수로' 알 수 있단 말인가? 그는 약간 창백해졌다. 어쩔 수 없는 노릇이었다. 주위는 쥐 죽은 듯 조용해졌고, 모두가 몸을 약간 앞으로 숙이고 그를 주시했다. 나는 그런 생각이 들었다. '이제는' 저 작자도 스펀지를 던질('포기할' ─옮긴이) 수밖에 없을 거라고. 더 이상은 쓸모가 없었으니 말이다. 아, 정말 그랬을까? 사실 누구라도 믿어지지 않는 이야기겠지만, 그는 끝내 포기하지 않았다. 내 생각에 그는 사람들을 아주 진력나게 할 수 있을 때까지 일을 끌고 나갈 수 있으리라 생각했던 모양이다. 사람들이 지쳐 떨어지게 되면, 본인과 공작은 슬그머니 빠져나가 도망칠 수 있을 거라는 생각에 말이다. 어쨌거나, 그는 거기 앉은 채, 곧이어 미소를 짓기 시작하더니, 이렇게 말했다.

"으흠! 이거야말로 '아주' 힘든 질문이군요, 안 그렇습니까? 그렇소, 선생, 저는 고인의 가슴에 무슨 문신이 새겨져 있는지 분명히 말씀드릴 수 있소이다. 그건 아주 작고 얇은 파란 화살이올시다. 바로 그거요. 그리고 가까이서 보지 않으면 잘 보이지도 않을 정도요. 자, '이제는' 뭐라고 하실 텐가, 응?"

그 늙다리 화상처럼 그렇게 철저하게 뻔뻔스러운 인간은 정말이지 살다 살다 처음이었다.

새로 온 노신사는 애브 터너와 그의 동리오(동료) 쪽으로 기세 좋게 고개를 돌렸다. '이번에는' 드디어 왕을 잡았다는 생각에 눈을 빛내며 그가 말했다.

"거기 두 양반. 방금 이 사람 말을 들으셨죠! 피터 윌크스의 가슴에 과연 그런 표시가 있었습니까?"

두 사람은 큰 목소리로 말했다.

"그런 표시는 없었습니다."

Adventures of Huckleberry Finn

"그렇죠!" 노신사가 말했다. "자, 이제 댁들이 고인의 가슴에서 본 것이 '무엇인지' 설명해드리리다. 바로 작고 희미한 P자, 그리고 B자. 이건 고인이 젊은 시절 이래로 쓰지 않게 된 가운데 이름의 약자올시다. 그리고 W자, 이렇게 세 개고, 글자 사이마다 줄표가 그어져 있소이다. P-B-W, 바로 이렇게." 그러면서 노신사는 종이 위에다 직접 그려 보였다. "보십시오, 댁들이 본 문신이 바로 이것 아닙니까?"

두 사람은 다시 한 번 큰 목소리로 이렇게 말했다.

"아닙니다. 그건 '못' 보았습니다. 고인의 가슴에는 아무런 표시도 없었습니다."

그러자 거기 모인 사람들은 이제 의견의 일치를 보았다. 사람들이 소리를 질렀다.

"그놈들 '모주리' 사기꾼이로군! 저놈들을 오리로 만들어버립시다! 강물에 던져버립시다! 가로대에 태워버립시다!" 그러면서 모두가 우우 하고 소리를 질렀고, 말소리가 요란했다. 그때 변호사가 탁자 위로 올라가서는 큰 소리로 이렇게 말했다.

"여러분! 여러부운! 제가 한마디만 하겠습니다. '단 한마디'만 말입니다. '제발' 조용히 좀 해주십시오! 아직 한 가지 방법이 남았습니다. 지금 곧바로 나가서, 시신을 도로 파내서 확인해보는 겁니다."

사람들은 이 제안을 받아들였다.

"만세!" 사람들은 모두들 소리를 지르며 곧장 출발하려 했다. 하지만 변호사와 의사가 큰 소리로 외쳤다.

"잠깐만요, 잠깐만! 우선 이 네 사람하고 꼬마를 꽉 붙들어야 하니다. '이 사람들'도 같이 데려가는 겁니다!"

"그렇게 합시다!" 모두들 소리를 질렀다. "그 문신을 찾지 못하면, 이놈들을 모두 다 린치해버립시다!"

이제 나는 '정말' 겁이 났다. 정말로. 하지만 도망칠 방법이 전혀 없었다. 모두들 우리를 붙들었고, 자기들을 따라서 곧바로 묘지로 가게 했다. 묘지는 강에서 1마일 반쯤 되었고, 마을 사람들 전체가 우리를 따라왔으니, 우리 때문에 소리가 워낙 시끄러웠고, 시간은 겨우 저녁 아홉 시밖에 안 되었기 때문이었다.

우리가 머물던 집 옆을 지날 때, 이럴 줄 알았으면 메리 제인을 딴 데로 보내는 게 아니었다는 생각이 들었다. 이제 내가 그 여자에게 몰래 윙크라도 할 수 있으면, 그 여자가 나서서 나를 구해주고 저 사기꾼들에게 일격을 가할 테니 말이다.

우리는 강변길을 따라 내려갔는데, 마치 들고양이마냥 잽싸게 나아갔다. 가뜩이나 더 무서웠던 것은, 하늘이 어두워지고, 번개가 껌벅거리며 날아다니고, 바람이 나뭇잎 사이로 불어대기 시작한 것이었다. 이것이야말로 내가 겪었던 상황 중에서도 가장 곤란하고도 가장 위험스러운 일이었다. 나는 적잖이 충격을 받은 참이었다. 만사가 내 계획하고는 전혀 다른 방향으로 가고 있었기 때문이다. 계획한 대로만 되었어도, 나로선 원하기만 한다면 충분히 여유를 지닐 수 있었을 테고, 이걸 재미있게 구경하며, 비록 곤경이 몰려오더라도 메리 제인을 등에 업은 까닭에 구제를 받고, 자유롭게 풀려날 수도 있었으리라. 하지만 지금은 그놈의 문신 하나 때문에 자칫하면 졸지에 비명횡사할 수 있는 상황이다. 만약 그 문신을 발견하지 못한다면…….

나는 차마 그 생각을 견딜 수가 없었다. 그런데 어째서인지 그것밖에는 전혀 생각할 수가 없었다. 하늘은 점점 어두워지고 또 어두워졌으며, 사람들 틈에서 빠져나가기에 딱인 때가 되었다. 하지만 내 옆의 커다란 장정, 하인즈라는 사람이 내 손목을 꽉 쥐고 있어서, 누구라도 그런 골리아〔골리앗〕한테서 빠져나갈 엄두는 나지 않았을 것이다. 그는 줄곧 나를 끌고 갔으며, 무척이나 신이 나 있었다. 그래서 나는 그를 따라잡느라 달리다시피 해야 했다.

목적지에 도착하자, 사람들은 묘지로 몰려들어 마치 넘실대는 물결처럼 그곳을 휩쓸었다. 무덤에 도착하고 보니, 사람들은 필요한 것보다 백 배는 더 많은 삽을 준비했지만, 어느 누구도 등불을 가져올 생각은 미처 못한 모양이었다. 어쨌거나 이들은 번쩍이는 번개를 조명 삼아 무덤을 파기 시작했고, 거기서 제일 가까운 반 마일쯤 떨어진 집으로 사람을 하나 보내 등불을 빌려 오도록 했다.

이들은 죽어라고 무덤을 파고 또 팠다. 이제는 주위가 겁나게 깜깜했고, 덩달아 비까지 내리기 시작했으며, 바람이 휙휙 확확 불어대고, 번개는 점점 더 요란하고 또 요란해지고, 천둥이 쿵쾅거렸다. 하지만 어느 누구도 이 사실을 모르는 것 같았으니, 이들이 무덤 파는 일에 워낙 몰두했던 까닭이다. 일순간은 모든 것을, 거기 모인 사람들의 모든 얼굴이며, 무덤 밖으로 흙을 퍼내는 삽들을 볼 수 있었지만, 다음 순간에는 어둠이 모두를 휩쓸어버려, 아무것도 보이지 않았다.

마침내 사람들은 관을 꺼냈고 뚜껑의 나사를 풀기 시작했으며, 그때부터 사람들이 몰려들어 어깨를 밀치고, 떠밀고, 쑤시고 하면서 구경을 하려는데, 정말이지 그런 일은 처음이었다. 게다가 어둡기까지 하니, 그 모습이야말로 무시무시했다. 하인즈는 여전히 내 손목을 아프도록 꽉 붙잡은 채로 어찌나 잡아당기고 끌어당기고 하는지, 순간 내가 아직 여기 있다는 것조차도 그가 완전히 잊어버렸나 하는 생각이 들었다. 그는 워낙 흥분해서 헐떡거렸다.

그때 갑자기 번개가 완벽하게 새하얀 섬광의 물줄기를 터트렸고, 곧이어 누군가가 큰 목소리로 말했다.

"이런 세상에, 시체의 가슴팍에 금화 주머니가 얹혀 있어!"

하인즈도 다른 사람들과 마찬가지로 으악 하는 소리를 내지르더니, 내 손목을 놓아주고 쏜살같이 무덤가로 달려가서 구경을 했다. 내가 어둠을 틈타 그곳을 빠져나가 길로 들어서는 것을, 거기 있는 어느 누구도 보지 못했다.

길에는 오로지 나 혼자뿐이었고, 나는 신나게 도망쳤다. 물론 사람은 나뿐이었고, 주위는 완전히 캄캄했으며, 가끔 한 번씩 번개가 쳤고, 비가 억수로 내렸으며, 바람이 휘몰아치고, 천둥이 우르릉거렸다. 두말하면 잔소리가 될 정도로, 나는 죽어라 달렸다!

마을에 도착해보니, 폭풍이 불어닥친 바람에 아무도 바깥으로 나오지 않아서 나는 굳이 뒷길로 가지 않고 곧바로 큰길을 죽어라 달려갔다. 우리가 머물던 집에 가까워지자, 나는 눈을 들어 그쪽을 바라보았다. 불빛은 전혀 없었다. 집은 완전히 캄캄했다. 그걸 보자 나는 딱하고 실망스러운 마음이 들었는데, 왜 그랬는지는 나도 모르겠다. 하지만 그때, 내가 그 집을 막 지나치려는 순간, 메리 제인의 방 창문에 '반짝' 하고 불빛이 들어왔다! 순간 내 가슴은 활짝 부풀어올라서, 마치 터질 것만 같았다. 바로 그 순간 그 집과 나머지 모두는 내 뒤의 어둠 속으로 사라졌고, 더 이상 이 세상에서 내 눈 앞에 나타나지 않게 되었다. 그 여자야말로 지금까지 내가 본 중에서 가장 훌륭한 여자였고, 크나큰 모래[용기]를 지니고 있었다.

마을에서 상류 쪽으로 충분히 멀리 왔을 무렵, 나는 모래머리를 알아볼 수 있었고, 빌려 쓸 만한 보트가 있는지 열심히 살피기 시작했다. 번개가 번쩍하는 순간, 쇠사슬이 걸려 있지 않은 배가 한 척 보여서, 나는 얼른 그걸 붙잡고 강물에 밀어넣었다. 배는 카누였는데, 오로지 밧줄로만 묶여 있었다. 모래머리는 상당히 멀리 떨어져 있었고, 강 한가운데에 놓여 있었지만, 나는 한시도 허비하지 않았다. 마침내 뗏목에 도착했을 무렵, 나는 어찌나 지쳤던지 할 수만 있다면 그냥 그 자리에 누워서 숨이라도 좀 고르

고 싶었다. 하지만 그러지 않았다. 뗏목에 올라서자마자 나는 이렇게 외쳤다.

"얼른 나와봐, 짐! 뗏목을 풀라구! 하늘이 도왔나봐! 그놈들이 드디어 떨어져나갔다구!"

짐은 얼른 뛰어나오더니, 어찌나 기뻐하던지 양팔을 벌리며 나

를 향해 달려왔다. 하지만 번개에 비친 녀석의 모습을 홀끗 쳐다보는 순간, 나는 심장이 덜컥 내려앉는 느낌에, 그만 뗏목 위에서 뒷걸음질을 치고 말았다. 리어 왕 늙은이와 물에 빠져죽은 아랍인의 분장을 짐이 한꺼번에 차려입고 있다는 사실을 미처 까먹은 까닭에, 그야말로 간이며 숨이며 다 꺼질 정도로 겁을 먹었던 것이다. 하지만 짐은 나를 낚아채서는 끌어안고 좋아라 하며 법석을 피웠다. 녀석은 내가 돌아왔다는 것이, 왕과 공작을 마침내 떼어놓은 것이 무척이나 기뻤던 것이다. 하지만 나는 말했다.

"지금은 안 돼. 이따 아침 먹으면서 하자구. 아침 먹으면서! 밧줄 풀어서 뗏목 띄워!"

불과 2초 만에 우리는 다시 뗏목을 띄워 강을 따라 미끄러져 내려가기 시작했다. 다시 한 번 자유가 되었다는 것이, 큰 강 위에 우리 둘뿐이고 어느 누구도 귀찮게 하지 않는다는 것이 '정말' 너무나도 좋게 느껴졌다. 나는 그야말로 껑충껑충 뛰어다니면서, 몇 번이나 펄쩍펄쩍 뛰어올라 뒤꿈치를 맞부딪치지 않을 수 없었다. 정말이지 그러지 않을 수 없었다. 하지만 그렇게 세 번쯤 했을 때, 어디선가 내가 너무나도 잘 아는 소리가 들려왔다. 순간 나는 숨을 멈추고 귀를 기울인 채 가만히 기다렸다. 곧이어 번개가 치며 강 위가 환해졌을 때 보니, 아니나 다를까, 그놈들이 따라오고 있었다! 죽어라 노를 저어 보트를 재빨리 몰면서! 왕과 공작이었다.

나는 그만 힘이 빠지며 뗏목 위에 풀썩 주저앉았다. 그러고 나서 완전히 포기해버리기로 작정했다. 울지 않으려면 그 방법밖에는 없었다.

제30장

　　　뗏목 위에 올라서자, 왕은 나에게 다가와, 내 멱살을 잡고 흔들며 이렇게 말했다.

"우리를 버리고 도망치려 했지, 그렇지, 이 하룻강아지 녀석아! 우리와 같이 가는 게 지겹다 이거냐, 응?"

내가 말했다.

"아니에요, 전하. 그렇지 않아요. '제발' 용서해주세요, 전하!"

"그럼 어서, 네 녀석 꿍꿍이는 '도대체' 뭐였는지 이실직고하지 못하겠냐. 안 그러면 오장육부가 배 밖으로 튀어나올 때까지 혼쭐을 내놓을 테니까!"

"솔직하게, 전부 말씀드릴게요. 있는 그대로요, 전하. 저를 붙잡고 있던 남자는 저한테 무척이나 잘해주면서, 원래는 저만한 아들이 하나 있었는데 그만 작년에 죽고 말았다고 계속 그러는 거예요. 그러면서 어린애가 이렇게 위험한 궁지에 처한 걸 보니 딱하다고 했어요. 금화를 발견하고 사람들이 모두 깜짝 놀라서, 다들 관 쪽으로 달려가는 사이에, 그 사람은 저를 놔주면서 이렇게 속삭였어요. '내빼라, 어서. 안 그러면 저 사람들이 널 목매달 거니까, 아무렴!' 그래서 저는 곧장 튀었죠. '제가' 보기에도 거기 그냥 있는 건 별로 안 좋아 보였거든요. 저로선 어쩔 수 없었어요. 도망칠 수 있는 상황에서 가만있다 붙잡혀서 목매달리고 싶지는 않았으니까요. 그래서 저는 한 번도 안 멈추고 달려서는 마침 카누를 발견했죠. 여기 도착하자마자 저는 짐한테 서두르라고, 안 그러면 사람들이 날 붙잡아서 목매달 거라고, 전하랑 공작께서는 이미 목숨을 잃으신 것 같다고 그랬어요. 저는 정말 엄청나게 슬펐고 짐도 마찬가지였어요. 그래서 두 분께서 오시는 걸 보고는 또 엄청나게 반가웠죠. 어디 짐한테 물어보세요, 제가 정말 그랬나 안 그랬나."

짐은 정말이라고 말했다. 그러자 왕은 녀석에게 입 닥치라고 하더니, 또 이렇게 말했다. "아, 그래? '참으로' 잘도 그랬겠구만!" 그러면서 또다시 내 멱살을 잡고 흔들면서, 나를 강물에 처넣겠다고 펄펄 뛰는 거였다. 그러자 공작이 말했다.

"아는 내비두라니까, 이 멍청한 늙다리야! 아니, 그럼 '댁'은 뭐 달랐나? 그럼 댁은 거기서 도망칠 때, '얘'가 어디 있는지 누구한테 물어보고 다니기라도 했단 건가? '난' 도무지 기억이 안 나는데."

그러자 왕은 내 멱살을 놔주더니, 아까 그 마을이며 거기 사는 모두에 대해서 욕을 퍼붓기 시작했다. 하지만 공작은 이렇게 말했다.

"욕을 하시려면 댁 '스스로'한테나 실컷 하시구랴. 그 일을 시작한 사람이 바로 댁이었으니까. 애초부터 이치에 닿는 일이라곤 하나도 한 게 없었지. 물론 그 막판의 말도 안 되는 파란 화살 문신 이야기를 그토록 냉정하고도 뻔뻔스럽게 해치운 것만 빼고는 말이야. 그것 하나는 '정말' 기발하더군. 그거야말로 대단했어. 사실 그것 덕분에 우리 모두 목숨을 건진 거니까. 그것만 아니었어도 그놈들은 그 영국 놈들의 짐이 올 때까지 우리를 어디 가둬놓았을 거야. 그다음에는 교도소였겠지, 십중팔구! 하지만 그 꾀 덕분에 그놈들은 멋도 모르고 무덤으로 갔고, 그 금화가 우리한테는 훨씬 더 큰 자비를 베푼 셈이지. 그 흥분한 바보들이 우리를 붙잡은 손을 놓고 그걸 구경하러 달려가지 않았더라면 우리는 오늘 밤 아마 밧줄 목도리를 두르고 잠이 들었을 테니까. 우리한테 딱 어울리는 목도리를 '걸고' 말이야. '우리'한테 필요한 것 이상으로 긴 목걸이를 말이지."

두 사람은 1분쯤 말이 없었다. 뭔가를 생각하는 것이었다. 그러다가 왕이 어딘가 멍한 투로 이렇게 말했다.

"으흠! 우리는 그것도 모르고 '깜둥이들'이 훔쳐갔다고만 생각했었군."

그 말에 나는 그만 소스라쳤다!

"그러게 말이야." 공작이 약간 느린, 의도적인, 그리고 냉소적인 투로 대답했다. "'우리'는 그렇게 생각했었지."

30초쯤 지나서 왕이 점잔빼며 말했다.

"최소한 '나'는 정말로 그렇게 생각했지."

공작도 똑같은 투로 말했다.

"오히려 '내'가 정말로 그렇게 생각했지."

왕은 화가 난 듯 이렇게 말했다.

"이것 보게, 빌지워터. 자네 도대체 무슨 뜻으로 하는 말인가?"

공작은 톡 쏘아붙이듯 말했다.

"그 이야기라면, 어디 나도 한번 물어보자구. 그럼 '댁'은 지금 무슨 뜻으로 한 말이지?"

"젠장!" 왕이 빈정거리는 투로 말했다. "하지만 '나'야 몰랐지. 어쩌면 자네도 잠이 들어 있는 바람에, 자기가 무슨 일을 했는지도 미처 몰랐을 수도 있지만."

공작은 불끈 화를 내면서 이렇게 말했다.

"아, 말도 안 되는 헛소리 '집어'치우시지. 댁은 지금 나를 바보로 만들겠다 이건가? 그럼 누가 그 돈을 관 속에 숨겨두었는지 '내가' 모를 줄 알고?"

"그래, 말 잘했다! 너라면 '당연히' 알고도 남겠지! 바로 네 녀석이 직접 한 짓이니까!"

"거짓말하지 마!" 공작은 왕을 공격했다. 왕이 고래고래 소리를 질렀다.

"이 손 치우지 못해! 목에서 손 떼라구! 방금 그 말 취소라니까!"

공작이 말했다.

"어디, 솔직히 자백하시지. 첫째는 댁이 '실제로' 그 돈을 거기 숨겼다고 말이야. 조만간 나만 두고 슬그머니 내빼버렸다가, 나중에 돌아와서 그걸 도로 파내가지고, 혼자 다 차지할 속셈으로 말이지."

"잠깐만 기다려보게, 공작. 그럼 어디 이 질문에나 답해보시지. 솔직하고도 공명정대하게 말이야. 자네가 거기에다가 돈을 집어넣지 않았다면, 어디 그렇다고 말해보게. 그럼 나도 믿고, 방금 내가 한 말은 모두 취소할 테니까."

"이 사기꾼 늙은이 같으니, 안 했다고 하잖아. 그리고 내가 안 했다는 건 댁도 분명히 알고 있을 거고. 자, 됐나!"

"그래, 그러면, 자네 말을 내 믿도록 하지. 하지만 또 한 가지 질문에도 답해보시지. 공연히 '화내진' 말고 말이야. 그럼 자네는 이제껏 한 번도 그 돈을 낚아채서 어디 숨겨둘 '마음'이 들지 않았다는 건가?"

공작은 한동안 대꾸가 없었다. 그러더니 이렇게 말했다.

"아니, 내가 정말 그런 생각을 '했건' 말건 그게 무슨 상관이지? 어쨌거나 나는 '안 했으니' 말이야. 하지만 댁은 생각을 한 것은 물론이고, 심지어 정말 그렇게 행동을 '하기도' 했잖아."

"내가 정말 그렇게 했다면, 나는 지금 죽어도 할 말이 없을 걸세, 공작, 진짜라니까. 물론 내가 '그럴' 꿍꿍이가 아주 없었다고는 말 못하겠는 것이, 사실은 꿍꿍이가 '있긴 있었기' 때문이지. 하지만 결국은 자네가…… 아니, 내 말은 다른 누군가가…… 나보다 선수를 쳤다는 거야."

"거짓말하지 마! 댁이 그런 거잖아! 댁이 했다고 솔직하게 '말하지' 않으면, 내가 아주……."

왕은 꼴깍꼴깍 숨넘어가는 소리를 내기 시작하더니, 결국 헐떡이며 말했다.

"제발 그만! 내가 그랬다!"

왕이 그렇게 시인하는 소리를 들으니 나는 무척이나 반가웠다. 덕분에 이전까지만 해도 내가 느끼던 불안감이 훨씬 가벼워졌다. 그러자 공작은 손을 떼며 이렇게 말했다.

"다시 한 번만 아니라고 하면 그때는 아주 강물에 처박아버릴 거야. 어디 강물에 처박혀서 어린애마냥 엉엉 울어도 댁한테는 아주 '싼' 편이지. 댁이 한 짓을 생각해보면, 그것도 댁한테는 과분할 정도야. 댁처럼 뭐든지 게걸스레 처먹으려고 덤비는 늙다리 타조는 정말 살다 살다 처음 보는군. 나는 지금껏 댁을 우리 아버지라도 되는 것처럼 믿어왔는데 말이야. 그 불쌍한 깜둥이들한테 몽땅 뒤집어씌우는 이야기를 가만히 서서 듣기만 하면서 한 번도 그놈들 변명을 해준 적이 없으니 댁은 정말 창피한 줄 알아야 해. 그따위 쓰레기 같은 수작을 '믿겠지' 싶을 정도로 내가 만만한가 싶어서, 나조차도 어이가 없더라니까. 이 망할 인간아, 이제야 알겠군, 왜 댁이 그 돈 주머니에 모자란 돈을 채우고 싶어서 그토록 안달을 했는지 말이야. 결국 내가 그 '걸작'이며 이런저런 걸로 벌어들인 돈까지 탐을 내서 그런 거지. '모조리' 먹어치우려고 말이야!"

왕은 풀이 죽은 투로, 여전히 훌쩍거리며 말했다.

"아니잖아, 공작. 모자란 돈을 채우자고 한 건 자네였잖아, 내가 아니라."

"입 닥치지 못해! 도대체 뭘 잘했다고 계속 떠들어대는 거야!" 공작이 말했다. "어디, 그따위 수작으로 도대체 뭘 '얻었는지' 한번 보라구. 결국 돈은 그놈들한테 고스란히 돌아갔고, 우리 것이라고는 기껏해야 한두 셰켈밖에는 없지 않나. 자빠져 자기나 해! 두 번 다시 내 앞에서 돈을 채우니 재우니 뭐니 하는 소리만 해봐라!"

그러자 왕은 움막으로 기어들어갔고, 자기 술병을 꺼내 마음을 달랬다. 오래지 않아 공작도 '자기' 술병을 꺼냈고, 그리하여 반 시간도 채 되지 않아서 두 사람은 먼저처럼 도둑놈같이 끈끈한 사이가 되었고, 먼저보다도 더 끈끈한 관계가 되었으며, 먼저보다도 더 서로를 좋아하게 되었다. 그러고는 서로를 끌어안다시피 하고 나란히 누워 코를 골았다. 두 사람 모두 상당히 거나해 있었지만, 보아하니 왕은 그 돈 주머니를 자기가 안 숨겼다고 하면 곤란하다는 사실을 망각할 정도로 술이 거나하지는 않았다. 그 모습에 나는 안심하고도 만족스러운 기분이었다. 물론 그들이 코를 골기 시작하자마자, 나는 짐과 긴 수다를 주고받으며 그간의 사정을 모두 설명해주었다.

제31장

　　우리는 여러 날이 지나도록 다른 마을에 한 번도 멈춰서지 않았다. 계속 강을 따라 내려가기만 했다. 이제는 남쪽으로 한참 와서 날씨도 따뜻했고, 고향에서 상당히 멀리 온 참이었다. 스페인 이끼가 마치 긴 회색 수염마냥 가지 아래로 늘어진 나무들도 나타나기 시작했다. 나로선 그게 자라는 모습을 처음으로 본 것이었고, 그로 인해 숲은 장엄하고도 황량해 보였다. 그러자 사기꾼들은 이제 위험에서 벗어났다고 생각하고는, 새로운 마을들에 나가서 작업을 하기 시작했다.

　　처음에는 금주에 관한 강연을 했다. 하지만 두 사람 모두 술을 사먹을 만큼의 돈을 벌지는 못했다. 그래서 또 다른 마을에서는 춤 교습을 시작했다. 하지만 춤에 대한 지식으로 말하자면 이들이나 캥거루나 막상막하 수준이었다. 그리하여 이들이 첫 번째 도약을 하자마자, 동네 사람 전체가 달려들어 이들을 마을에서 쫓아냈다. 또 한 번은 웅비

연술〔웅변술〕을 가르쳐보려고 했다. 하지만 웅변을 시작하자마자 청중이 벌떡 일어나서는 이들에게 실컷 욕설을 퍼붓고는 결국 내쫓아버렸다. 이들은 선교사 노릇이며, 메스머최면술사 노릇이며, 의사 노릇이며, 점쟁이 노릇이며, 그 외의 갖가지 짓거리를 시도해보았다. 하지만 아무래도 전혀 운이 따르지 않는 것 같았다. 결국 이들은 땡전 한푼 없는 상태가 되어, 뗏목에 널브러진 채, 뗏목이 떠내려가는 동안 뭔가를 생각하고 또 생각하면서, 결코 한 마디도 하지 않은 채로, 때로는 하루 중 반나절 동안 그렇게 끔찍한 우울과 절망 속에 빠져 있었다.

그러다가 마침내 그들은 변화를 도모했고, 움막 속에 머리를 나란히 하고 누워 나지막하고 비밀스러운 어조로 매번 두세 시간씩 이야기를 나누었다. 짐과 나는 마음이 불편했다. 우리는 그런 모습을 꼴도 보기 싫었다. 그들이 뭔가 더 심한 악행을 궁리하고 있다고 판단했기 때문이다. 우리는 이 문제를 놓고 궁리하고 또 궁리한 끝에, 아마 그들이 누군가의 집이나 가게를 털려 한다거나, 또는 가짜 돈을 만들려 한다거나, 다른 궁리를 하고 있으리라는 판정을 내렸다. 우리는 무척이나 겁이 났고, 세상 무슨 일이 있어도 절대로 그런 짓에는 가담하지 말자고, 하다못해 결국 그들을 털어버리고 뒤에 내버려둔 채 내빼자고 우리끼리 맹세를 했다. 그러던 어느 날 아침 일찍, 우리는 뗏목을 파이크스빌이라는 어느 꾀죄죄한 마을에서 2마일쯤 하류에 위치한 안전한 장소에 감춰두었다. 왕은 강변에 오르면서 우리보고 거기 그냥 숨어 있으라고 했다. 자기는 마을에 가서 혹시 "왕실의 걸작"에 관해 이미 아는 사람이 있는지 한번 둘러보고 올 거라면서 말이다. ('도둑질할 집을 찾으려는 거겠지, 사실은.' 나는 이렇게 생각했다. '당신들 둘이 도둑질을 하고 다시 이리로 왔을 때면, 아마 나하고 짐하고 뗏목이 어디로 사라졌는지 궁금해지게 될걸. 백날 궁금해하고 있으라지.') 그러더니 그는 만약 한낮까지 자기가 돌아오지 않으면, 공작이랑 나랑은 상황이 안전하다고 생각하고, 자기 뒤를 따라 마을로 들어오라고 했다.

우리는 그 자리에서 기다렸다. 공작은 불안해하고 초조해하면서 돌아다녔고, 무척이나 신경이 곤두선 상태였다. 그는 매사에 우리한테 야단을 쳤고, 우리가 뭘 하든 마음에 들지 않는다는 투였다. 아무리 사소한 일 하나에도 그는 흠을 찾아냈다. 뭔가 음모가 끓어오르고 있는 것이 분명했다. 한낮이 되어도 왕이 나타나지 않자 나는 기쁘고 반가운 마음이 들었다. 어쨌거나 이제는 변화를 맞이하게 되었으니까. 다른 무엇보다도, 어쩌면 변화를 위한 기회를 맞이하게 되었으니까 말이다. 그래서 나랑 공작이랑은 마을로 가서, 왕을 찾아 여기저기 돌아다니다가, 결국 어느 작고 초라한 술집의 뒷방에서 잔뜩 술에 취한 그를 발견했다. 놈팡이들이 재미삼아 그를 놀려대고 있었고, 노인네는 죽어라고 그들에게 욕을 하고 위협을 했다. 어찌나 술에 취했는지 차마 걸을 수조차 없어서, 물론 그들을 차마 어쩌지도 못할 상황이면서도 말이다. 공작이 멍청한 늙은이라고 욕을 퍼붓자, 왕은 맞받아치기 시작했다. 두 사람이 그 짓에 완전히 정신이 팔린 사이, 나는 그 자리에서 내빼서, 뒷다리에 걸린 암초를 털어내고 강변길을 마치 사슴처럼 달려 내려갔다. 이때가 바로 기회라고 생각했기 때문이었다.

지금 이 시간부로 저 두 사람이 나와 짐을 다시 만날 일은 결코 없을 것이라고 나는 확신하고 있었다. 나는 숨을 헐떡이면서도 기쁨에 충만해서 뗏목 있는 곳에 도착했다. 그러고는 소리를 질렀다.

"뗏목 띄워, 짐. 이젠 괜찮아, 어서!"

하지만 짐은 아무 대답도 없었고, 움막에서 기어나오지도 않았다. 짐이 사라진 것이다! 나는 고함을 질렀다. 또 한 번. 그리고 또 한 번 질렀다. 그러면서 숲 속 이리저리로 뛰어다니면서 고함을 지르고 소리를 쳤다. 하지만 아무 소용이 없었다. 짐 영감은 사라졌다. 나는 그 자리에 주저앉아 울었다. 그러지 않을 도리가 없었다. 하지만 오랫동안 울고만 있을 수는 없었다. 곧이어 나는 길로 나가서, 이제 어쩌면 좋을지 생각해보려 했다. 그때 마침 나는 걸어오던 어떤 남자애와 마주쳤고, 혹시 낯선 깜둥이를 하나 보지 못했느냐, 옷차림은 이러이러한데 하고 물었다. 그랬더니 그 애가 말했다.

"봤어."

"어디서?" 내가 물었다.

"저 밑에 사일러스 펠프스네 집에서. 여기서 2마일 하류에 있는 곳이야. 도망친 깜둥이라고 해서, 사람들이 붙잡았지. 지금 물어본 놈이 맞지?"

"그야 당연하지! 한두 시간 전에 숲에서 우연히 마주쳤지 뭐야. 그러면서 찍 소리라도 내는 날에는 내 간을 빼내버리겠다고 겁을 주더라구. 나더러 거기 꼼짝 말고 엎어져 있으라는 거야. 그래서 시키는 대로 했지. 방금까지도 그러고 있었다니까. 겁이 나서 나올 수가 있어야지."

"그렇구나." 그 애가 말했다. "그럼 이젠 겁낼 필요 없어. 사람들이 그놈을 잡았으니까. 남쪽 저 밑 어디선가 도망친 놈이래."

"그놈을 잡았다니 천만다행이네."

"그렇겠지! 그놈한테 현상금이 2백 달러나 걸렸으니까. 그야말로 길 한가운데서 돈을 주운 격이나 마찬가지 아냐?"

"정말 그러네. 내가 덩치만 컸어도 그 돈을 먹을 수 있었을 건데. 내가 '맨 처음' 그놈을 봤으니까. 그나저나 누가 그놈을 꼰지른 거야?"

"어떤 늙은이였어. 낯선 사람이던데. 자기가 얻은 기회를 40달러에 팔더라구. 강 상류에 볼일이 있어서, 뭐 여기서 기다리고만 있을 수는 없다던가. 그게 말이나 되는 소리야! 나 같으면 차라리 기다렸겠다. 7년을 꼬박 기다리라고 해도 말이야."

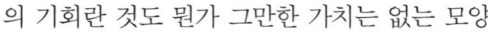

"나라도 당연히 그러고도 남겠어." 내가 말했다. "하지만 그 양반의 기회란 것도 뭔가 그만한 가치는 없는 모양이네. 그 양반이 그렇게 싼 값에 팔아 넘겼다면 말이야. 어쩌면 뭔가 깨끗하지 못한 구석이 있는 거 아닐까."

"아니, 전혀 안 그렇던데. 정말이지 깨끗하더라구. 그 [노예 수배용] 전단지를 내가 직접 봤거든. 거기 엄청 정확하니 다 나

와 있더라구. 그놈하고 비슷하게 생긴 그림이며, 그놈이 원래 있던 농장까지 말이야. 뉴울리언스[뉴올리언스] 아래 있다더라구. 진짜더라니까. 어, 근데 씹는담배 좀 있으면 조금만 줄래, 응?"

마침 담배가 없었기 때문에, 그 애는 얻지 못하고 그냥 가버렸다. 나는 뗏목으로 돌아가서, 움막에 들어가 누워 생각을 해보았다. 하지만 나로선 아무런 결론도 낼 수 없었다. 어찌나 생각을 했는지 머리가 다 아플 정도였지만 나로선 이 문제에서 벗어날 방법을 도무지 찾아낼 수 없었다. 이 기나긴 여행 끝에, 그 사기꾼들을 위해 한 모든 일에도 불구하고, 이제는 결국 모든 것이 허사로 돌아가고 만사가 뒤틀리고 어긋나버렸던 것이다. 이게 다 두 사기꾼이 짐에게 그런 술수를 써먹을 만큼 못된 마음을 품고 있기 때문이었다. 다시 한 번 남은 평생 노예로 살아가게, 그것도 낯선 사람들 사이에서 그렇게 살아가게 만들었기 때문이었다. 더러운 돈 40달러와 맞바꿔서 말이다.

언젠가 나는 그런 생각을 한 적이 있다. 짐이 '결국' 노예로 남을 운명이라면, 차라리 자기 가족이 있는 고향에서 노예 노릇을 하는 게 천배는 더 나을 거라고 말이다. 그래서 나는 톰 소여에게 편지를 써서 짐이 여기 있다는 사실을 왓슨 양에게 알려달라고 하는 게 낫겠다고 생각했다. 하지만 나는 곧바로 그 생각을 포기했으니, 이유는 두 가지였다. 어쩌면 그 여자는 자기를 두고 도망친 짐의 악행과 배은망덕에 울화통과 진저리를 느낀 나머지, 곧바로 그를 다시 강 아래쪽에 팔아버릴지도 몰랐다. 설령 왓슨 양이 그러지 않는다 하더라도, 배은망덕한 깜둥이는 누구라도 당연히 싫어하게 마련이니 모두들 짐에게 항상 그런 사실을 실감하게 만들 것이며, 결국 본인조차도 부끄러움과 민망함을 느끼게 될 터였다. 게다가 '나'는 또 어떻고! 아마 소문이 자자해질 것이었다. 세상에 헉 핀이란 놈이 깜둥이가 자유를 찾아나서게 도와주었다고 말이다. 우리 고향 사람 중 누구라도 다시 만나게 되는 날에는, 그야말로 납작 엎드려서 상대방의 부츠라도 핥아주어야할 자세가 되어야 할 것이었다. 세상일이란 그런 법이었다. 어떤 사람이 뭔가 타락을 저지르면, 그는 결코 그로 인한 결과를 받아들이고 싶어 하지 않는다. 할 수 있는 데까지 숨기려고 궁리한다 하더라도, 그건 사실 창피할 것도 없었다. 이것이야말로 바로 내 계획이었다. 이에 관해 더 많이 궁리하면 할수록, 내 양심은 더 많이 나를 괴롭혔고, 나자신이 더 많이 사악하고 타락하고 비열하게 느껴졌다. 바로 그때, 한가지 생각이 내 머리를 강타했다. 이것이야말로 '섭리'의 손길이 내얼굴을 찰싹 하고 후려갈긴 격이라는 생각이, 그리고 내 사악함이 저위의 하늘에서 줄곧 감시되고 있었음을 알려준 것이라는 생각 말이다. 이제껏 내게는 아무런 해도 끼친 적이 없었던 딱한 노처녀의 깜둥이를 내가 훔치는 중에도 내내 말이다. 그러고 나서 이제 항상 감시하고 있는 '누군가'가 있음을, 그런 불미스러운 일들은 딱 여기까지만 허락되고 더 이상은 허락되지 않을 것임을 내게 보여주는 것이었다. 나는 그 자리에 주저앉을 뻔했고, 덜컥 겁이 났다. 혼자서 어떻게든 두려움을 누그러뜨려보려고 최선을 다했다. 나야 원래 자랄 때부터 사악했기 때문에, 솔직히 내 탓이 그리 크지는 않다고 말하면서 말이다. 하지만 내 안의 뭔가가 계속해서 차마 그렇게 말하지 못하도록 막

Adventures of Huckleberry Finn

아섰다. "일찍이 주일학교도 있지 않았나. 너는 거기 다니기도 했고. 네가 주일학교에 갔다면, 거기서 사람들이 너한테 배워주지 않았나. 깜둥이를 갖고 네가 한 것처럼 하는 사람은 영원한 지옥불에 빠질 거라고."

그러자 온몸이 덜덜 떨렸다. 나는 기도를 하기로 작정했다. 그렇게 함으로써 예전의 내 모습 그대로 살기를 그만두고, 더 나아지려고 노력할 수 있을지 없을지 알아보려고 했다. 나는 무릎을 꿇었다. 하지만 말이 나오지 않았다. 왜 나오지 않았을까? '그분' 앞에서는 뭔가를 숨기려고 해봤자 아무 소용없었다. '내' 앞에서도 소용없기는 마찬가지였다. 나는 왜 말이 나오지 않는지를 아주 잘 알았다. 내 마음이 옳지 않았기 때문이었다. 내가 떳떳하지 못하기 때문이었다. 내가 이중적인 태도를 취하고 있기 때문이었다. 나는 죄를 포기하려고 '작정'했지만, 마음속 깊숙이에서는 죄 중에서도 가장 큰 죄를 여전히 붙잡고 있었다. 나는 올바른 일이며 정직한 일을 하겠다고, 곧바로 그 깜둥이의 주인에게 편지를 써서 그가 어디 있는지 알려주겠다고, 그렇게 입을 열어 '말하려고' 노력했다. 하지만 내 마음속 깊은 곳에서는 이것이 거짓말임을 나도 알고 있었다. 그리고 '그분'도 알고 계셨다. 사람이 거짓으로 기도할 수는 없는 법이다. 나는 그 사실을 깨우쳤던 것이다.

그리하여 나는 완전 걱정에 사로잡혔다. 그야말로 완전하게 말이다. 어찌해야 할지 도무지 알 수 없었다. 결국 나는 한 가지 생각을 떠올렸다. 그리고 이렇게 말했다. 일단 편지를 써봐야겠어. '그러고 나서' 어디 내가 기도를 할 수 있는지 봐야겠어. 그런데 놀라운 일은 이렇게 생각하자마자 내가 느끼는 부담은 마치 깃털처럼 가벼워졌고, 모든 걱정이 사라져버렸다는 것이다. 그래서 나는 종이와 연필을 꺼내, 반가우면서도 흥분된 상태로, 자리에 앉아 다음과 같이 적었다.

왓슨 양, 귀하의 달아난 깜둥이 짐이 파이크스빌 하류 2마일 지점의 펠프스 씨 댁에 붙잡혀 있으니 현상금을 보내주시면 녀석을 넘겨줄 겁니다.

헉 핀 올림

그러자 기분이 좋아졌고. 생전 처음으로 내 모든 죄가 깨끗이 씻겨 나간 듯한 기분이었으며, 이제는 기도를 할 수 있을 것 같았다. 하지만 나는 곧바로 기도하지는 않았고, 그 종이를 바닥에 내려놓고 거기 앉아 생각해보았다. 일이 이렇게 되어 얼마나 다행인지, 그리고 내가 하마터면 길을 잃고 지옥에 가게 될 위기에 얼마나 근접해 있었는지를 말이다. 나는 생각을 거듭했다. 그러다가 강을 따라 내려온 우리의 여행을 다시 떠올려보게 되었다. 나는 짐이 항상 내 앞에 있었음을, 낮이고 밤이고, 때로는 달빛 아래서나 때로는 폭풍 아래서도 그러했음을, 우리는 함께 뗏목을 타고 떠가면서 이야기를 나누고 노래하고 웃었음을 새삼스레 깨달았다. 어째서인지 나로선 녀석을 안 좋게 여길 수밖에 없는 기억들이 아니라, 오히려 반대의 기억들만 떠오르는 것 같았다. 녀석이 자기 불침번 임무 말고 내 차례까지도 대신 서준 일이, 나를 굳이 깨우지 않아서 더 자게 해준 일이 떠올랐다. 내가 안

개 속에서 다시 나타났을 때, 녀석이 얼마나 반가워했는지가 떠올랐다. 두 가문의 숙원이 벌어진 곳에서, 내가 늪에 다시 나타났을 때의 일이 떠올랐다. 그리고 다른 유사한 경우가 떠올랐다. 녀석이 항상 나를 허니라고 부르고, 나를 귀여워해주고, 자기 생각에 나를 위한 일이라면 뭐든지 해주었던 일이, 그리고 녀석이 얼마나 착했는지가 떠올랐다. 마침내 나는 뗏목 위에 천연두 환자가 있다고 사람들에게 둘러댐으로써 녀석을 구해주었던 일이, 그 직후에 녀석이 나에게 얼마나 감사했는지가, 심지어 나야말로 짐 영감에게는 이 세상에서 제일 좋은 친구라고, 지금 당장으로 선 '유일한' 친구라고 하던 말이 떠올랐다. 그때 문득 나는 주위를 돌아보다가, 그 편지를 보게 되었다.

편지는 가까운 곳에 놓여 있었다. 나는 그걸 집어서 한 손에 들어올렸다. 나는 덜덜 떨고 있었다. 결국 나는 두 가지 사이에서 한 가지 결정에 영원히 도달했으며, 그 사실을 알고 있었기 때문이다. 나는 잠시 생각하고, 숨을 거의 멈추다시피 하다가, 이렇게 혼잣말을 했다.

"좋아, 그러면 지옥에 '가자.'" 그러면서 나는 편지를 찢어버렸다.

그야말로 끔찍한 생각이었고, 끔찍한 말이었지만, 이미 입 밖에 낸 다음이었다. 나는 그 말을 취소하지 않았다. 그리고 더 이상은 회심에 관해서 결코 생각하지 않았다. 나는 그 모든 생각을 머릿속에서 몰아냈다. 그리고 사악함을 다시 받아들이기로 했다. 그것이야말로 내 기질에 맞아떨어졌고, 내가 원래 자라난 환경이었던 반면, 나머지는 그렇지 않았기 때문이다. 나는 무슨 수를 써서라도 짐을 다시 훔쳐내 노예 상태에서 벗어나게 할 것이다. 그리고 혹시 그보다 더 끔찍한 일을 생각할 수만 있다면, 그 일 역시 하고 말 것이었다. 이왕 발을 들여놓은 이상, 그것도 영영 들여놓은 한, 나로선 철저하게 사악하게 되어도 그만이라고 생각했기 때문이다.

그러고 나서 나는 어떻게 하면 거기 도달할 수 있을지 생각해보았고, 머릿속으로 상당히 많은 방법을 고민해보았다. 마침내 나한테 어울리는 한 가지 방법을 정했다. 그러고 나서 나는 강을 따라 약간 하류에 위치한 나무가 우거진 섬을 발견하고, 제법 어두워지고 나자 뗏목을 끌고 나와서 그곳을 향해 갔다. 나는 그곳에 숨어서 잠이 들었다. 밤새 자고 나서, 동이 트기 전에 일어나, 아침을 먹고, 상점에서 파는 옷을 입고, 다른 이런저런 물건은 하나의 꾸러미에 묶고, 카누에 올라타 강변으로 향했다. 나는 아마도 펠프스의 집 근처라고 여겨지는 곳에서 약간 아래쪽에 내렸고, 내 꾸러미를 숲 속에 숨겨두고, 카누 안에 물을 채우고 돌을 집어넣어, 필요할 때 다시 찾아낼 수 있도록, 강둑에 있는 작은 증기 제재소에서 4분의 1마일쯤 떨어진 곳에 가라앉혀 두었다.

그런 뒤 나는 길로 접어들었고, 제재소를 지날 때 보니 그 위에 "펠프스 제재소"라고 적혀 있었다. 곧이어 농가들이 나왔고, 200 내지 300야드 정도 늘어서 있었다. 나는 계속해서 주위를 두리번거렸지만, 이제는 날이 밝은 지 한참이었는데도 불구하고, 주위에는 아무도 없었다. 하지만 나는 개의치 않았으니, 솔직히 나로서도 아직은 누굴 만나고 싶지 않았던 까닭이었다. 나는 다만 땅을 딛고 싶었을 뿐이다. 내 계획에 따르면, 나는 강 하류에서가 아니라 바로 마을에서 그 집으로 가야 했기 때문이다. 그래서 주위를 둘러보고 나서 곧장 마을을 향해 길을 걸어갔다. 그런데 내가 마을에 도착해서 맨 처음 만난 사람은 바로 공작이었다. 그는 "왕실의 걸작"의 전단을 붙이고 있는 중이었다. 사흘 동안 공연한다고 했다. 예전과 마찬가지로 말이다. '그놈들'이야말로 뻔뻔함 그 자체였다. 사기꾼들 같으니! 나는 어떻게 외면할 새조차 없이, 그와 딱 마주쳤다. 그는 깜짝 놀란 표정으로 말했다.

"안녕하신가! '넌' 지금 어디서 오는 거냐?" 그러더니 그는 어딘가 반가우면서도 열띤 말투로 이렇게 말했다. "그나저나 뗏목은 어디 있지? 어디 좋은 데 갖다둔 거냐?"

내가 말했다.

"아, 그거야말로 제가 바로 어르신께 여쭤보려던 거였죠."

그러자 그의 표정은 그리 즐겁지가 않아 보였다. 그가 말했다.

"어디 '나한테' 뭘 물어보겠다는 거냐?" 그가 말했다.

"그게요." 내가 말했다. "어제 술집에서 제가 왕 전하를 봤을 때요, 그런 생각이 들더라구요. 이 양반이 술 깨기 전까지는 뗏목으로 도로 모셔갈 수가 없겠구나. 그래서 저는 시간을 죽이느라 마을을 돌아다니면서 기다렸죠. 그런데 어떤 사람이 저보고 10센트를 줄 테니까 보트를 강 건너로 몰고 가서 자기 양 한 마리를 도로 붙잡아 오자기에, 저는 좋다고 따라갔죠. 그런데 우리가 그 짐승을 보트로 끌고 와서는, 그 남자가 저한테 밧줄을 주면서 붙잡고 있으라고 하면서, 자기는 그놈 뒤로 가서 밀려고 하는 거예요. 그런데 그 짐승이 어찌나 힘이 세던지 발광하다가 밧줄을 놓쳐서 도망쳐버리기에 우리는 그 뒤를 쫓았죠. 개도 안 데리고 있어서 우리는 그놈 뒤를 쫓아서 사방팔방으로 뛰어다녀서 그놈을 지치게 만들었죠. 날이 어두워질 때까지도 그 모양이다가 간신히 그놈을 붙잡았죠. 그제야 저도 뗏목으로 갔구요. 그런데 그게 있던 자리에 가보니까 뗏목이 사라진 거예요. 그래서 저는 이렇게 생각했죠. '뭔가 문제가 생기는 바람에 어쩔 수 없이 떠났나보다. 그런데 이 양반이 내 깜둥이까지 데리고 가버렸네. 이 세상에서 내가 가진 깜둥이는 그것 하나뿐이었는데. 이제 난 전혀 낯선 동네에 와 있고, 재산이라곤 더 이상 하나도 없고, 정말 아무것도 없으니, 이젠 먹고살 도리도 없구나.' 그래서 저는 그냥 주저앉아서 울었죠. 어젯밤에는 숲 속에서 잠을 잤어요. 그나저나 그 뗏목은 도대체 '어찌' 된 거래요? 그리고 우리 짐, 불쌍한 짐은요!"

"그걸 '내가' 어찌 알겠냐. 그러니까 내 말은, 그 뗏목이 어찌 되었는지 내가 어떻게 알겠느냔 그 말이야. 그 멍청한 늙은이가 장사를 해서 40달러를 벌었더라구. 그런데 우리가 그 술집에서 찾아냈을 때에는 놈팡이들하고 반 달러 내기를 벌여서, 위스키 사먹은 돈 빼고는 땡전 한푼까지도 다 털렸더라구. 내 그 양반을 어젯밤 늦게야 우리 있던 데로 끌고 갔더니만, 뗏목이 어디론가 사라지고 없는 거라. 그래서 우리가 그랬지. '그 조그만 악당 녀석이 우리 뗏목을 훔쳐 사기쳐 먹고, 강을 따라 내빼버렸구만.'"

"내가 왜 내 '깜둥이'를 사기쳐 먹겠어요, 예? 이 세상에서 내가 가진 깜둥이는 그 녀석 하나뿐인데요. 내 유일한 재산이라구요."

"우린 전혀 그렇게 생각 안 했는데. 사실 나는 우리가 이제 그놈을 '우리 모두의' 깜둥이라고 여기게 되었다고 생각했는걸. 그래, 우리는 정말 그놈을 그렇게 생각했지. 사실 그놈 덕분에 우리가 고생한 게 한두 가지가 아니잖냐. 그래서 뗏목이 사라진 걸 보고, 완전히 빈털터리가 되었으니, 우리로선 이 '왕실의 걸작'을 한 번 더 공연하는 것밖에는 도리가 없게 된 거지. 그리고 아침부터 이렇게 못질을 하면서 화약 뿔통처럼 말라버린 거지. 그나저나 [너가 벌었다는] 그 10센트 어디 있냐? 이리 내놔라."

나는 제법 돈이 많았으므로, 그에게 10센트를 건네주었다. 하지만 그에게는 그걸로 뭔가 먹을 걸 좀 사라고, 그  래서 나한테도 좀 달라고, 왜냐하면 그거야말로 내가 가진 돈 전부인데 어제부터 아무것도 못 먹었기 때문이라고 말했다. 그는 아무 말도 하지 않았다. 그러더니 곧바로 내게 등을 돌리고는 이렇게 말했다.

"네가 생각하기에는 그 깜둥이가

우리에 대해 입이라도 뻥끗할 것 같으냐? 그랬다가는 우리가 그놈 껍데기를 벗겨버릴 거다!"

"그 녀석이 어떻게 뻥끗하겠어요? 도망친 거 아니었어요?"

"아니! 그 멍청한 늙은이가 그놈을 팔아치웠어. 그러면서도 내 몫은 전혀 나눠주지도 않았지. 돈을 모조리 써버렸다구."

"그 녀석을 '팔아' 치웠다구요?" 나는 이렇게 말하곤 울기 시작했다. "왜 그랬어요. 그 녀석은 '내' 깜둥이란 말이에요. 그럼 그 돈도 내 돈이구요. 그 녀석 지금 어디 있어요? 내 깜둥이 도로 내놔요."

"이 녀석아, 더 이상은 네 깜둥이를 '가질' 수가 없어. 이제 끝이야. 그러니 징징거리지 마라. 그건 그렇고 이것 봐라. 네가 생각하기에 '너가 혹시' 우리에 대해 입이라도 뻥끗할 것 같으냐? 나야 한 번도 네 녀석을 믿어본 적이 없다만. 어디, 혹시라도 네 녀석이 우리에 대해 입이라도 뻥끗하는 날에는……."

그는 문득 말을 멈추었다. 나로선 공작이 그토록 추악해 보이는 눈빛을 띤 모습은 이번에 처음으로 보았다. 나는 계속해서 울먹이며 말했다.

"전 누구에 대해서도 입도 뻥끗 안 할 거예요. 뻥끗하고 말고 할 시간이 어디 있어요, 전혀 없지. 난 얼른 가서 내 깜둥이를 도로 찾아야 된단 말이에요."

그는 어딘가 좀 불편한 표정이었고, 그 상태로 거기 마냥 서 있었다. 팔에 걸친 전단지가 펄럭이는 가운데, 뭔가를 생각하는 듯, 이마에는 잔뜩 주름을 잡은 채로 말이다. 마침내 그가 말했다.

Adventures of Huckleberry Finn

"이거 한마디만 해주마. 우리는 여기 사흘 동안만 머물 거다. 네가 입도 뻥끗하지 않는다고, 그리고 그 깜둥이가 입도 뻥끗하지 못하게 하겠다고 약속하기만 하면, 그놈이 어디 있는지 내 알려주마."

내가 그러겠다고 약속하자, 그가 말했다.

"그놈을 사 간 농부의 이름이 사일러스 페……." 그러다가 그는 말을 멈추었다. 뭔가 진실을 말하려고 했던 것이 분명했다. 하지만 그는 그렇게 말을 멈추더니, 뭔가를 궁리하고 다시 생각하는 듯했다. 나는 그가 마음을 바꾸고 있다고 생각했다. 아니나 다를까. 그는 나를 믿지 못하는 것이었다. 그는 앞으로 사흘 동안 나를 어디론가 확실히 떼어 놓아버리고 싶어 했던 것이다. 그는 이렇게 말했다. "그놈을 사 간 농부의 이름이 에이브럼 포스터인가 그랬을 거다. 에이브럼 G. 포스터 라고 말이야. 여기서 안쪽으로 40마일쯤 떨어진 데 산다더라. 라파예 트로 가는 길에 말이야."

"알았어요." 내가 말했다. "거기까지 사흘이면 갈 수 있을 거예요. 오늘 오후에 출발하면 되겠네요."

"아니, 그래서는 안 되지. '지금' 당장 출발하도록 해라. 한 시라도 허비하면 안 되지. 거기까지 가는 도중에도 헛소리 하면 안 된다. 입 꼭 다물어야 한다는 거 명심하고, 지금 바로 출발해라. 그러면 너도 이제 '우리'하고는 아무런 말썽이 없을 거니까. 알아듣겠냐?"

이거야말로 내가 바라 마지않던 명령이었고, 내가 유도해 낸 명령이 었다. 내 계획을 실행하기 위해 자유롭게 풀려나고 싶었기 때문이다.

"그럼 얼른 가라." 그가 말했다. "포스터 씨를 만나면, 그때는 네가 하고 싶은 말은 뭐든지 해도 된다. 잘만 하면 짐이 '정말로' 네 녀석 깜둥이라고 믿게 만들 수도 있겠지. 어떤 멍청이들은 문서도 보여달라고 하지 않으니 말이야. 최소한 내가 듣자 하니 여기 남부에서는 다들 그렇다고 하더군. 네가 그 전단이며 현상금이 말짱 위조였다고 말하면, 그리고 어떤 수작에 그들이 낚여버린 것인지 잘 설명해주면, 어쩌면 그 사람도 네 말을 믿을지 모르지. 이제 얼른 가봐라. 그리고 그 사람들한테 하고 싶은 말은 뭐든지 해봐라. 여기에서 거기까지 가는 '사이에'는 절대로 네 녀석 주둥이를 한 번이라도 놀려서는 안 된다는 걸 명심하고 말이야."

나는 그곳을 떠나 뒤쪽 지방으로 향했다. 주위를 돌아보지는 않았지만, 그가 나를 바라보고 있는 듯한 기분이 들었다. 하지만 나는 그를 진력나게 만들 수 있음을 알았다. 나는 거기서 한 1마일쯤 곧장 내륙으로 걸어가다가, 멈춰 섰다. 그러고 나서 숲을 지나서 펠프스네 쪽으로 돌아갔다. 근처를 얼쩡거리지 말고 곧바로 내 계획을 시작하는 게 더 낫겠다고 생각했는데, 그 두 작자가 사라지기 전까지는 짐의 입을 봉해두고 싶었기 때문이다. 나는 그런 작자들과는 아무런 말썽도 일으키고 싶지 않았다. 그 작자들에 대해서는 이미 볼 것을 다 본 참이었고, 이제는 그들과 완전히 작별하고 싶었던 까닭이다.

제32장

내가 거기에 도착했을 때에도 주위는 모두 조용했고 일요일 같았으며, 날씨는 무덥고 햇빛이 쨍쨍했다. 일손들은 밭에 나가 있었다. 공중에는 벌레며 파리가 희미하게 윙윙대는 소리가 들려 와서, 어찌나 적막한지 마치 사람이 모두 죽어 없어진 것만 같았다. 산들바람이라도 한 번 불어서 나뭇잎을 흔들어놓으면, 그 소리는 정말이지 음산하게 느껴졌는데, 마치 혼령이 속삭이는 듯한 느낌이 들었기 때문이다. 아주 오래전에 죽은 혼령이 말이다. 그럴 때면 그놈들이 '나'를 향해 이야기하는 것처럼 생각되었다. 한마디로 사람으로 하여금 '자기도' 죽었으면 싶게 만드는, 그래서 다 끝내버렸으면 싶게 만드는 생각이었다.

펠프스네는 조그만 목화 농장이었다. 그런 농장들은 모두 똑같이 생겨먹었다. 2에이커 정도의 땅을 가로대가 놓인 울타리로 두르고 있었다. 계단문은 통나무를 썰어서 세워 놓았으며, 마치 서로 다른 길이의 통마냥 줄줄이 놓여서 그걸 밟고 울타리를 넘을 수 있게 해놓았고, 여자들의 경우에는 말등에 올라타려고 할 때 발을 디딜 수 있게 해주었다. 넓은 마당에는 몇 군데 시원찮으나마 풀더미가 나 있었지만, 대개는 헐벗고 민숭민숭했다. 마치 오래된 모자에 보풀이 일어나듯 말이다. 백인들이 사는 커다란 이중 통나무집이 하나 있었다. 통나무 베어낸 것을 쌓고, 그 틈새를 진흙이나 회반죽으로 막은 것이었다. 이 진흙 줄은 시간이 어느 정도 지나면 하얗게 색이 변하곤 했다. 별채로 지어진 부엌은, 크고 넓고 옆이 트였지만 지붕은 있는 통로를 통해 본채와 이어졌다. 통나무로 된 훈제실은 부엌 뒤에 있었다. 훈제실 너머로는 통나무로 된 작은 깜둥이 오두막이 세 채나 있었다. 그중에서도 작은 한 채는 뒤쪽 울타리에 외따로 있었다. 그리고 다른 헛간이 맞은편에 좀 떨어져 서 있었다. 작은 오두막 옆에는 재 호퍼통(ash-hopper. 잿물을 담은 통 – 옮긴이)과 비누를 끓여 만들 때 쓰는 커다란 솥이 있었다. 부엌문 옆에는 벤치에, 물 양동이와 조롱박 바가지가 있었다. 사냥개 한 마리가 햇볕을 받으며 졸았다. 다른 개들도 그 주위에서 잠들어 있었다. 그러니까 모퉁이에서 그늘진 나무 세 개쯤 지난 곳에서 말이다. 까치밥나무 덤불과 구스베리 덤불이 울타리 옆 한쪽에 있었다. 울타리 바깥에는 정원과 수박밭이 있었다. 그 너머부터는 목화밭이 시작되었다. 밭 너머에는 숲이 있었다.

나는 울타리를 돌아가 통나무 계단을 밟고 계단문을 넘어갔다. 그러고 나서 부엌으로 향했다. 조금 걸어가다보니, 물레가 위로 올라갔다 아래로 내려갔다 하는 어렴풋한 윙윙 소리가 들려왔다. 순간 나는 차라리 죽는 게 낫겠다 싶었다. 그것이야말로 이 세상에서 가장 쓸쓸한 소리가 '분명했기' 때문이다.

나는 계속 걸어갔다. 아직 특별한 계획은 세우지 못했고, 다만 때가 되면 내 입에서 적당한 말이 나오게 되리라고 '섭리'를 믿을 뿐이었다. 내가 가만 내버려두기만 한다면, 그 '섭리'가 이제껏 항상 내 입에 적당한 말을 놓아주었기 때문이다.

절반쯤 갔을까, 갑자기 사냥개 한 마리가, 곧이어 또 한 마리가 벌떡 일어나 내 쪽으로 다가왔고, 나는 당연히 멈춰 서서 그놈들을 향한 채 꼼짝도 않고 있었다. 그놈들이 짖어 대는 왈왈 소리 하고는! 4분의 1초도 안 되어서 나는 말하자면 빙빙 돌아가는 수레바퀴의 중심축이 된 꼴이었다. 그러니까 개들로 만들어진 수레바퀴 말이다. 열다섯 마리나 되는 놈들이 무리지어서 내 주위를 빙빙 돌며, 목의 털과 주둥이를 내쪽으로 바짝 치켜세우고, 짖어대고 울어대고 하는 거였다. 사냥개들은 계속해서 나타났다. 사방팔방에서 울타리를 넘고 모퉁이를 돌아 달려나왔다.

깜둥이 여자 한 사람이 밀방망이를 손에 쥐고 부엌에서 달려나와 소리소리 질렀다. "저리 가! 타이그[타이거] 이놈아! 스팟 이놈아! 저리 가! 쉭!" 그러면서 여자는 맨 앞의 한 놈을 때리고, 또 한 마리를 갈겨주었다. 개는 울부짖으며 도망갔고, 나머지 개들도 그 뒤를 따라갔다. 하지만 곧이어 그중 절반이 다시 돌아와서, 이번에는 내 주위를 돌고 꼬리를 흔들며, 나랑 친구 먹으려고 했다. 사냥개란 놈은 이렇게 악의라곤 없는 짐승이다, 전혀 말이다.

그 여자 뒤에는 깜둥이 여자애 하나랑 깜둥이 남자애 둘이 있었는데, 입은 옷이라곤 삼 리넨 셔츠뿐이었고, 엄마의 치마에 매달린 채, 그 너머로 눈만 빠끔히 나를 바라보고 있을 뿐이었다. 흔히 그렇듯이 수줍어하는 눈길로 말이다. 그러더니 이번에는 집에서 어떤 백인 여자가 달려나왔다. 나이는 마흔다섯이나 쉰쯤 되어 보이고, 모자는 안 쓰고, 손에는 물레 채를 들고 있었다. 그 뒤에는 백인 꼬마들이 따라왔는데, 하는 짓은 아까 그 깜둥이 아이들하고 똑같았다. 그 여자는 똑바로 서 있을 수 없을 정도로 만면에 웃음을 띠고 있었다. 그 여자가 말했다.

"그래, '너'구나, 드디어! 안 그러니?"

나는 "예, 아주머니." 하고 대답하고 말았다. 미처 생각할 새도 없이 말이다.

그 여자는 나를 붙들고는 꼭 끌어안았다. 그러더니 내 양손을 붙잡

고는 흔들어대고 또 흔들어댔다. 그 여자의 눈에서는 눈물이 나오더니, 곧이어 넘쳐흘렀다. 아무리 끌어안고 흔들어도 성이 안 차는 듯했으며, 그 여자는 내내 이렇게 말했다. "내가 생각했던 것보다는 엄마를 아주 많이 닮지는 않았구나. 하지만 아이구, 마소서('맙소

사' 의 약한 표현—옮긴이), 그게 무슨 상관이겠니, 만나게 된 것만도 '이렇게' 기쁜데 말이야! 귀여운 녀석, 귀여운 녀석 같으니. 할 수만 있다면 아주 꼭 깨물어주고 싶은 녀석 같으니! 애들아, 너네 사촌형인 톰이야! 인사해야지."

하지만 꼬마들은 고개를 푹 숙이고 손으로 입을 막은 채, 그 여자 뒤로 쏙 숨어버리는 거였다. 그러자 그 여자는 이렇게 계속 떠들었다.

"리즈, 얼른 애한테 아침을 차려줘, 곧바로 말이야. 아니, 너 혹시 배 타고 오는 길에 아침 벌써 먹은 거니?"

나는 배에서 먹었다고 대답했다. 그러자 그 여자는 내 손을 잡아끌고 집 쪽으로 향했고, 꼬마들은 엄마 뒤에 꼬리표마냥 달라붙어 따라갔다. 집에 도착하자, 그 여자는 나를 바닥이 갈라진 의자에 앉히고, 자기는 작고 낮은 걸상에 앉아 나를 마주보고는, 내 손을 꼭 붙잡고 이렇게 말했다.

"어디, 이렇게 해야 얼굴이 더 '잘' 보이지. 시상에, 으쩌면 내가 정말 얼마나, 얼마나 보고 싶었는 줄 아니. 지금까지 몇 년도 넘게 말이야. 그러다가 결국 이렇게 오다니! 네가 안 오기에 이틀도 더 넘게 기다리고 있었지 뭐니. 그나저나 뭣 때문에 늦은 거니? 배가 엎히기라도 했던 거야?"

"예, 아주머니. 배가……."

"'예, 아주머니'가 뭐니. 샐리 이모라고 해야지. 그나저나 배가 어디에 엎혔니?"

나로선 뭐라고 말해야 좋을지 알 수 없었으니, 그 배가 강 위에서 내려오는 것인지 아니면 아래에서 올라오는 것인지 알 수 없었기 때문이다. 결국 나는 본능에 크게 의지하기로 했다. 그리고 내 본능은 그 배가 올라오는 것이라고 말했다. 즉 아래쪽 올리언스에서 오는 것이라고 말이다. 하지만 이는 내게 별로 도움이 안 되었다. 나는 강 아래로 그곳까지 있는 모래톱의 이름을 몰랐기 때문이다. 나는 모래톱 이름을 하나 만들어낼까, 아니면 우리 배가 얹힌 모래톱의 이름을 그만 까먹어버렸다고 할까 궁리해보았다. 아니면…… 드디어 나는 한 가지 생각을 떠올리고, 얼른 입 밖으로 내뱉었다.

"배가 얹힌 것 때문만은 아니었어요. 물론 그것 때문에 지체되긴 했지만, 그렇게 오래는 아니었어요. 사실은 실린더 헤드가 터져버렸거든요."

"어머나, 세상에! 혹시 누가 다쳤니?"

"아뇨, 이모. 깜둥이만 하나 죽었죠."

"아, 그럼 운이 좋았구나. 가끔은 왜 사람이 다치기도 하니까. 2년 전에 크리스마스 때, 너네 사일러스 이모부가 뉴울리언스(뉴올리언스)에서 오래된 '랠리 룩' 호를 타고 올라오고 있었는데, 그 배의 실린더 헤드가 터지는 바람에 사람이 하나 다쳤지 뭐니. 아마 그 직후에 죽었다는 것 같지. 그 사람은 침례교인이었거든. 마침 너네 사일러스 이모부가 배튼루지에 사는 어느 집안하고 아는데, 그 집안 사람들이 그 사람을 아주 잘 안다더라. 그래, 기억이 나네, 그 사람 '정말' 죽었다더라구. 괴저가 생기는 바람에 절단을 해야만 했다던가. 하지만 그것도 목숨을 구하지는 못했다는 거야. 그래, 괴저였어. 바로 그거였지. 그 사람은 온몸이 시퍼렇게 변해가지고는, 영광스러운 부활을 기대하며 죽었다는 거야. 남들 말로는 그 사람이야말로 정말 볼만한 광경이었다고 하더라. 너네 이모부는 매일 널 데리러 간다고 읍내에 올라갔었지. 지금도 거기 갔어. 아마 한 시간도 안 됐을걸. 이제 금방 돌아올 거야. 어쩌면 길에서 마주쳤는지도 모르겠는데, 혹시 못 봤니? 나이 좀 들고, 그리고……."

"아뇨, 전 아무도 못 봤는데요, 샐리 이모. 배가 새벽에 도착해서요. 제 짐은 일단 부두 배에 남겨두고서, 그냥 읍내 구경을 하고, 그 교외로 조금 나와본 거예요. 시간도 때울 겸, 너무 일찍 도착하진 않으려구요. 그러다가 이제 돌아가는 길이었어요."

"너 짐은 누구한테 맡겼니?"

"그냥 뒀는데요."

"아이구, 얘, 도둑맞으면 어쩌려구!"

"제가 숨겨놓은 곳은 도둑 안 맞을 거예요." 내가 말했다.

"그럼 배에서는 어떻게 그렇게 일찍 아침을 먹었지?"

아슬아슬한 순간이었지만, 나는 이렇게 말했다.

"거기 선장님이 제가 일어나서 돌아다니는 걸 보고는, 상륙하기 전에 뭐라도 좀 먹는 게 낫지 않겠느냐고 하더라구요. 그래서 텍사스실로 데려가서 고급선원 간이식당에서 얼마든지 먹으라고 하시더라구요."

나는 점점 불편해져서, 그 여자의 말이 제대로 들리지 않았다. 내 정신은 내내 꼬마들에게 향해 있었다. 꼬마들을 데리고 한쪽으로 간

다음, 약간 구슬러봄으로써, 지금 내가 누구로 여겨지는지를 알아내고 싶었던 것이다. 하지만 나로선 그럴 기회가 없었으니, 펠프스 부인이 계속해서 이야기를 늘어놓았기 때문이다. 곧이어 그 여자는 내 등골에 차가운 기운이 주르륵 흘러내리게 만들었다. 왜냐하면 그 여자가 이렇게 말했기 때문이다.

"그나저나 여기서 계속 이렇게 떠들고 있는데도, 너는 우리 언니에 관해서는 물론이고, 너네 식구에 대해서는 아직 한마디도 안 하는구나. 그래, 이제는 내가 잠깐 쉬고 있을 테니까, 네가 시작해봐. 나한테 '전부' 다 이야기해봐. 너네 식구에 관해서 전부 다 말해보라는 거야. 한 사람도 빼놓지 말고. 어떻게들 지내는지, 뭘 하고 지내는지, 나한테 뭐라고 전하라고 했는지 말이야. 하여간 네가 생각나는 건 하나도 남김없이 말해보라구."

이런, 나는 그야말로 궁지에 몰린 격이 되었다. 그것도 아주 단단히 말이다. 이때까지는 '섭리'가 내 곁에 있어서 만사형통이었건만, 이제는 완전히, 그리고 단단히 얹혀버린 셈이었다. 나는 여기서 더 나가려고 시도해봤자 부질없음을 깨달았다. 나는 그야말로 패를 던지고('빠지고'라는 뜻—옮긴이) '말자고' 했다. 그래서 속으로 혼잣말을 했다. 여기야말로 내가 진실을 무릅써야 할 또 한 군데인가 보다고 말이다. 나는 이야기를 시작하려고 입을 열었다. 하지만 그 여자는 나를 붙잡더니 끌고는 서둘러 침대 뒤로 달려가는 거다. 그러면서 이렇게 말했다.

"저기 이모부 오시나보다! 얼른 고개 숙여봐. 그래, 됐어. 이제 안 보이네. 여기 없는 척해야 한다. 내가 이모부 좀 놀려주려고 그러는 거니까. 얘들아, 너네도 아무 말 하지 말아야 해."

이제는 그야말로 빼도 박도 못할 판이었다. 하지만 걱정해도 소용이 없었다. 나로선 그저 가만히 있는 수밖에는 도리가 없었고, 번개가 치는 순간 잽싸게 피할 채비를 하는 수밖에는 없었다.

흘끗 바라보니 나이 많은 신사 한 사람이 들어오는 모습이 보였고, 곧이어 그의 모습은 침대에 가려 보이지 않았다. 펠프스 여사가 남편에게 달려가 물었다.

"걔가 왔던가요?"

"아니." 그 여자의 남편이 말했다.

"아이구, 이걸 어쩌나!" 그 여자가 말했다. "걔한테 도대체 '무슨' 일이 벌어진 걸까요?"

"나야 모르지." 나이 많은 신사가 말했다. "그나저나 무슨 일이 있을 거라고 생각만 해도, 나로선 상당히 불안해지는걸."

"겨우 불안하다뇨!" 그 여자가 말했다. "나는 죽도록 심란해 죽겠는데! 걔는 '벌써' 오고도 남았어야 한다구요. 그러니 당신이 길에서 그 애를 못 보고 지나친 거예요. 내 '장담'하는데 분명히 그랬을 거예요. 어쩐지 그런 것 '같아' 보이거든요."

"여보, 샐리. '설마' 내가 그 애를 길에서 못 보고 지나쳤을라구. 그렇지 않다는 건 '당신도' 잘 알잖소."

"하지만, 오, 이런, 이런, 언니가 '뭐라고' 할까! 걔는 벌써 오고도 남았어야 한다구요! 그러니 당신이 걔를 못 보고 지나친 거예요. 걔는……"

"아, 나도 가뜩이나 심란해 죽겠는 판에 제발 나 좀 더 심란하게 만들지 말라구. 도대체 어쩌다가 일이 이렇게 되었는지야 나도 전혀 모르지. 이걸 어떻게 해야 할지는 나도 모르겠고, 솔직히 말하자면 이제는 나도 겁이 다 난다구. 하지만 그 애가 이미 왔을 가능성은 전혀 없는 거잖아. 그 애가 오긴 왔는데 내가 못 보고 지나쳤을 수야 '전혀' 없으니까. 여보, 이건 참 끔찍한 생각이지만, 아주 끔찍한 생각이지만, 배에 무슨 일이 생긴 모양이야, 분명해!"

"어머, 사일러스! 저기 좀 봐요! 길 위쪽에요! 저기 누가 오는 거 아니에요?"

남편은 침대 머리맡으로 난 창문 쪽으로 달려갔고, 펠프스 부인은 덕분에 자기가 바라던 기회를 얻었다. 부인은 침대 발치 쪽에서 얼른 몸을 숙인 다음, 나를 끌어올려서 일어서게 만들었다. 남편이 창문 쪽에서 등을 돌렸을 때, 그곳에는 마치 불타오르는 집마냥 활짝 미소를 지은 그의 부인이, 완전히 힘이 없이 땀만 뻐질뻐질 흘리는 내가 그 옆에 서 있었다. 나이 많은 신사는 빤히 쳐다보다가 이렇게 말했다.

"아니, 이게 누구지?"

"당신이 보기엔 누구인 것 같아요?"

"난 전혀 모르겠는데. '도대체' 누구지?"

"얘가 '톰 소여'라니까요!"

이런 세상에, 나는 하마터면 바닥에 주저앉을 뻔했다. 하지만 차마 칼을 바꿀('작전을 변경할'의 뜻—옮긴이) 새도 없었다. 나이 많은 남자가 내 손을 붙잡고는 흔들면서, 계속해서 악수를 했기 때문이다. 그러는 내내, 그 여자는 정말이지 덩실덩실 춤을 추고, 웃고, 울고 했다. 곧이어 두 사람이 시드와 메리, 그리고 나머지 친척들에 관한 질문들을 어찌나 잔뜩 퍼부어대던지.

하지만 그들이 아무리 기뻤다 한들, 내가 느낀 기쁨에 비하면 아무것도 아니었으리라. 나는 그야말로 다시 태어난 것 같은 느낌이었다. 마침내 내가 누구인지를 알아냈기 때문에 얼마나 기뻤는지 모른다. 두 사람은 무려 두 시간이나 나를 붙들어두었다. 나중에는 내 턱이 어찌나 아픈지, 더 이상은 전혀 계속할 수가 없게 될 때까지, 나는 그들에게 우리 가족에 대해서 이야기해주었다. 그러니까 소여 가족에 대해서 말이다. 그것도 다른 여섯 군데의 소여 가족에게 일어난 일보다 더 많이 우리 가족에 관해 이야기해주었다. 나는 화이트 강의 하구에서 우리 배의 실린더 헤드가 터져나간 일이며, 그걸 고치느라 사흘이나 지체되고 말았던 일에 관해서도 모두 설명했다. 그 설명은 완벽했

고, 일급으로 먹혀들었다. '두 양반'이야 그걸 고치는 데 사흘이 걸릴지 나흘이 걸릴지 알 턱이 없었으니까. 내가 만약 볼트 머리가 하나 고장 나서 그랬다 하더라도 충분히 먹혀들었을 것이다.

이제 나는 한편으로는 완전히 안심이 되면서도, 또 다른 한편으로는 무척이나 불안해졌다. 톰 소여 노릇을 한다는 것이야말로 쉬우면서도 편안한 일이었다. 한동안은 계속해서 쉽고 편하기만 했다. 그러다가 증기선이 강을 따라 소리를 내며 오는 소리를 듣기 전까지만 해도 말이다. 그제야 이런 생각이 들었다. 혹시 톰 소여가 저 배를 타고 오는 것이라면? 그리고 녀석이 지금 당장이라도 여기 나타나서, 내가 조용히 하라고 윙크를 하기도 전에 내 이름을 큰 소리로 불러버린다면? 나로선 절대 그렇게 '내버려' 둘 수가 없었다. 그래서는 안 될 일이었다. 나는 길 위쪽으로 가 있다가 녀석을 중간에 멈춰 세워야 했다. 그래서 나는 두 양반한테 읍내에 올라가서 짐을 가져와야겠다고 말했다. 나이 많은 신사는 같이 가자고 했지만, 나는 싫다고, 나 혼자서도 충분히 말은 몰 수 있다고, 나 때문에 공연히 고생하시지 않았으면 좋겠다고 대답했다.

제33장

    그리하여 나는 읍내를 향해 혼자 마차를 타고 출발했다. 도중에 나는 맞은편에서 마차가 한 대 오는 걸 보고, 저게 바로 톰 소여라고 확신했다. 나는 가만히 서서 그가 올 때까지 기다렸다. 내가 "멈춰요!" 하고 말하자, 그 마차는 내가 탄 마차 옆에 멈춰 섰다. 그러자 녀석은 입을 마치 트렁크마냥 헤벌리고, 그냥 그대로 있는 것이었다. 녀석은 마치 목마른 사람마냥 두세 번 침을 삼키고는, 이렇게 말했다.

    "내가 너한테 뭐 잘못한 적은 한 번도 없었잖아. 너도 알지. 그런데 도대체 뭘 바라고 죽었다가 되돌아와서 '나한테' 나타나는 거야?"

    내가 말했다.

    "나 죽었다가 되돌아온 거 아니야. 사실은 '죽은' 적도 없다구."

    내 목소리를 듣자, 녀석은 약간 정신을 차리는 것 같았지만, 아직 완전히 만족하지는 않은 것 같았다. 녀석이 말했다.

"그럼 장난하기 없기로 맹세하고. 나도 너한테 안 한다고 맹세하니까. 정직한 인전, 그러면 네가 귀신이 아니라는 거야?"

"정직한 인전, 아니라니까." 내가 말했다.

"그런데…… 난…… 난…… 그래, 그러면 된 거지, 뭐. 그런데 난 솔직히 뭔가 좀 이해가 안 되는 게 있어. 전혀. 있잖아, 그럼 넌 '전혀' 살인을 당한 게 아니란 말이야?"

"그래. 난 전혀 살인을 당한 게 아니라구. 그냥 그런 척했을 뿐이야. 이리 와서 날 만져보라구. 못 믿겠으면 말이야."

그러자 녀석은 시키는 대로 했다. 그러고 나서야 녀석은 만족스러운 모양이었다. 그리고 날 다시 보게 되어 무척 반가워했고, 도대체 뭘 어째야 좋을지 몰라 했다. 또 녀석은 지금까지의 일을 모조리 알고 싶어 했다. 그것이야말로 대단한 모험이었고, 신기한 일이었기 때문에, 녀석의 구미에 딱 맞았던 것이다. 하지만 나는 그건 나중에까지 좀 참으라고 했다. 그러면서 녀석을 태우고 가던 마부에게 기다리라고 하고, 우리는 거기서 약간 떨어진 데로 가서, 나는 녀석에게 지금 내가 빠진 일종의 진퇴양난에 대해 이야기해주면서 물어보았다. 네가 생각하기에는 우리가 어떻게 해야 좋을 것 같냐? 녀석은 잠깐만 자기 혼자 놔두라고, 방해하지 말아 달라고 말했다. 녀석은 생각하고 또 생각하더니, 얼마 지나지 않아 이렇게 말했다.

"좋았어, 방법을 생각해냈다구. 우선 내 트렁크를 너의 마차에 싣고, 그걸 지금부터 네 거라고 하는 거야. 그리고 너는 지금부터 마차를 돌려가지고, 아주 천천히 가는 거야. 그래야만 네가 읍내에 갔다왔을 만한 시간에 맞춰 그 집에 도착할 테니까. 그럼 나는 읍내로 가서 잠깐 기다리다가, 거기서 아예 새로 출발을 하고, 너보다 한 15분에서 30분쯤 지나서 그 집에 도착하는 거야. 그리고 처음에는 너도 그게 나인 걸 아는 척하지 않아도 돼."

내가 말했다.

"좋아. 근데 잠깐만. 한 가지 더 있어. 오로지 나만 알고 '남들은 아무도' 모르는 거야. 뭐냐 하면, 여기 깜둥이가 하나 있는데, 내가 그 녀석을 노예 상태에서 훔쳐내려고 하거든. 그 녀석이 누군가 하면 바로 짐이야. 왓슨 양의 깜둥이 짐 말이야."

톰이 말했다.

"뭐! 짐이 도대체 왜……."

녀석은 말을 멈추더니, 뭔가 궁리하는 듯했다. 내가 말했다.

"네가 무슨 말 할지 '나도' 알아. 그거야말로 지저분하고 천박하기 짝이 없는 짓이라고 하려는 거지. 하지만 그래 봤자 뭐 다를 것 있겠어? 나 역시 천박한 녀석이긴 마찬가진데. 하여간 나는 그 녀석을 훔칠 거야. 그러니 너도 입 꾹 다물고 절대로 말하면 안 돼. 알았지?"

톰의 눈이 반짝이더니, 녀석이 말했다.

"그럼 네가 그 녀석 훔치는 걸 나도 '도와' 줄게!"

그 말에 나는 그야말로 혼이 모조리 달아나는 듯했으니, 마치 총이라도 맞은 듯한 기분이었다. 그것이야말로 내가 들은 중에서도 가장 놀라운 말이었다. 이제 내가 보기에는 톰 소여도 타락한 것이나 다름없는 셈이었다. 그것도 아주 크게. 나로선 도무지 믿을 수가 없었다.

톰 소여가 '깜둥이 도둑놈'이 되다니!

"아, 웃기지 마." 내가 말했다. "농담 말구."

"농담 아니야, 진짜."

"좋아, 그러면." 내가 말했다. "농담이건 아니건 간에, 혹시나 도망치는 깜둥이에 대한 이야기를 듣더라도 말이야, 분명히 기억해두라구. 그 녀석에 대해서는 '너도' 전혀 아는 게 없고, '나도' 역시 아는 게 없다는 걸 말이야."

그러고 나서 우리는 트렁크를 들어다가 내 마차에 실었고, 녀석은 다시 마차를 타고 되돌아갔으며, 나는 내 마차를 타고 되돌아갔다. 하지만 물론 나는 천천히 가야 한다는 걸 까맣게 잊어버리고 말았으니, 한편으로는 기쁘기도 했고, 또 한편으로는 머리에 생각이 가득차 있어서였다. 그래서 나는 읍내까지의 거리에 비하자면 너무 빨리 집에 도착했다. 나이 많은 신사는 문간에 서 있다가 이렇게 말했다.

"어이구, 이것 참 대단하네. 저놈의 암말이 이렇게까지나 잘 달릴 줄은 아무도 생각을 못했을 건데. 시간이라도 재볼걸 그랬나. 그런데 이 녀석은 땀이라곤 한 방울도 안 흘리네. 단 한 방울도 말이야. 이것 참 대단한걸. 이제 이놈의 말은 누가 백 달러를 준다고 해도 팔지 말아야겠군. 진짜로 팔지 말아야겠어. 예전까지만 해도 이놈의 말은 누가 15달러만 준다고 해도 팔았겠다고, 이놈의 말은 그 정도 가치밖에 없다고 생각했는데 말이야."

그 양반이 한 이야기는 그게 다였다. 그 양반이야말로 내가 지금까지 본 중에서도 가장 순진해빠지고, 가장 착한 노인네였다. 하지만 그리 놀랄 일도 아니었다. 그 양반이야 그저 농사꾼에다가, 전도사이기도 했기에, 농장 뒤쪽에 작은 말 한 마리 통나무집 교회도 하나 갖고 있었기 때문이다. 그 교회는 그 양반이 직접 지어서는 교회와 학교로 사용하는 것이었으며, 자기가 설교를 할 때에도 사례는 전혀 받지 않았는데, 사실은 사례를 받아도 될 만큼 가치가 있었다. 남부에는 이와 같은 농부 겸 전도사들이 상당히 많았고, 모두 이와 똑같은 식이었다.

반 시간쯤 지나자 톰이 탄 마차가 앞쪽 계단문 앞에 멈춰 섰다. 샐리 이모는 집에서 50야드쯤밖에 안 떨어진 거기를 창문 너머로 바라보고는 이렇게 말했다.

"어이구, 저기 누가 왔나보네! 근데 도대체 누구지? 애, 내가 보기에는 처음 보는 사람 같다. 애, 지미." (그러니까 두 아이 가운데 하나를 부른 것이었다.) "너 얼른 가서 리즈한테 식사 때 접시 하나 더 놓으라고 해라."

모두들 현관문으로 달려갔는데, 그도 그럴 것이, 처음 보는 사람이 '매년' 오는 것은 아니어서, 일단 누가 왔다 하면 황이얼병〔황열병〕 정도는 저리 가라 할 정도로 관심의 대상이 되었다. 톰은 계단문을 넘어 집 쪽으로 걸어오기 시작했다. 마차는 방향을 바꿔 읍내로 가는 길을 따라 갔고, 우리는 모두 현관문 앞에서 만났다. 톰은 상점에서 파는 옷차림이었고, 게다가 관중도 모여 있는 셈이 되었다. 이거야말로 톰 소여에겐 딱 좋은 무대였다. 이런 상황에서 어울릴 만큼의 연기를 하는 것은 녀석에게 아무 문제도 아니었다. 원래 녀석은 마치 양처럼 마당을 온순히 지나는 아이가 아니었다. 그런데 녀석은 마치 새끼양

처럼 차분하고도 젠체하며 걸어오는 거였다. 우리 앞까지 오자, 녀석
은 자기 모자를 무척이나 우아하고 고상하게 들어올렸다. 마치 나비
들이 잠들어 있는 상자 뚜껑을 열면서, 나비들을 방해하고 싶어 하지
않는 것처럼 말이다. 그러면서 이렇게 말했다.

"혹시 아치볼드 니콜스 씨 되십니까?"

"아닌데, 젊은이." 나이 많은 신
사가 말했다. "미안하네만 마부
가 자네를 속인 모양이군. 니콜
스의 집은 여기서 3마일은 더 내
려가야만 나온다네. 하여간 들
어오게, 들어와."

톰은 어깨 너머를 한 번 쓱 돌아
보더니 이렇게 말했다. "너무 늦었
군요. 아주 가버린 모양인데요."

"그래, 벌써 가버렸군, 젊은이.
그러니 일단 이리 들어와서 우리랑 식사라도 함께 하도록 하지. 그런
다음에 우리가 자네를 니콜스네까지 태워다줄 테니까."

"아뇨, 그렇게까지 폐를 끼쳐드려서는 '안' 되지요. 생각도 못할 일
이구 말구요. 전 그냥 걸어가겠습니다. 아무리 멀어도 상관없어요."

"하지만 우리도 자네를 그냥 걸어가게 '놔둘' 수야 없지. 여기 남부
인심이 원래 그러니까. 어서 들어오라니까."

"아이구, '그렇게' 좀 해요." 샐리 이모가 말했다. "우리한테는 폐라

고 할 것도 전혀 아니니까. 세상에 폐는 무슨. '꼭' 들어오라니까. 얼마나 멀고 흙먼지도 많은 3마일이라구. 그러니 걸어가게 놔둘 '수가' 없다니까. 그건 그렇고, 내가 벌써 접시 하나 더 놓으라고 그랬으니까, 젊은 양반 오는 거 보고 말이우. 그러니 매정하게 발길을 돌려서는 안 되지. 얼른 들어와요, 마음 편하게 생각하고."

그러자 톰은 이 집 식구들에게 아주 진심으로 깍듯이 감사의 말을 하고는, 마침내 마음이 움직인 듯 집 안으로 들어왔다. 들어오고 나서 녀석은 자기가 오하이오 주 힉스빌에서 온 사람이고, 이름은 윌리엄 톰슨이라고 했다. 그러면서 또 한 번 절을 했다.

녀석이 어찌나 주절대고, 주절대고, 주절대면서 힉스빌이며 거기 사는 모든 사람들 이야기를 생각나는 대로 꾸며대던지, 나는 점차 좀 불안해지면서, 도대체 이 녀석 하는 짓이 어떻게 나를 곤경에서 건져낼 수 있을지 궁금해지기 시작했다. 그러다가 마침내, 여전히 이야기를 하던 도중에, 녀석은 샐리 이모에게 다가가 그 양반 입에다 대고 자기 입을 쪽 하고 맞추더니, 다시 자기 자리에 돌아와서 편안하게 앉고, 계속해서 이야기를 주워섬기기 시작했다. 하지만 이모는 펄쩍 뛰면서 자기 입술을 손등으로 문질러 닦으면서 말했다.

"아이구, 이 못된 강아지 같으니!"

녀석은 기분이 팍 상한 듯한 표정을 짓고는 이렇게 말했다.

"그런 말씀을 하시다니, 실망인데요, 아주머니."

"실망? 실망 좋아하시네. 아니, 도대체 '내가' 누구인 줄 알고 그러지? 나야 당연히 그렇게 생각할 수밖에. 이것 봐요, 도대체 무슨 생각으로 나한테 입을 맞춘 거지?"

녀석은 얌전한 표정을 짓더니, 이렇게 말했다.

"무슨 생각으로 그런 게 아닙니다, 아주머니. 무슨 폐를 끼치려는 게 아니었어요. 전…… 전…… 다만 아주머니께서 좋아하실 줄 알았죠."

"아이구, 이런 바보 천치 같은 양반이 있나!" 이모는 물레 채를 집어 들었고, 마치 금방이라도 녀석을 그걸로 작살내고 싶은 듯한 표정을 지었다. "도대체 무슨 근거로 내가 그걸 좋아할 줄 알았다는 거지?"

"글쎄요, 저도 잘 모르겠네요. 다만, 누가…… 누가…… 그러더라구요. 아주머니께서 그걸 좋아할 거라구요."

"내가 그걸 좋아할 거라고 '누가' 그랬단 말이지. 도대체 누가 그랬는지 몰라도, 그 사람은 '댁과 마찬가지로' 미친 사람이겠군. 그런 얘기는 살다 살다 처음이네. 도대체 그 '누가'가 누구야?"

"왜요…… 다들 그러던데요. 다들 그렇게 말하더라구요, 아주머니."

이모는 더 이상은 참을 수 없는 것처럼 보였다. 눈이 번쩍거리고, 손가락은 마치 톰의 얼굴을 확 할퀴어버리고 싶은 듯 움직였다. 이모가 말했다.

"그러니까 그 '다들'이 누구냐구? 이름을 대봐. 안 그러면 이 세상에 웬 바보가 하나 줄어들 테니까."

녀석은 자리에서 일어나더니 어딘가 슬픈 표정을 지으며 자기 모자를 만지작거리고 이렇게 말했다.

"죄송합니다. 저는 전혀 예상을 못했어요. 사람들이 저한테 그러라고 하더라구요. 사람들이 전부 저보고 그러라고 하더라구요. 아주머니한테 입을 맞춰드리라고 하더라구요. 그러면서 아주머니가 그걸 좋아하실 거라고 하더라구요. 다들 그러더라구요. 한 사람도 빠짐 없이요. 그래도 죄송해요, 아주머니. 더 이상은 그렇게 안 할게요. 진짜 안할게요."

"안 하겠다, 안 하겠다 이 말이지? 그야 '당연히' 안 해야지!"

"예, 안 할게요. 진짜로 안 할게요. 다시는 안 할게요. 아주머니가 저더러 해달라고 부탁하실 때까지는요."

"내가 '부탁할' 때라구! 얼씨구, 내가 살다 살다보니 정말 별 바보같은 놈의 꼴을 다 보겠네! 네 녀석이 어디 므두셀라 뺨치게 오래 산바보가 되어봐라. '내가' 너한테, 아니, 어디 너랑 비슷한 놈에게라도 그따위를 부탁하나 안 하나."

"글쎄요." 녀석이 말했다. "저로선 정말 당황스럽군요. 어째서인지 도무지 이해가 안 돼요. 다들 아주머니가 그럴 거라고 해서, 저도 당연히 아주머니가 그럴 줄 알았거든요. 그런데……." 녀석은 여기서 말을 멈추고 주위를 천천히 둘러보았다. 마치 누군가의 호의적인 눈빛을 어디선가 찾고 싶다는 투로. 그러다가 나이 많은 신사와 눈이 마주치자, 녀석은 말했다. "혹시 '아저씨'께서는 그런 생각 안 드세요? 아주머니가 제 입맞춤을 좋아하실 거라구요, 예?"

"글쎄, 아니. 내가 보기…… 내가 보기…… 글쎄, 아니. 내 생각엔 아닌 것 같은데."

그러자 톰은 방금 전과 똑같은 식으로 고개를 돌려 날 바라보더니 이렇게 말했다.

"톰, 그럼 '형이' 생각하기에는 샐리 이모가 그러실 것 같지 않아? 양 팔을 활짝 벌리고는 '시드 소여' 하고……."

"아이구머니나, 세상에!" 이모는 깜짝 놀라며 톰에게 펄쩍 뛰다시피 하며 달려들었다. "아이구, 이 고약하고도 뻔뻔스러운 꼬맹이 같으니, 세상에 나를 아주 감쪽같이……." 그러면서 이모는 톰을 끌어안으려고 했는데, 녀석이 이모를 슬슬 피하면서 이렇게 말하는 거였다.

"싫어요. 먼저 저한테 안아보자고 부탁하시기 전에는요."

그러자 이모는 한순간도 지체 없이 녀석에게 부탁을 했다. 그러고는 녀석을 끌어안고 입을 맞추고 또 맞추었으며, 그런 다음에는 이제 이모부한테 톰을 넘겨주었고, 이모부도 이제 남은 일을 해치웠다. 그러다가 모두들 잠시 다시 조용해지더니, 이모가 말했다.

"아이구, 이런 세상에, 내 살다 살다 이렇게 놀란 적은 처음이구나. '네'가 올 줄은 생각을 못했지 않니, 꿈에도 말이야. 그냥 톰만 오는 줄 알았지. 언니는 톰이 올 거라고만 했지 또 누가 온다고는 전혀 편지에 안 썼더라구."

"사실은 원래 톰 형만 여기 오고, 다른 누가 더 올 '생각'은 없어서 그랬어요." 녀석이 말했다. "그런데 제가 조르고 또 졸라서, 결국 폴리 이모도 저더러 따라가라고 한 거예요. 그래서 강을 따라 내려와서는, 저랑 톰 형은 이렇게 하는 게 최고로 깜짝 놀래키는 방법이라고 생각한 거예요. 뭐냐면 형은 이 집에 먼저 오고, 저는 나중에 뒤따라와서는, 우연히 들른 낯선 사람인 척한다는 거죠. 그런데 그건 실수였어요, 샐리 이모. 여기는 낯선 사람이 오기에는 별로 좋은 장소가 아니었으니까요."

"그럼. 뻔뻔스러운 개구쟁이한테는 전혀 좋은 장소가 아니지, 시드. 넌 솔직히 턱주가리를 그냥 한 방 맞아야 해. 내가 이렇게 성질이 난 거야말로 도대체 얼마 만인지도 모르겠구나. 하지만 상관없다. 어찌되었건 상관없어. 그 덕분에 네가 여기 올 수만 있다면야, 그런 장난질은 천 번이라도 기꺼이 받겠어. 그나저나 어찌나 연기가 감쪽같던지! 차마 아니라곤 못하겠구나. 네 녀석이 나를 감쪽같이 속여먹었을 때, 내가 정말 어찌나 불접했는지 모르니까."

우리는 집과 부엌 사이에 있는 넓고 탁 트인 복도에서 식사를 했다. 차려진 음식은 일곱 집 식구들이 먹어도 될 만큼 넉넉했다. 그리고 모두 뜨끈뜨끈했다. 습기 찬 지하실의 찬장 안에 밤새 넣어놓은 바람에, 다음 날 아침이 되면 오래되고 차가운 사람 고기 덩어리 같은 맛이 나는 흐늘흐늘하고 질긴 고기 따위는 하나도 없었다. 사일러스 이모부는 아주 긴 감사기도를 드렸지만, 충분히 그럴 만한 가치가 있

는 음식이었다. 그런데도 음식은 조금도 식지 않았다. 나야 그런 식으로 식사를 망쳐놓는 경우를 상당히 많이 봐왔는데도, 이번은 전혀 그렇지 않았다.

우리는 오후 내내 상당히 많은 이야기를 나누었고, 나와 톰은 그 내내 조심스러워했는데, 사실 그럴 필요까지는 없었던 것이, 그 집 식구들은 도망친 깜둥이에 관한 이야기는 전혀 들먹이지 않았고, 우리도 차마 겁이 나서 그 이야기를 꺼내기가 힘들었기 때문이다. 그런데 밤에 저녁 식사 때, 꼬마들 가운데 하나가 그랬다.

"아빠, 그럼 톰하고 시드 형하고 저도 공연 보러 가도 돼요?"

"안 돼." 이모부가 말했다. "아마 오늘은 공연이 전혀 없을 것 같구나. 혹시나 있다 하더라도 너희는 가면 안 된다. 그 도망친 깜둥이가 버튼 씨하고 나한테 그 말썽 많은 공연에 관해서 이미 다 불어버렸으니까. 버튼 씨가 사람들한테 모조리 이야기하겠다고 허더라. 그러니 이번에는 그 엉터리 놈팡이들을 우리 마을에서 미리 쫓아낼 거다."

드디어 올 것이 왔구나! 하지만 '나로선' 어쩔 수가 없었다. 톰과 나는 한 방, 한 침대에서 잠을 잘 예정이었다. 워낙 지쳤기에, 우리는 잘 자라는 인사를 건네고 나서, 저녁 식사가 끝나자마자 잔다고 들어가서는, 창문 너머로 기어나가서, 피뢰침을 타고 내려가서, 읍내를 향해 달려갔다. 내 생각에는 왕과 공작에게 아무도 귀띔을 해주지 않을 것이 뻔했으므로, 내가 얼른 서두르지 않으면 그들은 결국 된통 당하고 말 것이었기 때문이다.

가는 도중에 톰은 왜 사람들이 내가 살인을 당했다고 생각했는지에 관해, 그 직후에 어떻게 아빠가 사라져서는 더 이상 나타나지 않았는지에 대해, 짐이 달아났을 때 얼마나 떠들썩했는지에 대해 이야기해주었다. 나는 "왕실의 걸작"을 공연하는 우리의 악당들에 관해서, 그리고 시간 나는 대로 뗏목 여행에 관해서도 최대한 이야기해주었다. 우리가 읍내에 도착해서 그 한가운데쯤 갔을 때였다. 시간은 저녁 여덟 시 반쯤밖에 안 되었는데, 바로 그때였다. 분노한 사람들이 한 무더기, 손에 횃불을 들고, 무시무시한 함성과 고함을 지르면서, 양철 프라이팬을 두들기고 나팔을 불며 몰려왔다. 우리는 한쪽 구석으로 뛰어 비켜서서, 그들이 지나가게 해주었다. 그들이 지나갈 때, 나는 그들이 왕과 공작을 가로대에 올려놓은 것을 보았다. 그러니까 내 말은 한때 왕과 공작 '이었던' 어떤 것을 말이다. 두 사람 모두 지금은 온통 타르와 깃털 범벅이어서, 아무리 보아도 사람처럼 보이지는 않았기 때문이다. 그야말로 괴물같이 커다란 군모의 깃털 장식 두 개처럼 보였다. 그걸 보고 있자니 나는 속이 다 울렁거렸다. 그리고 그 불쌍한 악당에게 딱한 감정을 품었는데, 더 이상은 두 사람에 대해 아무런 나쁜 감정도 느끼지 못할 것만 같았다. 그야말로 보기 끔찍한 광경이었다. 사람은 그렇게 서로에게 잔인한 짓을 '능히' 할 수 있는 법이다.

우리는 너무 늦었음을 깨달았다. 더 이상은 어찌할 도리가 없었다. 그 무리에서 떨어져나온 사람들 몇에게 물어보았더니, 모두들 매우 순진한 표정으로 공연장에 들어갔다는 것이다. 그러고는 왕이 무대에 올라와 껑충껑충 뛰어다닐 때까지 모두들 가만히 앉아서 시치미를 뚝 떼고 있었다. 그러다가 누가 신호를 보내자, 관객들이 모조리 일어나 그들에게 달려들었던 것이다.

우리는 천천히 걸어 집으로 돌아갔고, 나는 먼저처럼 아주 뻔뻔하지는 않았다. 오히려 어째서인지 약간 저속하고, 비천하고, 비난받아 마땅한 것처럼 느껴졌다. 비록 '나' 자신은 아무 일도 하지 않았는데도 말이다. 세상일이란 그런 것이다. 내가 옳은 일을 하건 그른 일을 하건 사실은 별 차이가 없으니, 한 사람의 양심은 그걸 감지하지 못하고, '어쨌거나' 그 사람을 괴롭히게 마련인 것이다. 내가 만약 한 사람의 양심이 아는 것 이상으로는 알지 못하는 누런 개를 한 마리 가졌다면, 나는 그놈을 죽여버렸을 것이다. 양심이야말로 사람의 몸속에서 다른 무엇보다도 더 많은 자리를 차지하고 있지만 그럼에도 불구하고 아무 소용도 없는 것이다. 전혀. 톰 소여도 똑같은 이야기를 했다.

　Adventures of Huckleberry Finn

제34장

우리는 이야기를 멈추고 생각하기 시작했다. 그러다가 결국 톰이 말했다.

"있잖아, 헉. 우린 진짜 바보야. 왜 전에는 생각을 못했을까! 짐이 어디 있는지 알겠어."

"뭐! 어딘데!"

"저기 재 호퍼통 옆에 있는 오두막 말이야. 왜, 있잖아. 아까 점심을 먹을 때, 깜둥이 녀석 하나가 먹을거리를 갖고 거기 들어가는 거 못 봤어?"

"봤지."

"그럼 그 음식을 뭐에 쓰려는 거겠어?"

"개 주려나보지."

"나도 처음엔 그렇게 생각했어. 하지만 그건 개 주려는 게 아니야."

"왜?"

"그 음식 가운데에는 수박도 있었으니까."

"그렇긴 했지. 나도 봤어. 아, 진짜 최고네. 나는 개가 수박을 안 먹는다는 생각을 한 번도 안 해봤으니까. 사람이 똑같은 걸 보면서도 보는 게 있고 못 보는 게 있다는 게 이런 말이로군."

"그 깜둥이는 안으로 들어갈 때 맹꽁이자물쇠를 풀고는, 밖으로 나와서는 다시 그걸 잠그더라구. 그리고 그 열쇠를 이모부한테 갖다주고. 그러니까 우리가 식탁에서 일어날 때쯤 말이야. 똑같은 열쇠야, 진짜루. 수박이라는 건 사람이 있다는 걸 뜻하고, 자물쇠라는 건 죄수라는 걸 뜻하지. 그리고 이렇게 작은 농장 안에 설마 죄수가 둘이나 있지는 않을 테니까. 더군다나 이렇게 다들 친절하고 착한 사람들이 사는 곳인데 말이야. 짐이 바로 그 죄수인 거지. 좋아. 그야말로 탐정답게 이 사실을 알아냈으니 정말 기분이 좋은걸. 만약 다른 방법으로 알아냈으면 정말 김빠질 뻔했어. 이제 넌 머리를 좀 굴려서 짐을 훔쳐낼 계획을 하나 생각해봐. 나도 하나 생각해볼 테니까. 그러고 나서 제일 괜찮은 걸 고르면 되지."

아직 어린애가 가진 머리치고는 얼마나 대단하던지! 내가 만약 톰 소여의 머리를 가졌다면, 나는 누가 공작이라든지, 증기선 승무원이라든지, 서커스 어릿광대라든지, 심지어 내가 생각할 수 있는 그 무엇을 시켜준다 하더라도 맞바꾸지 않을 것이다. 나는 계획을 하나 생각하기 시작했는데, 사실은 그냥 뭔가를 하는 척했을 뿐이었다. 올바른 계획이 나올 곳이 어디인지 아주 잘 알고 있었기 때문이다. 얼마 지나지 않아 톰이 말했다.

"준비됐어?"

"그래." 내가 말했다.

"좋아. 말해봐."

"내 계획은 이런 거야." 내가 말했다. "우리는 짐이 거기 있다는 걸 쉽게 알아냈잖아. 그러니 내일 밤에 내 카누를 끌고 가서, 저 섬에 있는 내 뗏목을 가져오는 거지. 그런 뒤에 앞으로 제일 처음 오는 어둔 밤이 되면, 그 노인네가 자러 간 다음에, 그 바지에서 열쇠를 훔쳐다가, 짐을 데리고 뗏목에 올라탄 다음에 강을 따라 내려가는 거야. 낮에는 숨어 있고 밤에만 가는 거지. 짐하고 이전에도 그렇게 했던 것처럼. 그 정도 계획이면 먹혀들지 않을까?"

"'먹혀든다'고? 그래, 물론 먹혀들기야 하겠지. 쥐새끼 싸움처럼 말이야. 하지만 그건 더럽게 간단하잖아. 거기엔 '아무'것도 없다구. 그거보다 더 어렵지도 않은 계획이라면 그게 무슨 쓸모가 있겠어? 그거야말로 거위 젖만큼이나 싱겁지. 있지, 헉, 그건 비누공장에 숨어들어가는 것만큼밖에는 이야깃거리가 안 된다구."

나는 한마디도 안 했다. 전혀 다른 반응이 나오리라 예상한 것은 아니었기 때문이다. 대신 나는 일단 녀석이 '자기' 계획을 준비해놓은 다음이면, 거기에 대해서는 누구도 반대하지 못하게 할 것임을 아주 잘 알고 있었다.

이번에도 그랬다. 녀석은 어떤 계획인지 내게 말해주었는데, 나는 불과 1분도 지나기 전에 녀석의 계획이야말로 멋이라는 면에서는 내 것보다는 열댓 배나 더 뛰어나다는, 그리고 내 것과 마찬가지로 짐을 자유로운 한 사람으로 만들어주기는 하면서도, 여차하면 대신 우리 모두 죽을 수도 있으리라는 것을 깨달았다. 그래서 나는 만족스러웠고, 그걸로 하자고 말했다. 그 계획이 뭔지는 이 자리에서 굳이 말할 필요가 없을 것이니, 그 계획이 애초의 것대로 계속해서 남아 있지는 않으리라는 것을 알았기 때문이다. 우리가 그 계획을 수행하는 내내, 녀석이 갖가지 방법으로 그걸 바꿔댈 것이며, 기회만 있으면 새로운 장난질을 집어넣으리라는 것을 알았기 때문이다. 실제로 녀석은 그렇게 했다.

그래도 한 가지 사실은 아주 분명했다. 그건 바로 톰 소여야말로 그 깜둥이를 훔쳐내 노예 상태에서 벗어나게 하는 일을 성실하게, 그리고 실제적으로 도울 것이라는 점이었다. 그것이야말로 내겐 너무나도 큰 의미를 지녔다. 녀석만 해도 그야말로 버젓한, 잘 자란 소년이다. 그리고 버리기에는 아까운 평판도 갖고 있었다. 물론 고향에 있는 사람들 역시 평판을 지니고 있었다. 또 녀석은 똑똑하고, 결코 가죽머리도 아니었다. 아는 것도 많고 무식하지 않았다. 비열하지도 않고 오히려 친절했다. 그런데 녀석은 아무런 자부심도, 공정함도, 감정도 필요 없다는 듯, 내 일에 서슴없이 끼어들어, 모든 사람 앞에서 자기 스스로에게 치욕을, 자기 가족에게 치욕을 가하려는 것이었다. 나로선 도무지 이해할 '수가' 없었다. 결코 말이다. 그야말로 터무니없는 일이어서, 나는 솔직히 녀석에게 털어놓아야 한다는 생각이 들었다. 녀석의 진실한 친구인 만큼, 녀석에게 지금 이 상황에서 당장 그만두라고, 그래서 타락하지 말라고 해야 했다. 그래서 나는

'진짜로' 녀석에게 말을 하려고 했다. 그런데 녀석은 나더러 입 다물라면서 이렇게 말했다.

"넌 내가 지금 무슨 짓을 하는지도 모르고 이러는 줄 알아? 지금 내가 뭘 하는지 정말로 모르고 이러는 줄 아는 거야?"

"그래."

"내가 '말' 안 했냐? 깜둥이 훔치는 걸 도와줄 거라고 말이야?"

"했지."

"'좋아', 그러면."

녀석의 말은 이게 전부였고, 내 말도 그게 전부였다. 더 이상 이야기해봤자 아무 소용이 없었다. 녀석이 뭔가를 하겠다고 말을 뱉어놓은 이상, 녀석은 항상 그렇게 했기 때문이다. 하지만 '나'로선 어떻게 해서 녀석이 이런 일에 끼어들고 싶어 하는지를 도무지 이해할 수 없었다. 그래서 나는 그냥 될 대로 되라는 생각이 들었고, 더 이상은 거기에 관해 골치를 썩이지 않았다. 녀석이 무슨 일이 있어도 하겠다고 한다면, '나' 역시 그걸 막을 도리야 없었으니까.

우리가 집에 도착했을 때, 집은 완전히 깜깜하고 조용했다. 그래서 우리는 재 호퍼통 옆에 있는 오두막으로 내려가서, 한번 살펴보려고 했다. 우리는 마당을 가로질렀는데, 그래야만 사냥개들이 어떻게 할지를 알아볼 수 있기 때문이었다. 사냥개들이야 우리를 이미 알았기 때문에, 한밤중에 뭔가가 지나갈 때 시골 개들이 흔히 그러는 것 이상의 소리를 내지는 않았다. 오두막에 도달하자, 우리는 앞과 양쪽 옆을 살펴보았다. 그리고 내가 미처 못 보았던 쪽, 그러니까 북쪽 벽에서 우리는 네모난 창문구멍 하나를, 그것도 상당히 높은 곳에서 찾아냈고, 거기에는 튼튼해 보이는 널빤지 하나가 가로질러져 있었다. 내가 말했다.

"여기가 좋겠어. 저 구멍이면 짐이 빠져나올 수 있을 만큼 큼직하니까. 우리가 저 판자를 떼어내버린다면 말이지."

톰이 말했다.

"이건 진짜 삼목놓기만큼 간단한걸. 세 개를 한 줄로 놓는 거 말이야. 학교 땡땡이 까기만큼이나 쉽고. 그러니 우리도 '이거'보다는 약간 뭔가 더 복잡한 방법을 찾는 게 낫지 않을까 하는 '바람'이야, 헉 핀."

"어, 그러면." 내가 말했다. "벽을 톱으로 썰어서 그리로 나오게 하면 어떨까? 내가 살인당한 것처럼 꾸미기 직전에 했던 것처럼 말이야."

"그게 더 '그럴싸할' 수도 있겠군." 녀석이 말했다. "그러면 진짜 수수께끼에 골칫거리에, 상당히 그럴싸할 거니까. 하지만 내 생각에 분명히 우리는 그거보다는 두 배는 더한 방법을 찾아낼 수 있을 거야. 서두를 필요야 없지. 어디 계속 좀 둘러보자구."

오두막과 울타리 사이, 그러니까 오두막 뒤쪽으로는 달개지붕 헛간이 하나 있었는데, 그 처마 부분이 오두막과 이어져 판자로 만들어져 있었다. 길이는 오두막만큼이나 길었는데, 대신 폭이 좁았다. 기껏해야 6피트 정도의 너비였다. 거기 달린 문은 남쪽을 향해 있었고, 맹꽁이자물쇠가 걸려 있었다. 톰은 비누 만드는 솥 쪽으로 가더니, 주위를 둘러보다가 솥뚜껑을 들어올릴 때 쓰는 쇠막대를 찾아냈다. 녀석은 그걸 들고는 아예 문짝에 달린 꺾쇠 가운데 하나를 뽑아냈다. 그러자 잠근 것이 〔통째로〕 땅에 떨어졌고, 우리는 문을 열고 그 안으로 들어가서 다시 문을 닫고, 성냥불을 켰다. 그런데 그 헛간은 그저 오두막 벽에 기댄 채로 지어진 것이어서, 양쪽 사이에 연결 부위 같은 것은 없었다. 심지어 헛간에는 나무 바닥도 없었고, 그 안에 있는 것이라야 오래되고 녹슬고 닳아버린 괭이며, 가래며, 곡괭이며, 고장난 쟁기 같은 것뿐이었다. 성냥불이 꺼지자, 우리도 밖으로 나와서 꺾쇠를 도로 꽂아놓았고 헛간문은 평소와 마찬가지로 단단히 잠긴 상태가 되었다. 톰은 신나 했다. 녀석이 말했다.

"이제는 다된 거야. '땅을 파서' 녀석을 꺼내면 돼. 아마 일주일은 걸리겠는데!"

그러고 나서 우리는 집으로 향했고, 나는 뒷문으로 들어갔다. 그러려면 사슴가죽으로 만든 걸쇠 끈을 잡아당기기만 하면 그만이었는데, 이 집 사람들은 문을 잠그지 않았기 때문이다. 하지만 톰 소여에게는 이것조차도 충분히 낭만적이지가 않았다. 무슨 일이 있어도 자기는 반드시 피뢰침을 타고 올라가야만 한다는 것이었다. 하지만 무려 세 번이나 매번 절반쯤 올라가다가 실수해서 떨어져버리고, 특히 마지막 번에 가서는 하마터면 머리가 터질 뻔한 일까지 겪고 나자, 녀석은 그제야 포기해야겠다고 생각한 모양이었다. 하지만 잠시 쉬고 나서 녀석은 마지막으로 한 번만 더 시도해봐야겠다고 생각했고, 이번에는 올라가는 데 성공하고 말았다.

다음 날 아침, 우리는 동이 트자마자 자리에서 일어나, 깜둥이 오두막들이 있는 곳으로 내려가서 개들을 쓰다듬어주고, 짐에게 음식을 갖다주는 깜둥이와 친분을 텄다. 물론 그 깜둥이한테 음식을 얻어먹는 녀석이 '진짜로' 짐이라고 치면 말이다. 깜둥이들은 이제 막 아침을 다 챙겨먹고 나서 밭으로 일하러 나가는 참이었다. 짐을 맡은 깜둥이는 양철 프라이팬에 빵과 고기와 이런저런 것들을 담고 있었다. 다른 녀석들이 떠나는 사이에, 집에서 열쇠도 가져왔다.

이 깜둥이는 성격이 좋았고, 바보 같은 얼굴 표정인 데다가, 녀석의 곱슬머리 곳곳에는 실로 묶어서 다발을 지어놓은 곳이 많았다. 그건 마녀를 쫓으려는 거였다. 녀석 말로는 마녀가 자기를 겁나게 괴롭히는데, 요즘 들어 밤마다 난리라서, 그러면 자기는 온갖 이상한 것들을 다 보고, 온갖 이상한 말이며 소리를 다 듣는 것이, 이전까지만 해도 자기 평생에 이렇게 오랫동안 마녀가 들린 적은 없다는 것이었다. 그 녀석은 어찌나 흥분했던지, 자기가 겪는 문제를 신이 나서 떠들어댔고, 그러다보니 자기가 지금 하려던 일에 관해서는 완전히 까먹어버리고 말았다. 그래서 톰이 말했다.

"근데 그 음식은 뭐에 쓰려는 거야? 어디 개라도 갖다주려구?"

깜둥이의 얼굴에 일종의 미소가 천천히 퍼져나갔다. 왜 무슨 진흙 웅덩이 속에 벽돌조각이 빠져들듯 천천히 말이다. 녀석은 이렇게 말했다.

"예, 시드 도련님. 개 '하나' 있어요. 아주 히아난[회한한] 개 있어요. 도련님들 같이 가서 그놈 구경 하실랍니까?"

"그러지."

나는 톰을 쿡 찌르고는 이렇게 말했다.

"지금 가겠다구? 이렇게 벌건 대낮에 당장 말이야? '그거'는 계획하고 다르잖아."

"맞아, 계획하곤 다르지. 하지만 '이제'는 그것도 계획이 된 거야."

망할 녀석 같으니. 그래서 우리도 따라가긴 했지만, 나는 그게 별로 맘에 안 들었다. 오두막 안으로 들어갔지만, 거의 아무것도 볼 수가 없었다. 너무 어두웠기 때문이다. 하지만 짐이 거기 있는 것은 분명했고, 녀석은 우리를 볼 수 있었던 모양이다. 녀석이 소리쳤다.

"이런, '헉'! 어이구나 '세상에'! 저건 톰 도련 아녀?"

나는 어떻게 될지를 이미 알고 있었다. 충분히 예상한 일이었기 때문이다. '나'는 어떻게 해야 할지 몰랐다. 아니, 알았다 한들 그렇게 할 수도 없었을 거다. 그 깜둥이가 불쑥 끼어들어 말했기 때문이다.

"이런, 세상에 별놈의 일 다 보겠네! 그럼 저놈이 도련님네들을 안다는 거예요?"

이제 우리도 눈이 익어서 어둠 속을 잘 볼 수 있었다. 톰 녀석은 그 깜둥이를 빤히, 뭔가 어리둥절해하는 듯 쳐다보면서 말했다.

"우리를 '누가' 안다구?"

"왜요, 여기 이 도망친 깜둥이요."

"내 생각엔 그럴 것 같지 않은데. 그나저나 네 머릿속엔 왜 갑자기 그런 생각이 난 거야?"

"그런 생각이 '난' 거냐구요? 방금 전에 저 녀석이 꼭 도련님들을 아는 것처럼 소리 지르지 않았나요?"

톰은 뭔가 어리둥절해하는 말투로 말했다.

"어, 그것 참 희한하네. 도대체 '누가' 소리를 질렀다고 그래? 저놈이 '언제' 소리를 질렀다는 거야? 저놈이 '뭐라고' 소리를 질렀는데?" 그러면서 녀석은 나를 바라보더니, 아주 차분한 투로, 이렇게 말했다. "혹시 '형'도 누가 소리 지르는 거 들었어?"

물론 내가 대답할 말이야 단 하나뿐이었다. 그래서 나는 말했다.

"아니. '나'는 누가 뭐라는 소리는 전혀 못 들었는데."

그러고 나서 톰은 짐을 바라보았다. 마치 이전에는 이런 녀석을 한 번도 본 적이 없다는 듯이. 그러고는 말했다.

"네가 뭐라고 소리를 질렀냐?"

"아뇨, 도련님." 짐이 말했다. "'저'는 말 안 했어요, 도련님."

"한 마디도?"

"예, 도련님. 저 말 한 마디도 안 했어요."

"그럼 너 우리를 전에 한 번이라도 본 적 있어?"

"아뇨, 도련님. '저'가 아는 한은 전혀 없어요."

그러자 톰은 이제 당황하고도 고민스러워하는 아까 그 깜둥이를 바라보며, 어딘가 매서운 투로 이렇게 말했다.

"그럼 넌 도대체 어떻게 된 거야, 응? 도대체 뭣 때문에 누가 소리를 질렀다고 생각하게 된 거냐구?"

"아이구, 이거야말로 그 망할 놈의 마녀 짓이 분명해요, 도련님. 아이구, 내가 확 죽어버리고 말지, 진짜루요. 이놈들이 항상 이런 짓을 한다니까요, 도련님. 이놈들 때문에 제가 똑 죽을 것 같아요. 이놈들이 저를 이렇게 놀라게 하는 거예요. 부탁입니다, 제발 아무한테도 얘기하지 마세요, 도련님. 사일러스 주인님 아시면 저 야단맞아요. 왜 그러냐면 주인님은 그놈들이 '전혀' 마녀가 아니라고 하시거든요. 아이고, 주인님이 지금 이 자리에 계셔서 이걸 직접 들어보셨어야 하는데. '그러면' 주인님이 과연 뭐라고 하셨을라나! 아마 '이번'만큼은 어르신도 어떻게 달리 말씀하실 방법이 없었을 거예요. 하여간 항상 이런 식이라니까요. 한 번 '주정뱅이'로 찍히면 계속 주정뱅이로 남게 된다니까요. 사람들이 뭐든지 직접은 알아보려고 하질 않아요. 알아보려고 하질 않는다니까요. 그래서 기껏 '당사자'가 알아내서 말해주면, 아무도 믿어주지도 않고 말이에요."

톰은 녀석에게 10센트짜리 동전을 하나 주면서, 절대 아무한테도 얘기 안 하겠다고 약속했다. 그러면서 이 돈으로 실이나 좀 더 사서 곱슬머리에 다발을 좀 더 묶어두라고 했다. 그러고는 짐을 바라보면서 이렇게 말했다.

"난 사일러스 이모부가 이 깜둥이를 목매달아버릴지 어쩔지 궁금한걸. 이렇게 도망을 칠 정도로 배은망덕한 깜둥이를 잡았으니, '나 같으면 녀석을 용서하지 않고, 차라리 목매달아버리겠어.'" 그러고는 아까 그 깜둥이가 문간 쪽으로 가서 동전을 잘 살펴보고, 진짜인지 아넌지 이로 깨물어보는 걸 보자, 톰은 짐에게 귓속말로 이렇게 전했다.

"절대로 우리를 아는 척하면 안 돼. 그리고 밤에 혹시 땅을 파는 소리가 들리면, 우리가 그러는 거라구. 우리가 널 자유롭게 풀어줄 거니까."

시간 여유상 짐은 그저 우리 손을 꼭 쥐어주었을 뿐이었다. 곧이어 그 깜둥이가 다시 가까이 왔기에, 우리는 녀석에게 혹시 괜찮으면 나중에라도 여기 다시 와보겠다고 말했다. 녀석은 좋다면서, 특히 어두울 때라면 더 좋겠다고 했다. 그 마녀들은 특히 어두울 때 자기한테 제일 많이 꼬여들기 때문에, 그럴 때는 주위에 다른 사람들이 있는 게 좋다는 것이었다.

제35장

　　그래도 아침 먹을 때까지는 한 시간쯤 더 있어야
했기 때문에, 우리는 거기서 떠나 숲 속으로 들어갔다. 톰의 말로는
우리가 땅을 어떻게 파야 하는지 보려면 불빛이 '약간' 필요한데, 랜
턴은 너무 밝을 것이고, 그러다 보면 말썽이 날 수도 있다는 것이었
다. 그래서 우리에게는 이른바 여우불이라고 부르는 썩은 나무가 좀
많이 필요한데, 그래야만 어두운 곳에 들어갔을 때도 은은한 정도의
불빛을 만들어내기 때문이라는 거였다. 우리는 그걸 한 아름 가져다
가 잡초더미 속에 숨겨놓고, 잠시 쉬려고 자리에 앉았다. 그런데 톰은
뭔가 만족스럽지 못한 듯 말했다.

　"젠장, 이놈의 것은 정말이지 너무 쉬워빠지고도 어설퍼빠졌단 말
이야. 그러다 보니 뭔가 어려운 계획을 만드는 게 오히려 더럽게 어려
울 정도로 말이야. 아편을 먹여 잠재워야 하는 감시인도 없고. 내 말
은 지금 저기에 감시인이 있어야 '마땅하다는' 거야. 심지어 수면제

탄 먹이를 먹일 개 한 마리 없잖아. 짐은 한쪽 다리에만 쇠사슬을 차고 있다구. 그것도 10피트짜리에, 녀석이 자는 침대 다리에 말이야. 나 원, 침대 틀을 번쩍 들어올려서 쇠사슬을 슬쩍 빼내기만 하면 땡이라구. 사일러스 이모부는 누굴 결코 의심하는 법이 없지. 저런 멍청한 깜둥이한테도 열쇠를 아무렇게나 줘 보내고, 그 깜둥이가 뭘 하는지 감시할 누군가를 딸려 보내지도 않는단 말이야. 짐 녀석만 해도 진즉에 저 창문구멍으로 나오고도 남았을 거라구. 제 녀석 다리에 10피트짜리 쇠사슬을 차고 내빼봤자 아무 소용이 없지만 않았더라도 말이야. 야, 젠장, 헉, 이거야말로 내가 지금껏 본 중에서도 제일 멍청한 시설이라구. 그러니 그 '모든' 어려움을 원래대로 만들어놓아야 해. 하여간 어쩔 수 없지. 지금 우리가 가진 물건을 가지고 최선을 다하는 수밖에는. 어쨌거나 한 가지는 확실해. 상당히 많은 어려움과 위험을 뚫고 그 녀석을 밖으로 빼내기만 하면 훨씬 더 큰 영예가 따를 거라구. 미리 설비를 갖춰놓는 것을 의무로 삼는 사람들이 갖춰놓은 설비라고는 하나도 없는 곳에서, 그 모두를 우리 머리로 고안해내야만 할 테니까 말이야. 가령 저 랜턴에 대한 것만 보자구. 냉엄한 사실을 고려해보고 나면, 우리는 랜턴을 쓰는 게 위험하다는 사실을 단순히 '인정하면' 되는 거야. 우리가 원한다면 그냥 횃불을 가지고 할 수도 있는 거지, '내' 생각엔. 그나저나 내가 생각해봤는데, 이제는 톱을 만들 수 있는 뭔가를 찾아봐야 할 것 같아. 이거야말로 우리가 잡은 진짜 처음 기회지."

"톱은 뭐에다 쓰려고 찾는 건데?"

"그걸 뭐에다 쓰려고 '찾는' 거냐구? 그럼 짐의 침대 다리를 톱으로 썰어버리지 않아도 된단 말이야? 그래야만 쇠사슬을 빼낼 수 있는데도?"

"왜, 방금 전에 네가 그랬잖아. 누구라도 침대 틀을 들어올리기만 하면 쇠사슬을 빼낼 수 있을 거라며."

"글쎄, 누가 너 아니랄까봐 그러냐, 헉 핀. 너 같은 녀석이라면 무슨 일을 하더라도 꼭 그렇게 초등학생 같은 식으로 '할 수' 있겠지. 왜, 넌 지금껏 한 번도 그런 책을 안 읽어봤단 말이야? 트렝크 남작이니, 카사노바니, 벤베누토 체리이니[첼리니]니, 앙리 4세니, 그런 모든 영웅들에 대해서 말이야? 세상에 그런 고리타분한 방식으로 죄수를 풀어주는 사람 이야기는 들어본 적도 없는데? 그게 아니야. 최고의 권위자들 모두가 쓰는 방법은, 침대 다리를 톱으로 썰어 두 동강을 내고, 계속 그 상태로 남겨두고, 톱밥은 삼켜버리는 거지. 그래야 들통이 안 나니까. 그러고 나서 흙하고 기름을 갖다가 톱으로 썬 자리 주위에 발라서, 가장 눈이 좋은 지브사[집사]조차도 그게 톱으로 썰려 있다는 흔적을 못 알아보고, 그 침대 다리가 완전히 정상이라고 생각하게 만드는 거지. 그러다가 예정한 날 밤이 되면, 침대 다리를 팍 걷어차서 부러트리는 거야. 그렇게 해서 쇠사슬을 빼내면 자유의 몸이 되는 거지. 그다음에는 총한[총안]에다가 줄사다리를 걸고, 그걸 밟고 내려가서, 해자에서 다리를 부러트리기만 하면 되는 거라구. 줄사다리는 19피트씩이나 짧기 때문이지. 안 그래? 그러면 거기에는 우리가 탈 말들과 우리의 충실한 부아[부하]들이 기다리고 있다가,

우리를 번쩍 들어서 안장 위에다가 가로로 얹어놓고 달려가는 거야. 우리의 고향인 랑구독[랑그독]이나, 나바르나, 그 어디로라도 말이야. 그야말로 화려하다구, 헉. 솔직히 이 오두막 주위에도 해자가 있었으면 좋았을 텐데. 혹시 시간이 나면, 탈출 예정일 밤에, 우리가 아예 하나를 파자구."

내가 말했다.

"근데 우리한테 해자가 뭣 때문에 필요한데? 우리야 어차피 그 녀석을 오두막 밑으로 기어나오게 할 건데 말이야."

하지만 녀석은 내 말을 듣고 있지 않았다. 나에 대해서고 다른 나머지에 대해서도 완전히 까먹고 있었다. 턱을 손 안에 파묻고는, 생각했다. 곧이어 녀석은 한숨을 푹 쉬며, 고개를 절레절레 흔들었다. 그러더니 다시 한숨을 푹 쉬고 이렇게 말했다.

"아니, 그건 안 되겠어. 그럴 만한 충분한 필요성까지는 없으니까."

"뭐가 안 된다는 거야?" 내가 말했다.

"왜, 짐의 다리를 톱으로 써는 것 말이야." 녀석이 말했다.

"아이구, 세상에!" 내가 말했다. "왜, 굳이 그래야 할 필요성은 '절대로' 없는 거잖아. 도대체 그 녀석 다리를 톱으로 썰고 싶어 하는 이유가 뭔데, 그나저나?"

"그게, 최고의 권위자들 가운데 어떤 사람은 그렇게 했기 때문이지. 그 사람들은 쇠사슬을 빼낼 수가 없었거든. 그래서 자기 손을 잘라낸 다음에 내빼버린 거야. 그래도 손보다는 다리가 더 낫지. 하지만 우리는 이것도 그냥 내버려둬야겠어. 이번 경우에는 그럴 필요성이 충분하지 않으니까. 뿐만 아니라, 짐은 깜둥이다보니까 굳이 그래야 할 이유를 차마 이해하지 못할 거야. 그게 유럽에서는 일종의 관습처럼 되어 있다는 것도 말이지. 그러니 우리도 그건 그냥 내버려두자구. 하지만 한 가지는 해야 해. 최소한 줄사다리까지는 녀석도 갖고 있어야 한다구. 우리가 침대 시트를 찢어가지고 줄사다리를 만들어주는 건 식은 죽 먹기일 거야. 그런 다음에 파이 속에다가 그걸 넣어가지고 녀석한테 전해주는 거지. 대개는 그런 식으로 하는 거거든. 나야 그보다 더 심한 파이도 먹어봤으니까."

"야, 톰 소여, 무슨 소리야." 내가 말했다. "짐한테는 줄사다리 따위는 쓸모가 없잖아."

"그 녀석한테도 쓸모가 '있을' 거라구. '너'야말로 무슨 소리야, 넌 이거에 대해서는 아무것도 모르면서. 그 녀석은 줄사다리를 '반드시' 갖게 될 거야. 원래 다 그런 거니까."

"도대체 그 녀석이 그걸 갖고 뭘 '할' 수 있는데?"

"뭘 '할' 수 있느냐구? 일단 자기 침대 속에 숨겨두면 되지, 그것도 못한다는 거야? 그거야말로 원래 다들 하는 거라구. 그러니 '녀석'도 반드시 해야 하구. 헉, 넌 뭐든지 정식대로 되어 있는 거는 전혀 하고 싶어 하지 않는 녀석이지. 항상 뭔가 새로운 걸 시작하고 싶어 한다구. 정말 그 녀석이 그걸 갖고 할 수 있는 게 '하나도' 없다고 생각하는 거야? 그게 그 녀석 침대에 있어서, 단서가 될 수 있는데도? 그 녀석이 도망친 다음에 말이야. 너는 사람들이 뭔가 단서를 원치 않을 거라고 생각하냐? 당연히 단서를 원할 거라구. 그런데도 단서를 전혀 안 남겨놓겠다는 거야? 그거야말로 '멋진' 작별인사가 될 거라구, '안' 그래? 나도 그런 경우는 살다 살다 처음 들어보니까."

"글쎄." 내가 말했다. "그게 뭐 정식대로인 거라면, 녀석이 반드시 갖고 있어야 하는 거라면, 그건 좋아. 녀석보고 갖고 있게 하지, 뭐. 물론 나야 정식대로는 전혀 되돌아가고 싶은 마음이 없지만. 하지만 이거 한 가진 짚고 넘어가야겠어. 톰 소여. 만약 우리가 침대 시트를 찢어가지고 짐한테 줄사다리를 만들어준다고 치면, 우리는 샐리 이모한테 혼나게 될 거야. 그거야 네가 이 세상에 태어난 것만큼이나 확실한 이야기지. 그러니 내 생각에는 가령 히크리(히코리) 나무껍질로 사다리를 만들면 공짜나 마찬가지고, 덕분에 뭘 버려놓지 않아도 되는 거라구. 그리고 그거야말로 파이 속에 넣거나, 밀짚 돗자리 속에 숨기기도 딱이구. 네가 만들려는 천 사다리 못지않게 말이야. 그리고 짐 녀석으로 말하자면, 그 녀석이야 이런 경험이 전혀 없었으니까, '녀석'은 이게 도대체 뭔지 전혀 상관도……."

"아, 젠장, 헉 핀. 내가 너 같은 무식쟁이였으면, 차라리 입 다물고 가만히 있겠다. '나 같으면' 진짜 그랬겠어. 넌 국사범이 히코리 나무껍질 사다리를 타고 탈출했다는 얘기를 들어본 적이라도 있냐? 그거야말로 진짜 웃기는 소리다."

"그래, 알았어, 톰. 그럼 그건 너 하고 싶은 대로 해. 하지만 한 가지는 내가 하자는 대로 해줘. 뭐냐면 내가 빨랫줄에 널려 있는 시트를 하나 슬쩍 빌려오겠다 이거지."

녀석은 그렇게 하자고 했다. 그러는 와중에 녀석은 또 다른 생각을 해낸 듯, 이렇게 말했다.

"이왕 하는 김에 셔츠도 하나 빌려와봐."

"셔츠는 뭣 때문에 필요한 건데, 톰?"

"짐한테 거기다가 일기를 쓰라고 하려구."

"일기 같은 소리 하네. '짐' 녀석은 글도 못 쓰잖아."

"글을 '못' 쓴다고 치더라도 셔츠에다가 무슨 표시 정도는 할 수 있을 거 아냐. 안 그래? 녀석한테 못 쓰는 백랍 숟가락이나, 아니면 못 쓰는 통 테를 갖고 펜을 만들게 하면 말이야."

"왜, 톰. 차라리 우리가 거위 털을 하나 뽑아서 그 녀석한테 더 좋은 펜을 하나 만들어줄 수도 있지 않을까. 그게 더 빠르기도 할 건데."

"무릇 '죄수들'이 있는 내성(內城) 지아가목(지하감옥)에는 펜을 만들 깃털을 잡아 뽑을 만한 거위 떼가 주위에 돌아다니지는 않는다구, 이 바보야. 죄수들은 '늘' 자기 손에 닿는 물건 중에서도 제일 단단하고, 제일 딱딱하고, 제일 다루기 힘든 걸 가지고, 그러니까 못 쓰는 놋쇠 촛대라든지 뭐 그런 것을 가지고 펜을 만든단 말이야. 그러려면 잘라내는 데에도 몇 주에 몇 주가 걸리게 마련이고, 그걸 또 갈아내는 데에도 몇 달에 몇 달이 걸리게 마련이지. 그걸 벽에다 대고 문질러서 만들어야 하니까. '죄수들'은 거위 깃털을 갖고 있다 해도 그걸 쓰지는 않는 법이라구. 그런 건 정식대로가 아니니까."

"그래, 그러면 그 녀석한테는 우리가 뭘로 잉크를 만들어줘야 하는
데?"

"상당수의 죄수들은 쇠녹하고 눈물을 갖고 만들지. 하지만 그건 평
범한 사람들하고 여자들이나 쓰는 방법이야. 최고의 권위자들은 자기
피를 갖고 만들지. 짐도 그렇게 하면 돼. 그리고 자기가 어디 감금되
어 있는지를 세상에 알리기 위해 흔히 보는 짧고 평범한 암호 메시지
를 보내고 싶으면, 그걸 양철 접시 바닥에 포크로 써가지고 창밖으로
휙 던지면 되는 거야. 철가면이 항상 그렇게 했지. 그리고 그거야말로
아주 좋은 방법이구."

"짐한테는 양철 접시가 없는데. 그냥 프라이팬에다가 먹을 걸 갖다
주잖아."

"그야 문제없어. 우리가 몇 개 갖다주면 되지."

"근데 녀석의 접시를 '읽을' 사람도 전혀 없잖아."

"그거야 '전혀' 상관이 없는 거라구, 헉 핀. '녀석'은 그저 접시에다
가 써서 밖으로 던지기만 하면 그만이라구. 너 같은 경우에도 그걸 읽
을 수 있는 능력이 '전혀' 없어도 그만이야. 열에 다섯 번쯤은 죄수가
양철 접시라든지, 다른 어디에다가라도 써놓은 걸 다른 사람은 못 읽
게 마련이니까."

"아니, 그러면 도대체 접시를 그렇게 낭비해야 할 이유가 뭔데?"

"왜, 젠장. 어차피 그 접시야 '죄수의 것'도 아닌데 뭐 어때."

"하지만 다른 '누군가의 것'이긴 할 거잖아, 안 그래?"

Adventures of Huckleberry Finn

"글쎄, 정말 그래야 할까? 아니, '죄수' 입장에서 그게 누구 건지를 굳이 걱정 할⋯⋯."

녀석은 거기서 말을 딱 멈추었다. 아침 식사 나팔 부는 소리가 들렸기 때문이다. 그래서 우리는 집으로 향했다.

그날 아침 동안에 나는 우선 빨랫줄에 널어놓은 시트 하나랑 흰 셔츠 하나를 슬쩍 빌렸다. 그리고 낡은 자루도 찾아서 그 안에 시트랑 셔츠를 넣어두었고, 우리는 숲으로 내려가서 여우불을 모아다가 그것도 자루 안에 넣어두었다. 나는 그걸 굳이 빌렸다고 말했는데, 우리 아빠가 늘 그렇게 말했기 때문이었다. 하지만 톰은 그런 건 빌리는 게 아니라 훔치는 거라고 했다. 녀석은 우리가 죄수를 대신하는 거라고 했다. 죄수란 어떤 물건을 어떻게 얻어서 결국 자기 손에 들어오게 되었는지에 대해서는 전혀 관심이 없기 때문에, 어느 누구도 그 일에 대해 그들을 비난하지도 않는다고 말했다. 죄수가 빠져나오기 위해 필요한 물건들을 훔치는 건 전혀 범죄가 아니라고, 톰이 말했다. 그건 죄수의 권리라는 거였다. 따라서 우리가 어떤 죄수를 대리하고 있는 한, 우리 스스로를 이 감옥에서 벗어나게 해주는 데 있어서, 제아무리 조금이라도 필요한 물건이 있으면, 우리가 이 장소에서 뭐라도 훔치는 것은 완벽하게 옳은 일이라고 했다. 따라서 우리는 손에 닿는 것은 무엇이든지 훔치기로 했다. 그럼에도 불구하고 어느 날인가는 녀석이 그만 큰 소동을 일으키기도 했으니, 뭐냐면 내가 깜둥이 텃밭에서 수박을 하나 훔쳐서 먹어치웠기 때문이었다. 녀석은 나더러 깜둥이들한테 찾아가서 10센트짜리 동전을 하나 주면서, 무엇 때문에 주는지는 얘기하지 말라고 시켰다. 톰은 자기가 한 말은 뭐든지 간에 우리가 꼭 '필요한' 것을 훔치라는 뜻이었다고 했다. 아, 나는 그 수박이 꼭 필요한 상황이었다고 말했다. 하지만 녀석은 내가 감옥에서 빠져나가는 데에는 그까짓 것이 필요 없지 않느냐고, 그게 바로 차이인 거라고 말하는 거였다. 내가 만약에 그 안에다가 칼을 하나 숨기려고, 그래서 짐한테 그걸 몰래 들여보내서 집사를 죽이게 하려는 거였으면, 그거는 물론 아주 괜찮은 거라고 녀석은 말했다. 그래서 나는 알았다고 했지만, 속으로는 그렇다면 내가 죄수를 대리하는 거가 도대체 무슨 이득이 있다는 건지 도무지 알 길이 없었다. 내가 수박 하나를 먹어치울 때마다, 우선 죽치고 앉아서 그런 금박 같은 차이(번지르르하고 미세한 차이—옮긴이)들을 수도 없이 되새겨보아야 한다면 말이다.

하여간 내가 말한 것처럼, 우리는 그날 아침에 모두들 각자의 일을 할 때까지 기다렸고, 곧이어 마당에는 아무도 없게 되었다. 그러자 톰 녀석은 자루를 헛간으로 가져왔고, 나는 그 옆에 서서 내내 망을 보았다. 결국 녀석이 헛간에서 나왔고, 우리는 걸어가서 장작더미에 앉아서 이야기를 시작했다. 녀석이 말했다.

"전부 다 잘됐어. 연장만 빼고. 그래도 금방 준비될 거야."

"연장?"

"그래."

"뭐하는 연장?"

"뭐긴, 땅 파는 거지. 설마 우리가 '이로 갉아서' 녀석을 빼내자는 건 아니겠지, 응?"

"그럼 그 안에 있는 오래되고 못 쓰는 곡괭이랑 뭐랑 하는 것들만 갖고는 깜둥이가 나올 만한 구멍을 파기에 충분하지가 않다는 거야?"

녀석은 누가 보면 똑 울음을 터트릴 것 같은 슬픈 표정을 지으며 날 바라보았고, 이렇게 말했다.

"헉 핀, 너는 과연 '단 한 번이라도' 들어본 일이 있냐? 가령 죄수가 무슨 곡괭이랑 삽이랑을 갖고 있다거나, 또는 자기 옷장 안에 다른 무슨 현대식 편의기구를 갖고 있었던 덕분에 땅을 파고 나올 수 있었다는 이야기를? 어디 한번 물어나 보자. 물론 네 녀석 안에 과연 어떤 생각이란 거가 있으면 말이지. 도대체 그 죄수를 영웅으로 만들 수 '있는' 공연이란 과연 어떤 거겠어? 왜, 차라리 죄수들한테 열쇠를 빌려주기라도 하지. 그거면 땡일 텐데. 곡괭이랑 삽이라. 왜, 차라리 그 죄수를 왕으로 삼자고 하지."

"알았어, 그럼." 내가 말했다. "우리가 그 곡괭이랑 삽을 써서는 안 된다고 하면, 그럼 도대체 뭘 써야 하는 건데?"

"바로 식탁용 칼이지."

"아니, 오두막 밑에 있는 토대를 파내는 데 그걸 쓴다구?"

"그래."

"아, 젠장, 그런 바보짓이 어디 있어, 톰!"

"그게 아무리 바보짓처럼 보인다고 해도 상관은 없어. 그게 바로 '올바른' 방법이니까. 그리고 정식대로인 방법이기도 하구. 그거 말고 '다른' 길은 전혀 없어. 적어도 '내'가 아는 한에는 말이야. 나야말로 그런 내용들을 담고 있는 책들은 모조리 찾아 읽었으니까. 죄수들은 항상 식탁용 칼을 가지고 땅을 파는 거야. 그리고 미안하지만 땅을 파는 것도 아니라구. 대개는 단단한 바위를 뚫는 거지. 그렇기 때문에 무려 몇 주에 몇 주에 몇 주나 걸리는 거고, 어쩌면 영원히 또 영원히 걸릴 수도 있는 거라구. 왜, 마르세유 항구의 깊은〔디프〕성 맨 밑바닥 지하실에 갇힌 그 죄수들 가운데 하나를 봐. 그 사람도 바로 그런 식으로 파고 나왔으니까. 네가 생각하기엔 '그 사람'이 과연 얼마나 걸렸을 것 같냐?"

"나야 모르지."

"어디 한번 찍어봐."

"나야 모른다니까. 아마 한 달하고도 반 정도?"

"아니, '서른하고도 일곱 해'였어. 나중에 나와보니까 글쎄 거기는 중국이더라지 뭐야. 바로 '그런' 거라구. 난 솔직히 '이' 요새의 바닥이 단단한 바위였으면 좋겠어."

"근데 '짐' 녀석은 중국에 아는 사람도 하나 없을 텐데."

"아니, '그게' 도대체 무슨 상관이야? 물론 내가 말한 그 사람도 중국에 아는 사람은 하나 없다니까. 넌 꼭 이렇게 얘기를 옆길로 새어버리게 만들더라. 왜 이야기의 핵심을 파악하지 못하는 거야?"

"알았어. 그럼 그 녀석이 어디로 파고 나오는지 '나'는 상관없다고 치자구. 어쨌거나 '나오는' 거라면 말이야. 그런데 한 가지 문제가 또 있어. 짐 녀석은 너무 늙었단 말이야. 그러니 식탁용 칼 하나로는 뭘 제대로 팔 수가 없을 거야. 계속 그 짓을 하진 못할 거라구."

"그래, '계속' 그 짓을 하진 못하겠지. 설마 '흙'으로만 된 토대를 파고 들어가는 데 무려 서른하고도 일곱 해가 걸릴 거라고 생각하는 건 아니겠지, 안 그래?"

"그럼 얼마나 걸릴까, 톰?"

"글쎄, 내가 보기에는 마땅히 그래야 하는 정도로까지 길게 어물쩍거리는 위험을 감수할 수는 없을 거야. 머지않아 사일러스 이모부는 저 아래 뉴올리언스에서 소식을 전해 듣게 될 테니까. 이 양반은 짐이 거기에서 도망친 게 아니란 걸 알게 되겠지. 그렇게 되면 이 양반은 짐에 대해 광고를 하거나, 아니면 뭔가 그와 비슷한 걸 하겠지. 그러니 우리는 마땅히 그래야 하는 정도로까지 길게 땅을 파는 위험을 감수할 수는 없다구. 내 생각이야 당연히 우리가 2년쯤은 그래야 한다고 보는 거야. 하지만 그럴 수는 없지. 상황이 너무 불확실하니까. 그래서 내가 추천하는 건 이런 거야. 즉 우리는 진짜 곧바로 파기 시작해서, 최대한 빨리 파야 한다는 거지. 그런 다음에, 우리 스스로는, 우리가 서른일곱 해 동안이나 그 짓을 하고 있었다고 '치자' 이거지. 그런 다음에 그 녀석을 꺼내가지고선, 경보가 처음으로 울리기 전에 녀석을 데리고 달리는 거야. 그래, 내 생각에는 그게 최선일 거야."

"이제야 그 계획이 좀 '일리'가 있네." 내가 말했다. "그렇다 '치는' 일이야말로 땡전 한푼 안 드는 거니까. 그렇다 치는 거야말로 아무 문제도 없을 거고. 특별히 반대할 이유가 없으면, 난 차라리 우리가 150년 동안이나 그 짓을 하고 있었다고 해도 괜찮을 것 같아. 이건 나도 아무렇지도 않게 느껴지는걸. 이 일에 손을 들이밀고 나서부터 처음으로 말이야. 그럼 나는 지금부터 슬슬 돌아다니면서, 식탁용 칼을 두 자루쯤 쌔벼볼게."

"이왕 쌔비는 것, 세 자루로 해." 녀석이 말했다. "하나는 톱으로 만드는 데 써야 하니까."

"톰, 그나저나 이런 말 내논는[내놓는] 게 혹시 정식대로이지도 않고 경건하지도 않은 건가는 몰라도 말이야." 내가 말했다. "훈제실 뒤의 미늘판자 밑에 보니까 오래되어서 녹슨 톱날이 하나 박혀 있던데."

녀석은 뭔가 딱하고도 낙심천만하다는 표정으로 날 바라보더니, 이렇게 말했다.

"너한테 뭘 가르치려고 해봤자 도통 소용이 없구나, 헉. 얼른 가서 칼이나 쌔벼 와. 전부 해서 세 개만." 그래서 나는 시키는 대로 했다.

제36장

그날 밤, 모두들 잠들었다고 생각되자, 우리는 피뢰침을 타고 내려가서, 달개지붕 헛간 안으로 들어가 문을 닫고, 우리의 여우불 더미를 꺼내서, 작업에 돌입했다. 우리는 바닥 통나무의 한 가운데를 따라 4 내지 5피트가량을 아무것도 없이 깨끗이 치워두었다. 톰은 자기가 짐의 침대 바로 뒤에 있다고 말했고, 우리는 그 아래를 팔 것이며, 이리로 뚫고 들어가면, 오두막 안에 있는 사람은 거기에 무슨 구멍이 있다는 걸 전혀 알 수 없을 것이, 짐의 겉덥개〔겉덮개〕가 바닥에 거의 닿다시피 놓여 있어서, 그걸 들어올리고 아래를 들여다보아야만 비로소 구멍이 보일 것이기 때문이라고 했다. 그래서 우리는 식탁용 칼을 가지고 땅을 파고 또 파서, 거의 자정까지 그 짓을 했다. 그러고 나서 우리는 완전히 녹초가 되었고, 그 직후에 잠시 동안 톰 녀석은 뭔가 또 생각을 하고 있었다. 그러더니 녀석이 말했다.

"이래 봐야 소용이 없겠어, 헉, 이래 봤자 제대로 될 리가 없다구.

오히려 우리가 죄수였다면 소용이 있었을 것이, 그랬다면 우리는 원하는 대로 몇 년이나 시간이 있었을 테고, 이렇게 서두를 필요는 없었을 거니까 말이야. 그랬다면 우리도 간수가 교대하는 틈을 타서, 매일같이 몇 분씩만 땅을 파도 그만이었을 거고, 그러면 이렇게 손에 물집이 잡힐 일은 없었을 거고, 그렇게 계속해나가면, 한 해가 오고 또 가도록, 그렇게 제대로만 하면, 그런 식으로도 당연히 되었을 거야. 하지만 '지금'은 노닥거릴 시간이 없으니, 우리도 서둘러야만 해. 허비할 시간이 없다구. 이런 식으로 하룻밤만 더 일을 했다간, 손이 다 나을 때까지 일주일은 꼼짝 못하고 늘어져 있을 거니까. 그전까지는 식탁용 칼을 차마 손에 쥘 수도 없을 거야."

"그럼 이제 우리 어떻게 해야 하는 거지, 톰?"

"내가 알려줄게. 옳지는 않은 거고, 도덕적이지도 않은 거라서, 나로선 이걸 굳이 말하고 싶지는 않지만 말이야. 여기엔 이제 단 한 가지 방법밖에는 없겠어. 곡괭이로 땅을 파서 녀석을 꺼내고, 대신 그걸 식탁용 칼로 '했다' 치는 거야."

"너 '지금' '말하는' 것 좀 봐라!" 내가 말했다. "니 머리는 시간이 가면 갈수록 평범해지고 또 평범해지는구나, 톰 소여." 내가 말했다. "곡괭이야말로 정답이라구. 도덕적이든 안 도덕적이든 간에 말이야. 그리고 내 입장에서는, 여기에 도덕성 따위가 있건 없건 상관이 없어, 전혀. 내가 깜둥이라든지, 수박이라든지, 하다못해 주일학교 책이라도 하나 훔치려고 시작했으면, 나는 그걸 어떻게 해야만 제대로 한 건지에 대해서 특별한 방법 따위는 없다구. 내가 원하는 건 내 깜둥이를 꺼내는 거니까. 아니면 내가 원하는 건 내 수박이니까. 아니면 내가 원하는 건 내 주일학교 책이니까. 그러니 곡괭이가 가장 편리한 거면, 그거야말로 내가 저 깜둥이를, 또는 저 수박을, 또는 저 주일학교 책을 파내기 위해 쓸 물건이란 말이야. 그리고 그놈의 권위자란 놈들이 이거에 대해 뭐라고 했는지는 죽은 쥐만큼도 생각 안 한다 이 말이야."

"그래." 녀석이 말했다. "지금과 같은 상황에서 곡괭이를 써먹고 그런 척하는 거에 대해서는 이유가 있는 셈이지. 만약 그렇지 않았다면 나는 그걸 승인하지도 않았을 거고, 가만히 비켜서서 그 법칙이 깨지는 걸 보고만 있지도 않았을 거야. 옳은 거야 옳은 거고, 틀린 거야 틀린 거니까. 그리고 어떤 사람이 무지하지 않고 뭔가 더 잘 알고 있는 상황에서 어떤 일을 잘못한다는 거야 말도 안 되니까. '너'한테야 그랬다고 치는 것도 '없는' 상태에서, 곡괭이를 가지고 짐을 파낸다는 데 충분한 대답이 될 수도 있을 거야. 너는 전혀 더 잘 알지는 못하니까. 하지만 나한테는 그렇지 않은 게, 나는 너보다야 더 잘 아니까. 식탁용 칼이나 이리 줘봐."

녀석은 자기 칼을 바로 옆에 두고 있었지만, 나는 내 칼을 건네주었다. 녀석은 그걸 바닥에 내던지더니, 이렇게 말했다.

"그 '식탁용 칼'이나 달라니까."

나는 도대체 뭘 어떻게 해야 할지 몰랐다. 하지만 곧이어 나는 무슨 뜻인지 생각해냈다. 낡은 연장들 사이를 더듬어보고 나서, 곡괭이를 하나 찾아서 그걸 녀석에게 건네주었다. 그러자 녀석은 그걸 받아 들고 일을 시작했지만, 결코 한마디도 하지 않았다.

녀석은 항상 그렇게 유별났다. 원칙으로 가득차 있었다.

그러고 나서 나는 삽을 집어 들었고, 우리는 곡괭이로 파고 삽으로 퍼냈고, 뒤로 돌아서 흙을 던져버렸다. 반 시간가량 그 일에 매달렸는데, 우리가 버틸 수 있는 시간은 그게 최대한이었다. 하지만 우리는 이미 어디 내놔도 아쉽지 않은 구멍 하나를 제법 파 들어간 다음이었다. 일을 끝내고 집 안으로 들어와 내가 계단으로 올라와서 방 창밖으로 내다보니, 톰 녀석이 피뢰침을 타고 기어오르려고 용을 쓰고 있는 모습이 보였다. 하지만 녀석은 제대로 오를 수 없었으니, 손이 너무 아팠기 때문이었다. 마침내 녀석이 말했다.

"이래 봤자 아무 소용이 없겠어. 안 되겠어. 너 생각에는 내가 어떻게 하면 좋을 것 같냐? 네가 생각하기에는 무슨 방법이 없겠냐?"

"있어." 내가 말했다. "하지만 내가 생각하기에는 정식대로가 아닌 것 같아서 말이야. 뭐냐면 계단으로 올라오는 거지. 그러고 나서 그게 피뢰침이라고 '치면' 되는 거니까."

그러자 녀석은 그렇게 했다.

다음 날 톰은 백랍 숟가락 하나와 놋쇠 촛대 하나를 집에서 훔쳤으니, 그걸 가지고 짐한테 펜을 만들게 하려는 것이었다. 수지 양초도 여섯 개 훔쳤다. 나는 깜둥이 오두막 주위를 돌아다니다가 기회를 틈타서 양철 접시 세 개를 훔쳤다. 톰은 그것만 갖고는 충분하지가 않다고 했다. 하지만 나는 짐이 밖으로 내던진 접시 따위는 아무도 보지 않을 것이, 결국 창문구멍 바로 밑에 있는 개꽃하고 짐승풀에 떨어질 것이기 때문이라고 했다. 그러고 나면 우리가 그걸 다시 가져다가, 써먹을 수도 있었다. 그러자 톰 녀석도 만족스러워했다. 녀석이 말했다.

"이제 궁리해봐야 하는 문제는 뭐냐 하면, 어떻게 하면 이 물건들을 짐한테 갖다주느냐 하는 거지."

"구멍을 통해 넣어주면 되잖아." 내가 말했다. "구멍이 완성만 되면 말이야."

녀석은 뭔가 경멸하는 듯한 표정을 짓더니, 그렇게 바보 같은 생각은 이제껏 아무도 들어본 적이 없을 거라며 뭐라고 말하더니, 계속해서 궁리를 했다. 그러다가 녀석은 자기가 두세 가지 방법을 생각해냈는데, 아직은 그중 어떤 것도 결정해야 할 필요는 없다고 했다. 그러면서 우리가 먼저 짐한테 직접 전달해주게 될 거라고 했다.

그날 밤 우리는 열 시 조금 지나서 피뢰침을 타고 내려갔고, 양초 중에서 하나도 가져가서는, 창문구멍 너머로 귀를 기울이고는, 짐이 코 고는 소리를 들었다. 그래서 우리는 양초를 안으로 던져넣었지만, 녀석은 그래도 깨어나지 않았다. 우리는 곡괭이와 삽을 가지고 작업에 돌입했고, 그렇게 두 시간 반쯤 지나자 일이 모두 완료되었다. 우리는 짐의 침대 밑을 통해서 오두막 안으로 기어들어간 다음, 손을 뻗어 주위를 더듬고 나서 양초를 찾아내 불을 붙였다. 우리는 짐의 앞에 한참 서 있으면서, 녀석이 무사하고 건강한 모습임을 확인했고, 곧이어 녀석을 부드럽게 천천히 흔들어 깨웠다. 녀석은 우리를 보게 되자 얼마나 기쁜지 울음을 터트릴 뻔했다. 그러면서 우리를 보고 허니라는 둥, 자기 머릿속에 생각나는 온갖 좋은 애칭은 모조리 갖다붙여 불러주었다. 우리더러 쇠정을 하나 찾아다 주면, 그걸로 자기 다리에 있는 쇠사슬을 당장에 끊어버리고, 한시도 허비하지 않고 밖으로 나가겠다고 했다. 하지만 톰 녀석은 그게 얼마나 정식대로와 어긋나는 일인지를 녀석에게 설명해주고 나서, 자리에 앉아서 자기 계획에 대해 녀석에게 모두 이야기해주고, 혹시나 경보라도 있으면 언제라도 우리가 순식간에 그걸 바꿀 수 있으니, 전혀 겁낼 필요 없을 것이, 우리는 녀석이 도망치는 모습을 보게 될 것이기 때문이라고 했다. '당연히' 말이다. 그러자 짐 녀석은 자기는 무사하다고 말했고, 우리는 거기 앉아서 예전 일에 관해 잠시 이야기를 나누었고, 톰 녀석은 이런저런 질문을 많이 했으며, 사일러스 이모부가 매일 또는 이틀에 한 번씩 찾아와서 자기랑 기도를 하고, 샐리 이모도 와서 자기가 편안한지 또 먹을 게 충분한지 살펴보며, 두 사람 모두 정말로 친절하더라고 짐 녀석이 이야기하자, 톰 녀석이 이렇게 말했다.

"그럼 '이제'는 그걸 어떻게 고쳐야 하는지 알겠군. 그 양반들을 통해서 우리가 뭔가를 좀 보내줄게."

내가 말했다. "그런 짓은 절대로 하지 마. 그거야말로 내가 듣던 중에 제일로 바보 같은 짓인데." 하지만 녀석은 내 말에는 전혀 귀를 기울이지 않았다. 곧장 그리로 직행했다. 이것이야말로 녀석이 계획을 세우고 나면 으레 하는 방식이었다.

녀석은 우리가 어떻게 해서 줄사다리 넣은 파이며 다른 커다란 물건들을 몰래 들여올지를 짐한테 이야기해주었다. 바로 녀석에게 먹을 것을 갖다주는 깜둥이 냇을 통해 그렇게 할 것이니, 짐 녀석도 미리 대비하고 있어야 하고 절대로 놀라서는 안 된다고, 그리고 냇이 있는 데서는 그걸 열어봐서는 안 된다고 신신당부했다. 또 작은 물건들은 이모부의 외투 주머니에 넣어둘 테니까, 녀석더러 알아서 훔쳐내야 한다고 했다. 기회가 있는 대로 이모의 앞치마 끈에도 뭔가를 묶어놓고, 앞치마 주머니에도 뭔가를 넣어놓을 거라고 했다. 그러면서 그런 물건들이 무엇이며, 또 무엇에 쓰라는 물건인지를 설명해주었다. 녀석에게 셔츠에 자기 피로 일기를 쓰는 방법이며 그런 것들에 대해 모두 이야기해주었다. 톰은 짐에게 모조리 이야기해주었다. 짐은 그런 일들이 대부분 도대체 이해가 되지 않는 듯하면서도, 우리가 백인 양반들이고 적어도 자기보다는 더 잘 알고 있을 거라고 생각하는 모양이었다. 그리하여 녀석은 만족해했고, 자기는 톰이 말한 그대로 할 것이니 걱정 말라고 했다.

짐은 옥수숫대 파이프와 담배를 잔뜩 갖고 있었다. 그래서 우리는 곧바로 자리에 앉아 즐거운 사교 시간을 가졌다. 그런 뒤 구멍을 통해 밖으로 나왔고, 집으로 돌아가 잠자리에 들었다. 손은 마치 씹어 먹힌 것처럼 해서 말이다. 톰은 사기가 높아져 있었다. 녀석은 이것이야말로 자기 삶에서 겪은 중에 가장 재미있는 일이면서, 또 가장 지적인 일이라고 했다. 그러면서 자기가 무슨 방법만 생각해낼 수 있다면, 우리는 남은 평생 계속해서 이 일만 하고 지내고, 짐 녀석을 빼내는 일은 우리 애들한테 맡겨도 되겠다고까지 했다. 녀석이 생각하기에는 이 일을 점점 더 좋아하고, 여기에 보다 더 익숙해질 것이기 때문이라는 거였다. 녀석은 이런 식으로 한다면 그 일은 무려 80년까지도 늘일 수 있을 것이고, 그렇게 되면 가장 오래 걸린 기록이 될 것이라고 했다. 그러면서 녀석은 그렇게 함으로써 이 일에 관여한 우리는 모두 유명해질 거라고 했다.

아침에 우리는 장작더미 있는 데 가서 놋쇠 촛대를 적당한 크기로 잘랐고, 톰 녀석은 그거랑 백랍 숟가락을 제 주머니에 넣었다. 그러고 나서 우리는 깜둥이 오두막으로 갔고, 내가 냇의 주의를 흩트리는 사이에, 톰 녀석은 짐에게 갖다줄 프라이팬에 들어 있는 옥수수 빵에다가 촛대 조각 하나를 박아넣었다. 우리는 이 계획이 어떻게 먹혀드는지를 보기 위해 냇을 따라갔는데, 정말이지 아주 훌륭하게 먹혀들었다. 짐이 이로 그 촛대 조각을 깨무는 바람에 하마터면 녀석의 이가 박살날 뻔했다. 지금까지 그 어떤 계획도 이보다 더 잘 먹혀든 적은 없었다. 톰 녀석은 혼자서 그렇게 말했다. 짐 녀석은 이게 뭔지도 모르고, 그저 빵 속에 항상 끼어들어가게 마련인 돌멩이라든지, 또는 다들 알다시피 그와 비슷한 뭔가라고만 생각했다. 하지만 그 일 이후로 녀석은 뭐든지 우선 시험 삼아 서너 번 포크로 찔러보기 전에는 절대로 한 입도 깨물지 않았다.

그런데 침침한 빛 속에서 우리가 오두막 안에 서 있노라니, 사냥개 두 마리가 갑자기 짐의 침대 밑에서 툭 튀어나오는 것이었다. 녀석들은 계속해서 튀어나와서 결국 열한 마리가 되었고, 오두막 안은 숨 쉴 틈도 없이 북적이게 되었다. 이런, 젠장. 우리는 달개지붕 헛간의 문을 꽉 닫아놓는 걸 깜박 잊었던 거다. 깜둥이 냇은 그저 "마녀다!"라고 꽥 소리치더니, 바닥의 사냥개들 사이에 털썩 쓰러져서는 마치 죽어가는 것처럼 신음소리를 질러댔다. 톰 녀석이 문을 활짝 열어젖히고는, 짐이 먹던 고기 가운데 한 조각을 밖으로 내던지자, 사냥개들은 그걸 먹으러 달려나갔다. 불과 2초 만에 녀석은 밖으로 나갔다가 다시 들어와서 문을 닫았고, 나는 녀석이 그사이에 또 다른 문도 잠가두고 왔음을 알았다. 그러고 나서 톰은 이 깜둥이를 처리하기 위해, 녀석을 달래고 녀석을 토닥였으며, 혹시 또 뭔가를 봤다는 생각이 들어서 그러느냐고 물었다. 깜둥이는 벌떡 일어나더니, 눈을 껌벅이며 이리저리 굴리고 나서, 이렇게 말했다.

"시드 도련님, 아마 도련님께서는 제가 바보라 생각하실지 몰라도 말이지요. 지는 그야말로 백만 마리나 되는 개떼를, 아니 마귀떼를, 아니 하여간에 뭔가를 분명히 보지 않은 것 같으면, 저는 당장 이 자리에서 죽어도 억울하지 않을 거구만요. 진짜로구만요, 암만요. 시드 도련님, 제가 '생각'하기로는, 에…… 제가 '생각'하기로는, 에, 도련님. 그놈들이 홀딱 지한테 몰려든 것 같구만요. 망할 것 같으니, 지도 그놈의 마녀를 한 놈이나 간에 확 붙잡아서 혼쭐을 내주었으면 똑 쓰겠다 싶으면서도—참말로 그랬으면 쓰겠다 싶으면서도—도리가 없구만요. 하지만 대개는 그놈들이 지를 가만 내버려두었으면 싶구만요, 암만요."

톰이 말했다.

"그럼 '내' 생각은 어떤지 말해줄까. 도대체 그놈들이 뭐 하러 이런 도망친 깜둥이가 아침 먹는 시간에 여기 불쑥 나타나려고 하겠어? 그건 바로 그놈들이 배가 고파서일 거야. 그게 바로 이유인 거지. 이럴 때는 그놈들한테 마녀 파이를 만들어 줘야 하는 거야. '너'가 그렇게 하면 되는 거라구."

"하지만, 아이구머니나. 시드 도련님, '지'가 도대체 뭔 수로 마녀 파이를 만든답니까요? 그놈의 것을 어찌 만드는지도 모르는데 말입니다요. 그런 놈의 것은 이제껏 한 번도 들어본 적도 없는데요."

"아, 그럼 내가 대신 만들어주면 되지."

"그래 주실랍니까, 허니? 정말로요? 그럼 저야말로 은혜가 백골의 난망이지요, 암만요!"

"좋아, 내가 해줄게. 그래도 너니까 특별히 말이야. 그러니 너도 우리한테 잘해야 하고, 이 도망친 깜둥이도 우리한테 계속 보여줘야 해. 하지만 너도 아주 조심해야 된다구. 우리가 오면 너는 무조건 등을 돌리라구. 그리고 우리가 프라이팬 안에 뭘 넣든지 간에, 그걸 절대로 쳐다봐서는 안 돼. 이 짐이란 녀석이 프라이팬에서 뭘 꺼내든지 간에, 그걸 절대로 쳐다봐서도 안 되고. 뭔 일이 일어나기는 하겠지만, 나도 정확히 뭔지는 모르니까 말이야. 다른 무엇보다도 마녀 놈들한테 '손을 대서는' 안 돼."

"그놈들한테 '손을 대는' 것 말씀입니까, 시드 도련님? 도대체 '무슨' 말씀이신지 모르겠구만요? 지는 감히 그놈들한테야 손가락 하나도 갖다 대지 못할 거구만요. 누가 십, 백, 천, 아니 십억 달러를 준다고 해도 말이지요, 암만요!"

제37장

그 문제는 모두 해결되었다. 그래서 이제 우리는 그곳을 떠나 뒷마당에 있는 고물더미로 갔는데, 거기에는 가령 떨어진 부츠라든지, 넝마라든지, 병 조각이라든지, 낡아빠진 양철 물건들이며, 그런 온갖 것들이 있었다. 우리는 거기를 뒤져서 낡아빠진 양철 빨래통을 하나 찾아낸 다음, 거기 난 구멍들을 최대한 막아가지고, 거기다가 파이를 굽기로 하고는, 그걸 지하실로 가져가서 훔친 밀가루를 가득 담았다. 아침을 먹으러 가면서 우리는 지붕널 못을 두 개 찾았는데, 톰 녀석은 그거야말로 죄수가 지하 감방의 벽에 자기 이름과 설움을 긁어서 적을 때 안성맞춤인 것이라면서, 그중 하나는 의자에 걸려 있는 샐리 이모의 앞치마 주머니에 집어넣고, 또 하나는 옷장에 들어 있는 사일러스 이모부의 모자에 둘러진 띠에 끼워넣었으니, 꼬마들이 오늘 아침에 자기네 엄마랑 아빠가 그 도망친 깜둥이가 있는 오두막에 갈 거라고 말하는 걸 우리가 들었기 때문이었다. 그런 뒤 우리는 아침을 먹으러 갔고, 톰 녀석은 백랍 숟가락을 사일러스 이모부의 외투 주머니에 집어넣었다. 그런데 샐리 이모는 아직 오지 않아서, 우리는 잠시 더 기다려야만 했다.

그러다가 이모가 나타났는데, 어찌나 열을 내고, 얼굴을 붉히고, 인상을 쓰던지, 식사기도조차도 도무지 기다릴 수 없어 하는 것 같았다. 그러더니 그 양반은 한 손으로는 커피를 물줄기 만들면서, 제일 가까이 있는 꼬마의 머리를 자기 다른 손에 있는 골무로 딱 하고 튕기더니, 이렇게 말했다.

"내가 여기도 찾아보고 저기도 찾아봤는데, 도대체 나오지가 않는다구요. 도대체 당신 다른 셔츠 한 벌은 '어떻게' 한 거예요."

내 심장이 허파며 간이며 다른 온갖 것들 사이로 철렁하고 떨어졌고, 뒤이어 옥수수 껍질 중에서도 단단한 조각 하나가 내 목구멍을 타고 내려가기 시작하는 바람에, 중간에 갑자기 기침이 나면서, 그 껍질이 내 입에서 튀어나와 식탁을 가로질러 꼬마 중 하나의 눈에 맞아, 녀석은 마치 지렁이마냥 몸을 뒤틀었고, 톰 녀석은 또 입 주위가 새파래졌는데, 이건 사실 기껏해야 15초인지 아니면 그 정도인지 동안의 일이었지만, 나로선 혹시나 사겠다는 사람이 누구라도 있으면 반 토막 값에라도 기꺼이 팔려나갈 의향이 있었다. 하지만 그 순간이 지나자 우리는 모두 다 괜찮아졌다. 너무나도 갑작스럽게 놀라다보니 우리 모두 일종의 냉정을 되찾았던 것이다. 사일러스 이모부가 말했다.

"이거야말로 정말 흔치 않게 묘한 경우라서, 나로선 도무지 이해할 수가 없군. 내가 그걸 '벗어서' 놓은 것은 아주 분명히 기억을 하는

데, 왜냐하면⋯⋯."

"왜냐하면 당신이 나머지 하나를 지금 '입고' 있으니까 그렇죠. 이 양반 '말하는' 것 좀 보라지! '나'도 당신이 그걸 벗은 건 안다구요. 그것도 당신의 엉성한 기억력보다도 훨씬 더 나은 방법으로 알구요. 그 옷이 어제까지만 해도 빨랫줄에 걸려 있었으니까요. 거기 있는 걸 내 눈으로 분명히 봤다구요. 근데 그게 없어진 거예요. 결국 그거라구요. 그러니 내가 새로 셔츠를 한 벌 만들 시간이 날 때까지는, 당신도 빨간 플란넬 셔츠로 갈아입어야 할 거라구요. 이번에 만들 옷이 내가 2년 동안에 벌써 세 번째로 만드는 옷이네요. 당신이 셔츠를 제대로 입게 하려면 누가 아주 바쁘게 뛰어야 한다구요. 당신이 그걸 입고 도대체 '뭘 하든지' 간에, '나'로선 도무지 알 수가 없는 노릇이라구요. 남들이 보면 당신이 그걸 어떻게 잘 입어야 하는지를 좀 배워야 '마땅하'고 생각했을 거예요. 지금까지 그만큼 살았으면 말이에요."

"나도 안다니까, 여보. 그리고 최대한 그렇게 하려 한다구. 하지만 그게 전부 내 잘못이라고 할 수는 없지. 당신도 알다시피 그놈의 옷이 내 몸에 걸쳐져 있지 않는 한, 나로선 그걸 볼 수도 없고 그걸 가지고 뭘 할 수도 없으니 말이야. 내 생각에는 지금껏 내가 한 번도 '벗어서' 놓은 옷을 잃어버린 적도 없구."

"그래요, 당신이 안 했으면 그건 '당신' 잘못도 아닌 거죠. 당신이 그럴 수 있었으면, 당연히 그랬겠지만요, 내 생각에. 그리고 없어진 거는 그 셔츠만도 아니에요. 그럼요. 숟가락도 하나 없어졌어요. '그게' 전부가 아니에요. 원래는 열 개인데 이제는 겨우 아홉 개라구요.

Adventures of Huckleberry Finn

송아지가 셔츠를 먹어치웠을 수도 있지 않나 싶어요, 내 생각에. 하지만 송아지가 숟가락을 먹어치웠을 수는 없는 거라구요. '그거' 하나는 분명해요."

"왜, 뭐가 또 없어진 거요, 여보?"

"'양초'도 여섯 개나 없어졌어요. 그거 말이에요. 쥐가 양초를 먹어치웠을 수는 있고, 내 생각에도 분명히 그랬을 것 같아요. 그렇잖아도 그놈들이 아예 이 집을 몽땅 쏠아버리는 건 아닌가 몰라요. 당신은 그놈의 쥐구멍을 막으러 다닐 거라고 해놓고서 사실은 전혀 안 그랬죠. 그러니 그놈들이 바보가 아니라면, 아마 당신 머리카락 속에 들어가서 잠을 자고도 남을 거예요, 여보. 그놈들이 그래도 '당신'은 전혀 몰랐을 거라구요. 하지만 그놈의 쥐들이 그 '숟가락'을 어쩼다고는 당신도 생각이 들지 않을 거고, 나도 그렇게 '생각'하는 거예요."

"그래, 여보. 내가 잘못했소, 내가 깨끗이 시인하리라. 내가 너무 부주의했던 거야. 그럼 내일은 내가 무슨 일이 있어도 그놈의 쥐구멍을 모조리 막아버리고 말 테니까."

"아이구, 뭘 그렇게 서두르시나, 내년에 하셔도 전혀 안 늦을 텐데요. 얘, 마틸다 안젤리나 아라민타 '펠프스'!"

골무로 딱 소리가 나게 때리자, 꼬마는 설탕그릇으로 살금살금 뻗었던 자기 손을 얼른 거둬들였다. 바로 그때, 깜둥이 여자가 들어와서는 이렇게 말했다.

"주인마님, 침대 시트가 하나 없어졌어요."

"이제는 '시트'까지 없어졌다구! 아이구, 사람 환장하겠네!"

"아무래도 '오늘' 안으로 그놈의 쥐구멍을 모조리 막아버려야겠군." 사일러스 이모부는 슬픈 표정으로 말했다.

"아이구, '제발' 그만 좀 해요! 쥐새끼들이 '침대 시트' 훔쳐가는 거 봤어요? 도대체 그게 '어디로' 간 거야, 리즈?"

"정말이지 저도 전혀 모르겠는 거여요, 샐리 주인마님. 어제까지만 해도 분명히 빨랫줄에 걸려 있더니마는, 없어졌지 뭐여요. 지금 보니 거기 더 이상 없지 뭐여요."

"내 생각에 이제는 세상이 '정말' 종말이라도 맞이하려나 보네. 내가 태어난 이후로 지금까지 살면서, 이런 경우는 '도무지' 한 번도 본 적이 없으니 말이야. 셔츠에다가, 시트에다가, 숟가락에다가, 양초도 여섯……."

"주인마님." 이번에는 피부색이 누르스름한 젊은 종년이 들어왔다. "놋쇠 촛대가 하나 없어졌는데요."

"당장 꺼지지 못해, 이 망할 것들! 내가 아주 그냥 스튜 냄비를 집어던질까부다!"

아이구, 이모는 정말이지 짜증이 잔뜩 치밀어 있었다. 나는 기회를 엿보기 시작했다. 내 생각에는 여기서 슬쩍 빠져나가서, 날씨가 다시 좋아질 때까지 숲 속에라도 들어가 있는 게 나을 것 같았다. 이모는 계속해서 화를 냈고, 자기 혼자서만 격분했기 때문에, 다른 사람들은 모두 찍 소리 못하고 온순하고 조용히 앉아만 있었다. 그러다가 갑자기 사일러스 이모부가 멍한 표정으로 자기 주머니에서 숟가락을 쓱 하고 꺼냈다. 이모는 입을 딱 벌리고 손을 번쩍 치켜든 채 그대로 동작을 멈추었다. 나로 말하자면 그 순간 정말이지 예루살렘이라든지, 아니면 다른 어디에라도 가 있었으면 하는 마음이 간절했다. 하지만 오래가지 않았다. 왜냐하면 이모가 이렇게 말했기 때문이다.

"어쩜 내가 예상한 '그대로'라니. 그러니까 당신이 그 숟가락을 내내 당신 주머니에 넣고 있었던 거죠. 그래 놓고서는 마치 주머니에 딴 거는 전혀 없는 것처럼 시치미를 뚝 떼고서. 도대체 그게 왜 거기 있는 거예요?"

"그건 나도 정말 모르겠어, 여보." 이모부는 어딘가 변명조로 말했다. "알았으면 당연히 당신한테 얘기를 했겠지. 아침 먹기 전에 내가 사도행전 17장을 한참 공부하고 있었는데, 내 생각에는 성경을 넣는다는 게, 나도 모르게 그만 이 숟가락을 주머니에 넣었나봐. 분명히 그랬을 거야. 지금 내 주머니에 성경이 안 들어 있으니까. 하여간 내가 다시 가서 살펴봐야겠군. 성경이 내가 원래 놓아둔 자리에 있는지 말이야. 만약 그렇다면 결국 내가 성경책을 내려놓고 대신 이 숟가락을 들어서 주머니에 집어넣었다는 이야기……."

"아이구, 제발이지 좀! 이젠 나도 좀 쉬자구요! 얼른들 나가, 여기 있는 사람들 몽땅 전부 다. 그리고 아무도 내 근처에 얼씬도 하지 마. 내 가슴이 좀 진정될 때까지 말이야."

'나는' 그 말을 똑똑히 들었다. 물론 이모는 혼잣말로 한 것이고, 우리에게 들리게 말한 것은 아닌지도 몰랐지만 말이다. 그래서 나는 자리에서 일어나 이모 말대로 했다. 아마 내가 시체였다 해도 당연히 그렇게 했을 것이다. 거실을 지나면서 보니, 노인네가 모자를 꺼내 쓰고 있었는데, 그러자 지붕널 못이 마룻바닥에 뚝 떨어졌다. 그러자 이모부는 그걸 그냥 집어서는 벽난로 선반에 올려놓고는 아무 말도 없이 밖으로 나갔다. 톰 녀석은 이모부의 그런 모습을 보고는 이제야 그 숟가락에 관한 일을 떠올렸는지 이렇게 말했다.

"이런, 이제 더 이상은 '저 양반'을 통해서 물건을 보내는 거는 소용이 없겠어. 저 양반은 믿을 수가 없으니까." 그러더니 녀석은 말했다. "하지만 그 숟가락 건은 우리가 저 양반 덕을 본 셈인걸, 어쨌거나. 물론 저 양반은 그런 사실이야 꿈에도 모르겠지만. 그러면 우리는 지금부터 또 한 가지를 '저 양반'한테 꿈에도 모르게 해주는 거지. 그러니까 쥐구멍을 막는 일 말이야."

지하실에 내려가보니, 쥐구멍은 그야말로 겁나게 많아서, 우리는 무려 한 시간이 다 걸려서야 끝낼 수 있었다. 하지만 우리는 그 일을 단단하고도 제대로, 그리고 깔끔하게 해냈다. 그러고 나서 우리는 누가 계단을 내려오는 소리를 듣고는, 얼른 촛불을 끄고 숨어버렸다. 곧이어 노인네가 한 손에는 촛불을, 또 한 손에는 이런저런 도구를 들고서는, 그야말로 아무 생각 없는 표정으로 나타났다. 그 양반은 멍하니 주위를 돌아다니며, 쥐구멍을 하나씩 둘씩 살펴보기 시작해서 급기야 모든 쥐구멍을 살펴보았다. 그러더니 그 자리에 한 5분쯤은 가만히 서서는, 손에 든 촛불에서 흘러내리는 수지 촛농을 손으로 뜯어내면

Adventures of Huckleberry Finn

서 뭔가를 생각했다. 그러더니 이 양반은 계단을 향해 천천히, 마치 꿈을 꾸듯 걸어가면서, 이렇게 말했다.

"원, 내가 언제 이걸 다 해치웠는지 아무리 생각해도 기억이 안 나는데. 하여간에 그놈의 쥐새끼들 탓에 내가 비난받아야 할 이유는 없다는 걸 이젠 마누라한테 보여줄 수 있겠군. 하지만 아서야지. 그냥 넘어가야지. 내 생각에는 그래 봤자 하나 좋을 게 없어 보이니까."

이 양반은 그렇게 중얼거리면서 계단을 올라갔고, 뒤이어 우리도 나왔다. 그 양반이야 무지막지 좋은 노인네였다. 물론 항상 그랬지만.

톰 녀석은 숟가락을 어떻게 해야 하는지를 놓고 상당히 고민했지만, 녀석은 우리가 그걸 다시 가져와야 한다고 말했다. 그래서 녀석은 생각을 해보았다. 결국 계획을 짜내고 나서, 녀석은 우리가 어떻게 할 건지를 내게 말해주었다. 그런 다음 우리는 숟가락 넣어두는 바구니 있는 데로 가서는 샐리 이모가 나타날 때까지 기다렸다가, 톰 녀석이 숟가락을 세어서 한쪽에 놓아두고, 나는 그중 하나를 소매에 슬쩍 감추었다. 그러고 나서 톰 녀석이 말했다.

"근데요, 샐리 이모. 숟가락이 '아직도' 아홉 개뿐인데요."

이모가 말했다.

"애, 제발 나가서 좀 놀고, 나 좀 괴롭히지 마라. 내가 너보다 모를 것 같니. 내가 직접 세어봤는데."

"글쎄요, 저도 두 번이나 세어봤는데요, 이모. 근데 '제가' 보기엔 아무래도 아홉 개뿐인 것 같아요."

이모는 인내심을 모조리 잃어버린 것 같았지만, 물론 직접 세어보러 다가왔다. 하긴 누구라도 그러지 않았겠는가.

"진짜 하늘에 맹세코 아홉 개밖에 '없네'!" 이모가 말했다. "아이구, 세상에 이게 웬일이라니. 이런 '염병할' 놈의 것 같으니. 내 다시 한 번 세어봐야지."

순간 나는 아까 슬쩍해두었던 숟가락을 도로 제자리에 놓아두었다. 그러자 이모는 숟가락을 다 세고 나서 이렇게 말했다.

"목매달 놈의 고물딱지 같으니, 이번에는 '열' 개잖아!" 이모는 짜증도 나고 걱정도 나는 모양이었다. 하지만 톰 녀석이 말했다.

"저기요, 이모. 근데 '내가' 보기엔 열 개가 아닌 것 같아요."

"넌 바보니, 내가 직접 '세는' 걸 봤으면서 그래?"

"보긴 봤지만, 그래도……."

"애, 그럼 내가 어디 '다시' 세어보마."

순간 나는 하나를 쌔벼냈고, 그러자 숟가락은 아까처럼 다시 아홉 개가 되었다. 아이구, 그러자 이모는 '아주' 노발대발했다. 그야말로

온몸을 부르르 떨면서, 완전히 열이 뻗쳐 버렸던 거다. 하지만 이모는 세고 또 세었으며, 그러다 나중에는 어찌나 정신이 헛갈리던지 '숟가락 바구니'까지도 숟가락인 줄 알고 세기까지 했다. 그것도 몇 번이나. 그 결과 세 번은 숫자가 맞게 나왔고, 또 세 번은 틀리게 나왔다. 그러자 이모

는 급기야 바구니를 집어 들고는 저만치로 휙 집어던져서, 고양이란 녀석을 갤리웨스트로 뻗게('큰대자로 뻗게'의 뜻—옮긴이) 만들었다. 이모는 다들 나가라고, 제발 자기 좀 조용히 있게 해달라고, 혹시나 우리가 지금부터 저녁때까지 계속해서 자기를 괴롭힌다면, 그때는 정말 껍데기를 홀랑 벗겨놓겠다고 했다. 그래서 우리는 숟가락 한 짝을 갖게 되었다. 그리고 이모가 우리한테 출항 명령을 내리는 동안, 그걸 이모의 앞치마 주머니에 슬쩍 떨어트려놓아서, 짐 녀석은 정오가 되기도 전에 그 숟가락은 물론이려니와, 이모한테 있던 지붕널 못까지도 제대로 챙길 수 있었다. 우리는 이 일을 처리한 것이 아주 만족스러웠기 때문에, 톰 녀석은 이것이야말로 우리가 겪은 말썽의 두 배는 되는 가치가 있다고 했는데, 녀석의 말로는 '이제부터' 이모는 당신의 목숨이 걸렸다 해도 절대로 다시는 숟가락 세는 일 따위는 하지 않을 것이기 때문이라는 것이었다. 게다가 이모는 자기가 '제대로' 세는 일이 있어도, 결코 다시는 자기가 제대로 세었다고 믿지는 않을 것이었다. 그러면서 이모가 그토록 골이 빠지게 숟가락을 세고 났으니, 앞으로 사흘 동안은 완전히 포기할 것은 물론이고, 혹시나 그걸 다시 한번 세어보라는 사람이 있으면 그야말로 죽여버리고도 남으리라고 장담했다.

그리하여 우리는 그날 밤에 침대 시트도 빨랫줄에 도로 갖다 걸고, 대신 이모의 옷장에서 다른 시트를 한 장 훔쳐냈다. 이후 이틀 동안이나 계속해서 그놈의 물건을 도로 갖다두었다가 도로 훔쳤다. 그러다 보니 이모는 도대체 자기한테 시트가 얼마나 많은지조차도 더 이상은 알 수 없는 상황이 되어서, 자기는 더 이상 '신경' 안 쓴다고, 더 이상 그놈의 것을 놓고 자기 영혼을 들볶아대지 않을 것이며, 자기 목숨을 구하기 위해서라도 절대 다시는 그걸 세어보지 않을 것이고, 다시 세어보느니 차라리 죽어버리겠다고 했다.

그리하여 셔츠며 시트며 숟가락이며 양초에 관해서라면 우리도 이제 아무 걱정이 없어졌으니, 이게 다 송아지와 쥐새끼와 뒤죽박죽이 된 숫자 세기 덕분이었다. 촛대에 관해서라면 이후 아무 일도 없어서, 그냥저냥 지나가버리고 말았다.

하지만 그놈의 파이는 여간 애먹이는 일이 아니었다. 그놈의 파이 때문에 우리는 끝도 없이 말썽을 겪었다. 우리는 그걸 숲 속에 가져가서는 거기서 직접 구웠다. 마침내 우리는 그걸 제대로, 아주 만족스럽게 만들어냈다. 하지만 전부 하루에 된 것은 아니었다. 밀가루를 빨래통으로 세 통은 쓰고 나서야, 비로소 성공할 수 있었고, 게다가 그중 상당 부분은 군데군데 시커멓게 태우기까지 했고, 연기로 눈을 뜰 수 없을 정도였다. 당연한 이야기지만, 우리가 원하는 것은 오로지 그 껍데기뿐이었는데도 불구하고, 우리로선 제대로 버텨놓을 수가 없었고, 그놈의 것이 항상 움푹 안으로 들어갔던 것이다. 하지만 물론 우리는 결국 제대로 된 방법을 생각해냈다. 바로 줄사다리도 파이 안에 넣어서 함께 굽는 것이었다. 그리하여 우리는 둘째 날 밤에 짐이 있는 곳으로 기어들어가서, 시트를 짧은 끈으로 일일이 찢은 다음 그걸 서로 묶어서, 동이 트기 한참도 전에 한 사람이 너끈히 매달릴 수 있는 멋진 밧줄을 한 타래 만들었다. 그래 놓고 우리는 그걸 만드는 데 무려 아홉 달이 걸렸다고 치기로 했다.

오전에 우리는 그걸 갖고 숲으로 갔지만, 그놈의 물건이 파이 안에 다 들어가지는 않았다. 시트 한 장을 통째로 써서 만든 것이다보니, 그 밧줄을 다 넣으려면 아무리 싫다고 해도 최소한 파이가 마흔 개는 있어야 할 것 같았고, 그러고 남은 밧줄만 가지고도 수프나 소시지나 다른 뭐에라도 충분히 넣을 수 있을 것 같았다. 하여간 한 상 떡하니 차릴 분량이었다.

하지만 우리한테야 그렇게까지 많이는 필요 없었다. 우리한테야 그냥 파이 크기에 딱 적당한 정도만 있으면 그만이어서, 우리는 나머지 밧줄을 그냥 버리고 말았다. 우리는 파이를 한 번도 그 빨래통에다 구운 적은 없었으니, 혹시나 땜납이 녹을지도 몰랐기 때문이다. 하지만 사일러스 이모부는 멋진 놋쇠 탕파를 갖고 있었고, 유난히 그걸 끔찍하게 아꼈다. 그건 긴 나무다리[손잡이]가 달렸고 당신의 조상님들 가운데 하나였던 양반의 소유였기 때문이며, 영국의 윌리엄 정복왕으로부터 내려오는 그 물건을 '메이플라워' 호인지 아니면 다른 맨 처음의 배들 중 하나에 실어서 가져온 것이어서, 이후로 값비싼 다른 여러 항아리며 물건들하고 같이 다락방에 숨겨져 있게 되었는데, 이것은 그것과 무관한 다른 어떤 이유 때문이 아니라, 다들 아시다시피 그것들이 유물이기 때문이라고 했다. 그리하여 우리는 그놈의 물건을 남몰래 슬쩍해서 갖고 내려왔는데, 맨 처음의 파이는 실패하고 말았으니, 우리는 그걸 어떻게 만드는지 전혀 몰랐기 때문이다. 하지만 마침내 맨 마지막 것에서 파이가 미소를 지었다. 우리는 반죽으로 가장자리를 쌓고, 탕파를 숯불 위에 올려놓고, 그 안에 천 밧줄을 집어넣고, 그 위에 반죽으로 지붕을 덮고, 뚜껑을 닫고, 그 위에 뜨거운 깜부기 불도 올려놓고, 거기서 5피트쯤 떨어져 있었는데, 마침 손잡이가 길어서, 시원하고도 편안하게 있을 수 있었다. 그렇게 15분이 지나자, 반죽은 보기에도 만족스러운 파이로 변했다. 하지만 그놈의 파이를 먹는 사람은 아마도 이쑤시개를 두어 통은 갖고 싶어질 거였다. 또 만약 그놈의 줄사다리가 녀석을 제자리에 죄어두지 않는다고 치면, 즉 다음번 식사시간까지 충분히 지속될 만한 복통을 녀석에게 걸리게 하지 않는다고 치면, 정말 나는 이 일에 대해 쥐뿔도 모르는 놈이라고 해도 할 말이 없을 것이다.

우리가 짐에게 갖다줄 프라이팬에 마녀 파이를 올려놓을 때, 냇은 정말로 쳐다보지 않았다. 우리는 그 음식과 프라이팬 바닥 사이에 세 장의 양철 접시도 넣어두었다. 짐은 그걸 전부 잘 받았고, 녀석은 혼자 있을 때 파이를 쪼개서 줄사다리는 자기 밀짚 돗자리 속에 감추었고, 양철 접시에다가 몇 가지 표식을 적어서 창문구멍 밖으로 내던졌다.

제38장

　　그놈의 물건들을 펜으로 만드는 것은 겁나게 힘든 일이었고, 톱으로 만드는 것도 마찬가지였다. 그런가 하면 짐 녀석은 벽에 글을 새겨 넣는 것이 제일로 힘들 거라고 생각했다. 그거는 죄수가 반드시 벽에다가 끄적거려놓아야 하는 거였다. 하지만 우리는 그걸 반드시 해야만 했다. 톰 녀석이 우리가 '반드시' 그래야 한다고 말했기 때문이다. 국사범이 자기 글을, 자기 문장을 새겨서 남겨놓지 않는 경우는 전혀 없다고 했다.

　　"레이디 제인 그레이가 그렇잖아." 녀석이 말했다. "길포드 더들리도 그렇고. 노섬벌랜드 노인네도 보라니까! 왜, 헉, 그게 '정말' 상당히 힘들 것 같아서 그래? 너 같으면 어떻게 할래? 네가 어떻게 그걸 회피할 수 있겠어? 짐은 '반드시' 자기 글씨와 문장(coat of arms)을 새겨 넣어야 해. 다들 그렇게 하니까."

　　짐이 말했다.

"근데요, 톰 도련님. 지는 외투〔coat〕란 놈이 하나도 없는데요. 지가 가진 옷이라고는 여기 이 낡아빠진 셔츠 하나뿐인데, 도련님도 아다시피 이놈의 것 위에다가는 일기를 꼭 적어야 한다면서요."(짐은 '문장coat of arms'을 '외투coat'와 혼동하고 있다—옮긴이)

"이런, 넌 도대체 이해를 못하는구나, 짐. 문장이라는 거는 그거랑 전혀 다른 거라구."

"글쎄다." 내가 말했다. "어쨌거나 짐이 자기한테 문장이 없다고 한 건 맞아. 이 녀석은 정말 없으니까."

"내 생각에는 '나도' 분명히 아는 것 같거든." 톰이 말했다. "하지만 걱정 안 해도 돼. 여기서 나가기 전에 이 녀석도 하나 갖게 될 거니까. 이 녀석은 '제대로' 나가야 하니까, 녀석의 기록에 아무런 흠이 있어서는 안 되거든."

그래서 짐과 나는 그놈의 쇳조각들을 벽돌 조각에 대고 문질러서 펜을 만들었으니, 짐은 놋쇠로 자기 것을 만들었고, 나는 숟가락으로 내 것을 만들었고, 톰은 문장을 고안하기 시작했다. 그러다가 녀석은 워낙 좋은 것들이 많이 생각나는 바람에, 과연 그중 어떤 것을 골라야 할지 모르겠다고, 하지만 자기 생각에는 자기가 결정한 게 있다고 말했다.

"방패에는 '황금색' 우경선右傾線을 방패 오른쪽 바닥에 넣고, '암적갈색' 엑스형 십자가를 중대中帶에 넣고, 개 한 마리가 대가리를 들고 있는 것을 일반적인 의장意匠으로 삼고, 그놈의 발밑에는 쇠사슬을 하나 성가퀴처럼 만들어서 노예제를 상징하고, '녹색' 갈매기표 수장袖章을 방패 위쪽에 뾰족하게 넣고, 그리고 세 개의 가리비꼴 장식띠가 '하늘색' 바탕에 들어가고, 지그재그 띠 위에는 방패 하단 중심점이 뒷발로 서 있고, 꼭대기 장식에는 도망치는 깜둥이를 '검정색'으로 넣는데 어깨에 걸머진 보따리는 막대기 좌경선左傾線에 꿰어져 있고, 그의 지지자들, 그러니까 너랑 나를 위해 붉은 것 두 개를 넣는 거야. 그리고 좌우명은 '마지오레 프레타, 미노레 아토Maggiore fretta, minore atto'야. 어떤 책에서 본 거거든. 뜻은 뭐냐 하면 더 서두르면 더 늦는다는 거지."

"어이구나마나나나." 내가 말했다. "그러면 나머지 것들은 도대체 무슨 뜻이야?"

"그런 거 가지고 골치 썩일 시간이 없단 말이야." 녀석이 말했다. "우리는 그야말로 죽어라 땅을 파야 한다구."

"그래, 어쨌거나." 내가 말했다. "그중 '조금이라도' 가르쳐주면 안 돼? 그러니까 중대中帶가 뭐냐구?"

"중대. 그러니까 중대 말이지. 그 중대가 뭔지 '너'는 알 필요 없어. 대신 이 녀석이 그걸 갖게 되면 내가 이걸 어떻게 만드는지 녀석한테 알려줄 테니까."

"웃기지 마, 톰." 내가 말했다. "잘 좀 말해봐. 그러니까 좌경선이 뭐냐니까?"

"아, 그래 '나도' 모른다. 하지만 이 녀석은 그걸 갖고 있어야만 해. 귀족들은 모두 그러니까 말이야."

녀석은 항상 이런 식이었다. 자기가 누군가에게 뭔가를 설명할 능력이 없으면, 절대로 하지 않는다. 일주일 넘게 옆에서 재촉을 해도,

아무런 효과가 없다.

녀석은 그 문장 어쩌구의 문제를 모두 확정했고, 그리하여 이제 녀석은 그 일의 나머지를 정리하는 데 돌입했으니, 그것은 바로 비탄조의 글을 고안해내는 것이었다. 죄수들이 모두 하듯이, 짐도 그걸 하나 갖고 있어야 한다면서 말이다. 녀석은 여러 가지를 만들었고, 그걸 종이에 적은 다음, 우리에게 읽어주었다. 내용인즉,

    1. 여기 가슴이 미어터지는 죄수 하나 있도다.

    2. 여기 불쌍한 죄수 하나, 세상과 친구들로부터 버림받아,
       서글픈 삶이 좀먹히고 있구나.

    3. 여기 고독하고 상심한 마음 하나, 초췌한 영혼 하나, 37년간의
       고독한 감금 생활 끝에 쉴 곳을 찾아가는도다.

    4. 여기, 집 없고 친구 없이, 37년간의 모진 감금 생활 끝에, 고귀한
       이방인으로 소멸한 이 사람은 바로 루이 14세의 서자였느니라.

이 글들을 읽어주는 톰은 목소리를 떨고 있었고, 녀석은 거의 울음을 터트릴 뻔했다. 다 읽고 나자, 녀석은 과연 이 가운데 어떤 것을 골라서 짐에게 벽에다 새겨 넣게 할지 전혀 마음을 정할 수 없었으니, 하나같이 너무 좋아 보이기 때문이었다. 하지만 마침내 녀석은 짐에게 그걸 모두 다 새겨 넣게 하기로 작정했다. 짐은 자기가 그렇게 많은 내용을 통나무에다가 못으로 긁어서 새겨 넣어야 한다면 그야말로 1년은 넘게 걸릴 것이고, 게다가 자기는 편지를 쓸 줄도 모른다고 말했다. 하지만 톰은 자기가 미리 대충 윤곽을 그려놓을 테니,

짐은 그냥 선을 따라서 긋기만 하면 된다고 했다. 그러더니 곧바로 녀석이 말했다.

"어디 생각해보자구. 통나무는 전혀 되지가 않을 거야. 지하 감방에는 통나무 벽 따위는 없으니까. 그러니 우리는 바위에다가 글을 새겨 넣어야겠어. 바위를 하나 가져오자."

짐은 바위가 통나무보다도 더 안 좋다고 말했다. 그러면서 이 글들을 바위에 새겨 넣는 데에는 무지막지 오랜 시간이 걸릴 거라고 하면서, 그러면 자기는 결코 여기서 도망치지 못할 거라고 했다. 하지만 톰은 녀석이 그렇게 할 수 있도록 자기가 돕겠다고 말했다. 그러더니 나랑 짐이 펜을 어떻게 잘 만들고 있는지 쳐다보았다. 이거야말로 성가시고도 싫증나는 힘든 일인 데다가 느려터졌으며, 내 손에 난 물집이 나을 틈도 주지 않았고, 게다가 우리로선 거의 아무 진전도 없는 것 같았다. 그러자 톰 녀석이 말했다.

"이걸 어떻게 고쳐야 하는지 알겠어. 우리는 문장하고 비탄조의 글을 새겨 넣을 바위가 필요하니까, 결국 일석이조의 효과가 있을 거야. 저기 방앗간에 반질반질하고 커다란 연자맷돌이 있는데, 그걸 쌔벼와서는, 거기다가 그걸 새겨 넣고, 동시에 거기다 문질러서 펜하고 톱도 만들면 되는 거라구."

사실 그렇게 만만한 아이디어는 아니었다. 그렇게 만만한 연자맷돌도 아니었고 말이다. 하지만 우리는 그걸 끌고 오기로 했다. 아직 자정이 되기도 전에, 짐에게 계속 작업을 하라고 한 다음, 우리는 방앗간을 향해 출발했다. 우리는 연자맷돌을 쌔벼내서, 그걸 데굴데굴

굴려서 집으로 향했지만, 그거야말로 정말로 되어지게 힘든 일이었다. 최대한 노력했지만, 그놈의 물건은 걸핏하면 자빠지고, 번번이 우리를 짓이길 뻔했다. 톰 녀석도 이러다가는 이놈의 물건을 가져가기는커녕, 도리어 이놈의 물건이 우리를 잡겠다고 말했다. 우리는 그걸 갖고 집까지 절반쯤 왔다. 우리는 완전히 녹초가 되었고, 온몸이 땀으로 젖어 있었다. 이래서는 소용이 없겠다는 생각에, 우리는 차라리 돌아가서 짐을 데려오기로 했다. 그러자 녀석은 자기 침대를 번쩍 들고, 침대 다리에서 쇠사슬을 빼낸 다음, 그걸 둘둘 말아서는 자기 목에 척 걸었다. 그리하여 우리는 구멍을 통해 나와서 그놈의 연자맷돌이 있는 데로 내려갔고, 짐하고 내가 연자맷돌을 붙잡자 그야말로 손쉽게 끌고 갈 수 있었다. 톰 녀석은 작업 감독을 했다. 녀석은 세상 누구를 만나더라도 너끈히 감독을 하고 나설 녀석이었다. 녀석은 뭐든지 어떻게 해야 하는지를 알고 있었기 때문이다.

우리가 판 구멍은 충분히 크긴 했지만, 그놈의 연자맷돌이 들어갈 만큼 크진 않았다. 하지만 짐이 곡괭이를 갖고는 그걸 충분히 더 크게 만들었다. 그러고 나서 톰은 못을 가지고 거기 적을 것들을 표시한 다음, 짐더러 그 위에 작업을 하라면서, 끌 대신 못을, 망치 대신 달개지붕 헛간에서 찾은 잡동사니 중에서 나온 쇠 볼트를 쓰게 하면서, 촛불이 다할 때까지 계속하라고 했다. 촛불이 다하면 잠을 자도 되지만, 그때는 그 연자맷돌을 짚단 돗자리 안에 숨겨놓고, 그 위에서 잠을 자라고 했다. 그러고 나서 우리는 녀석이 쇠사슬을 다시 침대 다리에 끼는 걸 도와주었고, 이제 우리도 자러 갈 준비를 마쳤다. 하지만 톰 녀석은 뭔가를 또 생각해내고는 이렇게 말했다.

"혹시 이 안에 거미가 좀 있어, 짐?"

"아뇨, 도련님. 천만다행히도 한 마리도 없어요, 톰 도련님."

"좋아, 그럼 우리가 몇 마리 잡아다 줄게."

"하지만요, 허니, 나는 그놈들이 '없었으면' 싶은데. 나는 그놈들이 무서워 그렇거든. 그놈들이랑 있느니 내 차라리 방울뱀이랑 있지, 원."

톰 녀석은 잠시 생각해보더니, 이렇게 대답했다.

"그것도 좋은 생각이네. 내 생각에도 그러면 될 것 같아. 아니, '반드시' 그래야 할 것 같아. 그건 이치에도 맞으니까. 그래, 정말 좋은 생각인데. 그럼 어디에다가 키울 거야?"

"키우다뇨, 뭘요, 톰 도련님?"

"왜, 방울뱀 말이야."

"아이구 정말 환장하겠네, 톰 도련님! 아니, 그놈의 방울뱀들이 이 안에 기어들어와 있어야 한다면, 나는 정말이지 이 통나무 벽을 뻥하니 뚫고 바깥으로 내뺄 거여요. 암만, 내 머리로 뻥하니 뚫고말고."

"왜, 짐. 그렇게 겁낼 필요는 없어. 처음에야 조금 겁이 나겠지만 말이야. 길들이면 될 거니까."

"그놈의 것을 '길들인다'고요?"

"그래. 식은 죽 먹기라니까. 짐승들이야 늘 사람의 친절과 어루만짐을 좋아하게 마련이니까, 자기를 어루만져주는 사람을 해코지하려고는 '생각조차' 안 할 거야. 책에도 다 그렇게 나올 거라구. 어디 시험 삼아서 한번 해봐. 더 많이 바라지도 않을게. 그냥 이틀이나 사흘

쯤만 시험 삼아서 해보라니까. 왜, 얼마 안 지나서 그렇게 길들일 수만 있으면, 그놈도 널 좋아할 거야. 그리고 너랑 같이 잘 거라구. 네 곁에서 한시도 떨어지지 않을 거고. 네가 그놈을 목에 둘둘 말고, 그놈 대가리를 입에 넣어도 가만 있을 거라구."

"아이구, '제발' 좀, 톰 도련님. 그런 말은 '하지도' 말아요. 차마 '들어줄' 수도 없구만! 그놈이 지 대가리를 내 입에 넣게 '해줄' 거라뇨. 친절을 베풀 거라, 이 말인가요? 내가 그놈한테 '그러자고' 하려면 아마 그놈이 무지막지 오래 기다려야 할 걸요. 그건 그렇다 치고, 나는 그놈이 나랑 자는 건 전혀 '필요가' 없다니까요."

"짐, 그렇게 바보같이 굴지 마. 죄수라면 '당연히' 일종의 말 못하는 애완동물을 키우게 마련이고, 게다가 지금까지 방울뱀을 키우는 건 전혀 시도조차도 안 되었다고 치면, 네가 그렇게 한 최초의 인물이 되는 것이야말로, 너의 목숨을 구하기 위해 네가 생각해낼 수 있는 다른 어떤 방법보다도 훨씬 더 영광스러운 거 아니겠어?"

"왜요, 톰 도련님, 나는 그깟 놈의 영광 따위 전혀 '필요가' 없다니까요. 그놈의 뱀 새끼가 이놈 짐의 턱을 칵 하고 물어버리면, 그놈의 영광 따위를 도대체 '뭣에다' 쓴단 거요. 싫어요, 도련님. 나는 그런 일은 전혀 하고 싶지 않다니까요."

"젠장, '시험 삼아' 한 번도 못하겠다는 거야? 난 그냥 시험 삼아 '해보라는' 것뿐이잖아. 해봐서 안 되면, 그때 가서 안 해도 그만이라구."

"하지만 그때가 되면 문제는 이미 '끝나는' 거 아녀요. 그러니까 지가 시험 삼아 하는 중간에 그놈의 뱀 새끼가 지를 물어버리면 말여요.

톰 도련님, 지는 아무리 전혀 말도 안 되는 다른 뭐라도 기꺼이 감당은 하겠지만, 만약 도련님하고 여기 헉하고 둘이서 방울뱀을 갖다놓고 나보고 길들이라 하면, 나는 그냥 '내빼' 버릴 거예요. 그럼 '암만요.'"

"알았어, 그럼 그건 없던 일로 하자구, 없던 일로 해. 네가 그렇게 완강하게 반대한다면 말이야. 그럼 우리가 너한테 〔독 없는〕 줄무늬 뱀을 몇 마리 갖다주면, 너는 그놈들 꼬랑지에다가 단추를 몇 개 달아놓고, 그놈들을 방울뱀이라고 치면 되는 거야. 내 생각에는 그렇게 하면 딱인 것 같거든."

"지는 '그놈들'도 도무지 못 견디지요, 톰 도련님, 하지만 맹세컨대 지는 그놈들 없어도 충분히 잘 지낼 수 있어요, 암만요. 솔직하니 말해서, 죄수가 된다는 것이 이렇게도 괴롭고도 골치 아프다는 거는 저도 난생처음 들어보는구만요."

"아, 그야 '원래' 그런 거야. 죄수가 제대로 되려면 말이야. 그나저나 이 안에 쥐는 좀 있어?"

"아뇨, 도련님. 한 마리도 못 봤어요."

"그래, 그럼 우리가 쥐나 몇 마리 갖다줄게."

"아이구, 톰 도련님, 지는 쥐도 전혀 '필요'가 없다구요. 그 세상에서 제일 망해먹을 놈의 짐승들은 사람을 쏠아대지를 않나, 사방팔방으로 쫓아댕기고, 사람이 잠이라도 잘라치면 발가락을 깨물지를 않나, 그건 나도 봐서 안다구요. 싫다니까요, 도련님. 꼭 그놈들을 갖고 있어야 한다면 차라리 줄무늬 뱀을 갖다주시고, 하지만 절대로 쥐는 안 된다니까요. 그놈들이야말로 진짜로 쓸모가 없을 거라구요, 전혀요."

"하지만 짐, 너는 '반드시 쥐란 놈들을 갖고 있어야 해. 원래 다들 그런 거니까. 그러니 더 이상 공연히 안달하지 마. 죄수치고 쥐들하고 같이 안 있는 사람은 없는 법이야. 그런 경우는 정말 하나도 없다구. 죄수는 쥐들을 훈련시키고, 그놈들을 어루만지고, 그놈들한테 재주도 가르치는 거고, 그러면 그놈들도 마치 파리만큼이나 붙임성이 있게 된다니까. 하지만 너는 반드시 그놈들한테 음악을 연주해줘야 해. 너 혹시 음악 연주할 수 있는 거 있어?"

"제가 할 줄 아는 거야 승근[성근] 빗에다가 종이 붙여 부는 것이랑, 귀금[구금]밖에는 없는데요. 하지만 제 생각엔 쥐들이 귀금 따위에는 전혀 관심도 없을 것 같은데."

"아니, 관심 있을걸. '그놈들'은 음악이라면 뭐든지 상관은 안 해. 구금이라니, 쥐에게는 충분히 좋을 것 같은데. 짐승치고 음악 싫어하는 놈은 없으니까. 감방에서는 쥐들이 음악에 홀딱 반하게 마련이지. 특히 고통스러운 음악에는 말이야. 그리고 너는 구금 말고 다른 뭐를 가질 수는 없을 거야. 그거야말로 항상 짐승들에겐 관심의 대상이니까. 그놈들은 너한테 과연 무슨 문제가 있는지 보러 나올 거야. 그래, 넌 아주 괜찮아. 넌 아주 준비가 잘됐으니까. 넌 밤마다 침대 위에 앉아서, 그러니까 자기 직전에, 그리고 아침 일찍도, 구금을 연주하는 거야. 〈마지막 고리가 끊겼네〉를 연주하는 거야. 그거야말로 쥐를 압도할 거고, 다른 무엇보다도 더 빠른 방법일 거니까. 2분 동안쯤 연주를 하고 나면, 너는 쥐들이며 뱀들이며 거미들이며 그런 온갖 것들이 너에 대해서 걱정을 해주고, 너한테 다가오는 걸 볼 수 있을 거야. 그 놈들은 그야말로 너한테 잔뜩 몰려와서, 아주 멋진 시간을 함께 보낼 수 있을 거야."

"암요, '그놈들'이야 그렇겠죠, 지가 생각해두요, 톰 도련님. 하지만 이 '짐'이란 놈한테는 그게 도대체 뭐하는 놈의 시간이랍니까요? 참말로 저는 그것이 뭔 놈의 소용이 있는지 모르겠구만요. 하지만 꼭 해야만 하는 거라면 당연히 해야요. 제 생각에는 차라리 그놈의 짐승들을 만족시켜주어야지, 그래야만 이놈의 집에서 더 이상 문제가 없을 것 같구만요."

톰은 잠시 뭔가를 생각하면서, 혹시 빠진 것은 없는지 살펴보는 모양이었다. 그러다 금세 녀석이 말했다.

"아, 내가 까먹은 게 하나 있었네. 여기다가 꽃이나 한 송이 키울 수 있겠어, 네가 생각하기엔?"

"저야 잘 모르지만, 어쩌면 키울 수도 있겠네요, 톰 도련님. 하지만 여기는 상당히 어두워서요. 그리고 저는 꽃 같은 놈의 것 키우는 데에는 도통 쓸모가 없거든요. 전혀요. 그러니 그놈의 꽃한테는 말짱 안 좋을 것 같구만요."

"그래, 어쨌거나 시험 삼아 해봐. 다른 죄수들 가운데 몇 사람도 그렇게 했으니까."

"제가 생각하기에는, 그놈의 큰 부들 비스무리한 버바스쿰 같은 거라면 여기서도 자랄 것 같네요, 톰 도련님. 하지만 그놈의 것을 키워봤자 거기 들어간 정성의 반푼어치나 소용이 있을지."

"무슨 소리야. 우리가 작은 걸로 하나 갖다줄 테니까, 그걸 구석에 심어놓으라구. 저기에다가. 그리고 그걸 키우는 거야. 그리고 그걸 버바스쿰이라고 부르지 말고, 그냥 피치올라라고 부르는 거야. 감방에 있을 때는 그게 맞는 이름이니까. 그리고 거기다가는 네가 흘린 눈물로 물을 줘야 되는 거야."

"왜요, 여기 샘물도 많은데요, 톰 도련님."

"거기다가는 샘물을 주려고 '해서는' 안 돼. 거기다가 네 눈물로 물을 줘야 한다구. 원래 다들 그렇게 하는 거야."

"왜요, 톰 도련님. 제 생각에는 제가 그놈의 버바스쿰 하나쯤은 딴 사람이 눈물로 하나 키우기 '시작하는' 것보다는 훨씬 더 잘 키울 수 있을 것 같은데요."

"그렇게 하면 안 돼. 그건 '반드시' 눈물로 키워야 한다니까."

"그럼 그놈의 것은 결국 시들어 죽을 수밖에 없을 걸요, 톰 도련님. 금방 그렇게 될 거라구요. 왜냐면 저는 평소에도 눈물을 흘리는 경우가 거의 없으니까요."

그리하여 톰 녀석은 곤란해지고 말았다. 하지만 녀석은 그 문제를 거듭 생각해본 끝에, 그러면 짐이 양파를 가지고서라도 최대한 눈물을 흘리도록 해야 한다고 말했다. 녀석은 아침에 자기가 깜둥이 오두막에 가서 양파 하나를 짐의 커피 주전자에 몰래 넣어두겠다고 했다. 짐은 차라리 자기 같으면 "커피 안에 담배가 들어 있으면 좋겠다"고 했다. 그러고 이런저런 트집을 잡으면서, 지금 하는 일이며, 버바스큠 키우는 일이며, 쥐들에게 구금 불어주는 일이며, 뱀이며 거미며 다른 것들을 쓰다듬어주고 돌보는 일 따위에 대해서도 이런저런 트집을 잡았다. 그중에서도 제일 불만스러운 것은 다른 일보다도 자기가 펜이며 글씨 새기기며 일기며 갖가지 것들을 하는 것이라면서, 그것 때문에 죄수가 되고 보니 지금껏 자기가 한 다른 어떤 일보다도 더 많은 괴로움과 걱정과 책임만 떠맡게 되었다고 말하자, 톰은 그야말로 짐에게 노발대발했다. 그러면서 자기가 짐에게 내려준 것이야말로, 이 세상에 살았던 어떤 죄수가 자기 혼자서 이름을 떨치기 위해 만든 것보다도 훨씬 더 멋진 기회인데, 짐 녀석은 그걸 고마워할 줄도 모르니, 이거야말로 완전히 기회를 낭비하는 꼴이라고 퍼부었다. 그러자 짐 녀석은 미안해하면서, 다시는 그렇게 안 하겠다고 말했다. 그런 다음에야 나와 톰은 자러 갔다.

제39장

아침이 되자 우리는 읍내로 올라가서 철사로 된 쥐덫을 하나 사서 갖고 내려온 다음, 제일 큰 쥐구멍 하나를 도로 뚫어놓았다. 그랬더니 불과 한 시간쯤 지나서 우리는 쥐 중에서도 제일 팔팔한 놈들로 열다섯 마리를 모을 수 있었다. 우리는 그놈들을 갖다가 안전한 장소인 샐리 이모의 침대 밑에 놓아두었다. 그런데 우리가 거미를 잡으러 간 사이에 꼬맹이 녀석인 토머스 프랭클린 벤저민 제퍼슨 엘렉산더 펠프스가 거기 있는 쥐덫을 발견하고는, 쥐들이 혹시 달려나오려나 본답시고 문을 열어보았는데, 쥐들은 정말 그렇게 해버렸다. 마침 샐리 이모가 방 안에 들어왔고, 그리하여 우리가 돌아와 보니 이모는 침대 위에 서서 난리를 치고 있었고, 쥐들은 이모가 지루함을 느끼지 못하게끔 최선을 다하고 있었다. 이모는 히코리 나무 회초리를 갖다가 우리 둘을 흠씬 패주었고, 그래서 우리는 또다시 두 시간이나 걸려서 쥐를 열다섯인지 열여섯 마리인지 잡았는데, 남의 일에 간섭하기 좋아하는 망할 꼬맹이 같으니, 그놈들은 먼젓번 놈들에 비하면 제일 튼실한 놈들까지는 아니었다. 먼젓번 놈들은 그야말로 무리에서도 최고인 놈들 같았기 때문이다. 솔직히 우리가 맨 처음 잡았던 그놈들만큼이나 튼실한 쥐들은 이제껏 한 번도 본 적이 없었다.

우리는 갖가지 거미들이며, 벌레들이며, 개구리들이며, 쐐기벌레들이며, 이런저런 놈들을 산더미마냥 모았다. 우리는 말벌집도 하나 가져오고 싶었지만, 결국 그러지 않기로 했다. 말벌들이 그 안에 들어 있었기 때문이다. 우리는 곧바로 포기하지는 않았고, 최대한 오래까지 기다려보았다. 그놈들이 먼저 지쳐 떨어지든지, 아니면 우리가 먼저 지쳐 떨어지든지 어디 보자고 생각했기 때문인데, 결국에는 그놈들이 이기고 말았다. 그런 뒤에 우리는 검벌초[금불초]를 하나 갖다가 여기저기에 문질렀고, 그러자 거의 다시 멀쩡하게 되었지만, 완전히 가라앉을 수는 없었다. 그러고 나서 우리는 뱀들을 잡으러 가서, 스물 대여섯 마리의 줄무늬뱀과 집뱀을 잡아와서는, 그놈들을 자루 안에 넣어서 우리 방에 두었는데, 그때쯤은 이미 저녁 시간이었고, 그날 하루는 아주 제대로 일을 한 셈이었다. 배가 고팠느냐고? 아니, 전혀, 내 생각에는 아니었다! 그런데 돌아와 보니, 그 망할 놈의 뱀들이 한 마리도 없었다. 자루 아가리를 그냥 대충 묶어두고 말았더니만, 그놈들이 어떻게 해서인지 기어나와서 도망친 것이었다. 하지만 그야 별 문제는 없었는데, 그놈들은 여전히 집 안 어딘가에 있었기 때문이다. 그래서 우리는 그놈들을 어디선가 다시 잡을 수 있으리라고 생각했다. 진짜였다. 한 동안은 그 집 안에 뱀이란 놈들이 전혀 드물지가 않았다. 시도 때도 없이 서까래며 여기저기서 그놈들이 툭툭 떨어지는 모습을 볼 수 있었다. 대개는 우리가 먹는 접시 안에 떨어지거나, 또는 우리 목 뒤로 떨어졌으며, 게다가 대부분의 경우에는 우리가 그놈들을 원치 않는 장소에 떨어졌다. 글쎄, 그놈들은 제법 귀엽게 생겼고, 줄무늬도 있고, 게다가 백만 마리쯤 있어도 전혀 해를 끼치지 않는 것들이었다. 하지만 샐리 이모가 보기에는 그놈들도 전혀 다를 바가 없어서, 이모는 뱀들을 싫어했으니, 그 종류를 막론하고 그랬으며, 세상 누구도 어찌하지 못할 정도로 뱀들을 싫어했다. 그리하여 매번 그중 한 놈이 이모 위로 털썩 떨어지면, 그때 이모가 무슨 일을 하고 있었는지는 전혀 문제가 되지 않았으니, 이모는 당장에 그 일을 내던지고는 번개처럼 도망쳤다. 여자가 그러는 건 한 번도 본 적이 없었다. 여리고까지 들릴 정도로 왁 소리도 질렀다. 그냥 부젓가락으로 집어내버릴 생각은 하지도 않았다. 그리고 자다가 몸을 뒤척였는데 침대 위에 그게 한 마리 있으면, 벌떡 일어나며 비명을 질러대는 바람에 누가 들으면 집에 불이라도 난 줄 알 정도였다. 그러면서 노인네를 어찌나 들볶았는지, 그 양반도 나중에 가서는 뱀이란 놈이 애초에 창조되지 말았으면 더 바랄 게 없었겠다고 말할 정도였다. 하여간 최후의 뱀 한 마리까지 집 안에서 빠져나가는 데에는 일주일쯤 시간이 걸렸다. 하지만 이모한테는 그걸로 끝난 게 아니었다. 아니, 이모한테는 전혀 끝난 거랑은 멀었다. 가령 이모가 앉아서 뭔가 생각하고 있을 때, 누가 이모의 등 뒤를 깃털로 슬쩍 건드리기만 할라치면, 이모는 곧바로 펄쩍 뛰어오를 지경이었다. 정말이지 묘한 일이었다. 하지만 톰 녀석은 여자들이 원래 그렇다고 했다. 녀석 말로는 여자들이 원래 그렇게 만들어졌기 때문이라는 거였다. 뭔가 이유가 있어서라는 거였다.

우리가 잡아 온 뱀들 가운데 한 마리가 이모 눈에 띌 때마다 우리는 매질을 당했다. 그리고 이모는 다음번에는 이 매질 따위야 아무것도 아닐 정도로 패줄 테니까, 어디 자신 있으면 또 한 번 집 안에 뱀들을 갖다 풀어놓아보라고 을러댔다. 나야 매질 따위는 아무래도 상관없었으니, 그거야 정말 전혀 아프지도 않았기 때문이다. 하지만 우리가 겪는 문제는 신경이 쓰였으니, 바로 뱀들을 또 한 무더기 모으는 것이었다. 하지만 우리는 결국 뱀들이며 다른 것들도 모아왔다. 그놈들이 모조리 음악을 들으러 쏟아져 들어가서 짐을 향해 몰려갔을 때, 녀석이 있는 오두막만큼이나 즐거운 곳은 누구도 본 적이 없었을 것이다. 짐은 거미를 싫어했고, 거미도 짐을 싫어했다. 그래서 거미들은 몰래 숨어서 녀석을 기다렸고, 아주 호되게 녀석을 혼내주었다. 녀석 말로는 쥐들이며 뱀들이며 맷돌까지 있다보니, 이제는 침대 위에 자기가 누울 자리도 거의 없다는 것이었다. 그리고 혹시나 자리가 있어도 사람이 도무지 잠을 잘 수가 없으니, 워낙 번잡스럽기 때문이고, 사실은 항상 번잡할 수밖에 없었으니, 녀석의 말로는 '그놈들'이 결코 한꺼번에 잠을 자는 법이 없고, 서로 번갈아가며 자기 때문이라고 했다. 그러다 보니 뱀들이 잠들었을 때에는 쥐들이 깨어 있고, 쥐들이 교대해서 자면 뱀들이 망을 보는 식이어서, 항상 이놈 한 무리가 밑에 있고, 또 저놈 한 무리가 녀석의 위에서 법석을 떠는 판이었으며, 혹시 새로운 장소라도 찾으러 갈라치면, 녀석이 그쪽으로 건너가기도 전에 거미란 놈이 먼저 기회를 얻어 덤벼든다는 것이었다. 녀석은 이 번에 자기가 빠져나올 수만 있다면 절대로 다시는 죄수가 되지 않을 거라고 했다. 누가 월급을 준대도 절대 안 할 거라고 말이다.

그렇게 해서 3주째의 마지막 날이 오자 모든 일이 제법 꼴을 갖추게 되었다. 셔츠는 일찌감치 파이 속에 넣어서 들여보냈고, 짐은 쥐한테 물려서 잠에서 깰 때마다, 그 피가 마르기 전에 일기를 조금씩 적었다. 펜도 만들어졌고, 문구며 기타 등등도 맷돌에 새겨 넣었다. 침대 다리는 톱으로 썰어서 두 동강을 냈고, 우리는 그 톱밥을 먹어치웠는데, 덕분에 우리는 그야말로 대단한 복통을 겪고 말았다. 우리는 이러다가 전부 죽는 거구나 생각했지만, 다행히 그렇진 않았다. 그거야말로 지금껏 내가 본 중에서 제일로 소화 안 되는 톱밥이었다. 톰 녀석도 똑같은 소리를 했다. 하지만 내가 말한 대로, 마침내 우리는 모든 일을 다 완료하게 되었다. 또 우리는 그야말로 지친 상태였고, 누구보다도 특히 짐이 그랬다. 노인네는 벌써 두 번이나 저 아래 올리언스에 있는 농장에 편지를 보내서 도망친 깜둥이를 와서 데려가라고 했지만, 아무런 답변이 없었으니, 그곳에는 그런 농장 따위는 없었기 때문이다. 그래서 그 양반은 아예 세인트루이스와 뉴올리언스의 신문에 짐의 광고를 내기로 했다. 그런데 그 양반이 세인트루이스의 어느 신문 이야기를 하자, 나는 그야말로 소름이 돋아서는, 우리가 더 이상 시간을 허비해서는 안 된다고 생각했다. 그러자 톰 녀석이 하는 말이, 이제는 잉명[익명]의 편지를 쓸 때가 되었다는 거였다.

"그게 뭔데?" 내가 말했다.

"무슨 일이 벌어지고 있다는 걸 사람들한테 경고해주는 거야. 때로는 이런 식으로도 하고, 또 때로는 저런 식으로도 하지. 하지만 항상 누군가가 주위에서 염탐을 하게 마련이니까, 그건 성의 주인한테 미리 경고를 하는 거야. 루이 16세가 툴러리[튈르리]에서 빠져나가려고 할 때에는 하녀 여자애가 그렇게 했었어. 그것도 아주 좋은 방식이고, 잉명의 편지도 마찬가지지. 우리는 그걸 둘 다 쓸 거야. 그리고 죄수의 어머니가 아들하고 옷을 바꿔 입고, 어머니가 대신 그 안에 있는 동안, 아들은 여자 옷을 입고 빠져나가는 거지. 우린 그것도 할 거야."

"하지만 이것 봐, 톰. 왜 우리가 굳이 뭔가가 벌어진다는 걸 누구한테 '경고해야' 하는 건데? 차라리 사람들이 알아서 찾아내게 하지. 그건 그 사람들이 알아서 할 문제잖아."

"그래, 나도 알아. 하지만 그 사람들만 믿고 있을 수는 없잖아. 그 사람들은 애초부터 그런 식으로 해왔단 말이야. '전부' 다 우리가 알아서 하게 말이야. 그 사람들은 워낙 남을 잘 믿고, 숭어머리가 되다 보니 뭔가가 벌어진다는 걸 전혀 눈치채지 못한다니까. 그러니 만약 우리가 사람들한테 경고를 '주지' 않으면, 우리를 방해할 사람이나 물건은 아무것도 없게 되고, 그러면 우리가 한 힘든 일이며 곤란에도 불

구하고 이번 탈옥은 정말 김빠진 게 될 거라구. 아무것도 아니게 된다
구. 아무것도 아닐 거야."

"근데 내 입장은 말이지, 톰. 난 오히려 그쪽이 좋은걸."

"젠장." 녀석은 이 말과 함께 혐오스러운 표정을 지었다. 그래서 내
가 말했다.

"하지만 불평하지는 않을게. 어쨌거나 너 마음에 드는 거면 내 마
음에도 드는 거니까. 그나저나 그 하녀 여자애 어쩌구는 어떻게 하는
건데?"

"네가 그 여자애가 되는 거야. 네가 한밤중에 몰래 들어가서, 그 피
부색 누르스름한 여자애 옷을 슬쩍해 오는 거지."

"있잖아, 톰. 그러면 다음 날 아침에 난리가 날 텐데. 그 여자애 옷
은 아마 그것 하나밖에는 없을 거니까 말이야."

"나도 알아. 하지만 너한테야 15분쯤밖에는 안 필요하니까. 잉명의
편지를 갖고 가서 현관문 밑에 집어넣을 동안만 말이야."

"좋아, 그러면 내가 그렇게 할게. 하지만 그냥 내 옷을 입고 하면
더 편하게 가져갈 수 있을 것 같은데."

"근데 '그러면' 네가 하녀 여자애처럼 보일 리가 없잖아, 안 그래?"

"그렇지. 하지만 내가 뭐처럼 보이는지 아닌지를 볼 사람은 아무도
없을 거잖아, '어쨌거나' 말이야."

"그건 아무래도 전혀 상관없어. 우리가 해야 하는 일들은 그저 우
리의 '의무'로 하는 거니까, 우리가 그걸 하는 걸 누가 '보건' 말건 걱
정하지 말라구. 넌 아직도 그런 원칙을 전혀 모르겠냐?"

"알았어. 그럼 아무 말 안 할게. 내가 하녀 여자애다 그거지. 그럼 짐네 어머니는 누가 할 건데?"

"내가 짐네 어머니인 거야. 샐리 이모의 잠옷도 내가 슬쩍해 올게."

"좋아, 그러면 나랑 짐이 떠나고 나서 너는 오두막에 남아 있어야 하는 거네."

"꼭 그렇지는 않아. 난 짐의 옷에다가 지푸라기를 잔뜩 넣어서, 그걸 녀석의 침대 위에 올려놓고는 그게 녀석의 어머니가 변장한 거라고 칠 거야. 그리고 짐은 내가 입은 그 깜둥이 여자 잠옷을 벗겨서 자기가 입고, 그런 다음에 우리는 모두 거기서 파옥하는 거야. 지체 높은 죄수가 탈출하면, 그걸 파옥이라고 하거든. 가령 왕이 탈옥한다든지 하면 항상 그렇게 부르는 거야. 그리고 왕의 아들의 경우에도 마찬가지지. 자연스러운 아들[친자]이건 부자연스러운 아들이건 간에 상

관은 없어."('친자natural son'를 지칭하는 영어 단어를 가지고 하는 말장난이다―옮긴이)

그래서 톰 녀석은 그 잉명의 편지를 썼고, 나는 그날 밤에 그 피부색 누르스름한 여자의 옷을 쌔벼다가, 그걸 입고 톰 녀석이 시킨 대로 편지를 현관문 밑에 집어넣었다. 거기엔 이렇게 나와 있었다.

조심하시오. 문제가 끓어오르고 있음. 망을 잘 보도록.
누군지 모를 친구

다음 날 밤, 우리는 톰이 피로 그린 해골과 엇갈린 뼈 모양의 그림을 현관문 위에 붙여놓았다. 또 다음 날 밤에는 관 그림을 뒷문에 붙여놓았다. 그렇게 걱정해 마지않는 가족은 나도 본 적이 없었다. 거기가 만약 모든 물건이며 침대 밑에 귀신들이 우글거리고 공중을 날아다니는 집안이었다 하더라도 사람들이 이렇게 겁에 질리지는 못했을 거다. 혹시 문이 쿵 닫히는 소리만 들려도 샐리 이모는 펄쩍 뛰면서 "어이쿠!" 하고 소리를 질렀고, 혹시 뭐가 떨어지기라도 하면 펄쩍 뛰면서 "어이쿠!" 하고 소리를 질렀으며, 이모가 미처 깨닫지 못한 사이에 누가 몸을 건드리기라도 하면 똑같이 했다. 이모는 어느 쪽을 보더라도 만족을 하지 못했으니, 항상 자기 뒤에 뭔가가 있다고 생각했기 때문이었다. 그래서 이모는 항상 주위를 빙빙 돌기만 했고, 갑자기 소스라치며, "어이쿠"를 내뱉었고, 그렇게 3분의 2쯤 돌아서다가 갑자기 뒤로 다시 홱 돌아서서는 똑같이 내뱉었다. 이모는 잠자리에 드는 것조차도 무서워했는데, 그렇다고 해서 잠을 안 자고 앉아 있을 수도 없었다. 그리하여 일은 매우 잘되어가는 셈이라고 톰이 말했다. 녀석은 이렇게 일이 만족스럽게 되는 건 한 번도 본 적이 없다고 말했다. 결국 이게 제대로 되고 있음을 보여주는 거라고 했다.

그러더니 녀석은 이제 대단한 부풀림을 세울 때라고 했다! 그래서 바로 다음 날 해뜰 무렵에 우리는 또 한 통의 편지를 준비해놓고, 이걸 과연 어떻게 해야 할지 궁금하게 생각했으니, 전날 저녁 식사 때 두 양반이 앞으로 매일 밤마다 양쪽 문에 깜둥이를 하나 세워 망을 보게 하자는 이야기를 들었기 때문이었다. 톰은 피뢰침을 타고 내려가서 주위를 둘러보았다. 그런데 뒷문에 있는 깜둥이는 잠이 들어 있어서, 우리는 녀석의 목 뒤에다가 그 편지를 꽂아놓고 돌아왔다. 편지의 내용은 이러했다.

나를 배신할 생각 마시오. 난 당신들의 친구가 되고 싶으니까. 오늘 밤 인전(인디언) 준주에서 온 지도칸(지독한) 흉한들의 무리가 당신네 도망친 깜둥이를 훔치려 할 것이오. 그들은 당신들을 겁주려고 했으니, 그래야만 당신들이 집 안에만 머물러 있고 자기들을 성가시게 하지 않을 것이기 때문이오. 사실은 나도 그 무리 가운데 하나요만, 종기오(종교)를 갖고 있다보니 이 일을 그만두고 다시 정직한 삶을 영위하고 싶어서, 이 흉아칸(흉악한) 계획을 폭로하는 바이오. 그놈들은 자정 정각에 북쪼그로부터(북쪽으로부터) 울타리를 따라 숨어 들어와서 가짜 열쇠를 갖고 와서 깜둥이를 풀어주러 오두막으로 들어갈 거

요. 나는 거기서 조금 떨어진 곳에 있으면서, 혹시 무슨 위험이 있을 경우에는 양철 나팔을 불기로 했소. 하지만 그 대신에 나는 그놈들이 들어간 직후에 '음매' 하고 양 울음소리만 내고, 절대로 나팔을 불지는 않을 거요. 그러면 그놈들이 녀석의 쇠사슬을 풀어주려고 하는 동안, 당신들은 거기로 몰래 가서 문을 잠가 놈들을 안에 가둬버리고, 당신들이 좋을 대로 녀석들을 죽여버리시오. 내가 시키는 것 외에는 절대 아무것도 하지 마시오. 안 그랬다간 놈들이 뭔가 수상하다고 생각하고 난리법서가지[난리법석]를 피울 터이니 말이오. 나는 다른 보답은 필요 없고, 다만 내가 옳은 일을 하고 있음을 알기 위해 이러는 거요.

누군지 모를 친구

제40장

아침을 먹고 나서, 우리는 기분이 아주 좋았다. 그래서 우리는 내 카누를 타고 강을 건너가서 낚시를 하러 갔다. 점심도 싸가지고 가서, 즐거운 시간을 보냈다. 뗏목도 살펴보고 잘 있는지 확인했고, 늦게야 저녁을 먹으러 갔다. 어른들은 당황하고 걱정하여 어쩔 줄을 몰랐으니, 자기들이 지금 어느 쪽에 서 있는지를 알 수 없었기 때문이다. 그러면서 우리더러 저녁을 다 먹자마자 곧바로 올라가서 자라고만 하고, 무슨 걱정거리가 있는지에 관해서는 설명해주지 않았다. 심지어 새로 온 편지에 대해서는 우리에게 입도 뻥끗해주지 않았지만, 사실 그럴 필요조차 없었던 것이, 우리는 거기 있는 양반들이 아는 만큼이나 잘 알고 있었기 때문이다. 우리는 계단을 반쯤 올라가다가, 이모가 등을 돌린 틈을 타서 식료품 저장실로 숨어 들어가, 먹을거리를 잔뜩 챙겨서 우리 방까지 들고 올라왔다. 그러고 나서 잠자리에 들어, 밤 열한 시 반에 일어났다. 톰은 훔쳐낸 샐리 이모의 드레스를 입고, 먹을거리를 챙기기 시작하다가 이렇게 말했다.

"버터는 어따 뒀어?"

"덩어리로 하나 갖고 왔는데." 내가 말했다. "거기 옥수수빵 위에 놨지."

"어, 그럼 거기 '두고' 왔나본데. 여기 없어."

"그게 없어도 충분히 할 수 있잖아." 내가 말했다.

"그게 '있어도' 충분히 할 수 있고 말이지." 녀석이 말했다. "네가 얼른 지하실로 내려가서 다시 가져오면 말이지. 그런 다음에 피뢰침을 타고 내려와서 따라오라구. 난 먼저 가서 짐의 옷에다가 지푸라기를 좀 넣어서 위장에 써먹을 그 녀석 어머니를 만들 테니까. 준비가 다 되면 양처럼 '음매' 하고 울고, 네가 거기 도착하자마자 내빼는 거야."

녀석은 밖으로 나가고, 나는 지하실로 내려갔다. 사람 주먹만 한 버터 덩어리는 내가 깜박 잊고 둔 곳에 있었다. 나는 그걸 얹어놓은 옥수수빵 조각을 집어 들고, 내가 든 촛불을 훅 끄고는, 계단을 올라가기 시작해서, 아주 살금살금, 무사히 1층까지 도착했다. 그런데 갑자기 샐리 이모가 촛불을 들고 나타났다. 나는 그 물건을 얼른 모자 안에 쑤셔 넣고, 그 모자를 머리에 썼다. 바로 그 순간 이모가 나를 보더니 이렇게 말했다.

"너 지하실에 내려갔었지?"

"예, 이모."

"거기서 뭐하고 있었니?"

"암껏도요."

"암껏도라구!"

"예, 이모."

"그래, 그러면 도대체 무슨 바람이 들어서 거기 내려갔다 온 거니, 그것도 이 한밤중에?"

"저도 잘 모르겠는데요."

"너도 잘 '모르겠다'고? 그런 식으로 얼렁뚱땅 넘어갈 생각 마라, 톰. 저 밑에서 '뭘' 하고 있었는지 얼른 대답 못 해?"

"진짜 전혀 아무것도 안 했어요, 샐리 이모. 솔직히 뭐 할 거나 있었으면 좋겠다니까요."

이제 그 정도면 이모도 나를 보내줄 것이라는 생각이 들었고, 평소 같으면 이모도 당연히 그렇게 했다. 하지만 아마 이상한 일들이 워낙 많이 벌어지고 있었기 때문에, 이모는 뭔가 확실하지 않다 싶으면 아무리 작은 일에도 걱정해 마지않는 모양이었다. 이모는 매우 엄한 투로 말했다.

"너 당장 거실로 가서 내가 갈 때까지 기다리고 있어. 뭔가 네가 하지 말았어야 할 일을 한 것 같으니, 내가 뭔지 꼭 알아가지고 가서 '너를' 혼내줄 테니까."

그러면서 이모가 가버리자, 나는 거실 문을 열고 안으로 들어갔다. 아이구, 거기에 웬 사람이 그리도 많던지! 열다섯 명의 농부들이, 저마다 총을 하나씩 들고 있었다. 나는 어찌나 확 속이 울렁거리던지, 의자 쪽으로 살금살금 걸어가서 앉았다. 사람들은 여기저기 앉아 있었는데, 그중 일부는 뭐라고 낮은 소리로 조금 이야기도 하고 있었지만, 모두들 침착하지 못하고 불편해하면서도, 겉으로는 최대한 아닌 척하려고 노력했다. 하지만 나는 그 양반들의 속마음을 훤히 꿰뚫어 보았으니, 모두들 계속해서 자기 모자를 벗었다 썼다 하고, 머리를 막 긁적이고, 자리를 고쳐 앉고, 옷의 단추를 만지작거렸기 때문이었다. 나 역시 마음이 영 불편했지만, 그래도 그 양반들하고 똑같이 모자를 벗을 수야 없는 노릇이었다.

나는 얼른 샐리 이모가 왔으면, 그래서 얼른 나를 혼내주고, 원한다면 때려주었으면, 그렇게 해서 내가 이 자리에서 얼른 빠져나갔으면 하는 생각뿐이었다. 나는 톰에게 우리가 너무 지나쳤다는 것을, 지금 우리가 어떤 어마어마한 벌집을 건드렸는지를 말해준 다음, 이제 장난은 그만두고, 곧장 가서 짐하고 같이 내빼고 싶었다. 이 양반들이 기다리다 지쳐 우리를 뒤쫓아오기 전에 말이다.

마침내 이모가 들어와서는 나한테 이것저것 물어보기 시작했지만, 나로선 거기에 대해 똑바로 대답할 '수가' 없었다. 내가 지금 똑바로 서 있는지 거꾸로 서 있는지 모를 정도로 정신이 없었기 때문이다. 이 양반들은 이제 너무나도 안절부절못하는 나머지, 어떤 사람들은 바로 '지금'부터 시작하고 싶어 했고, 그 악당들을 쓰러트리고 싶어 했으며, 이제 자정까지는 얼마 남지 않았다고 말했기 때문이다. 또 어떤 사람들은 그들을 진정시키려 하면서, 양 울음소리 신호가 들릴 때까지 기다리자고 했다. 그리고 이쪽에서는 이모가 내게 이런저런 질문을 쪼아대고 있었고, 나는 온몸을 부들부들 떨면서 그 즉시 풀썩 주저 앉을 참이 되었다. 이 자리는 점점 더워지고 또 더워졌으며, 급기야 버터가 녹기 시작해서 내 목이며 귀 뒤로 줄줄 흘러내렸다. 곧이어 그 중 한 사람이 말했다. "그러면 '내가' 나가서 '먼저' 저 오두막에 가보지, 지금 '당장' 말이야. 그러다가 그놈들이 나타나면 잡아버려야지." 나는 하마터면 털썩 주저앉을 뻔했다. 설상가상으로 녹은 버터 한 줄기가 내 이마로 주르륵 흘러내리기 시작했다. 그러자 샐리 이모가 그 모습을 보더니 안색이 마치 백짓장처럼 하얘지며 말했다.

"아이구, 애가 지금 세상에 '무슨' 일이람! 이건 누가 보더래도 애가 뇌염에 걸린 게 분명해. 이렇게 뇌가 밖으로 줄줄 새나오고 있잖아!"

그러자 모두가 달려와서 나를 쳐다보았고, 이모가 내 모자를 확 벗겨버리자 빵이며 버터 남은 덩어리가 튀어나왔다. 그러자 이모는 나를 붙들더니 꽉 끌어안고는 이렇게 말했다.

"아이구, 이놈 자식, 십년 감수했네! 그래도 무슨 나쁜 병이 아니라서 얼마나 기쁘고도 감사한지! 사람이 불운을 겪으려면, 그저 한 가지가 아니라 정말 오만 가지가 한꺼번에 터진다지 않니. 그래서 나는 또 그걸 보고 이러다가 너까지 잃는 건 아닌가 싶었지. 그 색깔이며 뭐며만 보면 꼭 뇌가 줄줄 흘러나오는 것 같더라니까. 아이구, 그나저나 애, 그럼 왜 저 밑에서 뭐 하고 있었는지 '진즉에' 솔직히 털어놓지 그랬니. 그럼 나도 전혀 뭐라고 안 했을 건데. 이제 얼른 가서 씻고 자라. 그리고 내일 아침까지는 절대로 돌아다니는 거 내 눈에 띄지 않게 하고!"

나는 쏜살같이 위층으로 올라간 다음, 또 쏜살같이 피뢰침을 타고 내려가, 어둠 속을 달려서 달개지붕 헛간으로 다가갔다. 어찌나 걱정이 되던지 차마 말이 나오지도 않았다. 하지만 나는 최대한 톰 녀석에게 빨리 말했다. 어서 시작해야 한다고, 지금 당장, 그리고 지체할 틈이 전혀 없다고. 지금 저기 집 안에는 사람들이 한 가득이고, 게다가 총까지 들고 있다고 말이다!

녀석은 눈을 번뜩이면서 말했다.

"이런! 정말 그렇다는 거야? 이거 '진짜' 죽이는데! 솔직히 말해서, 헉, 우리가 만약에 이걸 처음부터 다시 할 수만 있다면, 내 생각에는 2백 명이라도 너끈히 불러올 수 있을 것 같아! 그러니까 우리가 이걸 잠시 연기해두기만 하면……."

"서둘러! '서두르라구!'" 내가 말했다. "짐은 어디 있어?"

"니 팔꿈치 바로 옆에 있잖아. 팔을 뻗쳐봐, 아마 손에 닿을 거니까. 녀석도 옷을 다 입었고, 이제 다 준비가 됐어. 이제는 살짝 빠져나가서 양 울음소리 신호만 내면 돼."

하지만 그때 사람들이 문으로 다가오는 발소리가 들리더니, 맹꽁이자물쇠를 만지는 소리도 들렸다. 곧이어 어떤 남자가 말했다.

"내가 '뭐랬나' 좀 봐. 우리가 너무 일찍 나왔잖아. 그놈들은 아직 안 왔다니까. 문도 그냥 잠겨 있고. 자, 내가 문을 열어줄 테니, 자네 중에 몇 사람이 오두막 안에 들어가서 그놈들이 나타나길 기다리고 있다가, 그놈들이 오면 죽여버리라구. 나머지는 여기저기 흩어져 있다가, 혹시 그놈들 오는 소리가 들리는지 귀를 기울여보구."

곧이어 사람들이 오두막 안으로 들어왔는데, 어둠 속에 있는 우리를 보지는 못했고, 우리는 침대 밑으로 기어들어가는 동안에 자칫하면 그들에게 밟힐 뻔했다. 하지만 우리는 구멍으로 들어가서 밖으로 빠져나왔고, 잽싸면서도 조용히 해냈다. 짐이 맨 처음에, 내가 그다음에, 톰이 맨 마지막으로 나왔으니, 그것 역시 톰 녀석의 지시에 따른 것이었다. 이제 우리는 달개지붕 헛간에 있었고, 바깥에서 걸어 다니는 발소리가 가까이서 들렸다. 그래서 우리는 문 쪽으로 엉금엉금 기어갔고, 톰 녀석이 거기서 우리를 멈춰 세우고는, 문틈으로 바깥을 내다보았지만, 아무것도 알아볼 수가 없었으니, 워낙 어두웠기 때문이다. 녀석이 귓속말로 말하길, 사람들 발자국 소리가 더 멀어질 때까지 자기가 듣고 있다가, 우리를 팔꿈치로 쿡 찌르면 짐이 맨 먼저 내빼고 자기가 맨 나중에 내빼자고 했다. 그러면서 녀석은 문틈에 귀를 갖다 댄 채, 밖의 상황에 귀를 기울이고 또 기울이고 또 기울였다. 그런데 밖에서는 발자국 소리가 이리저리 오가고, 멈출 틈을 보이지 않았다. 그러다가 녀석이 우리를 쿡 찔렀고, 우리는 밖으로 살금살금 빠져나가, 몸을 웅크린 채 숨도 쉬지 않았다. 소음이라곤 전혀 내지 않으면서, 조용히 살금살금 울타리로 향했으니, 딱 인디언 대열이었다. 울타리에 도착하자, 나와 짐이 먼저 넘어갔다. 그런데 톰 녀석의 반바지가 맨 위 가로대의 솟아난 부분에 걸려버렸는데, 그때 발자국 소리가 가까워지자, 녀석은 최대한 세게 잡아당겼고, 결국 솟아난 부분이 딱 부러지면서 소리가 나고 말았다. 녀석이 우리가 지나간 자취 위로 떨어져 뛰기 시작하자, 누군가가 소리를 질렀다.

"거기 누구냐? 대답해, 안 그러면 쏜다!"

하지만 톰 녀석은 대답하지 않았고, 우리는 발뒤꿈치를 펄럭이며 부리나케 달려갔다. 그러더니 사람들이 몰려오는 소리와 함께, '탕, 탕, 탕!' 하는 소리가 들리면서, 우리 주위로 총알이 윙윙 날아왔다! 곧이어 누군가가 지르는 소리가 들렸다.

"저기 있다! 강 쪽으로 가고 있어! 쫓아가세, 모두들! 개도 풀어놔!"

곧이어 그들이 전속력으로 쫓아왔다. 우리는 그들이 오는 소리를 들을 수 있었으니, 모두 부츠를 신고 소리를 질렀기 때문이다. 하지만 우리는 부츠도 신지 않았고, 소리도 지르지 않았다. 우리는 방앗간으로 향하는 길로 가고 있었다. 그들이 우리 뒤로 바짝 따라붙을 때면, 우리는 덤불 속에 납작 엎드린 채 그들이 지나가게 두고, 그런 다음 그들의 꽁무니에서 다시 일어섰다. 원래 강도들이 지레 겁먹고 도망치지 않도록 개들을 짖지 못하게 해두었다. 하지만 이번에는 누군가가 개를 풀어놓았는지, 이제는 개들이 뒤따라오면서 어쩌나 요란하게 짖어대는지 마치 수백만 마리가 따라오는 것 같았다. 그리하여 우리는 녀석들이 접근할 때까지 길에서 가만 서 있었는데, 녀석들도 막상 도착해보니 다른 누군가가 아니라 바로 우리들인 것을 깨닫고, 자신들이 재미있어 할 일은 전혀 없다는 사실을 알자, 그냥 안녕하슈 하고 인사만 건네고, 곧바로 저기서 소리치고 절그럭거리는 쪽을 향해 달려가버렸다. 곧이어 우리는 또다시 전속력으로 달려 그 뒤를 쫓아가서 거의 방앗간 가까이 왔고, 거기서 내가 카누를 묶어둔 덤불 속으로 들어가, 그 안에 올라타고 죽어라 노를 저어 강 한복판으로 나갔는데, 그 와중에도 꼭 내야 하는 것 말고 불필요한 소음은 내지 않았다. 그런 뒤에 우리는 손쉽고도 편안하게, 우리 뗏목이 있는 섬으로 출발했다. 강둑 위아래에서 사람들이 떠들고 개가 짖는 소리가 들려왔고, 이윽고 우리가 점점 멀어지면서 희미해지더니 결국 잦아들었다. 뗏목에 올라타면서 내가 말했다.

"자, 짐 영감. 넌 이제 '다시' 한 번 자유민이 된 거야. 그리고 내 생각에 너는 더 이상은 노예가 아니게 될 거고."

"그나저나 정말 대단한 일이었던 것 같은데, 헉. 계획도 정말 멋지게 되었고, '실행'도 정말 멋지게 되었으니까. 세상 '누구도' 이번 것만치 엄청나게 복잡하고 대단한 계획은 만들어내지 못할 거야."

우리는 더 이상 도리가 없을 정도로 기뻐했으며, 톰 녀석은 우리 중에서도 제일 기뻐했으니, 왜냐하면 녀석의 종아리에 총알이 하나 박혀 있었기 때문이었다.

하지만 나하고 짐하고는 그 이야기를 듣자마자, 방금 전에 했던 것처럼 신이 나지는 않았다. 녀석은 그 상처 때문에 상당히 아파했고, 게다가 피까지 흘렸다. 우리는 녀석을 움막 안에 눕혀놓고, 공작의 셔츠 가운데 하나를 찢어서 붕대를 감아주었지만, 녀석은 이렇게 말했다.

"그 넝마 조각 이리 줘. 나 혼자서도 할 수 있어. 여기서 멈추면 안 돼. 이 근처에서 얼쩡거리면 안 되고, 탈출은 멋지게 계속되어야 한다구. 전원, 노를! 닻을 풀어라! 제군들, 정말 멋지게 해냈어! 우린 진짜 그랬지. 솔직히 루이 16세의 경우도 우리가 다룰 수만 있었다면, '그에 대한' 전기에 나온 것처럼 '성 루이의 아들, 천국으로 올라가시오!' 따위는 전혀 없었을 거야. 아니, 전혀, 우리는 그를 '국경' 너머로 넘겨줬을 거야. 우리는 '당연히' 그렇게 해줬을 거야. 그리고 세상 무엇보다도 더 매끈하게 그렇게 했을 거라구. 전원, 노를! 전원, 노를!"

하지만 나와 짐은 뭔가 상의를, 그리고 생각을 하고 있었다. 우리는 잠시 동안 생각했고, 내가 말했다.

"말해봐, 짐."

그러자 녀석이 말했다.

"어, 그러니까, 내가 생각하기에는 이렇지 않나 싶은데, 헉. 거꾸로 우리가 만약에 '이' 양반을 자유롭게 풀어주었는데, 이제 우리 둘 중에 하나가 총을 맞았다고 하면, 그때 과연 이 양반이 '이 녀석 살리려고 의사를 불러올 생각 말고, 나만 계속 살려주라니까'라고 말했을라나? 그게 과연 톰 소여 도련님 같을까? 이 양반이 그런 말을 했을까? 그야 '당연히' 절대로 안 그랬을 거야! '그래', 그러면 이 '짐'이 그 말을 할까? 아니, 전혀. 나는 이 자리에서 단 한 발자국도 움직이지 않을 거야, '의사' 없이는. 앞으로 40년이 흘러도 말이야!"

나는 그의 속마음만큼은 하얗다는 것을 알았고, 녀석이 진심을 말한 것이라고 생각했다. 그리하여 이제 이것으로 되었다는 생각에, 나는 톰 녀석에게 내가 가서 의사를 데려오겠다고 했다. 녀석은 계속 출발하라며 난리를 부렸지만, 나와 짐이 가만 서서 꼼짝하지도 않았다. 그랬더니 녀석은 엉금엉금 기어가서 직접 뗏목 묶은 줄을 풀려고 했다. 하지만 우리는 녀석을 막았다. 그러자 녀석은 호된 말로 야단을 쳤지만, 그래도 아무런 소용이 없었다.

내가 카누를 타고 나갈 준비를 한 것을 보자, 톰 녀석은 말했다.

"그래, 결국 네가 꼭 가고 말아야겠다면 말이야, 일단 마을에 도착하고 나서 어떻게 해야 할지 말해줄게. 일단 문을 닫고, 의사의 두 눈을 아주 꽉 묶어서 가린 다음, 그 양반한테 쥐 죽은 듯 조용히 하겠다는 약속을 받아내고, 손에다가는 금화가 한가득 들어 있는 지갑을 쥐어주라 이거야. 그런 뒤에 그 양반을 끌고서 뒷골목이며 여기저기를, 깜깜한 와중에 한참 끌고 다니다가 그 양반을 카누에 태워서 이리로 데려오는데, 일부러 다른 섬들 사이로 빙빙 돌아서 와야 하는 거야. 그리고 그 양반의 몸을 뒤져서 혹시 분필이 있으면 압수한 다음에, 다시 마을로 돌아갈 때까지는 돌려주어서는 절대 안 돼. 안 그러면 우리 뗏목에다가 분필로 표시를 해놓고 나중에 다시 찾아보려고 할 거니까. 원래 다들 그렇게 하거든."

그래서 나는 알았다고 한 다음에 카누를 타고 출발했다. 짐은 거기서 기다리다가 의사가 나타나면 숲 속에 숨어 있기로 했다. 의사가 떠날 때까지 말이다.

제41장

의사는 나이 많은 남자였다. 내가 찾아가 보았더니, 매우 멋지고, 친절한 표정의 노인이었다. 나는 이렇게 말했다. 나랑 동생이랑 스페인 섬에 사냥을 하러 갔다가, 어제 오후에 웬 뗏목을 하나 발견해서 거기서 잠을 잤는데, 자정에 동생이 잠결에 총을 걷어 찼는지, 총이 발사되면서 다리에 총알이 박혔다고. 그래서 얼른 좀 오셔서 고쳐주시는데 제발 다른 말씀은 말아주시라고, 다른 사람들은 아무도 모르게 해달라고, 식구들이 놀랄까봐, 일단 오늘 저녁에 돌아와서 이야기하려고 한다고 둘러댔다.

"그럼 넌 어느 집 아이냐?" 그가 말했다.

"펠프스네 집이요, 저 아래 있는요."

"아." 그가 말했다. 잠시 후에 그가 말했다. "그나저나 네 동생이 어쩌다가 총을 맞았다고?"

"꿈을 험하게 꾸었나봐요." 내가 말했다. "그러다가 총이 발사돼서요."

"무슨 꿈인지 묘하기도 하구나." 그가 말했다.

그래서 그는 등불을 켜고, 안장주머니를 집어 들었으며, 우리는 곧바로 출발했다. 하지만 카누를 보자 그 생김새를 전혀 마음에 들어하지 않았다. 한 사람이 타기에도 충분치 않아 보이므로, 두 사람이 타기에는 전혀 안전하지 않아 보인다는 것이다. 내가 말했다.

"아이구, 겁내실 필요 없어요, 선생님. 우리는 셋이서도 거뜬히 타고 갔는데요."

"셋이라니?"

"그러니까 저랑 시드랑…… 그리고…… 그러니까 '총들' 말이에요. 예, 총들까지 쳐서 셋이라구요."

"아하." 그가 말했다.

하지만 그는 뱃전에 한 발을 집어넣고 카누를 흔들흔들 움직여보았다. 그러더니 고개를 저으면서, 자기 생각에는 좀 더 큰 배를 찾아봐야겠다고 했다. 하지만 다른 배는 모조리 잠겨 있거나 쇠사슬에 매여 있었다. 결국 그는 내 카누에 올라타더니, 자기가 혼자 갔다올 때까지 나는 거기서 기다리라고, 또는 이 근처에서 더 사냥을 하고 돌아다니든가, 아니면 아예 집에 가서 식구들이 놀라지 않게 미리 이야기를 해도 괜찮겠다고 말했다. 하지만 나는 싫다고 했다. 그래서 나는 뗏목 있는 곳을 그에게 가르쳐주었고, 그는 곧바로 배를 타고 떠났다.

곧이어 내 머릿속에 한 가지 생각이 떠올랐다. 나는 속으로 생각했다. 혹시 저 양반이 무슨 속담에서 하는 말마따나, 양 꼬랑지 세 번 흔드는 사이에 금방 고치지 못한다면 어쩌지? 혹시 저 양반이 사나흘이나 걸리면 어쩌지? 그럼 우리는 어떻게 하지? 무심결에 고양이 가방에서 튀어나오듯 이야기가 나와버리면 어떻게 하지? 아니, 나는 '무엇을' 해야 하는지 잘 알고 있었다. 나는 기다릴 것이다. 그 양반이 돌아오면, 그리고 그 양반이 한 번 더 가야 한다고 말하면, 헤엄을 쳐서라도, 나 역시 그리로 갈 것이었다. 그래서 그 양반을 붙잡아 묶고, 그 양반을 끌고서, 강물을 타고 출발할 것이다. 톰 녀석의 치료가 끝나면, 우리는 그에 걸맞은 대가를, 또는 우리가 가진 것 전부를 그 양반에게 주고, 그러고 나서 그 양반을 강변에 내려줄 것이었다.

그리하여 나는 일단 목재 더미 속으로 들어가서 잠을 잤다. 잠에서 깨어났을 때에는 해가 내 머리 위로 저만치 올라와 있었다! 나는 얼른 뛰어나와 의사의 집으로 달려갔는데, 그 집에서는 그 양반이 한밤중의

어느 시간에 나가셔서 아직 돌아오지 않았다고 하는 거였다. 아이구. 문득 그런 생각이 들었다. 톰 녀석이 정말로 상태가 안 좋은 거구나, 내가 당장 그 섬으로 가봐야겠구나 하는 생각이 말이다. 그래서 나는 뛰어서 모퉁이를 확 돌아갔는데, 그러다가 그만 내 머리를 사일러스 이모부의 배에 정통으로 들이박을 뻔했다! 이모부가

말했다.

"이런, '톰'! 너 지금까지 어디 있었니, 이 개구쟁이야?"

"전 '아무 데도' 안 갔었는데요." 내가 말했다. "그냥 그 도망친 깜둥이를 잡으려고 나갔던 건데요. 저랑 시드랑요."

"이런, 그래서 어디로 갔었는데?" 이모부가 말했다. "너네 이모가 얼마나 걱정했었다구."

"걱정 안 하셨어도 되는데." 내가 말했다. "왜냐하면 우리는 전부 무사하거든요. 어른들하고 개들 뒤를 따라갔는데, 전부 우리보다는 워낙 빨리 달리는 바람에, 결국 우리도 뒤를 놓치고 말았죠. 그런데 마침 강 쪽에서 어른들 소리가 들리기에, 카누를 한 척 타고 그 뒤를 따라갔죠. 강을 건넜는데, 아무리 찾아도 안 보이는 거예요. 그래서 이번에는 상류 쪽으로 배를 저어가다가 나중에는 힘들고 지치더라구요. 그래서 카누를 거기 묶어놓고 잠을 좀 잤죠. 그러다가 한 시간쯤 전에 일어난 거예요. 무슨 소식이 있나 일단 여기까지 노 저어서 왔고, 시드는 혹시 무슨 소식이 있나 싶어 우체국에 갔어요. 저는 혹시 뭐 먹을 거라도 사러 나왔구요. 좀 있다가 집에 가려고 그랬어요."

그래서 우리는 함께 우체국으로 가서 "시드"를 찾아보았다. 당연한 이야기지만 녀석은 거기 없었다. 노인네는 당신 편지를 우체국에서 찾은 다음, 나와 함께 좀 더 기다렸지만 시드는 나타나지 않았다. 노인네는 그냥 우리끼리 가자고, 시드는 여기저기 다 쏘다니고 나면 혼자 알아서 걸어오게, 아니면 카누를 타고 오게 하자고 말했다. 대신 우리는 마차를 타고 가자고 했다. 내가 거기 계속 있으면서 시드를 기다리겠다고 해도 노인네는 허락하지 않았다. 그래 봤자 소용없을 거라고, 그러니 집으로 가자고, 그래서 샐리 이모한테 우리가 무사하다는 걸 알려야 한다는 거였다.

집에 도착해보니, 샐리 이모는 나를 보고 어찌나 반가워하는지 절반은 웃고, 또 절반은 울고 하면서, 나를 끌어안고, 곧이어 진짜 장난이 아니게 때려주는 거였다. 그러면서 시드도 집에 오기만 하면 똑같이 해줄 거라고 별렀다.

집에는 근처 농부들이며 그들의 아낙들이 모두 모여 저녁을 먹고 있었다. 어찌나 수다를 떠는지 정말 그런 꼴은 살다 살다 처음이었다. 호치키스 여사란 나이 많은 여자가 그중에서도 최악이었다. 그 양반의 혓바닥은 정말이지 쉬는 때가 없었다. 그 양반이 말했다.

"아이구, 펠프스 자매님, 내가 그놈의 오두막을 샅샅이 뒤져봤더니, 그놈의 깜둥이는 미친 게 틀림이 없더라구요. 내가 데므렐 자매님한테도 그렇게 말했죠. 안 그래요, 데므렐 자매님? 그러게 내 말이요, 그놈이 미쳤다구요. 내 말이요. 내가 진짜로 그랬다니까요. 내가 그런 말 하는 거 다들 들었죠? 그놈이 미쳤다니까, 내 말이요, 나온 증거가 전부 그렇잖아요, 내 말이요. 그놈의 연자맷돌을 좀 봐요, 내 말이요. 도대체 그놈의 머릿속에 무슨 놈의 게 들어 있었길래, 그 연자맷돌에 다가 그렇게 온갖 미친 소리를 새겨 넣을 수 있었을까요? 누가 말 좀 해보라구요, 내 말이요! 여기 아무개 아무개라는 사람의 가슴이 터지네. 여기서 37년 동안 못박혀 있네, 뭐, 그따위 이야기 말이에요. 지가 뭐 루이 아무개의 서자라느니, 뭐 그런 완전히 말도 안 되는 헛소리 말이에요. 그놈 참 제대로 미쳤더라구요, 내 말이요. 내가 처음에 하고 싶은 말도 그거고, 내가 중간에 하고 싶은 말도 그거고, 내가 마지막으로 하고 싶은 말도 그거라니까요. 그 깜둥이는 미쳤어요. 아주 그 '느보것네살' 만치 미쳤더라구요, 내 말이요."

"게다가 넝마로 엮어 만든 그놈의 줄사다리 좀 보시라니까요, 호치키스 자매님." 데므렐 여사란 양반이 말했다. "세상에 도대체 왜 '하필' 그놈의 것을 만들었는지……."

"안 그래도 제가 아까 전에 어터백 자매님한테 하던 말이 바로 그 거였다니까요. 아마 이 자매님도 그렇게 말씀하실 거예요. 이 자매님 말이요, 본인이 직접 그 줄사다리를 봤다는 거잖아요. 이 자매님 말이요. 그러게 내 말이요, 예, '직접' 봤다는 거예요, 내 말이요. 하여간 그놈이 '도대체' 그걸 왜 만들려고 했는지 말이에요. 아무렴요. 이 자매님 말이요, 호치키스 자매님, 이 자매님 말이요……."

"하지만 도대체 '어떻게' 해서, 그놈이 그 연자맷돌을 그 '안' 에다가 '갖다' 놓을 수가 있었을까요? 그리고 도대체 누가 그놈의 '구멍' 을

판 걸까요? 그리고 도대체 누가……."

"제 말이 '그거'라니까요, 펜로드 형제님! 제가 하던 말이 그거였다 구요. 저기, 당밀 좀 이리로 건네주실래요, 예? 제가 던랩 자매님한테 하던 말이 그거였어요, 방금 전에 말이에요. 도대체 그놈들이 '어떻 게' 그 연자맷돌을 거기다가 갖다놓을 수 있었느냐 이거죠, 내 말이요. 도대체 누가 '도와준' 것도 아닌데도 불구하고 말이에요, 안 그래요. 누가 '도와준' 것도 아닌데요! 바로 '그게' 문제인 거라구요. '설마' 그 럴까 싶겠지만, 내 말이요. '정말로' 누가 도와준 거예요, 내 말이요. 그것도 '엄청나게' 많이 도와준 거라구요, 내 말이요. 그 깜둥이를 도 와준 사람이 '열두엇'은 있었다는 거예요. 그러니 저 같으면 이 집에 있는 깜둥이들을 하나도 남김없이 족칠 거예요. 그래서 누가 그랬는 지를 확실히 알아낼 거예요, 내 말이요. 게다가요, 내 말이요……."

"아니, '열두엇'이라니요, 무슨! 지금까지 해놓은 일만 보면 '마흔' 은 있어야겠는데요. 그 접는 칼이며 톱이며 하는 것들 좀 보세요. 얼 마나 오랫동안에 걸쳐 만든 건지 말이에요. 그 침대다리를 톱으로 썰 어놓은 것 좀 보시라니까요. 최소한 여섯 명이 일주일 내내 해야 될 일이라니까요. 그리고 그 깜둥이 인형을 지푸라기로 만들어서 침대에 눕혀놓은 것 좀 보세요. 그리고 또……."

"그렇게 말씀하실 만도 해요, 하이타워 형제님! 그렇잖아도 제가 펠프스 형제님 본인한테 말씀드리던 게 바로 그 이야기라니까요, 내 말이요. 그럼 '자매님'은 어떻게 생각하세요, 호치키스 자매님, 내 말 이요? 어떻게 생각하시는 건데요, 펠프스 형제님, 내 말이요? 그 침대다리를 톱으로 썰어놓은 것도 바로 그런 방법 같지 않으세요, 내 말이요? 다른 '누군가가' 그걸 톱으로 썰어놓은 거라구요, 내 말이요. 제 생각이 바로 그거예요. 믿거나 말거나 간에, 아무 상관없어요, 내 말이요. 하지만 그게 바로 제 생각이라는 거예요, 내 말이요. 그리고 혹시 누가 더 그럴듯한 이야기를 해볼 수 있다면, 어디 '한번' 해보라고 하세요, 그것뿐이라구요. 제가 던랩 자매님한테도 한 이야기가 그거예요, 내 말이요……."

"아, 개놈의 고양이 같은, 그 일들만 해도 감둥이들이 집 안 하나 가득히 넉 주는 매일 밤마다 해야만 다 했을 일이라니까요, 펠프스 자매님. 그놈의 셔츠를 좀 보세요. 하나부터 열까지 무슨 아프리카식 비밀 글자로 쓴 거잖아요, 그것도 그놈의 피를 갖고서요! 그러니 그런 놈들 한 패거리가 지금껏 줄곧, 계속해서 있었던 게 분명하다니까요. 솔직히 그게 무슨 놈의 뜻인지 나한테 읽어주는 사람이 있으면 2달러도 기꺼이 내놓겠어요. 그리고 그걸 읽은 놈의 감둥이를 붙잡기만 하면, 아주 채찍으로다가 그냥……."

"사람들이 그놈을 '도와준' 게 분명해요, 마플스 형제님! 제 생각에는 형제님께서도 '그렇게' 생각하실 수밖에 없을 거예요. 지난 얼마 동안 이 집에 계셨었다면 말이에요. 그놈들이 밤마다 뭐든지 손닿는 것을 다 훔쳐내지 뭐예요. 물론 우리도 항상 눈에 불을 켜고 지켰죠. 그런데도 심지어 빨랫줄에 걸린 셔츠를 다 훔쳐가더라니까요! 그리고 그놈들이 줄사다리를 만든 시트로 말하자면, 그놈들이 그걸 '안 훔친' 적이 도대체 몇 번인지를 말하기가 불가능할 정도라니까요. 밀가루며, 양초며, 촛대며, 숟가락이며, 낡은 탕파며, 심지어 제가 기억도 못하는 천 개도 넘는 것들까지 말이에요. 심지어 제 새 사라사 드레스까지요. 저랑 사일러스랑, 조카인 시드와 톰까지도 계속해서 밤이고 낮이고 눈에 불을 켜고 지켰는데도, 제가 말씀드린 것처럼, 우리 중 누구도 그놈들 낯짝 한 번, 머리카락 한 올 못 봤다니까요. 그놈들 구경도, 심지어 소리 한 번 못 들었다구요. 그러다가 막판에 어땠나, 어디 한 번 보시라니까요. 그놈들이 바로 우리 코앞까지 쳐들어와서는, 우리를 완전히 속여먹고, 그리고 단순히 '우리'뿐만이 아니라, 인전〔인디언〕 준주의 강도들까지도 속여먹을 솜씨로, 그 깜둥이를 데리고 무사히 감쪽같이 사라졌잖아요. 무려 장정 열여섯 명하고, 개 스물두 마리가 바짝 뒤를 쫓는 상황에서요! 솔직히 말해서, 이런 이야기는 제가 이때껏 살면서 들은 '어떤' 이야기보다도 더 황당하다니까요. 아니, '귀신'이라도 이보다는 못했을 거고, 이보다는 더 영리하지 못했을 거예요. 솔직히 제 생각에는 그놈들이 '정말로' 귀신이 아니었을까 싶어요. 왜냐하면, 우리 개들이 '어떤' 놈들인지 다들 아시잖아요. 그런데 그 개들조차도 꼼짝을 못했다니까요. 우리 개들조차도 그놈들의 '뒤'를 전혀 쫓아가지 못했다니까요, 전혀요! 어디 누가 설명할 수 있으면 '한번' 설명해보세요! '누구라도' 말이에요!"

"하긴, 그건 정말로 황당⋯⋯."

"그래도 법이 살아 있는 한, 나는 절대⋯⋯."

"아이구, 세상에, 나 같으면 도무지⋯⋯."

"집에 좀도둑이 든 건 물론이고⋯⋯."

"미치고도 환장할 놈의 것. 이런 놈의 동네에서는 원 겁이 다 나서 어떻게 살아야 할지……."

"겁이 다 난다니까요! 진짜, 저는 어찌나 무서웠는지 침대에 들어가지도 못하고, 일어나지도 못하고, 눕지도 못하고, 앉지도 못하고 했다니까요. 리지웨이 자매님. 왜요, 그놈들이 어찌나 잘도 훔쳐내는데요. 왜요, 세상에 말이지, 어젯밤 자정이 될 때까지 제가 '얼마나' 당황스러웠던지 다들 아시겠죠. 그놈들이 이제 우리 집에서 뭘 훔쳐낼 거라고 걱정할 필요가 없다면 얼마나 좋겠어요! 그런 생각이 드니까, 저도 더 이상은 제대로 생각이고 뭐고 할 수가 없더라구요. '지금' 같으면, 그러니까 이렇게 낮에는 너무 바보처럼 보이겠죠. 하지만 저는 이렇게 생각이 들더라구요. 우리 딱한 조카들도 자고 있는데, 저 위층에 외로운 방에서 말이야. 그래서 저는 어찌나 마음이 불안한지, 거기 올라가서 이 녀석들이 못 나오게 아예 문을 잠가버린 거예요! 제가 '진짜' 그랬다니까요. 사실 누구라도 그러지 않겠어요. 다들 아시다시피, 누가 그렇게까지 겁이 나는데, 어디 도망칠 수도 없고, 상황은 줄곧 계속해서 나빠지기만 하고, 머리는 그저 혼란스럽기만 하고, 그러면 온갖 말도 안 되는 짓을 하게 되는 거라구요. 그러다가 가만 생각해보면, 내가 '만약에' 저런 사내애들이고, 저 위에 둘이서만 자고 있고, 문까지 전혀 잠겨 있지 않으면, 그러면……." 이모는 말을 멈추고는, 뭔가 어리둥절해하는 모양이더니, 곧이어 고개를 천천히 돌려 나를 빤히 바라보았다. 나는 얼른 자리에서 일어나 슬그머니 빠져나왔다.

나는 이렇게 생각했다. 밖에 나가서 잠깐만 궁리해보고 나면, 도대체 어떻게 해서 우리가 오늘 아침에 그 방 안에 없었는지를 잘 설명할 수 있을 거라고 말이다. 그래서 나는 궁리해보았다. 하지만 아주 잘 생각하진 못했으니, 왜냐하면 이모가 누굴 시켜 날 불렀기 때문이었다. 이미 날이 늦어서 사람들이 모두 집에 가버린 다음이었다. 나는 안에 들어가서 이모한테 말했다. 그러니까 요란한 소리와 총 소리에 나랑 "시드"랑 놀라서 잠에서 깨어보니, 문은 잠겨 있는데, 우리는 그 재미있는 구경을 놓칠 수가 없어서, 그래서 피뢰침을 타고서 내려왔는데, 그 와중에 조금 다치는 바람에, 그 짓을 '다시는' 절대 안 할 거라고 말이다. 그런 다음에 나는 앞서 사일러스 이모부에게 했던 이야기를 똑같이 했다. 그러자 이모는 우리를 용서해주겠다며, 그리고 어쩌면 그것도 충분히 괜찮은 일이라고, 그거야말로 사내 녀석들이라면 당연히 할 만한 일인 것이, 이모가 알기에도, 사내 녀석들이란 아주 덤벙거리게 마련이기 때문이라고 했다. 따라서 그로 인해 무슨 해가 생기지 않은 한, 이모는 우리가 살아 있고 무사하다는 사실에, 그리고 우리를 여전히 데리고 있다는 사실에, 도리어 감사하는 편이, 공연히 지나가고 끝난 일을 갖고 안달하는 것보다 나을 거라고 생각한 모양이었다. 그래서 이모는 나한테 입을 맞추고, 머리를 토닥이더니, 문득 뭔가 멍한 생각에 빠졌다. 곧이어 이모는 벌떡 일어나며 이렇게 말하는 것이었다.

"아이구, 세상에나, 이제 거의 밤이 다 됐는데, 시드가 아직 집에 안 돌아왔잖아! 도대체 그 녀석은 '어떻게' 된 거야?"

바로 이때다 싶었다. 그래서 내가 끼어들어 말했다.

"그럼 제가 읍내에 가서 찾아올게요."

"아니, 그러지는 마라." 이모가 말했다. "넌 여기 그대로 있어. 어차피 시간 낭비는 '한 사람'만 해도 되니까. 그 녀석이 저녁때까지 안 돌아오면, 이모부보고 다녀오시라고 해야겠다."

물론 그 녀석은 저녁때가 되어도 안 돌아왔고, 그리하여 저녁을 먹고 나서 이모부가 곧바로 출발하셨다.

이모부는 밤 열 시가 되어 돌아오셨는데, 어딘가 영 불편한 기색이었다. 톰 녀석의 흔적을 도무지 찾아내지 못한 것이다. 샐리 이모는 당연히 '훨씬' 더 불편한 기색이었다. 하지만 사일러스 이모부는 걱정할 필요가 없다고 했다. 사내 녀석들이 늘 그렇듯, 이 녀석도 아마 내일 아침에 무사하고 멀쩡하게 불쑥 나타날 거라고 하면서 말이다. 그러니 이모도 그런가보다 생각하라고 말이다. 하지만 이모는 어쨌거나 녀석을 위해 저녁상을 한동안 차려놓고, 녀석이 볼 수 있도록 촛불도 켜놓겠다고 말했다.

내가 자러 갈 때가 되자, 이모는 나를 데리고 양초를 손에 든 채 따라와서는, 나를 침대에 넣어주고는, 어찌나 잘 돌봐주던지 나는 문득 스스로가 비열하게 생각되었고, 차마 이모의 얼굴을 똑바로 바라볼 수가 없었다. 이모는 침대가에 걸터앉아서, 나랑 한참 이야기를 나누었고, 시드가 얼마나 좋은 아이냐고 말하면서, 한 번도 그 녀석에 대해 이야기하기를 그치지 않았다. 그러면서 계속해서 나한테 이런저런 질문을 던지는 거였다. 혹시 그 녀석이 길을 잃거나, 다치거나, 또는

물에 빠지거나 한 것은 아닌지, 혹시 그 녀석이 지금 이 시간에 저 어
딘가에서, 곤란에 빠지거나, 죽었거나 한 것은 아닌지 하고 말이다.
하지만 당신이 그 녀석 옆에 없으니 도와주지도 못한다면서, 아무 말
도 없이, 가만히 앉아서 눈물을 줄줄 흘리는 거였다. 그래서 나는 이
모한테 시드는 괜찮다고, 내일 아침에는 집에 올 게 분명하다고 말했
다. 그러자 이모는 내 손을 꼭 잡아주고는, 나한테 입까지 맞춰주면
서, 나보고 다시 이야기해보라고, 그리고 계속 이야기해보라고 말했
는데, 덕분에 이모도 안심이 되었고, 사실 그간 이모의 고생이 너무
많았기 때문이었다. 이모는 나갈 때가 되어서도, 내 눈을 똑바로 부드
럽게 바라보며 말했다.

　"문은 안 잠그고 가마, 톰. 그리고 저기 창문도 있고 피뢰침도 있
어. 하지만 네가 착하게 굴 거라고 믿는다, 그렇지? 어디 안 나갈 거
지? 내가 '제발' 부탁하마."

　물론 나야 '당연히' 나가고 싶었다. 나가고 싶어 죽을 지경이었다.

톰 녀석을 보러 가야 했기 때문이다. 정말 난 오로지 나갈 생각뿐이었다. 하지만 그 말을 듣고 보니, 나로선 차마 나갈 수가 없었다. 나라에 걸고서도 말이다.

하지만 이모의 말도 마음에 걸리고, 톰의 일도 마음에 걸렸다. 그래서 나는 밤새 편히 잠을 자지 못했다. 한밤중에 무려 두 번이나 피뢰침을 타고 내려가서, 현관 근처로 가보았더니, 이모가 창가에 촛불을 밝혀놓은 채로 앉아 있었고, 길 쪽을 하염없이 바라보는 두 눈에는 눈물이 그렁그렁했다. 나는 이모를 위해 뭔가를 해주고 싶었지만, 차마 그럴 수가 없었다. 다만 더 이상은 이모를 걱정하게 할 짓은 전혀 않겠다는 약속만 지킬 수 있을 뿐이었다. 마지막으로 새벽녘이 되어서 또다시 피뢰침을 타고 아래로 내려가 보았더니, 이모는 여전히 그러고 있었다. 촛불은 거의 다 닳아 없어졌고, 이모는 반백의 머리를 한 손 위에 올려놓은 채 잠들어 있었다.

제42장

　사일러스 이모부는 아침 식사를 하기도 전에 또 한 번 읍내에 다녀왔지만, 여전히 톰 녀석의 흔적을 찾아내지 못했다. 두 양반은 식탁에 앉아서 뭔가를 생각하며, 아무 말도 하지 않았고, 매우 슬퍼하는 표정이었다. 두 양반의 커피가 식어가는 와중에도, 두 양반은 전혀 뭘 먹지도 않았다. 그러다가 노인네가 문득 이렇게 말했다.

　"내가 당신한테 그 편지 줬던가?"

　"무슨 편지요?"

　"내가 어제 우체국에서 받아 온 편지 말이야."

　"아뇨, 나한테 편지 같은 거 안 줬는데요."

　"아이쿠, 내가 그만 까먹은 모양이군."

　그러더니 노인네는 자기 주머니를 뒤적뒤적하면서, 자기가 어디 잘 넣어뒀는지 찾다가, 결국 그걸 꺼내서 이모에게 건네주었다. 이모가 말했다.

"아이구, 세인트피터스버그에서 온 편지네. 언니예요."

나는 얼른 이 자리를 피하는 게 상책이라고 생각했다. 하지만 난 꼼짝도 할 수가 없었다. 그 편지를 차마 열어보기도 전에, 이모는 그걸 내던지고 어디론가 황급히 달려갔기 때문이다. 뭔가를 봤던 것이다. 나도 그게 뭔지 봤다. 톰 소여가 들것에 실려 오고 있었다. 의사 노인도 있었다. 그리고 짐도 있었다. '이모의' 사라사 드레스를 입고, 양손은 뒤로 꽁꽁 묶인 채로 말이다. 다른 사람들도 여럿 있었다. 나는 그 편지를 아무 거나 손에 잡히는 것 밑에 얼른 감추고 나서, 밖으로 뛰어나갔다. 이모는 곧바로 톰에게 달려가면서 울부짖었다.

"아이구, 얘가 죽었구나! 죽었어! 결국 죽었을 것 같더라니!"

그러자 톰 녀석이 고개를 슬쩍 돌리더니 뭐라 뭐라고 말했는데, 그이야기만 들어보아도 녀석이 뭔가 제정신이 아닌 게 분명했다. 그러자 이모는 양손을 번쩍 치켜들며 말했다.

"아이구, 얘가 살았구나! 하나님 감사합니다! 그러면 됐어요!" 그러더니 이모는 톰 녀석에게 입을 맞추더니, 녀석이 누울 침대를 준비하기 위해 집 안으로 나는 듯 달려가서는, 좌우에 있는 깜둥이들한테 이런저런 명령을 줄줄이 늘어놓았다. 혀가 움직일 수 있는 한 최대한 빨리 말하고, 그것도 중간중간에 막 뛰어넘어가면서까지.

나는 사람들을 따라서 도대체 짐이 어떻게 된 건지 보러 갔다. 곧이어 톰 녀석의 뒤를 따라 의사 노인과 사일러스 이모부가 들어왔다. 사람들은 매우 화가 나 있었고, 그중 일부는 짐을 목매달아 죽여버리고 싶어 했으니, 그래야만 이 근처의 다른 깜둥이들 모두한테도 본을 보여주는 격이 되어, 더 이상은 짐이 한 것처럼 도망칠 생각을 하지 않을 것이기 때문이고, 그래야만 이런 말썽이 뗏목으로 일어나서 온 식구들이 낮이고 밤이고 겁나서 죽을 것 같은 일이 벌어지지 않을 것이기 때문이라고 했다. 하지만 또 다른 사람들은 그러지 말라고, 그런다고 일이 끝나는 건 아니라고, 일단 저 녀석은 우리 깜둥이도 아닌데, 원래 소유주가 나타나서 그 값을 치르라고 할 게 뻔하다고 말렸다. 이 말에 사람들도 약간 기세가 누그러졌으니, 뭔가 잘못을 범한 깜둥이 하나를 목매달아야 한다며 열을 내는 사람들치고, 그 깜둥이를 자기들 구미대로 처리하기 위해 기꺼이 돈까지 내려는 사람은 아무도 없었기 때문이다.

대신 그들은 짐에게 엄청나게 욕을 퍼부었고, 심지어 가끔 한 번씩 머리 양옆을 한두 대씩 주먹으로 때리기도 했지만, 짐은 아무 말도 하지 않았고, 심지어 나를 아는 눈치도 보이지 않았다. 사람들은 녀석을 원래의 오두막에 집어넣고, 원래의 옷을 입힌 다음, 다시 한 번 사슬로 묶어놓았다. 이번에는 침대다리가 아니라 오두막의 바닥에 있는 커다란 꺾쇠에 손과 양발 모두를 쇠사슬로 묶어놓았다. 그러면서 주인이 올 때까지, 또는 주인이 어느 정도 기간 안에 안 찾아오면 결국 경매를 해서 팔아치울 때까지, 그저 빵하고 물밖에 안 주겠다고 했다. 그러면서 사람들은 우리가 파놓은 구멍을 메우고, 총을 든 농부 두 명이 매일 밤마다 오두막 주위에서 경비를 서고, 낮에는 문에 불도그를 한 마리 묶어놓기로 했다. 사람들이 그런저런 일을 다 해치우고, 이제 마지막으로 인사 대신 욕설을 퍼붓고 있을 무렵, 의사 노인이 나와서

Adventures of Huckleberry Finn

는 오두막을 한 번 들여다보고는 사람들에게 말했다.

"저 녀석한테는 마땅히 해야 하는 것 이상으로 너무 거칠게 대하지는 맙시다. 저 녀석은 결코 못된 깜둥이가 아니니까 말입니다. 내가 저 꼬마가 있는 곳에 가보았더니, 총알을 빼내려면 누군가가 반드시 도와줘야 하는데, 그 꼬마의 상태가 너무 위중하다보니, 내가 차마 저 꼬마만 두고 어디 가서 사람을 불러올 수도 없더라 이겁니다. 그런 상황에서 꼬마의 상황은 조금씩 더 안 좋아지고, 안 좋아지고 했죠. 나중에는 저 꼬마가 아예 정신이 나가버려서는, 나더러 하는 말이, 가까이 오지 마라, 내 뗏목에다가 분필로 표시를 하면 죽여버리겠다. 뭐, 이따위 말도 안 되는 황당한 이야기를 늘어놓더군요. 그래서 나도 이제는 어쩔 도리가 없겠구나 생각했죠. 그래서 이거 '누가' 좀 도와주지 않으면 큰일 나겠는걸 하고 혼잣말을 했죠. 그랬더니 내가 그 말을 하자마자, 이 깜둥이가 어디선가 기어나와서는, 자기가 돕겠다는 겁니다. 그리고 실제로 그렇게 했고, 그것도 아주 잘했어요. 물론 저는 이 녀석이 그 도망쳤다는 깜둥이가 맞구나 싶었죠. 그래서 저는 '거기' 있었던 겁니다! 그날 낮 내내는 물론이고 밤 내내 그 옆에 붙어 앉아 있어야 했죠. 그야말로 꼼짝달싹할 수가 없었습니다, 솔직히요! 오한이 든 환자가 두어 명 있어, 저 역시 얼른 읍내로 달려가서 그 양반들을 진찰하러 가고 싶었지만, 차마 그럴 수가 없었어요. 그랬다간 이 깜둥이가 도망가버릴 텐데, 그러면 다들 내 탓을 하지 않겠습니까. 그리고 보트 한 척도 내가 소리치는 게 들릴 만큼 가까이 오지를 않는 거예요. 그래서 저는 거기 꼼짝 못하고 있었죠. 이날 아침에 해가 뜰 때까지 말입니다. 그나저나 이 깜둥이로 말하자면 누구보다도 더 뛰어난 간호사에다가, 아주 충직한 놈이더라 이거죠. 심지어 제 놈의 자유를 뺏길 위험을 각오하면서까지 그렇게 했고, 실제로 이 녀석도 매우 지쳐버렸으니 말입니다. 제가 보니까 최근 들어서는 이 녀석이 상당히 고생을 한 것이 뻔하더군요. 하여간 그것 때문에 저는 이놈이 무척 좋았습니다. 솔직히 말해서, 여러분, 저런 깜둥이는 그야말로 천 달러의 가치는 있을 겁니다. 그러니 자비롭게 대해주시기를 바랍니다. 제가 필요한 거는 다 해주고, 저 꼬마 역시 거기 있는 동안은 마치 집에 있는 것과 마찬가지로 잘 지냈으니까요. 더 나았을 겁니다, 어쩌면요. 거기는 무척 조용했으니까요. 그나저나 '저도' 거기 있었죠. 양쪽에 이 두 녀석을 놓고 말입니다. 저는 거기 머물러 있어야 했던 겁니다. 오늘 아침 해가 뜰 때까지 말이에요. 그때 몇 사람이 보트를 타고 지나가는데, 운 좋게도 그 사람들을 부를 수가 있었죠. 저 깜둥이는 무릎에 얼굴을 파묻고 지푸라기 위에 앉아서 곤히 잠이 들었죠. 그래서 저는 사람들을 부르면서 조용히 하라고 했고, 그래서 사람들이 살금살금 다가와서 저 녀석이 차마 뭐가 어떻게 된 건지 깨닫기도 전에, 붙잡아서 꽁꽁 묶어버렸죠. 덕분에 우리는 아무 고생 안 했습니다. 저 꼬마도 아주 곤히 잠이 들었기에, 우리는 노를 싸서 〔소리를〕 죽이고 뗏목을 띄운 다음, 이리로 아주 편하고도 무사히 건너올 수 있었던 거죠. 저 깜둥이는 처음부터 끝까지 소동을 일으키지도 않았고, 한마디 말도 없었습니다. 그러니 저 녀석은 못된 깜둥이가 아닙니다, 여러분. 제가 생각하기로는 딱 그렇습니다."

누군가가 말했다.

"듣고 보니 참 놀랍네요, 의사 선생님. 그렇게밖엔 말할 수가 없네요."

그러자 다른 사람들도 기세가 좀 누그러졌고, 나는 그 의사 노인이 짐을 위해 좋은 말을 해준 것에 너무나도 고마운 마음이 들었다. 나는 그 의사에 대한 내 판단이 틀리지 않았다는 생각에 기뻤다. 나는 그 양반이 선량한 마음씨를 지닌 좋은 사람이라고, 맨 처음에 봤을 때부터 생각했기 때문이었다. 그러자 사람들은 모두들 짐이 아주 좋은 일을 했다고, 짐이 그 일로 칭찬은 물론이고 보상을 받아 마땅하다고 말했다. 그리하여 거기 모인 사람들이 곧바로, 그리고 진심으로, 더 이상은 녀석에게 욕을 하지 않겠다고 맹세했다.

사람들은 밖으로 나오고 문을 걸어 잠갔다. 나는 사람들이 짐을 묶은 쇠사슬 가운데 한두 개쯤은 풀어주자고, 그 쇠사슬이 겁나게 무거우니 그러자고 말할 줄 알았다. 아니면 빵하고 물만 줄 게 아니라, 고기하고 야채도 같이 주자고 말할 줄 알았다. 하지만 사람들은 그것까지는 생각하지 않는 모양이었다. 그래서 나는 여기서 뭔가 끼어드는 것은 상책이 아니라고 생각하고, 대신 의사가 한 말을 샐리 이모한테 전해줘야 하겠다고 생각했다. 다만 문제는 지금 내 앞에 놓여 있는 갖가지 암초를 어떻게 뚫고 지나가느냐 하는 것이었다. 무슨 말인고 하니, 시드와 내가 그 빌어먹을 놈의 날 밤에 도망친 깜둥이를 찾겠다며 배를 타고 돌아다니다가, 결국 시드가 총에 맞았다는 사실을 왜 내가 이모한테 이실직고하지 않았는지에 대한 해명이 필요했다는 뜻이다.

하지만 시간이야 많았다. 샐리 이모는 낮 동안 내내, 밤 동안에도 내내 병실에 붙어 있었기 때문이다. 사일러스 이모부가 돌아다니는 모습을 볼 때마다 나는 살짝살짝 피해 다녔다.

다음 날 아침, 나는 톰의 상태가 훨씬 나아졌으며, 샐리 이모가 잠시 눈을 붙이러 갔다는 이야기를 들었다. 그래서 나는 살며시 병실로 들어갔다. 혹시 녀석이 깨어 있으면, 우리가 식구들 앞에서 싹 씻어낼 이야기를 하나 고안해내려는 생각이었다. 하지만 녀석은 자고 있었고, 그것도 아주 곤히 자고 있었다. 게다가 얼굴이 창백했다. 물론 여기 처음 왔을 때처럼 아주 불그레한 정도는 아니었지만. 그래서 나는 그 옆에 앉아서 녀석이 깨어나기를 기다렸다. 그렇게 반 시간쯤 지났을까, 갑자기 샐리 이모가 들어왔다. 나는 거기 있다가 딱 걸려서, 그야말로 궁지에 빠진 셈이 되었다! 이모는 나더러 조용히 하라고 손짓을 하더니, 내 옆에 앉아서 내 귀에다 속삭이기 시작했다. 그러면서 당신은 얼마나 기쁜지 모르겠다고, 톰의 상태는 이제 전부 최상이 되었고, 저렇게 오랫동안 자고 있으며, 시간이 갈수록 더 나아지고 더 편해진 것 같으므로, 십중팔구는 이제 정신이 온전한 상태로 깨어날 거라고 했다.

그래서 우리는 거기 앉아 지켜보고 있었다. 문득 녀석이 몸을 한 번 뒤척이더니, 아주 자연스럽게 눈을 떴다. 그러더니 우리를 보고는 이렇게 말했다.

"어, 뭐야, 내가 '집에' 와 있잖아! 어떻게 된 거지? 뗏목은 어디 있어?"

"뗏목은 잘 있어." 내가 말했다.

"그러면 '짐'은?"

"짐도 마찬가지야." 내가 말했다. 물론 [이모의] 눈치가 보여서 우물쭈물 말했다. 하지만 녀석은 그런 사실을 전혀 눈치채지 못하고 이렇게 말했다.

"좋았어! 최고라구! 그럼 이제 우린 '모두' 무사하고 안전한 거네! 이모한테는 말씀드렸어?"

내가 그렇다고 말하려는 찰나, 이모가 얼른 끼어들어 물었다.

"뭘 말한다는 거지, 시드?"

"그러니까 우리가 그 모든 일을 해치운 방법에 대해서요."

"모든 일이라니, 뭐가?"

"아유, 왜, '이번에' 있었던 일 말이에요. 그럼 그 일 말고 또 있어요. 우리가 그 도망친 깜둥이를 풀어준 일 말이에요. 저랑 톰 형하구요."

"아이구 세상에! 깜둥이를 풀어줬다구! 도대체 얘가 지금 '무슨' 말을 하고 있는 거야! 어머나, 어머나, 얘가 또다시 정신이 나갔나보네!"

"아이, 참, 정신이 나간 게 '전혀' 아니라니까요. 지금 멀쩡한 정신으로 말씀드리는 거예요. 우리가 '진짜로' 풀어준 거라니까요. 저랑 톰 형하구요. 저희가 그러기로 계획을 했고, '정말로' 그렇게 해낸 거예요. 그것도 아주 멋지게 해낸 거라구요." 녀석이 이야기를 시작하자, 이모는 녀석을 살펴볼 생각조차 하지 않고, 그냥 가만히 앉아 빤히 쳐다보고 또 쳐다보기만 하면서, 녀석이 혼자 떠들게 내버려두었다. 지금 '내가' 굳이 끼어들어봤자 아무 소용이 없겠다는 생각이 들었다. "왜요, 이모, 정말 엄청나게 힘이 들었다니까요. 무려 몇 주나 걸렸죠. 매일 밤마다, 몇 시간씩, 이모랑 이모부랑 모두 주무실 때 말이에요. 그래서 우리는 양초며, 시트며, 셔츠며, 심지어 이모의 드레스며, 숟가락이며, 양철 냄비며, 접는 칼이며, 탕파며, 연자맷돌이며, 밀가루까지도 훔쳐야 했던 거예요. 그런 거 말고도 열거하자면 정말 끝이 없죠. 그 톱이며, 펜이며, 새겨 넣은 글이며, 이런저런 것들을 만드는 데 얼마나 힘이 들었는지 이모는 상상도 못하실 거예요. 그게 얼마나 또 재미있었는지도 '전혀' 상상도 못하실 거구요. 우리는 관하고 이런저런 것들의 그림이라든지, 강도들이 보낸 익명의 편지라든지 하는 것도 만들어야 했어요. 피뢰침을 타고 오르락내리락 하고, 구멍을 파고 오두막 안으로 들어가고, 줄사다리를 만들어서 그걸 파이 안에 넣어 구워가지고 들여보내고, 숟가락이며 이런저런 것도 이모의 앞치마 주머니에 넣어서 들여보내고 말이에요."

"아이구머니, 세상에나!"

"그리고 오두막 안에다가 쥐며 뱀이며 기타 등등을 갖다놨는데, 그건 짐에게 친구를 만들어주려는 거였어요. 그런데 톰 형이 모자 안에 버터를 숨겨놓은 상황에서 이모가 너무 오랫동안 붙잡아놓는 바람에, 하마터면 일을 완전히 다 망쳐버릴 뻔했어요. 우리가 오두막에서 빠져나오기도 전에 사람들이 달려왔고, 그래서 우리도 달릴 수밖에 없었던 거고, 그래서 사람들이 우리 소리를 듣고 뒤를 쫓아온 거예요. 그 와중에 저는 한 방 맞았고, 우리는 길 밖으로 나가 숨어서는 사람들이 지나가게 내버려두고, 개들도 뒤따라오더니 우리인 줄 알고 관심 없어 하면서 제일 시끄러운 쪽으로 가버린 거예요. 그래서 우리는 카누에 올라타고, 뗏목 있는 데까지 가서, 모두들 안전하게 된 거였죠. 그렇게 해서 짐은 자유민이 되고, 우리는 오로지 우리 힘으로만 해치운 거예요. 그러니 '진짜로' 대단하지 않냐구요, 이모!"

"아이구, 내 이런 놈의 소리는 정말이지 이 세상에 태어난 이래로 듣다 듣다 처음 듣는구나! 그러니 그게 '다' 너였다 이거지, 이 쬐끄만 악당놈의 자식 같으니. 바로 네가 그 온갖 놈의 소동을 다 만들어놓고, 사람들의 정신을 아주 쏙 빼놓고, 다들 무서워서 죽을 뻔하게 만들었다 이거지. 내 분명히 말해두는데, 지금 당장이라도 요절을 내주고 싶어 아주 좀이 쑤시는구나. 내가 매일 밤마다 여기서 그랬던 걸 생각하면…… '너' 하여간 다 낫기만 하면, 이 쬐그만 장난꾸러기 녀석, 내가 아주 그냥 해리 늙은이('악마'라는 뜻—옮긴이)가 얼씬도 않을 정도로 너희 둘 다 아주 흠씬 패줄 줄 알아!"

하지만 톰 녀석은 '어찌나' 자랑스럽고 신나하던지, 차마 그 사실을 '숨길' 수가 없었고, 계속해서 '나불거리고' 있었다. 이모는 새된 목소리로 말하면서, 내내 열을 냈고, 그렇게 두 사람이 한꺼번에 떠들어대니, 그야말로 한밤중에 모인 고양이들이 따로 없었다. 곧이어 이모가 말했다.

"'하여간에', 그렇게 재미있게 놀았으면 '이제는' 거기서 완전히 손 떼도록 해. 다음에 또 한 번 그 녀석 일에 간섭하다가 걸리는 날에는 내가 아주 그냥……."

"그 녀석 일에 간섭하다뇨, '누구'를요?" 톰이 물었다. 녀석의 얼굴에서 미소가 싹 사라지더니 놀란 표정이 들어섰다.

"'누구'냐고? 누구긴 누구야, 그 도망쳤던 깜둥이지, 당연히. 그럼 또 누군 줄 알았니?"

톰 녀석은 나를 아주 심각한 표정으로 바라보며 말했다.

"톰 형, 그 녀석 멀쩡하다고 나한테 그러지 않았어? 그 녀석 완전히 가버린 거 아니었어?"

"'그놈' 말이야?" 샐리 이모가 말했다. "그 도망쳤던 깜둥이? 당연히 못 도망갔지. 사람들이 다시 끌고 왔어. 무사하고도 멀쩡하게 말이야. 그래서 다시 저 오두막에 갇혀 있지. 빵하고 물만 먹으면서. 온통 쇠사슬에 묶여서 말이야. 주인이 나타나든가, 아니면 팔아버릴 때까지!"

톰은 침대에서 벌떡 일어났다. 녀석의 눈이 이글이글 불타는 것 같았고, 콧구멍이 물고기 아가미마냥 벌름벌름했다. 녀석이 내게 말했다.

"저 사람들이 도대체 무슨 '권리'로 그 녀석을 가둬뒀다는 거야! '얼른 가봐!' 1분도 지체하지 말고 당장 말이야. 그 녀석을 풀어주라 구! 그 녀석은 노예가 아니야. 그 녀석도 이 땅 위를 걸어다니는 다른 어떤 생물과 마찬가지로 자유롭단 말이야!"

"얘가 지금 도대체 '무슨' 소리를 한다니?"

"내가 방금 '한' 말 그대로라니까요, 샐리 이모. 아무도 안 가겠다 면, 내가 '직접' 가겠어요. 난 그 녀석하고 평생 알고 지냈단 말이에 요. 여기 톰 형도 마찬가지구요. 노처녀 왓슨 양이 두 달 전에 죽었는 데, 자기가 생전에 그 녀석을 저기 강 하류에다 팔아버리려고 생각한 걸 너무나도 부끄럽게 생각한 나머지, '그렇게' 말했단 말이에요. 그 래서 자기 유언장에다가 그 녀석을 풀어준다고 했단 말이에요."

"아니, 그럼 넌 도대체 '뭣' 때문에 그놈을 풀어주려고 한 거니? 그 녀석이 벌써 자유롭게 풀려났다면?"

"아, 그건 '바로' 질문이로군요. 제가 보기엔요. 그리고 '지극히' 여자분다운 질문이구요! 왜는요, 저는 이번 기회에 제대로 모험을 하고 싶었으니까 그랬죠. 덕분에 저는 아주 목 있는 데까지 피 구덩이에 푹 파묻혀…… 이런, 세상에, '폴리 이모!'"

정말 그 양반이 저기 서서, 그러니까 바로 문간에 들어서서, 마치 절반은 파이로 만든 것 같은 인자하고도 만족스러운 미소를 띠고 있지 않았더라면, 나는 정말 믿지 않았을 거다!

샐리 이모는 언니한테 펄쩍 달려들었고, 그야말로 머리를 부둥켜안다시피 하고는, 엉엉 울어댔다. 나는 얼른 침대 밑에 숨기 딱 좋은 자리를 찾아냈으니, 내가 보기에는, 지금 상황이 '우리' 둘한테는 아주 안 좋게 돌아가는 것 같아서였다. 그래서 나는 바깥을 엿보았는데, 잠시 후에 톰네 폴리 이모가 포옹을 풀고는, 거기 선 채로 당신 안경 너머로 톰을 빤히 바라보았다. 마치 그 녀석을 들들 갈아서 완전히 가루로 만들어버릴 것만 같은 눈초리였다. 그러더니 폴리 이모가 말했다.

"그래, 이제는 얼른 네 녀석 머리를 '최대한' 굴리는 게 나을 거다. 내가 너라면 당연히 그럴 거다, 톰."

"아이구, 무슨 소리야!" 샐리 이모가 말했다. "얘 몰골이 '정말' 그렇게 많이 달라 보여? 아니, 얘는 '톰'이 아니라 '시드'잖아. 톰은…… 톰은…… 아니, 톰은 또 어디로 갔지? 방금 전까지 여기 있었는데."

"네가 하려는 말은 톰이 아니라 '헉 핀'이 어디 있느냐는 거겠지. 네가 하려는 말이 그거지! 우리 톰 같은 장난꾸러기를 몇 년이나 키우다보니 말이야, 이제는 그 녀석을 얼핏 '보기만' 해도 딱 알아보겠는걸. 하여간 이번 기회에 아주 '제대로' 인사하겠구나. 침대 밑에서 얼른 나오지 못해, 헉 핀."

그래서 나는 시키는 대로 했다. 하지만 그렇게 안타깝지는 않았다.

샐리 이모의 얼굴 표정이야말로 이제껏 내가 본 중에서 가장 뒤죽박죽으로 혼란스러웠다. 그걸 능가하는 얼굴 표정이 또 하나 있었으니, 바로 사일러스 이모부의 얼굴 표정이었다. 그 양반이 방 안에 들어오자, 두 이모는 지금까지의 이야기를 모조리 말해주었던 것이다. 그 이야기를 듣고 나니 이모부는 굳이 표현하자면 어딘가 술에 취한 사람처럼 되어서, 그날 남은 시간 내내 뭐가 어떻게 돌아가는지 전혀 모를 지경이 되어서, 그날 밤의 기도회에서 정말 대단한 명성을 가져다준 설교를 했으니, 이 세상에서 가장 나이 많은 양반조차도 그게 도대체 무슨 말인지를 이해하지 못했기 때문이었다. 그리하여 톰네 폴리 이모는 내가 누구이며, 어떤 녀석인지를 다 설명해주었다. 그다음에는 내가 나서서, 도대체 어떻게 하다가 펠프스 아주머니가 나를 톰 소여로 착각하게 되는 놀라운 상황까지 오게 되었는지 설명했다. 그러자 샐리 이모가 끼어들어 말했다. "아이구, 나를 그냥 계속 샐리 이모라구 불러라, 애. 이젠 하도 익숙해졌으니, 지금 와서 굳이 바꿀 필요 없잖니." 이어서 나는 샐리 이모가 나를 톰 소여로 잘못 알게 되자, 그걸 고스란히 감내해야 했음을 설명했다. 하긴 그것 말고는 다른 방법이 없었기 때문이며, 게다가 톰 녀석도 개의치 않으리라는 것을 알았으니, 이거야말로 일종의 수수께끼인 까닭에, 녀석이 좋아 환장할 일이었으며, 녀석은 이 일에서 또 뭔가 모험을 하고 나서, 아주 만족스러워할 것이 뻔했기 때문이다. 실제로도 그렇다는 사실이 밝혀졌으니, 녀석은 기꺼이 시드 역할을 했고, 그리하여 최대한 나를 위해 상황을 유리하게 만들어주었다.

폴리 이모도 톰이 한 말, 그러니까 노처녀 왓슨 양이 자기 유언장에 짐을 풀어주게 한 것이 사실이라고 말했다. 그러니 결국 톰 소여는 이미 자유롭게 풀려난 깜둥이를 자유롭게 풀어주겠다며 그 고생과 어려움을 감수한 셈이었다! 그제야 나는 비로소 이해할 수 있었다. 어떻게 해서 그런 배경을 지닌 녀석이 '흔쾌히' 깜둥이를 자유롭게 풀어주는 일을 도와줄 수 있었는지를 말이다.

그런데 폴리 이모는 톰과 '시드'가 무사하고도 안전하게 도착했다는 샐리 이모의 편지를 받자마자, 문득 이렇게 생각했다고 한다.

"어라, 이것 좀 봐라! 내 이럴 줄 알았다니까. 누가 옆에서 감시할 사람 하나 없이 이 녀석만 보내놓았으니 말이야. 그러니 이제 내가 직접 출발해서, 강을 따라 줄곧 내려가서, 무려 1,000하고도 100마일을, 그래서 도대체 이놈의 물건이 '이번에는' 또 무슨 짓을 하는지 알아내야겠군 그랬지. 왜냐하면 너한테서는 이후에 거기에 대해 아무런 답장도 없었던 것 같으니 말이야."

"무슨, 난 언니한테서 아무런 소식도 들은 게 없는데." 샐리 이모가 말했다.

"뭐, 이상하기도 하지! 왜, 내가 두 번이나 편지를 썼잖아. 도대체 시드가 거기 가 있다니 무슨 말이냐고 하면서."

"아니, 난 전혀 못 받았는데, 언니."

폴리 이모는 천천히 고개를 돌려, 엄한 표정으로 말했다.

"너, 톰!"

"예? 아, '뭐요'?" 녀석은 토라진 투로 말했다.

"어따 대고 '뭐요'가 나와, 이 뻔뻔스러운 녀석. 얼른 그 편지 내놔."

"뭔 편지요?"

"바로 '그' 편지 말이야. 내가 보낸 편지. 붙잡아서 아주 그냥 혼을 내주기 전에 얼른⋯⋯."

"트렁크 안에 있어요. 저기요, 전부요. 내가 우체국에서 받아 온 거 그대로예요. 나 그거 안 들여다봤어요. 만지지도 않았다니까요. 그래도 분명히 문제가 생길 것 같아서요. 그리고 내 생각엔 이모가 굳이 그렇게 서두르지 않아도, 내가 잘⋯⋯."

"그래, 넌 '진짜' 좀 제대로 타작을 당해야 쓰겠구나. 그거 하나는 정말 확실하겠지. 그나저나 내가 간다고 미리 알리는 편지도 또 하나 있었는데 말이야. 내 생각엔 또 저 녀석이⋯⋯."

"아이구, 그 편지는 어제 왔어. 내가 아직 읽진 않았지만, 그래도 '그건' 멀쩡해. 내가 잘 갖고 있으니까."

나는 이모가 그 편지를 잘 갖고 있지 못하다는 데 내기를 걸 수도 있었지만, 차라리 그냥 안 그러는 게 안전할 성싶었다. 그래서 나는 결국 아무 말도 하지 않았다.

마지막장

      톰하고 단둘이서만 있게 되자마자, 나는 그 녀석에게 물어보았다. 그러니까 우리가 탈출할 때, 원래 녀석의 계획은 무엇이었을까? 만약 탈출이 제대로 이루어졌을 경우, 녀석이 결국 이미 자유롭게 풀려난 깜둥이를 또 한 번 자유롭게 풀어주는 셈이 되었다면, 과연 녀석이 계획한 바는 무엇이란 말인가? 그러자 녀석은 자기가 애초부터 머릿속에서 계획한 바는 무엇인고 하니, 만약 우리가 짐을 완전히 자유롭게 풀어준다면, 우리는 뗏목을 타고, 그 녀석과 함께 강을 따라 내려가서, 곧장 강 하구까지 모험을 해나가고, 그때 가서 녀석에게 넌 자유롭다고 설명해준 다음, 증기선을 타고 아주 멋들어지게 상류로 올라온다는 것이었다. 그런 다음에 짐이 허비한 시간만큼 돈으로 보상을 해주고, 미리 편지를 써서, 그 근처의 모든 깜둥이들을 불러 모아서, 그 녀석들이 짐을 에워싸고 덩실덩실 춤을 추고, 횃불 행렬과 브라스 밴드와 함께 마을로 데려가서, 녀석을 영웅으로

만들고, 우리도 영웅이 되는 거였다고 했다. 하지만 내 생각에는 실제로 벌어진 일 역시 이와 별로 다르지 않아 보였다.

우리는 지체 없이 짐의 쇠사슬을 벗겨주었고, 폴리 이모와 사일러스 이모부와 샐리 이모는 그 녀석이 의사를 도와 톰을 열심히 간호한 것을 알고는 녀석을 아주 우대해주고는, 아주 좋은 옷으로 갈아입히고, 먹고 싶은 것은 뭐든지 먹게 해주고, 편히 쉬면서, 아무 일도 하지 않게 했다. 그래서 우리는 이제 그 녀석을 병실에 머무르게 했다. 우리는 엄청나게 이야기를 했다. 톰은 짐에게 40달러를 줬으니, 그거야말로 우리를 위해 그토록 인내심 있게 죄수 노릇을 하고, 그것도 아주 열심히 한 데 관한 대가였다. 짐 녀석은 어찌나 좋아죽으려고 하는지, 눈물을 펑펑 흘리며 말했다.

"'그것 봐', 이제, 헉. 내가 뭐라고 그랬어? 그러니까 잭슨 섬에서 내가 뭐라고 그랬냐구? 내가 '그랬지.' 내가 가슴에 털이 많다구. 이게 징조가 아니고 뭐겠어. 또 내가 '그랬지.' 내가 한때는 부자였고, 언젠가는 '또다시' 부자가 될 거라구. 그런데 이제 시련[실현]이 됐잖아. 그리고 '여기' 그 돈이 있잖아! '그것 봐', 지금! '나'한테 할 말 있음 해봐. 징조는 확실히 '징조'라니까. 내 경우가 딱 말해주잖아. 내가 지금 이 자리에 있는 것만큼이나 확실히, 나는 내가 언젠가 이렇게 부자가 될 줄 알고 있었다니까!"

그리고 나서 톰 녀석이 한참 말을 하고, 또 하더니만, 갑자기 이러는 거였다. 우리 셋이 여기서 살짝 빠져 나가가지고, 그러니까 한밤중에 언제, 그렇게 해서 채비를 차려가지고, 준주로 넘어가서, 2주에서 4주 정도 일정으로, 인전들[인디언들] 사이에 가서 대단한 모험을 해보자는 거였다. 나는 좋다고, 그건 딱 나한테 어울린다고, 하지만 나로선 지금 장비를 살 만한 돈이 없다고 말했다. 나는 앞으로 고향에서도 돈을 전혀 못 받을 것 같은데, 왜냐하면 지금쯤이면 이미 아빠가 마을로 돌아가서는, 새처 판사한테 그 돈을 모두 받아다가 술 마시는 데 전부 날려버렸을 것이기 때문이라고 했다.

"아니, 그렇지는 않아." 톰이 말했다. "돈도 그대로 있어. 6천 달러에다가 좀 더 있지. 너네 아버지는 그때 이후로 전혀 다시 나타나지 않았어. 내가 떠나올 때까지만 해도 말이야."

짐이 어딘가 굳은 표정으로 말했다.

"그 양반은 앞으로도 더 이상 다시 나타나진 않을 거야, 헉."

"어째서 그런데, 짐?"

"어째서인지는 궁금해 말고, 헉. 하여간 그 양반은 앞으로도 더 이상 다시 나타나진 않을 거야."

하지만 나는 녀석에게 말해보라고 졸랐고, 그러자 녀석은 결국 말했다.

"왜 그거 기억 안 나? 강물에 둥둥 떠내려가던 판잣집 말이야. 그 집 안에 웬 사람이 하나 죽어 있었잖아. 뻘거벗고 있기에, 내가 들어가서 뭘 덮어주고는 널랑 들어오지 말라고 했잖아. 아, 그래서 너는 얼마든지 원하면 돈을 가질 수가 있는 거야. 왜냐면 그 사람이 바로 그 양반이었걸랑."

톰은 이제 거의 다 나았고, 몸에서 빼낸 총알을 회중시계 쇠줄에 끼워가지고 목에 걸고 다니면서, 항상 그걸 꺼내 몇 시인지 들여다보았다. 그러니 나도 이제는 더 이상 쓸 것이 없고, 나로선 무지막지 반가운 일인 것이, 진짜로 책을 하나 만든다는 게 얼마나 골치 아픈 일인 줄만 알았더라도, 나는 절대로 이 일에 달려들지도 않았을 것이고, 더 이상은 그렇게 하려 하지도 않을 것이기 때문이다. 하지만 내 생각에는 조만간 준주로 도망칠 수밖에 없을 것 같다. 샐리 이모가 이제는 나를 입양해서, 문미영인〔문명인〕으로 만들겠다고 벼르고 있는데, 나로선 도무지 견딜 수 없을 것이기 때문이다. 그거라면 예전에 한 번 당해봤으니까.

허클베리 핀의 모험

지은이 ㅣ 마크 트웨인
옮긴이 ㅣ 박중서
펴낸이 ㅣ 양숙진

초판 1쇄 펴낸날 ㅣ 2011년 11월 30일

펴낸곳 ㅣ ㈜현대문학
등록번호 ㅣ 제1-452호
주소 ㅣ 137-905 서울시 서초구 잠원동 41-10
전화 ㅣ 2017-0280
팩스 ㅣ 516-5433
홈페이지 www.hdmh.co.kr

ISBN 978-89-7275-570-8 04840
ISBN 978-89-7275-563-0 (세트)

* 책값은 뒤표지에 있습니다.